Shirlee

Busbee

LOUISIANA VII

Shirlee Busbee

HÁBLAME DE AMOR

RBA

Título original: *Whisper to Me of Love*
Traducción: Ana Arduino

Publicado por acuerdo con el autor c/o Baror International, Inc., Armonk, New York, USA.

Traducción cedida por Ediciones B, S. A

Diseño de cubierta: Adland Comunicació

ISBN: 978-84-473-5899-1
Depósito legal: NA-3467-2008

Impreso por RODESA

Impreso en España - Printed in Spain

PRÓLOGO

Infamia a la medianoche

Inglaterra, 1796

«¡Oh, infame, infame, risueño y maldito infame!
¡Mis tabletas! Bueno será apuntar allí,
que uno puede sonreír y sonreír y ser un canalla;
por lo menos estoy seguro de que ello
puede suceder en Dinamarca.»

William Shakespeare,
Hamlet

Lady Hester Devlin, la condesa viuda de St. Audries, se moría. Desentendida de los demás ocupantes de la habitación, con la mirada atribulada recorría la cámara suntuosa, pero el letargo que lentamente inundaba su cuerpo delgado le robaba coherencia a cualquier pensamiento. Mientras yacía en solitario esplendor en la enorme cama de caoba, con sus cortinas de seda y finas sábanas de lino, nada le parecía real, ni siquiera los dos hombres que hablaban por lo bajo al pie de su cama, ni la criatura recién nacida que lloraba suavemente en la cuna cercana.

Con apatía, sus ojos siguieron recorriendo la habitación espaciosa, posándose sobre las sillas delicadas de terciopelo dorado, el gran armario de caoba y el elegante tocador. Cuando miró los retratos que colgaban de las paredes, uno de ellos despertó su interés. De pronto, una chispa se encendió en sus ojos verdes enturbiados por el dolor y una cálida sonrisa curvó sus labios pálidos, mientras miraba con cariño el retrato de su esposo fallecido, el sexto conde de St. Audries.

¿Era posible que sólo hubiera transcurrido un año desde que había aparecido en su vida? ¿Apenas once meses desde que uno de los lores más apuestos, más seductores de toda Inglaterra la tomara por esposa? Aun ahora a Hester le parecía un sueño, mientras absorbía los rasgos amados del hombre del retrato.

Andrew Devlin, el sexto conde de St. Audries, había sido un hombre particularmente apuesto, y el artista había captado su aspecto moreno, vital: el cabello negro y espeso, la nariz orgullosa y el mentón arrogante, la boca amplia y sensual. Todos los Devlin tenían entre sí un parecido asombroso e inconfundible, con esos ojos grises de exótica forma almendrada y cejas negras arqueadas y altaneras, que aparecían indefectiblemente generación tras generación. Fue la sonrisa que brillaba en esos mismos ojos grises lo que primero atrajo a Hester de ese caballero, alto y distinguido, la primavera pasada. Ella había cumplido veinte años, y él tenía cuarenta y cinco, muchos más que ella, pero no importaba; con una sola mirada a Andrew, lord Devlin, se enamoró profundamente.

El hecho de que este apuesto y sofisticado miembro de la aristocracia le hubiera correspondido parecía casi un sueño, y aunque algunos envidiosos decían que era su gran fortuna lo que despertaba su interés en ella, cuando lord Devlin pidió su mano, Hester no vaciló en aceptar. Se casaron después de un noviazgo escandalosamente corto, pero como Hester era huérfana y su único tutor era un viejo tío que la adoraba, quien a su vez estaba perplejo por el deseo del conde de casarse con su sobrina, no hubo objeciones.

A pesar de la diferencia de edades y de que el estado de las finanzas del conde de St. Audries era desesperado antes de su boda con la heredera de Bath, como llamaban a Hester, nadie que los viera juntos podía dudar de que, por increíble que pareciera, el suyo era un casamiento por amor. No se podía negar que el conde había llevado una vida bastante escandalosa, que había sido el objeto —irritablemente indiferente— de innumerables chismes y especulaciones chocantes entre ricos y poderosos, antes de que Hester llegara a su vida. Tampoco él había intentado ocultar a su novia ese pasado turbulento y pecaminoso. Quizá la forma renuente en que admitía su historia mucho menos que respetable hizo que Hester lo amara aún más.

Hester jamás dudó de su amor por ella, y todo ese primer mes de matrimonio fue emocionante y excitante, con el descubrimiento de los placeres eróticos en los brazos fuertes de su marido. Y además, ¡estaba Londres! El teatro y los bailes y las tiendas resultaron absolutamente fascinantes para una joven que sólo había conocido la tranquilidad del campo y la mesurada sociedad de Bath. Pero Andrew le abrió un mundo totalmente nuevo, mientras la escoltaba orgulloso por todo Londres, haciéndole conocer las muchas delicias que esa ciudad tenía para ofrecer.

Pero los momentos que ella más atesoraba, los que ella recordaba como los más felices de su vida, fue el tiempo dolorosamente corto que vivieron juntos en St. Audries Hall, cerca del pintoresco pueblo de Holford, en las hermosas colinas Quantock de Somerset. Hester había disfrutado de su luna de miel en Londres, pero las colinas y los valles gloriosos que componían los alrededores del hogar de su esposo tocaron algo muy profundo dentro de ella, y aguardaba expectante la vida que compartirían en ese bello lugar de Inglaterra.

Esas primeras semanas en St. Audries fueron mágicas. Durante el día, Andrew la llevaba a conocer el campo circundante y juntos hicieron planes para la restauración de la otrora hermosa, pero ahora decadente, casa solariega que había alojado a los condes de St. Audries durante generaciones. Y las noches... Aún ahora, meses más tarde, con el cuerpo debilitado y transido de dolor, una suave sonrisa curvó su boca delicada al recordar esas noches en los brazos de su marido, no sólo la pasión, sino los planes que habían hecho, los hijos que tendrían, las mejoras a la propiedad que la fortuna de Hester les permitiría hacer, el dulce futuro que les aguardaba.

Un futuro que acabó repentina y brutalmente menos de seis semanas después de la boda. Todavía hoy, Hester no podía creer que Andrew estuviera muerto; todavía hoy, no podía aceptar el hecho de que su marido, aparentemente había ido a encontrarse con su amante en una cabaña apartada de la propiedad y que la amante, furiosa por su casamiento, le había asestado una puñalada en el corazón antes de clavarse ella misma el cuchillo. Hester quedó absolutamente desolada. No sólo el hombre que adoraba y en quien confiaba había fallecido, sino que el hecho había sucedido en circunstancias sórdidas y desagradables. No creyó en su infidelidad entonces, y aún ahora, al borde de su propia muerte, seguía sin creerlo.

¡Andrew la había amado! Había reconocido su inicuo pasado y le había dicho sinceramente que toda esa vida desenfrenada quedaba atrás, y a pesar de las aplastantes pruebas en contra, Hester seguía creyendo que sus palabras habían sido sinceras. Durante los largos y dolorosos meses que siguieron al deceso, Hester jamás dudó de que debería haber alguna otra explicación de la presencia de Andrew en esa cabaña y en compañía de esa mujer. ¡Tenía que haberla! Si no, todo lo que Andrew aparentaba ser, todo lo que ella había amado en él, era falso y ella no podía y no quería aceptar la idea de que todo su noviazgo y matrimonio habían sido una patraña.

Cuando el hermano menor de Andrew, Stephen, que estaba de viaje por Italia con su esposa y su hijo pequeño, regresó apresuradamente para consolar a su joven cuñada viuda y para heredar el título y las propiedades, Hester había hablado sinceramente con él, diciéndole que no creía que Andrew hubiera ido a encontrarse con su amante. Stephen, quien se parecía atormentadoramente a Andrew, con su cabello negro y ojos grises, fue muy considerado con ella, pero Hester notaba que le tenía lástima y creía que su hermano, tal como se rumoreaba, se había casado con ella por su fortuna, con la intención de continuar con su vida escandalosa.

A Hester le gustaba Stephen, aunque no podía decir lo mismo de su esposa Lucinda. Por algún motivo, Lucinda demostraba un gran resentimiento por Hester sin el menor disimulo, poniendo bien de manifiesto que ahora ella era la condesa de St. Audries y que estaba impaciente por que Hester se mudara a la arruinada casa de las viudas y saliera de St. Audries Hall. Lucinda también demostraba sin tapujos que hubiera preferido que Hester se fuera también de St. Audries. «Después de todo —había dicho Lucinda con crueldad—, aquí no hay nada para ti, y con tu fortuna, puedes vivir donde quieras. Mi esposo es ahora el conde, y mi hijo un día heredará el título de él. —Con sus ojos castaños llenos de hostilidad, había puesto fin a la desagradable conversación diciendo—: Y no te engañes con la bondad que te demuestra Stephen. Él también quiere que te vayas de aquí, a pesar de la pena que pueda sentir por ti y de lo mucho que quiera convencerte de que gastes algo de tu enorme riqueza en este montón de madera podrida y piedra que llama su hogar.»

Las palabras de Lucinda la hirieron profundamente, pero Hester se quedó, planificando calladamente las mejoras de la casa de las viudas y, a pesar de los consejos de otras personas, entregó una gran suma de dinero a Stephen para la restauración de St. Audries Hall. Después de todo, como le explicó a su cuñado:

—Es lo que tu hermano hubiera querido que hiciera y te ruego que aceptes mi ayuda en su memoria.

Como era un joven orgulloso, Stephen aceptó con renuencia el dinero y a los pocos días se empezaron los trabajos que ella y

Andrew habían soñado. Ver a las cuadrillas de obreros trabajando aquí y allá en el que hubiera sido su hogar, de alguna forma indefinible la ayudó a pasar esas semanas llenas de agonía que siguieron a la muerte de Andrew.

Para Hester, el tiempo inmediatamente posterior al fallecimiento de su esposo había pasado borrosamente. Le parecía que sus hombros frágiles soportaban una conmoción tras otra, lo cual contribuyó a que Hester perdiera noción de los cambios que se operaban en su propio cuerpo. Un mes después de la muerte y el funeral de Andrew, Hester se dio cuenta de que estaba embarazada. Con una creciente sensación de admiración, se daba cuenta de que algo maravilloso resultaría de esas breves semanas de su matrimonio: el hijo de Andrew. Posiblemente, su heredero.

Innecesario decir que Lucinda y, en menor grado, Stephen, no estaban encantados con la posibilidad de que el vástago de Hester fuera un varón. Si Hester daba a luz al hijo póstumo de Andrew, Stephen perdería el título así como las tierras y la mansión ancestrales que había considerado suyos. La sociedad aristocrática de Londres la consideraba una situación deliciosa y algo típico de Andrew Devlin eso de provocar una conmoción incluso después de muerto. Durante todo el invierno y principios de la primavera de 1796, entre muchas especulaciones maliciosas (ya que ni Lucinda ni Stephen eran demasiado admirados), la elite esperaba el nacimiento del hijo de Hester.

No fue una época fácil para ninguno de los protagonistas. Hester, aunque feliz con su embarazo, seguía llorando la muerte de su esposo. Stephen y Lucinda estaban en un estado de gran agitación, sin saber si el hogar que habitaban, al que estaban devolviendo generosa y costosamente su antiguo esplendor, les pertenecía realmente; y en cuanto al título... ¿Eran o no el conde y la condesa de St. Audries?

Durante esos meses de inquietud, Hester le había cobrado afecto a Stephen. Éste se mostraba invariablemente amable con ella y solícito en cuanto a su salud y bienestar. Fue Stephen quien se encargó de supervisar en su nombre la renovación completa de la casa de las viudas. Había insistido en que se le permitiera costear todo. Con una sonrisa irónica, había dicho con gravedad: «Después de todo, es tu dinero, aun cuando la cuenta esté a mi nombre». Pero

Hester había sacudido su melena rubia y replicado mesuradamente: «Sí, así es, pero recuerda que te lo di... ¡para usarlo en la casa solariega, no en el hogar de tu cuñada! —Con un destello en los ojos verdes, agregó con aspereza—: Y ella bien puede pagar sus propias cuentas.» Rieron juntos y ahí había terminado todo; la casa de las viudas fue restaurada con la misma riqueza y elegancia que la casa principal y Hester había pagado sus propias cuentas.

A medida que avanzaba el embarazo, Hester se encontró dependiendo cada vez más de Stephen; él pasaba mucho tiempo con ella, dispuesto a ocuparse de cualquier cosa que necesitara, y si bien Hester apreciaba que la consintiera de este modo, también le resultaba penoso. Stephen se parecía tanto a Andrew que, a veces, cuando él entraba inesperadamente a una habitación, a Hester le saltaba el corazón en el pecho y por un loco instante pensaba que milagrosamente Andrew había vuelto a ella. Pero, de inmediato, se imponía la realidad y volvía a abrirse la herida de la muerte de su marido, sumiéndola en la infelicidad durante varios días.

Algunas veces Hester se preocupaba pensando que las muchas atenciones de Stephen para con ella eran lo que despertaba la antipatía de Lucinda, pero cuando intentó desalentar sus frecuentes visitas, explicándole lo mucho que podía ofender a su esposa, él simplemente se rio y desechó su inquietud, diciendo al descuido:

—Mi esposa comprende bastante bien cuál es su situación. No tienes nada que temer de ella, y no te preocupes por sus modales altivos; simplemente se siente agrandada por el hecho de haber pasado tan repentina e inesperadamente de ser la esposa del hijo menor a la posibilidad de ser la condesa de St. Audries. —Si bien su actitud le pareció fría e insensible, Hester se convenció a sí misma de que se trataba sólo de su propia imaginación, pero no pudo menos que sentirse intrigada por el tipo de matrimonio que llevaban.

Cuando Hester ya casi llevaba ocho meses de embarazo, fue Stephen quien sugirió que hiciera su testamento. Sosteniendo una de sus manos finas, le había sonreído y murmurado:

—Estoy seguro de que vas a dar a luz sin problemas, pero si algo saliera mal... —Como había llegado a depender tanto de él durante los últimos meses, y como en ningún momento había llegado a sacudirse la apatía que la sobrecogía desde la muerte de Andrew, siguió obediente sus instrucciones y dejó que su abogado preparara el testamento. Era un documento extremadamente simple: si ella moría, su inmensa fortuna pasaría a su hijo, y en el caso trágico de que murieran tanto ella como su hijo, todas sus riquezas pasarían a su cuñado y querido amigo, Stephen Devlin.

Con el testamento hecho y sus intereses en las manos capaces de su cuñado, Hester pareció perder todo interés por la vida. Su apetito disminuyó y empalidecía y se debilitaba día a día. Ni siquiera el próximo nacimiento de su hijo la sacaba de la laxitud debilitante que se había apoderado de ella. Stephen, intranquilo, le había explicado al párroco:

—Es como si hubiera desaparecido todo deseo de vivir. De todo lo que habla es de Andrew... y de que espera reunirse con él pronto. Realmente temo por su vida y la de la criatura. Está sola en el mundo, salvo por mí; su tío murió hace apenas un mes. ¡Pobre niña! Si sólo hubiera alguna forma de hacerle desear vivir. —Sacudiendo la cabeza oscura, Stephen había agregado—: He hecho todo lo posible, hasta Lucinda ha venido a verla, pero nada parece servir. Si solamente hubiera algo a mi alcance para darle un motivo para vivir. Siento que le he fallado de algún modo.

El párroco, con la familiaridad que le concedía una relación de larga data, lo había tocado levemente en el brazo y había murmurado para tranquilizarlo:

—Bueno, bueno, hijo, tú no tienes por qué culparte; todo el mundo en el pueblo sabe lo mucho que quieres a tu joven cuñada y lo bueno que has sido con ella en sus angustias. Has hecho todo lo que has podido; lo que ocurra ahora está en manos de Dios.

En ningún momento se le ocurrió a Hester que la voluntad de Dios sería que muriera a las pocas semanas de su vigésimo primer cumpleaños, a las pocas horas de haber dado a luz a su hija. Sólo sabía que a pesar de la alegría que le producía el hecho de llevar el hijo de Andrew, durante las últimas semanas se había puesto cada vez más débil y pálida. Había tratado de fortalecerse, comiendo alimentos nutritivos preparados por la excelente cocinera, dando tranquilos paseos en la atmósfera primaveral, asegurándose de descansar lo suficiente, pero a pesar de todo, seguía consumiéndose. Y ahora parecía que su único temor no expresado estaba por hacerse realidad: se estaba muriendo, y dejaba huérfana a su hija recién nacida, Morgana.

Miró con desesperanza la cunita al costado de su cama, deseando tener la fuerza suficiente para seguir viviendo, que cesara este terrible entumecimiento que crecía inexorable en todo su cuerpo. Tenía tanto amor que dar a su hijita, había tantas risas para compartir, tanto que hubiera querido contarle a Morgana sobre su padre... tanto de lo que quería proteger a su hijita... especialmente de las mentiras y los rumores acerca de la muerte de Andrew. Pero nada podía hacer; se moría y no había sido necesario ver la expresión grave en el rostro del médico, ni el dolor en los ojos grises de Stephen, para saber que el tiempo que le quedaba en este mundo se podía medir en minutos.

Lo que de algún modo tranquilizaba el espíritu de Hester era saber que, por lo menos, Morgana estaría bien atendida y provista: Stephen sería su tutor y Hester no dudaba de que sería bueno y cariñoso con la niña. Sin embargo, le preocupaba Lucinda, y temía que la esposa de Stephen se resintiera y maltratara a su hijita, haciendo muy desagradables los primeros años de Morgana. Pero se recordó a sí misma que Stephen no permitiría que Lucinda la maltratara. En cuanto a lo material, a los veintiún años o en el momento de su casamiento si éste ocurría antes, Morgana entraría en posesión de la vasta fortuna que Hester le había legado, y que Stephen administraría mientras fuera menor de edad.

En el aspecto material, Morgana no carecería de nada, pero Hester, que había crecido sin madre, sabía que los objetos jamás remplazarían a una madre cariñosa, y era consciente de la gran tristeza que le producía saber que ella no estaría allí para ver a su hija crecer hasta convertirse en una persona adulta.

Si bien Hester no quería morir, si no fuera por la inexplicable antipatía que le tenía Lucinda, podría haber enfrentado su propia muerte con más paz y menos temor por el futuro de su hija. La situación con Lucinda la preocupaba enormemente; nunca había logrado entender del todo por qué Lucinda le había tomado tal animosidad y había resistido a todo intento de acercamiento amistoso. Meses antes se había enterado, por la esposa del terrateniente del distrito, de que en una época se había asociado el nombre de Lucinda con el de Andrew.

—¡Permítame decirle que provocó bastantes comentarios! —le había dicho francamente la mujer—. Lucinda conoció a Stephen primero, sabe, y ya estaban comprometidos cuando Andrew apareció en escena. Andrew parecía muy encantado con ella y le dedicó grandes atenciones durante varias semanas antes de la boda. Por su parte, ella no desalentó ninguna de estas atenciones. Personalmente, creo que Lucinda decidió que prefería ser condesa en vez de la esposa de un hijo menor sin un centavo, no importaba cuán seductor y atractivo fuera el hijo menor. Pero, por supuesto, no resultó en nada. —Y con una mirada bondadosa a Hester, agregó—: Yo no cavilaría mucho sobre este asunto, mi querida, esto ocurrió años antes de que el conde la conociera a usted.

Aun diciéndose a sí misma que la animadversión de Lucinda podía deberse simplemente a los celos de la mujer con la que Andrew había terminado por casarse, no explicaba realmente la actitud de Lucinda; después de todo, supuestamente se había casado con el hombre elegido, Stephen. Entonces ¿por qué ese resentimiento tan obvio hacia la esposa de Andrew? Al principio, Hester no se preocupó excesivamente por su abierta mala voluntad y supuso que al final lograría vencer la animosidad de Lucinda y que, con el tiempo, hasta llegarían a ser amigas. Pero ahora que se estaba muriendo la idea de que Lucinda criaría a su hija llenaba a Hester de malos presagios.

Desesperadamente trató de reunir sus escasas fuerzas; la necesidad de hablarle a Stephen, de rogarle que cuidara a su hija, la hizo más consciente de lo que ocurría a su alrededor. Animándose un poco, se dio cuenta del suave llanto de su hija recién nacida, y una ola de amor la invadió al mirar la cuna y ver la cabeza sorprendentemente cubierta de negros cabellos. Morgana Devlin, su hija. La hija de Andrew.

El rostro de Hester se suavizó, y fue en ese momento que de pronto su mente tomó conciencia de la conversación que mantenían los dos hombres que estaban al pie de la cama. Uno de ellos era Stephen, pero el otro le era desconocido y, por primera vez, pensó lo rara que era la presencia de un extraño en su habitación, especialmente en esas circunstancias. Pero fueron las palabras de Stephen las que le helaron la sangre en las venas y detuvieron su impulso de llamarlo a su lado.

Con creciente horror e incredulidad escuchó a Stephen que murmuraba:

—¡Me importa un bledo lo que haga con la mocosa; sólo deshágase de ella y asegúrese de que jamás la encuentren!

—¿Y cómo se supone que va a explicar su desaparición, milord? —inquirió el extraño—. Una gran heredera como esta no desaparece así como así.

Stephen miró a su alrededor sin notar, por suerte, la creciente lucidez de Hester.

—Yo me encargo de eso; no se preocupe. No es necesario que nadie vea el cuerpo de la niña; una pila de trapos envueltos en una frazada y colocada en un ataúd será suficiente.

—¿Por qué no ahogar a la niña ahora mismo? —preguntó el extraño—. No será la primera vez que me llama para un asesinato...

—¡Cállese, estúpido! —gruñó Stephen—. No tengo por qué explicarle nada a usted, sólo que hasta yo tengo reparos ante un infanticidio. ¡Simplemente, llévesela de aquí!

El extraño rio cínicamente.

—Ah, lo entiendo realmente muy bien. A usted en verdad no le importa si mato a la mocosa en el instante en que esté fuera de su vista; simplemente usted es demasiado delicado para mirar mientras lo hago.

La cara de Stephen empalideció.

—¡No le pago una enorme suma en oro para oír sus suposiciones acerca de mis motivos! Simplemente deshágase de la criatura.

El hombre movió la cabeza en dirección de Hester.

—¿Y qué pasa con ella? ¿Está seguro de que no va a necesitar mi ayuda también?

Durante un breve instante, una cierta expresión de pesar cruzó el rostro apuesto de Stephen. Con voz más suave, murmuro:

—No. Se está yendo y no hay ningún motivo para apresurar su muerte. El médico me dijo que morirá antes del amanecer.

Terriblemente consciente de que debía actuar con rapidez si quería salvar a su hijita, Hester exhaló un suave quejido, como si acabara de volver en sí. Cuando Stephen estuvo a su lado, ocultó el asco y el temor que le inspiraba, y dijo débilmente:

—¡Querido Stephen! ¿Todavía cuidándome? ¡Qué bueno eres! —Después, esperando que no detectara ningún cambio en su voz, le preguntó—: ¿Está el médico todavía? Quisiera hablar con él.

Los dos hombres se miraron.

—Lo siento, mi querida —respondió Stephen con suavidad— pero ya se ha ido. ¿Puedo hacer algo por ti?

Al instante se dio cuenta de que, si bien no podían estar seguros de que los hubiera escuchado, no correrían ningún riesgo. Salvo que alguien entrara a la habitación por error, Hester sabía que no le permitirían hablar con nadie. Febrilmente trató de pensar en alguna forma de engañarlos. La vida, o por lo menos el futuro de Morgana estaba en juego, y a pesar de su debilidad, a pesar de saber que podía morir en cualquier momento, Hester estaba decidida a encontrar un modo de frustrar sus malvados planes.

—¡Mi bebé! —exclamó suavemente—. Quiero abrazarla antes de morir.

Con renuencia, Stephen alzó a la niña y la puso en los brazos extendidos de Hester. Mirándolo con sus ojos verdes empañados por las lágrimas, Hester murmuró:

—¿Me darás unos momentos a solas con ella? Tú la tendrás toda una vida, mientras que yo sólo tengo estos minutos preciosos.

Era evidente que Stephen no deseaba dejarla sola, pero después de un instante de tensión, se inclinó y dijo quedamente:

—Por supuesto, mi querida. Te dejaremos sola. Estaré en la antecámara; llámame si me necesitas.

Hester asintió débilmente con la cabeza, preguntándose frenéticamente cómo podía aprovechar el escaso tiempo que le quedaba para proteger la seguridad de su hija. Apretando a la niña protectoramente contra su pecho, miró aturdida a su alrededor, buscando alguna forma de salvar a Morgana del destino que habían maquinado para su hija el extraño y el hombre a quien había considerado su amigo más querido.

Con un vuelco en el corazón, se dio cuenta de que era poco lo que podía hacer, pero cuando su mirada se posó sobre su Biblia y los útiles para escribir que estaban sobre la mesa junto a su cama, se le ocurrió un plan desesperado. Sabiéndose impotente para impedirles llevar a cabo su infamia si no ocurría algún milagro, su única esperanza era dejar constancia de lo que había oído y alguna forma indeleble de identificar a la criatura... si Morgana sobrevivía.

Dejando a la niña y utilizando casi las últimas fuerzas que le quedaban, Hester dolorosamente se sentó y alcanzó la pluma y el papel. Sus movimientos eran torpes y derramó un poco de tinta, mientras laboriosamente escribía con exactitud lo que había oído... y lo que planificaba hacer. Después, doblando el papel, con dedos temblorosos lo escondió rápidamente en el lomo de su Biblia.

Casi exhausta por el esfuerzo, cayó sobre la cama, pero impulsada por el instinto ancestral de una madre de proteger a su vástago, con delicadeza destapó a la niña, la giró hasta dejar expuestas sus diminutas nalgas y extendió el brazo para tomar un objeto que estaba sobre la mesa. Con mano trémula calentó el pequeño sello de la condesa viuda de St. Audries sobre la llama de la vela y después, con los ojos inundados de lágrimas, murmuró:

—Mi querida, querida niña, perdóname por lo que debo hacerte. —Y deliberadamente marcó a su hija en el costado de la nalga derecha.

La niña chilló, pero la aflicción que sufrió Morgana en ese instante no era nada comparada con la agonía que inundaba el corazón de su madre por haber tenido que infligir ese dolor. Con lágrimas deslizándose por las mejillas pálidas, Hester rápidamente examinó la marca que había estampado en la carne suave y tierna. Satisfecha de que su sello era claramente reconocible, y temerosa de que el llanto de la niña atraería a Stephen a la habitación, dejó caer el sello y volvió a tapar a la criatura.

Apenas había terminado cuando Stephen entró apresurado a la habitación.

—¿Qué pasa? Oí llorar a la niña.

—Creo que sólo tiene hambre y nos está diciendo que quiere que la alimenten —replicó Hester, con una voz notablemente más débil que antes.

Stephen dirigió una mirada penetrante a Hester, viendo la mayor palidez de su piel.

—¡Estás agotada! —la regañó, tomando a su hija—. Ya he conseguido una nodriza para ella. No te inquietes, Hester, te lo ruego. Sólo lograrás empeorar tu estado.

Odiándolo, y sin embargo decidida a aparentar que todo era normal, sonrió desfallecidamente aunque con amargura, y dijo con cinismo:

—¿Cómo puedo empeorarlo? Morir es lo peor que le puede pasar a una persona.

Stephen cerró los ojos y ella pensó que hasta era posible que sufriera realmente. Pero después sus ojos grises se encontraron con los de ella y dijo en tono bajo:

—No, hay cosas peores que morir; a veces vivir es lo peor que le puede pasar a uno.

Agotada por el esfuerzo, la vida escapándosele con cada segundo, Hester no hizo ningún gesto cuando Stephen alzó a la niña y la acostó en la cuna. Cansadamente, Hester dijo:

—¿Te puedes encargar de que entreguen mi Biblia a mi vieja niñera, la señora Grey? Fue como una madre para mí y sé que la apreciará y espero que algún día se la dé a Morgana. —Sosteniendo la mirada de Stephen, sabiendo que la respuesta sería una mentira, le preguntó con suavidad—: ¿Realmente vas a conservar a la señora Grey y permitirle ayudar a criar a Morgana?

Mirando hacia otro lado, Stephen dijo con aspereza:

—Por supuesto. Sabes que haré todo lo que esté a mi alcance por la criatura.

Deseando tener fuerza suficiente para llamarlo mentiroso y villano, Hester apartó la vista y sus ojos se agrandaron al mirar al extraño que había entrado a la habitación detrás de Stephen. Era de altura y constitución medianas, pero lo que atrajo la mirada de Hester fue la rareza de sus ropas: vestía todo de negro. Hasta el sombrero que usaba con el ala cubriéndole un lado de la cara era negro, y sólo cuando se giró y la luz le dio de lleno, Hester vio el parche negro que le cubría un ojo.

El tuerto echó un vistazo por la habitación, prácticamente ignorando a Hester, quien rápidamente cerró los ojos cuando éste se acercó. Frunció el entrecejo al notar la mancha de tinta fresca y cuando vio que la punta de la pluma todavía estaba húmeda. Con la sospecha agudizando sus rasgos, examinó con detenimiento cada uno de los objetos que estaban desperdigados sobre la mesa, y su único ojo se detuvo sobre la pequeña Biblia. Casi con descuido tomó la Biblia y la deslizó dentro del bolsillo de su raído sobretodo.

—No la va a necesitar más.

—¿Quiere callarse? Lo puede oír —saltó Stephen, con la vista sobre la forma quieta de Hester.

El tuerto sonrió sin alegría.

—Ya está muerta o prácticamente muerta. No volveremos a oír una sola palabra de ella. Ahora deme a la niña y me iré.

Hester trató frenéticamente de reaccionar, trató de incorporarse y condenar a Stephen por lo que estaba a punto de hacer, pero ninguno de los miembros de su cuerpo la obedecía; incluso los párpados le parecían demasiado pesados como para levantarlos. A medida que la paralizante laxitud se iba apoderando de cada parte de su organismo, a solamente unos segundos de la muerte, su último pensamiento fue para su hija, para la marca que le había puesto y la carta que había escrito. «Un día —pensó adormecida—, un día mi bebé recuperará el lugar que le corresponde. ¡Morgana sobrevivirá y la infamia que se está cometiendo esta noche no quedará impune!»

Lady Hester Devlin, la condesa viuda de St. Audries, se estaba muriendo. Desentendida de los demás ocupantes de la habitación, con la mirada atribulada recorría una y otra vez todos los rincones de la cámara suntuosa, pero el letargo que lentamente inundaba su cuerpo delgado le robaba coherencia a cualquier pensamiento. Mientras yacía en solitario esplendor en la enorme cama de caoba, con sus cortinas de seda y finas sábanas de lino, nada le parecía real, ni siquiera los dos hombres que hablaban por lo bajo al pie de su cama, ni la criatura recién nacida que lloraba suavemente en la cuna cercana.

Con creciente y pesada apatía, sus ojos siguieron recorriendo la habitación espaciosa, posándose sobre las sillas delicadas de terciopelo dorado, sobre el gran armario de caoba y el elegante tocador. Cuando contempló los enormes retratos que colgaban de las paredes, uno de ellos despertó vivamente su interés. De pronto, una chispa de vida se encendió en sus ojos verdes enturbiados por el dolor y una cálida sonrisa curvó sus exangües labios pálidos, mientras miraba con cariño el retrato de su esposo fallecido, el sexto conde de St. Audries.

¿Era posible que solamente hubiera transcurrido un año escaso desde que había aparecido en su vida? ¿Apenas once meses desde que uno de los lores más apuestos del reino, uno de los hombres más seductores de toda Inglaterra la tomara por esposa? Aún ahora a Hester le parecía un sueño, mientras absorbía los rasgos amados del hombre del retrato.

Andrew Devlin, el sexto conde de St. Audries, había sido un hombre particularmente apuesto, y el artista había captado con gran acierto su aspecto moreno, vital: el cabello negro y espeso, la nariz orgullosa y el mentón arrogante, la boca amplia y sensual. Todos los Devlin tenían entre sí un parecido asombroso e inconfundible, con esos ojos grises de exótica forma almendrada y cejas negras, arqueadas y altaneras, que aparecían indefectiblemente generación tras generación.

PRIMERA PARTE

El carterista

Londres, Inglaterra. Verano de 1815

«Sabemos lo que somos,
pero no sabemos lo que podríamos ser.»

William Shakespeare,
Hamlet

1

Las calles Newton y Dyot, en el barrio de St. Giles, eran bien conocidas como el cuartel general de la mayoría de los ladrones y carteristas de Londres, por eso no era sorprendente que los tres habitantes de un conjunto de habitaciones miserables dentro de un edificio semiderruido a pocas manzanas del mismo, se ganaran la vida, fuera ésta lo que fuera, robando. En realidad, según las normas del barrio St. Giles, los hermanos Fowler vivían muy bien, tenían un techo sobre la cabeza y pocas veces pasaban hambre, a diferencia de la mayoría de los desafortunados infelices que habitaban esa parte de Londres. No era para la familia Fowler la indignidad de dormir en las alcantarillas asquerosas a merced de cualquier asesino, que los había y muchos, ni el refugio del alcohol en las diversas tabernas ordinarias que abundaban en el área, ni los peligros que acechaban en cada callejón oscuro. Prostitutas, mendigos, ladrones y asesinos abundaban en las estrechas y miserables calles de St. Giles, pero los Fowler apenas pensaban en ello. Éste era su hogar; conocían cada calle serpenteante, cada sórdida bodega, cada maestro criminal del barrio... y a quiénes había que evitar.

Lo que no significa que los Fowler llevaran una vida fácil; sufrían gran parte de las mismas miserias y tenían los mismos temores que la mayoría de los otros bribones, aunque había algunas almas envidiosas que jurarían que Jacko Fowler, de veinticinco años, el mayor del terceto, gozaba del beneplácito de la Diosa Fortuna. ¿No había engañado y escapado de la guardia en incontables ocasiones? Y cuando finalmente lo atraparon esa vez desastrosa, ¿no se había escapado de la misma entrada de Newgate? ¡Ah, Jacko era un tipo singular, sí señor! Y guapo también, las... eeeh... damas del barrio estaban de acuerdo en eso, con sus cabellos castaños ondulados y sus pícaros ojos azules.

No es que Ben, tres años menor que Jacko, fuera menos inteligente en sus escapadas o menos atractivo; simplemente Jacko era el líder evidente del trío y su seducción descarada oscurecía la sosegada intensidad de Ben. En cuanto a Pin, bien, el menor de los Fowler, aparte de ser un pilluelo atrevido, siempre a punto con una respuesta aguda y una hoja igualmente afilada, a los diecinueve años era considerado demasiado joven todavía para haber dejado su marca en el mundo.

El verano anterior había sido muy bueno para los Fowler. Una vez finalizada la larga guerra con Francia y con Napoleón cuidadosamente custodiado en Elba, Inglaterra estaba de ánimo festivo y decenas de personajes famosos habían visitado Londres: el zar de Rusia y su hermana, la gran duquesa Catalina de Oldenburgo, el rey Federico de Prusia y el general Blúcher, por mencionar sólo algunos de los notables que habían distinguido a Londres con su presencia ese verano de 1814. Londres no solamente había estado lleno de héroes victoriosos de la aparentemente interminable guerra con Napoleón, sino que hubo una plétora de fiestas y diversiones públicas: celebraciones en Hyde Park y Green Park, con ascensos de globos y fuegos artificiales grandiosos, diversiones durante las cuales los Fowler estuvieron muy ocupados paseándose entre las multitudes excitadas, sus ágiles dedos sustrayendo un reloj de bolsillo de oro aquí, un pañuelo de seda allá, y cualquier otra cosa de valor que se les pusiera por delante. ¡Ah, sí, había sido un verano fantástico!

Pero el año 1815 no estaba resultando tan rentable ni tan agradable como el anterior para los Fowler. En enero habían sufrido una tragedia personal muy grave. Su madre, Jane Fowler, había muerto de la tisis que consumía su cuerpo delgado desde que los tres muchachos podían recordar. Quedaron alelados, incapaces de creer que Jane, que había sido la luz que guiaba su universo, ya no estaba. Valerosamente, pero con mucho menos entusiasmo, siguieron adelante con sus vidas, tratando de mantener los preceptos que su madre les había inculcado en vida, y haciendo lo que podían con el dolor de su pérdida. No era fácil y su visión del futuro era sombría. Evidentemente, con la huida de Napoleón de Elba el veintiséis de febrero y el reinicio de las hostilidades con Francia, había pocos motivos para cualquier celebración. Sin embargo, las dificultades de los Fowler no tenían nada que ver con Napoleón ni con el inminente reinicio de la guerra en el continente...

—¡Maldición, Jacko! Nosotros no somos asaltantes de casas. Nos las arreglamos bastante bien con las cosas como están. ¿Acaso ayer mismo Pin no sacó un fenómeno dedal de la bolsa de ese señorito? ¿Para qué queremos arriesgar el pescuezo de esta forma? —Gruñó Ben, con los brillantes ojos azules que él y Jacko habían heredado de su madre destellando con ira.

—A Ma no le gustaría, Jacko —farfulló Pin—. Sabes que no le gustaría.

—¡Por todos los diablos! —estalló Jacko con impaciencia—. ¿Creéis que a mí me gusta este asunto? ¡Maldito sea!

Pin y Ben cruzaron una mirada, con la luz vacilante de la única vela sobre la mesa a la que estaban sentados danzando en sus caras atentas. Con suavidad, Ben expresó lo que todos tenían en mente.

—Es el tuerto, ¿no? Es por él, ¿no?

Jacko apartó la vista, su hermosa cara tensa.

—Ajá, es por él —admitió apesadumbrado—. Me dijo que si no empezábamos a traerle más cosas y mejores, nos tendríamos que buscar otro refugio y otro capo.

Se produjo un silencio sombrío. Los Fowler operaban principalmente por su cuenta pero, como la mayoría de los ladrones de St. Giles, eran parte de una banda o corro, como lo llamaban, más grande, con jerarquías bien definidas entre los miembros y ciertos lugares seguros que sólo ellos conocían donde podían esconder lo robado. Y si el capo, el líder de su corro, decidía que estaba insatisfecho con ellos y ya no les permitía almacenar sus ganancias mal habidas en el refugio, o en un escondite, estaban en serios problemas. Nadie sobrevivía en St. Giles sin la ayuda de los demás ladrones del propio corro. Y eran bien pocas las posibilidades de que los aceptaran en otro si los echaban de su banda actual.

Malhumorado, Ben dijo:

—*'hora 'e que no' vayamo'* de St. Giles, siempre me gustó *l'idea* de andar con caballos y tú *ere'* bien guapo con los fierros; ¿qué hay si *no' hacemo' bandido'*? Pin podría ir de peón *n'una* posada y *soplarno'* cuando pasen *lo' ricachone'*.

Jacko sacudió la cabeza lentamente, pero fue Pin quien habló, diciendo vivamente:

—¡Pero escuchad cómo estamos hablando! Hace menos de seis meses que murió mamá y ya nos estamos olvidando de lo que nos enseñó. Si nos oyera esta noche, no vacilaría en golpearnos las orejas.

Los rostros de Jacko y Ben se tiñeron de vergüenza, y sin el menor rastro de su anterior forma de hablar, Jacko dijo, con un acento refinado que habría enorgullecido a un joven lord:

—¡Perdón! Es que es tan difícil vivir el doble rol que mamá nos exigía. Y ahora que ya no está... —Se produjo un silencio penoso antes de que Jacko continuara—. Sin ella para recordárnoslo, a veces es más fácil simplemente olvidar los modales educados que insistió en que aprendiéramos.

En tono apagado, Ben agregó:

—¿Para qué nos sirve? ¿Acaso nuestros modales finos y lenguaje educado nos van a sacar de St. Giles? ¿Aumentarán nuestra fortuna? ¿Elevarán nuestra posición? ¿El hecho de que sepamos leer y escribir nos hace la vida más fácil? ¿Y aunque sepamos comer y actuar correctamente, creéis que eso va a impresionar a nuestros vecinos? —Ben rio con amargura—. ¡Si nos oyeran hablando ahora, seríamos objeto de sospecha y desconfianza... y también de burlas por remedar los modales de la nobleza! A veces me gustaría que mamá se hubiera olvidado de su pasado y nos hubiera dejado crecer como todos los demás de St. Giles.

Jane Fowler no había ocultado el hecho de que era la hija ilegítima de un afable terrateniente rural y que había sido criada en la casa del mismo. Había crecido con todas las ventajas de una familia respetable y acomodada. Cómo y por qué había terminado como prostituta en uno de los distritos más notorios de Londres era un tema que nunca discutió con sus hijos. Jacko y Ben recordaban vagamente una época en que habían vivido en una hermosa casa con muebles elegantes y sirvientes, pero los primeros recuerdos de Pin fueron los cuartuchos mugrientos donde estaban ahora.

A pesar de las circunstancias sórdidas, Jane jamás permitió a sus hijos olvidar su vida anterior, e insistió en enseñarles a leer, escribir y hablar correctamente; lo que sólo hacían en la intimidad de sus habitaciones. El resto del tiempo adoptaban el lenguaje y los modismos de los habitantes de St. Giles.

Aunque de acuerdo en que los modales y el lenguaje finos aparentemente no les producían mucha ganancia, Pin miró el rostro hosco de Jacko y el semblante triste de Ben y dijo lentamente:

—No ganaremos nada con quejarnos de algo que no podemos cambiar. Mamá nos enseñó a ser diferentes, por el motivo que sea, y ahora que ya no está aquí para guiarnos, creo que lo que hagamos en el futuro depende de nosotros.

—¡Ah, bonitas palabras! —dijo Ben con ironía—. ¡Nuestro maldito futuro es que nos cuelguen en Tyburn!

Interiormente, Pin podía estar de acuerdo con la evaluación de Ben acerca de su situación, y sabe Dios que ése era el fin de muchos de sus compañeros, pero el más joven de los Fowler no estaba dispuesto a contemplar ese destino en particular, y dijo apresuradamente:

—¿Y si nos vamos de St. Giles? —Mirando fijamente a Jacko, Pin agregó—: Tú querías una granja; ¿qué nos impide seguir ese plan? En vez de convertirnos en asaltantes de casas o bandidos, ¿por qué no podemos convertirnos en granjeros, como querías originalmente?

Jacko cerró los ojos con una expresión de dolor y musitó miserablemente:

—Porque el capo no me lo permite.

Se produjo un silencio azorado.

—¿No te lo permite? —repitió Pin tontamente—. ¿Qué quieres decir?

Frotándose cansadamente una mano por la cara, Jacko replicó por lo bajo:

—Se me ocurrió que nos fuéramos la semana después que mamá... —Un dolor le cerró la garganta y mientras luchaba por recuperar la compostura, Pin y Ben sintieron el escozor de las lágrimas en los ojos. La muerte de Jane seguía siendo un tema acongojante para sus hijos. Controlando sus emociones, Jacko finalmente dijo con desaliento—: Todavía no había decidido cómo ni cuándo lograríamos salir de aquí, cuando maté a ese hombre. El capo estaba conmigo cuando ocurrió y fue pura suerte que la guardia no lo atrapara también a él; bueno, por lo menos creo que fue suerte... El día antes le había hablado de la idea de irnos del corro y de St. Giles. Le dije que queríamos volvernos respetables. —Jacko tragó lastimosamente, sin mirar a ninguno de los otros dos—. Al principio se rio de mí. Después, cuando se dio cuenta de que hablaba en serio, se enojó mucho y juró que nadie se salía del corro vivo. Dijo que le debíamos lealtad, que le debíamos el hecho de que mamá no tuviera que venderse hasta el día de su muerte, que le debíamos cada pedazo de pan que comíamos y hasta el mismo techo que nos cubre. Yo creí que lo decía porque estaba furioso pero que, después de pensarlo, no se opondría tanto a nuestra partida.

Ben lanzó una risita amarga.

—¿Ah, sí? ¿Cuando somos sus mejores ladrones? ¿Cuando entre los tres le traemos más chucherías valiosas que casi todo el resto del corro junto? ¿No se te ocurrió que podría oponerse? ¡Hasta yo me puedo dar cuenta de eso! ¡Cristo! ¡Nunca le tendrías que haber dicho lo que pensabas! Tendríamos que haber desaparecido sin más.

Abatido, Jacko agregó:

—Ahora lo sé, pero no lo sabía en ese momento. Él y mamá parecían compartir una relación especial, y supuse que se alegraría de ver que sus hijos lograban escapar de todo esto. Me equivoqué. —Con la voz enronquecida, Jacko continuó—: Lo vi unos días después de que maté al hombre, y me dijo que me olvidara de cualquier idea de irnos de St. Giles, que si trataba de irme, me delataría a la guardia y la conduciría hasta mí. Juró que si lo desafiaba y trataba de escapar, me encontraría en cualquier lugar donde fuera, y que me echaría los alguaciles. No puedo desobedecerle, si no, mi vida estará acabada.

Con miedo e ira en los ojos, Pin y Ben miraron a su hermano mayor. Ninguno dudaba de la veracidad de sus palabras y ninguno de ellos dudaba que si el capo había jurado encontrar a Jacko, lo haría. El capo tenía tentáculos en todas partes; no había un solo rincón de Inglaterra que escapara a sus ojos, y dondequiera que Jacko huyera, tarde o temprano el capo tendría noticias de él y su suerte estaría echada.

Sacudiendo los hombros, Ben dijo con alegría forzada:

—Bueno, ¡entonces nos convertiremos en asaltantes de casas, como él quiere!

—¡Y de los buenos! —agregó Pin con ferocidad.

—¡No seáis estúpidos! —dijo Jacko con aspereza—. Me podrá tener en sus manos, pero no es razón para que vosotros dos os sacrifiquéis por mí. No hay nada que os impida escapar de esta existencia miserable.

Pin y Ben intercambiaron una mirada, y casi al unísono se volvieron para mirar a su hermano mayor, con una expresión obstinada casi idéntica en sus rostros jóvenes. Aun antes de que abrieran la boca, Jacko sabía lo que iban a decir.

—¡No te vamos a dejar! —declaró Ben directamente—. ¿Realmente piensas que Pin y yo podríamos tener paz o felicidad sabiendo que estás atrapado en las redes del capo?

Con los ojos brillantes por la emoción, Pin dijo con vehemencia:

—¡Estamos juntos en esto y no nos separaremos! ¡O nos escapamos juntos de este horrible agujero o bailaremos todos en el extremo de una cuerda!

Jacko lanzó una risita, relajando un poco sus rasgos. Era sincero en su oferta y hubiera hecho todo lo que estaba a su alcance para ayudarlos a escapar, pero no sería honesto consigo mismo negar la sensación de alivio que lo invadió al oír esas palabras. Enderezándose en la silla, lanzó una mirada penetrante a las dos personas que más amaba en el mundo.

—¿Está decidido entonces? ¿Asaltamos casas?

Pin y Ben se encogieron de hombros.

—Realmente no tenemos otra elección, ¿no?

Jacko estuvo plenamente de acuerdo.

—No. El capo se aseguró bien de eso.

—¿Sabes cuándo quiere que empecemos con nuestra nueva empresa? —preguntó Pin con curiosidad.

—Sospecho que dentro de una semana. Mañana está el torneo de boxeo en Fives Court y tenemos que trabajar en la multitud... Probablemente lo veré esa noche para entregarle lo que hayamos logrado robar.

Pin se estiró y mascculló.

—Supongo que en cuanto tengamos algo de experiencia, nos estaremos preguntando por qué tantas reservas para convertirnos en asaltantes de casas.

Ben acarició con afecto la cabeza oscura y rizada.

—Oh, sí, seguro que tienes razón. Ya somos carteristas tan expertos que ya no nos entusiasma. Ese torneo de boxeo de mañana probablemente nos resultará bastante aburrido, ahora que decidimos dedicarnos a otro tipo de trabajo.

Conociendo la veta temeraria de sus dos hermanos menores, Jacko frunció el entrecejo.

—Yo en vuestro lugar no me pondría tan ufano; somos buenos en lo que hacemos, pero también existe la posibilidad de cometer un error.

Pin aulló de risa.

—¿Un error? ¿Yo cometer un error? ¿Y nada menos que en un torneo de boxeo? Sabes cuánto me aburren, así que podré concentrarme más en el negocio, robar de los bolsillos para nuestro querido capo. ¡El maldito hijo de puta!

En una de las mansiones que adornaban Hanover Square, dos caballeros disfrutaban de una copa de oporto, después de una excelente comida de ternera y judías tiernas. Estaban sentados en una habitación decorada con elegancia, las paredes revestidas de seda color heno contrastaban agradablemente con los tonos rubí y zafiro de la alfombra oriental que cubría el suelo. Las ventanas altas y angostas que daban a la plaza estaban guarnecidas con exquisito terciopelo granate, mientras en lo alto, las múltiples velas de la araña de cristal bañaban la habitación amplia con una luz dorada.

Con las largas piernas estiradas cómodamente, Royce Manchester estaba repantigado en el sillón de respaldo alto próximo a las llamas, que danzaban en la chimenea de mármol. A pesar de que estaban a principios de junio, el día había sido fresco y Royce se sentía reconfortado por el calor del fuego. Tomando un sorbo de su oporto, observó:

—Espero que el tiempo no esté tan inclemente mañana, cuando vayamos a ese maldito torneo de boxeo que insistes que debo ver. Como ninguno de los pugilistas se destaca especialmente por su destreza, sospecho que lo encontraré bastante aburrido.

Zachary Seymour, el joven primo de Royce, simplemente sonrió, sabiendo muy bien que Royce nunca se permitía aburrirse. Si el torneo resultaba todo lo insulso que Royce temía, Zachary estaba bien seguro de que su muy admirado primo encontraría alguna forma de salvar la tarde.

Era obvio hasta para el más casual de los observadores que ambos hombres tenían un parentesco cercano, a pesar de las diferencias de edad y color. A los treinta y tres años, Royce estaba en la plenitud de su fortaleza física, su cuerpo delgado, alto y en óptimo estado, con músculos poderosos bien definidos, mientras que Zachary, de apenas veinte años, todavía era un mozalbete de hombros no tan anchos, y movimientos que aún revelaban la torpe gracia de la juventud. Zachary no había llegado todavía a la constitución fuerte de Royce, pero ya había superado en un centímetro el metro ochenta de su primo, para su gran deleite y el fingido disgusto de Royce.

No sólo eran parecidos sus cuerpos altos, de anchos hombros; ambos tenían los mismos atractivos ojos color topacio y cejas negras y arrogantes. Si el cabello espeso y leonado de Royce contrastaba directamente con el pelo negro de Zachary, había otras semejanzas evidentes en la línea de sus narices rectas y mentones fuertes. Salvo por el pelo negro, dentro de diez años Zachary se parecería mucho a su primo.

Con sonrisa algo más amplia, Zachary murmuró:

—Probablemente tengas razón, pero como no tengo ningún otro plan, no nos hará ningún mal ver cómo manejan las manos. —Mirando furtivamente a Royce, agregó en tono inocente—: Por supuesto, si el tiempo sigue tan lluvioso y frío, puedo ir solo; me doy cuenta de que con los años, los cambios de temperatura lo afectan más a uno.

Ante la mirada sorprendida y ultrajada de Royce, Zachary estalló en una carcajada, con el rostro iluminado por el regocijo de haber encontrado a su primo con la guardia baja.

—Royce, si pudieras verte la expresión.

—Me complace que mi edad avanzada te produzca tanta satisfacción. ¡Considerando que soy un viejo tan decrépito, me sorprende que hayas aceptado venir a Inglaterra conmigo!

—Bueno, a tu edad, no te podía dejar venir solo, ¿no?

Royce celebró las palabras de Zachary con una estentórea carcajada.

—¡Jovencito endemoniado y desagradecido! Tendría que haberte dejado en Luisiana con Dominic y tu hermana Melissa. Podré estar al borde de la tumba, visto desde los ojos de un bebé, pero por lo menos te has liberado de los arrullos y ternuras de los recién casados.

—¿Bebé? —replicó Zachary, un poco picado, pero viendo el brillo burlón de los ojos de Royce, sonrió algo avergonzado. No dispuesto a retirarse del campo derrotado, entrecerró los ojos y agregó dulcemente—: Supongo que para tu edad madura, parezco un bebé.

Sin embargo, Royce no se dejó envolver y simplemente sonrió.

—¡A veces, mi querido primo, me lo pareces realmente!

Zachary hizo un mohín, pero optó por dejar este rumbo de la conversación. Si bien Royce nunca era cruel con las personas que quería, podía ser bastante contundente en sus expresiones. Pensando en las varias escapadas de las que había participado durante las últimas semanas, desde su llegada a Inglaterra a mediados de mayo, Zachary prudentemente cambió de tema.

Levantándose de su propio sillón junto al fuego, Zachary cruzó la sala para servirse otra copa de oporto de un botellón de cristal. Con la copa llena en la mano, se volvió hacia su primo.

—¿Te sirvo otra copa, ya que estoy de pie?

—¿Por qué no? La noche es joven todavía y los criados no se escandalizarán si tienen que acostar a su rústico patrón norteamericano con las botas puestas.

A pesar de sus palabras, no había nada de rústico en Royce ni en Zachary; desde los pliegues complicados de sus blancos corbatines almidonados hasta el brillo espejado de sus botas, ambos hombres estaban vestidos con tanta elegancia como cualquier aristócrata inglés. Pero Zachary detectó con inquietud una nota cáustica en la voz de Royce que no debería haber estado allí.

Volviendo a su asiento junto al fuego después de llenar la copa de Royce, Zachary preguntó con aire casual:

—¿Has visto a lord Devlin recientemente?

Royce lo miró sardónico.

—Bueno, me pregunto a qué viene esa pregunta en particular.

—Porque únicamente tienes esa nota especial en la voz cuando lord Devlin ha dicho o hecho algo que te molesta.

Royce empezó a negarlo, pero lo pensó mejor.

—Tienes absoluta razón. Esta tarde estaba en White's, a punto de irme, cuando llegaron lord Devlin y algunos de sus amiguitos. El maldito mequetrefe arrugó esa nariz altiva que tiene en mi dirección como si estuviera oliendo a establo y murmuró, lo suficientemente alto como para que yo lo oyera: «Me parece que en estos días dejan entrar a cualquiera en White's». Zack, estuve al borde de retarlo en ese mismo momento, pero George Ponteby estaba conmigo e hizo que saliéramos de allí más que rápido.

Zachary le sonrió.

—Bueno, no deberías sorprenderte tanto; no es que hayas hecho muchos esfuerzos para disminuir el desagrado que el conde siente por nosotros durante estas últimas semanas.

Con una expresión de inocencia ultrajada en el rostro apuesto, Royce preguntó ingenuamente:

—¿Y me puedes decir qué he hecho yo para despertar su antipatía, en primer lugar?

Zachary volvió a ubicarse en su sillón, evidentemente divertido con la situación.

—Bueno, en primer lugar, no creo que hayas hecho nada. A lord Stephen Devlin simplemente no le gustan los norteamericanos, especialmente los que tienen iguales o mejores modales que él y, éste es el punto más delicado, los que son casi tan ricos como él.

—¡Ya lo ves! ¡Su desagrado es totalmente irracional! —Aseveró Royce piadosamente con un destello malicioso en los ojos color ámbar que contradecía el tono de su voz.

—¡No totalmente irracional! El hecho de que seas un norteamericano de modales impecables y asquerosamente rico, con muchos amigos en los mejores círculos sociales de Inglaterra, puede haberlo molestado en un principio, especialmente porque, a pesar de su propia cuna aristocrática y su fortuna, esas mismas personas apenas lo toleran. Pero creo que la causa de su real animosidad hacia ti puede rastrearse en tu último viaje a Inglaterra, ¿no te parece?

Royce levantó las cejas con aire inocente.

—¿Por qué, qué estás queriendo decir? Tu nuevo cuñado estaba conmigo durante ese viaje a Inglaterra hace cuatro años, y creo que, si le preguntas, te dirá que ambos nos comportamos con un decoro impecable.

Zachary casi se ahoga de risa ante las palabras de Royce. Dominic Slade no había comentado su viaje anterior a Londres con Zachary en gran detalle, pero por algunas observaciones que

Dominic había dejado deslizar, Zachary tenía la fuerte sospecha de que se produjeron varios incidentes que fueron considerablemente menos que decorosos.

—Por supuesto, tienes razón —convino Zachary—. «Sus actos son completamente irracionales.» —Con una mirada burlona a su primo, murmuró—: Después de todo, ¿le has hecho algo alguna vez?

Royce sonrió angelicalmente, observando con gran interés el vino color rubí de su copa.

—Quiero decir, ¿por qué debería alterarse un hombre si hace cuatro años sedujiste a su amante bajo sus propias narices? Por lo menos, eso es lo que Dominic me dio a entender una noche. Y por supuesto, nadie debería molestarse porque le ganaras... creo que varios miles de libras, jugando al piquet. Eso pasó apenas una semana después de llegar, si la memoria no me engaña. A ningún hombre normal tampoco le molestaría, después de jactarse de poseer la mejor pareja de caballos purasangres de Inglaterra, que le ganaras en forma aplastante una carrera en la que apostó la mitad de la elite, una carrera que, si me permites recordártelo, tuvo lugar apenas el miércoles pasado. No. No. No has hecho nada en absoluto para fastidiar a ese hombre.

Con el aspecto de estar enormemente complacido consigo mismo, Royce dijo pensativo:

—Bueno, sabes, jamás lo hubiera señalado de ese modo si no me hubiera disgustado tanto al actuar como si yo fuera basura bajo sus pies, y si no hubiera estado tan decidido a probar que él era superior a un simple colono. ¡Diablos, hace cuarenta años que hemos dejado de ser colonia de Inglaterra! Y recuerda que no fui yo quien lo retó ni a la carrera de caballos ni a ese maldito y aburrido juego del piquet. En ambas ocasiones, no me dejó otra opción que recoger el guante que me había lanzado.

—¿Y hace cuatro años, cuando le robaste la amante? —inquirió Zachary con una media sonrisa—. ¿También te retó con respecto a ella?

—Bueno, no —admitió Royce con presteza—. ¿Pero te parece que podía abnadonar a una cortesana de altos vuelos como la encantadora Miranda al cuidado de un viejo calavera mezquino como lord Devlin?

—Como nunca llegué a conocer a la encantadora Miranda, no te puedo responder —replicó Zachary con ligereza—. Pero creo que estarás de acuerdo en que el conde de St. Audries realmente tiene algunos motivos para sentir aversión por tu compañía.

La bien delineada boca de Royce se torció en un gesto apesadumbrado.

—Sabes Zack, ¡es una cosa rarísima! Generalmente no ando por ahí tratando de hacerme enemigos, pero hay algo en Devlin que me hace rechinar los dientes; y desafortunadamente, creo que tengo el mismo efecto sobre él.

—Quizá se trate sólo de que a los Devlin no les gustan los norteamericanos —dijo Zachary sobriamente, pensando en sus propios encontronazos con Julian Devlin, el único hijo y heredero del conde.

—Podría ser —convino Royce calladamente—. Pero en el caso de Julian y tú, creo que los desacuerdos se deben a que ambos sois muy parecidos.

—¿Parecidos? —gruñó Zachary con desagrado—. ¡No nos parecemos en nada! ¿Cómo me puedes comparar siquiera con ese cachorro vanidoso y arrogante?

Royce sonrió al oír las palabras de Zachary. El término «cachorro» se podía aplicar tanto a Julian Devlin como a Zachary Seymour, y mientras Royce estaba seguro de que ninguno de los dos jóvenes era tan vanidoso como alegaba el otro, en ocasiones ambos eran arrogantes. A pesar de la animosidad que existía entre él mismo y el conde, a Royce realmente le agradaba el joven Devlin, o por lo menos, en las últimas semanas no había visto nada en él que le hiciera cambiar la impresión inicial favorable que se había formado de ese joven.

Dirigiendo una sonrisa perezosa a Zachary, Royce dijo:

—A pesar de tus protestas, te apuesto a que tú y el joven Devlin llegaréis a ser excelentes amigos una vez que ambos os deis cuenta de lo mucho que tenéis en común.

Ante la expresión ultrajada de Zachary, Royce se rio y poniéndose de pie con agilidad, murmuró:

—Te dejo para que lo medites mientras voy en busca de compañía más amable; ¡y más bonita también!

Una mirada sagaz cruzó el rostro de Zachary.

—¿La hermosa Della?

—¡Naturalmente!

Guiando su pareja de caballos de buen paso entre el tránsito de Londres, hacia la casita confortable que había obtenido para su nueva amante, Della Camdem, Royce decidió que este viaje a Londres era una excelente experiencia para su joven primo. Salvo por unas pocas reuniones hípicas en Virginia, Zachary no se había alejado más de quince kilómetros de Willowglen, la plantación cercana a Baton Rouge, Luisiana, donde nacieron él y su hermana, Melissa. Ya era hora de que Zachary adquiriera un «barniz urbanita», ¡y por cierto que Londres era el lugar para eso!

Royce sonrió para sus adentros, pensando en los cambios que se habían operado en la vida de Zachary durante los últimos meses, desde que Dominic Slade se había casado con Melissa.

Después de la boda de Melissa y Dominic, que era uno de los amigos más íntimos de Royce, Zachary y Melissa recibieron la fortuna que su abuelo les había dejado en fideicomiso. Ahora, en vez de una casa semiderruida y tierras cubiertas de pastizales, Zachary era el orgulloso propietario de un hogar completamente renovado, y sus tierras prosperaban bajo la guía experimentada de un capataz competente. Por primera vez en su vida, Zachary tenía tiempo libre, además de una considerable fortuna depositada en el banco.

Royce casi le envidiaba a Zachary las estrecheces que había soportado en un principio. Siendo el hijo mayor de padres orgullosos, indulgentes y extremadamente ricos, Royce jamás experimentó una necesidad en su vida. Cuando llegó a la mayoría de edad y se podría haber esperado que labrara su propio camino, lo había salvado, o quizá maldecido, el fallecimiento providencial de su abuela materna, quien le dejó el grueso de sus considerables bienes. Sin embargo, a pesar de la buena fortuna que el destino le había deparado generosamente, Royce se mostraba curiosamente indiferente al hecho de que estaba dotado no solamente de un cuerpo alto y poderoso, un rostro apuesto y un encanto seductor, sino también de fortuna y posición.

Como por lo general era un joven de buen talante, algunas personas cometían el error de clasificarlo como un diletante indolente, pasando por alto la aguda inteligencia que trabajaba constantemente detrás de sus ojos atigrados, engañosamente somnolientos. A pesar de toda su afabilidad, Royce Manchester podía ser un enemigo peligroso, y si lord Devlin no tenía cuidado, descubriría que Royce no sólo tenía ojos de tigre, sino la mordedura letal del tigre...

Evitando por muy poco el carro sobrecargado que se interpuso de improviso en su camino, Royce reprimió una maldición, deseando haber recordado las atestadas calles de Londres antes de sugerir este viaje a Zachary.

Cuando las noticias del Tratado de Gante, que puso fin a la Guerra de 1812, llegaron a Luisiana a principios de 1815, Royce, hastiado e inquieto, deseando un cambio de panorama, escribió de inmediato a George Ponteby, un primo tercero por parte de su padre, a Londres. Le dijo que viajaría a Inglaterra en cuanto pudiera conseguir pasaje y si George sería tan amable de alquilar una residencia adecuada para él. El Tratado de Gante puso fin a la ridícula guerra entre Estados Unidos e Inglaterra, aun cuando la noticia de su fin no llegó a Norteamérica a tiempo para detener la terrible masacre de los británicos por parte de los norteamericanos en la batalla de Nueva Orleans, en enero de 1815. Pero, finalizada por fin la guerra, las vías marítimas entre ambos países habían vuelto a abrirse, y Royce estaba ansioso por volver a ver Londres y los muchos amigos que allí tenía.

Es cierto que fueron el tedio y la inquietud los principales motivos de su decisión de ir a Inglaterra, pero el casamiento de Dominic con Melissa también había constituido un factor en su necesidad de salir de Luisiana. No es que les envidiara su felicidad conyugal; esa boda simplemente lo había enfrentado con el hecho de que ya era hora de pensar en encontrar esposa y tener hijos.

Como en todas las cosas, Royce tenía ideas muy definidas de lo que quería, y tenía varios requisitos en mente cuando empezó a buscar esposa: su familia debía tener antecedentes impecables; nada de derrochadores ni pillos desagradables escondidos en el ropero. Debía tener buen carácter, excelentes modales y debía ser dócil. Por supuesto, debería ser atractiva, pero no le importaba que no fuera una gran belleza, lo suficiente como para que no asustara a los niños. Quería una mujer con sentido común, que supiera lo que se esperaba de ella y que se contentara con atender su hogar y criar a sus hijos.

Su boca se curvó en una sonrisa cínica. ¡Y una que no interfiriera demasiado con su vida sumamente cómoda!

Una vez llegado a destino, Royce dejó de inmediato de ponderar las virtudes de su novia todavía desconocida y con un calor insistente que de pronto ascendía por su cuerpo, entró a la discreta casita de Della. El sonido de la puerta de la calle hizo aparecer a Annie, la doncella de Della, desde el fondo de la casa, y cruzando el pequeño vestíbulo elegante, tomó de manos de Royce el sombrero de piel de castor.

—La señorita Della todavía está arriba. ¿Debo informarle de su llegada?

Royce sacudió la cabeza.

—No, no será necesario.

Estaba a punto de subir cuando Della apareció en lo alto de la escalera. Al ver su rostro apuesto, su cuerpo alto y musculoso, una sonrisa de bienvenida se encendió en su hermosa cara.

—¡Royce! —exclamó alegremente—. ¡No te esperaba esta noche!

Della Camdem era una morena alta y voluptuosa, y con la excepción de que todas las demás habían sido rubias, se parecía a cualquiera de la docena de mujeres que había mantenido de tanto en tanto desde que cumplió los dieciocho.

Mirándola acercarse, los ojos de Royce recorrieron apreciativamente los opulentos encantos, que dejaba ver la escotada bata de satén color ámbar. Sus generosos pechos blancos parecían derramarse del corsé orlado de encaje negro, y recordando el sabor de la carne suave en su boca, Royce sintió que lo recorría un hormigueo expectante. Al llegar al pie de la escalera, ella extendió las manos y, besándolas, Royce murmuró:

—¿Pero en qué otra parte podría estar? Teniendo la buena suerte de haberte atrapado bajo las narices de varios rivales persistentes, ¿crees que ahora voy a descuidarte?

Los ojos castaños de ella brillaron y contestó traviesamente:

—¿Y ésa es la única razón por la que vienes a verme? ¿El temor por tus antiguos rivales?

Royce rio y la tomó en sus brazos. Mirando ese rostro hermoso, artísticamente enmarcado por rizos oscuros, Royce rozó su boca juguetonamente sobre los labios llenos de ella y dijo roncamente:

—Nunca hubo temor, desde el momento que te vi, nunca hubo ninguna duda en mi mente de que pronto estarías a mi cuidado. Y en cuanto al motivo de mi visita... —La besó con experimentada sensualidad, oprimiendo sus labios contra los de ella, las lenguas buscándose y encontrándose en un duelo ancestral.

Della estaba laxa y sin aliento cuando él finalmente separó su boca. Posando un beso tentadoramente breve en su pecho, bajó sus manos hasta las caderas de ella y la atrajo firmemente contra sí, notando ella vívidamente cuánto lo había excitado el beso. Rozando los labios contra su oreja, murmuró.

—¿Alguna otra pregunta, querida?

—¡Por Dios, no! —Admitió Della sinceramente, apretando ansiosamente su cuerpo contra el de él. Era todo un trofeo para ella haber captado su interés, para lo que había desplegado descaradamente todas sus artes; además, los otros rivales que se disputaban los encantos de ella habían empalidecido en comparación con la fuerte personalidad, y el rostro y las formas apuestas de Royce. Con los dedos enredados en el cabello dorado y espeso, levantó la mirada hacia sus rasgos oscuros y marcados, y confesó—: ¡Nunca ha habido nadie como tú en mi cama!

Con un gesto francamente carnal en la boca, las manos de Royce acariciaron sus nalgas y murmuró:

—Bien, entonces supongo que me corresponde hacer que sigas pensando así, ¿no?

Alzándola en sus brazos, sin esfuerzo ascendió con ella las escaleras hasta el dormitorio. Empujando la puerta con el tacón de la bota, la boca de Royce atrapó la de ella y, bajándola lentamente dejó que su cuerpo dócil se deslizara sensualmente contra el de él.

Encendida de deseo por él, Della tiró frenéticamente de las ropas de Royce, ronroneando al tocar con manos ansiosas la carne tibia y dura del pecho desnudo. Pero él no le permitió seguir explorando. Tomándole ambas manos, se las retuvo detrás de la espalda, mientras que con la mano libre rápidamente eliminó la frágil barrera que lo separaba de los senos dulces. Un diestro tirón y las prominencias plenas, de cima rosada, quedaron libres para tocar y saborear.

Della gimió con placer cuando la boca de él se cerró sobre la punta sensible, y desvalida se apretó contra él, casi derritiéndose del deseo caliente que la recorrió. La parte baja de su cuerpo se comprimía contra el de él y a través de las ropas podía sentir la rígida potencia de su excitación. Con los brazos prisioneros detrás de ella, mientras la boca de él hacía estragos en sus pechos, Della sólo podía retorcerse en sus brazos en erótico abandono, sintiendo que la avidez por ser poseída por él crecía segundo a segundo.

Sintiéndola agitarse salvajemente, una sonrisa cruzó el rostro de Royce.

—Despacio, despacio, querida —murmuró roncamente contra sus senos—. Tenemos toda la noche para darnos placer.

Con los ojos brillantes por la pasión que había despertado, los labios gruesos enrojecidos por los besos, Della agitó la cabeza.

—¡No! —dijo roncamente—. ¡Te deseo! ¡Ahora!

Royce, con el rostro súbitamente endurecido por el deseo, murmuró:

—¡Muy bien, todo para complacer a una dama!

La soltó, y deslizó las manos cálidamente debajo de la bata para acariciar la tibieza expectante que encontró entre sus piernas. Deliberadamente la excitó más y más, los dedos provocándola y preparándola mientras ella desabrochaba los pantalones, liberando su virilidad inflamada. Royce por un momento la dejó que acariciara su verga endurecida y después, con un gruñido ronco, la alzó y con las faldas enrolladas alrededor de la cintura, las piernas de ella enroscándose hambrientas alrededor de sus caderas, entró en ella con vigoroso empuje.

Della gimió excitada al sentirse penetrada por su magnífico miembro y lo cabalgó con vehemencia, la cabeza echada hacia atrás en abandonado éxtasis. Royce apoyó los hombros contra la puerta, sus manos tomándole las nalgas. Se unió a ella en la desenfrenada carrera hacia el éxtasis, su cuerpo magro embistiendo una y otra vez dentro de ella, llevando a ambos a la dulce redención que buscaban. Della la alcanzó primero y un grito débil escapó de su boca, mientras su cuerpo se convulsionaba alrededor de él, que a su vez estrujaba su boca contra la de ella, pero un instante más tarde, Royce también se sumergió en la profundidad escarlata.

2

El día del torneo de boxeo amaneció claro y soleado y, considerando el clima de Londres en esa época del año, bastante agradable. Sin embargo para Pin, acostada en su jergón mirando el cielo raso sucio, el estado del tiempo no tenía el menor interés. Las implicaciones de la conversación de la noche anterior eran mucho más importantes que el hecho de que brillara o no el sol.

Pin se preguntaba seriamente cuál sería el futuro de los Fowler. Por el momento su situación no era totalmente desesperada, pero sabiendo que el capo tenía la vida o la muerte de Jacko en sus manos, las perspectivas eran bastante desoladoras. Tan sólo era cuestión de tiempo antes de que el capo les exigiera algo que no estaban dispuestos a concederle... Pin tragó saliva con dificultad, tristemente segura de que el hecho de obligarlos a convertirse en asaltantes de casas era sólo un paso previo a llevar a cabo los odiosos planes que tenía para ellos y cuyo último objetivo era la posesión de ella misma.

A pesar de las ropas de hombre que usaba y a pesar de que se había vestido y la habían tratado como un muchacho desde que tenía apenas cuatro años, en realidad Pin era una mujer. Al principio no entendía por qué Jane insistía siempre en que se vistiera como sus hermanos mayores. Cuando creció y se dio cuenta de lo que sucedía a su alrededor, comprendió la sabiduría de la extraña decisión de su madre: los rostros desesperanzados de las lamentables prostitutas jóvenes que transitaban las míseras calles de St. Giles le mostraban claramente a Pin el desgraciado futuro que su madre intentaba ayudarla a evitar.

Un estremecimiento sacudió su cuerpo frágil al imaginar cuál hubiera sido su destino si Jane no hubiera tomado precauciones para postergarlo. Y si la diosa fortuna no intervenía pronto, mucho temía que no pasaría demasiado tiempo antes de que el capo la obligara a prostituirse. Como siempre quiso hacerlo, pensó sobriamente, recordando la agitada discusión que había oído mucho tiempo atrás...

Tenía casi diez años y estaba durmiendo en la cama de su madre, recuperándose de un dolor de oído bastante fuerte, cuando la despertó el sonido de voces. Confusa y medio dormida, oyó borrosamente las palabras airadas que cruzaban Jane y el capo, hasta que al fin se dio cuenta de que el objeto del altercado era ella.

—¡De ninguna manera! ¡Y antes de permitirte que la lleves por ese camino, yo misma volveré a la calle! —La voz de Jane reflejaba ira y una determinación inflexible.

—¡No seas más tonta de lo que has sido durante toda tu vida! —respondió furiosamente el capo—. Atiéndeme, Jane, será excelente para nosotros. Soy un hombre razonable; entendí tus sentimientos cuando era más pequeña y te oponías a la idea en ese momento, pero ya tiene diez años. Este aristócrata nos pagará una suma principesca por apropiarse de su virginidad; casi tanto como la que nos hubiera dado cuando tenía cinco. ¡Te digo que es estúpido rehusar!

—¡Por Dios, Rufus! ¡Pero si es una niña! —había respondido Jane—. ¡Déjala tranquila! No necesitas otra callejera más; ya tienes el establo lleno. Por favor, si me tienes por lo menos algo de afecto, déjala en paz.

—¿Una niña? —repitió Rufus en tono de burla—. ¡Si tengo trabajando para mí varias pequeñuelas experimentadas menores que ella! ¿Y si es una niña, de quién es la culpa? Te dije cuando te la traje que no te hicieras ninguna idea rara. Ella es mía, y por Dios que haré lo que quiera con ella.

Hasta ese momento, Pin desconocía que el capo tuviera un nombre de verdad, pero aun ese detalle carecía de importancia ante el horror que la invadió al darse cuenta exactamente de lo que el capo pensaba hacer con ella. No entendió todas las derivaciones de la conversación, pero lo oído fue suficiente para hacer salir de su boca un suave quejido de desasosiego.

Jane debió oír el leve sonido que hizo, porque un instante después Pin oyó a Jane decir:

—¡Shhh! Se despertó. Hablaremos de esto en otro momento. Pero estoy decidida, y lo que te dije no es una mera amenaza. Si no quieres verme otra vez en la calle, ¡olvídate de ella!

Seguramente el capo y Jane debían de haber discutido la situación en otras ocasiones, pero aunque Pin se mantuvo constantemente alerta, nunca más volvió a tener el menor indicio de sus acciones. Dedujo, simplemente por el hecho de que no la habían forzado a ejercer la prostitución, que Jane debía de haber ganado la discusión, y sin tener que volver a su antiguo oficio.

Desde ese día en adelante, Pin tuvo más conciencia que antes de la sórdida fealdad que la rodeaba, más conciencia de la espantosa juventud de algunas de las prostitutas y rameras a las que había ignorado anteriormente, más conciencia del destino despreciable que la acechaba. Pero Jane estaba allí. Y ahora la única persona que la podía proteger de los planes monstruosos del capo había muerto.

En esa mañana luminosa, Pin no veía más que un futuro decididamente negro. Por instinto sabía que no pasaría mucho tiempo antes de que el capo le hiciera conocer sus intenciones, y lo que todavía quedaba por ver era si la quería él mismo como amante o nada más que como un nuevo agregado a su establo. Sin embargo, el resultado sería el mismo: la obligaría a ser una ramera. Toda ella se encogía ante ese pensamiento. Y sin embargo, si con eso podía salvar la vida de Jacko...

Apretó los labios y sus ojos grises, de espesas pestañas, se iluminaron con un brillo decidido. Iba a encontrar la forma de salir del dilema. No se convertiría en la amante de ningún hombre y no sufriría el desgraciado destino de su madre. Todavía no sabía exactamente cómo iba a lograr esa proeza, pero no estaba en su naturaleza aceptar sumisa un destino que consideraba aborrecible.

Jacko salió de la otra habitación y refunfuñó:

—¿Todavía estáis los dos en la cama? Creí que a estas alturas ya estaríais levantados.

Restregándose los ojos, Ben se sentó y replicó:

—No sé por qué rezongas tanto, ¡si tú te acabas de levantar!

Jacko masculló una respuesta y Pin sonrió despreocupada. Ninguno de sus hermanos era particularmente amable a primera hora de la mañana. Poniéndose de pie con agilidad, se pasó la mano por la masa de rizos y momentáneamente dejando de lado sus pensamientos sombríos, preguntó vivaz:

—¿Ya has terminado con el lavabo? Me gustaría usarlo, si no te importa.

Jacko hizo un gesto con la mano indicando su permiso, y Pin entró a la que había sido la habitación de Jane. Era casi como entrar a otro mundo. La cama de caoba de tallado delicado era enorme, y llenaba casi toda la pequeña habitación, con sus doseles de costosa y ondulante seda verde, el color preferido de Jane. Sobre el suelo había una alfombra oriental que tenía el aspecto de pertenecer a la casa de algún noble. También había un diminuto tocador de madera fina sobre el cual colgaba un espejo, y un lavabo con tapa de mármol verde arrinconado en un ángulo. Sobre éste se apoyaban una jarra y una jofaina de porcelana fina, y Pin sintió una punzada, como cada vez que entraba en esa habitación. En ella quedaban los restos de la otra vida de Jane, la vida elegante que había llevado antes de que los amantes ricos la abandonaran por mujeres más jóvenes, y era un recordatorio constante y lamentable de lo mucho que había caído Jane, y de cuán oscura y deprimente era la vida de sus hijos.

Esa vida que llevaban jamás molestaba a Pin, salvo cuando entraba a esa habitación; entonces, por un instante, la embargaba una sensación de tristeza, casi de desesperación, preguntándose si su destino sería pasar el resto de su vida en la miseria, con la amenaza del peligro siempre pendiendo sobre su cabeza. Pero entonces, dándose cuenta de que por el momento no existía la menor oportunidad de cambiar las cosas, se encogía de hombros y seguía su camino, tal como lo hacía esa mañana.

Dirigiéndose al lavabo, vertió un poco de agua tibia de la jarra a la jofaina y se lavó rápidamente la cara y las manos. Después, deteniéndose ante el tocador, tomó un hermoso cepillo de carey y cepilló sus rizos cortos. Pocas veces se miraba en el espejo, pero esa mañana, quizá preguntándose por qué la quería el capo, sintió curiosidad por sus encantos... o la falta de ellos.

Su rostro tenía forma de corazón, un mentón decidido y de forma delicada, pómulos altos, pero para Pin no tenía nada fuera de lo común. Ni la boca ni los ojos le parecían nada especial, ya que la mirada crítica de Pin no veía la belleza plena, casi voluptuosa, de sus labios y el impacto que sus ojos gris humo, con sus pestañas largas y espesas y cejas negras arqueadas en una curva sorprendente, tenían sobre la gente. El cabello deliberadamente corto, negro y enrulado, se enmarañaba cubriendo la cabeza pequeña de rizos desprolijos que apenas rozaban la nuca; esa negrura azulada del cabello intensificaba el tono casi alabastrino de su piel clara. Pero a Pin le parecía que todo estaba mal, que la boca era demasiado grande, las cejas demasiado marcadas, el pelo demasiado oscuro para su cutis pálido, y el color gris humo de los ojos demasiado opaco. Lo único que le gustaba era su nariz, recta y de forma delicada, apenas un poco respingada en la punta. Y en cuanto a su cuerpo... Pin hizo una mueca de desagrado. Era pequeña, flaca como un pollo hambriento, decía Jacko, y cualquier curva femenina que tuviera se podía esconder muy fácilmente bajo las abultadas ropas de muchacho que usaba. Se imaginó tratando de ocultar a Molly, la moza que atendía la taberna, y la turgencia vacilante de sus carnes rollizas, debajo de sus propias ropas, y se sonrió ante el cuadro que se le presentaba, la sonrisa pícara descubriendo unos dientes blancos y regulares. No. Era mucho más ventajoso tener los senos pequeños y firmes como ella, que los encantos más que evidentes de Molly.

Molesta por esa introspección matinal, le sacó la lengua a la imagen reflejada en el espejo y salió de la habitación para reunirse con sus hermanos a la mesa. El desayuno era un trámite rápido, y los tres Fowler se abalanzaron como animales hambrientos sobre el pan viejo y el queso, acompañados por la cerveza oscura y amarga que habían traído la tarde anterior.

Hubo poca conversación entre ellos, cada uno metido en sus propios pensamientos. Aunque nada se dijo, Pin sabía que sus hermanos estaban pensando en la conversación de la noche anterior y en la forma de eludir el control del capo.

Después de tragar el último bocado de pan, Pin, con muy poca elegancia y de una forma que le hubiera reportado una reprimenda inmediata de Jane, se limpió la boca con la manga y de pronto preguntó:

—Jacko, ¿Si no estamos seguros en Inglaterra, no podríamos irnos a Norteamérica? Seguramente el brazo del capo no puede ser tan largo. Oí decir que cualquier hombre común puede llevar una buena vida allá, si está dispuesto a trabajar, y Dios sabe que nosotros lo estamos. Hasta podríamos llegar a comprar una granja como tú querías.

Jacko y Ben levantaron la vista ante sus palabras y, por primera vez en muchos días, surgió un repentino brillo de esperanza en los ojos azules de Jacko.

—¡Por Dios! ¡Cómo no lo pensé! Podríamos dejar todo esto atrás... hasta cambiarnos el nombre y empezar una vida totalmente nueva.

Ben se veía tan entusiasmado por esta perspectiva como Jacko, pero un poco más cauto que su hermano.

—Conseguir el pasaje sin que se entere el capo va a ser bastante difícil.

—Y tendríamos que dejar todas las cosas de mamá, y en cuanto tratáramos de sacar algo de aquí, se daría cuenta —añadió Pin con gesto ceñudo.

—No creo que a mamá le gustara que arriesgáramos la vida nada más que para conservar sus tesoros —dijo Jacko—. Hay algunas chucherías que podríamos llevar en los bolsillos, pero tendríamos que irnos sólo con lo puesto, y con el oro que llevemos escondido en los zapatos.

Los tres asintieron solemnemente con la cabeza, conscientes de que, sin más argumentos, se había tomado una decisión. Pin, con la cara iluminada por el entusiasmo, se inclinó ansiosa.

—¿En cuánto tiempo nos podemos ir?

Pasándose la mano por la pelusa del mentón, Jacko dijo con lentitud:

—Primero tenemos que averiguar cuándo zarpa el próximo barco... y después de alguna manera tendremos que sacar el pasaje sin que el capo lo descubra. Será arriesgado... —Dirigió una mirada interrogante a los otros dos—. Si fracasamos... estaremos listos; ya sabéis que el capo se asegurará de que terminemos muertos o en Newgate.

—Lo sabemos —dijo Pin con firmeza—, pero prefiero intentar escapar de él a quedarnos aquí a su merced.

Jacko le lanzó una mirada penetrante. Con un matiz peligroso en la voz, le preguntó:

—¿No intentó nada contigo, no? —Antes de que Pin pudiera contestar, extendió el brazo sobre la mesa destartalada y le tocó suavemente la mano—. Lo mataría, Pin, antes de permitirle que te haga trabajar en su establo.

—Sí —intervino Ben gravemente—. Hemos estado inquietos por ti desde que mamá murió, pero no tienes que preocuparte por la posibilidad de que te ponga encima sus asquerosas pezuñas. Jacko y yo nos ocuparemos de él si se atreve a ponerte a trabajar en las calles.

Con la voz enronquecida por la emoción, Pin dijo vacilante:

—No sabía si vosotros...

—¿Sabíamos de sus planes con respecto a ti? —interrumpió Jacko muy serio—. Querida, sólo porque te vistas y actúes como un muchacho no significa que Ben o yo nos hayamos olvidado nunca de que eres nuestra hermanita.

—Mamá nos lo explicó hace mucho tiempo —dijo Ben con suavidad—. Y mientras tú creías que andabas suelta por la calle, por tu cuenta, siempre te hemos vigilado.

—¡Así es! Y jamás permitiremos que el capo te lastime de ninguna forma; antes lo mataríamos y nos arriesgaríamos a ir a la horca —remató Jacko bruscamente.

La referencia de Jacko a la horca hizo temblar de miedo a Pin, de miedo por ellos, al mismo tiempo que la recorría una sensación de alivio. El mero hecho de saber que estaban ahí, de saber que no estaba sola con sus temores, la reconfortaba. Sintiendo el desacostumbrado escozor de lágrimas en los ojos, dirigió una trémula sonrisa a sus hermanos. Con el corazón lleno de amor por ellos, trató de introducir una nota más ligera.

—Bueno, entonces esto lo decide todo. Nos marchamos a Norteamérica: no puedo dejar que vosotros dos vayáis por ahí arriesgando la vida por mí.

Los tres se sonrieron, unidos por un lazo muy fuerte, y casi al unísono tres pares de manos se encontraron en el centro de la mesa, en un estrecho apretón.

—De algún modo encontraremos la forma de salir de este dilema —juró Jacko.

Pin le dirigió una sonrisa pícara.

—¡Seguro que lo haremos! Pero hasta entonces, creo que será mejor que nos conformemos con desplumar a algunos pichones en el torneo de boxeo de hoy.

Ben estaba a punto de hacer una broma cuando se oyó un golpe seco en la puerta. En un instante, se esfumó la pequeña alegría que los rodeaba, y cada uno de ellos instintivamente asió el cuchillo que llevaba. Con rapidez se desplegaron por la habitación, y Jacko se acercó a la puerta en silencio.

—¿Quién es? —preguntó Jacko hoscamente.

—¿Y quién creéis que puede ser? —fue la respuesta desde el otro lado de la puerta, con evidente irritación en la voz cultivada.

Sólo una persona hablaba así en St. Giles, y los tres Fowler se pusieron rígidos.

—¡Es el capo! —susurró Pin con urgencia—. ¿Qué puede querer? Ya tenemos nuestros planes para el día.

Jacko se encogió de hombros y abrió la puerta.

Sin duda era el capo, quien sin decir palabra, entró sin una mirada a la actitud agresiva de Pin y sus hermanos. Una sonrisa sin humor curvaba su boca de labios finos y sacudió levemente la cabeza, como divertido por esta actitud.

El capo era un hombre de constitución sólida y emanaba de él tal aire de malevolencia y poderío que parecía dominar la habitación, empequeñeciendo a todo y a todos los que estaban en ella. Hoy, como de costumbre, vestía todo de negro, desde el sombrero echado hacia adelante hasta la ondulante capa de terciopelo y las relucientes botas. Llevaba un bastón negro y largo, con puño de plata, en donde Pin sabía que escondía una espada, y llevaba las manos finas cubiertas por guantes de cuero. Hasta su tez era oscura y los pocos mechones de pelo que asomaban debajo del sombrero lo eran también. El único ojo que le quedaba era negro y en el lugar donde debía estar el otro, usaba un parche de seda negra, que daba aún mayor impacto a su apariencia de por sí siniestra.

Un aura de oscuridad lo rodeaba, algo frío y maligno que entraba a la habitación junto con él. Era el rey no coronado de St. Giles, con tentáculos en todas partes, sus deseos se cumplían al instante y sin cuestionamiento... Desobedecerle equivalía a una muerte segura. Se susurraba que hasta varios miembros de la aristocracia le temían, que las bajezas que había cometido por encargo de esos lores y *ladies* indiscretos, lo suficientemente desesperados como para buscar su ayuda, se habían convertido en cadenas que los ataban a él.

Era una figura perversa y misteriosa. Ni siquiera los miembros de la aristocracia a los que tenía en su poder, ni ninguno de sus esbirros de St. Giles, que no osaban contradecirlo, sabían mucho acerca de él. Ni su pasado, ni su nombre, ni dónde vivía o de dónde venía, ni dónde o cómo había perdido el ojo. Había viejos ladrones y gastadas prostitutas que contaban sobre él cuentos que se remontaban a más de treinta años atrás; sin embargo, el hombre no aparentaba tener más de cuarenta y cinco años. Algunos sostenían que había hecho un pacto con el diablo. Debido a lo refinado de sus ropas, modales y forma de hablar, hasta entre los miembros del corro se decía que era hijo natural de un gran lord y que había sido criado como correspondía al hijo de un miembro de la aristocracia. Los rumores decían que, usando intrincados disfraces, se movía libremente desde las casas de los nobles y ricos hasta las casuchas de los pobres y míseros. Sobre el capo corrían tantas historias como habitantes había en Londres.

Haciendo caso omiso del aire nada invitador de los tres ocupantes de la habitación, el capo se apoderó de la silla de Jane y, sentándose, observó en tono casual:

—¿Esperáis a alguien, mis queridos chicos?

Ben alzó un hombro y se sentó sobre la mesa.

—Vivimos en un mundo peligroso, ¿cómo íbamos a saber que era tan sólo usted?

—¡Tan sólo yo! Creo que casi me siento insultado —remarcó el capo en tono cortante, mientras sus dedos ascendían y descendían por el largo bastón negro.

Acostumbrados a su tono ácido, los Fowler no se inquietaron por estas palabras; Jacko y Pin lentamente se sentaron a la mesa, uno junto al otro.

Se produjo un silencio molesto mientras el ojo negro del capo se deslizaba con lentitud por los tres rostros jóvenes.

—Hmmm. Veo que Jacko os ha contado los planes que tengo para todos vosotros —expresó finalmente el capo—. Y compruebo que están tan entusiasmados como él.

Ben le lanzó una mirada hosca.

—¿No me diga que esperaba que estuviéramos contentos? —dijo sarcástico.

El capo frunció el entrecejo ante el tono de voz de Ben, y dijo con aire gélido:

—¡Realmente no me importa si estáis contentos o no! ¡Lo que me importa es que hagáis exactamente lo que yo os diga! ¿Lo habéis entendido?

Las tres cabezas asintieron pesarosas, y el tuerto esbozó una sonrisa muy desagradable.

—Bueno, me alegro de que nos entendamos. —El único ojo se posó sobre el rostro de Pin, recorriendo sus rasgos. Con una nota extraña en la voz, murmuró—: Por supuesto, quizás haya alguna otra forma de complacerme...

Todos sabían sin duda a qué se estaba refiriendo, y Pin sintió que se le paralizaba el corazón en el pecho. Sabía que esto podía pasar, pero no esperaba que fuese tan pronto. Con la cara blanca, levantó el mentón orgulloso y con frialdad buscó la mirada del ojo negro, retándolo en silencio a que expusiera claramente la propuesta despreciable.

—¡No lo creo! —gruñó Jacko—. ¡Antes vamos a la horca!

—Probablemente terminaréis ahí —replicó el capo en tono aburrido y después, como perdiendo interés en el tema, prosiguió—. Y como no parecéis dispuestos a darme el gusto, supongo que tendremos que hablar sobre los planes para hoy.

—¿De qué se trata? —preguntó Jacko algo inquieto—. Creí que ya estaba todo arreglado.

—Bueno, sí, supongo que lo pensabas, mi querido muchacho, pero hay una cosita que quiero que hagáis por mí. Habrá varios miembros de la elite en la pelea de hoy, y debería ser un día de provecho para nosotros, pero hay un caballero en particular a quien quiero estar seguro de que robaréis hoy.

—¿Por qué? —preguntó Pin, asombrada. Ésta era una petición muy fuera de lo común, salvo que se tuviera la certeza de que el individuo señalado llevaba sobre sí algo de gran valor.

El capo sonrió fríamente.

—Digamos que este caballero me ha fastidiado al ganar una carrera de caballos en la que yo había apostado contra él. Saben lo mucho que me disgusta perder, y deseo provocarle cierta incomodidad.

A los Fowler no les importaba a quién robaban ni por qué, de modo que, encogiéndose de hombros, Jacko preguntó:

—¿Quién es? ¿Cómo lo reconoceremos?

—El nombre del caballero es Royce Manchester. Es un norteamericano rico y lo podrán identificar por su acento bastante pronunciado, y también por su estatura y su color. Es alto, de más de un metro ochenta, y de constitución fuerte. Tiene el pelo casi rubio, no castaño, pero tampoco rubio. Sin duda estará en compañía de su primo, Zachary Seymour, un joven de unos veinte años, un poco más alto que Manchester. Seymour tiene cabello negro. —El capo dejó de hablar y les lanzó una mirada sardónica—. Conociendo sus habilidades, estoy totalmente confiado en que encontraréis a Manchester y le sacaréis cualquier cosa de valor que lleve sobre su persona.

—¿Y eso lo dejará satisfecho? —preguntó Pin secamente.

El capo fijó sobre ella su mirada dura.

—No, mi querida, no me dejará satisfecho, pero me proporcionará un poco de entretenimiento hasta que me interese por alguna otra cosa...

Pin desvió los ojos, con la boca seca. Estaba dispuesta a desvalijar al mismo rey si con eso lograba escapar de la cama del capo, y en cuanto a robar a Royce Manchester, ¿qué le importaba? Un pichón gordo era lo mismo que cualquier otro, por lo que a ella tocaba.

3

Conduciendo con destreza la pareja de zainos por las calles atestadas de Londres, Royce Manchester de pronto sintió nostalgia por la paz y tranquilidad de los senderos de campo; Dios sabe que sólo los locos se someten deliberadamente a este tipo de castigo. Tras evitar por poco una colisión con una diligencia que iba a toda velocidad y un carro cargado de verduras, aliviado, Royce guió sus caballos por St. Martin's Street.

Por la multitud de caballos y vehículos que se veían a lo largo de la calle, era evidente que habría mucho público en la pelea, y después de procurarse los dudosos servicios de uno de los muchos chiquillos callejeros que vociferaban prometiendo cuidarle el caballo y el cabriolé, Royce se dirigió con Zachary hacia Fives Court. Saludando con una inclinación de cabeza a varios conocidos, lentamente se abrieron paso entre la multitud ruidosa para reunirse con un grupo de amigos que se encontraban en una de las esquinas del cuadrilátero donde tendría lugar la pelea.

—Ya era hora de que llegarais. La pelea está a punto de empezar —exclamó George Ponteby, con el rostro de rasgos indefinidos asomando por encima del nudo complicado y almidonado de su corbatín blanco y algo enrojecido por la agitación. Aunque Ponteby tenía un parentesco lejano con Royce, era poco lo que se parecían. George, de altura mediana, constitución delgada y un rostro considerado bastante apuesto, no tenía nada particularmente notable o digno de recordar. Sin embargo, Ponteby gozaba de las simpatías de la gente, y por su naturaleza plácida y personalidad afable era siempre bienvenido a cualquier reunión. Como miembro de una familia de renombre y con fortuna propia de respetables proporciones, Ponteby tenía asegurado el acceso a cualquier parte.

Royce lo saludó afablemente y de inmediato quedó absorbido dentro del grupo de caballeros vestidos a la última moda. Zachary se quedó por allí algunos minutos, conversando cortésmente con varios de los amigos de Royce, antes de detectar a algunos de sus propios camaradas. Despidiéndose del grupo de mayores, Zachary atravesó rápidamente la multitud creciente para reunirse con sus amigos.

La zona de la pelea quedaba afuera y la calle empedrada que rodeaba el cuadrilátero estaba atestada de gente de todas las clases sociales. Había miembros de la elite, como Ponteby y Royce, pero también había buena cantidad de gente de clases más bajas, como comerciantes, banqueros, hombres de negocios, así como vendedores ambulantes, vendedores de pescado y carniceros... y ladrones y carteristas. El grupo era predominantemente masculino, aunque también algunas trotacalles vestidas llamativamente con ropas de seda manchada, escarlata y violeta, se movían entre el gentío con grandes expectativas. Perros y muchachuelos corrían excitados entrando y saliendo de la multitud, y en el aire tibio de junio flotaban la risa y la conversación.

Desde uno de los lados, donde estaba recostada perezosamente contra la pared de un edificio de ladrillos, Pin observaba las idas y venidas con ojos atentos, buscando al norteamericano alto a quien debía robar. Detectó a Royce y Zachary en el mismo momento en que aparecieron, ya que su estatura los hacía destacar de inmediato. Aplastando entre las uñas sucias una pulga particularmente insistente, se separó de la pared con un pequeño empujón y se puso a seguirlos. Si bien estaba casi segura de que su presa era el caballero alto y de hombros anchos vestido con chaqueta color tabaco de excelente corte, la experiencia le había enseñado a no dar nada por sentado, de modo que se acercó más, esperando oír hablar al caballero de sombrero castoreño. El deje lento de su conversación con sus conocidos le dio la certeza y miró a su alrededor, buscando a Ben o Jacko para hacerles saber que había encontrado al pescado. Por su escasa altura le resultaba imposible encontrar a ninguno de sus hermanos entre la masa en movimiento constante, y al fin se vio forzada a alejarse de Royce para ir en su búsqueda.

Afortunadamente no tuvo que ir muy lejos, y justo cuando estaba llegando a donde terminaba el gentío, divisó a Ben en su puesto al otro lado de la calle. Metiéndose dos dedos en la boca, dio un silbido agudo que Ben reconoció al instante. Levantó la vista y cuando divisó a Pin, ésta le dedicó una amplia sonrisa y señaló con la cabeza hacia el cuadrilátero.

Interpretando correctamente la señal, Ben se alejó con lentitud de su posición y fue en busca de Jacko para informarle que todo estaba bien, por el momento. Ahora que se había detectado a la presa, él se podía dedicar a su trabajo específico entre la muchedumbre. Pasando junto a un rollizo banquero que llevaba un tentador reloj con cadena de oro, Ben lo tomó con destreza del bolsillo del hombre y siguió su camino.

Pin tampoco estaba ociosa mientras volvía a las cercanías de Royce. Los apretujones y empujones de la masa le facilitaban la tarea, y para cuando volvió a encontrar a Royce, había logrado robar dos pañuelos de seda muy fina, una caja de rapé de plata, y un alfiler de corbata con piedras preciosas. Por lo reducido de su tamaño el trabajo le resultaba ridículamente fácil, ya que pocas personas prestaban la menor atención al mugriento muchacho vestido con una chaqueta verde raída y demasiado grande y pantalones grises gastados. Con la visera de la gorra negra echada hacia abajo, casi hasta el puente de la nariz, su rostro quedaba efectivamente escondido, mientras le permitía examinar la concurrencia sin que se notara.

Como Pin era la más pequeña de los Fowler, capaz de moverse como una anguila entre el gentío en movimiento, y la que tenía dedos más ágiles, habían decidido que sería ella la que robaría a Manchester. Ubicada cerca del norteamericano alto, lo observó un rato para calarlo y hacer un inventario mental de sus pertenencias, seleccionando los objetos más caros y fáciles de robar.

Si Royce notó la figura pequeña y mal vestida que rondaba su grupo, no dio señales de ello. De hecho, Royce estaba demasiado ocupado observando a Zachary y Julian Devlin, que se saludaban muy tiesos, como para prestar atención al chico de chaqueta verde.

Julian Devlin era casi tan alto como Zachary, de cabello negro y las sorprendentes cejas y ojos grises de todos los Devlin. A los veintidós años, era delgado como un alambre, apuesto y arrogante. Era un joven bribón absolutamente encantador, con un porte orgulloso, como correspondía al heredero e hijo único del conde de St. Audries.

Para Royce, era gratificante que ni Julian ni Zachary hubieran intentado hacer que sus muchos amigos en común eligieran entre uno u otro. Y aunque era obvio que existía una cierta tensión entre ambos jóvenes, Royce se sentía bastante complacido por la forma en que cada uno intentaba mostrarse cortés con el otro.

Cuando estaba por darse vuelta, Royce notó que, de pronto, los rasgos marcados del joven Devlin adquirían un aspecto ceñudo, y mirando para descubrir qué era lo que había provocado tal desagrado, no se sintió demasiado sorprendido al ver al conde mismo y un séquito de amigos que perezosamente se abrían paso a través de la muchedumbre, deteniéndose para saludar a uno y a otro a medida que se acercaban al cuadrilátero. De modo que es verdad lo que se rumorea, pensó Royce. El conde y su hijo están distanciados. Por lo menos eso demuestra que el muchacho tiene excelente gusto, reflexionó Royce, serio, al tiempo que reconocía a varios de los hombres del grupo que rodeaban al conde.

Stephen Devlin, conde de St. Audries, por razones no del todo claras, no gozaba de las simpatías universales de los distintos miembros de la aristocracia. Por cierto que no se podía atribuir ninguna mácula a sus rasgos apuestos y elegantes, ni a sus modales sumamente pulidos. Por nacimiento y linaje, así como por la fortuna que había heredado de su cuñada, tenía todas las puertas abiertas, lo que sin embargo no le aseguraba ser merecedor de igual respeto y estima. En gran parte, él y su esposa Lucinda eran apenas tolerados por los líderes de la sociedad, y los chismosos susurraban que estaban un poco demasiado orgullosos de sí mismos, un poco demasiado encantados con su inesperada ascensión al título y a la riqueza. En consecuencia, la gente que sí gozaba de su compañía no pertenecía a la jerarquía más alta. Y esta definición se aplicaba decididamente a esos dos hombres, concluyó cáusticamente Royce al mirar a Martin Wetherly y Rufe Stafford, que formaban parte del círculo que rodeaba al conde.

Los dos hombres que tanto habían disgustado a Royce eran ambos caballeros del campo, que habían logrado adquirir fortunas respetables. Como sucedía con el conde, no había ninguna razón evidente para que se los despreciara, y sin embargo había algo en ellos que no los hacía exactamente bienvenidos en las casas y fiestas de los miembros más selectivos de la sociedad de Londres. Como el conde, no tenían acceso a los círculos más altos de los árbitros de la moda pero, a diferencia del conde, no pertenecían a la nobleza y por lo tanto se los trataba con menos tolerancia aún que la que se mostraba a lord Devlin y su esposa.

Sintiendo lo que sentía por lord Devlin, a Royce no le pareció nada extraño que los dos alegres compañeros del conde fueran un par de evidentes aduladores que rezumaban un aire empalagoso particularmente irritante. Viendo cómo se deshacían por el conde, un gesto despectivo apareció en los labios de Royce.

—Un poco excesivamente conspicuos en su afán de complacer a su señoría, ¿no es cierto? —inquirió una voz suave a la izquierda de Royce.

Girando levemente, Royce se encontró con la mirada cínica de Allan Newell, un caballero elegantemente vestido que era el orgullo de su sastre. La fina chaqueta azul le sentaba soberbiamente en los hombros y los pantalones estrechos color tostado se ajustaban perfectamente a los muslos musculosos. Entre los cuarenta y cinco y cincuenta años, Newell era una figura familiar en la escena de Londres. No era exactamente un hombre apuesto, pero tenía una gran dosis de encanto y presencia, se lo consideraba bastante acaudalado y aunque su familia no tenía título ni fama, a la mayoría de las anfitrionas no les disgustaba incluirlo en sus listas de invitados. Sin embargo, como Wetherly y Stafford, algunos escrupulosos de alto rango consideraban que Newell no estaba a su altura. Aunque se lo consideraba mejor que a los otros dos, no sólo debido a sus modales refinados sino porque su falta de posición social no parecía afectarle, algunas puertas le estaban cerradas también a él.

Como Allan era un camarada de deportes de George, era natural que Royce lo hubiera conocido y si bien Royce no detectaba nada de malo en la conducta de ese hombre, había algo en él que le resultaba sutilmente ofensivo. Newell parecía complacerse innecesariamente en ridiculizar las debilidades de los demás, y por cierto que había una crueldad deliberada en algunos de sus comentarios sobre los actos de los miembros de la aristocracia. A Royce le extrañaba encontrar a Allan Newell entre las amistades de George, pero como los amigos de George no eran asunto suyo, ocultaba sus sentimientos y trataba a Newell con cortesía.

Prefiriendo guardarse su opinión sobre los compañeros del conde, Royce se limitó a encogerse de hombros ante el comentario de Newell y, girando hacia el otro lado, le dijo a George:

—Creí que habías dicho que la pelea estaba a punto de empezar.

—Lo está, mi querido amigo. Ves, los boxeadores están entrando al cuadrilátero en este momento.

Y así era; dos hombres fortachones con el torso descubierto subían al cuadrilátero cercado con cuerdas. Un murmullo de excitación recorrió la multitud cuando los dos pugilistas se encontraron en el centro del cuadrilátero y cerraron sus toscas manos en puños duros como rocas.

Pin había aprovechado el momento en que los espectadores concentraron la atención en el cuadrilátero para aproximarse aún más a Manchester, pero los caballeros que lo rodeaban estaban demasiado juntos para llegar a ocupar la posición conveniente para llevar a cabo su tarea. Frustrada y fastidiada, esperó impaciente que la multitud se moviera para poder ubicarse al lado del norteamericano alto. Tras decidir que por el momento no podía hacer nada para robar a Manchester, dejó deslizar la mirada por los espectadores cercanos. Siempre buscando un pichón inadvertido para desplumar, observó a su derecha a un caballero vestido a la última moda con la atención fija sobre las dos figuras semidesnudas que saltaban y se movían en el cuadrilátero. Un sello de oro colgaba de una de sus faltriqueras, y casi sin esfuerzo, los dedos ágiles de Pin lo despojaron de ese adorno. Bastante complacida consigo misma, observó con atención a los individuos del área, buscando otro objetivo fácil.

Con la presión de la muchedumbre era difícil moverse libremente, y al no ver ningún otro pichón a su alcance, Pin suspiró y trató de aparentar interés en la pelea. Su falta de estatura le hacía bastante difícil ver el cuadrilátero con claridad, y pasó varios minutos irritantes saltando de puntillas, estirando el cuello, tratando de parecer ávidamente interesada en lo que mantenía hipnotizados a los demás espectadores. Antes de llegar a estar demasiado aburrida, conveniente e inesperadamente, y para su satisfacción, apareció un hueco entre los hombres que rodeaban al norteamericano y Pin se coló por él de inmediato. Por desgracia, aunque estaba más cerca de su presa, todavía no estaba en la posición adecuada para quitarle cualquier objeto de valor que llevara, y sobriamente se resignó a esperar hasta después de la pelea, cuando empezara a dispersarse el gentío, antes de poner a trabajar a sus dedos inteligentes en vaciar los bolsillos del señor Manchester. Silbando silenciosamente, se apoyaba alternativamente sobre un pie y otro y miraba tranquila a su alrededor, preguntándose dónde estarían Ben y Jacko y si la pelea les había resultado provechosa. Los torneos de boxeo en general lo eran, porque los empujones de la apretada multitud les facilitaban el trabajo. Y el hecho de que la atención de todo el mundo estuviera generalmente enfocada en el cuadrilátero también los ayudaba en sus raterías. Si no fuera, pensó Pin taciturna, porque son tan endemoniadamente aburridas...

Sofocando un enorme bostezo de absoluto tedio, Royce empezó a mirar al gentío que lo rodeaba. Directamente delante de él, pero del otro lado del cuadrilátero, vio a Zachary y su grupo de amigos elegantes, y los gritos de aliento que lanzaron cuando el enorme boxeador de pantalones oscuros le asestó un sólido golpe a la barbilla del otro pugilista, indicaban claramente por quién habían apostado su dinero.

Sus ojos color topacio siguieron el recorrido y Royce se topó con la mirada oscura y poco amistosa de Martin Wetherly, parado junto al conde y su grupo, cerca del borde del cuadrilátero. Por una fracción de segundo ambos sostuvieron la mirada, y mientras la de Royce sólo trasuntaba un frío desinterés, internamente se preguntaba qué habría hecho para despertar esa hostilidad que Wetherly ni siquiera intentaba ocultar. ¿Era simplemente porque Wetherly era amigo íntimo del conde, y se limitaba a reflejar el desagrado frecuentemente expresado que el conde sentía por él? ¿O era algo más?

Wetherly apartó la vista primero, volviéndola un instante después hacia los hombres del cuadrilátero, mientras Royce quedó preguntándose si se habría equivocado con respecto a la mirada desagradable de esos ojos oscuros. Diciéndose que estaba permitiendo que el desafortunado antagonismo entre él y el conde tiñera sus pensamientos, Royce se sacudió mentalmente. Probablemente no había nada en la mirada de Wetherly; realmente tenía que hacer un esfuerzo para dejar de ver motivaciones siniestras en acciones simples.

Royce se forzó a concentrarse en la actividad que se desarrollaba en el cuadrilátero y durante la hora siguiente logró parecer atraído por los boxeadores. Por suerte, antes de llegar al aburrimiento total, el torneo terminó cuando el tipo de los pantalones negros derribó a su contrincante con un golpe furioso a la mandíbula. Pero para Royce la huida no era inmediata: tenía que esperar que Zachary volviera a reunirse con él y éste, por supuesto, lleno de animación por la pelea, no tenía la menor prisa en seguir el éxodo masivo que se estaba produciendo. Royce escuchó con paciencia las coloridas descripciones de Zachary de la pelea que ambos acababan de ver, pero cuando finalmente creyó haber logrado que su primo se encaminara lentamente hacia el carruaje, George y varios de sus amigos se interpusieron y volvieron a recapitular los diversos puntos de interés de la pelea y ninguno de ellos, excepto Royce, parecía dispuesto a dar un paso hasta agotar el tema satisfactoriamente.

Ya la multitud se estaba dispersando rápidamente y Royce estaba a punto de alzar a Zachary y arrastrarlo hacia el cabriolé, cuando éste lo miró y sonrió.

—Supongo —dijo Zachary tímidamente— que estás listo para partir.

Con una expresión de sacrificado aburrimiento, Royce contestó dulcemente:

—Sería agradable.

—¡Esperad! —exclamó George—. ¡No podemos dar la tarde por terminada todavía! ¿Por qué no vamos a alguno de los clubes para una partida o dos de dados o de faraón?

Royce vaciló, mientras la imagen de la amorosa Della esperándolo en la blanda cama de plumas de la casita discreta que le había alquilado lo indisponía a continuar en compañía masculina. Sosteniendo con mano firme el brazo de Zachary al tiempo que se alejaba de George y sus amigos, Royce dijo con suavidad:

—Por lo que a mí respecta, otra vez será. Me temo que tengo otros planes.

Hubo murmullos de los otros lamentándolo, pero Royce no permitió que lo convencieran y tozudamente mantuvo a Zachary caminando junto con el resto de la multitud. La mayor parte de la muchedumbre ya se había dispersado y desaparecido y aunque todavía quedaban algunos grupos de rezagados aquí y allá, Royce y los demás se podían mover con mayor libertad en la dirección deseada.

El grupo de Royce pasó a varios hombres a caballo y esquivó varios carros y carruajes, hasta que al fin Royce divisó su cabriolé. Concentrado en llegar a sus caballos, no había advertido la pequeña figura de chaqueta verde y pantalones grises que lo seguía pegada a sus talones desde hacía un rato. Sólo cuando el muchacho pareció tropezar y cayó contra él fue que se agudizaron sus sentidos y advirtió al instante lo que sucedía.

Pin casi se había desesperado mientras aguardaba para arrebatar los objetos de valor de Manchester, y si no hubiera sido por el expreso deseo del tuerto de que despojaran a Manchester, ya lo habría abandonado. Aunque lo había encontrado enseguida y se quedó todo el tiempo lo más cerca de él que pudo, en ningún momento tuvo la oportunidad justa para saquearle los bolsillos. Siempre había alguien a su lado y en lugar de salir con la muchedumbre que se dispersaba gradualmente, Manchester y sus amigos se habían quedado conversando, hasta que Pin temió que alguien la notara dando vueltas por ahí e hiciera algún comentario. Nadie lo había hecho, y justo cuando pensaba que no tendría más remedio que arriesgarse a que la vieran, Manchester y sus amigos locuaces finalmente empezaron a moverse. Pero el gentío entre el cual había confiado encubrir sus movimientos ya se había dispersado, y aunque todavía quedaban muchas personas, estaban demasiado raleadas como para constituir una protección.

Miró a su alrededor, esperando ver a Ben o a Jacko. Quizás entre los tres podrían maniobrar y conducir a Manchester a algún callejón y robarle antes de que llegara a su vehículo y antes de que nadie se diera cuenta de lo que pasaba. Cuando vio a sus hermanos vagando cerca de varias calesas y carrocines, experimentó una sensación de alivio. Bien. Cuando la vieran, se darían cuenta de que necesitaba ayuda.

Pero Jacko y Ben no miraban en su dirección, y el corazón de Pin sufrió un vuelco cuando el norteamericano repentinamente giró y se dirigió decidido hacia una pareja de zainos aparejados a un cabriolé de líneas elegantes. Una vez que Manchester montara en el vehículo, ya no tendría ninguna oportunidad; estremeciéndose ante la idea de enfrentarse con la ira del tuerto si no cumplía sus órdenes, Pin valientemente intentó hacer lo que le habían enseñado durante toda su vida: robar bolsillos.

El tropezón de Pin al caer contra el norteamericano había tenido gracia y habilidad. También la tuvieron los dedos ágiles que diestramente se apoderaron del sello y el pesado reloj, ambos de oro, del bolsillo del chaleco. El reloj y el sello cayeron al instante dentro de los caprichosos bolsillos de su propia chaqueta, y Pin estaba a punto de felicitarse por su triunfo en una empresa tan arriesgada, cuando una mano de hierro se cerró como una tenaza alrededor de su muñeca delgada.

Sin darse cuenta todavía del peligro, y aparentando haber recobrado el equilibrio, Pin sonrió con picardía en dirección del norteamericano y dijo descaradamente:

—¡*Gracia'*, don! Si no *e'* por *usté'* me caía.

—No lo creo —contestó una voz fría—. Y te agradecería mucho que me devuelvas el reloj y el sello que acabas de robarme. ¡Después veremos si te gusta un viaje a Newgate!

Con el corazón latiéndole frenético, Pin hizo un bravo intento para escapar de la situación desastrosa.

—¡Pero *señó*! ¡De qué *mi 'abla*!

—¡Oh, sí, creo que sí sabes, creo que sabes exactamente de qué hablo! ¡Ahora, devuélveme el reloj!

Pin nunca se había encontrado en una situación ni remotamente tan peligrosa como ésta y sintió que se le helaba la sangre, cuando varios de los caballeros que habían estado con el norteamericano en la pelea formaron un grupo reducido y curioso a su alrededor. Recordándose a sí misma que no debía tener miedo, que debía mantenerse tranquila por mal que se vieran las cosas, Pin miró a su alrededor rápidamente para ver si Jacko y Ben se habían percatado de sus dificultades.

En efecto, así era. Mientras Pin se retorcía inquieta en manos del caballero bien vestido, Jacko y Ben se acercaban rápidamente, y la blanda expresión de sus rostros le indicaba a Pin que algo habían planeado para sacarla de esa situación desagradable.

Relajándose un poco, sabiendo que sus hermanos no permitirían que se la llevaran a Newgate sin presentar batalla, Pin puso su mejor cara de inocente y, sin mirar a su captor, lanzó una mirada esperanzada a los otros caballeros.

—¡*Po'* el amor de *Dio'*! *Le'* pregunto *seores*: ¿parezco un maldito ladrón?

Pin realmente tenía un aspecto de encantadora inocencia, parada allí, con una sonrisa suplicante en los labios suaves, su pequeño cuerpo semioculto bajo las ropas voluminosas, la visera de la gorra sobre la frente para esconder los ojos grises. Tenía el aspecto de un niño perdido y, a medida que pasaban los segundos, una chispa de duda surgió en algunos de los ojos de algunos que la miraban.

Pero Royce no se dejó engañar en absoluto y al ver que sus amigos vacilaban, hizo un ruido despectivo y con un movimiento rápido, metió la mano en el bolsillo de Pin y sacó su reloj y su sello, así como un pañuelo de seda que George identificó como propio. Cualquier duda que hubiera podido engendrar el aire inocente de Pin, se desvaneció de inmediato.

Pero Pin no carecía de recursos, y echando hacia atrás la gorra con la mano libre, abrió mucho los ojos y exclamó en tono de asombro.

—¡Que me asen! ¿De *'onde* salieron *esa' cosa'*?

Indeciso entre las ganas de reír ante las diabluras de este bribón desvergonzado y el fuerte deseo de darle un tirón de las orejas, Royce asió el cuello de la chaqueta verde y se contentó con darle una breve sacudida.

—¡Y basta de historias para ti! —dijo con apenas una sospecha de risa en la voz.

Pin oyó la nota risueña y se retorció para darse vuelta y mirar asombrada al caballero alto de cabello leonado. Por lo que ella había observado, la mayoría de las personas estarían furiosas en una situación semejante, pero al norteamericano, por alguna razón incomprensible, le parecía divertido que le robaran.

Mientras viviera, Pin jamás olvidaría el salto repentino que le dio el corazón en el instante en que sus ojos cayeron sobre el rostro duro y apuesto de Royce Manchester. No se trataba del hombre más atractivo que había visto en su vida, ya que sus rasgos eran demasiado definidos como para que se los considerara clásicos, y sin embargo había algo tan dominante, tan impactante, en la cara de planos delgados, pómulos altos y mandíbula firme, que Pin notó un estremecimiento que le recorría la médula. Por primera vez en toda su vida, de pronto sentía la presencia de un hombre de una manera que la asombraba y la confundía. La boca gruesa sobre el mentón firme estaba cincelada con elegancia, y la nariz arrogante con aletas que se agitaban levemente se sumaban al impacto poderoso que esos rasgos tenían sobre ella. Pero fueron sus ojos, esos atractivos ojos de color topacio, bordeados de espesas pestañas y cejas gruesas y negras, los que la dejaron sin aliento. Ojos de tigre, pensó casi histérica, y se armó internamente para soportar lo más inmutable posible la brillante mirada que la examinaba.

Bajando la vista hacia el rostro alzado de su ladronzuelo, Royce frunció el entrecejo, notando que había algo muy familiar en la cara del muchacho. Y sin embargo... Casi ausente, Royce empujó más hacia atrás la gorra del muchacho. Un montón de rizos negros y sucios quedó expuesto a su mirada contemplativa, y por primera vez vio claramente las cejas negras de arco tan distintivo y esos ojos grises inolvidables. ¿Pero dónde, se preguntó Royce molesto, dónde había visto antes una cara como ésa?

—Tenemos problemas, ¿no, señor Manchester? —inquirió una voz aborreciblemente sedosa.

Alzando la mirada del rostro del muchacho, Royce miró a la persona que había hablado, y que acababa de acercarse. Se trataba del conde de St. Audries, flanqueado por sus dos amigos, Stafford y Wetherly. Era evidente que no habían venido a colaborar sino más bien a regodearse, y Royce sintió una punzada de irritación. «¡Ahora no! —pensó irascible—; ¡no estoy de humor para fintas con ese bastardo sarcástico! —Pero entonces, al mirar los ojos grises de gato del conde, contuvo el aliento al caer en la cuenta—. Sé exactamente dónde vi antes los rasgos del muchacho —admitió con gravedad para sus adentros—, y los estoy viendo en este mismo momento.»

Siempre ansiosa por aprovechar cualquier oportunidad que se le presentara, Pin se retorció girando en dirección de la nueva voz, esperando sacar ventaja de este encuentro inesperado. Pero se desanimó al ver el trío de caballeros elegantemente vestidos que acababa de acercarse. A pesar del leve dejo de animosidad que detectaba en la voz del recién llegado, era evidente que no la iba a ayudar a ella. Su ágil cerebro se afanaba por encontrar una forma, cualquier forma, de salir de su actual dilema, y después de un primer vistazo a los tres caballeros, estaba a punto de desviar la mirada, cuando algo en el más alto de los tres le llamó la atención.

El conde de St. Audries era un hombre alto, delgado, de alrededor de cincuenta años. Como Newell, era indudablemente un crédito para su sastre, con la chaqueta de paño *bordeau* que se ajustaba acariciadoramente a los hombros y los pantalones de color arena que ponía de manifiesto sus piernas largas y musculosas. Llevaba un bastón delgado y, a diferencia de los otros dos, no usaba sombrero.

Quizá fue la ausencia de sombrero lo que hizo que Pin le dedicara al conde una segunda mirada más prolongada, y cuando lo hizo, se le cortó el aliento y se tensó. Con incrédulo asombro, miraba con la boca abierta los rizos negros cuidadosamente arreglados del conde, rizos muy parecidos a los propios, pero fue el arco arrogante de las cejas negras, que coronaban los ojos grises de forma exótica, lo que la congeló en estado total de *shock*.

Pin muchas veces se había preguntado qué aspecto tendría su padre, a menudo se había preguntado si se parecería a él, ya que no era parecida a Jane. Y ahora, cuando menos lo esperaba, descubría que los rasgos que veía todas las mañanas en el espejo eran una imagen un poco más joven, un poco más suave pero casi idéntica a la del caballero delgado y elegante que estaba de pie delante de ella en aquellos instantes.

4

A Royce no le pasó inadvertido el leve resuello de Pin, ni el envaramiento de su cuerpecillo, y casi en el instante de advertir que este ladronzuelo no podía ser más que un hijo bastardo del conde de St. Audries, también comprendió el significado de la reacción del chico. Hasta ese preciso momento, el muchacho jamás había sabido que su padre no podía ser otro que ese hombre que estaba de pie ante él; ¿de qué otro modo se podía explicar que aquella rata callejera tuviera los mismos ojos inconfundibles de los Devlin?

Incapaz de creer lo que veía, Pin ávidamente catalogó cada rasgo del rostro oscuro y altivo del conde. La forma de ambas caras no era exactamente igual, tampoco las bocas y las narices eran copias exactas, pero esas cejas y esos ojos... Las cejas y los ojos señalaban que tenía en sus venas la sangre de ese hombre, y en la mente de Pin no cupo ninguna duda de que era su padre. Aturdida como estaba por la revelación, por un instante olvidó la gravedad de su situación y reprimió una risita algo histérica, mientras se imaginaba cuál sería la reacción del caballero si súbitamente ella se arrojaba contra su pecho exclamando: «¡Padre! ¡Te he buscado por todas partes! ¿No me reconoces? ¡Soy tu hija!»

Examinando los rasgos desdeñosos y distantes, decididamente tuvo la impresión de que ese caballero no se mostraría complacido. En realidad, al desvanecerse el primer impacto y observarlo con más objetividad, notando el gesto malhumorado de la boca y la expresión gélida de sus ojos, Pin llegó a la conclusión de que en realidad no tenía muchas ganas de conocer mejor a ese hombre.

Parecía un individuo arrogante y frío, y casi inconscientemente se arrimó a Royce, como tratando de repudiar cualquier relación entre ambos.

El conde, concentrado en azuzar al norteamericano, no había prestado la menor atención al mugriento muchacho callejero que Royce tenía agarrado, y al ver que éste guardaba silencio, el conde murmuró:

—¿Ha decidido mezclarse con las clases bajas? ¿Tal vez se siente más cómodo en su compañía?

Royce esbozó una sonrisa muy poco agradable.

—Bueno, sus modales por cierto son mejores que los de algunas personas que podría mencionar.

El rostro del conde se oscureció y agresivamente dio un paso hacia adelante, pero George Ponteby, el eterno pacificador, dijo apresuradamente:

—Es de lo más sorprendente, Stephen. Royce acaba de atrapar a este mendigo que nos estaba robando. ¡ Imagínate!

El pequeño carterista, prisionero de Royce que lo tenía agarrado por el cuello de la chaqueta, de pronto, se convirtió en el centro de todas las miradas. Más tarde, Royce se preguntaría qué era lo que lo había impulsado al gesto casual con el que bajó aún más la gorra sobre la cara del muchacho, ocultando efectivamente su parecido con el conde antes de que alguien más lo notara. ¿Había tratado de evitar una escena embarazosa? ¿O... es que había sabido instintivamente que el muchacho necesitaba protección... que la vida del muchacho bien podía estar en peligro si los otros percibían el parentesco con el conde?

—Un ladrón, ¿eh? —dijo Wetherly, dejando deslizar su mirada oscura por la pequeña figura de Pin—. ¿Qué piensa hacer con él?

Sólo unos momentos antes Royce hubiera contestado esa pregunta sin vacilar; pero ahora, a la luz de lo que sospechaba, se sentía poco inclinado a entregar el muchacho a la guardia. Y, sin embargo, ¿qué otra cosa podía hacer? Francamente, no podía empujar al muchacho hacia el conde y decirle:

—¿No cree que usted debería hacer algo? —De algún modo, le parecía que el conde no agradecería en absoluto que súbitamente se le echara encima un hijo bastardo. ¿Qué hacer entonces? ¿Soltar al lastimoso diablillo para que volviera a robar?

Como Royce vacilaba, uno de los dos jóvenes de aspecto tosco que se habían acercado casi al mismo tiempo que el conde y sus compañeros, expresó:

—*Señó', no' gu'taría da'* una mano, *señó', podemo' ocuparno' de entrega' 'ste* rufián a la guardia, *señó'* y muy *contento'* de darle una mano, don.

Royce los miró, notando los rostros duros y una extraña ansiedad en el tono. Fue precisamente esa ansiedad lo que despertó sus sospechas; se mostraban tal vez un poco demasiado ansiosos en su deseo de colaborar. Ambos jóvenes parecían tener poco más de veinte años, aunque era difícil decirlo; la vida ruda que llevaban dejaba su marca inevitable en las caras y posiblemente eran mucho más jóvenes de lo que parecían. No siendo ningún tonto, Royce rápidamente se dio cuenta de que probablemente eran los compañeros del carterista y la inmovilidad cautelosa, el aliento contenido de su presa, los delató. Sonriendo con severidad, Royce replicó:

—Gracias, muy amables por su generosa oferta, pero me ocuparé yo mismo.

Pin sintió un vuelco en el corazón y subrepticiamente miró a Jacko, un poco desafiante y un poco atemorizada. Si Jacko y Ben no actuaban rápido, pronto se encontraría en Newgate.

—Parece una pena entregar a una criatura tan joven a merced de la guardia —dijo arrastrando las palabras una nueva voz y, audaz, Pin miró a su alrededor esperanzada.

Era el otro compañero del conde, Rufe Stafford, quien había hablado.

—Siendo norteamericano, probablemente no sepa la suerte que posiblemente correrá nuestro joven ladrón. Lo más probable es que lo cuelguen. Y todo porque osó robarle unas pocas chucherías. —Levantando la vista para encontrar la de Royce, agregó con una nota de censura—: No parece muy justo. El muchacho probablemente robó para comer, mientras que para usted esas cosas no significan nada, y sin embargo, es muy posible que él pierda la vida por este incidente.

—¿Tal vez usted quiera hacerse cargo del bienestar del muchacho? —preguntó Royce en tono sarcástico—. Como parece que le preocupa sinceramente, ¿debo entender que desea hacerse responsable de él?

Stafford entrecerró los ojos.

—Eso no es lo que quise decir y usted lo sabe bien. Simplemente le estaba señalando cuál podría ser su suerte.

Newell, que había permanecido de pie cerca de Royce, entró en la conversación en este punto.

—Realmente parece una lástima que cuelguen al muchacho por un delito menor. Después de todo, usted recuperó sus pertenencias.

Se oyeron algunos murmullos de asentimiento entre los demás caballeros reunidos alrededor, y George Ponteby manifestó en tono incierto:

—Ehmmm, verdaderamente parece algo exagerado que el muchachito acabe de ese modo. Es apenas un niño.

Con una mirada especulativa, los ojos grises de Pin iban optimistas de un caballero a otro, creyendo a duras penas lo que oía. ¿Quién entendía a la nobleza? La habían pescado con las manos en la masa y, sin embargo, a estos caballeros ricos y aristocráticos realmente parecía importarles lo que le sucedería y, si tenía suerte, hasta podía escapar del viaje a Newgate. Inconscientemente, una sonrisita petulante empezó a asomar en la comisura de sus labios.

—Ya veo —dijo Royce con lentitud—. ¿Hay consenso para que deje ir al muchacho?

En este punto, Pin ya casi estaba sonriendo abiertamente, y se paró un poco más derecha, segura de quedar libre.

—Hmmm, no estoy seguro —admitió George descontento—. Si lo dejas ir, seguirá robando.

Hasta el momento, esa preocupación por el destino de un ladronzuelo de Londres a Royce le había parecido divertida, pero se le estaba agotando la paciencia y con más que evidente exasperación en la voz, preguntó:

—¿Entonces qué demonios sugieres que haga? ¿Que lo adopte y lo lleve a mi casa? ¿Que lo aleje de la tentación del mal?

El rostro de George se iluminó.

—¡Royce, qué idea tan espléndida!

A Pin la idea no le pareció espléndida en absoluto y le dedicó a George una mirada tormentosa. ¿Por qué diablos no mantenía la boca cerrada?

Pero la idea, una vez propuesta, pareció resultar atractiva para varios de los otros caballeros. Hasta Francis Atwater, otro de los amigos de George, que había guardado silencio hasta el momento, habló:

—Sabes, no es una idea tan ridícula. Tal vez si se le encuentra un empleo honesto, podría tener un futuro.

Con creciente incredulidad, Royce miró a sus amigos. Realmente no esperarían que se llevara a este diablillo roñoso a su casa, ¿no? Por las expresiones de ánimo que veía en varias caras, era obvio que sus compañeros esperaban que hiciera exactamente eso. Sintiéndose decididamente molesto, Royce miró a su alrededor, esperando hallar una vía de escape de lo que se estaba convirtiendo en una situación sumamente incómoda. No quería que colgaran al muchacho, pero por otra parte, pensó muy serio, no iba a permitir que le endilgaran al ladrón bastardo del conde de St. Audries.

—Por supuesto —interpuso de pronto Martin Wetherly—, si no quiere lo que cuelguen y no quiere hacerse usted mismo responsable de él, simplemente podría soltarlo. Como ya señaló alguien, usted recuperó sus pertenencias. Podría dejar las cosas como están.

Pero George no estaba de acuerdo. Con intensidad en los ojos azules, dijo rápidamente:

—¡Oh, no! ¡Eso no! El chico probablemente seguiría robando y de todos modos terminaría en Newgate. No. No. Debemos pensar en otra cosa. —George era un caballero extremadamente afable, pero hasta ese momento, Royce había olvidado una característica especialmente irritante de George: cuando se le metía una idea en la cabeza, no había forma de hacérsela cambiar. Y aparentemente George estaba decidido a embarcarse en una cruzada, y el desventurado carterista inadvertidamente se había convertido en el objeto de sus buenas intenciones.

Con el brillo de la redención social iluminándole los ojos, George dijo con firmeza:

—Deberías llevarlo a tu casa, Royce. Encontrarle algún trabajo allí. Hacer que el muchacho se aleje de su ambiente criminal. Entrenarlo como lacayo o alguna otra cosa. Eres un tipo tan inteligente. Estoy seguro de que se te ocurrirá algo.

Royce apreciaba bastante a George, de un modo vago, pero en ese preciso instante lo que pensaba de su primo decididamente no incluía el afecto y casi gimió en voz alta cuando, una vez más, varios caballeros se unieron a George, secundando la sugerencia.

—Sabes, Royce, George tiene razón. No es posible que quieras que cuelguen al chico y tampoco lo puedes dejar ir sin más ni más para que siga robando. ¿Por qué no averiguas si el mayordomo o la cocinera le pueden dar algún uso?

Royce hizo una mueca y dirigiendo una mirada sombría a Zachary, gruñó:

—*Et tu, Brutus*?

Zachary le sonrió cálidamente.

—Sí, creo que estoy de parte de George en este asunto. Pienso que es una buena acción.

Royce todavía podía haber hallado la forma de no quedar atado a una «buena acción» que por cierto no le interesaba, si el conde no hubiera hablado justo en ese momento. Con sorna en la voz, el conde observó, sin dirigirse a nadie en particular:

—¡Santo cielo! ¡Qué gracioso! Nuestro visitante norteamericano se dedicará a enseñar buenos modales al golfo. Esto va a ser muy divertido. El muerto se asusta del degollado, ¿no les parece?

Aparentemente sólo Stafford y Wetherly encontraron divertido el comentario burlón, mientras los demás caballeros, George y sus amigos, cerraban filas detrás de Royce con expresión de desagrado ante las palabras del conde. Luchando por controlar su genio, Royce entrecerró los ojos y apretó más fuerte el cuello de Pin. Durante un largo momento peligroso, pensó seriamente en retar al conde. Nada le hubiera gustado más que enfrentar al conde en un duelo, y si el hombre insistía en irritarlo de ese modo, tarde o temprano terminarían ajustando sus diferencias de la forma tradicional: ¡con pistolas y a veinte pasos!

Afortunadamente, antes de que se impusiera su temperamento y retara al conde a duelo, George soltó una risa nerviosa y logró disipar la situación cada vez más tensa, diciendo en tono frívolo.

—Hmmm, sí, podría ser verdad, pero mi primo es de buena ley, ¿no les parece?

Francis Atwater de inmediato siguió su iniciativa, y mirando al conde, dijo risueñamente:

—¡Oh, sí! Especialmente desde que le ganó esa apuesta enorme, diría que de muy buena ley.

Por un momento pareció que el conde persistiría en su comportamiento agresivo, pero notando que los amigos de Royce estaban decididos a desviar sus comentarios malévolos, por el momento renunció. Sonriendo desagradablemente, se inclinó y murmuró:

—Como digan. Pero la suerte no estará siempre de su lado.

A Royce le hubiera gustado mencionar que era talento, no suerte, lo que le había permitido superar al conde hasta el momento, pero George debió leer la intención en sus ojos, porque rápidamente le dio a Royce un pisotón muy doloroso, y éste reprimió una exclamación y miró indignado a George. Pero éste estaba demasiado ocupado acompañando al conde y sus amigos mientras se alejaban, como para seguir prestando atención a Royce. Con una sonrisa encantadora al conde, George murmuró:

—Sí. Sí. Tiene absoluta razón. Ahora excúseme, debo irme.

—¿Y qué pasa con el chico? —preguntó Wetherly.

—¡Ah, sí, el chico! —exclamó George nervioso—. ¡Olvídese del asunto! —Y con una sonrisa angelical a Royce, dijo feliz—: Royce se ocupará de él.

Reconociendo la derrota cuando la tenía ante sí, Royce la enfrentó con buena cara.

—Sí, tengo la intención de llevarme al muchacho a casa y tratar de convencerlo de que la honestidad y el trabajo duro son más rentables que el robo —dijo blandamente Royce. Volvió a mirar a la mugrienta criatura que retenía y masculló—: Estoy seguro de que, después de un cálido baño y un cambio de ropa, nadie lo reconocerá —Agregó secamente—: Si se lo puede convencer de que no me desvalije mientras duermo, lo que todavía está por verse.

Pin quedó azorada por sus palabras y miró desvalida a Jacko y Ben, que estaban justo detrás de los caballeros. ¡Era algo terrible! Newgate era preferible.

—¿Le parece inteligente meter a esta criatura en su casa? —preguntó Newell con curiosidad.

Royce miró a Pin, que le respondió con una mueca y la amenaza de todo tipo de venganzas en la mirada. Con un suspiro, Royce reconoció:

—¡Probablemente no lo sea! Pero, por el momento, no veo otra salida.

Como era evidente que ya no tendría oportunidad de descargar su bilis contra el norteamericano, el conde había perdido todo interés en el asunto y se alejaba seguido por sus dos desagradables compinches. George también, después de depositar despreocupadamente el bienestar de Pin en manos de Royce, se olvidó de la cuestión, y pasando su brazo por el de Newell, les propuso a los otros encaminarse hacia St. James para ver qué diversiones se podían encontrar allí.

—¿Y Manchester? —preguntó Newell con suavidad—. ¿Qué va a hacer él?

George puso un gesto apenado.

—¡Esta tarde mi primo estará ocupado atendiendo al bienestar de su ladronzuelo!

Con el asomo de una sonrisa en los labios, Royce observó alejarse a George y los demás, dejándolos solos a él, al carterista y a Zachary. Hasta los dos jóvenes, que se habían ofrecido a entregar al muchacho a la guardia, habían desaparecido.

Pin no lo podía creer cuando, con un guiño y un movimiento de cabeza, Jacko y Ben desaparecieron. ¡La habían abandonado! Hasta ese punto había esperado casi pasivamente para ver qué pasaba, pero ahora que Jacko y Ben la habían dejado abandonada a sus propios medios, se daba cuenta de que si quería escapar, se las tendría que arreglar sola. ¡Totalmente sola! Con eso en mente, dirigió una patada furiosa hacia la canilla del norteamericano y empezó a luchar violentamente para liberarse.

Cuando el pie entró en doloroso contacto con la canilla de Royce, y como la actitud tranquila del muchacho hasta ese momento lo tenía desprevenido, lo repentino del ataque casi lo hizo soltar la chaqueta del ladrón. Ignorando el dolor que le estallaba debajo de la rodilla, Royce maldijo furioso y con rigor se concentró en retener al pequeño basilisco que había intentado robarle, mientras éste mordía, pateaba y arañaba.

La contienda era desigual, y aunque Pin hizo todo lo que pudo y se las arregló para causar algunos daños antes de que Royce lograra apaciguarla por la fuerza, nunca hubo ninguna duda del resultado. Tomó una manta del carruaje y la tiró sobre el carterista que se retorcía con saña repentinamente asesina, y con rapidez y eficiencia atrapó el cuerpo pequeño entre los pliegues. Respirando agitado por el esfuerzo, porque Pin, enceguecida por el pánico, había peleado con toda la fuerza y la astucia de que era capaz, Royce resguardó su mano que llevaba la marca perfecta de los dientes del ladrón, y con un movimiento mucho menos que suave, alzó la culebreante figura envuelta en la manta y la arrojó sin miramientos dentro del carruaje.

Volviéndose hacia Zachary, que había observado todo el proceso con una amplia sonrisa en la cara, Royce rezongó:

—Si ya terminaste de mirar con la boca abierta como un campesino en la feria y si no quieres que me vaya y te deje aquí mismo, te recomiendo que subas al vehículo de inmediato.

Sumiso, Zachary hizo lo que le ordenaban y, sabiamente, mantuvo la boca cerrada durante el viaje tempestuoso que siguieron a través de las calles de Londres. Royce era un conductor notable, por suerte, porque sólo un experto podría haber manejado esos caballos briosos a semejante velocidad por las calles atestadas y serpenteantes, sin accidentes. Sólo cuando se detuvieron delante de la elegante mansión de Hanover Square, Zachary se dio cuenta de que había contenido el aliento prácticamente desde el momento en que Royce había puesto los caballos en movimiento.

En cuanto al objeto enrollado en la manta, prisionero entre ambos, se había seguido sacudiendo con un salvajismo alarmante, y la fluidez y originalidad de las maldiciones que emanaban de entre los gruesos pliegues hasta habían logrado que Royce levantara las cejas. Volviendo a su actitud normalmente imperturbable, Royce de pronto sonrió al oír un destino particularmente tenebroso que le auguraba su cautivo, y sacudió la cabeza. Apeándose con gracia del carruaje, Royce dijo con un dejo de risa en la voz:

—Sí, estoy seguro de que de verdad disfrutarías cortando en rodajas mis... ehhmm... partes privadas y metiéndomelas en la boca, pero, afortunadamente para mí, pondré gran cuidado en que no tengas ni los medios ni la oportunidad.

Atrapada debajo de los dobleces de la manta, Pin oyó la nota divertida en su voz y se quedó muda de asombro. ¿Qué clase de monstruo depravado la había capturado? Cualquier hombre que se preciara de tal se hubiera sentido gravemente ofendido por los diversos insultos que le había lanzado, pero este condenado norteamericano parecía encontrar divertida toda la situación. ¡Maldito sea!

Pero Pin no tuvo tiempo para más reflexiones. Sintiendo que las manos fuertes se apretaban a su alrededor, empezó a luchar con más fiereza, y aunque se las arregló para acertar algunos golpes aislados, el norteamericano grandote la metió en la casa sin esfuerzo. Sólo después de que la arrojaron con muy poca ceremonia en el suelo, pudo liberarse de la manta que la envolvía y volver a enfrentar a su captor.

Mordiendo y arañando como una pantera, se levantó del suelo, con los ojos grises casi negros de furia y los rizos de ébano casi erizados por el desafío. Respirando pesadamente, por el esfuerzo y por la ira mezclados con el temor que le recorría las venas, Pin no perdió un momento en arrojarse contra Royce. De lo que la rodeaba, no notó más que al norteamericano que se interponía entre ella y unas puertas de madera tallada, que supuso que conducían a la libertad, y su único pensamiento, como el de un animal acorralado, era escapar.

Si a Royce le parecieron sorprendentes los feroces y persistentes intentos de fuga del muchacho, sus rasgos apuestos no lo demostraron, mientras bloqueaba con facilidad el ataque frenético. Asiendo al chico por los hombros, con facilidad humillante alzó a su atacante del suelo y sin esfuerzo visible lo sostuvo a distancia, mientras los puntapiés y los golpes dirigidos a él prácticamente daban en el vacío.

Enfurecida a la vez que apenada por la situación, Pin perdió completamente la cabeza y, olvidándose por un momento de su doble lenguaje, refunfuñó entre dientes:

—¡Si alguna vez llego a liberarme de usted, realmente le picaré el hígado y se lo haré tragar pedacito por pedacito!

—¿En serio lo harás, mi cachorro de tigre? ¿Pero no estás equivocado?... ¿No eran mis... ehmm... partes privadas lo que querías cortar? —preguntó Royce en tono ligero, enarcando una ceja al oír el inglés de hermoso acento que salía de la boca del muchacho. El chico no sólo tenía un parecido extraordinario con el conde de St. Audries, sino que aparentemente, además del lenguaje grosero de los barrios bajos, hablaba un excelente y educadísimo inglés de clase alta. ¡Qué extraño! Presintiendo un misterio, Royce sintió que aumentaba su curiosidad con respecto al muchacho y cualquiera que fuera el plan rudimentario que había tenido para él, cambió en ese instante. Ya no se trataba solamente de rescatar al muchacho de una vida de miseria y delito; había un misterioros enigma para resolver...

Pin de inmediato se dio cuenta de su equivocación y abrió los ojos consternada. En un intento desesperado de reparar el error, volvió a luchar salvajemente y masculló:

—¡Sí que lo *vuá'cé*! ¡Se lo *vuá cortá* finito y se lo *vuá' 'mpujá po' la gola, sí señó'*!

—Oh, estoy seguro de que si te diera media oportunidad, no vacilarías en descuartizarme, pero me temo que tengo un gran apego por mi cuerpo, y no puedo permitirte que te tomes esa clase de libertades —expresó Royce con una leve sonrisa. La única respuesta a sus palabras fue una mirada tormentosa y, dándose cuenta por la forma en que había disminuido la pelea del muchacho, de que éste estaba agotado, Royce dejó de azuzarlo—. ¿Si te bajo, tengo tu palabra de que no volverás a atacar, ni a mí ni a ninguna otra persona de la casa?

Más extenuada de lo que se imaginaba, Pin ansiaba aceptar este ofrecimiento inesperado, pero el miedo y la necesidad abrumadora de escapar todavía la dominaban. Otra vez se retorció.

Si bien Royce admiraba el espíritu del muchacho, también estaba empezando a perder los estribos y con una sacudida corta y severa le dijo con brusquedad:

—No tienes nada que temer de mí ni de mi gente. No tenemos intención de hacerte daño, aunque estoy seguro de que no estaríamos de acuerdo sobre ese punto. No puedes escapar, y como soy mucho más grande y fuerte que tú, podemos quedarnos en esta posición hasta que te desmayes o puedas aceptar mi oferta. Sigamos o no con esta batalla, los resultados serán los mismos... te quedarás bajo mi control. Ahora, ¿tengo tu palabra?

Con renuencia, Pin asintió con la cabeza oscura y rizada. Pero la derrota ponía un sabor amargo en su boca y sus ojos grises mostraban una ira desafiante, el cuerpo rígido indicando su resentimiento hacia Royce, mientras éste la bajaba hasta que los pies tocaron el suelo y allí la soltó. Con una mueca hosca en la curva delicada de sus labios, se quedó allí parada, mirando con furia a su captor, preguntándose qué pensaría hacer con ella.

Observando no muy feliz a su mal dispuesto dependiente, Royce se preguntaba más o menos lo mismo. Sabía Dios que la caridad no era una de sus cualidades más desarrolladas y que de no ser por el misterio que representaba el muchacho, Royce para sus adentros sabía que, cobardemente, dejaría que el muchacho se fuera de inmediato sin pensar más en el asunto. Pero como por propia elección ya no tenía esa opción, Royce siguió estudiando a ese flacucho, considerando exactamente dónde podría ubicar al chico en la casa, muy bien atendida por un personal ya completo.

—¿Cómo te llamas, muchacho? —preguntó Royce abruptamente. No se sorprendió en lo mas mínimo cuando el chico le lanzó una mirada oscura y levantó el mentón con altivez. Parecía que los Devlin eran arrogantes desde la cuna. Conteniendo el genio, Royce volvió a intentar—. ¿Y tus padres? ¿No estarán preocupados por ti? ¿No me dirás nada sobre ti?

La única respuesta fue una mirada hostil y, suspirando, Royce dejó correr la mirada sobre la figura colérica, insignificante, que ocupaba su vestíbulo habitualmente inmaculado. El muchacho parecía demasiado pequeño y delicado para su edad, pero Royce suponía que con varias semanas de buena alimentación y sueño, eso se podría remediar. Después de sentir la fuerza de sus dientes, puños y pies, sabía que, a pesar de su tamaño reducido, el chico era fuerte y sano, aunque estaba mal alimentado. Comida, ropa y alojamiento no eran problema, ¿pero qué diablos iba a hacer con ese monstruito sanguinario, una vez alimentado, bañado y acostado?

Desentendido de la presencia de Zachary a su izquierda y de la mirada pasmada de su mayordomo, que iba de él al muchacho, con una mezcla de enojo y pena, Royce volvió a mirar a la figura sucia y desaliñada que tenía ante sí. Por fin su mirada se posó sobre la cara terca del muchacho y de pronto tomó conciencia de que había capturado a un chico muy hermoso. Un chico casi exóticamente hermoso, pensó para sí, recorriendo los rasgos asombrosamente aristocráticos. Los malditos ojos de los Devlin, discurrió en silencio, ¡son inconfundibles! Y sin embargo no eran solamente los memorables ojos grises los que ponían de manifiesto su buena cuna; también se hacía evidente en la nariz respingada y altiva, las mejillas marcadas, y la curva plena y encantadora de la boca. Notando que sus pensamientos divagaban, preguntó sin dirigirse a nadie en particular:

—Bueno, ¿qué demonios vamos a hacer con este inesperado agregado a nuestro establecimiento? ¿Convertirlo en mi maldito paje?

Se oyó un sonido estrangulado desde donde estaba el mayordomo, y como Zachary, con una sonrisa en los labios, siguió mudo, Royce se volvió al pobre individuo.

—Ah, Chambers, ¿tiene alguna sugerencia?

Chambers, como todos los demás criados, no había estado mucho tiempo al servicio de Royce; George Ponteby, así como había conseguido la casa para su primo, también había contratado una servidumbre ejemplar.

La visión de su empleador depositando a un sucio muchacho de la calle sobre el suelo reluciente del vestíbulo hizo pensar a Chambers por un momento, pero mostrándose a la altura de las circunstancias, dijo pausadamente.

—A lo mejor, una vez que el chico, eehmm, esté limpio y alimentado, se le ocurre alguna idea mejor, señor.

—¿Ésa no le gusta? —preguntó Royce, mientras una sonrisa pugnaba por escaparle por la comisura de los labios.

Chambers se inclinó levemente.

—Creo, señor, que después de disfrutar del almuerzo liviano que le espera en el solario y cuando haya tenido tiempo para reflexionar, tendrá las ideas más claras. Mientras tanto, con su permiso, me llevaré al muchacho y me ocuparé de que se lo alimente y vista más apropiadamente para la casa de un caballero.

Sintiéndose aliviado, ya que por el momento alguien se iba a ocupar del bienestar del muchacho, Royce asintió con la cabeza y dijo contento:

—Muy bien, Chambers. Lo dejaré en sus capaces manos. —Empezando a girar para alejarse, Royce, consciente de que su dependiente indeseado podría intentar huir, volvió a mirar a Chambers—. Ocúpese de que haya alguien con el chico todo el tiempo, y tome precauciones para que no escape; no tengo ninguna duda de que si le da la espalda, estará fuera de la casa en un abrir y cerrar de ojos.

Royce le dio una palmada a Zachary en el hombro.

—¿Comemos? Los sucesos de esta mañana me han dejado, por lo menos, hambriento.

Zachary se apresuró a asentir, y dejando a Pin, que miraba a Chambers con desconfianza, Royce y Zachary desaparecieron rumbo al solario.

5

Al entrar al solario, Royce y Zachary descubrieron una comida deliciosa dispuesta sobre el largo aparador que decoraba una de las paredes con ventanales. En pocos segundos llenaron los platos y se sentaron ante una mesa de hierro negro afiligranado, disfrutando de los esfuerzos culinarios de Ivy Chambers.

Poco tiempo después, mientras Royce se recostaba sobre el respaldo de su silla, habiendo terminado un trozo especialmente delicioso de pastel de limón, un Chambers fastidiado y desarreglado entró a la habitación. Satisfecho y sintiéndose mucho más benevolente con el mundo en general, mientras visiones de los encantos opulentos de Della empezaban a girar en su mente, Royce miró a Chambers con gesto interrogante. La expresión angustiada que se leía en la cara generalmente de buen humor de Chambers, así como su aspecto desaliñado, hicieron desvanecer la sensación de bienestar de Royce.

Medio levantándose de la silla, Royce inquirió:

—¿Qué pasa? ¿Es el muchacho? ¿No se habrá escapado?

Estrujándose las manos, Chambers dijo con tono infeliz:

—Señor, hice todo lo que pude, todos tratamos de cumplir sus órdenes con respecto al, ehmm, chico, pero... —Finalmente invadido por la indignación, estalló agraviado—: ¡Señor, es imposible! Esa bestezuela sucia tiene un cuchillo y no nos deja acercarnos a él. A duras penas escapé con vida.

Con irritación en los ojos dorados, Royce tiró la servilleta.

—Ya veo que tendré que arreglar esto personalmente, y de un modo que estoy seguro que no va a complacer a nuestro remiso huésped. ¡Condúzcame hasta él!

La cocina, que también hacía las veces de sala de los criados, era una habitación grande y alegre; una enorme estufa de hierro negro dominaba el área, y un gran hornillo abierto, originalmente utilizado para cocinar la mayor parte de los alimentos, ocupaban casi toda una pared. El suelo era de ladrillo, y de algunas de las vigas macizas del cielo raso, oscurecidas por el humo, colgaban manojos de cebollas, ristras de ajo, y diversas hierbas de aroma intenso. El aire estaba cargado del olor agradable de carne asada y pasteles horneados, pero Royce no lo notó, con toda su atención puesta en la criatura de cara adusta que estaba semiagazapada en el ángulo más alejado, sosteniendo un cuchillo amenazador en la mano roñosa.

Por el estado de la habitación —bancos y baldes dados volcados, vajilla rota y gran cantidad de agua derramada— era evidente que se había desarrollado una batalla feroz. La apariencia de Chambers había preparado a Royce para lo que iba a encontrar, de modo que no le sorprendió el estado húmedo y desaliñado de las mujeres: delantales mojados y arrugados y las cofias blancas, normalmente prolijas, decididamente torcidas. «¡Supe que este condenado mocoso iba a traer problemas desde el mismo momento en que le puse la vista encima!», pensó enojado mientras se dirigía hacia el centro de la cocina.

Las sirvientas se alejaron nerviosas cuando Royce se acercó, y midiendo la inclinación belicosa del mentón del chico, el brillo feroz de sus ojos y la forma decididamente competente en que sostenía el cuchillo, Royce suspiró con impaciencia. Era obvio que meter al muchacho en la bañera de cobre, llena de agua humeante que habían puesto frente al fuego, no iba a ser tarea fácil, pero irritado como estaba, Royce esperaba casi con ganas la escaramuza que se iba a producir.

En tono cortante ordenó que salieran todos de la cocina.

—Y que no vuelva nadie hasta que yo llame, por más ruidos que oigan.

Pin se envaró al oír estas palabras, con una expresión desconfiada en los ojos y el corazón saltándole dolorosamente en el pecho. Las peleas sucias de la calle no eran nada nuevo para ella, y una vez con el cuchillo en la mano, defenderse de todo el personal junto había sido relativamente fácil. Una sonrisa petulante de pronto le iluminó la cara. El cuchillo los había asustado a todos, y se habían dispersado cacareando como gallinas frente a un halcón.

Viendo a los criados salir velozmente de la cocina, Pin observó al hombre alto que dominaba la habitación. Debería haberse sentido aliviada ahora que tenía que enfrentar a una sola persona, pero había algo en la actitud agresiva del imponente norteamericano que la hacía sentirse muy inquieta. Royce dio un paso hacia adelante y la mano de Pin se cerró con más fuerza alrededor del cuchillo.

—¡*Qué'se* lejos! —gruñó—. ¡*Qué'se* ahí o le corto *la' tripa'*!

Con la boca apretada y conteniendo el genio a duras penas, Royce dijo con más amabilidad de la que sentía:

—Podemos hacer esto de dos formas: fácilmente y con un mínimo de esfuerzo para ambos o...

Pin miró airada el rostro apuesto y resopló desdeñosa:

—¿O qué? —se burló— ¿Me *va' mandá'* a Newgate? ¿Qué van a *decí' su' amigo' pituco', despué' de to'esa paría* de que *s'iba a ocupá' de mí, me gu'staría sabé'*?

Por qué lo acicateaba, no lo sabía, pero había algo en él que le hacía erizar la piel y hacía salir algún demonio perverso dentro de ella. Conteniendo el aliento notó que un músculo se movía en la mejilla de Royce, y al percibir el brillo iracundo de sus ojos dorados, de pronto deseó no haber sido tan temeraria.

—¡Está bien, esto ya es lo último! —estalló Royce, perdiendo los estribos—. Te di una oportunidad, pero ya me cansé de seguirte la corriente.

Perturbada, Pin lo observó sacarse la chaqueta fina y enroscársela en el brazo, pero la volvió a invadir ese mismo demonio que la había asaltado antes, y para su propio horror, se oyó decir:

—¡*Segui'me* la corriente! ¡Qué chiste!

Las palabras no habían terminado de salir de su boca cuando Royce se abalanzó sobre ella con el brazo envuelto en la chaqueta extendido hacia adelante. Se le echó encima rápido y furioso, y Pin apenas tuvo tiempo de lanzarle una cuchillada antes que él volviera a empujarla hacia su rincón, dejándole poco espacio para maniobrar. Pero no era la primera vez que Pin se encontraba en aprietos y, retorciéndose como una anguila, eludió las manos que pretendían apresarla; levantando velozmente la rodilla, deliberadamente lo golpeó en la entrepierna.

El dolor estalló en todo el cuerpo de Royce cuando la rodilla le pegó en su parte más vulnerable y, sin resuello por un instante, creyó que se desmayaría. A pesar del golpe doloroso, se recuperó rápido, pero no lo suficiente, y Pin, precipitándose desde el rincón, dirigió una cuchillada centelleante al brazo de Royce, atravesando la tela y cortando la carne firme.

Royce parpadeó, prácticamente incapaz de creer que el diablillo realmente lo había herido. Entre furioso e impresionado por el espíritu batallador de la desgraciada criatura, se lanzó detrás de él, asiendo con la mano la chaqueta del muchacho. Con los dedos apretando fuertemente la tela, Royce dio un poderoso tirón que hizo que el muchacho se tambaleara hacia él. En el instante en que el pecho tocó la espalda de su oponente, Royce pasó un brazo alrededor del cuello del chico y, a pesar de los movimientos agitados de su presa, lo mantuvo prisionero contra su cuerpo. Moviéndose rápidamente y eludiendo la hoja que se agitaba en el aire, con la mano libre finalmente logró asir la muñeca delgada que sostenía la afilada hoja.

Pin sintió un miedo que nunca había conocido y, jurando venenosamente, luchó por soltarse. El brazo que le rodeaba el cuello casi la ahogaba, y se le escapó un grito de dolor cuando los dedos de la otra mano le apretaron con gran firmeza la muñeca que sostenía el cuchillo.

Sintió el aliento tibio de él cuando dijo salvajemente:

—¡Suéltalo! ¡Suéltalo o te rompo el brazo!

Sin dudar un segundo, Pin dejó caer el cuchillo al suelo y exhaló un suspiro de alivio al sentir que se aflojaba la presión brutal en su muñeca. Pero la odisea no había terminado aún, como muy bien sabía ella, y ya estaba volviendo a reunir sus fuerzas para seguir la pelea, cuando Royce la hizo girar y empezó furiosa y rápidamente a arrancarle la ropa.

Ignorando el dolor que le latía entre las piernas y ahogando el deseo de ahorcar allí mismo a aquel pequeño bastardo, Royce se concentró agriamente en la tarea. Cuanto antes desnudara al mocoso y lo metiera en el baño, más pronto podría huir hacia lugares más agradables.

Era tal la violencia de sus actos, que Pin se sintió momentáneamente aturdida. A Royce le llevó un segundo descartar el gastado sobretodo, y con un movimiento brutal, le abrió la camisa. Súbitamente galvanizada por un miedo primitivo, sin pensar en las consecuencias, se arrojó sobre él con los dedos extendidos para arañarle la cara. Su torturador apenas logró evitar el ataque, y maldiciendo por lo bajo, asió a Pin por los brazos y se los sujetó firmemente detrás de la espalda.

Ambos resollaban, con las caras enrojecidas a pocos centímetros de distancia, los cuerpos íntimamente apretados, mientras se miraban con ira. Pin era consciente de un extrañísimo hormigueo que le recorría el cuerpo mientras permanecían así apretados, con los pequeños pechos de Pin aplastados contra el torso amplio, las piernas apretadas contra los muslos musculosos, y le dio miedo... como también le dio miedo el descubrimiento de la verdad en los ojos dorados.

—¡Suélteme! —escupió con furia, empezando a luchar otra vez con violencia.

—¡Oh, no, no lo pienso hacer! —gruñó Royce, casi sin poder creer la evidencia que le había revelado aquella postura tan íntima. Pero era verdad. A través de la camisa sentía los femeninos senos firmes que presionaban contra su pecho, y la fluida suavidad de los muslos trabados contra los suyos también era decididamente femenina. Para su asombro, empezó a sentir deseo; a la vez que una airada frustración. Si un mero muchacho constituía un problema, una chica por cierto que iba a causar todavía muchos más disturbios en su casa.

A pesar de la lucha frenética de Pin, la separó de él, examinando primero la cara vuelta hacia él, preguntándose cómo podía haber sido tan ciego. La delicada estructura de los huesos, los ojos grises bordeados por espesas pestañas, la curva pecaminosamente erótica de la boca llena que ahora estaba tan cerca de la suya, resultaban tan evidentes ahora que conocía la verdad. Miró hacia abajo y un brillo cálido iluminó la profundidad de sus ojos dorados cuando se posaron sobre los senos de punta rosada y atrevida. No. Ése no era ningún muchacho.

La mirada que vio en sus ojos atemorizó y a la vez regocijó a Pin, quien, confundida por su reacción con él, se refugió en las bravatas. Ignorando su turbación, con el mentón desafiante, lo miró y siseó:

—¡Mi *Dió'*! ¿Qué *'stá* mirando? ¿Nunca vio una hembra *ante'*?

El enojo empezó a desvanecerse y optando por sentirse divertido por su insolencia, le sonrió y murmuró:

—Bueno, sí, pero jamás una que se hiciera pasar por varón. ¿Tendrías a bien explicármelo?

—¡No tengo que *deci'le na' a usté'*! —replicó Pin, deseando estar a diez mil kilómetros de distancia, vívidamente consciente de sus pechos desnudos y de la forma en que la vista de él se desviaba en esa dirección—. ¡No *tié'* derecho *a'cerme na'*!

—Es verdad —respondió él secamente—. Supongo que sencillamente tendría que haber llamado a la guardia y dejarles que te llevaran a los calabozos de Newgate. —Al ver la mirada de puro pánico que súbitamente inundó el rostro de su ladronzuela, Royce maldijo y, haciéndola girar, la llevó hacia la bañera de cobre. Hablándole a la nuca, dijo con severidad—: Te daré una opción; puedes desvestirte y meterte en la bañera tú misma, o yo lo haré por ti. ¿Qué eliges?

Aun sabiéndose vencida, algo se rebeló en el interior de Pin e hizo un último intento desesperado de huir. Escapando con agilidad del abrazo que se había aflojado, se lanzó hacia la que fervientemente esperaba que fuera la puerta de la calle, pero no había dado dos pasos cuando sintió las manos fuertes del norteamericano que se cerraban sobre ella. Si creía que antes lo había visto enojado, ahora no quedaba duda de que estaba furioso.

Dominando con facilidad la figura que se agitaba y retorcía, la alzó cruzándola sobre el hombro y se dirigió hacia la bañera. Sin molestarse en tratarla con gentileza, le espetó:

—¡Nunca admiré a los hombres que les pegan a las mujeres, pero tú me has hecho descubrir la utilidad de eso!

Pin abrió la boca para lanzar una respuesta, pero de pronto se vio arrojada por el aire y zambullida con un enorme chapuzón en la bañera de cobre. Tosiendo y tragando, luchó dentro del agua, pero él la sostuvo con firmeza y, con movimientos alarmantemente salvajes, dio rápida cuenta de la ropa.

Para cuando terminó de desnudarla, Royce estaba casi tan mojado como la pila de prendas empapadas que había tirado al suelo, y bajando la vista hacia ella, preguntó fríamente:

—Ahora bien, ¿tengo que lavarte yo o vas a ser razonable?

Aplastada dentro de la bañera, cubriendo su desnudez lo mejor que podía, Pin le lanzó una mirada asesina, pero el sentido común le decía que la batalla estaba perdida. A regañadientes asintió con la cabeza y alcanzó la pastilla de jabón que había caído dentro de la bañera durante la lucha.

Sin confiar del todo en ella, Royce la miró un momento más, de pronto muy consciente de las curvas suaves que ella trataba de ocultarle. No era su costumbre mezclarse con la servidumbre, pero en el caso de esta criatura tentadora y provocativa, hasta podría llegar a hacer una excepción.

Pin advirtió el instante en que la mirada de él cambió, y se le secó la boca al asaltarla el recuerdo vívido de su cuerpo duro presionando el suyo mientras peleaban. Tragó, dándose cuenta de pronto de lo apuesto que era ese hombre, notando por primera vez lo muy, muy atractivo que lo encontrarían las mujeres... y lo vulnerable que ella era.

Un ruido proveniente de la puerta distrajo a Royce y, mirando sobre el hombro, no se sorprendió al ver a Zachary y los criados espiando desde el marco. Levantó una ceja y murmuró:

—Sí, ahora es seguro entrar. No nos hemos matado mutuamente —y observándola atentamente añadió—: ¡todavía!

Viendo con desconfianza a los otros que entraban a la habitación, Pin masculló:

—¡No quiero que ninguno *de'sos* me toque! Me puedo *bañá'* perfectamente sola.

Pensando en cuánto hubiera disfrutado, en circunstancias diferentes, de bañarla él mismo, Royce alejó esa imagen atrayente y preguntó con severidad:

—¿Tengo tu palabra de que no intentarás escapar?

Pin asintió vigorosamente con la cabeza morena.

—Muy bien, entonces —replicó con ecuanimidad—. Te dejaré por el momento, pero quiero hablar contigo por la mañana. —Le dirigió una mirada dura—. Ten en cuenta que siempre habrá alguien vigilándote y que todas las puertas de salida de esta casa estarán cerradas con llave.

Pin se encogió de hombros; ¡que se pensara que eso la detendría! Después del anochecer, una vez que todos los criados estuvieran acostados, sería un buen momento para poner en práctica su fuga, pensó complacida, y mientras tanto... mientras tanto disfrutaría de esta nueva aventura; ¡especialmente porque él se había asegurado de que no le quedara otra alternativa! Dedicándole una sonrisa cautivadora, retrucó con descaro:

—¡Muy bien, jefe! ¡Muy, muy bien!

Royce casi parpadeó ante el cambio cegador en la expresión de esa carita, y asintiendo con la cabeza, se obligó a alejarse de ella. Sacudiéndose mentalmente, le dio la espalda.

—Creo que todo está arreglado por el momento —remarcó encarando a los demás. Después, actuando como si se encontrara en este tipo de situaciones todos los días, agregó—: Chambers, espero que se encargue de que nuestro, ehmm, huésped no se escape. No deje de revisar todas las puertas.

Ignorando la sonrisa de Zachary, Royce se inclinó levemente en dirección a Ivy Chambers y murmuró:

—Señora, discúlpeme por crearle más problemas, pero sé que por el momento puedo dejar a esta jovencita al cuidado de sus manos capaces.

Turbada, con el bonito rostro sonrojado por el esfuerzo, Ivy hizo una rápida reverencia y musitó:

—Sí, señor. Lo haré lo mejor que pueda.

Dedicándole una sonrisa atractiva, Royce asintió con la cabeza y, ansioso por apartarse del dilema cada vez más problemático provocado por el simple hecho de haber impedido que le robaran, intentó una retirada rápida de la cocina. Un pensamiento lo asaltó y, deteniéndose en la puerta, miró hacia atrás. Levantando una ceja hacia la mujer que ocupaba la bañera, preguntó:

—¿Alguna vez me vas a decir tu nombre?

Momentáneamente resignada a disfrutar de este interludio entre la gente de clase, Pin le dirigió una sonrisa pícara.

—¡Pin! *Es'es* mi nombre. ¿Y el suyo, jefe? —preguntó con atrevimiento.

Con gran esfuerzo Royce reprimió una carcajada ante semejante audacia, pero incapaz de resistirse a ella, se inclinó ligeramente y murmuró:

—Royce Manchester, a sus pies.

—¡*Bueee*! Si *usté'* también *pué'* ser un fulano bien *educao*, Royce Manchester —respondió Pin con insolencia.

Mirándola a los ojos íntimamente replicó:

—Puedo ser muchas cosas... si me conviene.

A Pin se le cortó el aliento y abriendo mucho los ojos lo miró, incapaz de moverse hasta que él sonrió enigmático y salió de la habitación. Con el corazón latiéndole acelerado, siguió mirando, como hipnotizada, la puerta por donde él había desaparecido con Zachary a la zaga.

Se produjo un corto silencio cuando ambos hombres se hubieron ido, y después, algo incómoda, Ivy Chambers dijo:

—Bueno, Pin, le diste tu palabra al patrón y vamos a confiar en que la cumplirás. Lávate, y cuando termines, tendré otro balde de agua caliente para que te enjuagues el cabello.

Después de decidir que no había ninguna malicia detrás de sus buenos oficios, Pin asintió y, recibiendo un paño de Ivy, empezó a bañarse. Cuando las otras mujeres se dieron vuelta discretamente y Chambers salió de la habitación y tuvo un poco de privacidad, Pin descubrió que un baño no era algo tan terrible, después de todo. Sentía el agua tibia y acariciante en su piel, y el jabón, aunque áspero y con un leve olor a lejía, hizo un trabajo milagroso al quitar todo rastro de suciedad de su cuerpo. Alice, una de las criadas más jóvenes, le lavó y enjuagó el cabello y Pin se sintió tan limpia que estaba segura de que crujiría al caminar.

La ropa resultó un pequeño problema, pero los inagotables recursos de Ivy finalmente sacaron a la luz un vestido de algodón azul, que había usado varios años atrás. Mirando la figura atractivamente rolliza de Ivy y después el vestido, Pin parecía dudar.

Sin ofenderse en lo más mínimo, Ivy dijo blandamente:

—¡Oh, sí, yo usaba ese vestido... hace muchos años!

El vestido, así como las escasas prendas interiores que Ivy pudo darle, eran algo bastante novedoso para Pin, y al principio sus movimientos resultaron algo vacilantes al caminar por la cocina. Las otras mujeres la miraban con diversos grados de cautela y curiosidad, pero a juzgar por las expresiones agradables que reflejaban sus rostros y una o dos sonrisas amistosas que le habían dirigido, Pin estaba segura de que no tenían intenciones hostiles para con ella.

Los actos de Ivy unos momentos más tarde confirmaron la lectura que Pin había hecho de la situación. Poniendo un plato de pan, queso y jamón sobre la mesa, Ivy dijo en tono maternal:

—Todavía falta mucho para la hora de la cena; bien podrías comer esto ahora.

Habían pasado horas desde que Pin comiera el magro desayuno con sus hermanos, y con una sonrisa agradecida a Ivy, se sentó y se dedicó a la comida. Masticando pensativamente un trozo de jamón bien curado, miró subrepticiamente por toda la cocina, planeando ya su huida. Huida que, considerando el efecto enervante que había tenido Royce Manchester sobre ella, se hacía imperativa.

Mientras Pin terminaba su comida en la cocina y planeaba su fuga, Royce trataba de eludir los comentarios picarescos de Zachary en el salón del frente. Fijando sobre su joven pariente una mirada severa que no concordaba con la risa que se leía en sus ojos, Royce dijo en tono grandilocuente:

—Sí, sí, las cosas se esténccomplicando, pero piensa en lo meritorios que nos sentiremos si contribuimos a su redención. Hasta podríamos llegar a salvarla de una vida de prostitución y de conducta procaz.

Zachary, quien, como su primo, era también muy astuto, mostraba un aspecto de absoluta inocencia cuando murmuró:

—Bueno, bueno, ¿y por qué tuve la definida impresión de que lo que tú planeabas para ella era precisamente ese tipo de vida?

La evaluación de Zachary sobre la situación había estado demasiado cerca de la verdad para el gusto de Royce, pero no podía negar que encontraba a la pequeña carterista... ¡una mujer interesante!

—Debes cuidar esa lengua tuya, jovencito —expresó Royce irritado—. Te va a meter en problemas.

—¡Sí, y otra parte tuya te va a meter a ti en problemas!

La observación picaresca de Zachary no admitía respuesta y más allá de sonreírle tristemente a su primo, Royce no dijo nada más sobre el tema de Pin. Tomando sus guantes de York color tostado de la mesa cercana, Royce se limitó a decir:

—Si vas a cenar aquí, infórmale a Chambers, ¿quieres? Yo salgo ahora y no sé cuándo vuelvo.

—¿Della? —preguntó Zachary.

—Exactamente —replicó Royce, saliendo de la habitación ansioso por evitar más preguntas... y las imágenes indeseadas, sorprendentemente eróticas, de una mozuela descarada, que se colaban en su mente.

La visita de Royce a Della fue todo lo placentera que había esperado y, si cruzó por su mente algún pensamiento fugaz sobre Pin como amante, lo descartó exasperado. ¡La idea misma era ridícula! En lugar de regresar a la casa de Hanover Square, después de dejar a una Della sonriente y satisfecha, Royce partió en busca de otras diversiones en uno de los muchos casinos privados de los que era socio. Desafortunadamente, la noticia de lo sucedido en Fives Court se había extendido entre la elite, y dondequiera que fuera, descubría que el principal tema de conversación era el suceso de esa mañana. Disgustado por la notoriedad que le había creado la llegada del carterista a su vida, regresó a su casa y con bastante mal humor se retiró para el resto de la noche.

A pesar del drama del día, Pin, a diferencia de Royce, se había quedado dormida inmediatamente en la habitación pequeña y estrecha que Chambers le había asignado. Pero Pin sabía que se iba a escapar y en vez de luchar contra su situación actual, la acogió con entusiasmo, considerando a su seguramente breve estadía en la casa de un rico como una gran aventura, y decididamente apartó todo pensamiento sobre Royce Manchester.

No fue tarea difícil, considerando la vida que había llevado, y si bien no se le permitió pasar de la cocina y las habitaciones de los criados, Pin se maravilló ante la vida refinada y cómoda que llevaban los sirvientes de los ricos. El ver las ropas limpias y pulcras de los demás la hizo sentir incómoda por la pila de trapos mugrientos que había usado y que Ivy había tirado con una exclamación de disgusto. Sintiéndose un poco avergonzada de su entorno por primera vez en la vida, Pin casi reverente había alisado las leves arrugas del vestido de algodón azul y blanco. El vestido nunca había sido caro, ni nunca había estado a la última moda, pero para una jovencita que jamás había tenido una prenda como ésa, ese traje descolorido era lo más bonito que se había puesto en su vida, y lo disfrutaba con el placer indiscriminado de un niño.

Hasta los alimentos de la cena la maravillaron, alimentos con los que nunca había soñado siquiera: cordero asado tierno, cuya carne casi se deshacía en la boca, judías de sabor delicado, deliciosas patatas a la crema, y una variedad de platos secundarios. Pero fueron los dulces, las cremas y los pasteles lo que casi le hacen saltar los ojos. ¡Y el sabor! ¡Oh, Dios!, pensó con placer mientras daba cuenta de la tercera porción de crema de fresas, cuando se lo contara a Jacko y a Ben...

Los criados de Royce se mostraron amables con ella una vez que se dieron cuenta de que se iba a comportar bien, y aunque la conversación entre ellos todavía era un poco rígida y precavida, Pin perdió algo de su innata hostilidad y desprecio por ellos. Siempre había supuesto que llevaba la mejor vida posible —la libertad de las calles, la falta de responsabilidades— y naturalmente, criada como había sido criada, miraba con desdén a los que tenían un empleo honesto, considerándolos tontos, sin carácter y aburridos. Pero su creencia en la superioridad de su propio estilo de vida se iba diluyendo con cada hora que pasaba en la casa de Royce. Era como si se hubiera abierto ante ella un mundo totalmente nuevo y no alcanzara a comprender la enormidad del mismo.

Sin embargo, a medida que pasaban las horas y se daban por terminadas las tareas del día, Pin se iba poniendo nerviosa. Pronto podría irse de este lugar, y cuando Ivy la acompañó desde la cocina hasta la habitación angosta donde dormiría esa noche, Pin no pudo evitar echar una última mirada hacia la cocina. Se dijo que era para memorizar su vía de escape, pero una diminuta parte de sí reconocía que quería grabar el recuerdo de esa habitación grande y amistosa y de lo que había sucedido en ella.

La habitación que le asignaron a Pin, para ella sola, estaba en la parte trasera de la casa, pasando el corredor que llevaba a la habitación donde dormían Chambers e Ivy, y si bien era poco más que un armario grande, el simple hecho de no haber gozado nunca de una habitación para ella sola, la llenaba de placer. Igual que la experiencia totalmente novedosa de dormir en una cama verdadera, por más que el colchón fuese viejo, delgado y con bultos y que la cama fuera angosta, pero como hasta entonces lo único que había conocido era una frazada sobre el suelo, el alojamiento le parecía casi lujoso.

Cansada por los acontecimientos del día, incapaz de perder un solo momento en pensar en el hombre que había identificado como a su padre y el extraño efecto que había producido Royce Manchester en sus propias emociones, Pin se durmió en cuanto apoyó la cabeza sobre la almohada. No temía quedarse dormida durante toda la noche, ya que desde pequeña se había entrenado para despertarse a una hora determinada, y poco después de las tres de la madrugada se despertó súbitamente, como si alguien la hubiese tocado.

Durante algunos momentos se quedó allí acostada en el silencio de la noche, saboreando los últimos preciosos segundos en su propia habitación y su propia cama. Después, con un leve pesar por abandonar tales comodidades, y sin embargo ansiosa por escapar hacia el mundo que conocía, se deslizó del lecho. Se vistió rápido y en silencio en la oscuridad, sintiéndose un poco culpable por fugarse con el vestido de Ivy. Le pareció muy raro que apenas unas pocas horas atrás le hubiera resultado lo más natural del mundo robar las pertenencias de Ivy, pero ahora...

Confusa por su propio estado de ánimo, sigilosamente salió de la habitación y se escurrió por el pasillo angosto. Nada ocurrió en su descenso hacia la cocina y no había terminado de avanzar con cuidado hasta la mitad de la gran habitación, hacia la puerta de la calle cerrada con llave, cuando notó que no estaba sola.

Tensándose alarmada, se quedó inmóvil, con todos los sentidos en alerta, mientras trataba de descubrir la posición de las otras personas que estaban en la habitación con ella. Hubo un momento de silencio tenso al tiempo que escuchaba atentamente, hasta que oyó un ruido ínfimo a su izquierda. Con cautela torció la cabeza en esa dirección, tratando de penetrar con la vista la profunda oscuridad, y en ese instante tuvo la escalofriante certeza de la presencia de una segunda persona en la habitación. En el mismo momento en que lo comprendió, repentinamente sintió un golpe en la cabeza.

El golpe no llegó a desmayarla, aunque la aturdió, pero reaccionando de inmediato a pesar de tambalearse, con fuerza clavó el codo en el estómago de su atacante. El juramento sofocado que respondió a sus acciones la llenó de satisfacción por un brevísimo instante antes de reconocer la voz.

Ignorando el dolor de cabeza, giró sobre sí.

—¡Jacko! ¿Eres tú?

—¡Sí, maldita sea! ¿Quién más iba a ser? —le gruñó Jacko—. Jesús, Pin, te juro que me hiciste un agujero en la barriga.

—Y bueno, la próxima vez no te me aparezcas furtivamente por detrás en la oscuridad —replicó desafiante, frotándose con cuidado la parte dolorida de la cabeza—. Además, ¿de qué te quejas? Fui yo quien recibió un golpe en la cabeza.

—¡Shhh! —susurró Ben acercándose a Pin—. ¿Te olvidas de dónde estamos?

Ambos callaron, atendiendo sus respectivas lesiones, y después de un segundo Pin dijo quedamente:

—¿Nos vamos ya?

Hubo un silencio breve y peculiar y Jacko dijo lentamente:

—Tenemos que hablar antes que nada, Pin. Ben y yo tenemos un plan.

Inquieta y sin saber por qué, Pin se agitó, preguntando en tono casi petulante:

—¿Y no podemos esperar a estar fuera de aquí para hablar de ese plan?

Otra vez ese silencio peculiar, y Pin se inquietó aún más. Había algo que sus hermanos no le decían, algo que no le iba a gustar cuando lo oyera.

Un ruido de fricción quebró el silencio, mientras Ben hábilmente encendía un trozo de vela que llevaba en el bolsillo. Los tres hermanos se miraron a la luz débil de la llama vacilante.

Pin se había olvidado de su aspecto, pero las caras admiradas de sus hermanos se lo recordaron enseguida.

—¡Uuuy! —dijo Ben orgulloso—. ¡Te ves de primera!

Jacko se hizo eco de su hermano.

—¡Pin! ¡Quién hubiera supuesto que un simple vestido te haría parecer tan fina!

Pin sonrió, regodeándose con los cálidos cumplidos de sus hermanos. Olvidada de la necesidad de huir, casi con coquetería desplegó sus faldas y giró suavemente.

—¿En serio? —preguntó con timidez y un orgullo inocente en su rostro.

Los hermanos asintieron con la cabeza, entusiastas. Entonces, casi al unísono, las sonrisas se desvanecieron y Jacko suspiró.

—¿Cómo estás... quiero decir, no estás lastimada, no? ¿Nadie ha sido cruel contigo, no?

Pin negó con la cabeza.

—No —contestó con franqueza—. Casi todos han sido muy bondadosos. Los criados están un poco desconcertados conmigo, pero me trataron bien. —Una mueca fiera turbó su cara—. ¡Excepto el maldito norteamericano! El condenado casi me ahoga y no me gustaron mucho sus modales arrogantes y sus métodos. —Por un momento recordó sobriamente los actos despóticos de Royce antes de admitir con justicia—: Pero no es necesariamente cruel. —Dejando de lado su animosidad contra el dueño de casa, les informó—: ¡Hasta me dieron una habitación para mí sola! Imaginaos: una cama toda para mí.

Sus hermanos se mostraron adecuadamente impresionados. Pero entonces Ben le preguntó resueltamente:

—¿Entonces no te importaría quedarte aquí por un tiempo?

—¿Quedarme aquí? —repitió Pin con incredulidad—. ¿Por qué habría de quedarme aquí? —Sintió que la aprensión la invadía—. ¡Quiero irme a casa!

Mostrándose sumamente incómodo a la luz vacilante de la vela, Jacko dijo hosco:

—Pin, Ben y yo hemos estado pensando: éste puede ser el lugar más seguro para ti.

—¿Seguro? ¿Qué queréis decir? ¿No voy a estar segura con vosotros?

Jacko y Ben intercambiaron una mirada. Con suavidad Ben dijo:

—Pin, íbamos a venir a buscarte de todos modos, pero antes de salir de casa, vino a vernos el capo, irritado con nosotros porque dejamos que te atraparan. Estaba furibundo por lo que pasó esta mañana; más furioso que nunca. —Ben se estremeció—. En realidad, por un momento creí que se pondría violento con nosotros. —Bajó la voz y dijo muy serio—: Pero, Pin, no fue porque fracasamos en robarle al norteamericano por lo que se puso furioso, fue porque tú estás fuera de su alcance.

Como Pin seguía mirando a uno y a otro sin comprender, Jacko expresó en tono urgente:

—¡No te das cuenta, Pin! Aquí estás a salvo. No te puede poner la mano encima mientras estés aquí. —Jacko vaciló un instante antes de agregar con renuencia—: Pin, estaba tan enojado que no medía lo que decía y nos hizo ver muy claramente que tiene planes para ti, que ha tenido planes durante mucho tiempo. —Jacko frunció el entrecejo—. Masculló muchas salvajadas, cosas que aparentemente no tienen sentido, algo de que tú serías el medio del que se valdría para vengarse de todos los desaires y todas las burlas que ha soportado durante años. Pero de lo que no dejó ninguna duda es que no va a esperar más para meterte en su cama. Si vuelves con nosotros esta noche —dijo Jacko sin tapujos— mañana para esta hora serás su amante... ¡lo quieras o no!

Pin a duras penas contuvo la bilis que repentinamente subió a su garganta. «¡Jamás!», pensó ferozmente. El destino finalmente podría llevarla a cumplir un rol desagradable, el de mantenida, ¡pero no la del tuerto! En cuanto a quedarse ahí... El rostro delgado y apuesto de Royce Manchester surgió ante sus ojos y tuvo conciencia de un tropel de sensaciones en las que se mezclaba el resentimiento y la inquietud. Ese norteamericano imponente la perturbaba de una manera que nunca antes lo había hecho nadie, y no estaba segura de querer seguir cerca de él.

—Podríamos encontrar algún otro lugar donde esconderme —propuso con desesperación.

—¿Se te ocurre a ti algún otro lugar donde estés a salvo del capo? ¿Tan seguro como éste? —le preguntó Jacko bruscamente.

A regañadientes, Pin reconoció en tono opaco:

—Muy bien, me quedaré. —Con angustia en los ojos, les preguntó atemorizada—: ¿Pero y vosotros? ¿Qué le vais a decir?

Evidentemente, la mayor preocupación de ambos había sido la reacción de Pin, porque los dos hermanos parecieron relajarse y Ben hasta sonrió cuando dijo:

—Sencillamente le diremos que la casa resultó demasiado grande como para revisar todas las habitaciones y que antes de que pudiéramos terminar de buscarte, se despertó uno de los criados y tuvimos que huir.

—Pero os mandará otra vez.

—Oh, sí, puedes estar segura de que lo hará, pero por lo menos lo podremos despistar por unos días.

Las palabras de Ben no consolaron demasiado a Pin.

—¡No me gusta! Os hará matar si piensa que lo desobedecisteis.

—No, no lo hará —manifestó Jacko con calma—. En primer lugar, jamás se le ocurriría que no le estamos diciendo la verdad.

En el pasado le obedecimos siempre; ¿por qué va a pensar otra cosa ahora? —Sin esperar una respuesta, prosiguió—: De todos modos, después de unos días, le diremos que finalmente nos las arreglamos para encontrarte a solas, y que tú juraste que derribarías la casa a gritos si intentábamos sacarte de aquí. Mientras tanto, asegúrate de que nadie pueda entrar en la habitación donde duermes. —Con el rostro serio, agregó—: Ben y yo lo podemos mantener alejado por un tiempo, pero tarde o temprano, y va a ser más bien temprano, se va a impacientar con nuestras excusas y va a mandar a algún otro a buscarte... algún otro que no le desobedezca. Haremos todo lo posible para dificultarle las cosas, pero tú también tienes que estar en guardia.

Pin los observó a la luz mortecina durante un largo instante. Con una expresión mezcla de preocupación y resignación, finalmente asintió y se arrojó contra el pecho de Jacko, abrazándose a él muy fuerte.

—Tened cuidado —dijo con vehemencia. Después hizo lo mismo con Ben, y sin darse tiempo para pensar, se perdió en la oscuridad.

6

Royce se despertó sobresaltado, sin saber qué lo había sacado de su sueño inquieto. Se quedó acostado en la oscuridad varios minutos escuchando con atención, pero no oyó nada fuera de lo común. De la calle, ascendía el crujido de un carro que pasaba, los cascos de los caballos que resonaban ruidosos en el empedrado y, a la distancia, oyó al sereno cantando las tres de la mañana.

No había un solo ruido en toda la casa, sin embargo algo lo había despertado. ¿Un sexto sentido? ¿O el instinto? O, pensó, ¿pura terquedad?

A medida que pasaban los minutos y seguía sin oír nada que pudiera haberlo despertado tan repentina y completamente, Royce se levantó de la cama y alcanzó su bata de noche, que sabía que estaba en la silla próxima a su cama. Deslizándose dentro de la elegante prenda de seda negra, buscó las pantuflas debajo de la cama y, poniéndoselas, se dirigió al escritorio de caoba apoyado contra la pared. En la oscuridad tanteó hasta encontrar la vela y la yesca. Un segundo después, con la vela encendida, recorrió la habitación con la vista.

Allí no había nada que lo pudiera despertar. Pero algo lo había despertado. Y el instinto le decía que no tenía nada que ver con su terquedad. Royce era un hombre que confiaba mucho en su instinto y así como éste le había evitado problemas en el pasado, ahora lo incitaba a satisfacer su curiosidad de por qué se había despertado tan de repente.

Guardando en el bolsillo la pequeña pistola que a menudo llevaba oculta, apagó la vela y la puso junto con la yesca en el otro bolsillo antes de abrir la puerta. El corredor se extendía negro y silencioso ante él, y moviéndose sin un ruido, bajó con cautela las escaleras con todos los sentidos agudizados para detectar la menor señal de peligro.

Deteniéndose en el enorme vestíbulo, se quedó parado escuchando, todavía tratando de descubrir qué lo había despertado. No oyó ningún ruido que no fuera normal: el tic-tac del reloj sobre la chimenea de mármol, el débil siseo y chisporroteo del fuego casi extinguido del salón principal. Sin embargo, la sensación de que alguien había entrado a la casa, la fuerte sensación de que se habían violado sus defensas, se rehusaba a dejarlo. Pasaba el tiempo y como, no obstante, no oyó ni vio nada que despertara sus sospechas, empezó a sentirse un poco tonto parado allí en la oscuridad, sujetando firmemente la pistola en una mano. Estaba a punto de dar media vuelta y volver a la cama cuando un sonido debilísimo, apenas la sospecha de un ruido, lo hizo girar rápidamente y mirar en la oscuridad en dirección a la cocina.

Se había producido un ruido apagado, casi de dolor, y fue ese sonido leve, sofocado instantáneamente lo que atrajo su atención. Moviéndose con cuidado, atravesó el comedor y la despensa del mayordomo para quedar inmóvil al otro lado de la puerta de bayeta verde que conducía a la cocina. Por debajo de la puerta, el tenue temblor de una luz de vela le confirmó la presencia de alguien más que se movía furtivamente por la casa...

Acercándose, con la oreja apoyada sobre el delgado material de la puerta, Royce se sorprendió al oír a Pin decir con urgencia:

—Pero os va a mandar otra vez.

Una voz de hombre que no reconoció, dijo calladamente:

—Oh, sí, puedes estar segura de que lo hará, pero por lo menos lo podremos despistar por unos días.

Era evidente que Pin conocía al caballero, y Royce estaba a punto de dar a conocer su presencia cuando apareció una tercera voz en la conversación de la cocina. Royce encontró muy interesante esa conversación, y suponiendo bastante acertadamente cuál era la identidad de los dos hombres que estaban con Pin en la cocina, se quedó escuchando atentamente las palabras que intercambiaban los tres.

Royce no oyó pero intuyó la partida de Pin, y decidiendo que no había tiempo que perder, con un movimiento rápido abrió la puerta y entró a la cocina. La silueta de los dos intrusos se recortaba claramente a la luz vacilante de la vela, y como estaban concentrados en Pin y su salida de la cocina, no notaron la entrada de Royce hasta que éste dijo mansamente:

—Es algo tarde para visitas, caballeros, ¿no les parece?

Casi al unísono, Jacko y Ben se dieron vuelta, empalideciendo al ver el arma que Royce sostenía amenazadoramente en la mano. Jacko hizo un movimiento repentino para apagar la vela, pero la voz de Royce transmitía una amenaza cuando dijo:

—Yo no lo haría si fuera tú: una bala entre los ojos definitivamente no te va a hacer más atractivo entre las damas —hizo que Jacko lo pensara mejor. Encogiéndose de hombros, Jacko, impotente, dejó caer los brazos a los costados y miró a Royce con desconfianza.

Royce se sintió complacido porque su suposición acerca de la identidad de los dos intrusos había sido acertada.

—No nos presentaron formalmente esta tarde, cuando se ofrecieron tan, ehhmm, amablemente a sacarme al carterista de entre las manos, de modo que me gustaría saber sus nombres, si no les importa.

Jacko y Ben se quedaron mudos mirándolo, demostrando claramente con sus expresiones hoscas que no tenían la menor intención de cooperar.

—Saben —dijo Royce—, no tienen nada que temer de mí. No tengo intención de hacerles daño ni de entregarlos a la guardia. Como aparentemente el bienestar de Pin está en mis manos por el momento, ¿no creen que sería una buena idea si los tres llegamos a algún tipo de entendimiento?

Nerviosos, Jacko y Ben lo seguían mirando, pero después de varios segundos, Jacko preguntó bruscamente:

—¿Por qué?

Royce suspiró y admitió sin tapujos:

—En realidad no tengo idea. Digamos que siento curiosidad por su presencia en mi cocina a esta hora de la madrugada y estoy aún más intrigado por la parte de la conversación con Pin que escuché. —Viendo que ninguno de los dos jóvenes mostraba todavía el menor indicio de abandonar la actitud de sospecha y hostilidad, Royce volvió a suspirar. En tono aburrido, finalmente dijo—: Podemos estar aquí parados por el resto de la noche, caballeros... o podemos pasar al salón principal y tener una conversación educada entre nosotros; todo depende de lo que quieran hacer.

Confundidos por la ausencia de enojo y los modales educados para con ellos, Jacko y Ben se miraron, y finalmente Jacko preguntó con cautela:

—¿De qué se *l'ocurre* que *podemo' hablá'*?

Royce hizo una mueca.

—Bueno, en primer término, pueden dejar de lado ese acento deplorable: recuerden que los oí hablar con Pin, así que sé bien que pueden hablar en correcto inglés... cuando quieren.

Todavía sospechando de sus motivos y sin bajar la guardia ni un ápice, Ben preguntó:

—¿Qué *quié' sabé'*?

—Una serie de cosas —reconoció Royce— pero busquemos un lugar más cómodo para hablar. Si llevan la vela y caminan delante de mí, los conduciré al salón. —Acercándose a la mesa, Royce encendió su propia vela, mientras se desvanecía su sonrisa—. Y no intenten ninguna tontería; estoy seguro de que no tendría ningún problema en dispararle por lo menos a uno de ustedes si trataran de huir.

Llegaron al salón sin incidentes y después de encender rápidamente varios de los candelabros que adornaban la habitación, Royce apagó su vela y le indicó a Ben que hiciera lo mismo. Dirigiéndose hacia la cómoda Boulle apoyada contra una de las paredes, Royce preguntó a modo de conversación:

—¿Quisieran un brandy, o tal vez coñac?

Cada vez más confusos y desconcertados, Jacko murmuró nervioso:

—Lo que sea, no importa.

Sonriendo para sus adentros ante la evidente turbación de sus acompañantes, Royce diestramente sirvió tres copas de brandy.

—Tomad asiento, por favor. No habrá formalidades entre nosotros.

Después de echar un vistazo cada vez más ansioso a la habitación elegante y ricamente amueblada, Ben dijo adusto:

—No creo que debiéramos... podríamos ensuciar sus finos muebles.

—Bueno, entonces tendré que comprar más, ¿no? —dijo Royce con suavidad, pero agregando con autoridad—: Basta de tonterías, sentaos.

Conscientes de sus ropas raídas y mugrientas, Jacko y Ben vivazmente se sentaron en el sofá tapizado en tela de damasco, mientras Royce les alcanzaba las copas de cristal que se veían algo incongruentes entre los dedos sucios. Deseando aliviar un poco su inquietud y sintiéndose inexplicablemente conmovido por ellos, Royce dijo en tono bondadoso:

—Realmente no tenéis nada que temer de mí. Fui sincero cuando os dije que no os haría daño.

Como los animales que sólo conocen la crueldad de los hombres de esa clase, Jacko y Ben miraron a Royce, tironeados entre la desconfianza y el deseo de creerle. Hubo un silencio de varios minutos, mientras los Fowler observaron a Royce atentamente, tratando de decidir si les decía la verdad o no. Debieron llegar a alguna conclusión, porque Ben de pronto preguntó:

—¿Qué quiere de nosotros?

Viendo que al fin parecían dispuestos a hablar, Royce se acomodó en un sillón de terciopelo azul delante de ellos y dijo suavemente:

—Bien, para empezar, me gustaría que nos presentáramos... yo soy Royce Manchester, norteamericano de Louisiana, actualmente de visita en Londres, ¿y vosotros sois...?

Jacko, que todavía no estaba convencido del todo, tomó con cautela un sorbo de brandy antes de decir sin entusiasmo:

—Yo soy Jacko Fowler y éste es mi hermano, Ben.

Era un principio, pero dándose cuenta de que no iba a superar las sospechas esperables sin dificultad, Royce se aplicó a hacerlos sentir cómodos. Cautivándolos con su sonrisa y sus modales corteses y alentadores, poco a poco, palabra por palabra, pudo enterarse de bastantes cosas sobre ellos. El brandy por cierto ayudó, y para cuando Ben terminaba su segunda copa y Jacko iba por la tercera, habían decidido que Manchester no era un tío tan malo, después de todo, aunque perteneciera a la clase alta.

Royce encontró fascinante la conversación y los escuchaba absorto mientras hablaban de su madre, de su insistencia en que hablaran correctamente y que aprendieran a leer y escribir. A Royce no le sorprendió descubrir que Jane había sido una cortesana y que sus tres hijos eran bastardos de un terceto de protectores ricos. Sobre la vida en St. Giles fueron menos explícitos, pero finalmente Royce pudo imaginarla con bastante exactitud, en base a lo que iban diciendo.

Con el correr de las horas y el efecto del brandy, hablaron con bastante libertad sobre el capo, repitiendo todas las suposiciones y leyendas que se tejían sobre él, sin ningún intento de esconder la repugnancia y el terror que le tenían o el hecho de que tenía sus vidas en la palma de la mano. No revelaron exactamente por qué éste tan temible tuerto los tenía en su poder. El brandy y los modales de Royce podían haberles soltado la lengua bastante, pero por nada del mundo hubieran admitido ante un extraño, por simpático que fuera, que Jacko era un asesino.

Faltaba menos de una hora para el amanecer, cuando Royce dijo en tono sardónico:

—¡Y pensar que estaba a punto de caer en el aburrimiento! En menos de veinticuatro horas fui asaltado por un carterista, un carterista que, por motivos que yo mismo no termino de entender, me veo obligado a traer a mi casa. Un carterista, que resulta ser una mujer. Como si no fuera suficiente, mi casa es asaltada por sus hermanos, y descubro que de alguna manera me he ganado la enemistad de un legendario maestro criminal que tiene un solo ojo y, como líder de una horda de maleantes sin principios y sanguinarios, no se detendrá ante nada para lograr la posesión de este mismo carterista que con renuencia he puesto bajo mi protección. —Con expresión entre enojada y divertida, Royce miró a los dos jóvenes que ahora estaban cómodamente repantigados en el elegante sofá y preguntó con sequedad—: ¿Diríais vosotros que acabo de sintetizar correctamente la situación?

Jacko y Ben asintieron amistosamente con la cabeza al unísono.

—Así es, jefe —dijo Jacko en tono admirado—, no se olvidó de nada... excepto que estuvo de acuerdo en dejar que Pin se quede aquí por el momento y que se ocuparía de hacer poner una cerradura en la puerta de su cuarto.

Entre divertido y molesto, Royce tomó un sorbo de brandy. Si no fuera por el sorprendente parecido de Pin con el conde de St.

Audries, llamaría a la guardia para que se llevara a todo el trío Fowler y así dar por terminada esta farsa ridícula. Pero si, como él sospechaba, Pin era hija natural del conde, entonces estaba muy seguro de no desear que cayera en las manos de este misterioso capo. Merecía un destino mejor que ése.

Levantándose, Royce dijo:

—Los criados estarán en pie pronto, y si queréis iros sin ser vistos, mejor que nos ocupemos de eso ahora.

Con movimientos bastante poco estables, Jacko y Ben se pusieron de pie.

—¡Tendremos que decirle al capo que no pudimos dar con Pin y que, en lugar de eso, encontramos la botella de brandy! —Masculló Ben, con una sonrisa tonta en los labios—. Nos cortará las orejas y estará furioso, pero pienso que nos creerá.

—Mejor será asegurarnos —dijo Royce lentamente. Recorriendo la habitación con la mirada, caminó unos pasos y tomó unos hermosos candelabros, una fuente y un bol, todo de plata. Metiendo todo dentro de la chaqueta de un Jacko azorado, le entregó una cajita para palillos de marfil y un estuche para rapé de esmalte y oro—. No creo que ese capo esté contento si no tenéis algo para mostrarle.

Con la risa bailándole en los ojos color topacio, ante las expresiones desconcertadas, los apremió en dirección a la cocina. Sintiendo una ráfaga del aliento cargado de alcohol de Ben, Royce murmuró:

—Pensándolo bien, pienso que os hubiera creído de todos modos. Confiad en mí.

Extrañamente, Ben y Jacko sí confiaban en Royce. Había algo en él que había logrado vencer sus arraigados y atávicos prejuicios contra los miembros de la clase alta. Les había gustado inmensamente una vez superadas las sospechas iniciales, y mientras salían tambaleantes de la casa de Hanover Square, ambos estaban convencidos de que, por el momento, Pin estaba a salvo... por lo menos del tuerto.

A pesar de lo bien que les había caído, ninguno de los hermanos creía que Royce estaba motivado por razones estrictamente altruistas: habían vivido demasiado tiempo en St. Giles como para pensar que Royce les estaba haciendo un favor simplemente movido por la bondad de su corazón. Aunque no lo mencionaron, los hermanos de Pin estaban bastante seguros de que Royce tenía planes bien definidos para Pin y que no eran muy diferentes de lo que el capo tenía en mente. Pero, por supuesto, el norteamericano era el menor de dos males, y de alguna forma esperaban estar en condiciones de llevarla de regreso a casa, segura, antes de que Manchester le exigiera nada.

Los hechos de esa noche habían sido muy interesantes y si bien Royce había aprendido sobre el lóbrego submundo de Londres mucho más de lo que jamás hubiera deseado saber, indudablemente encontraba que la historia de Pin y sus hermanos era fascinante.

Pensando en el tuerto mientras se quitaba lentamente la bata y se deslizaba dentro de la cama, frunció el entrecejo. ¿Cómo diablos se las había arreglado para despertar la ira de semejante hombre?, se preguntaba Royce, profundamente perplejo. Él no tenía tratos con gente de ese tipo. Entonces, ¿qué había hecho para atraer la atención de un criminal tan peligroso? ¡Jesucristo! ¡Primero St. Audries y ahora esa criatura siniestra! Reprimiendo un bostezo, decidió que era una suerte endemoniada, pero aparentemente, desde que había llegado a Londres esa vez, lo único que hacía era granjearse enemigos. Un pensamiento poco agradable para conciliar el sueño.

Poner una cerradura en la puerta de Pin era simple. También lo era ocuparse de hacer poner cerraduras más complicadas y fuertes en todas las demás puertas que daban al exterior, pero eso no resolvía el problema de adelantarse a los planes de un grupo de maleantes que, sin duda, trataría de entrar a su casa. Royce reflexionó, y no por primera vez desde que Pin había entrado en su vida, que quizás estaba permitiendo que su curiosidad sobre el extraordinario parecido con el conde de St. Audries sobrepasara su sentido común. Pero sí sentía curiosidad, y mucha. Pin representaba un misterio y tenía toda la intención de llegar al fondo del asunto. Sonrió sobriamente. Y si con llegar al fondo lograba causarle algunas incomodidades al altivo conde, ¡tanto mejor! Desde la conversación con los hermanos, Royce ya se había imaginado las circunstancias del nacimiento de Pin. Evidentemente en algún momento, el conde había sido protector de Jane Fowler y Pin era el resultado de esa relación. Sin embargo, no lo explicaba todo. St. Audries era un hombre rico y tener un hijo bastardo no era inusual para muchos de los miembros masculinos de la aristocracia: ¿entonces por qué el conde simplemente abandonó a la criatura? ¿Por qué no había hecho ningún tipo de previsión para su crianza? ¡El lord bien lo podía costear! Las mismas preguntas también eran aplicables a los hermanos de Pin, pero aunque Royce no dudaba de que tenían sangre noble en las venas, no conocía la situación financiera de sus respectivos padres y sí la conocía con respecto a Pin. Los padres de los muchachos bien podían ser segundones sin fortuna propia, o hasta era posible que Jane jamás les informara de estos nacimientos a los respectivos padres. Lo que también explicaría por qué el conde no había tomado ninguna medida para asegurar algún tipo de futuro para su hija natural...

De algún modo, Royce no creía que la respuesta fuera tan sencilla, y allí tendido en la cama, considerando las diversas posibilidades que pudieran explicar todo a su satisfacción, notó que crecía en él la sensación de que había más sobre la herencia de Pin de lo que había descubierto hasta el momento. Era una idea ridícula, hasta él mismo era capaz de reconocerlo, pero sin embargo no podía quitarse de la cabeza la idea de que allí había un misterio, que en la historia de Pin había más de lo que se veía a simple vista.

Al levantarse de la cama a la mañana siguiente, inmediatamente tiró de la cuerda de terciopelo, haciendo sonar la campana que llamaba a Chambers, y lo esperó con impaciencia. Apenas tuvo tiempo de ponerse la bata y mojarse la cara con el agua de la jarra de porcelana azul oscuro que descansaba sobre el lavabo de mármol de su cuarto de vestir, cuando Chambers llamó a la puerta.

A una indicación de Royce, Chambers entró portando una enorme bandeja de plata donde traía una cafetera, una cremera de porcelana, una taza, algunas tostadas recién hechas, y mermelada. Apoyando la bandeja sobre la mesa, Chambers dijo en tono placentero:

—Buenos días, señor, espero que haya dormido bien.

Royce musitó una respuesta cortés y en los minutos siguientes se contentó con conversar ociosamente con su mayordomo.

Sorbiendo el café que Chambers le había alcanzado, Royce finalmente formuló la pregunta que más le interesaba:

—¿Nuestra, eehmm, huésped, no ha provocado dificultades hoy?

Chambers sonrió, bailándole los ojos azules.

—Oh, no, señor. Ella ha estado... —Se detuvo, sonriendo más ampliamente—. Ha sido muy interesante.

Levantando una ceja, Royce murmuró:

—¿Ah, sí? ¿Tal vez quiera explicarse con un poco más de claridad?

—Bueno, tiene una forma bastante rara de hablar, ¿no, señor? ¡Y se sorprendería de lo ágiles que son sus dedos! Imagínese, me quitó el reloj y la faltriquera con tanta habilidad... y con la sonrisa más seductora que se pueda imaginar, me los devolvió en el acto. Le puedo asegurar, señor, que nos ha tenido a todos cautivados con sus trucos. Hasta el señor Zachary está totalmente fascinado: él y sus amigos han estado en la cocina durante la última hora jugando a las cartas con ella. Es muy buena, señor, por lo que he podido colegir de los comentarios que oí.

No demasiado encantado con el informe de Chambers, Royce despidió al mayordomo y, prescindiendo de los servicios de su valet, se vistió con rapidez. Aun sin la ayuda de su valet, unos pocos minutos más tarde Royce, tan elegante como de costumbre, entró a la cocina con aire casual. El cuadro que encontró le provocó una mueca de cínica diversión: la pequeña carterista sentada cómodamente sobre la mesa de la cocina jugando a las cartas con un trío de jóvenes elegantes. Como no habían detectado su presencia, se detuvo allí varios minutos observando la escena que se desarrollaba ante sus ojos.

Pin estaba sentada con las piernas cruzadas sobre la mesa de roble lustroso, las faldas recogidas alrededor de los tobillos bien formados. Durante un largo momento, los ojos de Royce permanecieron sobre los pies descalzos, donde el movimiento inquieto de los dedos revelaba su entusiasmo. Tenía la cabeza ladeada, los ojos fijos en las cartas que sostenía en la mano, y la mirada atenta de Royce descendió desde la cabeza negra, rizada y brillante, al pecho gracioso, destacado por el corte sencillo del vestido de algodón. Bueno, se había lavado bastante decentemente, pensó con acritud, pero ya veía que iba a ser un estorbo: especialmente si iba a corromper la casa de ese modo.

A pesar de su irritación y para su total asombro, se descubrió volviendo a mirar la suave curva de los senos tentadores, pensando ociosamente en su forma y textura... y cómo se sentirían bajo sus manos. Royce se puso rígido. ¡Por Dios! ¡En qué estaba pensando! Con un esfuerzo apartó la mirada de Pin y se obligó a concentrarse en los demás, que estaban sentados alrededor de la mesa. No tuvo problema en reconocer a Zachary, por supuesto, ni a los otros dos caballeretes: Jeremy Schackleford y Leland Merryfield, dos de los amigos más cercanos de Zachary. En el fondo, veía a Ivy Chambers ocupada delante de la gran estufa negra, y había dos criadas jóvenes que intentaban lavar los platos, cuando su atención no era atraída por la risa y los comentarios atrevidos que provenían del grupo sentado a la mesa. También Chambers había encontrado motivos para quedarse en la cocina, y estaba muy serio instruyendo al lacayo sobre el arte de lustrar la platería: siempre que no se distrajera mirando a los jugadores. Era evidente que la presencia de Pin iba a hacer estragos en la organización doméstica, pensaba Royce en tono sardónico, especialmente si la cocina se convertía en la habitación más concurrida de la casa.

Indeciso entre sentirse irritado o divertido por la escena que se desarrollaba ante él, Royce estaba a punto de anunciarse cuando, en respuesta a un naipe descartado por Leland, Pin dijo alegremente:

—¡No me diga, jefe! ¡Me parece *qu' esta* partida *e' mía*! —Y desplegando sus propias cartas, que arrancaron quejas de los otros dos jugadores, barrió con la pilita de monedas de plata que descansaba en el centro de la mesa.

Royce dio un paso adelante.

—¿Es que ahora tengo un garito? Es extraño, pero no lo recordaba.

Con una expresión culpable en el rostro apuesto, Zachary saltó sobre sus pies.

—¡Royce! —dijo innecesariamente—. ¿Qué estás haciendo tú aquí?

Secamente Royce contestó:

—Bueno, es mi cocina, comprendes.

Zachary se sonrojó.

—Ya lo sé —dijo exasperado—. ¿Pero qué te trae aquí abajo? Tú nunca vienes aquí.

—Yo hubiera dicho lo mismo de ti, y sin embargo, aquí te encuentro. Me pregunto por qué será.

Ya desaparecida la turbación del principio, Zachary sonrió.

—Jeremy y Leland no me creyeron cuando les dije que el carterista en realidad era una chica... así que bajamos a ver a Pin y...

—Y ya me puedo imaginar el resto. —Mirando a los dos jóvenes de rostros ruborizados, Royce los saludó con una inclinación de cabeza y observó—: Espero que, después de haber visto personalmente a la nueva integrante de mi establecimiento, se habrán disipado todas las dudas acerca de su género.

Sonriendo tímidamente, ambos jóvenes murmuraron una respuesta y se levantaron apresurados.

—Nos tenemos que ir —dijo Jeremy—. Pensábamos quedarnos sólo unos minutos.

Mirando a Zachary, Leland preguntó:

—¿Vienes a Tattersall con nosotros? Tengo entendido que lord Marchmount va a vender su arisco garañón bayo.

Zachary no podía ocultar su ansiedad por unirse a ellos, y después de despedirse de Royce, el trío estaba a punto de abandonar la cocina cuando, casi al unísono, los tres se volvieron hacia Pin.

—Nos darás la oportunidad de recuperar nuestro dinero, ¿no? —preguntó Zachary.

Pin sonrió.

—¡Con *to' gusto, seores*!

Entre risas que quedaron suspendidas en el aire, los tres jóvenes desaparecieron tras la puerta de bayeta verde, dejando a Pin frente a Royce. No se había sentido nerviosa ante la perspectiva de volver a verlo hasta el mismo momento en que levantó la vista y notó los ojos de tigre posados sobre su persona. Aun entonces, haciendo caso omiso del brinco que le dio el corazón, no iba permitir que Royce Manchester la inquietara. La bravuconería era como una segunda naturaleza en ella, pero cuando espiando el resto de la habitación se dio cuenta de que de pronto todos los demás habían encontrado alguna tarea que hacer en otras partes de la casa, perdió parte de su desenvoltura. Pero Pin era valerosa, y con un brillo de deliberada despreocupación en los ojos, levantó el mentón orgullosamente.

—¡*'Tardes*, jefe! ¿Durmió bien?

Royce se sentó en el borde de la mesa.

—Sí, en efecto. ¿Y tú? ¿Tuviste un buen descanso?

Apartando el recuerdo de la reunión con Jacko y Ben en la cocina, Pin se apresuró a responder:

—Ah, sí. Dormí a pata suelta.

Pin estaba sentada a pocos centímetros de Royce, y era insoportablemente consciente de su cuerpo largo, delgado y musculoso tan cerca de ella. Nunca había notado la presencia de un hombre en toda su vida, y esta proximidad, especialmente después de la forma en que la había manipulado el día anterior, la hacía tener cautela. Temiendo que sus ojos revelaran su intranquilidad, se miró los dedos de los pies, mortificada porque la hubiera descubierto en esa posición.

Aunque por el momento estaban solos en la cocina, Royce no creía que pudieran hablar sin interrupciones durante mucho tiempo. Poniéndose de pie, dijo abruptamente:

—Quiero hablarte en privado. Ven conmigo a la biblioteca.

Pin puso cara de rebeldía y mientras pensaba en desafiarlo, Royce súbitamente la tomó firmemente por el brazo, y casi arrastrándola con él, salió de la cocina. Mirándola, observó con frialdad:

—No fue una petición. Estoy acostumbrado a que se me obedezca, y mientras estés bajo mi techo, harás lo que yo diga; y, permíteme agregar, ¡sin discusión!

Ardiendo de ira y resentimiento, Pin lo siguió tambaleante.

«¡Bastardo arrogante!», pensó con fiereza.

La cara de Pin era muy expresiva y Royce sonrió.

—Sí, lo soy —dijo con suavidad, al tiempo que abría la puerta de la biblioteca y la empujaba hacia el interior.

Sus palabras la impactaron y lo miró con reserva. ¿Es que también leía los pensamientos?

Dio un respingo cuando le dijo lentamente al oído:

—En ocasiones, también lo hago.

Sospechando que había caído en manos de un practicante de la magia negra, se apartó de él cuando finalmente la soltó y lo miró con desconfianza. Royce la miraba fijamente, y viendo ese rostro duro y apuesto, a pesar de lo mucho que la inquietaba y le desagradaba su actitud dominante, notó incómoda la atracción dinámica de esos rasgos bien marcados y altivos... eso y el suave poderío de ese cuerpo de largos miembros. Confundida por lo consciente que era de él como hombre, Pin se refugió en el enojo y con un gesto rebelde en la boca, preguntó:

—¿Y bien, jefe, ahora qué?

Apoyándose displicente en un ángulo del gran escritorio de nogal, Royce cruzó los brazos sobre el pecho y dijo con sequedad:

—Ahora, niña, tú y yo vamos a llegar a un acuerdo sobre tu papel en mi casa y sobre lo que voy a tolerar y lo que no voy a tolerar; y empezaremos por los juegos de azar en la cocina. Ese inocente pasatiempo cesará de inmediato.

Pin no tenía especial atracción por el juego, pero se sintió picada por sus palabras y modales.

—¡Maldición! —replicó en tono insultante—, ¿y si no cómo me *vuá divertí*?

Royce entrecerró los ojos.

—Te puedes divertir aprendiendo las costumbres y el comportamiento de mis excelentes servidores. Ivy y las otras muchachas te enseñarán todo lo que necesites saber... Y sugeriría que, salvo que realmente quieras irte de mi casa, te apliques seriamente a ello.

—¿Y si no quiero ser una estúpida sirviente? ¿Y si me quiero ir a mi casa? —preguntó Pin, con los brazos en jarra.

En los labios de Royce se dibujó una sonrisa cínica.

—¿Ah, sí? —preguntó deliberadamente—. ¿No te molestan las, ehmm, atenciones del tuerto?

Pin empalideció, abriendo los ojos muy grandes. Olvidándose de su papel por el momento, se le acercó.

—¿Qué sabe usted del tuerto?

—Simplemente lo que tus hermanos tuvieron la amabilidad de contarme anoche.

A Pin se le cortó el aliento.

—¿Mis hermanos? ¿Los vio anoche? —Invadida por el temor, y olvidándose de su propio peligro, preguntó en tono urgente—: ¿Dónde están? ¿Les hizo daño? —La asaltó un pensamiento espantoso—. ¿No estarán en... Newgate?

Inexplicablemente conmovido por su evidente zozobra, Royce rápidamente la tranquilizó.

—No, no están en Newgate; están ilesos y se fueron de aquí sin ninguna molestia... después de sostener una conversación de lo más ilustrativa.

Pin lo miró recelosa, tratando de ordenar sus pensamientos enmarañados. ¿Podía confiar en su palabra? ¿Y cuánto le habían dicho sus hermanos? Evidentemente sabía algo sobre el tuerto... Sacudiéndose interiormente y esperando que él no hubiera detectado su vacilación, adelantó el mentón y le preguntó:

—¿Y cómo sé que *m'está* diciendo la *verdá'*?

Sus impredecibles cambios de personalidad fascinaban a Royce. En un momento, esa carita de pilluelo estaba llena de miedo, con los ojos grises oscurecidos por la ansiedad, y al siguiente... Sonrió levemente, estudiando la inclinación belicosa de ese mentón, el gesto rebelde de la boca generosa. De repente una dama de buenos modales y de repente un deslenguado muchacho de la calle.

Buscando su mirada con los ojos dorados, Royce reconoció con sinceridad:

—No te puedo dar ninguna prueba de lo que sucedió anoche, ni intento hacerlo; simplemente tendrás que creer en mi palabra. Sin embargo, basta con decir que me desperté y encontré a tus hermanos en la cocina poco después de tu charla con ellos. Yo... los persuadí para que confiaran en mí, y lo hicieron. En cuanto a una prueba, tus hermanos deben de haber confiado en mí o no sabría nada sobre el capo tuerto, ni el hecho de que eres capaz de hablar en muy buen inglés cuando te conviene. Dudo que me hubieran revelado tantas cosas si los hubiera hecho arrestar y llevar a Newgate.

Pin lo observó, digiriendo con lentitud lo que le decía. Sonaba a verdad, pero...

—Los puede haber torturado, hacerles decir lo que quería saber.

Poco habituado a que dudaran de su palabra, especialmente alguien como esta criatura pequeña e irritante, Royce gruñó.

—No tengo por costumbre torturar a la gente, y por cierto que no voy a perder más tiempo tratando de convencerte de que estoy diciendo la verdad. —Le dirigió una mirada casi de desagrado—. Les dije a tus hermanos que para tenerte a salvo del tuerto, te podrías quedar aquí por el momento, pero si te voy a proporcionar asilo temporal, vas a tener que vivir de acuerdo con mis reglas. ¿Entendido?

Con los rizos negros casi erizados de ira, Pin lo miró furiosa.

—¡Por supuesto, milord! ¡Lo que *usté'* diga! —saltó enojada—. ¿Acaso tengo que besarle los pies en agradecimiento?

—¡Pero si serás desagradecida! —Royce se abalanzó sobre ella y tomándola de los hombros, la sacudió—. ¡Si no aprendes a contener tu lengua, verdaderamente podría recurrir a la tortura! —Sonrió burlón—. ¡Y, además, disfrutarlo!

Pin le dirigió un puntapié furioso, pero Royce eludió el golpe con habilidad.

—¡Ah, no, mi pequeña mocosa! Ya soporté suficiente castigo de este tipo por tu parte en el día de ayer. —Royce dejó resbalar las manos por los brazos de Pin y, atrapándole las muñecas, se las trabó detrás de la espalda—. ¿Y ahora qué vas a hacer? —le preguntó, mientras ella luchaba inútilmente—. ¿Morderme?

—¡No es mala idea! —le espetó Pin, con la cabeza echada hacia atrás, mirando aquella cara burlona, con los ojos grises casi negros de furia, y los senos agitados por los salvajes intentos de escapar.

Royce retuvo con facilidad el cuerpo que se revolvía contra el suyo, y al mirar hacia abajo, de pronto sintió el impacto del encanto de ese rostro. Casi con incredulidad, deslizó la vista sobre los rasgos de Pin, la tez transparente de alabastro que contrastaba hechiceramente con el ébano de sus rizos, la naricita altiva, y la claridad y profundidad de esos ojos gris humo, bordeados por espesas pestañas. Todavía maravillado, dejó que sus ojos bajaran desde la naricita a la exuberancia de la boca voluptuosa. Con una nota rara en la voz, murmuró:

—¿Quién hubiera imaginado que había tanta belleza debajo de toda esa mugre?

A Pin le pareció que el corazón le brincaba en el pecho y, extrañamente, se le cortó la respiración. Sintió que se incendiaba, que un fuego se encendía en todos los sitios que tocaban la silueta alta y poderosa de Royce, lo que la llenaba de temor y placer a la vez. Sin comprender lo que sucedía entre ellos, pero insoportablemente consciente de que había surgido entre ellos una emoción nueva y peligrosa, renovó sus esfuerzos por huir de él.

Para su asombro, Royce la soltó, y alejándose de él dando tumbos, sólo se detuvo cuando su espalda tocó la puerta. Se miraron sin palabras a través de la habitación, y después, como si nada hubiera percibido, Royce apretó los labios y dijo en tono severo:

—Si no quieres recibir una tunda bien merecida, te sugiero que vuelvas a la cocina y te esmeres de veras en ser de utilidad.

Luchando con el deseo de espetarle una respuesta airada, Pin se obligó a mantenerse calmada. Inspirando profundamente, decidida a fingir que Royce no despertaba en su interior todo tipo de emociones conflictivas, le formuló la pregunta que más le preocupaba:

—¿Por qué? —Ante la visible irritación por el sostenido desafío, Pin rápidamente reformuló la pregunta—: Lo que quiero decir es, ¿por qué lo hace? Dejó que mis hermanos se fueran. Me ofrece un lugar para quedarme. ¿Por qué simplemente no me echa a la calle para que me las arregle como pueda?

Royce le lanzó una mirada enigmática. Hasta el momento le había tenido más contemplaciones que las que merecía un simple joven de la calle, y no vio ninguna razón para explicarle que le interesaba el parecido con el conde de St. Audries. Respondió elusivamente:

—Digamos nada más que me complace y que puedo encontrarte más de una utilidad, ¿te parece?

La respuesta era insatisfactoria, pero por la expresión cerrada de su cara, Pin sospechó que no iba a obtener ninguna otra información. Forzándose a sonreír con descaro, replicó:

—Bueno, jefe, ¿eso es todo? ¿Tendré *no má'* que ser una sirvientita?

Con los ojos dorados brillándole divertidos, Royce dijo suavemente:

—Creo que puedes dejar ese acento, mocosa. Ambos sabemos que sabes hablar correctamente. ¡Hazlo!

Impulsada vaya a saber por qué demonios, Pin retrucó:

—¿Y qué, si no quiero?

Se produjo un silencio cargado. Después, sin asomo de hilaridad, Royce dijo en tono peligroso:

—Creo que sería mejor no pelear conmigo sobre esto, niña... Ambos sabemos quién es el más fuerte de los dos, y si te has olvidado, estaré muy contento de refrescarte la memoria.

Súbitamente aterrada por la idea de encontrarse a su merced, de volver a estar en contacto con ese cuerpo duro y poderoso, Pin se escurrió de la habitación casi antes de oír esas palabras, desvaneciéndose como si la persiguieran las huestes del infierno.

Durante largo rato después de que ella se hubiera ido, Royce se quedó mirando la puerta, todavía algo aturdido por la inesperada hermosura. La suavidad tentadora de esa boca se le cruzó por la mente y recordó vívidamente la sensación del cuerpo delgado apretado contra el suyo.

—No es raro que el tuerto tenga planes para ella —murmuró para sus adentros. Y en cuanto a mantenerla a salvo del tuerto... Sintiendo una llamarada repentina entre los muslos, gruñó en un aliento—. De él, con toda seguridad, pero, ¿estará a salvo de mí?

SEGUNDA PARTE

Refugio peligroso

«Ella, una rosa abierta con espinitas decididas,
y tan dulce como puede hacerla el aire de Inglaterra.»

Lord Alfred Tennyson,
La princesa

7

Turbada y confusa por la entrevista con Royce, Pin huyó de regreso a la cocina, tratando de recuperar algo de su quebrantada compostura. «¡Lo odio! —pensó con fiereza mientras se alejaba por el largo pasillo—. ¡Es una bestia arrogante! ¡Un monstruo autoritario!» Pero entonces, recordando la extraña reacción de su cuerpo ante él, tomó dolorosa conciencia de un alborotado aleteo en el estómago. «No es nada —se dijo resuelta—. ¡Nada en absoluto!» Y si no fuera por el tuerto, no se quedaría un minuto más en su casa.

Fue un día raro para Pin. Acostumbrada como estaba a vagar libre por las calles de Londres, le resultaba insólito quedarse dentro de la casa todo el día. Y, por supuesto, como nunca había estado en ningún lugar que se asemejara siquiera remotamente al lugar donde ahora se encontraba, experimentaba una fascinación ingenua frente a todo lo que acontecía a su alrededor y estaba más que dispuesta a ensayar cualquier tarea que se le asignara, supiera lo que estaba haciendo o no.

Primero había intentado hacer tapas de pasteles, con gran exuberancia, pero Ivy se apresuró a informarle, en tono de gentil reprobación, que quizá sería mejor probar con otra cosa que requiriera menos habilidad. A pesar de los esfuerzos entusiastas de Pin, el resultado fue desastroso. No sólo el producto final era irreconocible, sino que Pin quedó cubierta de harina de pies a cabeza y, para su asombro, se las arregló para esparcir harina de una punta de la cocina a la otra.

Le llevó algún tiempo limpiar y volver a dejar el lugar en su estado inmaculado habitual, e Ivy, sin darse cuenta aún del enorme potencial que tenía la muchacha para las calamidades, la puso a cascar huevos para un flan: otro error, como pudo comprobar Ivy en poco tiempo. Al no saber cómo hacerlo, puesto que el arte culinario no era el fuerte de Pin, después de pensarlo cuidadosamente, optó por romper los huevos sobre la mesa, recoger las cáscaras, y después juntar el resto en un bol.

Sinceramente trató de ser lo más útil posible y seguir las instrucciones, pero todo le era tan extraño: no solamente le eran ajenos el entorno y la gente, sino toda la situación. No era estúpida, era sólo que mientras otras mujeres desentrañaban los misterios de las diversas tareas femeninas y todo eso bajo la tutela de sus madres, Pin vagaba por las calles alzándose hábilmente con los valores de los inadvertidos petimetres y señorones.

Comprensiblemente exasperada con ella, Ivy finalmente le puso una escoba en las manos y le preguntó, no sin un dejo de sarcasmo en la voz, si Pin pensaba que podría barrer el suelo sin inconvenientes. Con humildad, Pin asintió y barrió escrupulosamente cada trocito y miguita que halló a su paso.

A pesar de las atareadas idas y venidas de los demás criados a su alrededor y de lo novedoso de su situación, Pin no podía dejar de pensar en la conversación que había sostenido la noche anterior con sus hermanos y en la conversación de Royce con ellos. ¿Cómo se tomaría el tuerto la noticia de que Jacko y Ben no habían podido encontrarla? ¿Les creería? ¿Les haría daño? ¿Y cuánto tiempo pasaría antes de que se cansara de las excusas de sus hermanos y encargara a algún otro la tarea de llevársela de su actual refugio? Y, además, estaba Royce... ¿Cuánto sabía? ¿Y qué había hecho para convencer a sus hermanos de que confiaran en él?

Mientras trabajaba, Pin deliberadamente mantuvo a Royce alejado de sus pensamientos. No le gustaba pensar en él, no le gustaba recordar las inusitadas emociones y sensaciones que le provocaba. Trató de decirse que debería estarle agradecida, pero no era gratitud lo que Royce Manchester despertaba en su pecho. No, había removido otras emociones y eso la desestabilizaba, la hacía consciente de su cuerpo de una manera que la llenaba de agitación. Forzándose a concentrarse en el trabajo que tenía ante sí, Pin estaba enormemente agradecida por el hecho de que las tareas que le habían asignado la mantenían fuera de su camino. Hasta que comprendiera lo que estaba ocurriendo en su interior, no quería tener más encontronazos con el arrogante y sumamente perturbador señor Manchester.

Perpleja y ansiosa, Pin se las arregló para pasar su primer día en la casa de Royce. Extrañaba enormemente a sus hermanos, a pesar de la bondad y gentileza de los otros criados y de la actividad constante que se desarrollaba a su alrededor. La cocina era el centro de la casa; allí no sólo se preparaban las comidas, sino que se planificaba y discutía cualquier cosa relativa a la organización doméstica, y era el lugar donde comía y se reunía la servidumbre.

Por los comentarios que oyó y la actitud satisfecha de los demás, Pin dedujo que Royce Manchester era una persona excelente como patrón; más de una vez durante el día, Ivy Chambers comentó:

—Si todos los norteamericanos fueran tan agradables como el señor Manchester y el señor Zachary, en verdad que emigraría a Norteamérica. —El mismo Chambers parecía hacerse eco de la idea, asintiendo con la cabeza, plenamente de acuerdo con lo que decía Ivy.

Además de Ivy y Robert Chambers, estaba el valet de Royce, Edward Spurling, un hombre callado, preciso y pequeño; el valet del señor Zachary, William Smedley; y tres doncellas de edades diversas, Alice, la más joven, tenía dieciséis años, Sara, la mayor, tenía veintisiete y Hazel, de veinte, era la del medio. Habiéndose relacionado toda su vida solamente con hombres, con la excepción de su madre, Pin se sentía un poco insegura con respecto a las otras mujeres, pero resultaron un conjunto muy amistoso, que le hacía bromas sobre sus errores al mismo tiempo que trataba de hacerla sentir bienvenida.

El lacayo, Tom Cooper, era un joven bastante agradable, de cabello castaño ondulado y ojos de un azul límpido, que sabía muy bien que tenía un poco enamoradas a las tres doncellas de la casa y, en consecuencia, se mostraba un tanto satisfecho de sí mismo. A Pin exactamente no le desagradaba, pero le pareció demasiado pagado de sí.

El joven Matt Hatton era otra cosa. De apenas trece años, tenía el puesto más bajo dentro del personal y recibía órdenes de todos los demás. Pin se sintió atraída por él a primera vista. Podría ser el brillo risueño de sus ojos castaños o la sonrisa descarada que mostraba de vez en cuando, o hasta sus mechas rojas y la cara pecosa lo que había despertado su agrado, pero Pin sospechaba que tenía que ver con el aire desenvuelto que manifestaba. Podría ser el miembro de menor categoría del personal, pero nadie lo hubiera supuesto, en vista de su actitud gallarda.

Durante el día, Pin logró mantener al margen todo pensamiento sobre el tuerto, pero al caer la oscuridad de la noche, se encontró mirando con nerviosismo a su alrededor, casi como si esperara levantar la vista y descubrir al tuerto de pie en la habitación con ella. Fuera accidental o intencionalmente, en ningún momento la habían dejado sola durante el día, y la mayor parte de sus tareas se había centrado en la cocina, donde siempre había alguien cerca. Las pocas veces que salió de la cocina, alguno de los criados estaba con ella. Aun cuando Alice y Matt fueron enviados a hacer algunos recados durante la tarde y realmente les hubiera venido bien la ayuda de Pin para acarrear hasta la casa los diversos paquetes, Ivy había conservado a Pin a su lado, y ésta se sintió secretamente aliviada. El tuerto era tan perfectamente capaz de hacerla atrapar en la calle, en pleno día, como de hacer que alguien se deslizara dentro de la casa por la noche, para llevársela.

En realidad no esperaba un ataque esa noche; si se producía otro asalto a la casa tan pronto, lo más seguro era que fueran sus hermanos y sabía que no tenía nada que temer de ellos, ¿pero quién podía saber lo que planeaba el tuerto? Tal vez no les había creído a Jacko y a Ben y quizás, en ese mismo momento, estuviera ordenando su secuestro a alguien más... alguien que no fallaría. Se estremeció y echando un vistazo inquieto a la puerta trasera, de pesada madera, mientras ayudaba a Alice a lavar los platos en el fregadero, se sorprendió al ver que habían agregado a la puerta una cerradura y un cerrojo nuevos y brillantes.

Con una displicencia que no sentía, observó:

—Oh, ¿es ésa una cerradura nueva?

Alice miró la puerta.

—¡Sí que lo es! El patrón le ordenó al cerrajero que la pusiera esta tarde, mientras estaba ayudando a Hazel con la ropa blanca. Dice que oyó que últimamente hubo robos por los alrededores y no quiere correr riesgos.

Pin sonrió débilmente e inclinó la cabeza para ocultar el rubor de placer, que teñía sus mejillas. Posiblemente, la razón expresada por Alice fuera la correcta, pero Pin no pudo evitar pensar que la nueva cerradura había sido instalada para dificultar el trabajo del tuerto.

Y pudo comprobar la veracidad de esa noción más tarde, esa misma noche, cuando finalmente se retiró a su habitación una vez que Ivy le dijo que ya no la necesitaba. Pin entró a su reducido cuarto. Girando para cerrar la puerta, se quedó inmóvil, asombrada al encontrar unos soportes evidentemente nuevos y, apoyada cerca de ellos, una pesada barra de madera. Aturdida, Pin levantó la barra y la hizo deslizar en su lugar, con los pensamientos divididos entre el asombro y el agradecimiento.

Aparentemente, el norteamericano había hablado en serio con respecto a mantenerla a salvo del tuerto. Pero ¿por qué?, no pudo evitar preguntarse unos segundos después, mientras encendía distraídamente un trocito de vela y se preparaba para acostarse. Sentada en la cama, con la barbilla apoyada en las rodillas, a la luz vacilante de la vela observó la puerta firmemente trabada. Ahora nadie podía entrar a su habitación sin su consentimiento y aunque sabía que ni la barra más fuerte ni la cerradura más complicada podrían mantener a un ladrón decidido alejado para siempre, la visión de esa sólida barra de madera la reconfortaba. Por lo menos esa noche no tendría miedo de que la arrebataran de su cama y se la llevaran al tuerto.

Pero aunque no temiera al tuerto esa noche, sus pensamientos con respecto al imponente norteamericano seguían siendo confusos. ¿Por qué le daba refugio? Le había dicho que le podía ser útil en más de una forma... ¿Cómo? Ella misma se daba cuenta de que en realidad no necesitaba más criados. ¿Qué posible uso podía tener en mente?

Esa noche, mientras se vestía para el baile en la mansión de los Mortimer, Royce se preguntaba ácidamente si la utilidad que le podría prestar el extraordinario parecido que Pin tenía con el conde de St. Audries valía la pena la notoriedad que estaba provocando su presencia en su vida. El día no le había resultado agradable. Haciendo una mueca, de pie ante el espejo móvil de cuerpo entero, anudando hábilmente la corbata, decidió que estaba completamente harto de desviar las preguntas ávidas y decididamente impertinentes sobre Pin y lo que planeaba hacer con ella... ¡y de oír que qué buena suerte había tenido!

Los dos amigos de Zachary no habían perdido el tiempo en difundir la interesante novedad de que el carterista había resultado ser una chica.

—Una cosita muy bonita, aunque me recuerda a alguien; creo que la vi antes en alguna otra parte —les había dicho Jeremy a sus amigos cuando se encontraron en Tattersall.

Leland había intervenido diciendo:

—Un bocado estupendo, por cierto. Jeremy tiene razón; tiene un aire familiar.

Y aunque Zachary no había participado mucho en la conversación, en poco tiempo todos los hombres de la sociedad cortés de Londres sabían que Royce Manchester tenía instalada en su casa de Hanover Square a una hermosa jovencita, que había atrapado robándole los bolsillos. Después de ver a Jeremy y Leland en la cocina, Royce supo que sería imposible mantener en secreto el sexo de Pin, pero, por lo menos, había esperado que la noticia no se desparramara a tal velocidad, o que no despertara tanta curiosidad entre sus conocidos y amigos. Pronto descubrió que sus esperanzas eran ingenuas e infundadas.

Apenas Royce entró al White's esa tarde, fue acosado por nada menos que Francis Atwater. Con el rostro disoluto encendido por la curiosidad, Francis le dijo:

—¡Bien hecho, Manchester! Oí que tu pequeño carterista es definitivamente toda una encantadora mujer. —Sonriendo con afectación, agregó—: ¡Cómo me gustaría que me hubiera robado a mí! —como George ya había hecho un comentario similar, Royce estaba preparado para oírlo, y en lugar de mirarlo furioso como lo había hecho con George, se limitó a sonreír y siguió su camino. Para lo que Royce no había estado preparado era encontrarse con que él mismo y la pequeña carterista eran el tema de conversación entre sus conocidos en todas partes donde estuvo ese día. Para su consternación, descubrió que no tenía más que entrar en cualquiera de sus reductos habituales, exclusivos para hombres, para que la conversación cesara por un segundo y después se reiniciara más fuerte, mientras alguien decía jovialmente en voz alta:

—¡Aquí lo tenemos ahora, el bribón con suerte! Dinos, ¿es tan hermosa como dice el cachorro de Leland?

Y aunque, por lo general, Royce lograba soportar las bromas con buen ánimo, no le cayó bien cuando, a última hora de la tarde, lo abordaron Rufe Stafford y Martin Wetherly y, con evidente curiosidad lasciva, se dedicaron a provocarlo sin misericordia. Con malicia en los ojos oscuros, Rufe Stafford dijo:

—Y pensar que en mi opinión, estaba usted haciendo realmente una buena obra.

Martin Wetherly, de pie al lado del primero, sonrió petulante y agregó con ironía:

—¡Oh, lo estaba, mi buen hombre, lo estaba: una buena obra para sí mismo! —Era obvio que Wetherly se divertía, a pesar de la mal disimulada animosidad que se leía en sus ojos pardos. Decidiendo que no ganaría nada con tratar de defenderse ante los amigos del alma del conde, Royce se limitó a sonreír y siguió su camino.

Si alguna otra persona le hacía un solo comentario más sobre su buena suerte, pensó Royce muy serio, mientras su valet lo ayudaba a ponerse la chaqueta ajustada, estaba dispuesto a ahorcarlo. Por lo que a él le tocaba, era una maldita mala suerte. Con una última mirada al espejo cuando se disponía a abandonar su habitación, Royce se preguntaba agriamente si sus amigos creerían que tenía tanta suerte si estuvieran enterados de lo del tuerto y si fueran sus casas las que estaban expuestas a un ataque por parte de quién sabe Dios qué clase de bandidos sanguinarios. ¡Ja!

En algunos aspectos, Royce no estaba demasiado sorprendido por la velocidad con que se había divulgado la noticia acerca del sexo de Pin por los círculos masculinos de la elite, y en parte, había estado preparado para soportar ser el centro de las bromas veladas durante algunos días, hasta que decayera el interés y concentraran su atención en algún nuevo chisme o escándalo. También sabía que las damas pronto se enterarían de todos los hechos relativos al carterista —después de todo, los maridos sí hablaban con sus esposas y, por supuesto, con sus amantes— pero Royce había supuesto que tendría por lo menos un día de gracia antes de soportar esa nueva oleada de preguntas solapadas y miradas especulativas.

Sin embargo, también se equivocó en eso. Apenas había saludado a lord y *lady* Mortimer, y se disponía a unirse a los demás invitados, cuando *lady* Mortimer, una matrona de unos cincuenta años, le tocó levemente el brazo y le dijo de modo directo:

—Ya oí sobre la muchachita que tiene en su casa, Manchester. —Mirándolo con sus inteligentes ojos azules, agregó—: Espero que tenga buenas intenciones para con ella.

Como la mayoría de los consejos que había recibido ese día apuntaban en sentido contrario, Royce reprimió una sonrisa y murmuró una respuesta cortés antes de reunirse con los otros invitados. Esperando que fuera mera casualidad el hecho de que *lady* Mortimer ya estuviera enterada del asunto de Pin, se abrió paso entre la multitud ataviada de sedas y satenes, deteniéndose a charlar con uno y con otro. Era una persona bastante popular, y con sus viajes anteriores a Londres y su parentesco, por distante que fuera, con los Ponteby, Royce conocía muy bien a los numerosos miembros de la elite. Pero, a medida que seguía su camino y encontraba cejas levantadas y modales desacostumbradamente fríos en algunas de las matronas más formidables, así como miradas socarronas y sonrisitas cómplices en algunas de las damas menos circunspectas, Royce sintió que se desanimaba. ¡Cielos! ¿Es que no quedaba nadie de la sociedad cortés de Londres, que no se hubiera enterado de las aventuras del día anterior y de su sorprendente secuela?

El baile de los Mortimer no era el tipo de evento social que más le gustaba a Royce, y hasta la llegada inesperada de Pin a su vida, había estado a punto de excusarse y de encontrar una forma más animada de pasar la velada. Fue el deseo de escapar por un rato de los codazos y las sonrisas furtivas de sus amigos que frecuentaban los mismos clubes y casinos que él, lo que lo había llevado a asistir, después de todo, al baile de los Mortimer. Eso, y un fuerte deseo de sacarse de la cabeza los problemas relacionados con Pin. Equivocadamente pensó que una noche entre la buena sociedad, donde no estarían presentes sus elementos más disolutos, le permitiría postergar todo pensamiento sobre Pin y que, además, le daría un respiro.

Encontrando la mirada condenatoria de otra más de las matronas de rígidos códigos sociales, y adivinando correctamente lo que la motivaba, Royce suspiró. Parecía como si todo Londres tuviera la certeza de que se había procurado a la pequeña carterista para sus propios fines lascivos y viles, y la mitad lo felicitaba mientras que la otra mitad lo reprobaba. Lo miraban como si fuera un bribón inteligente o un perverso seductor de inocentes. Ninguna de esas dos reputaciones lo favorecía, y decidido a dejar todo eso atrás, con paso resuelto buscó a Julia Summerfield, una belleza alta y distante que, además, era una de las dos mujeres que había decidido que podía ser una esposa adecuada para él. Un rato más tarde, mientras giraba con la joven alrededor del salón de baile, Royce pudo alejar a Pin de su mente, mirando apreciativamente el bello rostro de Julia. Bailaban un vals; la mano de Royce, apoyada con firmeza en la cintura de Julia, la guiaba al tiempo que se deslizaban con elegancia por el salón y el traje de gasa azul ondulaba a su alrededor.

A los veintidós años, Julia era una joven dama muy dueña de sí misma, y era ese aire calmado, imperturbable, además de su belleza, el cabello claro como el trigo de verano, ojos grandes e inteligentes, bordeados por espesas pestañas, y su majestuosa gracia y estampa, lo que primero había despertado el interés de Royce. Era alta, sin la torpeza desgarbada de tantas otras mujeres altas, y no había en ella nada de mojigatería ni de bobería, algo que Royce hallaba refrescante, después de tener que soportar el comportamiento empalagoso de diversas jovencitas, a lo largo de los años.

Sonriéndole a los ojos azul porcelana, Royce observó con levedad:

—Eres una compañera deliciosa; pocas veces he bailado el vals con alguien de tanta gracia.

Julia sonrió serena y replicó cortésmente:

—Es usted muy atento.

Ante esas palabras, inesperadamente se le cruzó por la mente la figura de Pin sentada en la bañera, con los rulos negros y húmedos enmarcándole la cara brillante, y los ojos grises llenos de descaro, mientras decía:

—¡*Bueee*! ¡Si *usté'* también *pué'* ser un fulano bien *educao*, Royce Manchester! —Esto lo desestabilizó, principalmente porque se daba cuenta, turbado, de que el comentario de Pin tenía para él mucho más significado. Más que un poco irritado por los desvaríos de su mente, Royce frunció levemente el entrecejo.

Viendo el gesto, Julia le preguntó:

—¿Ocurre algo malo?

Recomponiendo instantáneamente su expresión bajo una máscara plácida, Royce respondió con calma:

—No, por supuesto. ¿Por qué lo pregunta?

Siguiéndolo sin esfuerzo alrededor del salón colmado de invitados, Julia dijo:

—Tenía el entrecejo fruncido... y me preguntaba si le estaría preocupando algo.

Una nota en la voz de ella hizo que Royce la mirara, con atención, y cuando se ruborizó bajo la mirada penetrante, contestó:

—¿Ha oído sobre la carterista, no?

Mirándolo a los ojos, Julia le respondió tiesa:

—Creo que lo sabe todo el mundo. —Después, atropelladamente, agregó—: Nadie habla de otra cosa.

—¿Y qué opina usted del asunto? —inquirió Royce curioso, al tiempo que terminaba el vals y la acompañaba fuera del salón de baile.

—No me corresponde tener una opinión sobre su vida privada —respondió Julia con modestia.

Reprimiendo el pensamiento poco amable de que sonaba mojigata, y siguiendo adelante con la conversación por motivos que ni él mismo tenía claros, Royce le preguntó con lentitud:

—Pero suponga que tuviera derecho a hacer un juicio sobre mí: ¿qué opinaría entonces?

Casi habían llegado al área donde estaba sentada la carabina de Julia, una tía solterona; cuando Julia se detuvo y miró profundamente la cara apuesta y oscura de Royce, con los ojos de ámbar dorado muy brillantes debajo de las cejas oscuras. Con expresión calma, dijo con deliberación:

—Estoy segura de que usted tuvo sus razones para actuar como lo hizo... y mientras no haga alarde de la relación, creo que no es asunto de nadie.

Con ojos duros, Royce le preguntó directamente:

—¿Ni siquiera de una esposa?

Encontrando su mirada sin vacilación, ella le respondió quedamente:

—Ni siquiera de una esposa.

Extrañamente insatisfecho con la respuesta, Royce dejó a Julia a cargo de su tía y entró en la sala donde se servían las bebidas. No es que hubiera pensado ser precisamente fiel cuando se casara —¿quién lo era?— pero le pareció singularmente desagradable que

Julia estuviera dispuesta a pasar por alto sus pecadillos. Nuevamente pensó en Pin. No tenía forma de saberlo, pero sospechaba que ella no demostraría tanta sangre fría en semejante situación. Y para su intenso desagrado, se descubrió preguntándose cuál sería exactamente la respuesta de Pin a la misma pregunta. Cada vez más enojado por la forma en que Pin parecía haber invadido todos sus pensamientos, después de disfrutar varias copas de ponche fuerte y de soportar algunos comentarios más de parte de los caballeros reunidos alrededor de la ponchera, Royce decidió buscar alguna compañía más jovial. Mientras buscaba a sus anfitriones entre la multitud en constante movimiento, con la intención de despedirse, oyó que alguien murmuraba a su izquierda:

—¡Ah, ahí está! Me preguntaba si se desprendería de los encantos de la pequeña carterista y se uniría a nosotros esta noche. —Girando, Royce se encontró con el monóculo de Allan Newell, al tiempo que éste agregaba—: He oído que es realmente una cosita encantadora debajo de toda esa suciedad. ¿Quién lo hubiera supuesto?

Vestido con una chaqueta color gris y pantalones de noche negros, Allan Newell se veía muy elegante. Su fino cabello oscuro le enmarcaba el rostro casi apuesto y llamaba la atención sobre los ojos lustrosos y oscuros. Teniendo en cuenta su aspecto agradable, junto con sus finos modales y su bien conocida fortuna, su presencia allí esa noche no era sorprendente.

Sin molestarse en ocultar su irritación, Royce le hizo una escueta reverencia a Newell y dijo en tono severo:

—Sabe, creo que voy a atacar físicamente al próximo que me mencione los acontecimientos de ayer o el hecho emocionante de que el carterista haya resultado ser mujer. —Con una mirada dura a Newell, agregó directo—: ¿Supongo que me comprende?

Sonriendo petulante, Newell ladeó la cabeza.

—¡Cielos! Realmente está molesto con todo esto, ¿no es así?

—¿No lo estaría usted? —preguntó Royce sin dobleces.

Newell se encogió de hombros.

—Sin duda. Debe de ser endemoniadamente incómodo esto de ser el objeto de tantas especulaciones libidinosas.

—¡Realmente endemoniado! —admitió Royce con una sonrisa, de pronto encontrando graciosa la situación. Si completos extraños querían perder el tiempo ponderando sobre sus designios con respecto a una pequeña carterista especialmente atractiva, ¿quién era él para negarles ese placer? Con mejor ánimo, siguió buscando a lord y *lady* Mortimer, todavía dispuesto a retirarse.

Acababa de detectar a *lady* Mortimer hablando con *lady* Jersey, cuando una joven voluptuosa de cabello dorado rojizo se interpuso en su camino. Con una sonrisa cálida en los labios gruesos y rojos y grandes ojos verdes e invitadores, Heather Cresswell le preguntó con coquetería:

—¿Me estaba buscando?

De las dos mujeres que estaba considerando como posibles esposas, Royce se sentía más atraído por la flagrante sensualidad de Heather. Admiraba a Julia y su compañía le resultaba encantadora, pero había algo acerca de Heather que apelaba a su naturaleza profundamente carnal. No era tan alta como Julia, y a pesar de sus rasgos patricios, había algo en Heather que incitaba en la mayoría de los hombres pensamientos deliciosamente lascivos. Tal vez era su leve contoneo al caminar, o la madurez exuberante de su figura, que ella no tenía ningún reparo en exhibir sin inhibiciones, o esa boca de labios prominentes y generosos, lo que atraía la atención de los hombres, pero fuera lo que fuera, Royce de pronto perdió toda prisa por abandonar el baile. Como era viuda y, a los veintiséis años, totalmente capaz de manejar sus propios asuntos, Heather gozaba de muchas más libertades que una señorita como Julia, y Royce no encontraba nada malo en cortejar sin disimulo a la viuda Cresswell.

Los abiertos intentos de Heather de atraer su interés divertían a Royce, pero como no se oponía a disfrutar de un coqueteo agradable con una mujer tan atractiva, no hacia ningún intento por liberarse de su presencia persistente. En realidad, sonriendo burlón ante los ojos verdes de Heather, decidió sardónicamente que un flirteo innegablemente público con ella sería de gran ayuda para acallar las lenguas viperinas, ocupadas en la llegada de Pin a su vida.

—¿Si la he estado buscando? —repitió Royce en tono travieso—. Por supuesto que sí... ¿Para qué otra cosa puedo estar aquí?

Heather rio y le dio un golpecito en el brazo con su abanico, mientras decía en tono ligero:

—¡Qué mentiroso! Supongo que por eso le estuvo haciendo la corte a la niña de los Summerfield, ¿mientras se moría por mí?

Royce alzó una de las manos de ella hasta sus labios, con un brillo danzarín en los ojos dorados murmuró:

—Naturalmente.

—¡Ah! Qué desvergonzado es usted... Y si no fuera el hombre más fascinante que hay aquí esta noche, no le permitiría seducirme de este modo. —Heather no mentía. Para ella, era absolutamente fascinante y estaba decidida a conseguirlo... con o sin el beneficio de una sortija de bodas. Casi con avaricia en los ojos, recorrió la figura alta y poderosa de Royce, deteniéndose en los hombros anchos cubiertos por la chaqueta color ciruela de corte exquisito, y las piernas largas y musculosas cubiertas por pantalones ajustados de casimir. Pensando en ese cuerpo magnífico desnudo y abrazado apasionadamente al de ella, se sonrojó y calculadora alzó la vista, sin molestarse en ocultar que lo encontraba atractivo. ¡Y mucho!

La expresión de los ojos verdes no era difícil de descifrar, y Royce casi se sonrió ante una intención tan obvia. No estaba en sus planes seducir a la viuda Cresswell, pero si la dama tenía otras ideas... Un brillo cálido se reflejó en los ojos dorados. Si la dama tenía otras ideas, ¿quién era él para disuadirla? Bajando la cabeza leonada, preguntó con suavidad:

—¿Eso hago? ¿La fascino?

La respiración de Heather se agitó bajo el cálido aliento que sintió junto a la oreja. Lo miró tentadora por encima del hombro, y la respuesta burlona murió en sus labios al ver el repentino brillo sensual en los ojos de él. Un hambre caliente y salvaje invadió su cuerpo. ¡Lo deseaba! Quería saber si esa boca dura y móvil era tan excitante como se veía... estaba desesperada por dejar que ese cuerpo poderoso la poseyera. Consciente de que podía estar tirando por la borda una oportunidad de matrimonio, pero demasiado hipnotizada por él para preocuparse en ese momento, reconoció con temeridad:

—Sabe que sí. —Desentendida de la gente que pudiera estar mirándolos, dejó deslizar un dedo acariciante por la manga del traje y agregó con voz ronca—: Si estuviéramos solos, le podría demostrar cuánto me fascina.

La invitación estaba implícita. Con un gesto carnal en el labio inferior, Royce murmuró:

—Creo que ya hemos cumplido con el baile de los Mortimer, ¿no le parece? ¿Me permite acompañarla a su casa?

Heather no vaciló, sintiendo que los pezones le crecían bajo el vestido de seda.

—Estaré encantada de contar con su compañía.

Se despidieron, y poco rato después, Royce estaba cómodamente repantigado en los almohadones de terciopelo del carruaje de Heather, con Heather medio sentada, medio recostada sobre él. El interior del coche estaba oscuro, salvo por el brillo opaco ocasional de alguno de los postes de luz que bordeaban las calles empedradas, con el eco rítmico de los cascos de los caballos resonando en la quietud de la noche.

Había una cálida intimidad entre ellos, y el coche no se había alejado media manzana antes de que Royce perezosamente atrajera a sus brazos a una Heather ansiosa, besándola apasionadamente. Heather gimió por la fuerza del deseo que la inundó al sentir su contacto y se le cruzó el fugaz pensamiento de que el beso de Royce era mucho más excitante que lo que se había imaginado. Sin vergüenza se apretó contra él, ofreciéndosele con franqueza y cuando su boca devastadora se separó de la de ella, deslizándose hacia abajo, se arqueó frenética contra él, con los dedos enroscados en los cabellos dorados y espesos.

Royce le descubrió los pechos y la sensación de sus labios sobre la carne desnuda fue un exquisito tormento para Heather, que se agitaba salvaje en sus brazos. Hambrienta de él, acarició osadamente el enorme bulto que ocultaban los pantalones, y el gemido de placer de Royce la excitó enormemente. Le llevó apenas un momento liberarlo de los pantalones y temblaba de anticipación al cerrar su mano alrededor del miembro endurecido y caliente.

Casi derretida por el deseo, se reclinó contra los almohadones de terciopelo, el vaivén del coche aumentando su placer, mientras las manos diestras de Royce buscaban debajo de sus faldas de seda. Con sus caricias, deliberadamente la llevó casi hasta el estallido y justo cuando ella ya estaba segura de que moriría de deseo, sintió que él la penetraba. Se deshizo en un millón de chispas de éxtasis, con un grito de deleite apagado por el apretado beso de él.

En las horas siguientes, Royce le probó a Heather, una y otra vez, que ni sus sueños más eróticos la podían haber preparado para la portentosa realidad de lo que era Royce como amante.

Al entrar en su casa poco después del amanecer, Royce saludó a Chambers con aire algo ausente, con los pensamientos todavía envueltos en los encantos de la hermosa viuda. Sólo cuando Chambers trabó con algo de ruido la cerradura nueva, Royce volvió con sobresalto a las circunstancias presentes. Se desvanecieron los recuerdos de las horas previas, para ser remplazados por la desagradable noción de que su casa probablemente estaba sitiada por algún villano malévolo, y casi con irritación, Royce dijo:

—Veo que estuvo el cerrajero, tal como indiqué.

—Oh, sí señor. Vino a última hora de la tarde y se ocupó de todo. —Y manteniendo la cara deliberadamente sin expresión, Chambers agregó—: Incluyendo la nueva cerradura para la puerta de, eehhm, la joven dama.

Una sonrisa cínica cruzó la cara de Royce. Todos estaban tan seguros de que tenía en mente seducir a Pin, y se preguntaba sardónicamente qué dirían los chismosos si supieran lo de las cerraduras en su puerta. Cerraduras que la mantendrían tan segura y casta como a una novicia en el convento.

8

A la mañana siguiente, Pin encontró la cocina en un estado de alborotado nerviosismo, cuando se aventuró a bajar las escaleras. Ivy Chambers se había despertado durante la noche con un terrible dolor de muelas y la habían mandado apresuradamente a que le sacaran la muela ofensiva. A Hazel se le había encomendado que se ocupara temporalmente de las tareas de Ivy, y no le estaba yendo demasiado bien con ese ascenso tan repentino.

—¡Yo no soy cocinera! —mascullaba en voz baja mientras se ocupaba del funcionamiento de la cocina, sin orden ni concierto. Pin ayudaba en lo que podía, y las cosas podrían haber mejorado si Chambers, quizá preocupado por su esposa, no hubiera resbalado en la despensa, dándose un fuerte golpe.

Las lesiones no eran graves, un golpe leve en la cabeza y un pequeño esguince en la muñeca, pero bastaron para desequilibrar a todo el personal. Con la cocinera y el mayordomo indispuestos, la cocina todavía estaba revuelta cuando Royce llamó pidiendo su café de la mañana, unas horas más tarde.

Normalmente nadie hubiera presionado a Pin para que llevara la bandeja del patrón, pero una Hazel aturdida, sufriendo entre la decisión de preparar ternera o una pata de cordero para la cena, agitadamente le puso la enorme bandeja de plata en las manos y murmuró:

—¡Listo! Espero no haberme olvidado de nada. Súbesela de inmediato: segundo piso, tercera puerta a la derecha.

Descorazonada, Pin ascendió lentamente las escaleras, deseando fervientemente que Royce se hubiera vuelto a dormir para tener la oportunidad de dejar la bandeja y salir sin tener que enfrentarlo. La suerte parecía estar de su lado. Como no obtuvo respuesta al golpecito que dio sobre la puerta de roble, la abrió y espió el interior.

La habitación enorme era encantadora, con un toque decididamente masculino. El mobiliario elegante de nogal y palo de rosa estaba distribuido con gran gusto y el suelo estaba cubierto por una alfombra turca de vívidos tonos rubí, zafiro, esmeralda y oro, entremezclados en un audaz diseño. Pero lo que atrajo poderosamente su atención fue el hombre aparentemente dormido acostado en la cama con doseles de brocado color ámbar.

A pesar de sí misma, Pin se encontró avanzando por la habitación, cruzándola en silencio, y con aire ausente depositó la bandeja sobre una mesa cilíndrica de nogal próxima a la cama, mientras los ojos seguían fijos en los notables rasgos del hombre rubio y despeinado que yacía en la cama.

«Se le ve tan distinto», pensó, alelada, mientras revoloteaba nerviosa a unos pocos pasos de la cama, con la mirada perdida en las negras pestañas largas y espesas, que se apoyaban sobre los pómulos marcados. Sin el brillo de los ojos dorados y burlándose y distrayéndola, Pin lo estudió, centrándose en la nariz arrogante y la perfección de la boca. «Es guapo —decidió a regañadientes, deseando que no lo fuera—, pero eso no se trasluce en sus acciones», pensó con un movimiento atrevido de la cabeza, luchando contra su deseo de seguir mirándolo.

Veía el torso desnudo, un brazo musculoso extendido fuera de la cama, el otro pegado al cuerpo, las sábanas enroscadas debajo del ombligo, y rindiéndose a una necesidad casi incontrolable, se quedó allí y dejó que sus ojos siguieran descubriéndolo. La espesa mata de rizos dorados que le cubría el pecho amplio la fascinaba, y era consciente de un cosquilleo en los dedos, como si éstos quisieran tocarlo, sentir la carne tibia debajo de los remolinos de vello.

Tragó con dificultad, repentinamente atemorizada por la dirección de sus pensamientos descarriados. Pero estaba hipnotizada por la figura indolente, e inerme se quedó como arraigada al suelo, deseando irse, y sin embargo... Cuando su mirada cayó sobre el estómago plano y la flecha de vello castaño dorado que desaparecía bajo las sábanas de lino, nacieron en ella toda clase de nuevas sensaciones.

Auténticamente escandalizada por sus propios actos, de su boca salió un leve jadeo y, con un esfuerzo, apartó la mirada y le dio la espalda. Pin sólo se había alejado dos pasos de la cama, cuando la detuvo la voz de Royce.

—¿Te vas tan pronto? —arrastró las palabras en son de burla—. ¿No te gusta lo que has visto?

Mortificada y furiosa al mismo tiempo, giró sobre sí misma. La visión de Royce medio sentado sobre la cama, un mechón de cabello leonado cayendo enternecedoramente sobre la frente, los ojos dorados llenos de burla, le produjo una dolorosa sensación en el pecho. Reuniendo sus fuerzas para hacer frente a la potencia de su gran atractivo, Pin saltó:

—¡Tendría que haberme dicho que estaba despierto! ¡No fue muy educado de su parte fingir que estaba dormido!

Sin dar importancia a su estado de parcial desnudez, Royce se sentó y se desperezó, apretando y aflojando los músculos de su cuerpo.

—¿Y la forma en que me mirabas fijamente, no era mala educación acaso? —preguntó con sequedad.

—¡No lo estaba mirando fijamente! —replicó, aunque sabía muy bien que lo había estado haciendo... ¡y con avidez!—. ¡Solamente quería saber si estaba durmiendo!

Royce bufó.

—Tenía que estar despierto; si no, ¿cómo iba a llamar a la cocina?

—¡Parecía dormido! —insistió Pin con las manos apretadas a los costados, deseando atreverse a golpear esa boca tentadora.

Pin era muy, muy bella cuando estaba enojada, decidió Royce pensativo, con la vista sobre el rostro airado. Para su sorpresa, descubría que gozaba perversamente al despertar su ira, complaciéndose al ver que esos ojos se ponían de un gris oscuro tormentoso y el rubor le subía a las mejillas ante la provocación de sus palabras y su comportamiento. Con insolencia dejó correr la vista por la figura de Pin, notando la agitación con que subían y bajaban los pechos firmes y redondeados debajo del vestido azul y blanco. La pequeña carterista decididamente tenía posibilidades, reflexionó cínicamente, con los ojos encendidos en una especulación cada vez más sensual deslizándose por los rasgos delicados y el cuerpo esbelto. Si su parecido con St. Audries resultaba improductivo, pensó, mientras una sonrisa descaradamente carnal curvaba su boca amplia, tal vez podría...

Asombrado y enojado por la dirección de sus pensamientos, ¡seducir criadas no era su estilo!, Royce dijo en tono abrupto:

—Ya que me has traído la bandeja, sírveme una taza de café, ¿quieres?

Pin lo miró con rencor, pero aliviada porque abandonaba el tema tan embarazoso, se acercó a la bandeja y, con movimientos airados, hizo lo que le pedía. Con la boca firme, preguntó escuetamente:

—¿Cómo le gusta? ¿Negro?

Royce asintió con la cabeza y cuando ella le entregó la taza de porcelana, le preguntó vagamente:

—¿Cómo te estás acomodando? ¿Todos te tratan bien?

Antes de que pudiera detenerse, Pin replicó áspera:

—¡Sólo hay una persona en esta casa cuyo trato encuentro ofensivo!

Mirándola sin parpadear por encima del borde de la taza, algo en la profundidad de los ojos dorados hizo que el corazón de Pin latiera más rápido. Lo observó con cierta cautela, diciéndose valientemente para sus adentros que no tenía nada que temer, pero con prudencia dio un paso hacia atrás.

—Un movimiento muy inteligente —murmuró suavemente Royce, mientras algo en él le recordaba a la nerviosa Pin, a un enorme gato calculando el momento preciso para su ataque letal.

Decidiendo que lo mejor era alejarse cuanto antes de esa presencia perturbadora, Pin inspiró profundamente y preguntó:

—¿Me puedo ir ahora o quiere alguna otra cosa de mí?

Inexplicablemente, sus palabras incitaron toda clase de actos eróticos que podría pedirle, y consternado y enojado, sintió que su miembro se endurecía, disimulado bajo los pliegues de las sábanas de lino. ¡Por lo menos esperaba que estuviera disimulado! Molesto por esta inesperada reacción tan intensa ante ella, le gruñó:

—Te puedes ir. Tú no puedes hacer nada por mí.

Había algo tan insultante en ese tono y en esas palabras, que Pin sintió que su temperamento se desbordaba incontrolable. ¡Bastardo arrogante! Mirándolo furiosa, era consciente de que debajo de su ira, otra emoción luchaba por salir, que era esta otra emoción la que la impulsaba a desafiarlo y provocarlo. Haciendo caso omiso de una sabiduría que la empujaba a irse en ese mismo momento, antes de tener más problemas, con los ojos entrecerrados advirtió la jarra con zumo de naranjas frescas y frías que Hazel había colocado sobre la bandeja. Milord necesitaba que alguien apagara un tanto su impertinencia. Súbitamente sonrió con dulzura, y preguntó:

—¿Quizás un poco de zumo antes de que me vaya? —Sin esperar contestación, tomó la jarra de cristal y con audacia vació el contenido sobre el regazo de Royce.

Entre encantada y horrorizada, Pin observó la incredulidad que se había pintado en los rasgos apuestos antes de que le llegara el impacto helado del líquido. Sin esperar un momento más, con una risita nerviosa al verle la cara, salió disparada de la habitación seguida por el bramido de Royce.

Indeciso entre reírse o enfurecerse ante semejante osadía, Royce saltó con agilidad de la cama mojada. «¡Pequeño diablillo! —pensó entre enojado y admirado—. Espera y verás, maldito vástago de Satán —juró para sus adentros, mientras se enjuagaba ante el lavabo de mármol donde lo esperaban la jarra y la jofaina de porcelana, llenas de agua limpia—. La próxima vez que nos encontremos —prometió concisamente—, ¡no te vas a escapar con tanta facilidad!»

Royce acababa de lavarse y se había enfundado unos ajustados pantalones de montar de piel de ante, cuando oyó que se abría la puerta de su salita privada. Inesperadamente se le aceleró el pulso. ¿Habría vuelto su pequeño tormento?

Se quedó pasmado por la profunda desilusión que experimentó cuando su visitante resultó ser Zachary. Alejando con decisión todo pensamiento perverso sobre la continuación de la guerra con su descarada carterista, Royce saludó a su primo y rápidamente lo acompañó fuera de su dormitorio. No estaba dispuesto a dar ninguna explicación sobre la cama manchada de zumo de naranja.

Salvo por unos pocos eventos, como la pelea de boxeo y un ocasional paseo a caballo por Hyde Park, los caminos de Royce y Zachary pocas veces se cruzaban en esos días. Zachary estaba ocupado con sus propios amigos y pasaba poco tiempo en casa. Aunque ocasionalmente compartían alguna comida, pocas veces estaban juntos y Royce casi se alegró con la visita de Zachary esa mañana; le daba una oportunidad de informarle sobre su reunión con los hermanos de Pin y de todo lo que había sabido por ellos. Había dudado en contarle a Zachary lo que ocurría, ya que no deseaba involucrarlo en peligros innecesarios, pero finalmente llegó a la conclusión de que para Zachary era más peligroso no saber nada sobre el tuerto y, por lo tanto, en cuanto Zachary se sentó en la salita, Royce le relató todo lo que sabía sobre Pin, sus hermanos y el tuerto misterioso.

Zachary estaba encantado, y los ojos de topacio le brillaban de entusiasmo.

—¡Por Jehová, Royce! Pero si esto es lo mejor que ha pasado desde que llegamos a Londres. La verdad es que me estaba aburriendo un poco aquí en la ciudad, pero ahora... —Inclinándose hacia adelante con entusiasmo, preguntó—: ¿Quieres que patrulle la casa por la noche? Tengo un buen par de pistolas que compré la semana pasada: te aseguro que detendrán a cualquier asaltante. —Cada vez más excitado frente a las perspectivas intrépidas que surgían ante él, agregó fervorosamente—: O, si tú ya lo estás haciendo, podría hacer guardia frente a la puerta de la habitación de Pin. ¡Cielos! Por cierto que me gustaría ponerle las manos encima a ese maldito tuerto.

Como Royce había temido exactamente este tipo de reacción, trató de moderar el entusiasmo de Zachary.

—¡Zack! Si hemos de creer en los hermanos de Pin, el tuerto no es, te repito, no es una nueva forma de entretenimiento que he conseguido para ti. Ese hombre es letal y aparentemente tiene tentáculos en todas partes, hasta dentro de la elite. Cualquiera podría estar ayudándolo.

—Oh, vamos —dijo Zachary inquieto—. No puede ser tan malo. Quiero decir, sé que estos hermanos de Pin te contaron algunos cuentos bastante perturbadores sobre el poder del tuerto, pero no creerás que en realidad tiene dominio sobre miembros de la elite, ¿no es cierto? ¿Cómo podría tenerlo?

—Muy fácilmente —replicó Royce en tono pesado—. Te daré unos pocos ejemplos: supongamos que el empobrecido lord X y *lady* Y quieren casarse; el único problema es que *lady* Y ya tiene un marido, un marido muy rico... El tuerto, por un precio, acaba con el marido de *lady* Y de manera que no recaiga ninguna sospecha sobre los dos actores principales. Después de un plazo razonable, los amantes se casan y uno supone que viven felices para siempre... con la fortuna del asesinado lord Y. O supongamos que el joven lord Z espera impaciente que muera su viejo tío rico; hace un trato con el tuerto y antes de que transcurra mucho tiempo, el viejo tío rico sufre un ataque y muere. Todos están felices, lord Z hereda la fortuna que ambicionaba, y el tuerto recibe una gran suma de dinero por sus esfuerzos. O supongamos que la hija menor del duque de A repentinamente se encuentra en situación embarazosa: el tuerto se ocupa de hacer desaparecer el motivo del «embarazo». —Con cara y voz muy serias, Royce terminó—: Todos quedan satisfechos con la situación, especialmente el tuerto. No sólo ha recibido una recompensa exorbitante por sus esfuerzos, sino que ahora tiene a sus antiguos empleadores en la palma de la mano. Si quieren que sus desagradables secretos sigan ocultos harán cualquier cosa que el tuerto les pida.

—¡Por todos los santos! —exclamó Zachary horrorizado—. Dicho de ese modo, suena tan razonable.

—¿Comprendes ahora por qué dije que esto tiene que quedar entre nosotros?

Zachary asintió displicente.

—No te preocupes por mí, no le diré una palabra a nadie, ni siquiera a Jeremy y Leland.

Recordando a esos dos jóvenes lengüilargos y la velocidad a la que habían desparramado la noticia del sexo de Pin entre la elite, Royce dijo con fervor.

—Especialmente no a Jeremy y Leland.

Con una leve sonrisa, Zachary se puso de pie y dijo:

—¡No temas! Sé que son dos de los más grandes chismosos de Londres.

Dirigiéndose hacia la puerta junto con Zachary, Royce le preguntó:

—¿Los vas a ver esta mañana?

—¡Oh, sí! Vamos a cabalgar por Hyde Park. —Zachary agregó en tono casual—: Tal vez algún día de la semana que viene tú y algunos de tus amigos podríais venir a cabalgar con nosotros.

—¡Excelente idea! —convino Royce cordialmente—. Se lo diré a George y a algunos otros.

Se separaron amistosamente, cada uno yendo a sus ocupaciones. Royce regresó a su dormitorio para terminar de vestirse, y al ver la cama manchada de zumo, una extraña sonrisa se plasmó en sus labios. Algo podía decir a favor del advenimiento de la pequeña carterista a su casa: ¡no se aburría!

Durante los días siguientes, no se produjeron nuevas confrontaciones entre Royce y Pin, aunque la veía de vez en cuando, ocupada en diversas tareas domésticas. En más de una ocasión, para su creciente irritación, encontró que su mirada era atraída en forma irresistible hacia ella. Entre los párpados semicerrados, la miraba trabajar y se volvía a maravillar por la sedosa tez de alabastro y los rasgos sorprendentemente hermosos. Para su propio disgusto, sus ojos inevitablemente resbalaban por la blanda curva de sus senos y la esbeltez de la cintura y las caderas cubiertas por el viejo vestido, y los pensamientos indecentes que llenaban su mente durante esos instantes lo perturbaban, haciendo asomar un gesto despectivo a su boca. Sardónicamente, recordaba para sus adentros que no era el caso de que sus necesidades carnales no estuvieran atendidas con frecuencia y de manera sumamente agradable. Pero a pesar de los encantos opulentos de Della y de la indisimulada persecución de Heather, así como de sus propias buenas intenciones, cada vez que Pin estaba cerca, invariablemente tenía conciencia de los pensamientos decididamente deshonorables que abrigaba con respecto a ella.

Si no fuera por su asombroso parecido con el conde (¡todavía no había decidido cómo iba a usar eso!) y la promesa que había hecho de que Pin se podría quedar para eludir al tuerto, cavilaba crudamente una mañana mientras se preparaba para reunirse con algunos amigos en la Galería de Tiro de Manton, la arrojaría a la calle sentándola sobre esas atractivas posaderas, poniendo fin a esta fascinación creciente a la que Pin parecía tenerlo atado. Calzándose furiosamente las botas negras lustradísimas, haciendo caso omiso de la exclamación de enojo de su valet, Spurling, estaba empezando a preguntarse si realmente existiría ese maldito tuerto. No había habido ni señal de él. Tampoco le importaba un bledo ese supuesto villano: sintiéndose como se sentía en ese momento, cualquier oportunidad de desahogar su frustración sería bienvenida, y una feroz pelea con un maestro criminal era justo lo que le hacia falta.

Para colmo de su furia, Pin entró en el dormitorio justo en ese momento, cargando en el brazo una pila de corbatines recién planchados, y Royce maldijo por lo bajo la repentina aceleración de su pulso. Execrando el hecho de haber aprobado la sugerencia de Chambers de que, como Pin era poco apta para la cocina, era mejor asignarla como ayudante de Hazel para la limpieza y otras tareas dentro de la casa, Royce la fulminó con la mirada. Si tan sólo se mantuviera fuera de su vista...

Olvidado del valet boquiabierto, irradiando antagonismo, le dijo con bastante rudeza:

—Pedí esas prendas hace veinte minutos. ¿Por qué demonios has tardado tanto?

En los últimos días, Pin había hecho todo lo posible para no cruzarse en su camino: la presencia imponente la desestabilizaba y le producía emociones que, por las noches, la tenían inquieta dando vueltas en su cama. Pero desgraciadamente ésa era su casa, y el contacto con él era inevitable, pero esos momentos en que había estado en la misma habitación que él estaban cargados de una aguda noción de ese cuerpo largo y esbelto, y de los ojos brillantes entrecerrados, que seguían todos sus movimientos. No habían cruzado palabra, y a propósito, vaciaba su rostro de toda expresión mientras trabajaba con rapidez, deseando desesperadamente huir de él, sabiendo que él la observaba, lo que la agraviaba a la vez que le producía un extraño temblor y le cortaba la respiración.

Últimamente se había esforzado por hablarle con educación y, aunque turbada por la presencia de Spurling, la actitud injusta de Royce debilitó su reserva.

—¡Bueno, disculpe, jefe! —dijo con lentitud e insolencia—. Si las quería tan rápido, por qué demonios su señoría no se molestó en ir a buscarlas.

Royce apretó la boca, pero al bajar la vista y encontrar el rostro enrojecido de ira, los ojos grises expresivos y la naricita orgullosamente respingada, su furia se desvaneció y sintió que la risa le crecía dentro. Como criada, estaba resultando bastante impertinente. Pero había algo en ella que, a su propio pesar, no podía dejar de encontrar atractivo. Sin embargo, necesita una lección, decidió con un destello en los ojos, una lección que eventualmente se iba a deleitar en enseñarle, sobre lo arriesgado que era insolentarse con su patrón. Como por esta vez estaba dispuesto a dejarla salir ilesa, tomó los corbatines de brazos de Pin.

—Haz el favor de recordarme —murmuró secamente mientras se daba la vuelta— que te dé una paliza uno de estos días, ¿quieres? Ahora, por favor, vete; ya me has molestado bastante por el día de hoy.

Dudando entre sentirse aliviada o enojada ante esta despedida, Pin lo miró con indignación y, para total horror del pobre Spurling, le sacó la lengua. Qué no daría ella por arrancarle de la cabeza esos pelos dorados.

Royce sonrió cuando oyó que la puerta se cerraba tras ella con un golpe. ¡Pequeña pendenciera! Podía llegar a ser un placer domarla.

Frunció el entrecejo ante semejante pensamiento y deliberadamente, la apartó de la mente. La mañana transcurrió placentera en la Galería de Tiro de Manton, y Royce se alegró al comprobar que esas semanas de ocio en Londres no habían afectado para nada su puntería certera. Se separó de sus amigos unas horas después e iba caminando hacia la casa de Hanover Square, cuando lo abordó Heather Cresswell.

Conducía un faetón de alto pescante tirado por un par de magníficos caballos negros de paso alto. Sonriéndole, Royce reconoció que componía un cuadro atractivo, con los rizos de oro rojizo asomando debajo del sombrero verde oscuro ladeado atrevidamente, y la figura voluptuosa bien demarcada dentro del traje de montar negro, ribeteado del mismo matiz de verde que el sombrero. Le había enviado una enorme canasta de fragantes rosas amarillas y una nota cortés a la mañana siguiente de su encuentro amoroso, pero no la había vuelto a ver desde esa noche.

Sosteniendo con facilidad las riendas en las manos enguantadas, le preguntó con ironía:

—¿Quiere que lo lleve? ¿O es uno de esos hombres que no confían en que las mujeres sepan conducir tan bien como ellos?

Sonriendo, Royce negó con la cabeza y saltando con agilidad se ubicó a su lado.

—Cuando son tan hermosas como tú, en realidad no tiene la menor importancia.

Heather inclinó la cabeza ante la galantería y puso en movimiento los caballos. Rodaron en silencio por un momento y después Heather le dirigió una mirada ávida y, olvidando todos los planes que tenía para envolverlo aún más en sus redes, admitió con petulancia:

—Esperaba verte antes... ¿o es que la noche que compartimos no significó nada para ti? ¿Dónde estuviste?

Royce la observó pensativo. Si bien la había cortejado con cierta indolencia, Royce no desconocía su reputación: la viuda Cresswell era discreta con sus amantes, pero de ningún modo se había mantenido casta desde la inoportuna muerte de su esposo. No se habían hecho promesas y este repentino acceso de posesividad lo irritó. Escogiendo las palabras con cuidado, replicó:

—Me disculpo si te sientes desatendida, pero no me había percatado de que la noche que pasamos juntos constituía algo más que lo que fue: un interludio placentero para ambos.

Dándose cuenta de que no ganaría mucho con regañinas, Heather sagazmente cambió de táctica. Royce Manchester era todo lo que siempre había querido en un hombre, y estaba decidida a convertirse en su esposa. Calculadora, entrecerró los ojos verdes con la vista al frente. Él la había deseado esa noche que hicieron el amor, pensó pausadamente, y sin dudar un instante de su atractivo, estaba segura de que lograría que la deseara otra vez... Si pudiera arreglar las cosas para que los encontraran en una situación comprometedora... Mientras deliberadamente deslizaba una mano por el muslo musculoso, una semisonrisa sensual se plasmó en sus labios generosos. Con audacia exploró la carne firme debajo de sus dedos y mirándolo de reojo, le dijo sin aliento:

—Te he extrañado, querido. Esperaba que vinieras a verme otra vez.

—Creo —dijo Royce con frialdad, arrastrando las palabras, mientras retiraba cortésmente los dedos apoyados en su pierna— que harías bien en mantener las manos en las riendas.

—¡Oh, bah! —protestó ella con una mueca—, no me digas que eres un puritano.

Royce casi sonrió. La gazmoñería no era uno de sus defectos. Pero los actos de Heather le repugnaban un poco, y se sorprendió al encontrarse pensando en Pin y su conducta osada. Por lo menos, reconoció con cinismo para sí, la conducta atroz de Pin hacia él resultaba refrescante... aunque exasperante.

Con esfuerzo, volvió a poner su atención divagante en la mujer que tenía a su lado, y con una mirada burlona a Heather, murmuró:

—¡Lejos está de mí decirle nada a una mujer hermosa!

Deseoso de poner fin a la conversación, Royce fortuitamente divisó a una de las chismosas más notorias de Londres y aprovechó la oportunidad. Sonriéndole a Heather, dijo:

—Pero sugeriría que devuelvas el saludo de *lady* Belmont, si no quieres que las lenguas se pongan a trabajar más rápido de lo que ya lo están haciendo.

Heather apretó los labios al ver a la poco atractiva mujer que los saludaba con la mano. No se podía negar impunemente el saludo a *lady* Belmont y, suspirando por la oportunidad perdida, Heather sofrenó a sus caballos y le dedicó una sonrisa radiante a la mujer mayor. Nunca supo cómo sucedió exactamente, pero en el transcurso de unos pocos minutos, Royce se apeó del vehículo y Heather se encontró arrancando con *lady* Belmont sentada a su lado.

Después de escapar de las garras de Heather, Royce se dirigió a su casa en busca de soledad. Se encontró con Zachary en el vestíbulo, justo cuando su primo estaba por salir. Recordando la conversación que habían sostenido más temprano, dijo:

—Hablé con George en Manton esta mañana y si te resulta conveniente, saldremos a cabalgar el jueves por Hyde Park.

Zachary estuvo de acuerdo y desapareció tras la puerta de la calle. Extrañamente descontento, Royce entró a la biblioteca, donde pensaba pasar unas horas examinando algunos de los excelentes libros alineados en las paredes.

Sin entusiasmo, dejó correr la mirada alrededor de la agradable habitación, deteniéndose abruptamente cuando divisó una cabeza negra y enrulada que asomaba por encima del respaldo de uno de los sillones de cuero rojo diseminados por la habitación. Sabiendo a quién pertenecían esos rizos, Royce se acercó al rincón apartado donde Pin estaba sentada leyendo.

Totalmente absorbida en una novela, Pin no oyó los pasos silenciosos que se acercaban. Evidentemente, la habían enviado allí a sacudir el polvo. Un plumero yacía abandonado contra el sillón donde estaba sentada; varios trapos y un recipiente de cera perfumada con limón estaban desparramados a lo largo del estante próximo a su cabeza.

No tuvo noción de que Royce estaba en la habitación hasta que él se acercó súbitamente y le quitó el libro de las manos. Pin lanzó una exclamación de sorpresa, y después, al ver quién era, se puso rápidamente de pie. Con una expresión donde se mezclaban el fastidio y la culpa, masculló:

—¡Maldición! Creí que no estaba en la casa. Se supone que no tiene que estar aquí.

Reprimiendo el deseo de reír, Royce replicó burlón:

—No sabía que estabas a cargo de mi agenda social. —Sin darle oportunidad de contestar, miró el libro que tenía en la mano—. ¿Es ésta una nueva tarea que se te ha asignado? ¿Leer a Jane Austen?

Pin se ruborizó, deseando que la hubiera descubierto cualquier otra persona menos él, y que el verlo no le hiciera brincar el pulso de forma tan peculiar.

—¡Sabe muy bien que no! —dijo desafiante.

Royce la miró, alzando una ceja ante el tono de voz. Maldiciendo su lengua indisciplinada, Pin apartó la vista, intranquila porque sabía que estaba en falta. Le debía mucho, y realmente él había sido extremadamente tolerante, admitió a regañadientes. Con rigor, Pin retomó el control de sus emociones volátiles.

—Chambers me envió aquí a limpiar y... —Una mirada maravillada cruzó sus rasgos expresivos—. Nunca había visto tantos libros y yo, solamente... —Se encogió de hombros—. Me puse a mirarlos y antes de darme cuenta, estaba totalmente absorta. —Lo miró entre las pestañas y a pesar de sus buenas intenciones, le preguntó con desfachatez—: ¿Me va a pegar?

Su pura osadía provocó una risa renuente en Royce, quien negando con la cabeza, reconoció:

—Probablemente debería, pero no lo voy a hacer... ¡por esta vez! —Con un brillo en los ojos dorados, agregó secamente—: Cuando finalmente me hagas perder los estribos, sospecho que te daré una paliza que no te va a dejar sentarte por una semana.

Con rayos peligrosos en la mirada, Pin replicó tiesa:

—¿Y se cree que va a salir ileso si me pone una mano encima?

Royce la miró, miró la boca rosada y tentadora y el pecho que se agitaba debajo del vestido, y algo poderoso y elemental lo recorrió con intensidad. Incrédulo, se dio cuenta de que le gustaría mucho ponerle las manos encima, pero no con ira... Una sonrisa sensual se instaló en sus labios. No. No con ira. Disgustado por la dirección que tomaban sus pensamientos, trató de desviar la situación y mirando el libro que tenía en la mano, preguntó superficialmente:

—¿Te gusta leer?

Sin confiar totalmente en la expresión de los ojos dorados, Pin contestó con cautela.

—No sé; un carterista generalmente no tiene tiempo para esos pasatiempos.

—¿Pero entonces cuántos carteristas conoces que sepan leer? —inquirió Royce juguetón—. ¡Dudo que la lectura sea un requisito para tener dedos diestros!

Con ademán brusco le indicó el sillón en el que había estado sentada. Royce se repantigó en el sofá de damasco negro que estaba delante de ella. Con vivacidad, Pin lo obedeció, con una expresión precavida en el rostro.

Royce hizo una mueca al ver la postura rígida de Pin, las manos recatadamente apoyadas sobre el regazo, pero no pudo evitar notar el bello cuadro que componía, con el cabello negro y la tez clara en atractivo contraste con el cuero rojo del sillón, los ojos grises y claros y directos debajo de esas pestañas largas. Apreciativamente, deslizó la mirada por la figura delgada y frunció el entrecejo. Verdaderamente se estaba cansando de ese vestido de algodón azul y blanco. Pin necesitaba más ropa...

Sacudiendo las imágenes perturbadoras que invadían sus pensamientos, le preguntó con suavidad:

—¿Eres una buena carterista?

Todavía cautelosa, pero relajándose un poco, Pin no pudo evitar jactarse.

—¡Jefe, soy una de las mejores! Simplemente tuvo suerte cuando me atrapó.

Indolente Royce le respondió.

—Suerte no es precisamente la palabra que usaría para describir lo que me ha ocurrido en estos últimos días.

Pin sonrió, pero por una vez, tuvo la inteligencia de quedarse callada. No quería discutir con él y para su asombro, tampoco quería que la conversación terminara. Avariciosamente almacenaba cada momento, memorizando los rasgos apuestos, las arruguitas que se formaban en el ángulo de los ojos cuando sonreía, la forma en que se movía la hermosa boca disimulando la risa cuando ella decía algo especialmente extravagante. Contra su voluntad, disimuladamente los ojos de Pin recorrieron la gracia y la elasticidad de ese cuerpo alto y musculoso reclinado perezosamente sobre el sofá frente a ella, y era consciente de que la invadía una extraña y lánguida calidez.

Fascinados, charlaron con fluidez durante varios minutos. Royce alentaba a Pin para que le contara sobre su vida en St. Giles, mientras Pin convencía a Royce para que le detallara las diferencias que encontraba entre Inglaterra y su país. Fue un momento extraño, y Royce se sintió bastante molesto cuando Chambers entró a la estancia y quebró la singular intimidad que se había generado entre ellos.

—¡Oh, señor! —exclamó turbado—. No sabía que la joven Pin estaba aquí con usted. —Los miró con curiosidad y preguntó incómodo—: Ehhhm, ¿le puedo traer alguna cosa?

El momento se había desvanecido y poniéndose de pie, Royce negó con la cabeza y despidió al mayordomo. Molesto consigo mismo por permitir que la pequeña carterista invadiera aún más su vida, Royce miró agriamente a Pin, que también se había puesto de pie al entrar Chambers. Con un gesto irónico en la boca, dijo cínico:

—Mejor será que te presentes ante Chambers de inmediato; tu aparición en mi vida ya ha provocado bastantes habladurías y lo último que necesito es convertirme en objeto de los comentarios de mis propios criados.

Picada por el cambio tan abrupto, Pin replicó vivamente:

—¡Fue usted quien me ordenó que me sentara!

—Y probablemente ésta es la primera maldita orden que has obedecido. —Sintiendo la necesidad de enfurecerla, de poner un poco de distancia entre ellos y ese pequeño interludio de intimidad que habían compartido tan brevemente, Royce agregó en tono gélido—: Antes de que me causes más problemas, por favor, ve tras Chambers, y llévate tus malditos trapos contigo.

Pin se sorprendió al sentir que la atravesaba una punzada de dolor ante las palabras frías.

—¡Usted es quien causó todo el problema! —retrucó Pin, tratando de ocultar su confusión—. Todo marchaba bien en mi vida hasta que apareció usted.

—¿Ah, sí? —le preguntó Royce en tono burlón—. ¿Estás ansiosa por llevar la vida que el tuerto tiene planeada para ti?

Enfurecida por la forma en que él le daba la vuelta a sus palabras, le dijo irreflexivamente:

—Por lo menos con él no tendría que soportar a alguien como usted.

Algo estalló dentro de Royce al oír esas palabras, y asombrando a ambos, la tomó por las muñecas y la atrajo hacia sí.

—¿Me estás diciendo que quieres convertirte en su amante? —le preguntó con voz enronquecida por la salvaje emoción que lo invadía, pero que era incapaz de comprender.

Atemorizada por el tigre que había despertado, confundida por el júbilo que le producía la reacción de él, Pin apartó la vista de los brillantes ojos dorados, y prácticamente susurró:

—No. No. No quiero ser su amante.

Con esa boca tentadora a pocos centímetros de la de él, Royce sintió que su cuerpo reaccionaba. Con la mirada fija en los labios rosados, empezaba a bajar la cabeza para besarla, cuando Pin dijo en una vocecita queda:

—Y tampoco quiero ser amante suya.

Royce la soltó, con una máscara de hielo en la cara. Pin no se demoró. En menos de un segundo había salido de la estancia como un cervatillo huyendo de un tigre, de un tigre muy grande y muy hambriento...

9

La cabalgata por Hyde Park fue agradable, aunque Royce no se sintió precisamente complacido cuando los amigos del conde de St. Audries, Rufe Stafford y Martin Wetherly, se invitaron al paseo. Se sintió todavía menos complacido cuando los dos hombres se pegaron al grupo y, por buena educación, se vio obligado a invitarlos a su casa para la comida ligera que Ivy Chambers había preparado, anticipándose a la llegada de varios de los caballeros que acompañaron a Royce y a Zachary de vuelta a casa.

El grupo estaba compuesto por unos quince caballeros, incluyendo a George Ponteby, Allan Newell, Francis Atwater, Stafford y Wetherly, así como varios amigos de Zachary. Leland y Jeremy naturalmente eran parte del grupo, pero Royce se maravilló al ver que también habían incluido al joven Julian Devlin. Mientras los demás estaban ocupados en servirse del profuso *buffet* preparado en el comedor, Royce enarcó una ceja en dirección a Julian, y con gesto interrogante, miró a Zachary.

Casi avergonzado, Zachary murmuró por lo bajo.

—En realidad no es mala persona, sabes. Y tampoco es culpa suya que el conde sea su padre. —Como disculpándose, Zachary agregó—: No te importa que haya venido, ¿verdad?

—¡Por supuesto que no! —dijo Royce riendo—. Solamente estoy sorprendido, porque la última vez que me hablaste de él, fue con mucho fastidio. —Con un brillo pícaro en la mirada, agregó—: Y eso debe de haber sido, ehhmm, déjame ver, hace como cuatro días.

Zachary sonrió brevemente.

—El asunto es, Royce, que creí que era un bastardo altivo como el padre, pero no lo es. —Mirando a su alrededor para ver si los demás seguían ocupados con los manjares tentadores desplegados sobre la mesa, Zachary dijo con sobriedad—: Anoche, nuestro grupo andaba de jarana por Covent Garden cuando accidentalmente nos cruzamos con el conde. St. Audries estaba muy borracho y le habló a Julian con mucho desprecio. Por Dios, a decir verdad, yo no hubiera podido contenerme y no pegarle si cualquiera, y mucho menos mi padre, me hubiera hablado en esa forma insultante, pero Julian se comportó admirablemente. Cuando St. Audries vio que no lograba provocar a Julian, supongo que quiso molestar a alguien más. —La boca de Zachary se torció en un gesto desdeñoso—. Desafortunadamente, me detectó y se lanzó a un ataque venenoso contra los norteamericanos: tú y yo en particular. Fue todo muy desagradable y embarazoso, pero en un instante Julian interrumpió a su padre y me defendió a mí. Te aseguro que quedé pasmado, tanto más cuando más tarde se me acercó y se disculpó por la conducta de su progenitor.

Pensativo, Royce miró al objeto de la conversación. Julian Devlin era un hijo del que cualquier hombre estaría orgulloso: alto, gallardo, encantador... y por todo lo que Royce había oído de él, gozaba de las simpatías tanto de los miembros jóvenes como de los mayores de la aristocracia. ¿De modo que qué había hecho ese joven ejemplar para despertar las iras de su padre? ¿Era mera perversidad por parte del conde? ¿Sería posible que el conde estuviera celoso de que su hijo gozara de la admiración y aceptación que a él se le negaban? ¿O se trataba simplemente de las diferencias de opinión y estilo de vida que distinguen a una generación de otra? De algún modo, Royce no creía que fuera tan sencillo, y se encontró, a medida que avanzaba la tarde, mirando especulativamente una y otra vez al joven Julian Devlin.

El grupo había terminado de comer hacía rato y se había retirado del comedor, pasando al salón principal donde comentaban las últimas novedades sobre Napoleón y la gran batalla que seguramente se libraría en Bélgica en poco tiempo. Desde la fuga de Napoleón de Elba, el pasado mes de febrero, toda Europa había seguido de cerca los movimientos del ex emperador de Francia. Los representantes de los aliados victoriosos, Rusia, Gran Bretaña, Prusia y Austria, así como los miembros de una delegación francesa, se habían reunido en el Congreso de Viena, donde trataron de repartirse el imperio de Napoleón. Sin embargo, la fuga de este había acallado esas disputas mezquinas y los había forzado a volver a reunir sus ejércitos para hacer frente a esta nueva amenaza para la paz.

En junio, las tropas de Napoleón ya estaban desplegadas a lo largo de la frontera belga, esperando su inminente arribo desde París. El ejército prusiano, a las órdenes del mariscal Blúcher, estaba destacado en el bajo Rin y el cuartel general del duque de Wellington estaba en Bruselas. Como Wellington no tenía información precisa sobre los movimientos de Napoleón, mantenía varias divisiones de su ejército a poca distancia de esa capital. El escenario estaba listo para una gran batalla; todo lo que se necesitaba era la aparición del gran hombre en persona, Napoleón...

—Piensen que —manifestó Francis Atwater— mientras estamos aquí discutiendo la situación con toda tranquilidad, Blúcher y Wellington bien pueden estar luchando por sus vidas, contra Napoleón, en este preciso momento.

—O —comentó Royce secamente— Napoleón puede haber sufrido su derrota definitiva.

Se produjo un pequeño silencio en el salón, mientras los caballeros sopesaban ambas posibilidades, y entonces George Ponteby levantó su copa de vino del Rin y dijo en voz alta:

—¡Por Wellington, por que derrote para siempre al monstruo corso!

Se oyeron murmullos de aprobación de todos los presentes y cada uno secundó ese brindis improvisado. Después, la conversación se tornó menos seria, ya que algunos caballeros procedieron a apostar dónde tendría lugar la batalla, otros dejaron de lado a Napoleón y comentaban las virtudes de sus sastres, sus caballos o sus amantes, según quién hablara.

De pie un poco apartado de los demás, Royce estudiaba negligentemente a los diversos hombres que ocupaban su salón; su mirada se detuvo un instante en los rasgos animados de Julian Devlin, mientras éste discutía con indisimulado entusiasmo los méritos de un caballo que acababa de comprar en Tattersall. Royce no alcanzaba a oír sus palabras, pero era evidente, por las expresiones de Jeremy y Leland, que estaban en desacuerdo, mientras Zachary parecía apoyar cada palabra de Julian. Con una leve sonrisa, Royce bebió un sorbo de vino, observando la gama de emociones que se reflejaba en el rostro apuesto de Julian.

Royce no estaba lejos del grupo formado por Julian y, todavía observándolo, volvió a notar lo inconfundibles que eran los rasgos de los Devlin. Exceptuando las obvias diferencias entre un hombre y una mujer, Julian y Pin tenían un parecido innegable y asombroso. Como debería ser, pensó Royce adusto, considerando que, sin duda, el conde los había engendrado a los dos. Sin embargo, había diferencias sutiles: el corte de cara de Pin era totalmente diferente, aunque compartía con Julian las cejas negras de arco orgulloso, la forma exótica de los ojos grises, así como el cabello negro y rizado y el mentón decidido. Al principio, Royce creyó haber sobrestimado la semejanza de Pin con la familia de St. Audries, pero después de acostumbrarse a su cara durante los últimos días, y observando ahora los rasgos correspondientes de Julian, reconoció que, en realidad, había subestimado el parecido. Todavía no había decidido cómo utilizaría este parecido de Pin, pero confiaba en encontrar la respuesta cuando fuera necesario.

Ya había anochecido y Royce se acercó a los huéspedes que comenzaban a despedirse. Media hora más tarde, casi todos, incluso Zachary, habían partido en pos de otras diversiones. En el salón sólo quedaban Ponteby, Newell, Atwater y Wetherly, y de pronto Royce se dio cuenta de que faltaba Stafford, quien estaba allí un segundo antes.

Con instantánea sospecha, aunque sin causa real —después de todo, Stafford podría haberse ido sin despedirse— Royce se excusó un momento y salió del salón hacia el vestíbulo de entrada. Si como lo sospechaba, Stafford todavía estaba dentro de la casa, ¿dónde habría ido? Royce miró hacia arriba, pero descartó la idea; ni siquiera Stafford era capaz de inventar una excusa para subir a las habitaciones superiores de la casa. Por supuesto que el hombre podría haber salido del salón por razones tan poco misteriosas como la necesidad de ir al baño, pero Royce, cada vez más inquieto, lo dudaba. Decidido a echar un vistazo al comedor, en caso de que Stafford simplemente hubiera ido a buscar algo más de comida, cruzó el vestíbulo y estaba a punto de abrir las puertas dobles que conducían al comedor cuando, del otro lado, oyó la voz ofendida de Pin. Abriendo las puertas de par en par, Royce se precipitó enojado dentro de la habitación, pero se detuvo ante la escena que se desarrollaba velozmente ante sus ojos.

Tal vez fue por accidente que Stafford volvió al comedor justo a tiempo para descubrir a Pin levantando los platos usados, o podía haber un motivo más siniestro detrás de sus actos. De todos modos, había encontrado a Pin, muy bonita con su vestido azul y blanco, cargando una sopera en las manos. Aparentemente, después de tomarla por el brazo, Stafford, por lo que pudo entrever, le había hecho una oferta sumamente deshonesta. Y Pin había reaccionado con su aplomo característico.

Mientras la sopa se agitaba peligrosamente, Pin, con las mejillas enrojecidas por el enojo, los ojos grises destellando como los rayos de una tormenta de verano, desprendió violentamente su brazo de las manos de Stafford.

—¡Habrase visto, maldito degenerado! Quíteme sus asquerosas manos de encima. Prefiero acostarme con un porquerizo antes que soportar que usted me toque.

Aun cuando Royce ya cruzaba el comedor, Stafford cometió el error de agarrar a Pin por los hombros y sacudirla.

—¡Ya veremos, putita orgullosa! —Y sin hacer caso de la sopera que los separaba, aplastó el cuerpo de Pin contra el suyo y la besó brutalmente.

Royce sólo había llegado a cubrir la mitad de la distancia cuando Pin separó su boca de la de Stafford y, arreglándoselas para escapar de sus manos, le vació el contenido de la sopera en la cabeza. Stafford lanzó un grito y saltó hacia atrás cuando la sopera de porcelana estalló en mil pedazos contra el suelo. Sin embargo, Pin todavía no había terminado con él. Apuntando cruelmente, le dio un rodillazo entre las piernas, obligándolo a doblarse de dolor.

—Y eso —prácticamente le ladró— es para asegurarme de que no volverá a cometer el error de querer imponer sus atenciones donde decididamente no son bienvenidas.

—Y si no entiende exactamente lo que la muchacha quiere decir —agregó Royce con falsa suavidad— estaré muy contento de explicárselo más claramente, después de arrancarle el hígado y comérmelo para la cena.

Pin y Stafford giraron abruptamente al oír la voz de Royce, pero, mientras la faz de Pin se iluminaba por esta aparición, Stafford empalideció y con movimientos nerviosos se secó los restos de sopa de la cara con un pañuelo de lino. Se apresuró a decir:

—Nada por qué alterarse, compañero. Sólo una sirvienta.

Royce entrecerró los ojos y dio un paso amenazador hacia Stafford.

—Pero dese cuenta de que es mi sirvienta. Y me opongo enfáticamente a que mis criados tengan que soportar a gente como usted.

—¡Oh, vamos! —mascullló Stafford—. Hace menos de una semana era tan sólo un carterista proveniente de uno de los peores reductos de Londres. Pero para que no me malinterprete, estoy dispuesto a pagarle por ella. —Sonriendo empalagoso, agregó—: Ponga el precio y me la llevaré y ya no tendrá que volver a molestarse por ella.

Los dedos de Royce se cerraron violentamente alrededor de la corbata almidonada de Stafford.

—¡No está en venta! Y si lo vuelvo a encontrar a un kilómetro de ella, tendré un gran placer en descuartizarlo personalmente. —Sacudiendo con fuerza a Stafford, le preguntó amenazador—: ¿He sido claro?

—Mi querido muchacho —dijo Ponteby desde la puerta— has sido claro para todos nosotros. Por favor, ahora suelta a este pobre individuo: estoy seguro de que casi lo matas del susto con tus crudos modales norteamericanos.

Mirando sobre su hombro, Royce se disgustó al ver que los otros entraban en la estancia. Apaciguándose un tanto, soltó a Stafford y, como si no confiara totalmente en sí mismo, se alejó de él un poco. Miró a Pin, que observaba la escena con los ojos grises muy abiertos, y le hizo señas para que se fuera. Con un ondular de faldas azules y blancas, desapareció sin demora.

George apuntó su monóculo hacia donde Pin había desaparecido y murmuró:

—¿La pequeña carterista?

Royce asintió bruscamente con la cabeza, con los puños apretados a los costados.

—¡Este hombre me atacó! ¡Me agredió físicamente! —Tomando coraje con cada segundo que pasaba, Stafford se irguió y exclamó portentosamente—: ¡Tendré que retarlo!

—¡Oh, no, eso no puede ser! —dijo George—. No es posible batirse a duelo por una mera carterista. Por bonita que sea.

—No tengo la menor intención de batirme a duelo con Stafford —dijo Royce con frialdad, avanzando decidido en dirección a Stafford—. Sin embargo, tengo toda la intención de echarlo de mi casa.

Stafford vio la expresión severa de Royce y decidió que lo que correspondía en este caso era batirse en retirada. Se adelantó hasta donde estaba su amigo Wetherly.

—¡Bueno! Esto es el colmo, Martin, vayámonos ahora mismo.

Era difícil decir cuánto había visto o qué pensaba Wetherly de la escena desagradable que acababa de producirse. Sin ninguna expresión en el rostro atezado, sus ojos no revelaban emoción alguna. Con voz prosaica dijo:

—Como quieras. —Wetherly se inclinó levemente en dirección a Royce y dijo con cortesía—: Tenga usted buenas tardes, Manchester. Hemos pasado un rato delicioso.

Chambers apareció de pronto en la puerta, dando señales evidentes, por la expresión cauta, de que se había enterado por Pin de lo sucedido. Royce miró primero al mayordomo y después a Wetherly, y dijo pausadamente:

—Encantado de que se hayan divertido. Chambers les mostrará la salida.

Se produjo un silencio peculiar después de que Chambers escoltó a Wetherly y Stafford fuera del comedor. George lo quebró murmurando:

—Un par de tipos muy desagradables. No puedo imaginarme por qué los invitaste a tu casa.

Secamente Royce comentó:

—No lo hice; simplemente se pegaron, y en el momento parecía que era menos problemático soportarlos que perder el tiempo en librarme de ellos.

George asintió lentamente con la cabeza. Mirando a Atwater, mientras la ansiedad remplazaba su expresión habitualmente adormilada, preguntó:

—¿Cree que habrá muchas habladurías? No me gustaría que Royce tuviera problemas por un montón de tonterías.

Atwater se encogió de hombros.

—Estoy seguro de que no perderán tiempo en contarle lo sucedido al conde, y si éste puede darle la vuelta a la historia para hacer quedar mal a Royce, estoy seguro de que lo hará. Sin embargo, creo que todo este incidente sórdido se desvanecerá.

—Quizá —dijo Newell pensativo—. Sin embargo, me pregunto si hay algún peligro real de que Stafford lleve a cabo su amenaza y rete a Royce a duelo.

Royce bufó desdeñoso.

—¡Caballeros! Aprecio su preocupación, pero no me inquietan individuos como Rufe Stafford. Si quiere desparramar esta poco lucida historia de un extremo a otro de Londres, no me molesta; después de todo, fue a él a quien pescamos haciendo proposiciones a mi criada. Y en cuanto a batirme a duelo con él, está fuera de la cuestión.

—¿Por qué? —preguntó George con interés.

—¿Stafford se distingue especialmente por su habilidad con la espada o la pistola? —preguntó Royce en tono paciente.

George negó con la cabeza y Royce continuó:

—¿Y dirían ustedes que mi pericia con ambas armas es insignificante?

George recordó la cantidad de blancos que Royce había perforado sin esfuerzo una mañana de la semana anterior en la Galería de Tiro de Manton, así como su gracia letal en el manejo del estoque y se desvaneció su expresión de ansiedad, a la vez que sonreía tímidamente.

—¡Me había olvidado! —dijo sin ninguna vergüenza—. Tienes razón: no sería justo que te batieras con él.

Los cuatro caballeros siguieron charlando unos minutos más y después Ponteby, Atwater y Newell se despidieron de Royce partiendo hacia sus respectivas casas, para cambiarse de ropas para las diversiones nocturnas que tenían programadas. Cerrando la puerta con firmeza tras de sí, Royce vaciló un momento en el vestíbulo elegante, pensando en la escena con Pin.

¿Había sido mera coincidencia, se preguntaba inquieto, que Wetherly y Stafford se pegaran a él y sus amigos esa tarde? ¿O había sido deliberado? ¿Y había sido un mero accidente que Stafford encontrara a Pin sola en el comedor, o Stafford la había buscado adrede? Con cara severa, Royce miraba sin ver la escalera que llevaba a la planta superior. ¿Es que el tuerto había decidido tomar otro rumbo? ¿Es que Stafford podía estar actuando bajo sus indicaciones? Stafford había intentado sacar a Pin de la casa, primero con una sugerencia impropia y después ofreciendo comprarla... No sólo eran ladrones nocturnos los que amenazaban la seguridad de Pin. Deseando asegurarse de que no había sufrido ningún daño de manos de Stafford, fue en su busca.

Cuando Pin huyó de la odiosa escena del comedor, estaba demasiado enojada con Stafford y demasiado aliviada por la interferencia oportuna de Royce, como para pensar con claridad. Frotándose furiosamente la boca con el dorso de la mano, como si intentara deshacerse del inmundo sabor del beso de Stafford, se precipitó dentro de la cocina e, ignorando las miradas interesadas de los demás criados, habló en tono bajo con Chambers, informándole concisamente acerca de lo que había sucedido. La exclamación escandalizada de Chambers y su rauda salida de la cocina habían despertado curiosidad, pero cuando resultó evidente que Pin no les iba a contar lo que le había dicho a Chambers, volvieron a atender a lo que estaban haciendo antes de su súbita entrada en la cocina.

Sin embargo, Ivy le lanzó una mirada inquisitiva, y Pin se acercó a su lado, junto a la enorme cocina negra donde estaba preparando una salsa de limón y coñac para el flan del día siguiente. Por lo bajo, Pin le relató rápidamente lo que le había dicho a Chambers. Cuando terminó de hablar, Ivy la miró fijamente y le preguntó preocupada.

—¿Estás bien? ¿El caballero no te lastimó?

Pin le dirigió una breve sonrisa.

—Creo que tendría que compadecerse de él: fue él el que recibió una lluvia de sopa caliente sobre la cabeza.

Ivy frunció el entrecejo.

—Sólo espero que no te culpen a ti por lo que pasó. ¡Los ricos pueden ser tan tontos a veces!

Pin estaba a punto de preguntarle qué quería decir con eso, pero Ivy la despidió diciéndole vivazmente:

—Bueno, no hay nada que hacer y, por el momento, creo que te mantendré ocupada en la cocina. Ve a ayudar a Alice en el lavadero.

Sólo entonces, mientras ayudaba a Alice a lavar y secar los platos y ollas sucias, tuvo tiempo Pin de pensar realmente en lo ocurrido en el comedor.

No había sentido miedo cuando vio entrar en la estancia a uno de los caballeros, aunque estaba un poco nerviosa. Hacía poco tiempo que era criada y ésta sería la primera vez que pondría en práctica todas las lecciones que le habían dado los demás criados durante los últimos días. Pero había algo acerca de ese caballero, algo sobre la manera furtiva en que entró a la habitación y la expresión complacida que de pronto le iluminó el rostro cuando la vio, que la intranquilizó. Diciéndose que había vivido entre ladrones demasiado tiempo, le preguntó con una sonrisa:

—¿Puedo ayudarlo, señor? ¿Puedo traerle algo?

El caballero llevaba ropas caras, una corbata tan blanca y almidonada como las que usaban Royce y Zachary, y el corte de su chaqueta era la de un sastre impecable, y sin embargo, había algo en él que seguía inquietando a Pin. La sonrisa era demasiado untuosa, el brillo de los ojos pardos un poco demasiado pronunciado, y el tono de su voz... Había tanta complacencia, tanto significado sórdido en su tono, cuando le dijo:

—¡Oh, estoy seguro de que hay varias formas en que me puedes ayudar, mi querida! —Pin se había puesto en guardia al instante.

Cuando le hizo sus proposiciones, cuando comprendió el significado de esa oferta vulgar, la primera reacción de Pin fue de asombro. De hecho, estaba tan pasmada por la idea de que este total extraño pudiera suponer siquiera que a ella podían agradarle sus atenciones, que casi se rio. Pero cuando la tomó del brazo y repitió su sugerencia, las ganas de reír se desvanecieron de inmediato. Y no tuvo ningunas ganas de reír cuando apretó su boca húmeda contra la de ella.

Aun ahora, ¡se le revolvía el estómago de sólo pensarlo!. Ni siquiera el recuerdo de esa cara cuando le dio vuelta la sopera en la cabeza y cuando usó la rodilla para enfatizar aún más su desagrado por esa conducta, lograban ahuyentar la sensación de que la habían ensuciado de algún modo indefinible. El beso había sido horrible y se estremeció levemente. ¡Pensar que ese hombre realmente había pensado que se sentiría halagada por sus atenciones!

Depositando el plato sobre la mesada cercana, tomó otro mientras sus pensamientos iban hacia Royce y la rara excitación que sintió cuando oyó su voz y lo vio precipitarse dentro de la estancia. Una sonrisa soñadora curvó sus labios. ¡Había estado magnífico! Los ojos de tigre llenos de furia, el rostro magro y duro airado y decidido, y el aura de peligro que irradiaba de su cuerpo poderoso, le habían cortado el aliento a Pin. Ahora, si hubiera sido él quien la besara... Un rubor subió a sus mejillas y casi enojada secó el plato que tenía en la mano. ¡Qué tonta era! Con pensamientos como ésos, terminaría siguiendo irrevocablemente los pasos de su madre, y para Pin, la idea de venderse al primer caballero que se sintiera atraído por ella era absolutamente repugnante.

Esto no significaba que condenara a su madre, de ninguna manera. Jane vivió su vida como le pareció y Pin sería la última en juzgarla, pero aunque hacía mucho tiempo que Pin se había reconciliado con la forma de vida de su madre, eso no significaba que quisiera vivir del mismo modo. Sus labios se curvaron en una mueca reticente. Era en verdad raro que ninguno de los hijos de Jane tuviera especial interés en continuar con la vida que su madre les había mostrado. Jacko quería ser granjero, y Ben, bueno, a Ben siempre le fascinaron los caballos, y Pin sospechaba que si se le daba media oportunidad, estaría encantado de poder hacer cualquier cosa que le permitiera moverse entre los relucientes cuadrúpedos que tanto admiraba.

Y en cuanto a ella... Frunció el entrecejo. ¿Ella qué quería de la vida? Por el momento se conformaba con escapar definitivamente del tuerto. ¿Y después? Con cara pensativa y ausente, tomó otro plato. St. Giles no fomentaba las ilusiones, pero si Pin abrigaba algún sueño, era el de la respetabilidad. No sabía cómo lograrlo, pero si alguna vez tenía la oportunidad de dejar atrás su pasado mísero, de vivir como las personas normales, se abalanzaría sobre ella. En el fondo de su corazón ambicionaba la vida convencional de Chambers e Ivy, casi les envidiaba su imperturbable respetabilidad. Como había estado muy ocupada viviendo de su propio ingenio, en su cabeza jamás había entrado un solo pensamiento sobre el amor y el matrimonio, pero, de pronto, se encontró deseando desesperadamente que en alguna parte hubiera un hombre respetable y bueno a quien le importara un comino que sus padres no hubieran estado casados o lo que ella había hecho antes de conocerlo. Anhelaba un hombre que la amara por lo que ella podía ser, uno que santificara su unión con el matrimonio y le permitiera experimentar toda la plácida domesticidad que hasta ahora le había sido negada. Una sonrisa se dibujó en su rostro. Bueno, tal vez no demasiado plácida. Volvió a la realidad, dándose cuenta de la futilidad de sus sueños. Tendría que contentarse con el sueño de Jacko de ir a América. Pero si lograban lo imposible y se las arreglaban para llegar a América, ¿sería verdaderamente feliz trabajando en una granja con sus hermanos por el resto de su vida?

Si tuvieran una granja, Jacko sería feliz, y si en la granja había caballos, entonces Ben sería feliz, pero ¿y ella? Sí, lo sería, reconoció débilmente para sus adentros, siempre que esa vida incluyera a un hombre como Royce Manchester. Ese pensamiento se había deslizado tan arteramente en su mente, que no había podido reprimirlo, y se atragantó con su propia audacia. ¿Quién era ella para pensar que alguien tan rico y con relaciones tan respetables, alguien tan sofisticado como Royce Manchester, estaría dispuesto alguna vez a ofrecerle a alguien como ella algo más que compartir temporalmente su cama?

Pin no se hacía ilusiones. Los hombres como Royce sólo tenían un uso para las mujeres como ella, y ése era el de amantes. ¿Eso era lo que había pasado con su madre? Se preguntó dolorosamente. ¿Habría encontrado su madre a un hombre al que quiso bajo cualquier circunstancia, y cuando ese hombre terminó con ella, quedó tan destrozada, tan devastada, que no le había importado lo que le pasara después? Pin se sintió atemorizada y enojada por pensar que su enamoramiento por Royce Manchester podía hacerla caer en la misma trampa que su madre, hacerla caer y terminar sus días del mismo modo lastimoso. Inspiró profundo. ¡Ella no iba a permitir que le pasara eso! Y basta de fantasías tontas, se prometió con severidad. ¡Basta!

Fue muy desafortunado para su paz mental que Chambers se presentara en la puerta del lavadero, justo en ese momento, y le dijera suavemente:

—Pin, el patrón quiere verte en la biblioteca.

10

Los ojos de Pin estaban enormemente dilatados cuando miraron a Chambers.

—¿Por qué? —preguntó sin aliento. De pronto algo que le había dicho Ivy más temprano adquirió gran significado y estalló—. No está enojado conmigo, ¿verdad? No creerá que fue mi culpa, ¿no?

Chambers solamente pudo encogerse significativamente de hombros.

—En realidad no lo sé, mi querida. Simplemente requirió tu presencia.

—Oh —dijo sin expresión, segura de que se iba a encontrar con un hombre muy enojado. Abandonando la seguridad de la cocina, hizo una mueca. ¿Qué importaba? Cada vez que estaba cerca de él desaparecían todas sus buenas intenciones de hablar con educación. Si no estaba enojado, pensó sobriamente, con seguridad lo estaría en cuanto ella abriera la boca unas pocas veces y hablara sin pensar. No debería importarle que estuviera enojado con ella, pero le importaba bastante y exhaló un suspiro. Si por lo menos no fuera tan intrigante o tan apuesto, pensó melancólica. ¡Y si la sola idea de verlo no le hiciera latir el corazón de ese modo tan alarmante!

Enojada consigo misma y un poquito resentida por el poder que Royce parecía tener sobre sus emociones descarriadas, con muy poco entusiasmo Pin se encaminó hacia la biblioteca. Recordándose nuevamente el destino de su madre, con un gesto decidido en la boca, golpeó la puerta y, por indicación de Royce entró.

De todas las habitaciones de la casa, ésta era la favorita de Pin. Era larga y angosta, con una amplia chimenea en un extremo. Las paredes estaban cubiertas, del techo al suelo, con libros encuadernados de cuero de diversos matices, y una hilera de altas ventanas daba a una diminuta rosaleda en los fondos de la casa. Una mullida alfombra Axminster de vivos colores cubría parte de los lustrosos suelos de madera frente al hogar, y varios sillones de cuero rojo, un sofá de damasco negro y algunas mesitas de finas maderas orientales estaban distribuidos sobre el área alfombrada.

No obstante, hoy el deleite que encontraba Pin en esta habitación quedaba menguado, y manteniendo los ojos deliberadamente bajos, sin querer permitirse siquiera mirar a Royce, cruzó la habitación a paso vivo hasta detenerse delante de él, que estaba sentado frente al hogar.

—¿Quería usted verme, señor? —preguntó envarada.

Royce dejó correr su mirada por la figura esbelta, pensando, y no por primera vez, que realmente necesitaba alguna otra prenda, además de ese vestido viejo de la cocinera. No es que no estuviera encantadora con el algodón azul y blanco desteñido, sino que Royce se preguntaba simplemente cómo se vería envuelta en finas muselinas y sedas ligeras o... sin nada en absoluto.

Azorado por las imágenes positivamente indecentes que se sucedían en su cerebro, se obligó a volver al tema en cuestión y a la extraordinaria reacción que había tenido hacía un rato ante el cuadro que encontró en el comedor.

Royce jamás había experimentado las emociones salvajes que estallaron dentro de él al ver a Pin en brazos de Stafford. Se había sentido furioso, ultrajado porque otro hombre se atrevía a tocarla... a tocarla en formas con las que él tan sólo había llegado a soñar. Y se había espantado al darse cuenta de que, junto con esa furia y esa violencia, se mezclaba una poderosa sensación de posesión: Pin era suya, y sólo él tenía derecho a saborear esa boca de forma provocativa. Sólo mediante un enorme ejercicio de voluntad había sido capaz de no ponerle las manos encima a Stafford, y ni siquiera el evidente disgusto de Pin por la situación y su posterior represalia contra Stafford habían logrado aplacar el implacable deseo de Royce de castigar duramente al otro hombre. El mero recuerdo de las manos de Stafford sobre Pin le hacía perder los estribos y con voz más dura de lo que hubiera querido, dijo:

—Quería hablarte de lo que ocurrió esta noche. Explícame, por favor, qué sucedió antes de que yo entrara en la habitación.

Reaccionando ante el tono de voz, Pin se tensó enojada, y con el sonido desagradable de las palabras de Ivy en su mente, le respondió con rigidez:

—No hay nada que explicar: estaba limpiando la mesa cuando ese individuo entró y me agarró. Usted vio el resto. —Fijó la vista en las botas relucientes de Royce—. ¿Me puedo ir ahora? Tengo cosas que hacer en la cocina.

—¡No, maldición, no te puedes ir! —Explotó Royce, inexplicablemente enfurecido por las palabras y los modales de ella—. ¿Qué demonios te pasa? ¡No fui yo quien te atacó!

Sintiéndose culpable por la verdad que reflejaban esas palabras, Pin reprimió las excusas que pugnaban por salir de sus labios. Severamente se recordó para sus adentros que era mucho mejor que él pensara que era una desagradecida y malhumorada, antes que mostrarse agradable con ella. Si estaba enojada, podía mantener la distancia, pero de otro modo... De otro modo, reconoció desdichada, lo encontraba demasiado atractivo. Inspirando profundamente, le preguntó sin expresión:

—¿Eso es todo, señor?

Resistiendo el deseo de sacudirla hasta atontarla, Royce controló su carácter y se obligó a actuar con su calma habitual. Sin embargo, incapaz de refrenarse y no tocarla, extendió la mano y con suavidad le levantó la cara. Los ojos apremiantes se hundieron en los de Pin.

—¿Estás bien? —le preguntó mansamente—. ¿No te lastimó para nada?

Con ese contacto, por leve que fuera, Pin sintió un extraño temblor en la boca del estómago, e inerme lo miró.

—Estoy bien, no me lastimó.

Inconscientemente, los dedos de Royce le acariciaban la piel suave de la mandíbula. La mirada de Royce recorría sus rasgos con indisimulado placer, sin perder un detalle, desde el cabello negro y rizado que enmarcaba su rostro, hasta los ojos gris humo y la plenitud de la boca rosada. Con los ojos fijos en el labio inferior de ella, reconoció en voz baja:

—Mejor para él que hayas dicho eso... De otro modo, creo que lo mataría.

Pin quería alejarse, él estaba demasiado cerca para la paz de su espíritu, con el cuerpo imponente casi tocándola, pero parecía que no podía obligarse a moverse. Era intolerablemente consciente de ese cuerpo firme, musculoso, apenas a unos centímetros de ella, dolorosamente consciente del sordo rumor de su sangre que crecía con cada segundo, mientras él la seguía mirando. Hipnotizada por el movimiento rítmico de esos dedos sobre su piel, lo observaba muda, conociendo el peligro de esta súbita intimidad, pero incapaz de separarse de él. Pasaban los minutos y, sintiendo que se requería una respuesta, dijo con voz ronca:

—Entonces me alegro de tranquilizarlo; no quisiera tener esa muerte sobre mi conciencia.

Royce también se daba cuenta de los riesgos inherentes a la situación, pero, igual que Pin, parecía incapaz de romper el hechizo. Debajo de sus dedos, la piel era cálida y sedosa, y esa boca dulce, esa boca dulce que embrujaba sus sueños sin cesar desde hacía días, estaba tan tentadoramente cerca. Advirtiéndose que sería a la vez deshonroso y galante ceder al deseo creciente de saborear esa boca, de apretar ese cuerpo delgado contra el suyo, Royce noblemente trató de concentrar sus pensamientos en otra cosa que no fueran los encantos incitantes de Pin, y casi con desesperación, echó mano a cualquier otro tema. Sin embargo, no se alejó de ella ni detuvo el movimiento suave, casi como una pluma, de los dedos que delineaban su mejilla, cuando murmuró:

—¿Has sabido algo de tus hermanos?

Pin pestañeó, tan perdida estaba en el dulce hechizo de los dedos que la acariciaban con levedad, que le llevó un segundo registrar sus palabras. Ordenando sus embrollados pensamientos, respondió:

—No, no he sabido nada. —Y preguntó—: ¿Usted los volvió a ver?

Royce frunció levemente el entrecejo.

—No, pero no creo que eso sea motivo de alarma, ¿no?

Pin negó con la cabeza.

—Saben que estoy a salvo, y no querrían que el tuerto se enterara de que andan rondando por la vecindad. Sin embargo, sospecho que sabremos algo de ellos dentro de poco tiempo. —Sonrió—. Aunque tengan que robarle para hacerme llegar un mensaje.

Royce sonrió ante estas palabras. No había necesidad de prolongar la conversación entre ellos, pero descubrió que se resistía a ponerle fin. Agarrándose de lo primero que se le cruzó por la mente, preguntó:

—¿Cómo te está yendo bajo la tutela de Chambers?

—Bueno, no he roto nada todavía, y él dice que aprendo rápido —respondió secamente.

Royce sonrió.

—Debo decirte que Chambers está absolutamente asombrado por lo rápido que has logrado dejar de lado tu, eehhmm, tu pintoresca forma de hablar. Todos los días me cuenta lo mucho que has mejorado.

Pin rio, con un destello en los ojos grises.

—Bueno, usted me dijo que abandonara el acento —replicó modosa.

La sonrisa de Royce se borró y con voz súbitamente enronquecida, murmuró:

—¿Y siempre estarás tan dispuesta a obedecerme?

A Pin de pronto se le secó la boca, el corazón le batía en el pecho, al reaparecer sin advertencia la calidad peligrosamente seductora de la situación. Con los ojos grises fijos en los de él, se encontró diciendo sin aliento:

—No sé... creo que dependería de lo que... me pidiera.

Ninguno de los dos parecía capaz de quebrar el embrujo sensual que se tejía tan insidiosamente a su alrededor. Con voz más profunda, Royce murmuró:

—Me pregunto qué harías si te hiciera la clase de oferta que te presentó Stafford. —Con una mano acariciándole el rostro, la otra se movió hasta tomar la nuca oscura, mientras los dedos se enroscaban seductores en los rizos negros—. ¡Me pregunto si reaccionarías del mismo modo!

El corazón de Pin casi se detuvo al oír estas palabras, y una excitación lenta y traicionera se deslizó por su cuerpo delgado. «Esto es una locura», pensó con vehemencia con una parte de su cerebro;

debo escapar, y sin embargo... y sin embargo una parte de ella encontraba que el momento era demasiado misterioso, demasiado hipnótico como para apartarse. Con los ojos dilatados, los labios inconscientemente invitadores, Pin miraba absorta los rasgos cetrinos. Con una voz ronca que no parecía la suya, preguntó temeraria:

—¿Me está diciendo que quiere que sea su amante?

—Lo que digo —admitió Royce sin tapujos— es que me estás volviendo loco y que si no te beso, creo que terminaré enloqueciendo por completo.

Sin darle oportunidad para responder, como si no pudiera soportar ya más, Royce estrujó la figura esbelta contra sí, buscándole la boca con labios hambrientos. Su boca era firme y ansiosa contra la de Pin, el beso exigente e insistente mientras los labios de él se movían sensualmente sobre los de Pin. Éste no era el beso inocente de un primer amor, era el beso de un hombre, un hombre cuyos deseos habían estado reprimidos demasiado tiempo, y la respuesta ferviente y virginal de Pin no era lo que buscaba. Contra su boca azorada, murmuró:

—¡Santo Dios, abre la boca para mí! Déjame... necesito...

Pero Royce, impulsado por el deseo casi frenético de besarla plenamente, de poseer esa boca, no pudo esperar a que le obedeciera. No había terminado de pronunciar esas palabras, cuando sus dedos la tomaron por la barbilla y empujaron hacia abajo con suavidad, forzándola a abrir los labios apenas. Era todo lo que Royce necesitaba, y con un suspiro mezcla de gruñido, tomó lo que se le ofrecía tan desvalidamente, hundiendo la lengua en la boca de ella.

Por un momento Pin se deshizo en el beso, y después la asaltó el pensamiento aterrador de a dónde los conduciría esto, y la recorrió como un frío. De aquí había un solo paso para convertirse en su amante, su juguete, y todavía le quedaba apenas la cordura suficiente para resistirse. Empujándole frenéticamente los hombros, separó su boca del placer embriagador de su beso.

—¡No lo haga!

Tomado por el deseo más intenso que hubiera sentido en toda su vida, Royce murmuró aturdido:

—¿Qué? ¿Que no te bese? ¿Que no te tenga así en mis brazos? Me pides lo imposible, mi vida.

Acariciándola suavemente con los labios en las sienes y las mejillas, Pin sentía el aliento cálido y excitante en su carne, y se dio cuenta de que sus defensas se derrumbaban. Es tan sólo un beso, se dijo con fiereza. Seguramente podía permitirse el placer de ese beso sin perder la cabeza por completo... ¡sólo por esta vez!

Levantó la vista, el pulso golpeándole violentamente en todo el cuerpo al ver la expresión de sus ojos, y cuando la boca de Royce tocó la de ella, estuvo perdida. Hundiéndose en la exigencia explícita y hambrienta, Pin no podía negarle nada, recibiendo en su boca esa lengua penetrante, subiendo los brazos para acercarlo aún más a ella, apretando los dedos inconscientemente contra la espalda ancha, mientras su cuerpo joven y excitado se oprimía ansioso contra el de él. Olvidada de cualquier otra cosa que no fuera el cuerpo de Royce y el placer inenarrable de estar entre sus brazos experimentando la pasión arrolladora de su beso, Pin no podía ni pensar, sólo podía sentir. Sentir la fortaleza y calidez de su cuerpo contra el de ella, y sentir el contacto erótico de su lengua diestra, que exploraba completa y apasionadamente los dulces confines de su boca.

Mientras Royce seguía besándola tan hambriento, sujetándole la cabeza con una mano, la otra se deslizaba decidida por su espalda, hasta tomar sus nalgas y acercarla más a su cuerpo, Pin nebulosamente se daba cuenta de que su cuerpo estaba reaccionando con voluntad propia y que se movía dentro de ese abrazo, frotándose inconscientemente contra él. Sentía que los pechos se le atirantaban debajo del vestido y tuvo el deseo loco de desnudarlos para sus ojos... y sus manos. Se estremeció ante la imagen de Royce tocando sus senos desnudos y de pronto sintió dolorosamente una pulsación insistente entre las piernas. La dulce sensación de la mano de Royce acariciándole las caderas era innegablemente excitante, pero no más que el empuje agresivo del miembro endurecido entre sus cuerpos apretados. Aun a través de las ropas, Pin sentía el violento deseo de Royce, su calor y su tamaño, enardeciéndola todavía más mientras la mantenía quieta y deliberadamente la aplastaba contra sí.

Pero pronto el beso fue insuficiente, y con impaciencia Royce levantó las faldas del vestido y afanosamente deslizó la mano debajo de las bragas para acariciar y explorar la suave piel de las nalgas, apretando y amasando con suavidad la carne firme que encontró allí. Pin se ahogó con la sensación de esa mano contra su piel desnuda, mientras un destello de placer indisimulado la recorría. Pin ardía, su cuerpo temblaba y ansiaba su plenitud, y un gemido de placer salió de su boca cuando la mano que la acariciaba se deslizó lentamente entre sus cuerpos entrelazados.

La mano de Royce tembló al explorar el vientre suave, los dedos impacientes por llegar más abajo, por hundirse en la profundidad de la carne caliente de Pin, por incitarla y prepararla para poseerla. Estaba tan dolorosamente excitado, tan inflamado y listo para tomarla que apenas logró evitar tirarla sobre el suelo y satisfacer su deseo en ese mismo instante. Nunca había sentido nada parecido a ese deseo violento y ciego que lo consumía en ese momento. La boca de Pin era tan dulce, su respuesta franca era embriagadora como el vino, y Royce sabía que estaba muy próximo a perder totalmente el control.

El contacto íntimo de la mano en su vientre trajo a Pin de vuelta a la dolorosa realidad, y cuando, mortificada, se dio cuenta de lo cerca que estaba de olvidar la penosa vida de Jane y su propio juramento de escapar a ese destino, empezó a debatirse entre los brazos de Royce. Debía estar loca para dejar que las cosas llegaran a ese punto, loca para pensar que un beso podría satisfacer a un hombre como Royce Manchester.

Él no la soltó de inmediato; todavía estaba demasiado excitado para darse cuenta siquiera de que ella ya no compartía el dulce éxtasis. Cuando Pin apartó su boca y tomó firmemente entre sus dedos la mano indiscreta intentando detener sus movimientos, alzó la cabeza y la miró incrédulo.

Enojada con él por ser tan condenadamente atractivo, furiosa consigo misma por no ser capaz de resistir su atracción, Pin lo fulminó con la mirada.

—¡Deténgase! ¡Quíteme las manos de encima! Mi madre pudo haber sido una prostituta, pero yo no lo soy. —La impulsaba la furia, y el miedo la obligaba a poner entre ambos la mayor distancia posible—. Podré ser su sirvienta y usted puede haberme ofrecido refugio para protegerme del tuerto, pero no tengo intención de cambiar un proxeneta por otro.

Las palabras de Pin eran feas, pero había algo de verdad en ellas y las facciones de Royce se congelaron. Ninguna mujer le había hecho perder el control de esa manera, jamás. ¡Y por cierto que nunca antes se había sentido consumido de deseo por una de sus criadas! Estaba consternado por sus propios actos y las palabras de Pin le llegaron hondo, castigándolo sin misericordia. Pero enfurecido por su propia reacción con ella, odiándola por el deseo penosamente insatisfecho que todavía ardía dentro de él, gruñó:

—Como te has hecho entender con insultante claridad, ¡te sugiero que te vayas! Vuelve a la cocina, donde perteneces. —Y con una mirada tormentosa, agregó—: ¡Por tu cordura y la mía, por Dios, vete y quédate allí!

Pin salió huyendo de la estancia. Segura de que si los otros criados veían su cara sabrían lo que había ocurrido, con un sollozo, casi corrió hasta la escalera de servicio y hacia su habitación.

Agradecida por no haberse topado con nadie en el camino, se tambaleó entrando en el cuarto y se arrojó sobre la cama. Le dolía el cuerpo por la pasión insaciada, los pechos todavía estaban hinchados y la dulce pulsación entre las piernas no cedía. Horrorizada por lo cerca que había estado de entregarse a Royce, miró estúpidamente el cielo raso, mientras lágrimas de vergüenza y desesperación le corrían por las mejillas.

«Me hubiera entregado a él —pensó, descompuesta—. Le hubiera permitido tomarme allí en el suelo y no hubiera hecho ni un solo ademán para detenerlo...».

Enojada y atemorizada por su conducta, rodó sobre su estómago y hundió la cara en la almohada. Era una tonta. ¿Se consideraba tan poca cosa que se permitiría convertirse en su juguete? ¿Realmente quería seguir los pasos de su madre? Se estremeció. ¡No! ¿Pero podía confiar en que se mantendría inmune a los encantos de Royce? ¿Podría seguir resistiéndose a él si persistía en ese ataque sensual sobre sus emociones?

Por un momento alocado pensó en huir. Escapar de él lo más rápido y lo más lejos posible. Pero le subió una risa amarga a la garganta. ¡Y correr directamente a las manos del tuerto! Miserablemente se daba cuenta de que si abandonaba la relativa protección de la casa de Royce, estaría alejándose de toda posible seguridad. Royce era el único capaz de interponerse entre ella y los repugnantes planes del tuerto. Sus hermanos tratarían de protegerla, ¿pero qué podían hacer contra el tuerto? Jacko ya estaba firmemente atrapado entre sus redes, y era precisamente el aprieto en que estaba Jacko el arma tremenda que esgrimía el tuerto contra ella. No era un pensamiento agradable. Pero entonces, tampoco lo era convertirse en la amante de Royce...

¿Sería tan espantoso?, se preguntó desdichada. ¿Tan espantoso que él la cuidara, permitirle que le pusiera una casa elegante, que le comprara ropas hermosas, pero por encima de todo, tenerlo en sus brazos y en su cama? ¿Sería realmente un destino peor que la muerte? «No si me amara y si no fuera solamente mi cuerpo lo que quisiera —reconoció con honestidad—. Si me amara profundamente, no podría negarle nada.» Enojada por el tren de sus pensamientos, hizo una mueca ante su propia estupidez y habiéndose desvanecido parte de su turbación, se sentó y observó detenidamente su pequeña habitación. La vida había sido tan simple hasta menos de una semana atrás. Bueno, no exactamente simple, se confesó con justicia al recordar el miedo que sentía por el tuerto. Pero por lo menos le era conocida. Por lo menos entonces conocía al enemigo, pero ahora...

«Ahora yo soy mi propio enemigo —pensó con severidad—. Mi propio enemigo y tan parecida a mi madre que me asusta.» Sobriamente consideró la posibilidad de que, tal vez sin saberlo, había incitado de alguna manera el odioso incidente del comedor. ¿Por qué otro motivo iba a aparecer un completo extraño delante de ella para sugerirle que tal vez podría gustarle ser su amante?

Por largo rato pensó acerca del incidente, y cuanto más lo pensaba, más segura estaba de que el ofrecimiento de ese hombre no había sido provocado por nada que ella hubiera hecho. «Me estaba buscando —decidió súbitamente—. Me estaba buscando. Y el ofrecimiento, si lo hubiera aceptado, era simplemente una excusa para sacarme de esta casa. Además —recordó inquieta—, hasta le ofreció a Royce comprarme.» Un escalofrío le recorrió la médula. ¡El tuerto! Él tenía que estar detrás de eso.

Royce ya había llegado a la misma conclusión, pero en ese momento estaba demasiado ocupado como para especular acerca de las maquinaciones del tuerto, maldiciéndose por ser un salvaje sin principios, poco apto y poco confiable para relacionarse con ninguna mujer que no fuera prostituta o de cascos ligeros. Estaba consternado por lo que casi había sucedido entre Pin y él en la biblioteca, y enfurecido porque sabía que, en las mismas circunstancias, ¡podría pasar lo mismo! ¡Iba a pasar lo mismo! «Y la próxima vez —pensó agriamente—, quién demonios sabe si podré detenerme.»

¿Qué diablos había en la joven Pin que casi lo había hecho abandonar los principios de toda una vida? Supuestamente debía protegerla, no seducirla, se recordó furibundo. Y si éste no era motivo suficiente, haría bien en recordar que, por lo menos temporalmente, era su criada, y él nunca se entretenía con las criadas: ¡propias o ajenas! Su conducta con Pin lo tenía genuinamente horrorizado. Horrorizado pero, desgraciadamente, no arrepentido. Incluso mientras se reprochaba y se maldecía a sí mismo, no podía desterrar de su mente el sabor dulce de la boca de Pin, ni la excitante suavidad de su piel, la provocativa sedosidad de sus nalgas firmes y redondas. Parado allí en la biblioteca, el recuerdo lo invadió como una ola cálida, y casi volvía a sentir el cuerpo dócil entre sus brazos, volvía a sentirla moviéndose sensualmente contra él, volvía a sentir la exquisita textura de su boca y su lengua mientras la besaba...

Totalmente disgustado consigo mismo, frunció el entrecejo mientras miraba sin ver el resto de la habitación. Y lo que más le disgustaba era la infausta certeza de que el hecho se repetiría... Después de tenerla una vez en sus brazos, se conocía demasiado bien como para engañarse y pensar que, con recta moralidad, la apartaría de sí. No lo haría, y lo sabía. Deseaba a Pin, y con renuencia pero con franqueza, reconoció que la iba a tener....

11

Negándose a seguir cavilando sobre el fastidioso problema de Pin, Royce deliberadamente orientó sus pensamientos hacia algo que lo había estado molestando en el fondo de la mente. Le parecía raro no haber tenido más noticias de los hermanos Fowler, y si bien no estaba exactamente preocupado por ellos, se preguntaba si estarían bien. Tardíamente se había dado cuenta de que debería haber hecho algún tipo de arreglo con ellos para mantenerse en contacto, aunque tan sólo fuera para casos de emergencia. Royce apretó los labios. Pin no sólo estaba poniendo su mundo patas arriba, sino que además, aparentemente le estaba sorbiendo el seso.

Ya que quería poner algo de distancia entre él y Pin, decidido a hacer algunas averiguaciones muy discretas sobre los Fowler, salió de la casa sin una dirección clara, después de hablar brevemente con Chambers.

Como pasear solo por Londres después del anochecer era peligroso en el mejor de los casos, Royce no había avanzado mucho antes de darse cuenta de su propia locura. Irritado por esta nueva prueba de que en los últimos días no pensaba con claridad, se detuvo abruptamente cerca de la luz mortecina de un faro de gas. Estaba a punto de girar sobre sus talones para regresar a casa, cuando se quedó rígido al oír un ruido furtivo en la oscuridad de un callejón angosto que salía a su izquierda. Seguro de que era un ladrón dispuesto a asaltarlo, se maldijo para sus adentros y apretó una mano alrededor del bastón elegante, mientras tanteaba con cuidado buscando la pequeña pistola que siempre llevaba encima.

Esperando poder evitar cualquier derramamiento de sangre, dijo en voz alta:

—¿Quién está ahí?

—¡Maldición! ¡Cierre el pico! —siseó Jacko desde su escondrijo en el callejón—. ¿Quiere que todo el mundo se entere de que estamos aquí?

Royce se sintió inmediatamente aliviado. Con una sonrisa torcida en los labios, clavó los ojos en el fulgor apagado del farol y murmuró:

—Podríais haber elegido una forma algo más ortodoxa para encontrarnos, pero permitidme deciros que me complace oíros. ¿Estáis bien? ¿Los dos?

Ben se rio por lo bajo.

—Seguro, jefe, salvo por algunos cortecitos y moretones, estamos de lo mejor. —Después de una pausa, agregó con un asomo de censura—: Usted es bastante difícil de encontrar a solas. Estuvimos vigilando la casa los últimos cinco días suponiendo que tarde o temprano saldría solo y podríamos hablar. No podíamos creer en nuestra propia suerte cuando salió esta noche.

Royce sabía que no podía quedarse allí más tiempo sin despertar sospechas.

—¿Hay algún lugar donde nos podamos reunir sin peligro? —preguntó quedamente.

—Bueno, yo esperaba que a usted se le ocurriera algún lugar —replicó Jacko con franqueza.

Sin dejar traslucir que había una conversación en curso, golpeando ociosamente el bastón contra la punta de sus botas, Royce frunció el entrecejo por un momento, hasta que se le ocurrió una idea.

—Tengo una amante a quien le puse una casita muy agradable tres puertas más allá de la Posada de Searjent, en Chancery Lane. Podríamos ir allí.

—¿La fulana no va a *chillá*? —preguntó Ben con cautela, retomando el lenguaje de los bajos fondos en ese momento de tensión.

—Ehhmm, si lo que queréis saber es si no va a hablar, creo que me puedo asegurar de eso —contestó Royce. Miró hacia ambos lados de la calle antes de agregar—: Y creo que deberíamos poner fin a esta charla. Os espero allí dentro de una hora. Así tendré tiempo para asegurarme de que Della no está en la casa o de que sabrá mantener la boca cerrada.

—Una hora —repitió Jacko antes de desaparecer junto con Ben. Al instante Royce regresó a su casa, y ordenó que le trajeran su coche y unos pocos minutos más tarde, lo conducía con elegancia hacia la casa de su amante. No sentía el menor remordimiento por usar la casa de Della para encontrarse con Jacko y Ben. Después de todo, él era quien pagaba y, además, Della le parecía una joven singularmente poco curiosa y muy complaciente. Mientras estuviera cómoda, demostraba poco interés por lo que no la afectara a ella. Y si lo estaban vigilando, no despertaría ninguna sospecha por visitar a su amante, fuera la hora que fuera.

Con agilidad, ascendió los dos escalones que conducían a la casa. Irritado y algo resentido por la forma en que esa mujercita llamada Pin estaba trastornando el orden de su vida, Royce entró. No se sorprendió al encontrar a Della en casa: después de todo, él la mantenía para su placer.

Aunque no era tarde, Della ya se había acostado y dejando el sombrero y el bastón en manos de la doncella, Royce subió las escaleras hacia el dormitorio ricamente amueblado. Al entrar, Royce encontró a Della recostada en la amplia cama, con varios mullidos almohadones de satén negro acomodados alrededor de los hombros, mientras hojeaba distraídamente un libro de modas. Estaba vestida —apenas— con un *negligé* transparente de seda verde esmeralda, que dejaba traslucir sus curvas generosas. Indudablemente Della era una hermosa joven, y su cabello espeso y oscuro contribuía a destacar la belleza de sus rasgos y la delicadeza de su piel.

Encantada de verlo, con los ojos castaños cargados de expectativa sensual mientras Royce se aproximaba a la cama, se lanzó sobre él, envolviéndolo entre sus brazos sinuosos y ofreciéndole la boca tentadora. Poco inclinado a resistirse a tan directa invitación, y quizá tratando de probarse a sí mismo que no estaba tan cautivado por Pin como temía, Royce la besó, aunque con bastante menos pasión de lo que Della esperaba. Arrugando la frente, Della le pasó los dedos por el cabello leonado y preguntó con voz ronca:

—¿Te he disgustado?

Sintiéndose decididamente inquieto, Royce la apartó un poco y murmuró:

—No, mi querida, por supuesto que no. Es que esta noche tengo otros temas en mente.

Alzando una ceja perfecta, Della inquirió sin comprender:

—¿Entonces por qué estás aquí?

Royce sonrió. Una de las cosas que le había llamado la atención en Della casi desde el momento de conocerla era que no se andaba con rodeos, y que sabía exactamente cuál era su lugar en la vida. No había nada de gazmoñería ni de fingimiento en Della. Era una cortesana cara y no lo disimulaba. Mientras su protector del momento la mantuviera en la forma que ella quería y no la maltratara, estaba dispuesta a darle su cuerpo y, extrañamente, también su lealtad, y este último rasgo había atraído a Royce tanto como su cuerpo voluptuoso.

Con cierta reticencia, Royce admitió:

—En realidad, no he venido a verte... Simplemente necesitaba un lugar privado donde encontrarme con algunos amigos.

Perdiendo el interés de inmediato, Della dijo:

—¡Oh! —y volvió a recostarse sobre los almohadones de satén. Tomando las láminas de modas, murmuró—: Puedes decirle a Annie que te sirva algo en el salón principal.

Inclinándose, Royce la besó con afecto en la mejilla.

—Creo que tendré que comprarte ese collar de diamantes, después de todo.

Della sonrió complacida por el regalo prometido y, soplándole un beso, volvió a concentrarse en los últimos diseños de trajes.

Silbando bajito, Royce descendió al salón, donde llamó a Annie, la doncella, y le pidió una botella de brandy y algunas copas, y le ordenó que se retirara por el resto de la noche. Por un momento pensó si Annie sería un problema, pero luego recordó que Annie había venido con Della y no creía que tuviera una doncella habladora. De todos modos, se alegró de que el cuarto de Annie estuviera en el ático del cuarto piso y que fuera improbable que pudiera notar algo raro. Razonablemente satisfecho de que todo estaba bien, se sentó en un sillón de terciopelo verde a esperar la llegada de Ben y Jacko.

No tuvo que esperar mucho. No hacía ni diez minutos que Annie se había retirado, cuando se abrió cautelosamente la puerta de la sala y Ben y Jacko se deslizaron dentro de la habitación en silencio.

—Nadie nos vio —comentó Jacko mientras se sentaba en un largo sofá tapizado en damasco ubicado directamente frente a Royce—. Vinimos por atrás, por el callejón.

Eligiendo un sillón como el de Royce, Ben advirtió:

—Yo pondría otro tipo de cerradura en la entrada trasera: no me llevó ni dos segundos abrirla.

Casi al descuido, Royce observó que ambos jóvenes se habían sentado en las sombras, lejos de la luz vacilante del único candelabro encendido, pero refrenando cualquier comentario sobre sus actos, replicó:

—Gracias. —Con una leve sonrisa en los labios, agregó—: Los dos habéis sido tan generosos conmigo al mostrarme el error de mis costumbres. Solamente cuando los Fowler llegaron a mi vida, me di cuenta de que había todo un mundo nuevo que no había explorado.

Ambos jóvenes rieron.

—¡Le apuesto a que lamenta el día en que nos conoció! —respondió Jacko sin dobleces.

—Ehhmm, todavía no —reconoció Royce con sequedad—. Aunque algunos días me pregunto si mi mente desvaría.

Levantándose, Royce se acercó a la mesa de caoba donde Annie había dejado la bandeja de bebidas. Sin preguntar, escanció tres medidas generosas de brandy y estaba a punto de entregarle una a Ben, cuando vio claramente la cara de este.

—¡Mi Dios! —exclamó Royce alarmado—. ¿Qué demonios te ha pasado?

Asaltado por la sospecha, tomó el candelabro y lo sostuvo en alto para que la luz cayera directamente sobre los rostros de los muchachos. Y viendo el daño que habían sufrido, contuvo la respiración.

Cansadamente Jacko dijo:

—¡Baje esa maldita cosa! Le contaremos lo que pasó.

Con la boca apretada por la ira, Royce replicó:

—¡Puedo ver por mí mismo lo que pasó! —pero hizo lo que Jacko le pedía, y sin pronunciar otra palabra, terminó de servir el brandy que había escanciado.

Era evidente que alguien había propinado a ambos jóvenes una bárbara paliza en los últimos días, y Royce sabía bien quién había sido. De nuevo sentado, preguntó con aspereza:

—¿Fue el tuerto? ¿Es que no os creyó?

Ben lanzó una risa desagradable.

—Oh, sí, sí que nos creyó. Lo que usted ve es el resultado de la lección que nos dio para que no fallemos la próxima vez que nos mande a hacerle algún trabajo.

Royce pestañeó. No necesitaba volver a ver las facciones hinchadas y amoratadas; le habían quedado grabadas en el cerebro. Sintiéndose responsable por lo que les había sucedido, Royce notaba que una oleada de enorme furia le crecía dentro, e inconscientemente, cerró los puños. Sólo cinco minutos, pensó con vehemencia, tan sólo cinco minutos a solas con este tuerto y le enseñaré a no desahogar sus rabietas en aquellos que son más débiles que él.

Sabiendo que cualquier demostración de simpatía sería rechazada directamente, Royce bebió un sorbo de brandy. Eligiendo sus palabras con sumo cuidado, preguntó:

—¿Es seguro para vosotros seguir relacionados conmigo?

Ben volvió a reír con amargura.

—¡Recuerde que no tenemos demasiada elección!

—Muy bien —dijo Royce mientras dejaba su copa de brandy—. Permitidme deciros que me he estado ocupando desde la última vez que hablamos.

Sucintamente, Royce les relató todo lo ocurrido desde su primera reunión, rematado por el curioso acontecimiento de esa misma noche con Stafford. Los dos Fowler callaron hasta que Royce terminó de hablar; después de un largo trago de brandy, Jacko dijo:

—Me preguntaba qué estaría planeando cuando nos dijo que se ocuparía del asunto él mismo. —Una sonrisa lobuna se extendió por las mejillas de Jacko—. Parece que el tuerto no tuvo más éxito que nosotros.

Royce frunció el entrecejo.

—¿Estáis seguros de que lo que pasó no es una mera coincidencia?

Con los ojos azules brillantes y directos, Ben entró en la conversación; mirando a Royce preguntó:

—¿Usted no cree que fue el tuerto?

—Oh, estoy seguro de que fue él; es sólo que no quiero que empecemos a mirar toda sombra convencidos de que cualquier cosa que salga de lo común es producto del tuerto. Y, de paso, ¿esa némesis vuestra tiene un nombre? ¿Además de «el capo» o «el tuerto»?

—Ninguno que yo haya oído —replicó Jacko—. Ni siquiera mamá se refería a él más que como el capo o el tuerto. ¿Por qué?

—Simplemente esperaba conseguir alguna pista para identificarlo, si tenía un nombre... hasta un nombre de pila podría darnos una pista.

—¿Por qué no se lo pregunta a Pin? —interpuso Ben—. Tal vez ella haya oído algo más que nosotros. Estaba en casa, y con mamá, mucho más tiempo que nosotros. Tal vez mamá sin querer le dijo algo.

Por lo que había oído sobre Jane Fowler, Royce dudaba que alguna vez hubiera dicho algo «sin querer». En su opinión, parecía haber sido una mujer muy reservada y comedida. En apariencia, se había mostrado muy abierta con respecto a sus inclinaciones y su estilo de vida, y sin embargo, le parecía muy sugestivo el hecho de que ninguno de sus hijos tuviera la menor idea de quiénes eran sus padres, ni sobre la vida de su madre antes de llegar a Londres. Si bien les había comentado los hechos de su crianza, nunca les había dicho exactamente dónde habían nacido, ni el condado ni el pueblo... ni el nombre de su padre. Toda la historia podía ser la mayor de las fantasías, todo mentira. Pero en algún momento de su vida, reflexionó Royce, había aprendido el comportamiento de los bien nacidos: el modo de hablar y los modales de sus hijos eran prueba suficiente de eso. ¿Quizá sólo había copiado a sus amantes? Era una posibilidad. Trayendo sus pensamientos de nuevo al tema en cuestión, Royce asintió con la cabeza y dijo:

—Hablaré con Pin, pero dudo que tenga algo que agregar a lo que ya me han contado sobre ese hombre.

—¿Y entonces cómo podemos averiguarlo? —preguntó Jacko.

Royce vaciló.

—¿Sería muy peligroso para vosotros si intentarais seguir al tuerto? Averiguar dónde va cuando no está ocupado con su, ehhmm, corro. Tiene que tener otra vida más allá de lo que saben de él. Si pudiéramos descubrir cuál es esa vida, estaríamos en mejor posición para devolverle el golpe, o por lo menos, para protegernos de él.

Ambos jóvenes parecieron pasmados ante la idea de actuar contra el capo. Los ojos azules de Jacko se dilataron alarmados y el rostro joven de Ben quedó blanco de asombro. Durante toda su vida, el tuerto había sido el poder que controlaba cada una de sus horas, y aun cuando estaban buscando formas de escapar de sus garras y hasta lo habían desafiado con respecto a sacar a Pin de la casa de Royce, la idea de actuar directamente contra él jamás se les había ocurrido.

—¿Quiere decir espiarlo? —preguntó Jacko incrédulo.

—¿Por qué no? —replicó Royce imperturbable—. A menos que sepamos más sobre él, estamos luchando con los ojos vendados. Él puede actuar a voluntad, y actualmente, no tenemos forma alguna de adelantarnos a sus movimientos, ni siquiera podemos tomar precauciones. —Inclinándose hacia adelante en su sillón, con intensidad en los ojos de topacio, agregó con vehemencia—: ¡Es que no lo veis! Al no saber nada sobre él, somos tan vulnerables como un cordero delante de un tigre. En nuestra posición, estamos obligados a tomar medidas evasivas sólo después que él ataque, y estamos obligados simplemente a esperar que nos ataque, en el momento en que él elija; de acuerdo con cómo están las cosas ahora, en este juego él tiene todos los triunfos. —Royce hizo una mueca—. No todos: nuestro único as es el hecho de que todavía cree que vosotros dos le sois leales.

Frotándose la barbilla pensativo, Ben murmuró:

—No sé... yo pienso que nos creyó, pero me preocupa un poco que no nos ordenara hacer otro intento. Fue como si ya no confiara en nosotros.

Jacko asintió con la cabeza, pero presentó otro punto de vista:

—Puede que desconfíe de nosotros solamente en lo que respecta a Pin. No creo que no nos haya matado directamente si pensara que estamos actuando contra él en todo.

—¿Entonces? —preguntó Royce—. ¿Cuán peligroso es, y podéis hacerlo... sin quedar expuestos a más riesgos?

Ben inhaló profundamente y soltó el aire muy despacio mientras decía:

—Será peligroso... no hay duda de eso... pero pienso que podemos hacerlo.

—¿Piensas? —repitió Royce con sequedad—. En todo lo que se refiere a este hombre, no creo que el mero pensar sea suficiente. ¡Tenéis que saber que lo podéis hacer!

Con severidad en el rostro machucado, Jacko dijo bruscamente:

—Podemos hacerlo. Tenemos el elemento sorpresa de nuestro lado: aunque desconfíe de nosotros en lo tocante a Pin, no espera que se produzca una rebelión a sus espaldas. —Una sonrisa petulante de pronto iluminó su cara—. Además, Ben y yo somos sigilosos como gatos, no tendremos ninguna dificultad en seguirlo.

Intranquilo por el plan, pero sin ver otra salida, Royce los miró, preguntándose si no estaría poniendo sus vidas en grave peligro. Al no estar habituado a pedir que otros arriesgaran su cuello, mientras él permanecía seguro en segundo plano, Royce volvió a sentir esas oleadas de furia en su interior. No podía ayudar a los Fowler más allá de lo que había hecho hasta el momento y detestaba su propia posición actual. Si solamente hubiera alguna otra forma.

De pronto se le ocurrió una idea, y saltó de su asiento, diciendo para todos en general:

—¡Pero si soy un tonto! —Mirando a los dos sorprendidos muchachos, agregó entusiasmado—: Puedo arreglar los pasajes para todos vosotros para Norteamérica: ¡allí estaréis seguros!

En circunstancias ordinarias, el orgullo de los Fowler los hubiera hecho rechazar la oferta sin más ni más, pero la situación de Pin y la salvaje paliza que habían recibido les había dado que pensar. Con un brillo de entusiasmo en los ojos, los dos jóvenes se miraron. Lo que cada uno vio en los ojos del otro les debió de haber convencido, porque casi al unísono dijeron:

—¿En cuánto tiempo?

Sin darse tiempo para pensar, apartando de su mente, con celo puritano, toda idea de convertir a Pin en su amante, Royce dijo:

—Puedo ir a ver a mi agente de negocios mañana, para que se ocupe de todo. Una vez que nos hayamos asegurado los pasajes en el primer barco que salga con rumbo a aguas norteamericanas, todo lo que tenemos que hacer es mantener a Pin a salvo y a vosotros dos fuera de problemas hasta la partida del barco. La parte más arriesgada de esta empresa será embarcaros sin despertar las sospechas del tuerto.

—Si puede hacer que Pin llegue hasta el puerto, no se preocupe por nosotros. Simplemente díganos el nombre del buque y la fecha de partida, que allí estaremos —replicó Jacko casi con alegría.

Royce sonrió levemente. Si solamente, pensó con cinismo, todo saliera tan fácil como lo planeamos.

—Antes de que nos despidamos, sugiero que arreglemos alguna forma de ponernos en contacto si fuera necesario. Podemos utilizar esta casa para encontrarnos, y creo que se puede confiar en mi amante, pero aunque fijemos fechas y horas para encontrarnos, igualmente necesitamos algún tipo de señal para alertamos mutuamente en caso de emergencia. ¿Tenéis alguna idea?

Ben y Jacko se miraron, y sacudieron la cabeza.

Se produjo un corto silencio y Royce chasqueó los dedos mientras decía:

—Cortinas —dijo crípticamente. Ante la expresión azorada de los muchachos, agregó—: Podríamos poner las cortinas de una forma especial en una ventana determinada de la casa. Medio abiertas, totalmente cerradas, o lo que sea. Todo lo que tenemos que hacer es combinar cuál es la posición de la señal de alarma. Esa posición significará que debemos encontrarnos aquí de inmediato. Como el tercer piso casi no se usa, sugiero que elijamos la tercera ventana desde la derecha. La posición ordinaria será medio abiertas. Si están totalmente abiertas significará que debemos encontrarnos esa misma noche, digamos a las diez, y si están totalmente cerradas querrá decir que debemos vernos de inmediato.

Acordaron el plan y con eso se separaron, los tres sintiéndose muy complacidos con la situación. Bueno, no exactamente complacido en el caso de Royce. Conduciendo su coche a paso vivo por las calles sombrías de Londres, no podía menos que preguntarse qué lo había llevado a actuar de esa forma tan contraria a sus propios intereses. Mandar a Jacko y Ben a Norteamérica no le molestaba en lo más mínimo; era la idea de separarse de Pin lo que le producía un dolorcito raro en la región del pecho. Para su total asombro, se daba cuenta de que, inexplicablemente, se había acostumbrado a saber que ella estaba cerca. Al enviarla a América, la estaba poniendo fuera de su alcance, por lo menos en el futuro cercano, negándose el placer de convertirla en su amante. Pero tenía que ser así, pensó casi brutalmente. Aquí estaría expuesta al constante peligro del tuerto, pero en Norteamérica estaría a salvo, y simplemente tendría que consolarse diciéndose que estaba actuando con gran nobleza. Poco fue lo que lo reconfortó ese pensamiento, y torció la boca. ¿Por qué sería que las acciones más nobles parecían ser siempre las que resultaban menos placenteras?

Al entrar en la casa minutos más tarde, Royce se sintió extrañamente inquieto, sin real deseo de buscar entretenimiento en otra parte. Después de despedir a Chambers por esa noche, vagó por la planta baja de la casa, incapaz de instalarse cómodamente en ninguna habitación. De acuerdo con las costumbres de Londres, la noche todavía era joven, no mucho más de las diez, y había una docena de lugares donde podía encontrar compañía o diversión, pero por alguna razón, no despertaban su interés. Sonrió torcidamente. El único lugar donde realmente quería estar era en la cama de Pin, y como sinceramente esperaba tener todavía demasiados escrúpulos como para ir en su busca, domeñó deliberadamente los impulsos primitivos de su cuerpo e intentó ocupar su mente en otras cosas.

El problema era que no sólo no deseaba la compañía de terceros, sino que además no tenía sueño. Por el contrario, los acontecimientos de ese día lo habían dejado agradablemente estimulado; la naturaleza de Royce era actuar, no languidecer esperando el resultado de los hechos, como había hecho en esos últimos días, y estaba razonablemente satisfecho con los planes que había maquinado con los Fowler... salvo por el hecho deprimente de que en poco tiempo, Pin saldría navegando fuera de su vida. Pero, por lo menos, estaría a salvo del tuerto, se recordaba a sí mismo con aspereza, una y otra vez. Estará segura de ambos, agregó con cruda honestidad, sabiendo bien que, para su paz mental, cuanto antes se fuera Pin de Londres, mejor.

Sin embargo, el miércoles por la mañana, sentado en la bien equipada oficina de su agente, después de los saludos iniciales, cuando por fin llegó el momento de discutir los motivos de su visita, Royce se encontró extrañamente renuente a manifestar su petición real. Prolongó la conversación inconexa todo lo que pudo, y sabía que Roger Steadham debía estar intrigado por su actitud. Cada vez más furioso consigo mismo, Royce finalmente murmuró:

—Debe sentir curiosidad por mi presencia aquí esta mañana.

Roger Steadham era un hombre de aproximadamente treinta y cinco años, estatura y constitución medianas, y había sido muy bien recomendado por George Ponteby. «Un hombre muy capaz y discreto» fueron las palabras exactas de George, y Roger era precisamente eso. Mirando abiertamente a Royce con sus ojos castaños, sonrió cortésmente y replicó:

—Estoy seguro de que me dirá el motivo de su visita cuando le sea cómodo.

Royce rio sin alegría, al contestar:

—Bueno, lo que le voy a pedir no me resulta cómodo en absoluto, pero no veo otra salida. Deseo arreglar el pasaje a Norteamérica para cuatro personas. En el primer barco que salga de Londres.

Si Steadham se sorprendió ante la petición de Royce, no dio ninguna señal, y se limitó a decir:

—Oh, lamento mucho que acorte su estadía en Inglaterra.

Royce estaba a punto de corregirlo, pero se detuvo. Había decidido pedir cuatro pasajes simplemente para disfrazar los hechos, y si Steadham quería pensar que eran para él y sus acompañantes, tanto mejor.

Royce dio una respuesta no comprometida y, después de unos minutos más de conversación, se levantó y se preparó para partir.

—Bueno —dijo con amabilidad— entonces dejo las cosas en sus manos. Por favor, comuníqueme el nombre del barco y la fecha de salida lo antes posible.

Steadham se apresuró a asegurarle que lo haría, y con deferencia lo acompañó fuera de su oficina. Lamentando profundamente la necesidad de la partida inmediata y abrupta de Pin de su vida, mientras salía de la oficina de Steadham, Royce se sintió bastante contento y satisfecho con sus actividades matinales y se dirigió a buscar otros entretenimientos.

Tal vez Royce no se habría sentido tan optimista si se hubiera dado cuenta de que su visita a la oficina de Steadham había sido objeto de vigilancia y que, al tiempo que él se alejaba, una figura oscura acechaba a la sombra de los altos edificios y que la mirada malévola del hombre estaba fija sobre su figura.

Durante varios minutos más, el hombre harapiento siguió mirando en la dirección en que había desaparecido el norteamericano alto, y después de dar una última mirada torva, el hombre se deslizó por el costado del edificio y entró por la parte trasera. Sigilosamente trepó las escaleras hasta llegar al piso que quería. Denotando su conocimiento del área, en silencio atravesó las oficinas llenas de empleados afanosos hasta llegar a la oficina privada de Steadham. Como una sombra se deslizó dentro de la habitación, sorprendiendo a Roger Steadham.

Que ese hombre no era ningún extraño para Roger, era evidente por la forma en que sus ojos se dilataron, llenos de aprensión, y exclamó:

—¡Por Dios! ¿Qué está haciendo aquí? Me prometió que jamás se volvería a poner en contacto conmigo.

El hombre sonrió débilmente, con su único ojo fijo sobre Roger mientras se sentaba, comentando:

—Tendrá que perdonarme —dijo arrastrando las palabras con sarcasmo—, pero a veces encuentro que hay algunas promesas que no puedo cumplir, de la misma manera que usted parece no ser capaz de evitar los garitos. Lástima que no tiene otra tía rica, ¿no?

Roger empalideció al oír estas palabras y apartó la vista. Sabiendo que no tenía escapatoria, finalmente preguntó con voz opaca:

—¿Qué quiere de mí?

—Oh, no mucho —replicó agradablemente el tuerto—. Simplemente quiero saber qué asuntos acababa de tratar con Royce Manchester.

12

Casi sin dar crédito a sus oídos, Steadham miró al tuerto a través del enorme escritorio de caoba.

—¿Eso es todo? —preguntó finalmente, incrédulo.

El tuerto le dirigió otra de sus características sonrisas frías e imperceptibles.

—Sí —respondió en tono tranquilizador—, eso es todo.

Aliviado porque no se le pedía nada más ominoso, Roger se encogió de hombros y le relató el encargo de Royce. El tuerto se quedó pensativo durante algunos minutos, con un brillo especulativo en el ojo oscuro y frío.

—Hmmm, de modo que el señor Royce Manchester se ha cansado ya de Londres, ¿no es así? Ahora, me pregunto por qué me resulta tan difícil creer eso. —Como si hubiera llegado a una decisión, se puso de pie con lentitud y dijo—: Muy bien, siga adelante y haga los arreglos que le encargó Manchester... pero encárguese de que no haya nada adecuado para él hasta digamos... los primeros días de agosto.

—¡Pero falta más de un mes! Estoy seguro de que puedo conseguirle pasaje antes que eso —protestó Roger.

El tuerto sonrió.

—Lo sé —dijo en tono helado—. Pero usted hará lo que yo digo, ¿no?

Atemorizado y consciente de cuán fácilmente podría destruirlo el tuerto si quisiera, Roger, impotente, se encogió de hombros añadiendo:

—Si eso es lo que quiere.

Dedicándole a Roger una sonrisa llena de malicia, el tuerto se dirigió a la puerta.

—¡Usted es siempre tan razonable! Un placer tratar con usted, mi querido amigo.

Sin atraer la atención, el tuerto se encaminó hacia uno de los muchos lugares que mantenía en diversas áreas de la ciudad. No le había llevado mucho tiempo, desde que se embarcara en su actual carrera, darse cuenta de lo sabio que era tener más de un lugar donde refugiarse... o hacer negocios. Una sonrisa agria curvó sus labios. ¿Cuántas almas desesperadas lo habían seguido una u otra vez, esperando descubrirlo, tenderle una trampa, sin saber que él pocas veces usaba el mismo lugar dos veces seguidas y que deliberadamente carecía de un patrón claro en las rutas que seguía o los lugares que usaba?

Al llegar a destino —un apartamento pequeño y decorado con bastante elegancia, no muy lejos de las oficinas de Steadham—, y después de examinar cuidadosamente el área y ver que no había nada sospechoso, se deslizó en el interior, usando la entrada posterior. Jamás tomaba un lugar para su propio uso que tuviera nada más que una entrada, varias, si podía conseguirlo.

Ingresando con prisa al apartamento, automáticamente cerró la puerta con pestillo y llave. Seguro de que ahora nadie entraría detrás de él, giró y con un fácil movimiento se quitó primero el sombrero negro de ala ancha y copa achatada y después el parche negro que le tapaba el ojo. Deslizando una mano por el pelo, se dirigió a un armario de marquetería. Se despojó velozmente de las ropas raídas que había usado para visitar a Steadham, las colgó con prolijidad en el armario y sacó otro conjunto. Dejando las prendas sobre la cama, vertió agua de una jarra de porcelana que descansaba sobre un lavabo cercano y procedió a lavarse.

Más fresco, se vistió con sus ropas habituales para esa hora del día: corbatín de lino almidonado, chaqueta de corte soberbio y tela cara, pantalones finos y botas tan brillantes y elegantes como las mejores que se podían encontrar en Londres. Cepillándose el pelo con un par de cepillos de plata, se miró en el espejo. Aunque en sus rasgos regulares se detectaban algunos signos de disipación, una curva autoindulgente en la boca, y un brillo calculador en la mirada, el rostro que le devolvía el espejo no dejaba de ser apuesto. El pelo abundante y negro no mostraba señales de encanecer, aunque le faltaba menos de un año para llegar a las cinco décadas. Complacido con la imagen reflejada ante él, entró a una sala algo más amplia.

De una caja con incrustaciones de nácar, seleccionó un cigarro delgado y negro y después de encenderlo y servirse una copa de vino de uno de los botellones apoyados sobre la larga mesa de nogal, fue a sentarse a un cómodo sillón de cuero verde. Alternando el vino con el cigarro, reflexionó sobre los acontecimientos de la mañana.

¿De modo que Manchester estaba pensando en irse de Londres? No lo creía ni por un momento. Manchester había llegado apenas un mes atrás para una estadía prolongada; ¿por qué el hombre cambiaría de idea tan repentinamente? ¿A qué estaba jugando el maldito norteamericano?

«¿Un complot?», se preguntó. Pero Manchester no tenía forma de saber que sus planes serían descubiertos tan pronto. Sonrió. Qué inteligente había sido en colocar un espía dentro de la casa de Manchester. Y qué inteligente había sido al decidir seguir él mismo los movimientos de Manchester esa mañana, una vez que su espía le avisó de que Manchester iría a ver a Roger Steadham. Esa tarea menor se la podía haber asignado a otros, pero su instinto lo había impulsado a hacerlo personalmente.

Entrecerró los ojos oscuros. El norteamericano estaba resultando un verdadero estorbo, siempre en el medio, siempre desbaratando sus bien armados planes. Ya estaba bastante molesto con él, aun antes del incidente con Pin, pero ahora...

Una fea expresión le descompuso la cara. No estaba acostumbrado a que lo contrariaran. Durante veinte años, desde que se puso por primera vez el disfraz del tuerto original, había sido todopoderoso y sentía una enorme ira por la facilidad con que Manchester había desacomodado su vida, últimamente. Primero esa maldita carrera de caballos, pensó furioso, esa maldita carrera de caballos que le había costado una suma gigantesca. Después, Della... ¡y ahora Pin!

Apretó los dedos alrededor del pie delgado de la copa. No era poco lo que lo había fastidiado el hecho de que Manchester hubiera establecido a Della como su amante. Le tenía echado el ojo desde hacía algún tiempo, y por su reputación de ser singularmente leal a su protector y el hecho de que sabía mantener la boca cerrada, había decidido que sería una herramienta muy valiosa. La llegada del norteamericano a escena había modificado sus planes provisionalmente, pero en su mente no cabía duda de que, finalmente, una vez que aplicara la presión adecuada, Della vería las cosas igual que él, aun cuando, como último recurso, tuviera que quebrar su espíritu para ganar su complacencia. Una sonrisa cruel se le instaló en los labios mientras imaginaba, no sin placer, las formas en que se podía obligar a una mujer recalcitrante a obedecer sus más mínimos mandatos. La protección de Manchester le estaba dificultando la tarea, y fugazmente cruzó por su cabeza la idea de hacer asesinar al norteamericano. Le resolvería varios problemas. La muerte del norteamericano catapultaría a Pin de vuelta a las calles y a sus manos. Y una vez que Pin estuviera en su poder...

Tenía unos planes tan maravillosos para Pin... designios grandiosos para Morgana Devlin, y no incluían que se convirtiera en el juguete de Royce Manchester. De pronto los nudillos, que sostenían el pie de la copa, se pusieron blancos. ¡Esos malditos patanes de los Fowler! ¡Fallarle cuando más había confiado en ellos! Por un momento, la furia casi maniaca que lo asaltó cuando Jacko y Ben le dijeron que no habían podido dar con Pin en la casa de Manchester casi lo superó, pero con un esfuerzo tremendo logró domeñar su furia. Muy bien, habían fallado, y a regañadientes admitió que podía haber excusas para ese fracaso, pero todavía estaba enojado por eso. También estaba muy enojado porque su segundo intento no había tenido mejor resultado que el primero, aunque no había abrigado demasiadas esperanzas de éxito. Pero de todos modos lo indignaba. «¡Cómo se atrevía Manchester a negarse a venderla! —pensó rabioso—. ¡Cómo se atrevía Manchester, inadvertido o no, a interponerse entre él y lo que él quería!»

Nadie se había atravesado en su camino durante mucho tiempo. ¡Nadie! Y por cierto que no iba a permitir que un nuevo rico de las colonias arruinara todos sus planes, planes que había alimentado durante casi la mitad de su vida. Bueno, eso no era exactamente verdad. Al principio no sabía realmente qué iba a hacer con la niña Morgana y casi la había eliminado, como el idiota de Devlin pareció creer que haría. Rio con cinismo. Qué terrible agonía sufriría Devlin si supiera que Morgana estaba viva... y que existían pruebas de su identidad. Volvió a reír al imaginarse el horror reflejado en el rostro apuesto del conde al enterarse de esas noticias devastadoras. Si no tuviera sus propios planes, sería absolutamente delicioso informar de inmediato a Devlin de que su sobrina seguía con vida. Con pesar dejó de lado la idea. No. Todavía no era el momento. El lugar definitivo de Morgana estaba a su lado, y hasta que estuviera listo, Devlin era la última persona que él querría que conociera la presencia de Morgana en este mundo. Con una leve sonrisa, se consoló pensando que simplemente estaba postergando el deleite de aguijonear a Devlin y Lucinda con la información de que Morgana vivía. Con el tiempo, pensó mientras se ampliaba su sonrisa, con el tiempo destruiría al conde y le daría un enorme placer hacerlo; por cierto que compensaría cada desaire, cada humillación que le había infligido el conde a lo largo de los años.

Recuperado momentáneamente el buen humor, tomó otro sorbo de vino. Bueno, como no podía incomodar al conde con la noticia acerca de Morgana, por lo menos no todavía, tendría que concentrar sus energías en aplicarle un castigo adecuado a Royce Manchester por interferir en sus planes, y además, y lo que era más importante para él en la actualidad, en arrancar a Pin de manos del norteamericano. Nuevamente se le cruzó la idea de hacer asesinar a Royce, y supuso que si Manchester seguía constituyendo una molestia, realmente se vería obligado a matar al hombre. Arreglar la muerte del norteamericano sería juego de niños, y pasó un rato sopesando los distintos asesinos que podían llevar a cabo sus deseos, si resultaba imperativo. Pin, sin embargo, era harina de otro costal.

Estaba resultando incordiosamente terca, decidió mientras sorbía el vino y fumaba su cigarro. La abierta aversión que Pin le demostraba también era un problema, pero esa aversión no lo molestaba: a la primera oportunidad, gozaría enormemente quebrando su voluntad, pero entretanto, tenía que pensar en la forma de arrancarla de las garras del norteamericano. Sin ordenar la muerte del norteamericano, la cuestión le estaba resultando mucho más difícil de lo que había previsto originalmente. Había estado casi seguro de que Manchester aprovecharía la oportunidad de liberarse de Pin, en vista de todos los rumores y chismes maliciosos que circulaban por Londres. Pero no fue así. Manchester se había puesto furioso con lo sucedido: eso resultó más que obvio, en vista de la escena del comedor. El hombre estaba enfurecido, casi hasta el grado de llegar a la violencia, lo que parecía indicar que existía algún tipo de apego entre él y Pin.

Tomando otro sorbo de vino, oscuramente frunció el entrecejo. En el momento justo, y ese momento se estaba acercando a gran velocidad, ya iba a ser bastante difícil obligar a Pin a que aceptara casarse con él sin que, además, sintiera algún tipo de pasión por el norteamericano. Un pensamiento lo asaltó. Quizá, decidió, después de todo no era tan mala idea... Si Pin estaba realmente enamorada de Manchester, podría lograr que el enamoramiento de Pin jugara a su favor. Las mujeres chaladas por un hombre eran famosas por sacrificarse por sus bienamados y si pudiera convencerla de que, casándose con él, salvaría la vida de Manchester... Sonrió. Tal vez no debería hacer matar a Manchester, por lo menos no de inmediato. Si pudiera usar al hombre como arma contra Pin... usar la prolongación de la vida de Manchester para controlarla... Por supuesto.

Satisfecho por una posible solución a sus problemas, siguió pensando en ella. Si Pin estaba medio enamorada de Royce Manchester, eso le proporcionaría un arma poderosa. Ni siquiera tenía que planear nada para sacarla de la casa: Pin vendría a él por sí misma... ¡para salvar a Manchester! Con una sonrisa amplia, tomó otro trago de vino. Todavía quedaban por eliminar algunos obstáculos, pero en general, estaba contento con sus deducciones. Sin embargo, le preocupaba un poco el hecho de que tal vez había malinterpretado la situación entre Pin y Manchester y llegó a la conclusión de que sería más astuto observarlos más de cerca durante un tiempo más antes de hacer planes definitivos. Éste, pensó, podría ser el momento de hablar con el espía que había plantado en la casa de Manchester y averiguar si el hombre había observado alguna cosa de utilidad.

Se quedó allí sentado durante varios minutos más rumiando sus conclusiones, repasando todo lo sucedido en los últimos tiempos, asegurándose con cuidado de no haber omitido ninguna pista que pudiera significarle un daño o indicarle que había malinterpretado drásticamente la situación. Si bien en general estaba bastante satisfecho con sus especulaciones, el fracaso de Jacko y Ben lo molestaba. Los muchachos deberían haber encontrado a Pin esa noche y sacarla. Él creyó en sus explicaciones, pero la sospecha de que le mentían lo había rondado más de una vez durante los últimos días, irritándolo. Ése era otro punto a discutir con su instrumento tan bien acomodado dentro de la casa de Manchester. Tirando con descuido la ceniza de su cigarro, miró sin ver el humo azul que se enroscaba en el aire. Si Jacko y Ben le mentían...

Si Jacko y Ben le mentían, las próximas semanas serían sumamente desagradables, pensó lentamente. Y posiblemente peligrosas para él. No le cabía ninguna duda de que sería más listo que ellos, pero estaba dispuesto a reconocer que eran inteligentes y que podían resultar oponentes molestos, aunque indignos.

Pero si le estaban mintiendo, ¿por qué lo hacían? ¿Porque no querían ver a Pin en su poder? ¿O había alguna otra razón, más siniestra, detrás de sus mentiras... si es que mentían? ¿Tenía Manchester algo que ver con que hubieran fracasado en traerle a Pin? Era casi inconcebible, pero brevemente meditó sobre la posibilidad perturbadora de que Manchester y los Fowler hubieran unido sus fuerzas. Bueno, esa alianza sería excepcionalmente peligrosa y, si bien no creía seriamente que pudiera ocurrir semejante cosa, en más de una ocasión su supervivencia había dependido de su hábito de especular acerca de las situaciones más estrafalarias e improbables.

Tenía la vida de Jacko en sus manos, de manera que no temía al hermano mayor de Pin, pero no le vendría nada mal contar con algo que pusiera también a Ben en sus manos, aparte de la vida de su hermano, por supuesto. Sí, sería prudente tener a Ben al pie, nada tan espectacular como el asesinato que había arreglado para beneficio de Jacko, pero algo que fuertemente le recordara a Ben dónde debía poner su lealtad...

Los dos hijos de Jane nunca le habían interesado demasiado, y se le escapó un bostezo de aburrimiento. Deliberadamente se puso a pensar en otras cosas, como la idea de salir de la ciudad. Londres estaba empezando a vaciarse y casi esperaba con ansia un cambio de paisaje; más o menos en esta época del año, la mayor parte de la sociedad de Londres abandonaba la ciudad por las delicias de la playa o, en algunos casos, en distintas casas de campo. Todavía no había decidido si seguir el ejemplo del Regente e ir a Brighton, o aceptar una de las muchas invitaciones que había recibido para una estadía en algunas de las casas de campo más distinguidas. Inhalando el humo de su cigarro, pensó en ello durante un rato, llegando hasta considerar la posibilidad de una estadía en su propia suntuosa casa de campo. Al fin y al cabo, decidió, todo depende de la situación con Pin...

Casualmente, él no era el único que ese día hacía planes para salir de Londres. Royce y Zachary, recién terminada una excelente comida preparada por Ivy Chambers, estaban discutiendo el mismo tema.

—¿Te vas a ir con Julian Devlin? —preguntó Royce algo sorprendido—. Ya veo que vosotros dos habéis arreglado cualquier diferencia que hayáis podido tener, pero ¿estás seguro de que quieres pasar varias semanas en el campo con él?

Zachary sonrió avergonzado al contestar:

—Sé que te parece raro, pero una vez que abandonamos las falsas posturas y dejamos de tratar de competir, descubrimos que tenemos muchos intereses en común. —Sus ojos se iluminaron de entusiasmo—. Julian dice que hay muy buena pesca en St. Audries, y que podemos montar realmente a caballo y en coche, no eso que en Londres se supone que es montar. Me parece que hace una eternidad que no disfruto de una buena galopada en toda regla. Aquí todo es tan formal y estirado. ¡Te digo que estoy casi ansioso por irme de la ciudad!

Las declaraciones de Zachary no le llegaron a Royce como una gran revelación. Había estado bastante seguro de que, al principio, Zachary estaría totalmente fascinado con todo lo que una ciudad disoluta como Londres tenía para ofrecer a un joven emprendedor, especialmente uno que jamás había estado en una población mayor que la somnolienta ciudad de Baton Rouge, sobre el río Misisipi en Louisiana, y también había esperado que el interés de su joven primo menguara una vez desvanecido el impacto inicial de Londres. Conociendo también la escasa compañía que se encuentra en Londres a medida que avanza el verano, Royce había estado considerando varias de las invitaciones para visitar a diversos parientes y amigos en el campo. Todavía no había asumido ningún compromiso, y Zachary tenía edad suficiente para hacer sus propios planes, de modo que Royce no tenía ninguna objeción a la estadía que su primo se proponía pasar con Julian Devlin... excepto que el conde sin duda estaría también allí, y a Royce le preocupaba la idea de que Devlin se encargara de hacer extremadamente incómoda la visita de Zachary.

Mirando a Zachary al tiempo que entraban en el salón, Royce le preguntó pensativo:

—¿Y el conde? ¿Te has olvidado de él?

Zachary negó con la cabeza.

—Eso fue lo primero que le pregunté a Julian, pero dice que su padre va poco a St. Audries Hall. Dice que guarda demasiados recuerdos dolorosos para él.

Royce alzó la ceja izquierda con escepticismo.

—¿Recuerdos dolorosos? ¿El conde?

—Ajá —replicó Zachary mientras se desplomaba sobre el sofá—. Julian dice que sentía mucho afecto por su cuñada, y que cuando ella murió, descubrió que no soportaba estar en ese lugar que le recordaba tanto su muerte tan trágica.

Con expresión de irónica incredulidad, Royce replicó:

—Estamos hablando del mismo hombre, ¿no? ¿Del séptimo conde de St. Audries, Stephen Devlin? Nunca conocí un bastardo tan altivo y arrogante como ése: ¿Y estás tratando de decirme que realmente sufre a causa de una tierna sensibilidad? Bueno, no logro imaginarme por qué me cuesta creerlo.

Sonriendo, Zachary dijo:

—Bueno, según su hijo, es la única emoción tierna que el conde ha sentido alguna vez por alguien que no sea su propia persona. Supuestamente, fue el excesivo afecto por su cuñada fallecida lo que provocó la ruptura definitiva entre él y la condesa. —La sonrisa de Zachary se desvaneció un tanto al agregar—: Tengo entendido que la condesa viuda no era la acostumbrada vieja bruja, que tenía la reputación de ser encantadora, muy joven y muy bella, y aparentemente Lucinda dejó muy claro que no se sintió para nada infeliz cuando la otra mujer murió después del parto. Por supuesto —agregó sin ambages— que no lo estaría; la fortuna de los Devlin, que Lucinda siempre se muestra tan dispuesta a mencionar, proviene de la condesa viuda. Si la pobrecita no hubiera dejado todos sus bienes terrenales al conde, los Devlin serían pobres como ratas.

Interesado a pesar de sí mismo, pero incapaz de reprimir un comentario mordaz, Royce dijo, arrastrando las palabras:

—¡Pues mira tú! Parece que tú y Julian habéis descubierto gran parte de la historia familiar en muy poco tiempo.

Sonrojándose levemente, Zachary respondió rápidamente:

—Oh, no fue Julian quien me contó todo esto. La madre de Leland y *lady* Lucinda son amigas del alma, y fueron Leland y Jeremy quienes me explicaron todo cuando una vez comenté la frialdad que existía entre los padres de Julian; es muy evidente, hasta para un extraño como yo, que no hay ningún cariño entre ellos. Leland jura que es porque el conde se había enamorado de la viuda de su hermano y Lucinda nunca se lo perdonó. Según Leland, *lady* Lucinda tiene una memoria excepcional y todavía hoy, después de veinte años, sigue llena de envidia y odio por su cuñada muerta. La madre de Leland dice que es porque Lucinda en realidad se quería casar con el hermano mayor del conde, el sexto conde, y que *lady* Lucinda odiaba a su joven viuda simplemente porque eligió casarse con ella en vez de con *lady* Lucinda. Evidentemente él no se parecía en nada al padre de Julian. Leland dice que todo el mundo piensa que el hermano del actual conde era un hombre estupendo. Lo llamaban el «Conde Galante» y gozaba de todas las simpatías entre la aristocracia. Por lo que he visto, ¡te apuesto a que Julian se parece más a su tío que a su padre!

Mirando a Zachary con ojos fascinados, Royce replicó con desgana.

—Qué, ehhmm, esclarecedor. No te puedo decir cuán... sobrecogido me encuentro al enterarme de toda esta información tan cautivante sobre el conde y su familia.

Zachary le dirigió una mirada sospechosa, y viendo la picardía que brillaba en los ojos de topacio, rio mientras comentaba:

—Leland es un buen tipo, pero le encanta hablar y hablar.

—Sí —contestó Royce en tono muy dulce— y parece que tú te has contagiado el hábito.

Zachary sonrió avergonzado y añadió:

—Bueno, no puedes negar que es una historia verdaderamente fascinante. Quiero decir, eso de que el conde galante se casara con una gran heredera de la mitad de su edad, y que justo cuando todo el mundo esperaba que sentara cabeza en la paz del campo con su esposa joven y hermosa, fuera asesinado. Y después la viuda doliente fue consolada por su hermano, quien heredó el título y que, de paso, odiaba a su hermano, y ella murió junto con su niña recién nacida, es algo que podría haber escrito Shakespeare.

—¿Y desde cuándo —preguntó Royce con sequedad— te has convertido en tan ardiente admirador del poeta? Si mal no recuerdo, te negaste en rotundo a acompañarme al teatro hace pocas semanas.

Zachary recompuso la expresión de su cara.

—¡Oh, eso! No es lo mismo —dijo, desechando la cuestión.

Conversaron ociosamente unos minutos más y, como de costumbre, Zachary desapareció en pos de sus propias actividades. Royce quedó pensativo después de la partida de su primo, y vagando por el salón elegante, sopesó la información que acababa de impartirle a Zachary. Era una historia en la que muchos de los protagonistas habían fallecido más de veinte años atrás, y sin embargo, Royce la encontraba extrañamente atrayente. ¿Era porque había heredado una fortuna de la viuda de su hermano que Stephen Devlin se resentía con tanta facilidad con aquellos que habían adquirido sus riquezas de una manera más tradicional? Lo dudaba, pero las palabras de Zachary siguieron rondándole en la cabeza... especialmente la parte referente a la hijita muerta a poco de nacer...

Si Royce encontraba interesante la historia del conde, a Pin le hubiera fascinado. Después de todo, Zachary se había referido a su familia, aun cuando su parentesco surgiera fuera del lecho conyugal.

En el tiempo transcurrido desde que llegó a la casa de Hanover Square, Pin prácticamente había logrado apartar de su mente el hecho de que realmente había visto al hombre que la había engendrado. Jacko y Ben ni siquiera sabían que había descubierto a su padre, y mientras por su mente vagaban pensamientos erráticos sobre el caballero alto y orgulloso que vio ese día fatídico, poco podía hacer para saber algo más sobre él. Por sus ropas y porte, Pin sabía que era un caballero, pero aparte de eso, no sabía absolutamente nada más. Ni siquiera sabía su nombre, y aunque estaba segura de que Royce se lo diría si le preguntaba, sentía una extraña reticencia ante la idea de hacerlo. No se trataba de falta de curiosidad —la tenía, y hasta un grado casi insaciable, y hubiera bebido cada una de las palabras de Zachary sobre el fallecido conde y su esposa—, pero había algo en ese hombre al que creía su padre que le producía una decidida inquietud. Algo en sus ojos grises y fríos y en el gesto odioso de su boca, que no despertaba en Pin ningún entusiasmo por conocerlo. Y teniendo una mente eminentemente práctica, no creía que el saber más sobre él cambiaría su vida de alguna forma significativa. Evidentemente, el hombre habla olvidado a Jane largo tiempo atrás, y su única emoción al saber que de esa relación con una cortesana había resultado una hija, probablemente sería de fastidio.

A pesar de ser la criada más nueva y de menor categoría de la casa, y de que pasaba los días corriendo de una tarea a otra, constantemente a disposición de los demás sirvientes, Pin tenía momentos de tranquilidad durante los cuales, cuando la imagen de Royce no dominaba su mente, había pensado sobre el caballero de rasgos tan parecidos a los propios. Si bien era cierto que no tenía especial interés en conocer al hombre que creía su padre, también era cierto que no podía evitar algunas fantasías ocasionales donde, al conocer su existencia, su padre la transportaba a una vida maravillosa de comodidades y lujo en la que ella resultaba ser una hija muy mimada.

Sin embargo, con demasiada frecuencia para su gusto o para su paz interior, tenía otras fantasías más vívidas, que invariablemente se centraban en su apuesto e imponente empleador. Igual que en el ensueño sobre su padre, Royce también la transportaba a una vida de comodidades y de lujo, pero no había nada de paternal en el trato de Royce. Casi todas las noches, en la intimidad de su cuarto, mientras yacía en la cama dura, el recuerdo de la forma en que Royce la había besado invadía insidiosamente su mente, a pesar de lo mucho que luchaba para evitarlo. El solo recuerdo de lo que había sentido con sus brazos envolviéndola, su boca dura y codiciosa sobre la de ella, producía una reacción salvaje en su cuerpo, y a los pocos segundos se encontraba gimiendo de frustración, mientras la recorrían ola tras ola de intenso deseo.

Pin trataba desesperadamente de no pensar demasiado en lo sucedido esa noche en la biblioteca cuando Royce la tomó en sus brazos y la besó, pero a pesar de su resolución de olvidarlo, el recuerdo no la dejaba. Al contrario, se hacía más fuerte y persistente, hasta que el cuerpo joven terminaba en un estado constante de excitación anhelante, ardiendo por la necesidad de sentir el cuerpo musculoso de Royce apretado contra el de ella, de sentir otra vez la posesión salvaje de su boca sobre la de ella.

No había logrado dormir bien desde ese día, ya que pasaba las noches dando vueltas y vueltas en la cama, y los demás estaban empezando a notarlo. Para el martes, estaba pálida y macilenta, con unas sombras violáceas debajo de los ojos que le daban el aspecto de un huérfano muerto de hambre. Esa mañana, mientras los criados desayunaban apresurados en la cocina, Ivy, preocupada, le preguntó si no le estarían dando demasiado trabajo. Temerosa de que alguien se diera cuenta de que la causa de su aspecto macilento eran las noches de insomnio que pasaba deseando a su patrón, Pin se sintió enrojecer de turbación y se apresuró a asegurarle a Ivy que no era así. Para probar lo dicho, trabajó incansablemente todo el día, esperando quizás agotar su cuerpo delgado para que, al caer la noche, no volvieran a atormentarla las imágenes de Royce haciéndole el amor.

Desafortunadamente, hiciera lo que hiciera, la seguían acosando los pensamientos y las fantasías más eróticas imaginables, y se agitaba espasmódicamente en la cama, con su cuerpo ansiando sentir el contacto de un hombre. Así se debía de haber sentido su madre la primera vez, pensó miserablemente, mirando el cielo raso. ¿Jane también había yacido despierta noche tras noche, tan endemoniada por los anhelos de la carne, que finalmente no había podido soportarlo más y se había entregado a los impulsos de su cuerpo? ¿La caída de su madre se habría debido al deseo por un hombre en especial? ¿Y estaba ella a punto de cometer el mismo error?

13

Ocupada en sus propios pensamientos, Pin se movía por la casa envuelta en una nube de infelicidad. Se enfrentaba con un dilema cada día más doloroso. Hasta el miedo del tuerto había desaparecido momentáneamente de su mente, y aunque era consciente de extrañar a sus hermanos, de tener ganas de verlos, en lo que más pensaba era cómo resolver la poderosa atracción que existía entre ella —una chica bastarda y ladrona— y el rico patrón de la casa de buena familia. Para empeorar las cosas, su problema se complicaba no sólo por el magnetismo casi irresistible que había entre ellos, sino por los cambios que se habían producido en ella misma por el hecho de vivir en su casa.

En St. Giles había tomado la vida tal como venía y si, ocasionalmente, se había preguntado si existiría para ella algún otro futuro, estaba demasiado ocupada robando y, últimamente, preocupándose por la necesidad de convertirse en prostituta del tuerto, como para pensar demasiado acerca de su destino.

Pero vivir en la casa de Royce le había abierto los ojos a un mundo totalmente nuevo. No era sólo que la casa estuviera decorada ricamente con toda clase de objetos elegantes con los que nunca había soñado, y menos tocado o visto; ni eran las comidas deliciosas y regulares; ni siquiera el placer de tener su propio cuarto con su cama dura y estrecha, ni era el hecho de usar un vestido ni el placer de descubrir lo que significaba estar realmente limpia, lo que producía en ella un impacto radical. Lo que más afectaba a Pin, aparte de su preocupación con respecto al dueño de la casa, era la noción de que estaba haciendo un trabajo honesto, que no tenía que estar midiendo a la persona próxima a ella con miras a robarle los bolsillos, que no tenía que temer sentir en cualquier momento una mano tosca sobre su hombro que la llevara de inmediato a Newgate. No, aquí en casa de Royce estaba tranquila consigo misma por primera vez en la vida, y descubrió que le encantaba la rutina ordenada que gobernaba la vida de los criados. Le gustaba levantarse todos los días al alba para reunirse con los demás en la cocina para un desayuno rápido antes de emprender sus tareas; le gustaba saber que los martes ayudaba a Ivy en la cocina y los miércoles trabajaba con Sara, mientras la mujer intentaba enseñarle cómo remendar telas de lino y hacer costura fina; y hasta le gustaba saber que todas las noches ayudaba a Alice a lavar y secar la montaña de platos sucios, ya que la terminación de esa tarea señalaba el fin de su trabajo del día.

En realidad, pensó entre feliz y triste, mientras sacudía el polvo con aire ausente en el estudio de Royce, era poco lo que no le gustaba de vivir en la casa de Royce, aparte de su inquietante presencia y las sensaciones perturbadoras que le provocaba. Y aunque sabía que algún día tendría que abandonar el santuario de esa casa, lo que había aprendido viviendo allí siempre le quedaría. Nunca más, se juró a sí misma con un pequeño gesto malhumorado, nunca más sería una ladrona. Ella no iba a pasar el resto de su vida con miedo a ser transportada a alguna colonia penal olvidada de la mano de Dios o colgada en Tyburn. Y como por el momento la posibilidad de viajar a Norteamérica le parecía exigua en el mejor de los casos, debía considerar exactamente de qué forma se ganaría la vida después de abandonar la casa de Royce. Lo que la condujo nuevamente a su penoso dilema. ¿Es que, a pesar de sus buenas intenciones, se iba a convertir en una prostituta igual que su madre?

Hasta conocer a Royce Manchester, hubiera jurado con vehemencia que preferiría morir antes de convertirse en el juguete de un hombre adinerado, pero eso era antes de que su cuerpo joven se viera asaltado por el deseo estremecedor que podía despertar el beso de ese hombre. Ahora no estaba tan segura.

Frunciendo sobriamente el entrecejo a un inocente candelabro de plata, mientras lo sacudía enérgicamente con el trapo, se preguntó quizá por centésima vez, ¿sería realmente tan espantoso si se convertían en amantes y ella le permitía comprarle ropas finas e instalarla en una casita confortable? Frunció los labios. Todos sus instintos se oponían a lo que estaba pensando, y sin embargo...

Malhumorada, salió de la estancia, limpiando y sacudiendo, envuelta en pensamientos negros y cavilosos. «¿Qué otra cosa puedo hacer?», se preguntó perversamente. Por supuesto, podía ambicionar trabajar como criada en otra casa, pero al rememorar los cuentos espantosos de los otros sirvientes, cuentos horripilantes de violaciones y palizas sádicas, Pin dudaba que pudiera soportar con docilidad este tipo de abuso de patrones brutales y desagradables.

¿Y qué otra cosa podía hacer? se preguntó exasperada. ¿Esperar que milagrosamente ella y sus hermanos consiguieran un pasaje para América? ¿Esperar que el tuerto abandonara sus abominables planes para con ella? Lanzó un bufido. Eso sí que no iba a suceder. Y si bien ahora estaba segura, ¿qué pasaría cuando Royce se cansara de protegerla o regresara a Norteamérica? No podía contar con que se interpusiera entre ella y el tuerto eternamente, ¿no?

Furiosa consigo misma, entrecerró los ojos y miró la hermosa alfombra que cubría el suelo. Si no podía ahogar su propio orgullo y simplemente vivir para estar a sus órdenes, mejor sería que pensara en otra cosa. Caminando con agitada energía, ponderó las opciones que se presentaban para una mujer en su posición y llegó a la conclusión de que, a menos que quisiera ser criada por el resto de su vida, o intentara volver a robar, sólo disponía de otra forma de ganarse la vida por sí misma: vendiendo su cuerpo; y si no quería terminar como su madre, tendría que poner un precio muy alto. Inclinó el mentón en un gesto obstinado. Si Royce Manchester la deseaba lo suficiente, estaría dispuesto a pagar un precio alto. Era un pensamiento repugnante que la horrorizaba y, sin embargo, lo que en ella había de St. Giles, esa parte de ella que había visto rameras experimentadas de nueve o diez años ofreciendo sus cuerpos lastimosamente jóvenes a los transeúntes, la parte de ella que reconocía que su madre había sido una cortesana cara, elogiaba su tozuda practicidad.

Todo el asunto era demasiado desagradable, demasiado sórdido. Pero con desesperación se recordó a sí misma que las mujeres de su posición no tenían derecho a remilgos o vacilaciones cuando un potentado como Royce Manchester les manifestaba su interés. Éste ya le había preguntado qué haría ella si le hacía una oferta, y sería una tonta si le permitía tenerla demasiado barata. Además, tenía que pensar en sus hermanos. Si lograba aceptar el punto desagradable, tenía una excelente oportunidad de ganar lo que, para ellos, sería una pequeña fortuna, suficiente hasta para comprar una granja en la nueva tierra y para que sus hermanos pudieran concretar sus sueños. Y si tenía que venderse para lograr eso para todos ellos, por lo menos sería ella quien eligiera el hombre con el que deseaba perder la virginidad, ¡y no el tuerto!

Con un gesto desafiante, Pin sacudió la cabeza negra y rizada, ignorando deliberadamente un sentimiento de vergüenza que se le enroscaba en el estómago ante lo que estaba considerando seriamente en hacer. Aplacando sus reservas, ignorando el sentimiento de degradación y pesadumbre que golpeaba su cerebro, apretó la boca en una línea severa. La próxima vez que Royce Manchester decidiera besarla y acariciarla, pensó con obstinación, le dejaría muy en claro que si bien no ponía objeciones a su contacto, iba a tener que hacérselo valer.

Una vez tomada la decisión, debería haberse sentido aliviada, pero sólo era consciente de un vacío negro en su interior, y laciamente siguió moviéndose por la habitación, sin darse cuenta siquiera de lo que estaba haciendo. Tan perdida estaba en sus desdichados pensamientos que no oyó que se abría y cerraba la puerta detrás de ella, y el primer indicio que tuvo de que no estaba sola en la habitación fue cuando Royce murmuró divertido:

—Creo que ya has limpiado ese cuadro lo suficiente.

Giró sorprendida, con el corazón golpeándole en el pecho al ver al objeto de sus pensamientos de pie a poca distancia de ella. Estaba vestido con bastante informalidad para esa hora del día, especialmente en Londres. Llevaba una camisa de lino blanco con las mangas enrolladas hasta el codo, y el cuello abierto dejaba ver el atrayente vello dorado y rizado en la base de la garganta; unos pantalones color castaño rojizo ajustados a los muslos hicieron que Pin fuera intensamente consciente de su poderosa masculinidad. Una sonrisa torcida se dibujaba en los labios de Royce y el cabello espeso y dorado estaba despeinado como si se hubiera pasado los dedos varias veces. En la profundidad de esos ojos de tigre había un brillo provocativo y Pin casi quedó sin aliento con sólo mirarlo.

Turbada por su reacción ante él, bajó la cabeza y murmuró una respuesta intrascendente. Tratando de poner la mayor distancia posible entre ambos, se dirigió apresurada hacia la puerta, pero no había dado más que unos pasos cuando Royce la alcanzó y la tomó por el brazo.

—No te vayas tan rápido —dijo con soltura—. Te he estado buscando. Quería hablarte de algunos planes que tengo para ti.

Con la boca repentinamente seca, levantó la mirada hacia él. ¿Le iba a preguntar si quería ser su amante? ¡Oh, Dios, esperaba que no! A pesar de todas sus buenas intenciones, temía la idea de seguir los pasos de su madre y de asumir un compromiso antes de que se lo exigiera la más absoluta necesidad.

Royce había tenido que apelar a toda su decisión para ir en busca de Pin con la intención de decirle lo que se estaba planeando, y crudamente se había jurado a sí mismo no dejar traslucir, ni con un pestañeo, cuánto lo llenaba de extraña desesperación la idea de que ella se fuera de su casa y de Inglaterra. Debería resultar bien fácil, se dijo repetidas veces; después de todo, ella no significaba nada para él, por más que la encontrara endemoniadamente encantadora. Habría otras mujeres; esa intrusión en su vida ordenada y todo lo relacionado con ella había sido tan sólo un pequeño interludio fascinante. Dentro de unas pocas semanas prácticamente no recordaría su nombre, y mucho menos su rostro. Desgraciadamente, cuando la encontró en su estudio y apenas empezaba el discurso que tenía preparado, Pin lo miró, con esos ojos grises arrebatadores bordeados de pestañas negras y largas, intensamente fijos en su cara, y para su inmenso fastidio, sintió que desaparecían todas sus buenas intenciones. Absolutamente todas.

Maldiciéndose por ser un bastardo lujurioso y esperando que ella no notara que ahora había en la delantera de sus pantalones un bulto prominente que antes no estaba allí, Royce prosiguió bastante irritado:

—Vi a tus hermanos, y se decidió que la forma más práctica de eludir al tuerto sería que todos vosotros viajéis a Norteamérica. Ya he visto a mi agente para que arregle los pasajes, y en pocos días deberíais estar de camino hacia algún puerto norteamericano.

Atontada por estas palabras, Pin miró con fijeza el rostro delgado y oscuro, abriendo mucho los ojos e, inconscientemente, entreabrió la boca. ¿Dejarlo?, pensó con una punzada de angustia. ¿Dejarlo y no volverlo a ver? Sacudió la cabeza como aturdida, incapaz de creer lo que le decía. América. La estaba mandando a Norteamérica. Hacía tanto tiempo que su único deseo en la vida era escapar a Norteamérica con sus hermanos... Reprimió un deseo salvaje de llorar y reír al mismo tiempo. Qué ironía: ahora que su más caro deseo parecía a punto de hacerse realidad, todo lo que sentía era un dolor sordo en la región del corazón.

Dio un paso hacia él y apoyó ligeramente una mano sobre su pecho. Con la cabeza inclinada hacia atrás, los ojos oscurecidos como las nubes que presagian la tormenta, le preguntó imprudente:

—¿Eso es lo que quiere? ¿Que me vaya?

Royce podría haber contenido sus instintos más bajos si ella se hubiera limitado a aceptar sus palabras sin cuestionamientos, si solamente ella no lo hubiera tocado... A través de la tela fina de la camisa sintió el calor de esa mano, y su cuerpo respondió con violencia a su cercanía, mientras el dolor entre sus piernas se hacía casi insoportable, y el deseo hambriento se enroscaba más apretadamente en su vientre, aumentando su excitación. ¿Quería él que se marchara? Una sonrisa amarga curvó sus labios. Oh, sí, quería que se marchara... tanto como quería que el sol dejara de brillar, que la luna dejara de asomar y que su corazón dejara de latir...

A pesar de todas sus buenas intenciones, la proximidad del cuerpo tibio de Pin resultó una tentación demasiado grande; el deseo que sentía por ella, sumado al hecho de que pocas veces se le negaba algo que quería, se combinaron para que quedara atrás cualquier otra cosa que no fuera la creciente necesidad de volver a tenerla en sus brazos. Royce ignoró cualquier duda que pudiera quedarle y dejó que la pasión que sentía en su interior dictara sus acciones. Con una sonrisa francamente sensual, rozó la boca de Pin con sus labios y murmuró:

—No, no quiero que te vayas... En este preciso instante, todo lo que realmente quiero es llevarte a ese cómodo sofá contra la pared... —Los labios de Royce se deslizaron por la mandíbula, mordisqueando con suavidad la piel sedosa, mientras le murmuraba al oído—: Quiero tenderte allí y quitar cada prenda de tu cuerpo hasta que quedes desnuda en mis brazos... y después, quiero hacerte el amor. ¡Eso es lo que quiero!

A Pin se le cortó la respiración en la garganta, con la sangre golpeando tan fuerte dentro de la cabeza que no podía pensar, no podía concentrarse en nada que no fueran las emociones turbulentas que las palabras de Royce despertaban en ella. Aturdida, negó con la cabeza, tratando frenéticamente de eliminar de su mente las imágenes flagrantemente eróticas que se le colaban insidiosas. ¡Esto está mal! ¡No debo permitir que pase! Y sin embargo... sin embargo, la boca de Royce era cálida y acariciante contra la curva de su oreja, los suaves mordiscos la excitaban, y una ola de traicionero deseo se enroscó en su vientre.

Con un resto de cordura todavía no totalmente oscurecido por las sensaciones poderosamente fundamentales que Royce conjuraba en ella con tanta facilidad, Pin volvió a negar con la cabeza, tratando frenéticamente de no olvidar todas las razones por las que debía luchar contra él.

—No —musitó ronca, penosamente—. No me haga esto. Por favor, déjeme ir.

—¿Dejarte ir? —repitió Royce enronquecido—. ¿Cómo me pides eso? —Embriagadoramente, su boca tocó la de Pin, y contra sus labios, y como si le estuvieran arrancando las palabras, gimió—: ¡No puedo!

Envolviéndola en sus brazos, la besó con toda la pasión reprimida dentro de sí; e hipnotizada por el feroz deleite de su abrazo, Pin sintió que se desmoronaba todo contacto con la realidad. En alguna parte de su mente sabía que iba a lamentarlo, sabía que su vida y la senda que estaba siguiendo iban a cambiar irrevocablemente y, sin embargo, se encontraba impotente ante las fuerzas elementales que se regocijaban con el contacto de Royce, impotente contra las necesidades primitivas que clamaban dentro de su cuerpo.

Olvidado de lo que los rodeaba, sólo consciente de la figura suave y flexible que tenía entre sus brazos, Royce la besó con urgencia, con labios fuertes y exigentes, las manos febriles recorriendo su silueta. Quería tocar todas sus partes al mismo tiempo, rozándole la espalda, sus manos acariciando las nalgas firmes, atrayéndola contra su excitación antes de ascender por la blanda curva de sus senos. Había desesperación en sus movimientos, como si estuviera obsesionado por una fiebre incontrolable que sólo se mitigaría con la posesión del cuerpo esbelto de Pin.

Siempre en pleno dominio de sus emociones, Royce nunca había estado tan excitado, tan impulsado por el deseo que no podía pensar en otra cosa que el fervoroso afán de poseerla, en cuánto necesitaba hundir su carne anhelante profundamente en ella. Un hombre sofisticado, para quien hacer el amor era un arte refinado, Royce, de pronto, se encontró presa de una pasión tan devoradora que lo único real que había para él en el mundo en ese momento era el cuerpo suave y adherente de Pin. Hundiéndose en un poderoso e irrefrenable remolino de deseo, un deseo indómito que no admitía negativas, Royce gimió suavemente cuando su boca se hundió en la miel de los labios de Pin. Un temblor de dulce deleite le recorrió el cuerpo mientras ávidamente exploraba su boca, y las manos la tomaban por las nalgas para levantarla y pegarla contra sí.

Perdida en un mundo de sensaciones embriagadoras, muy consciente de su poderosa excitación, de las manos que apretaban sus nalgas, Pin sintió que todo su cuerpo respondía a su proximidad. El beso de Royce era arrasador; la exploración audaz y penetrante de su ardiente lengua le hacía latir el corazón y palpitar el cuerpo con un extraño anhelo. Necesitaba estar más cerca de él, y compulsivamente se arqueó contra su cuerpo macizo, tratando de apaciguar la necesidad dolorosa que endurecía sus pezones y hacía palpitar la zona entre sus muslos con una calidez líquida. El bulto y el calor de Royce apretado tan íntimamente contra la unión de sus piernas la enardecía todavía más, y sabía que moriría de deseo si él no llenaba también su cuerpo tan plenamente como su lengua le llenaba la boca. Instintivamente la lengua de Pin salió al encuentro del empuje cada vez más urgente de la de él, y la sacudió un estremecimiento de placer cuando él murmuró:

—Sí, sí, bésame tú... oh, sí, querida mía, saboréame como yo te saboreo a ti...

Impotente, Pin respondió con golpecitos suaves de su lengua pequeña y tibia dentro de la boca de Royce, que casi cayó de rodillas por la avalancha de intenso placer que asaltó su cuerpo. Conteniendo sus instintos más bajos, la alentó a explorar su boca, como él había hecho con ella, deslizando la lengua con suavidad contra la de ella, incitándola a besarlo tan profundamente como él lo había hecho. Fue un dulce tormento sofrenar sus propias pasiones y dejarla conocer su sabor y su contorno. Un gemido salió de su garganta y dijo con voz ronca:

—¡Oh, Dios! No puedo más, tengo que... que...

Pin apenas confusamente notaba lo que él hacía; sintió que se movía, oyó el ruido de tela desgarrada y, para su ferviente gratificación, sintió el calor de la mano de Royce sobre sus pechos desnudos. El roce insistente de esos dedos sobre sus pezones la hicieron retorcerse salvajemente entre sus brazos, y la necesidad urgente de algo más no le daba respiro, mientras el agudo anhelo entre sus piernas crecía con cada segundo.

El peso y la textura de esos senos pequeños y duros casi fueron la perdición de Royce, y con un juramento ahogado, la levantó ligeramente y, hambriento, empezó a chupar la carne desnuda. El vestido de Pin colgaba de la cintura en jirones, pero sin darse cuenta o sin importarle, Pin se elevó frenéticamente hacia la boca golosa, mientras el roce y el mordisqueo de sus dientes sobre sus pezones inflamados, le arrancaban un gemido de puro deleite.

Pin estaba encendida, atrapada por emociones tan fundamentales, tan básicas para la vida misma, que no podía controlar los mandatos primitivos de su cuerpo. Desesperadamente, hundió los dedos en los hombros de Royce, sobrecogida por el deseo de tocar su piel desnuda, y para su satisfacción, de pronto sintió que la tela de la camisa cedía y ronroneó de placer cuando sus dedos encontraron la tibieza de la piel desnuda.

Incapaz de concentrarse en nada que no fuera el despiadado deseo, Royce ignoraba que Pin había logrado quitarle la camisa, pero exhaló un gemido gutural cuando sintió el contacto de sus dedos sobre su pecho desnudo. Los dedos de Pin le quemaban la carne allí donde lo tocaban, y cuando instintivamente ella le acarició las tetillas erectas, Royce creyó que ya no podría contenerse.

Su boca buscó la de Pin en un beso brusco y sin esfuerzo la llevó al sofá, sin que sus labios se apartaran de ella mientras la depositaba con delicadeza sobre los almohadones mullidos. Arrodillándose junto al sofá de terciopelo azul oscuro, Royce se deshizo rápidamente del vestido de Pin y la dejó desnuda ante él.

El contacto del sofá contra la espalda sacó ligeramente a Pin de su estado de trance, y al notar que arrancaban de su cuerpo el último vestigio de sus ropas, súbitamente se sintió alarmada. Menguando un poco su pasión, con los ojos muy abiertos al comprender, alelada, lo que estaba sucediendo, balbuceó tontamente:

—¡Mi... vestido! ¿Qué hizo... con mi vestido?

Sonriéndole con ternura, Royce deslizó un dedo por la cima de sus pechos y murmuró:

—No te preocupes por él, te compraré otro. O una docena, varias docenas, si quieres. —Con una risa gutural y un fuego dorado brillándole en los ojos, agregó—: Te vestiré con sedas y satenes y nos hundiremos en el placer cuando yo los arranque de tu cuerpo.

Pin tragó con dificultad, hipnotizada por la actividad de los dedos atareados de Royce mientras él, con gran economía de movimientos, se quitaba la ropa hasta quedar ante ella esplendorosamente desnudo. Ah, y era verdaderamente espléndido, reconoció Pin mareada, deslizando la mirada con tímida apreciación por el cuerpo alto y musculoso, los brazos fuertes y los muslos poderosos. Remolinos de vello espeso y dorado cubrían su pecho amplio afinándose en una flecha al llegar a la cintura firme, antes de ensancharse en una masa de rizos dorado oscuro en el sexo. Pin jamás había visto un hombre desnudo, y por cierto jamás un hombre flagrantemente excitado, y con perpleja confusión observó el bulto rígido de su masculinidad, que se alzaba audaz y sin vergüenza entre el vello dorado. Un semental, pensó entre nerviosa y arrobada. Un hermoso semental dorado, y me desea... como yo lo deseo a él, reconoció con un temblorcillo en el interior de su cuerpo y una tirantez dolorosa en los pezones, al mirar sus formas magníficas, un río de fuego líquido entre las piernas.

Al ver por primera vez la desnudez de los encantos femeninos que habían acosado sus sueños, Royce inspiró profundo. Pin era un cuadro indudablemente sensual y atractivo, recostada sobre el terciopelo azul del sofá, la tez pálida resplandeciente como alabastro contra el fondo de tela azul oscuro. El cabello oscuro rizado estaba despeinado, tenía los labios rojos y entumecidos por los besos de Royce, y los ojos habían adquirido un color violeta ahumado con el deseo que la embargaba. Con esfuerzo, se refrenó para no arrojarse sobre ella como una fiera voraz, concentrándose en cambio, con placer sensual, en el movimiento ascendente y descendente de sus pechos pequeños y atrevidos, los pezones rojos como cerezas, sintiendo todavía su sabor en la lengua. Su figura era fina y la cintura esbelta; la línea de sus caderas y la sorprendente longitud de las piernas de formas delicadas. «Mi Venus de bolsillo —pensó Royce—. Y será mía», reconoció con un gesto innegablemente posesivo en la boca bien delineada.

No queriendo privarse un minuto más, Royce cayó sobre sus rodillas, con las manos extendidas hacia Pin. Con un grito ahogado la atrajo contra sí, buscándole los labios en un beso ávido y hondo, invadiendo su boca con la lengua con urgencia casi brutal. Pero los besos pronto no fueron suficientes y apartando la boca de la de ella, sus labios pronto bajaron hasta el calor de sus senos, y con la lengua rodeando apretadamente los pezones palpitantes, el toque ávido de los labios mientras masajeaba sus pechos, obligó a Pin a arquearse para encontrar su boca.

Casi temblando por la fuerza de las poderosas emociones que le despertaba, Pin movía las manos inquietas sobre él, gozando al sentir la carne firme y cálida bajo sus dedos. Anhelante, le acariciaba los hombros, los brazos musculosos, la espalda tensa y amplia, deseando que continuara la dulce tortura de esos labios contra sus senos, maravillándose de que la encontrara deseable, y cuando el cuerpo imponente se deslizó sobre el sofá a su lado, le pareció lo más natural del mundo asirse a él, apretarse invitadoramente contra él.

Royce gruñó suavemente al sentir el contacto del cuerpo de Pin contra el suyo; la necesidad que tenía de ella, de encontrar el éxtasis que los esperaba, lo enardecía aún más. Ella era tan dulce, tan sensible a su boca y su tacto, que estaba ansioso por saborear cada centímetro de su cuerpo, de explorar lentamente, durante horas, el cuerpo suave y blanco, pero mucho temía que si no encontraba pronto un alivio al anhelo salvaje y pulsante que llenaba su cuerpo, enloquecería.

La boca de Royce buscó la de Pin, y la exigencia descarnada de sus labios y su lengua revelaban lo profundo de la pasión que lo consumía. Con un movimiento rápido y seguro, deslizó un muslo entre los de ella, y a Pin se le cortó la respiración ante este gesto íntimo; desenfrenadas sensaciones nuevas la recorrieron cuando él apoyó su muslo contra el de ella. Desbordada por la misma pasión, Pin estaba inerme en sus brazos, incapaz de negarle nada, y cuando la mano de Royce se deslizó entre sus piernas, acariciando profundamente el calor sedoso que encontró allí, su cuerpo se alzó con violencia, ansioso por recibir esta nueva invasión. Con la sangre golpeándole en las venas y el corazón latiéndole furiosamente, Pin se retorció bajo su contacto, el cuerpo reaccionando con voluntad propia, y extendió las manos hacia él, deseando proporcionarle tanto placer como el que él le estaba dando.

Pero Royce le tomó las manos y sosteniéndolas por encima de la cabeza, murmuró roncamente sobre su boca:

—No. Esta vez no. Esta vez no podría soportarlo si me tocas.

Manteniéndole las manos cautivas con una mano, siguió besándola con fiereza mientras acomodaba el cuerpo enorme entre sus piernas, con intención clara. Pin tuvo un momento de pánico, pero entonces ya era demasiado tarde, porque los dedos de él ya abrían el camino para su miembro erecto e inexorable que ya empezaba a hundirse dentro de ella. La sensación que explotó dentro del cuerpo esbelto era indescriptible, entre maravillada y dolorosa, mientras él se hundía más y más en la carne que lo recibía gozosa; su virginidad resultó ser una frágil barrera ante la posesión total.

Pero era una barrera, y cuando la sintió, Royce abrió los ojos sorprendido; no podía creer que todavía fuera virgen. No importa, se dijo aturdido, era demasiado tarde, el daño estaba hecho antes de que se diera cuenta, y estaba demasiado excitado para detenerse ahora; el calor sedoso y tenso del cuerpo de Pin era tan seductor, que no podía pensar en otra cosa que no fuera lo que ella le hacía sentir en ese mismo momento. Gimiendo con intenso placer, se movió sobre ella, sumergiéndose una y otra vez en la dulce profundidad de Pin, sus movimientos haciéndose más ardientes y compulsivos cuando la sintió responder, cuando sintió que su cuerpo se alzaba incontrolable para encontrar el empuje del suyo.

Perdida en un tumulto de emociones violentas, los movimientos de Pin eran tan frenéticos como los de él, buscando con desesperación el paraíso presentido, con su mente y su cuerpo enteramente a merced de Royce. Una y otra vez se hundió en ella, y con cada embestida Pin ansiaba la siguiente. De pronto se puso rígida, y una ola de tan intenso placer, tan desvergonzada gratificación surgió en todo su cuerpo que se estremeció y lanzó un grito.

Con la cara tensa por el esfuerzo de refrenar su propio éxtasis, un brillo de satisfacción iluminó momentáneamente los ojos color ámbar dorado al oír el grito de Pin, y casi con un suspiro Royce sintió que estallaba de placer. Los movimientos violentos de su cuerpo disminuyeron cuando descargó su pasión, pero siguió besando a Pin con perezosa satisfacción, incapaz de separarse de ella.

Sin embargo, al fin tuvo que moverse, y elevándose un poco encima de ella, miró el rostro sonrojado por la pasión y expresó en voz alta lo que había estado pensando desde el instante en que la besó ese día.

—No puedo dejarte marchar —dijo con aspereza—. Ahora no. Ahora que eres mía, no te dejaré ir.

14

Aturdida por lo que acababa de ocurrir, con el cuerpo todavía trémulo por la voraz posesión de Royce, Pin contempló su rostro oscuro, turbada y sin comprender. Desconcertadamente consciente de su propia desnudez, y del cuerpo enorme de Royce que a medias cubría el de ella con un muslo musculoso atrevidamente acomodado entre sus piernas, Pin estaba demasiado confusa por las emociones turbulentas que recorrían su cuerpo como para entender lo que él decía.

¿Habían pasado sólo unos momentos, se preguntó azorada, desde que vagaba por esa misma habitación, perdida en sus propios pensamientos desdichados? Y ahora... ahora conocía la fuerza del cuerpo de Royce moviéndose sobre el de ella, ahora ella conocía el éxtasis que podían compartir dos amantes, y ahora, pensó miserablemente, ahora tenía los pies firmemente plantados sobre la senda de su madre.

Oh, tal vez no había puesto precio a sus favores esa primera vez, pero en el instante en que Royce la tomó en sus brazos y la besó, la besó tan apasionadamente que la abandonó todo pensamiento coherente, la decisión sobre su futuro había quedado tomada y no había retorno. Le había permitido hacerle el amor, le había entregado con alegría su virginidad, se había regodeado en el poderío y la fuerza de ese cuerpo hermoso que la había poseído, pero ahora debía encarar la fría realidad. Y la fría realidad era que los hombres como Royce Manchester sólo tenían un uso para las mujeres como ella. No se enamoraban de ellas, ni consideraban jamás la posibilidad de casarse con ellas; gozaban de sus cuerpos y cuando desaparecía la pasión inicial, las descartaban y se iban con la siguiente mujer que despertara su interés. Siempre había sido así y siempre sería así, y sin embargo, Pin no podía evitar desear desesperadamente que las cosas fueran diferentes.

Con pesar, la mirada de los claros ojos grises se deslizó por los rasgos oscuros e intensos de Royce, desde el mechón rebelde de pelo castaño dorado que caía sobre la frente amplia, a las cejas espesas y oscuras, evitando deliberadamente encontrarse con los ojos dorados y profundos, antes de bajar por la nariz elegante y finalmente posarse en la boca plena y hábil. Incapaz de apartar la vista, miró esos labios bien marcados, esos labios, pensó de pronto con un estremecimiento, esos labios que me dan tanto placer, que hacen cosas tan maravillosas y perversas en mi cuerpo, esa boca tan pecaminosamente atractiva que yo... Se detuvo y tragó con dificultad. Quisiera que su esposo tuviera los mismos rasgos, las mismas cualidades, y penosamente se dio cuenta de que quería un marido muy parecido a Royce Manchester.

Era una admisión terrible, que la llenó de iracunda desesperación. Las mujeres como ella no podían permitirse aspirar a casarse con hombres como Royce Manchester. Con amargura, se reprochó por ser tan tonta, tan estúpida como para permitirse soñar con alguien como él, un hombre que, de no ser por una treta del destino, jamás se habría cruzado en su camino, un hombre que podría gozar de su cuerpo, pero que nunca la consideraría como nada más que un objeto de su deseo. Algo afilado como un cuchillo se revolvió en su pecho y por primera vez en su vida, deseó haber nacido otra persona, haber nacido como una dama de cuna y fortuna, una mujer en situación de casarse con Royce Manchester...

La mano perezosa y acariciante de Royce en su garganta trajo a Pin de vuelta al presente y, sin poder evitarlo, lo miró a los ojos. Él la estaba mirando atentamente, con una expresión difícil de definir en esos ojos de tigre, no del todo satisfacción y no del todo posesión, pero había algo en esa mirada dorada que la hizo estremecer. Y no sabía si era de anticipación o de miedo.

Royce parecía fascinado con su cuerpo, y finalmente apartó la mirada de la cara de Pin para deslizarse todo a lo largo del cuerpo esbelto. Pin sintió que la carne le ardía en cada lugar donde se posaban sus ojos, los pezones se le endurecían, la respiración se le aceleraba e, increíblemente, su vientre súbitamente ansiaba que él volviera a sumergirse en ella. Cuando Royce retiró la mano de su garganta y la llevó a sus senos, Pin hundió los dedos en la suavidad del almohadón de terciopelo, esforzándose por no dejar traslucir lo mucho que la afectaba su mero contacto.

No contento con sólo mirar, Royce inclinó la cabeza y capturó un pezón audaz entre los dientes.

—¡Dios! —murmuró contra la piel tibia—, no quiero moverme de aquí nunca más, sólo quiero estar aquí y hacer el amor una y otra vez... y otra vez más. —Le dio un último mordisquito suave y provocativo en el pezón y, con evidente renuencia, rodó alejándose de ella y se sentó. Con un brazo apoyado sobre el respaldo del sofá, se inclinó hacia adelante con una expresión algo avergonzada en el rostro—. Esto no fue muy inteligente, ¿no? No era mi intención abalanzarme sobre ti de este modo, y si hubiera sabido que era tu primera vez... —Los ojos se le oscurecieron y su voz se enronqueció al decir—: Si hubiera sabido que eras virgen hubiera querido que todo fuera perfecto para ti, hubiera elegido un mejor momento y un mejor lugar para hacerte mía. —Casi como si no pudiera contenerse, su mano libre se cerró sobre un seno; los dedos amasaban rítmicamente la carne suave, y los ojos de tigre se iluminaron con una luz extrañamente tierna, y con voz gutural preguntó—: No te hice mucho daño, ¿verdad?

Sacudida por la ternura de su voz, Pin sólo pudo mirarlo muda, con los ojos llenos de vagos secretos. Era intolerablemente consciente de la silueta desnuda de Royce que casi la tocaba, de su muslo fuerte que descansaba a pocos centímetros de su pecho, y del deseo creciente que estaba despertando en ella la insistente caricia en su seno. ¿Cómo podía haberse portado como una ramera total? ¿Cómo podía seguir acostada allí, tan pasiva, dejando que la acariciara a su voluntad, sin hacer ningún intento por apartarse de él? Avergonzada de sí misma, alarmada por las sensaciones lujuriosas que crecían dentro de ella a cada momento, con cada toque de esos dedos en su seno, enojada, Pin se obligó a actuar.

Retirándole la mano con rapidez, se enderezó con un movimiento ágil. Con la espalda contra el brazo del sofá, recogió las piernas defensivamente contra el pecho y apretó sus brazos alrededor de ellas. Miró su vestido destrozado, tirado sobre el suelo a poca distancia del sofá, donde Royce lo había arrojado, pero sintiendo que ahora estaba por lo menos parcialmente protegida de su mirada directa sobre su desnudez, Pin miró a Royce pensativamente por debajo de sus pestañas.

Él no parecía perturbado en absoluto por lo sucedido, sentado allí, sereno, a escasos centímetros de ella; aparentemente, su propia desnudez no le importaba, y de pronto a Pin se le ocurrió que qué cuadro ridículo debían ofrecer, los dos totalmente desnudos, a media tarde y en el estudio de Royce, donde cualquiera podía entrar en cualquier momento. No pudo reprimir una pequeña sonrisa en la comisura de los labios al imaginarse la expresión del muy formal señor Spurling, el valet de Royce, si entrara en ese momento buscando a su patrón y los descubriera en esa comprometedora posición.

Por tenue que fuera la sonrisa, Royce la detectó, y sonriendo también, murmuró:

—No contestaste a mi pregunta, pero como puedes sonreír, supongo que no debo haberte causado mucho dolor.

El arte del disimulo era algo que Pin jamás había aprendido, y para su propio horror, se encontró diciendo con honestidad:

—¡Oh, no! Casi no me dolió, un poquito, al principio. —Y tímidamente confesó—: Nunca me imaginé que podía ser tan maravilloso.

Los ojos de Royce se oscurecieron de encendida pasión y extendió una mano para tomarle la barbilla. Sin que Pin se diera cuenta, él se había acercado y con la boca justo encima de la de ella, dijo suavemente:

—No creo que sea buena idea que yo escuche esas cosas: quiero hacerte el amor otra vez, ahora mismo, y si no fuera porque debes de haber sufrido algún dolor, mucho me temo que ya estarías debajo de mí. —Dejó caer un beso seco sobre la boca asombrada y mascullό—: No me tientes, o la extremadamente reciente pérdida de tu virginidad no me impedirá tomarte una segunda vez, dentro de muy escasos momentos.

Y como si se acabara de dar cuenta de dónde estaban, le sonrió y dijo en tono burlón:

—Además, mucho me temo que no tendríamos tanta suerte una segunda vez, y pienso que será mejor que nos vistamos antes de que nos encuentren en esta situación bastante, ehhmm, comprometedora.

Poniéndose de pie con un movimiento felino, Royce recogió distraídamente sus prendas esparcidas por el suelo y, sin apuro y con economía de movimientos, se vistió, evidentemente para nada afectado por la misma modestia que aquejaba a Pin. La cual, con las mejillas rojas, apartó la vista de la figura magnífica, obligándose a no mirar el cuerpo alto y musculoso, que le había proporcionado tanto placer inolvidable.

Royce estaba casi vestido cuando Pin empezó a moverse juntando los lamentables jirones de sus ropas, y sólo cuando se puso apresuradamente el viejo vestido de algodón, se dio cuenta de los estragos causados por Royce. El vestido estaba irreparablemente rasgado desde el cuello hasta la cintura, y no había manera de abrocharlo, ni de esconder la ruina que habían provocado sus manos ansiosas en la tela gastada. Desolada por la destrucción del vestido, con dedos temblorosos Pin trató una y otra vez de abrochar y esconder la tela rota. Fue inútil, y con ojos llenos de ansiedad, miró a Royce.

—¡El vestido de Ivy está arruinado! Ella me lo había prestado; ¿cómo se lo podré pagar? No lo puedo abrochar... y no tengo nada más que ponerme. —Con evidente vergüenza en la voz agregó desvalida—: ¿Qué voy a hacer? No puedo volver a la cocina así.

Con una expresión enigmática en los ojos de topacio, Royce murmuró:

—No, por supuesto que no puedes volver a la cocina..., pero por otra parte, nunca tuve la intención de que te quedaras allí para siempre.

Algo en la voz de Royce hizo que el corazón de Pin latiera aceleradamente.

—¿Qué quiere decir con eso? —preguntó ella cortante.

—Quiero decir —contestó Royce con lentitud mientras se acercaba a ella y la tomaba por el mentón con sus dedos largos— que ya es hora de que tú y yo nos dejemos de juegos. Después de esta tarde ¿realmente crees que te dejaré volver a la cocina? ¿Que permitiré que seas tratada como una sirvienta?

Pin tragó saliva penosamente. Adivinando lo que Royce estaba a punto de sugerir, y necesitando, por su propio orgullo, ser ella quien pusiera los términos de un arreglo, se oyó decir con frialdad:

—Creo que deberíamos discutir el precio de nuestra relación, antes de que esto siga adelante.

Royce no estaba seguro del papel que tendría Pin en su vida después de esa tarde, pero de lo que sí estaba seguro era de que lo que sentía por ella era diferente del arreglo comercial que tenía con Della; le enfureció que Pin estuviera tan dispuesta a poner un precio a las poderosas emociones que había entre ellos. La expresión cálida se desvaneció de sus ojos y apretó los dedos sobre el mentón de Pin mientras preguntaba:

—¿Y qué quieres decir exactamente con eso?

Sorprendida de sí misma, y haciendo caso omiso del vacío que sentía en el estómago, Pin lo miró directamente a los ojos y dijo sin ambages:

—Si voy a ser su amante, eso le va a costar mucho... muchísimo dinero.

—Ya veo —replicó él furioso, con un brillo frío y cínico en la profundidad de sus ojos—. ¿Y cuáles son tus condiciones, querida mía?

Sin vacilar, ignorando el dolor que sentía en el corazón, Pin respondió valientemente:

—Una casa. Quiero una casa en el campo que sea mía solamente. Y dinero.

Royce quedó pasmado ante el sentimiento de desilusión que lo invadió al oír sus palabras. No sabía exactamente qué esperaba de ella, pero creía que lo que habían compartido no tenía precio, un momento que él jamás olvidaría... que jamás querría olvidar. Sin embargo, era obvio que había juzgado mal la situación por completo, que ella no era más que una ramera mercenaria. Furibundo por haberse permitido caer bajo el hechizo de esa cara hermosa y ese cuerpo flexible, apenas pudo contener el salvaje deseo de sacudirla hasta hacerle perder el sentido, de hacerle reconocer que lo que habían compartido era precioso. Pero por otra parte, ¿qué se podía esperar de una pequeña buscona sacada del arroyo? Tendría que haberlo supuesto.

Los ojos de Royce se entrecerraron peligrosamente y, finalmente preguntó con fría burla en la voz:

—¿Cómo, nada de joyas? ¿Nada de trajes? ¿Nada de coches y caballos finos para pasear por la ciudad? ¿O debo entender que esas cosas automáticamente son parte del pago?

Pin se estaba forzando tan enérgicamente a actuar con tozuda practicidad, se estaba concentrando con tanta seriedad en el futuro que debía asegurar para sí y para sus hermanos, que no había pensado en nada más que los puntos importantes. Al oír la mofa en su voz, se le retorció el corazón y deseando que terminara esa escena desagradable, casi se retractó. ¿Pero qué otra cosa podía hacer?, se preguntó miserablemente, ¡especialmente ahora! Si no quería pasar de protector en protector hasta terminar como su madre, era de vital importancia poner las condiciones más ventajosas para ella y sus hermanos.

Mortificada por lo que estaba haciendo y, sin embargo, no viendo ninguna otra salida a su predicamento, separó la cabeza de un tirón y musitó con voz fina:

—Sí, todo eso también.

Royce aspiró profunda y airadamente, pero su voz era fría cuando replicó:

—Muy bien. Me ocuparé de ello.

Asombrada, Pin lo miró, sin poder creer que él aceptara con tanta docilidad.

—¿No... no... va a dis... dis... cutir conmigo por es... es... te arreglo? —balbuceó inquieta, con los ojos grises muy abiertos.

Royce sonrió sin alegría.

—¡Por supuesto que no! Soy un hombre rico —gruñó secamente— y siempre estuve dispuesto a pagar por mis placeres... cualquiera que fuera el precio. —La atrajo hacia sí y la besó con crueldad, sin mostrar nada de su anterior ternura. Separando su boca de los labios magullados de Pin, dijo en tono salvaje—: ¡Y puedes creer que te ganarás cada penique que gaste en ti, mi querida!

El orgullo le hizo enderezar la espalda y con el mentón alto Pin dijo con voz resuelta:

—¡Tengo toda la intención de hacerlo!

—Muy bien —replicó él— veo que nos entendemos. —Tras echar un vistazo despectivo al vestido rasgado, dijo fríamente—: Y creo que el primer negocio del que tenemos que ocuparnos es conseguirte algo de ropa nueva.

Antes de que Pin pudiera protestar, se dirigió al cordel que pendía detrás del escritorio y, con un tirón brutal, giró quedando frente a ella. Los minutos que pasaron allí de pie, mirándose en silencio, fueron muy incómodos, ya que ninguno de los dos estaba dispuesto y ni siquiera podían pensar en algo para decir que sorteara el abismo que se había abierto entre ellos.

Con alivio, Pin oyó el golpecito en la puerta y observó a Royce cruzar la habitación y abrirla. Chambers esperaba del otro lado; desapareció algo de su expresión cortés al ver la cara de Royce, y abrió los ojos con escandalizada consternación al ver el rostro afligido de Pin por encima del hombro de Royce. Afortunadamente, antes de que viera el vestido desgarrado, en un tono de voz que Chambers jamás le había oído, Royce dijo cortante:

—Busque a Spurling y dígale que me traiga una capa. ¡Ahora mismo!

El criado, tan cortés como siempre, se incinó levemente mientras decía:

—Por supuesto, señor. Me ocuparé en este mismo instante. —Chambers vaciló un momento y agregó—: Me dirigía hacia aquí a buscarlo cuando llamó, señor. *Lady* Whitlockk y *lady* Devlin acaban de llegar de visita. —Dirigiendo una mirada nerviosa a su patrón, Chambers prosiguió—: Las hice pasar al salón azul; me informaron que venían a verlo por un asunto de cierta importancia.

Una mueca sombría oscureció el rostro ya enfurecido de Royce y maldijo por lo bajo. *Lady* Whitlockk era una vieja entrometida, reconocida por caer sobre los desprevenidos y sermonearlos incesantemente con respecto a la última obra de caridad que la ocupaba, y si no sermoneaba, se dedicaba a recaudar fondos para una u otra causa noble. Salvar a los desposeídos era su misión en la vida, y la cumplía hasta las últimas consecuencias, por lo que la mayor parte de la aristocracia la evitaba como si fuera la peste. Desgraciadamente, *lady* Whitlockk iba a todas partes, y aprovechaba cualquier ocasión para exponer su proyecto preferido del momento. La única característica que la redimía, y las opiniones estaban divididas sobre ese punto, era el hecho de que gastaba gran parte de la enorme fortuna heredada de su marido en esas mismas obras altruistas. Apenas la semana anterior había atrapado a Royce, cuando éste se dirigía a White's y no pudo escapar de sus garras hasta prometerle el aporte de una gran suma de dinero para un fondo destinado a alimentar a los cientos de perros callejeros que transitaban las calles de Londres. Como había ido a ver a su banquero esa misma tarde y se había ocupado de que *lady* Whitlockk recibiera los fondos solicitados, la presencia de ésta en su casa lo desconcertaba. Y en cuanto a su acompañante, *lady* Devlin... Su gesto se ensombreció aún más. ¿Qué demonios querría ella?

Con un vistazo a sus ropas informales, puso cara resignada. Por Dios, no podía verlas vestido de esa forma. Mirando a Chambers, sonrió y murmuró.

—Mejor dígale a Spurling que de paso me traiga un chaleco y una chaqueta.

El silencio volvió a descender sobre la habitación una vez que Chambers se hubo retirado, sólo interrumpido por la llegada de Spurling con las prendas solicitadas. Tomándolas de las manos de su evidentemente curioso criado, Royce se lo agradeció mientras añadía:

—Dígale a Chambers que necesitaré mi coche. En cuanto termine con las damas, saldré un rato.

Una vez que Spurling se hubo ido, Royce arrojó la capa en dirección a Pin y apresuradamente se puso el chaleco y la chaqueta. Con voz fría dijo:

—No tardaré mucho. Espera aquí hasta que vuelva, y después iremos a comprarte algo de ropa. —Con un gesto torcido en la boca, agregó secamente—: Después de todo, te lo ganaste, ¿no es así?

En ese momento, Pin lo odió, pero antes de que pudiera contestarle, Royce había salido de la estancia, cerrando la puerta con fuerza innecesaria detrás de sí.

Al entrar al salón azul, Royce notó que Chambers había servido a las damas limonada y pastelitos de crema, y sonriendo con cortesía, comentó:

—Lamento haberlas hecho esperar, señoras, pero me alegra ver que mi criado se ha ocupado de que estén cómodas.

Las dos mujeres estaban sentadas en un largo sofá Sheraton tapizado en tapestry azul, con las faldas amplias artísticamente dispuestas alrededor de los tobillos. Conociendo ya a *lady* Whitlockk, Royce inclinó la cabeza cortésmente en su dirección antes de fijar la vista en la esposa del conde de St. Audries. Conocía a Lucinda

Devlin de vista, pero nunca los habían presentado formalmente. *Lady* Whitlockk, con grandes aleteos de pestañas y miradas pícaras, rectificó esta omisión.

A los cuarenta y dos años, Lucinda Devlin seguía siendo una mujer atractiva. Su cabello oscuro y lustroso, peinado en un moño bajo con unos pocos mechoncitos que se rizaban sobre las sienes y mejillas, no mostraba una sola cana. Y si bien había algunos signos de envejecimiento en el rostro, una leve arruga ocasional cerca de los ojos color avellana de largas pestañas y una línea o dos en la comisura de la boca voluptuosa, su cuerpo era el de una mujer de la mitad de su edad, con el busto alto y firme, la cintura breve y las caderas delgadas. Resultaba obvio por la mirada apreciativa y sensual que le dirigió a Royce cuando él se inclinó sobre su mano extendida, que gozaba de la compañía masculina, pero Royce ni por asomo podía imaginarse por qué estaba allí, con una vieja tonta y anticuada como *lady* Whitlockk.

El contraste entre las dos mujeres sentadas en el sofá era bastante conspicuo. *Lady* Whitlockk tenía alrededor de sesenta, y se le notaba; su blanco pelo fino y alborotado enmarcaba una cara con profundas arrugas que no había sido atractiva ni siquiera en su juventud; su espantoso traje de mal corte, de seda color castaño rojizo chocaba violentamente con el vestido de gran estilo, de muselina color damasco, que llevaba Lucinda. Ésta era conocida por sus múltiples amantes, en tanto que *lady* Whitlockk, era igualmente conocida por su sincera dedicación a los menos afortunados que ella. Eran una pareja extraña, por cierto, y mientras los tres seguían conversando cortésmente, Royce no podía dejar de preguntarse qué las habría llevado a su casa juntas, especialmente en vista de que era bien conocido el hecho de que no se llevaba particularmente bien con el esposo de Lucinda.

Como respondiendo a su pregunta no formulada, Lucinda dejó su vaso de limonada y dijo en tono casual:

—Es usted muy amable al recibirnos, pero estoy segura de que se pregunta por qué estamos aquí. —Royce asintió con la cabeza—. Mi prima y yo estamos aquí en una... una misión de caridad, se podría decir.

«¡Primas!» pensó Royce asombrado. ¿Quién lo hubiera dicho, viendo a la mucho más vieja y anticuada *lady* Whitlockk, y a la hermosa y elegantemente vestida Lucinda? Seguramente él no, pero por lo menos ahora sabía por qué estaban juntas. En cuanto a una «misión de caridad...» Enarcó una ceja.

—¿Sí? —preguntó con interés—. ¿Qué puedo hacer por ustedes?

Lucinda pareció levemente turbada, y con una muestra de agradable deferencia, se volvió hacia su prima.

—Letty, ésta es tu idea; tal vez sería mejor que tú lo explicaras. Letty simplemente me rogó que la acompañara esta mañana, y si bien por lo general no la dejo que me involucre en sus planes, creí que sería una excelente oportunidad para conocerlo finalmente. He oído muchas cosas sobre usted.

Sin saber si sentirse halagado o no, Royce se limitó a sonreír y fijó su atención en *lady* Whitlockk. Después de varios intentos, finalmente *lady* Whitlockk, dijo de un tirón:

—Se trata de esa carterista que tiene aquí en su casa.

Royce no podía haberse asombrado más si le hubieran dicho que estaba allí para robarle la plata de la familia. ¡Por todos los santos! ¿Qué diablos tenía que ver Pin con esta vieja atolondrada?

—¿La carterista? —preguntó en tono neutro—. ¿Qué pasa con ella?

Mirándolo fijamente con sus ojos de color azul desvaído, *lady* Whitlockk murmuró nerviosa:

—Bueno, sin duda usted sabe que ha habido muchas habladurías sobre su presencia en esta casa, puesto que usted es soltero y todo eso y pensé que sería mejor si se viniera a vivir conmigo.

Lucinda rio con coquetería:

—Le dije a Letty que todo esto era una tontería. Pero cuando se le mete una idea en la cabeza, no hay forma de hacérsela cambiar. Está totalmente convencida de que esta pobre jovencita estaría mucho más feliz en una casa donde haya una mujer.

El cerebro de Royce estaba muy activo detrás de su expresión cortés y replicó secamente:

—Pero si ya hay una mujer en esta casa, varias, en realidad.

Lady Whitlockk, pareció confundida, y durante varios segundos jugueteó intranquila con uno de los costosos pañuelos de seda india que llevaba sobre su persona, antes de aventurar débilmente:

—¡Ah, quiere decir sirvientas! Pero no es lo mismo; las sirvientas sólo le pueden enseñar un poco, pero como dama de cuna y estirpe, la puedo instruir mucho mejor en la forma correcta de comportarse. —Con una nota casi plañidera en la voz y los ojos azules fijos en él, agregó en voz baja—: Es muy importante para mí que venga a mi casa. Le prometo que la trataré bien, y podrá estar bien satisfecho de haber hecho lo correcto.

Era evidente que *lady* Whitlockk le daba demasiada importancia a lo que debería haber sido un simple consejo y no una necesidad, y Royce creía saber muy bien por qué. «Me pregunto —pensó vagamente— con qué exactamente te tiene agarrada el tuerto».

Hasta Lucinda parecía sorprendida por la actitud de su prima, y dijo sin ambages:

—¡Pero Letty, nunca te había visto así! ¿Cómo puede significar tanto para ti una chica del arroyo que nunca has visto en tu vida?

Decidido a probar su suposición de que el tuerto tenía algo que ver con esa visita de *lady* Whitlockk, Royce agregó con suavidad:

—Sí, exactamente, ¿por qué está tan segura de que en su propia casa tendrá más ventajas que en la mía? ¿O es que hay alguien más que quiere que esa muchacha salga de mi casa para ir a vivir en la de usted? ¿Alguien que le sugirió que sería beneficioso para usted venir a pedírmelo?

Totalmente vencida, con un destello de terror en la profundidad de sus ojos azul desvaído, *lady* Whitlockk se puso de pie con un susurro de faldas de seda. Tratando de disimular, *lady* Whitlockk dijo agitada:

—¡Bueno! ¡No tengo la menor idea de a qué se refiere! La bondad de mi corazón simplemente me impulsó a ofrecerle una solución a una situación que puede estar resultándole embarazosa. En cuanto a que alguien más tenga algo que ver con mi presencia aquí, la idea es completamente absurda. Si no quiere que le saque la criatura de las manos, ¡simplemente dígamelo!

—No quiero que se lleve a la carterista, la que, de paso, ¡no es una criatura! —respondió Royce, confirmadas sus sospechas por la reacción de la anciana.

Totalmente perpleja por la conducta errática de su prima, Lucinda también se puso de pie, aunque con mucha más gracia. Sonriéndole a Royce, murmuró:

—Me temo que la querida Letty no se siente muy bien hoy. Le ruego que acepte mis disculpas por cualquier inconveniente que le haya podido causar nuestra visita.

—Ninguno en absoluto —respondió Royce galante—. Fue un placer conocerla y, por supuesto —se inclinó con deferencia en dirección a *lady* Whitlockk—, siempre me alegra verla, *lady* Whitlockk.

Mirándolo con odio, como si fuera una cobra venenosa, *lady* Whitlockk resopló desdeñosa y, recogiendo sus faldas rojizas a su alrededor, salió de la sala, seguida por Lucinda. Royce fue tras ellas, haciéndole señas a Chambers, que esperaba en el vestíbulo principal con la puerta abierta. Apenas las damas salieron, Royce preguntó:

—¿El coche?, ¿ya lo ha pedido?

—Sí, señor. Creo que ya está en la calle esperándolo.

—¡Muy bien! Iré por Pin y estaremos fuera durante varias horas. —Royce vaciló sólo un segundo y agregó cortante—: Como ya puede haber supuesto, Pin no volverá a sus tareas habituales, y tampoco ocupará las mismas habitaciones. Por favor, ocúpese de preparar la *suite* principal y haga trasladar sus cosas allí. —Había un brillo en los ojos dorados que no admitía argumentos, aun si Chambers se hubiera sentido inclinado a presentarlos, de modo que Royce continuó—: Pin ocupará el cuarto contiguo al mío hasta que le encuentre un alojamiento más adecuado. Entretanto, quiero que se la trate con cortesía y respeto.

Si Chambers se sintió sorprendido, no sólo por las órdenes de Royce, sino por el mero hecho de que éste se había molestado en explicarle algo, sus rasgos no lo delataron. Con voz neutra, se inclinó y dijo:

—Por supuesto, señor. Me ocuparé de todo al instante.

Esperando que Pin resultara igualmente dócil, Royce cruzó rápidamente el vestíbulo rumbo a la oficina. Encontró a Pin de pie en medio de la estancia, con la capa demasiado grande que ocultaba por completo sus formas delgadas. Royce masculló.

—¡Bien! Ya estás lista. Vámonos. —ordenó levemente—. Siempre creí que era mejor pagar mis deudas de inmediato, y si bien me llevará algún tiempo encontrarte una casa, lo que sí puedo es proveerte de algunas ropas y joyas antes de terminar el día.

Con los ojos bajos y la cabeza gacha, Pin pasó a su lado, mientras el frío nudo de desesperación que tenía en el pecho casi la hacía llorar de dolor. ¡Lo había hecho! Se había vendido a Royce Manchester, y ese conocimiento no le traía más que un sentimiento de amargura y arrepentimiento. Ni siquiera la idea de que ganaría una fortuna, un futuro para ella y sus hermanos, la consolaba por lo que había hecho. Penosamente deseaba poder retirar las palabras, poder revivir esos momentos antes de que su lengua perversa la colocara en esa terrible situación. El cuerpo todavía le dolía por haber hecho el amor con Royce, y sabía que desaparecería pronto, pero el dolor que sentía en el corazón, el dolor de su corazón era para siempre...

En silencio permitió que Royce la guiara hasta el vestíbulo y fuera de la puerta hasta la calle. No miró ni a izquierda ni a derecha, pero el orgullo finalmente vino en su rescate y enderezando los hombros delgados, levantó la cabeza con altivez. ¿Y qué si iba a ser la amante de un rico? Eso había sido bueno para su madre, ¿por qué ella tenía que arrepentirse?

Ni siquiera vio a las otras dos mujeres que se preparaban para subir a su propio carruaje, hasta que Royce se tocó la cabeza y dijo fríamente:

—Señoras.

La curiosidad hizo que mirara fugazmente en esa dirección, pero estaba tan perdida en su propia miseria que apenas pudo reconocerlas como damas elegantes, de modo que no le despertaron ningún interés y, apática, volvió a mirar hacia adelante. Si bien Pin no las encontró especialmente interesantes, por lo menos una de las damas la encontró a ella sumamente interesante. Con la cara pálida y los ojos avellana dilatados por la furia y el asombro, Lucinda Devlin observó con incredulidad el rostro encantador de la joven que ascendía al coche de Manchester.

—¡Por Dios bendito ! ¡No puedo creerlo! ¡La mocosa de Hester! —siseó malignamente—. ¡Está viva! —Asiendo el brazo de *lady* Whitlockk con demasiada fuerza, Lucinda miraba con atención el coche que se alejaba. Con un gesto airado en la boca voluptuosa, Lucinda se volvió para mirar enfurecida a una *lady* Whitlockk súbitamente muy asustada y dijo con severidad—: Mi querida Letty, creo que es hora de que me digas exactamente por qué querías alojar a esa joven en tu casa... y quién te dijo que lo hicieras.

Desconociendo las reacciones de Lucinda Devlin, Royce y Pin atravesaron velozmente las calles atestadas de Londres, dirigiéndose al establecimiento de una modista bien conocida por Royce. No hubo ninguna conversación entre ellos, y sólo cuando se detuvieron ante un pequeño edificio de apariencia modesta, cerca de Bond Street, Royce habló. Con una mirada dura a Pin, preguntó:

—¿Tienes algún nombre además de Pin? —Con amargura en la mirada y un dejo sarcástico en las palabras, agregó bruscamente—: De alguna manera, no tiene el sonido conveniente para la carrera que has elegido. Seguramente, tu madre no te bautizó «Pin».

Pin oyó su voz como si estuviera a una gran distancia, mientras una depresión gélida apagaba todo deseo de saltar ante su tono deliberadamente provocador. Pensó por un largo momento, y después respondió sordamente:

—Morgana. Mi nombre es Morgana.

TERCERA PARTE

Morgana

«Frenesí demoníaco, taciturna melancolía
y lunática locura.»

John Milton,
El paraíso perdido

15

Madame Duchand era una francesa alta y distinguida que sostenía que varios años antes había escapado a la guillotina. Si tenía o no antecedentes aristocráticos era un hecho cuestionable, pero lo que nadie cuestionaba era la calidad y el corte elegante de los trajes que diseñaba. Conocía a Royce, y cuando él y Morgana entraron al distinguido local, *madame* Duchand los miró evaluando sus expresiones y exclamó con cordialidad:

—¡Ah, *monsieur* Manchester! Me alegro de volver a verlo. ¿En qué le puedo servir?

Royce sonrió apenas y empujando a Morgana con desdén, dijo directamente:

—Quiero que la vista: todo lo necesario, de la piel para afuera, y de pies a cabeza.

Madame Duchand estudió el rostro enojado de Morgana. Insegura sobre la situación y no queriendo disgustar a un cliente rico, preguntó con suavidad:

—Será un placer, *monsieur*... ¿pero tal vez usted tiene alguna idea sobre los colores y el estilo de las prendas?

Envuelta en su propia desesperación helada, Morgana apenas se daba cuenta de los comentarios que se hacían en torno a ella. En cuestión de horas había cambiado toda la trama de su vida, y todavía trataba de comprender la enormidad de su significado. ¡Ojalá nunca le hubiera puesto los ojos encima a Royce Manchester! Por culpa de ese hombre alto y poderoso que estaba a su lado, y de su propio cuerpo traicionero, se había destruido cualquier esperanza de alcanzar la respetabilidad, y cualquier sueño que pudiera haber abrigado sobre su futuro quedaba completamente aniquilado. Por más que hubiera considerado seriamente la posibilidad de convertirse en su amante hasta convencerse de que era lo más inteligente que podía hacer, por otro lado, sabía que le hubiera resultado imposible proponer semejante relación si no se la hubieran impuesto los acontecimientos de esa tarde. Si ella se hubiera limitado a aceptar la idea de que la enviara a Norteamérica en vez de... Con los ojos desolados, cargados de ira y desesperanza, miró ciegamente los ricos tonos azules, verdes y rojos de la alfombra Axminster que tenía a sus pies, maldiciendo su lengua indisciplinada que la había precipitado a la escena devastadora en el estudio de Royce. Si tan sólo no le hubiera hecho esas preguntas justo en ese momento, y hubiera podido liberarse del oscuro hechizo que él había conjurado en torno a ella, tal vez en este momento podría estar discutiendo alegremente el tan ansiado viaje a Norteamérica. Un gesto torció sus labios suaves. Pero no, en cambio, era la prostituta de un rico, ¡que pronto quedaría comprada y pagada!

Un sollozo angustiado le subió por la garganta, pero lo reprimió despiadadamente. ¡No! No iba a llorar, ¡y no iba a terminar como su madre! Por una suma extravagante, había acordado ser la amante de un hombre, que la fascinaba y enfurecía al mismo tiempo. Pero por otra parte, no se imaginaba compartiendo con otro hombre, por ningún precio, las asombrosas intimidades que exigía Royce. Una vez que ese arreglo humillante llegara a su fin, haría buen uso de lo que había ganado de forma tan degradante y huiría a Norteamérica a reunirse con sus hermanos. En el Nuevo Mundo, dejando atrás su sórdido pasado, labraría una vida nueva para ella y sus hermanos, una vida en la que cupiera toda la respetabilidad que anhelaba.

Enderezó los hombros y levantó la barbilla. Algún día todo lo que estaba sucediendo hoy sería pasado, y no iba a permitir que la situación ingrata la venciera. Durante los desagradables minutos que siguieron, trató de aferrarse a ese pensamiento reconfortante, pero la conducta de Royce para con ella, el airado desdén con que parecía mirarla, le despertó una oleada de furiosa indignación. ¿Qué motivos tenía él para estar enojado? ¿Por qué la miraba como si fuera ella quien se había aprovechado de él?

Madame le había quitado la capa de Royce y durante varios minutos la había hecho dar vueltas para uno y otro lado, examinado con ojo experto la silueta esbelta. Cualquiera podía suponer lo que pensaba *madame* del vestido rasgado de algodón azul y blanco, pero como mujer sofisticada y conocedora del mundo, no dejó traslucir expresión alguna de censura o de piedad. Mirando a Royce en espera de sus instrucciones, *madame* finalmente preguntó:

—¿*Une jeune fille*, tal vez? ¿O quiere usted algo más, eh... cuál es la palabra? ¿Sugestivo?

Con una expresión dura en los ojos dorados, Royce dijo serio:

—Como no hay nada de inocente en ella, creo que la palabra «sugestivo» es decididamente aplicable.

—¡Oh! —replicó *madame* en tono pícaro, ignorando discretamente la tensión que crecía entre esos dos—. ¿Una damita sugestiva a la moda, quizás?

Mortificando a Morgana con deliberación, Royce la miró desafiante, diciendo:

—¡Damita no es precisamente la palabra que emplearía para describirla!

Las palabras de Royce la molestaron, y decidida a vencerlo en su propio juego, Morgana dijo con dulzura.

—¿Puta, quizás? —Haciendo caso omiso de la exclamación escandalizada de *madame*, miró a la modista y le dijo modosa—: ¡Sí, elijamos algo apropiado para una puta!

Royce maldijo furioso y, asiendo a Morgana por el brazo, le preguntó a *madame*:

—¿Hay algún lugar donde podamos hablar a solas?

Con viva curiosidad en los ojos negros, *madame* asintió con la cabeza y murmuró:

—Por allí, *monsieur*, segundo piso a la izquierda... Con frecuencia otros clientes desean conversar en privado. Allí estarán completamente a solas.

La habitación era pequeña, pero estaba decorada con gusto: un par de sillones tapizados en seda color paja en un extremo, una mesa de madera fina en medio, y un sofá de brocado celeste contra una pared. Pero Royce no tenía tiempo para admirar la decoración y, de pie en medio de la estancia, miró furioso a Morgana sacudiéndola con ferocidad.

—¿A qué demonios estás jugando? ¡Llamarte a ti misma una puta!

Había algo sumamente satisfactorio en encender su furia, y desafiante, Morgana replicó:

—¿Pero no es eso lo que soy ahora? ¿Una puta?

—¡Maldición! —gruñó Royce, con un brillo de violencia reprimida en los ojos dorados—. Podrás ser codiciosa y ambiciosa, pero considerando que eras virgen hasta hace apenas unas horas, ¡no creo que la palabra puta se aplique a ti! Ahora vas a volver al salón y te comportarás correctamente. Te dejaré que elijas algunas cosas, pero sólo para molestarme, ¡no te vas a vestir como una callejera barata! Me obedecerás o...

Con las mejillas ruborizadas, impulsada por la furia y el resentimiento, dijo imprudentemente:

—¿O qué? ¿Me va a pegar?

Royce entrecerró los ojos y al ver la expresión en ellos, Morgana dio un paso atrás.

—¡Santo Dios! —exclamó tenso—. ¡Te lo has estado buscando durante mucho tiempo!

—¡No se atreva! —siseó Morgana, dándose cuenta, demasiado tarde, que se le había ido la mano. Saltó hacia la puerta, pero Royce la atrapó. Sin hacer caso del agitado movimiento de brazos y piernas, la tomó en sus brazos y la llevó hasta el sofá. Sentándose, sin hacer caso de las maldiciones que le dirigía ni del cuerpo que se agitaba y retorcía, la cruzó sobre sus rodillas.

Morgana luchó briosamente con todas sus fuerzas, pero pronto se encontró en una posición ignominiosa: el pecho y el vientre contra los muslos de Royce, con las nalgas vulnerables hacia arriba. Cuando le levantó la falda, lo maldijo con malevolencia e intensificó sus intentos por escapar de él.

—¡Maldito bastardo! ¡Póngame una mano encima y le arrancaré el hígado! ¡Ya verá!

En otro momento, esas amenazas podrían haberle dado risa, pero habiendo perdido los estribos por completo por primera vez en su vida, Royce no veía nada divertido en la situación. Lo peor era que la violenta agitación del cuerpo de Morgana lo estaba excitando, y eso tal vez más que nada, lo enfurecía absolutamente. ¡Lo había desafiado, burlado y desesperado con impunidad por última vez! Consumido por una furia ciega, la mano enorme aplicó una palmada eminentemente satisfactoria contra las carnes firmes de Morgana.

Se produjo un silencio azorado en la habitación y después, al oír el grito rabioso de Morgana, de pronto Royce se dio cuenta, escandalizado, de lo que estaba haciendo. Jamás en su vida había ejercido violencia contra una mujer, nunca había perdido los estribos tan completamente, y el hecho de que la furia lo hubiera llevado a pegarle a la mujer que lo fascinaba más que cualquier otra, lo dejó consternado. Conmovido por lo que había hecho, furioso por el hecho de que Morgana tuviera el poder de llevarlo hasta ese punto, la soltó mientras trataba desesperadamente de recuperar el sentido. Morgana aprovechó para morderlo.

Los dientes agudos se clavaron profundamente en el muslo de Royce, y éste reprimió valientemente un aullido de dolor, al tiempo que se ponía de pie. Arrojada al suelo sin ninguna contemplación, Morgana se irguió, con un brillo peligroso en los ojos, los puños cerrados, lista para pelear.

Mirando primero a la figurita enfurecida y rígida que tenía ante sí y después, al desgarrón conspicuo de sus pantalones, Royce percibió lo ridículo de la situación. La furia fue remplazada de inmediato por una sensación risueña, y extendió una mano con un gesto apaciguador, al tiempo que decía con suavidad:

—¡Paz, pequeño demonio sanguinario! ¿Lo damos por terminado? ¿Si te prometo no pegarte, juras que no me morderás?

El enojo de Morgana se desvaneció casi tan rápido como el de él, y sintiéndose súbitamente agotada, murmuró:

—¡No vuelva a intentar pegarme nunca más!

Con una luz extraña en la mirada, Royce se le acercó aún más y, deslizando un dedo acariciador por su mejilla, musitó:

—¿Quieres aceptar mis disculpas? No fue mi intención tratarte de ese modo. —Rio arrepentido—. Estoy seguro de que podemos tratarnos mejor. ¿Lo intentamos?

Muda, Morgana asintió con la cabeza rizada y oscura, deseando que su corazón no se convulsionara cada vez que él la tocaba.

Realmente trataron de mantener una especie de paz, y durante las horas siguientes hubo entre ellos una incómoda cooperación. Sin embargo, ninguno de los dos podía olvidar el motivo por el que estaban en el local de *madame* Duchand. Morgana no hubiera sido humana si no se hubiera sentido encantada con la plétora de telas y modelos que *madame* le presentaba, y al principio, se deleitó en el proceso de elegir un vestuario que superaba en mucho sus sueños más extravagantes. Pero la paz entre Morgana y Royce no podía durar, y a medida que pasaba el tiempo, que se discutía cada prenda, estilo, tela y adorno, la tensión crecía entre ellos. Morgana estaba cada vez más callada y distante; la cara de Royce se puso más y más dura, y un dejo áspero apareció en su voz.

Irónicamente, fue un vestido lo que puso fin a cualquier viso de colaboración entre ambos. El vestido había sido encargado por una joven mantenida por un marqués notoriamente decadente, pero nunca lo pagó, y Morgana se sintió cautivada por el brillo iridiscente de la rica seda color rubí. *Madame* había vacilado antes de mostrárselo, pero cómo *monsieur* parecía estar de un humor tan generoso, se había encogido de hombros y se lo probó a Morgana. Cuando ésta salió del vestidor, a Royce se le cortó la respiración, y el deseo que creía haber domeñado volvió a surgir en todo su esplendor.

De pie, dubitativa, en el centro del salón, Morgana era una visión capaz de excitar los apetitos más agotados. El traje de brillante color rubí era muy escotado por delante, bordeado con encaje negro, y se adhería amorosamente a su figura. El estilo era tan provocativo que los pechos de Morgana parecían a punto de escapar del escote, y el encaje negro contrastaba sensualmente con los senos suaves y blancos. Era ajustado y aunque Morgana era más delgada que la dueña original, el vestido revelaba claramente todas sus curvas, y la seda color rubí destacaba la palidez clara de su tez, el gris humo de sus ojos y la negrura de sus cabellos rizados.

Sin advertir el efecto que estaba produciendo en Royce, Morgana sólo sabía cómo la hacía sentir: como una mujer de mundo, segura y confiada de sus propios atractivos. Ocupada en disfrutar de la prenda, se sorprendió al oír que Royce decía con voz ronca:

—¡No! ¡No queremos éste, no es su estilo!

Sin comprender las poderosas emociones que se agitaban dentro de Royce, Morgana lo miró y estalló:

—¡Oh, pero éste me gusta! ¿No podríamos descartar algunos de los otros, en cambio?

—¡No! —replicó Royce con frialdad. Una fuerte sensación de posesión se había unido a su deseo febril, y se daba cuenta de que estaba actuando como un tonto celoso... y que no podía detenerse. ¡Ella le pertenecía, y no estaba dispuesto a vestirla para deleite de otros hombres!

Morgana se enfrentó.

—¿Por qué? —preguntó, entre confusa y enojada por la oposición de Royce.

—Porque... —respondió él en tono imperioso—, ¡no lo quiero! Ahora, ¡quítate ese maldito vestido antes de que te lo arranque!

Tragándose una respuesta airada, Morgana giró sobre sus talones y corrió hacia el vestidor. Con un gesto tozudo en el mentón, le dijo a la imperturbable *madame* Duchand:

—Quiero este vestido. Envíelo junto con los otros.

Disimulando a duras penas una sonrisa irónica, *madame* respondió suavemente:

—¡Pero por supuesto, *mademoiselle*! El vestido es como usted, *oui*?

Sintiendo que había ganado una batalla, Morgana dejó que *madame* le probara otro vestido. Como toda la ropa de *madame* se hacía a medida, eran pocas las prendas que estarían listas de inmediato. Afortunadamente, había dos que Royce encontró adecuadas: el que Morgana llevaba en ese momento, un sueño de encaje de Bruselas y muselina con ramitos verdes; y otro de satén jaspeado rosa y blanco, ribeteado con seda blanca.

Ignorando a Royce con frialdad, Morgana se paró tiesa a su lado, mientras envolvían el traje de satén, y la atmósfera entre ellos casi parecía vibrar con todas las emociones que cada uno trataba de controlar. Prometiendo tener listas varias de las prendas seleccionadas esa tarde lo más pronto posible, *madame* los acompañaba a la puerta, cuando ésta se abrió de golpe y un muchacho de cara enrojecida gritó:

—¿Oyeron las noticias? ¡Bonaparte ha sido derrotado en Waterloo!

Poco más pudieron averiguar del agitado informante, pero por el clamor de las campanas de todas las iglesias de Londres, así como las multitudes risueñas y llorosas que encontraron en el camino de regreso a Hanover Square, evidentemente la noticia era correcta. ¡Habían derrotado a Napoleón! El monstruo corso finalmente había sido vencido, ¡esta vez para siempre! Por un rato, la buena noticia de la caída de Napoleón en Waterloo alivió la tensión entre Morgana y Royce, pero para cuando llegaron a la casa, nuevamente flotaba entre ellos un aire de definida tensión.

Chambers los recibió en la puerta, con el rostro iluminado de alegría, preguntando:

—¿Ha oído las novedades, señor? Bonaparte ha sido abatido por completo. ¡Éste es un gran día para Inglaterra!

Una breve sonrisa cruzó el rostro de Royce, y aparentemente indiferente a Morgana, que estaba callada de pie a su lado, conversó unos momentos más con el mayordomo. Después, como si de pronto recordara su presencia, le preguntó a Chambers:

—¿Han preparado las habitaciones como le dije?

Con una mirada desdichada a Morgana, Chambers asintió con la cabeza, contestando:

—¡Sí, señor! ¡Están listas, tal como usted lo ordenó!

Royce asió a Morgana por el brazo casi dolorosamente, como si esperara un intento de fuga, y la condujo escaleras arriba. Una vez dentro de la *suite*, cerró la puerta de un golpe y al instante, la soltó, como si le disgustara su contacto.

Morgana no sabía qué le esperaba una vez que llegaran a la casa e inquieta observó la habitación espaciosa y ricamente amueblada. Se le cortó la respiración en forma audible cuando, a través de un arco amplio enmarcado por un par de puertas dobles talladas, vio la enorme cama con doseles de seda. Empalideció y, por la mirada alelada que le dirigió a Royce, era evidente que temía que él estuviera a punto de arrojarla sobre la cama y sellar así el infame convenio. Royce sonrió desagradablemente.

—¡No temas que intente hacer uso de tus... servicios esta noche! ¡Has expuesto tus exigencias muy claramente! —Atravesándola con una mirada insultante, agregó con rigidez—: Hasta que acordemos el precio, no tengo intención de gozar de ese cuerpo perfecto. Entretanto, puedes distraerte contando tus ganancias a medida que lleguen y meditando sobre todo el placer que me proporcionarás una vez que haya encontrado una residencia adecuada para ti.

Con andar majestuoso salió furibundo de la habitación, demostrando su evidente enojo y su profundo fastidio con el gesto rígido de sus hombros y el violento golpe que le dio a la puerta al cerrarla tras de sí. Durante un largo y penoso momento Morgana se quedó mirando la puerta cerrada, sintiendo un entumecimiento frío y miserable que le crecía dentro. «¡Oh, Dios mío! ¿Qué he hecho?», dijo para sí.

Royce estaba pensando algo muy parecido al precipitarse dentro de su estudio, yendo directamente a la bandeja de bebidas que se guardaba dentro del gabinete de nogal cerca de su escritorio. ¡Dios! ¡Debía estar loco al permitir que una pequeña carterista ladrona se le metiera bajo la piel de este modo! Sirviéndose una medida generosa de fino coñac francés de contrabando, lo bebió de un trago y se sirvió otro. Tirándose sobre un sillón cercano, malhumorado miró la habitación, evitando el sofá donde había hecho el amor a Morgana apenas unas horas antes.

El coñac empezaba a reconfortarlo y comenzaba a sentir que quizá los acontecimientos no eran tan malos como había pensado, cuando, de pronto, se abrió la puerta del estudio y Zachary, con expresión ultrajada, apareció en el vano.

—¿Es verdad? —preguntó, con los puños peligrosamente apretados a los costados.

Royce tenía una idea bastante clara de qué estaba hablando Zachary, pero queriendo evitar la confrontación que su joven primo evidentemente esperaba, trató de desviar su atención. Con expresión perfectamente neutra, observó imperturbable:

—Sí, es verdad, Napoleón fue derrotado en Waterloo.

Zachary entrecerró los ojos cerrando la puerta tras de sí con un golpe seco, se acercó y se plantó agresivo delante de Royce.

—No me estaba refiriendo a eso —estalló—. ¡Y lo sabes muy bien! ¿Has seducido a Pin?

Royce parpadeó al oír esas palabras antipáticas, pero no dispuesto a excusarse por sus actos, replicó indiferente:

—Sí, lo hice; sólo que ahora responde al nombre de Morgana. —Un gesto torció su boca—. Pin ya no existe, ahora solamente Morgana, mi amante, reside en esta casa.

La expresión de ofendida desilusión y desprecio que cruzó el rostro de Zachary lastimó profundamente a Royce. Zachary siempre lo había seguido y desde que era niño lo consideraba como un ser infalible y heroico. Era doloroso pero evidente que, con este acto impensado, había destruido la buena opinión que su primo tenía de él.

Zachary se paseó agitado por la estancia, abriendo y cerrando los puños espasmódicamente.

—No lo podía creer cuando le pregunté a Chambers dónde habías ido con Pin y por qué estaba preparando esas habitaciones. —Zachary rio con amargura—. Te es muy leal, ¿sabes? Tuve que aplicar todo mi encanto y hasta amenazarlo con la fuerza para sacarle la verdad. —Le dirigió a Royce una mirada de absoluto desprecio—. ¡Tenía una mejor imagen de ti! ¡Ella estaba bajo tu protección! Se suponía que la ibas a proteger del tuerto y, en cambio, la sedujiste tú mismo. —Casi con desesperación preguntó—: ¿Cómo pudiste hacer algo así?

No existía una explicación sencilla y, además, Royce no estaba habituado a explicar su propia conducta. Mirando pensativo la bebida color ámbar de su copa, masculló:

—¡Sucedió, simplemente! ¡Déjalo ahí!

Zachary maldijo por lo bajo y sin otra mirada a Royce, se precipitó fuera de la estancia.

Sirviéndose otra copa de coñac, Royce miró el botellón casi vacío e hizo una mueca. Una sonrisa cáustica se instaló en sus labios. Se preguntaba sobriamente si bebía para borrar la cruda realidad de las palabras de Morgana o para refrenarse y no subir las escaleras y tomar lo que por derecho era suyo; después de todo, le estaba pagando... Royce no encontró la respuesta.

Por la mañana fue a ver a George Ponteby y, por su recomendación, contrató a un respetable agente inmobiliario para que le consiguiera una bonita casa. Una casa, reconoció con cinismo, que tenía la intención de poner a nombre de aquella deliciosa muchacha que estaba en la planta superior y que ocupaba una parte tan condenadamente desproporcionada de su mente, y esa situación no cambiaba con el transcurso de los días.

No había sido agradable decirle a sus hermanos que Morgana no iría con ellos cuando viajaran a Norteamérica. Royce no hizo nada por quedar bien ante ellos y sin ambages les explicó las circunstancias. No se sorprendió demasiado cuando Jacko y Ben no se mostraron demasiado preocupados por lo sucedido y la repulsiva sospecha de que los tres Fowler le habían tendido una trampa arraigó firmemente en su cerebro. Tal vez el despreciable plan no se les había ocurrido esa primera vez, cuando pescó a Pin robándole los bolsillos, pero no estaba convencido del todo de que no hubieran aprovechado de inmediato la oportunidad de atravesar la tentación en su camino. Quizá, pensó Royce oscuramente, el tuerto ni siquiera existía. Era posible que todos los incidentes atribuidos al tuerto —el comportamiento de Stafford y la oferta de *lady* Whitlock— fueran auténticos. Hasta la paliza que habían recibido los Fowler bien podría haber sido propinada por otros. Tal vez el tuerto no era nada más que una fantasía pergeñada para su beneficio. Un motivo poderoso para que la hermanita se quedara en su casa. Al principio había creído en el tuerto implícitamente, pero ahora... ahora que Pin... no, Morgana había mostrado sus intenciones, se preguntaba amargamente si no lo habían enredado en un cuento.

Si había resultado engorroso decirles a los Fowler que había seducido a su hermana y que, con la aprobación de ésta, pensaba instalarla como su amante, el tener que encarar a sus criados con lo que había hecho, aun cuando no les hubiera dado ninguna explicación de sus actos, era mucho más enojoso. Aunque todos ellos estaban muy bien entrenados, Royce agriamente reconocía un fuerte sentimiento de desaprobación que emanaba de varios miembros de la servidumbre en los últimos días y notaba que veían a Morgana con mucha simpatía, mientras le echaban directamente a él toda la culpa de la situación actual. No se atrevían a hacerle manifiesta esa desaprobación, y si bien seguían prestándole un excelente servicio, parte de la evidente admiración y estima con que lo consideraban anteriormente, brillaba por su ausencia. En realidad no los culpaba en lo más mínimo por sentir lo que sentían: él había cometido un negro pecado, después de todo, ¡y nadie era más consciente del hecho que él mismo!

Apurando otra copa de coñac, unos diez días más tarde, Royce se paseaba inquieto por su estudio, maldiciendo el día que Morgana había entrado en su vida, maldiciendo su propia locura al no haberla entregado de inmediato a la guardia para que la encarcelaran en Newgate, y maldiciéndose por ser un bastardo tan inmoral y lascivo que no había logrado apartar las manos de ella. También estaba pagando otro duro precio por su locura: durante estos últimos diez días, Zachary se había habituado a permanecer fuera de la casa de Hanover Square todo lo posible, haciendo explícito su disgusto frente a la situación.

Malhumorado, Royce terminó el resto del coñac y se paseó por la habitación, desviando cuidadosamente la vista del sofá donde él y Morgana habían hecho el amor. «Una cosa era cierta: ¡establecer a Morgana como su amante le estaba causando más pena y frustración que placer!», pensó desconsolado. Se rio ásperamente de sí mismo. Se sentía verdaderamente frustrado, y la deserción de Zachary así como la mal disimulada desaprobación de la servidumbre le dolían, pero, y esto era lo más amargo de todo, en el fondo de su corazón sabía que no daría marcha atrás. Deseaba a Morgana y la deseaba a cualquier precio, aun si implicaba perder la estima de todos cuantos lo rodeaban. Ella le pertenecía, y en sus momentos más oscuros sospechaba que estaría dispuesto a hacer cualquier cosa, menos asesinar, y ni siquiera estaba muy seguro de eso, con tal de que siguiera siendo suya.

Era una admisión dolorosa. Hasta la llegada de Morgana a su vida, Royce siempre se había considerado un hombre honorable, justo y sensato. No era dado a caprichos ni locuras; vivía su vida tranquilamente y, en una crisis, se podía contar con que mantendría la cabeza clara. En el pasado se había reído de las locuras que cometían otros hombres bajo el embrujo de alguna señorita inocente o en los estertores de una inflamable pasión por alguna cortesana inteligente. Siempre se había considerado inmune a esas cosas. Pero ya no era el caso. Estaba prendado de Morgana, reconoció ácidamente; no había ninguna otra explicación para su anómala conducta de los últimos días.

Revolviéndose incesantemente en la cama por las noches, recordando vívidamente las formas delicadas de Morgana agitándose debajo de él, le quemaba la idea de que no tenía más que atravesar las salitas contiguas que separaban sus respectivos dormitorios para encontrarse con el origen de todas sus molestias. Encontrar el origen de sus molestias y también un dulce aturdimiento. Noche tras noche, con el cuerpo tenso y anhelante, fantaseaba con la idea de atravesar esa corta distancia, entrar en su dormitorio y trepar a la enorme cama buscando el puro placer sensual, que sabía que encontraría en sus carnes suaves. Tan sólo el orgullo y la tozuda decisión de no dejar que ella supiera cuán completamente lo había esclavizado, le impedían hacer exactamente eso. Pero, ah, qué tentado estaba...

No falta mucho tiempo, se recordó a sí mismo, no falta mucho para poder hundirse una vez más en la ardiente calidez de ese cuerpo delgado. No faltaba mucho para saciarse de ella, para mitigar esta pasión incontrolable que había encendido en él. Thomas Grimsly, el agente inmobiliario, lo había llamado esa misma tarde para discutir algunas casas que podían responder a los requerimientos de Morgana. Royce estaba seguro de que en muy poco tiempo, quizá sólo días, habría cumplido hasta la última de las exigencias de Morgana. Pronto tendría su maldita casa, y si Grimsly lo consideraba extravagante por comprarle una casa propia a su amante, ¿y qué? Era su dinero, y si lo quería derrochar en una ambiciosa, ¡era cosa suya!

Sonrió sin alegría. Ya había gastado casi una fortuna en la pequeña intrigante. El hecho de comprarle cosas le proporcionaba una curiosa mezcla de placer y dolor: quería que tuviera todo lo que una mujer pudiera desear, aun cuando era una mujerzuela maquinadora dispuesta a venderse a él, y parecía que no podía parar de comprarle todo lo que veía. Pero, mientras crecía la noción de que ella usaría todo lo que él le compraba para su propio deleite, ese deleite estaba mezclado con un fuerte sentimiento de pesar. No podía decir exactamente qué era lo que le pesaba, pero no podía disipar el dolor que le anudaba el pecho cuando pensaba en el frío y duro hecho de que Morgana se estaba vendiendo a él, que todos los objetos que le había comprado simplemente eran parte del precio que pagaba para disfrutar de ese cuerpo flexible.

El arreglo con Morgana no debería molestarlo en absoluto. Había mantenido amantes desde que tenía diecisiete años, y antes jamás había tenido el menor escrúpulo en pagar por el tiempo que le dedicara una mujer y por el uso de su cuerpo. Reconocía que ninguna de esas mujeres había sido virgen, y que tampoco había gastado con ellas la suma extravagante que terminaría gastando en Morgana una vez que comprara la casa que ella quería, pero...

Con una mueca furiosa, bebió el último resto de coñac, decidido a no perder más tiempo pensando en esa maldita buscona que, sin duda, dormía plácidamente en la planta superior, soñando feliz con la fortuna que estaba gastando en ella. Consolándose con el hecho de que pronto Morgana no pasaría las noches durmiendo, dejó la habitación.

Salió de la casa en busca de algún entretenimiento que apartara sus pensamientos de Morgana y un rato después entró a White's. El club estaba repleto a esa hora de la noche y, divisando a George y a varios de sus amigos jugando a las cartas en uno de los salones de juego, Royce se unió a ellos

Curiosamente, después de todo el interés que había despertado su primer encuentro con Morgana, nadie parecía sorprendido en absoluto de que hubiera terminado por convertir a la pequeña carterista en su amante. Oh, sí. Algunas matronas lo miraban interrogantes, y por supuesto, ocasionalmente recibía una observación congratulatoria de alguno de los caballeros menos caballerosos, pero la mayoría de la sociedad había reaccionado con indiferencia. ¡Después de todo, estas cosas pasan, mi querido!

Pero aunque la mayoría de la sociedad se mostraba indiferente, había una casa en Londres donde la noticia de la mera existencia de Morgana, dejando de lado el hecho de que se hubiera convertido en la amante de un rico norteamericano, provocaba a la vez un terror abyecto y una furia total. En un principio el conde de St. Audries podía haber sentido un desagrado irracional por Royce Manchester, pero la noticia que su esposa le transmitió agitadamente cuando volvió a su casa desde Brighton, ante la llamada urgente de ésta, hizo cristalizar el disgusto irracional en odio puro.

Con los ojos grises ardiendo incrédulos, al principio descreyó las palabras de su esposa, considerándolas el colmo de la locura. Estaban solos en la hermosa biblioteca de la casa St. Audries en Brook Street, el conde muy alto y elegante con sus pantalones grises y chaqueta fina azul oscuro. Quitándose los guantes, irritado después de escuchar con creciente suspicacia el relato de su esposa, respondió malhumorado:

—¡Oh, no seas más estúpida de lo que ya eres! ¡La niña está muerta! ¡Y ha estado muerta durante los últimos veinte años! —Fulminándola con una mirada exasperada, agregó agriamente—: ¡Por Dios! Yo estuve allí cuando el maldito ladronzuelo trató de robarle. Yo vi a la mugrienta criatura en ese momento y puedo decirte que no era Morgana.

—Puede ser, pero en ese momento ni siquiera se sabía que era mujer. —Forzándose a sonreír, Lucinda dijo con cortante dulzura—: De manera que si no te diste cuenta de que la criatura era mujer, ¿cómo podías saber que no se trataba de la mocosa de Hester? ¿La miraste siquiera?

El conde le dirigió a su esposa una mirada de fastidio.

—¡Está bien! No presté atención a la criatura, lo admito, pero sigo creyendo que estás alucinando si piensas que viste a Morgana Devlin en la casa de Royce Manchester. Morgana Devlin murió hace cerca de veinte años. ¿No te puedes meter eso en la cabeza? ¡Tal vez una estancia en el manicomio te aclararía la mente!

—Eso te gustaría, ¿no? Harías casi cualquier cosa por liberarte de mí, ¿no es cierto?

Asintió amablemente con la cabeza.

—Siempre que no me encontraran culpable, por supuesto... Pero, siempre lo has sabido, mi querida. —Sus ojos se oscurecieron, con odio evidente—. ¡Lo has sabido desde que tuviste el mal gusto de preferir a mi hermano antes que a mí!

—¡Oh, por todos los santos! —estalló Lucinda irritada—. ¡No me digas que todavía insistes con eso! Se terminó hace años y años, y lo sabes. Además, nunca pusiste de manifiesto tus intenciones hasta que Andrew empezó a cortejarme.

—¿Cortejarte? ¿Es eso lo que has llegado a creer que fue? —preguntó el conde, sarcástico—. A mi modo de ver, se parecía más a una cerda en celo exhibiéndose ante un puerco salvaje reconocidamente lascivo.

Lucinda apretó los puños y entrecerró los ojos con desprecio. Era obvio que nada le hubiera producido más placer que atacarlo físicamente, pero al cabo de unos momentos logró dominarse. Dedicándole una tenue sonrisa, finalmente dijo:

—Tú tienes tu opinión sobre esa época y yo la mía... Ese incidente está en el pasado. Ahora, debes creerme cuando te digo que la joven que está en casa de Manchester no puede ser otra que Morgana.

Si Lucinda hubiera seguido aguijoneándolo o se hubiera arrojado sobre él, pateando y arañando, como lo había hecho otras veces durante su tormentoso matrimonio, Stephen fácilmente hubiera desestimado sus palabras y acciones, considerando que surgían del despecho. Pero el hecho de que deliberadamente había controlado su temperamento formidable lo hizo pensar. Solamente algo de gran importancia hubiera logrado que Lucinda prescindiera del placer de continuar con la enojosa confrontación. Una arruga se marcó en su frente, al preguntar:

—¿Qué te hace estar tan segura?

—¡Te digo que la vi! No hay forma de confundir esa cara.

Stephen se encogió de hombros, diciendo:

—Bueno. Aunque sea la imagen misma de su madre, eso no prueba nada.

—No es la imagen misma de su madre; es evidentemente una Devlin, pero una Devlin que además lleva claramente la marca de Hester. Y eso es lo que me tiene preocupada.

—Oh, vamos, si parece una Devlin, probablemente es uno de los ahijados de Drew y entonces no tienes nada por lo que ponerte nerviosa —dijo el conde despreocupado—. En cuanto a que se parece a Hester, creo que estás imaginando cosas.

Lucinda cruzó la estancia, con un murmullo de seda de las faldas verde broncíneo, y se plantó delante de su marido. El hermoso rostro revelaba ansiedad y frustración cuando apoyó la mano sobre el brazo de aquél y le dijo con urgencia:

—¡Stephen, debes hacerme caso! No estoy tratando de fastidiarte. Esa mujer es real, y si bien al principio uno nota solamente los rasgos de los Devlin, que son inconfundibles, para alguien que conoció a Hester sería igualmente obvio que es su hija. Es verdad que tiene los ojos de los Devlin y también la bien conocida mirada de los Devlin, pero hay algo en el corte de su cara, en su nariz y en su boca que irremediablemente recuerdan a Hester. Si no fuera por el pelo oscuro, las cejas marcadas y los ojos grises, sería el vivo retrato de Hester.

La actitud grave de Lucinda, así como la urgencia de su tono, hicieron que el conde la mirara larga y pensativamente. Lo que vio en su expresión le provocó un estremecimiento de inquietud. Fuera verdad o no, Lucinda evidentemente creía haber visto a la hija de Hester. Él todavía no daba crédito a sus palabras, pero con una nota de nerviosismo, dijo:

—No puede ser; el tuerto me prometió que se encargaría de la mocosa. ¿Por qué nos iba a mentir si tiene tanto que perder al no cumplir con su parte del trato? ¡Nadie más volvería a confiar en él! ¡Sería su ruina!

—No creo que lo haya hecho deliberadamente —musitó Lucinda con desesperación—. Pero evidentemente algo fue mal. No sé qué pasó, tal vez no tuviera coraje para matar a un bebé y le entregó la criatura a alguien, sin pensar que algún día aparecería catapultada en medio de todos nosotros.

—¡Mi Dios! —gritó Stephen ahogadamente—. Si la criatura realmente es Morgana... y si se puede probar... —Le recorrió un estremecimiento. Todo, lo perdería todo, hasta podrían ir a la horca si todo el asunto saliera a la luz. Una vez que alguien empezara a investigar los hechos de casi veinte años antes, ¿quién sabe dónde pararía... qué se destaparía?

—¿Ves ahora por qué te escribí tan nerviosa? —preguntó Lucinda serenamente—. Hay que hacer algo antes de que los demás noten el parecido.

—¡Ya lo sé! ¡Ya lo sé! —mascullé él, paseándose agitado por la biblioteca, obligándose a aplacar el miedo y a concentrarse en el peligro más inmediato—. Podría no ser tan terrible como pensamos. —Ante la mirada incrédula de Lucinda, se apresuró a agregar—: Nadie conocía a Hester como nosotros. ¿Quién podría recordarla o recordar qué aspecto tenía? Ese tío viejo era su único pariente y murió hace años. —Frunció un poco el entrecejo—. Vagamente recuerdo una miniatura con su retrato que habían pintado para Andrew, pero después de todo este tiempo, sabe Dios dónde estará; de todos modos, no lo he visto desde hace años. Creo que en la actualidad hay un solo retrato de ella y está en St. Audries. Se puede esconder en el ático y reemplazar por el retrato de algún otro ancestro. Es improbable que alguien note la sustitución, y además, casi no vamos por allí. —Se le oscureció la cara y dirigió una mirada venenosa a su esposa—. Solamente tu maldito hijo disfruta viviendo allí, y es bastante improbable que tanto él como sus amigos pasen siquiera por la galería de retratos, mucho menos que noten algún cambio. No tenemos nada que temer en ese sentido.

Enderezando los hombros, con una expresión confiada en lugar de su anterior nerviosismo, agregó:

—Y si por casualidad, la criatura realmente es Morgana y se descubre su identidad antes de que podamos arreglar el asunto, nadie puede relacionarnos con su desaparición: podemos mostrarnos tan asombrados y afligidos como los demás. ¡Nosotros no tuvimos nada que ver con todo eso! Fue una época terrible para nosotros, primero perdimos a nuestra adorada cuñada y luego a su hija. Simplemente estábamos demasiado sobrecogidos por la pena en ese momento, como para darnos cuenta de lo que ocurría. Nos dijeron que la niña murió, ¿por qué habría que pensar que no era cierto? Proclamaremos bien alto lo horrorizados que estamos por el hecho de que hubieran arrancado de nuestro lado a nuestra querida sobrinita de forma tan despiadada... y haremos que todo el mundo se entere de lo mucho que nos alegra que, finalmente, la verdad haya salido a la luz y nos haya sido devuelta.

Con renuencia Lucinda asintió con la cabeza.

—Eso servirá en el peor de los casos —dijo pensativa—. Pero no tenemos intención de permitir que pase lo peor, ¿no? —preguntó fríamente.

Stephen pareció estudiar el brillo reluciente de sus botas negras cuando añadió:

—No —dijo finalmente en tono precavido—. No tenemos intención de permitir que eso ocurra.

Algo dubitativa, Lucinda inquirió:

—¿Deberíamos arreglar una entrevista con el tuerto? Si ignora lo que pasó, tal vez pueda arreglar el problema por nosotros, especialmente porque se suponía que él se ocuparía de todo, hace años.

—¿Y si en cambio sabe muy bien lo que pasó? ¿Qué pasa si deliberadamente conservó viva a Morgana y ahora es parte de alguno de sus planes nefastos? ¿Has pensado en eso? —preguntó Stephen con brusquedad.

Lucinda contuvo el aliento, atemorizada. Odiaba al tuerto, también le temía, pero nunca se le había ocurrido que podía estar maquinando algo contra ella. El tuerto era un instrumento peligroso, eso sí, que además tenía el desagradable hábito de reaparecer en ocasiones a pedir más dinero para mantener la boca cerrada sobre lo que sabía, pero con todo, era útil, si bien temible.

—¿Honestamente crees que él...? —empezó a decir, pero el pensamiento era demasiado terrorífico.

Dirigiéndole una mirada impaciente, Stephen saltó:

—¡No tengo la menor idea de lo que hará! Pero hasta que esté seguro de que esta persona es realmente Morgana y que no es más que una asquerosa mala suerte el hecho de que haya aparecido prácticamente bajo nuestras propias narices, no pienso confiar en nadie. ¡Seguramente no en el tuerto!

—¿Y la muchacha? ¿Qué pasa con ella? —preguntó ella con ansiedad.

Stephen jugueteó con su corbatín meticulosamente anudado, mientras contestaba:

—Creo —dijo lentamente— que la nueva amante de Manchester, sea o no sea Morgana, está a punto de sufrir un terrible accidente. —Le sonrió fríamente a su esposa—. ¡Un accidente fatal!

16

Como acordaron previamente, Thomas Grimsly fue a ver a Royce a la tarde siguiente y ambos hombres se instalaron en la oficina de éste a examinar las distintas residencias que el señor Grimsly ya había inspeccionado y consideraba adecuadas. Desplegando el bosquejo de una casa solariega estilo Reina Ana, pequeña pero muy elegante, ubicada en las afueras de Londres, en Hampstead, Grimsly se aclaró la garganta, nervioso, y murmuró:

—Uhhmm, ha sido una tarea muy difícil para mí... y aunque conozco varias propiedades excelentes que están en venta... uhhnm, los propietarios actuales son algo, ehhh, puntillosos con respecto a quién va a vivir en su casa.

Thomas Grimsly era un hombrecito pulcro, de corbata de lino rígidamente almidonada y dispuesta en pliegues exactos y poco inspirados, chaqueta marrón y pantalones tostados de buen corte, que se ajustaban a su figura delgada a la perfección. Era de mediana edad; su cabello castaño estaba abundantemente salpicado de gris y sus rasgos gastados eran ordinarios pero agradables. Había en él un aire de deferencia que revelaba los muchos años de excelentes tratos con aristócratas orgullosos. Royce sospechaba que Grimsly estaba tratando de hallar una forma diplomática de decirle que no a todo el mundo le agradaba la idea de que su anterior residencia se convirtiera en el nido de amor de la amante de un rico. Grimsly miró a Royce pensativamente, y no detectando en el rostro apuesto más que una cortés atención, prosiguió con cautela:

—Uhhmm, la mayoría de los propietarios suponen que en sus propiedades van a vivir personas respetables, acomodadas, como ellos... y uhhmm, no todos se sentirían complacidos con tener a uhhmm... uhhmm...

Mientras Grimsly buscaba ansioso una forma cortés de decirlo Royce se apiadó de su evidente incomodidad y sonrió levemente al comentar:

—¿A una paloma caída viviendo en la vecindad? ¿A una cortesana disfrutando del que fue su hogar?

La expresión y el tono de Royce demostraban que comprendía el dilema de Grimsly, y muy aliviado por el hecho de que el caballero no se iba a poner difícil con respecto a la situación, asintió con la cabeza.

—¡Exactamente! Y es por eso que el número de casas y propiedades que le puedo mostrar resulta limitado. —Apresuradamente agregó, en caso de que el cliente pensara que no sería capaz de cumplir con sus requisitos—. Sin embargo, sí tengo algunos lugares muy agradables que tal vez quiera visitar, una vez que vea los bosquejos y le explique sus ubicaciones, dimensiones y esas cosas.

Juntos examinaron todo el material que había traído Grimsly, y de la media docena de propiedades ofrecidas, Royce eligió tres para visitar él mismo. Se decidió que podían ir a ver la casa de Hampstead a la mañana siguiente, y otra propiedad probable, situada en Kew, por la tarde. Si ninguna de las dos casas resultaba del agrado de Royce, el jueves se trasladarían a Tunbridge Wells para examinar otra posibilidad.

En otras circunstancias, Royce hubiera encontrado absolutamente encantadoras las dos residencias que vio al día siguiente, pero, aunque estaba casi totalmente convencido de que Jacko y Ben habían inventado al tuerto para sus propios fines, una parte de él no estaba tan dispuesta a descreer del todo la existencia de ese villano, y en consecuencia, miró las propiedades con ojos diferentes. La elegante casita solariega estilo Reina Ana en Hampstead hubiera sido idílica de no ser porque estaba a bastante distancia de la carretera principal, en espléndido aislamiento, y se llegaba a ella por un sendero para carruajes serpenteante y de vegetación abundante. Observando los arbustos y árboles crecidos que rodeaban la casa y que eran un escondite ideal para quien quisiera colarse sin ser visto, Royce descartó de inmediato toda idea de comprar esa casa. La casa de Kew era, en realidad, una de esas villas más modernas construidas por la gente acomodada, pero a Royce tampoco le gustó aquí la ubicación: quedaba al final de una calleja larga y angosta y su vecino más próximo estaba a más de tres kilómetros. Otra vez se encontró pensando lo fácil que sería para cualquiera introducirse en los terrenos y, desde allí, a la casa misma. Ambos lugares quedaban a una hora escasa de Londres, y eso también lo inquietaba un poco. Si el tuerto estaba decidido a raptar a Pin/Morgana para sus propios fines oscuros, Royce no tenía ningún interés en facilitarle las cosas al condenado bastardo. Morgana tendría su maldita casa, pero él se iba a asegurar de que estuviera segura en ella.

Y fue así que el primer jueves de julio encontró a Royce cerca de Tunbridge Wells, y lo que vio le gustó a primera vista. La casa era en realidad un *cottage ornée* diseñado por John Nash antes de convertirse en el protegido del Regente. Era absolutamente encantadora, pero fue su ubicación lo que atrajo a Royce. El edificio estaba en medio de unas cuarenta hectáreas de bosques pero, y esto es lo que halló más atractivo, todo el terreno estaba rodeado por un antiguo seto vivo, espeso e impenetrable. Y había una vivienda para el portero al comienzo del único camino que conducía a la casa. La entrada estaba resguardada por dos sólidos portones de hierro y era evidente que no le resultaría fácil a cualquiera entrar en la propiedad. El camino que conducía a la casa era ancho y corría apacible junto a un arroyo claro y poco profundo. También le gustó descubrir que la casa, construida en el lugar donde había estado un alcázar demolido mucho tiempo atrás, estaba rodeada por un patio amurallado.

Uno de los anteriores propietarios había ampliado el patio amurallado original y los terrenos próximos se hallaban dentro de las murallas de piedra, en las cuales se abrían varios pares de rejas de hierro afiligranados que permitían ver el paisaje más allá de los paredones. Los terrenos actualmente consistían en casi cuatro hectáreas de parques bien cuidados, arbolados con altos robles y tilos; varios senderos empedrados bordeados de alelíes, rosas, lavandas y peonias recorrían el parque aquí y allá. A corta distancia fuera del patio amurallado, detrás de la casa, hasta había un pequeño lago, con una isla artificial en el centro en la que se elevaba un mirador blanco. Si bien Royce hubiera encontrado todo el conjunto absolutamente encantador en cualquier circunstancia, lo que lo impresionó realmente fue que todo el que quisiera entrar a la casa primero debía pasar por el seto vivo y por delante del portero; y una vez superados esos obstáculos, todavía quedaba el patio amurallado. Echando otro vistazo a las murallas de tres metros de altura y aun teniendo en cuenta todos los portones que requerirían cerradura, decidió que de las propiedades que había visto hasta el momento, ésta era la que mejor se adecuaba a sus necesidades. Lo complacía el hecho de que hubiera vecinos a un kilómetro y medio carretera abajo, así como saber que la casa quedaba a varias horas de Londres... y del tuerto.

La casa misma era de piedra, con seis grandes ventanas ojivales que se proyectaban bajo el techo inclinado de paja. Altas puertas francesas daban sobre el ala alargada del edificio, y se abrían a las áreas empedradas bordeadas de plantas y arbustos en flor. Con el nombre de «cabaña», la habían construido cuando se había puesto de moda, entre la aristocracia y la gente adinerada, el gusto por la vida sencilla y bucólica, y no se parecía a ninguna otra cabaña que Royce hubiera visto en su vida: tenía una extensa biblioteca, una sala, un comedor inmenso, varias otras estancias elegantes sin destino especial y diez dormitorios. Más un ala para la servidumbre. Realmente, toda una cabaña.

Como la mayor parte de la mañana había transcurrido con el viaje desde Londres, ya era tarde cuando Royce y Grimsly dieron por terminada su visita al lugar y pasaron la noche en una posada muy agradable en Tunbridge Wells. A la mañana siguiente, sin demasiada prisa por regresar a Londres, Royce, con Grimsly a su lado, paseó por Tunbridge Wells, encontrándola una ciudad muy atractiva. Aunque Brighton era la ciudad de veraneo que estaba más de moda, muchos miembros de la elite frecuentaban Tunbridge Wells, y aunque era menos la gente que iba a esa ciudad por las aguas termales, todavía tenía una población floreciente.

Desde el día anterior, Royce sabía que iba a comprar Lime Tree Cottage, pues tal era el nombre de la propiedad, pero sólo cuando estaban a mitad de camino a Londres le informó sobre esa decisión a Grimsly. Con una sonrisa complacida, Grimsly murmuró:

—Me alegra mucho haberle sido útil, señor, y estoy seguro de que la casita cubrirá todas sus expectativas. ¿Le parece que haga preparar las escrituras y demás cuando lleguemos a Londres esta noche? Puedo reunirme con mi comitente antes de la cena y hacerle firmar todo lo necesario; sé que se alegrará al saber que han terminado todas sus dificultades. —Puso cara de desaprobación—. Deudas de juego, usted sabe.

Royce no se sorprendió: fortunas enteras se habían dilapidado con el rodar de los dados, y muchos miembros de la elite eran ricos un día y estaban arruinados al día siguiente. Asintió con la cabeza en tácita comprensión y respondió la pregunta de Grimsly:

—Sí, me gustaría que se prepararan los papeles lo antes posible, si no es demasiado problema. Veré a mi banquero a primera hora de la mañana y haré todos los arreglos necesarios para la transferencia de los fondos. —Royce vaciló un momento, aparentemente concentrado en mantener al trote vivo al nervioso par de alazanes relucientes. Hubo silencio durante unos momentos mientras el coche avanzaba velozmente por la carretera principal de Londres, y después dijo abruptamente—: Sé que le dije que la casa estaría a nombre de la mujer solamente, pero he cambiado de opinión y quiero que se incluya también mi nombre en la escritura.

El señor Grimsly asintió con la cabeza y dijo plácidamente:

—Por supuesto, señor, no será ningún problema.

Sumamente satisfecho con sus actividades realizadas durante las últimas veinticuatro horas, Royce silbaba alegremente al ascender los escalones de acceso a la casa de Hanover Square unas horas más tarde. Si todo iba bien, la semana próxima él y Morgana estarían instalados cómodamente en Lime Tree Cottage, y notó que se le aceleraba la sangre cuando se dio cuenta de lo que eso significaba exactamente... No más noches solitarias... no más vueltas en la cama, pensando en los dulces encantos de Morgana. En menos de siete días, si podía hacer los arreglos necesarios, estaría saboreando las delicias del cuerpo de Morgana a su entero placer...

Ni siquiera el envarado saludo de Chambers logró ensombrecer su buen humor, y sonriendo levemente, entregó a su mayordomo el sombrero y los guantes y preguntó:

—¿Anduvo todo bien en mi ausencia?

Con un gesto levemente contrariado, Chambers replicó:

—Bueno, no exactamente, señor. —Al ver la expresión súbitamente seria de Royce, se apresuró a agregar—: No es nada demasiado malo, sólo que, noté que durante la noche, alguien estuvo manipulando las cerraduras. Nadie oyó nada fuera de lo común, pero esta mañana, cuando abrí las puertas, noté que las cerraduras de las puertas estaban rayadas, como si alguien hubiera intentado abrirlas.

Royce contempló pensativo al mayordomo durante unos segundos, mientras un escalofrío le recorría la espalda y repentinamente volvía a creer en la existencia del tuerto. Por supuesto, podría haberse tratado de unos simples asaltantes, ladrones sin ninguna relación con el tuerto, aunque no lo creía, y le reconfortó saber que nada malo había ocurrido... todavía. Sin permitirse pensar en lo que habría sentido al enterarse de que Morgana había sido arrancada de su lado durante su ausencia, Royce guardó para sí sus desagradables especulaciones. Y no queriendo despertar una alarma innecesaria, observó sereno:

—Supongo que es uno de los peligros de vivir en Londres, pero como no lograron entrar a la casa, yo no me preocuparía. —Aparentando no dar importancia al asunto, Royce sonrió y preguntó—: ¿Alguna otra cosa?

Chambers negó con la cabeza y le comentó:

—No, señor. Todo está tal como usted quiere.

En la voz de Chambers había una nota que a Royce no le gustó; se daba cuenta de que éste último comentario era lo más próximo al sarcasmo que podía permitirse alguien en la posición de su mayordomo e, incómodo, supo cuál era la razón, lo que hizo desaparecer el último resto de su buen humor. Tratando de contener su temperamento, Royce preguntó:

—¿Zachary está en casa? —Chambers asintió y Royce agregó—: Por favor, dígale que venga a verme a mi estudio. Ah, y tráigame algo de beber. Gracias.

Decidido a mantener un humor plácido, ante la visión de la expresión hosca de Zachary, cuando éste se reunió con él en el estudio unos minutos más tarde, Royce inquirió cortésmente:

—¿Y cómo has estado estos últimos días? ¿Todavía disfrutando de Londres?

Zachary se encogió de hombros con indiferencia y se desplomó sobre uno de los sillones de cuero, mientras preguntaba:

—¿Para qué querías verme?

Antes de que Royce pudiera responder, se oyó un golpecito en la puerta y entró Chambers cargando una bandeja. En ella había varias botellas de vinos diferentes, copas, algunos platos colmados de carne asada fría, queso y rebanadas de pan fresco. Con placer, Royce vio una fuente de tartas de limón que tanto le gustaban. Sabiendo bien quién había tenido la consideración de agregar alimentos a su pedido original, Royce sonrió vagamente. Por lo menos, Ivy todavía no lo consideraba un monstruo depravado, pensó con ironía.

Pero la sonrisa se le borró en cuanto Chambers salió de la estancia y se volvió hacia su adusto primo. Suspirando, Royce se sentó tras el gran escritorio de caoba, frente a Zachary, y cruzando los pies, los apoyó con cuidado sobre una esquina. Recostado cómodamente contra el respaldo alto del sillón, dijo en tono resignado:

—Vamos, adelante. Descarga tu mal humor. Será mejor que aclaremos todo lo desagradable de una vez por todas.

Zachary le dirigió una mirada poco amistosa al responder:

—¿Eso es todo lo que es para ti? ¿Desagradable? ¡Cobardemente seduces a una joven que acudió a ti en busca de protección! ¿Cómo puedes justificar eso?

Si se hubiera tratado de cualquier otra persona, habría terminado en el suelo bajo un poderoso golpe de derecha, pero Zachary era su primo favorito y Royce sentía un profundo afecto por el muchacho. Controlando su temperamento con esfuerzo, Royce dijo tranquilo:

—Hace mucho tiempo que he dejado de justificarme y no voy a hacerlo ahora... ¡ni siquiera ante ti! Puedes sentirte descontento con la situación actual, pero eso de lanzarme miradas letales y tratarme como si fuera un leproso, no va a remediar lo que ha pasado.

Zachary siguió mirándolo de la misma forma poco amistosa y un bufido fue su única respuesta a las palabras de Royce. Éste comprendía bien la disconformidad de Zachary, ¡demonios, tampoco él estaba demasiado orgulloso de lo que había pasado!, pero había límites con respecto a cuánta desaprobación estaba dispuesto a aceptar, y ya había tenido suficiente. Con cara seria, dijo en tono neutro:

—Creo que en lugar de seguir viéndome en el papel del peor de los villanos, deberías recordar unas pocas cosas, como el hecho de que yo no la forcé. Tú no oíste que ella gritara o saliera huyendo de mis brazos, ¿no? Y tampoco fui yo quien puso el precio o quien sugirió que se convirtiera en mi amante. —Lo volvió a inundar parte del dolor y la ira por esos actos de Morgana y gruñó suavemente—: ¡No, jovencito, todo eso fue pergeñado por ella! Yo solamente fui el tonto embobado que no pudo apartar las manos de lo que se ofrecía.

Furioso por haber dicho más de lo que se proponía, Royce se irguió violentamente, dejando caer los pies sobre el suelo alfombrado con un golpe sordo.

—¡Cristo! Créeme, no hay nada que quisiera más que no haberla conocido nunca. —Se puso de pie y se acercó a la bandeja que había traído Chambers, sirviéndose una generosa copa de vino. De espaldas a Zachary, masculló—: Sal de aquí. Evidentemente no tenemos nada que decirnos.

Aunque estaba enojado y afligido por la seducción de Morgana a manos de Royce, a Zachary le estaba resultando difícil mantener la distancia con su primo. No sólo mediaban entre ellos años de afecto y admiración, sino que Londres había abierto los ojos de Zachary con respecto a muchas cosas que en otros tiempos le hubieran escandalizado y asqueado. Se había asombrado al descubrir que muy pocos miembros de la elite pensaban que había algo fuera de lo común en el comportamiento de Royce. Muchos lo aplaudían, porque como dijera muy razonablemente su amigo Jeremy la otra noche:

—¿Qué otra cosa puede hacer un hombre con una chica preciosa como ésa? ¡Es un desperdicio de exquisita carne femenina conservarla como una simple criada! Además, si no hubiera sido tu primo, otro tipo con suerte habría hecho exactamente lo mismo... ¡y podría no ser tan generoso! —Interesado en el tema, Jeremy había proseguido—: La cuestión es que estas criaturitas deliciosas o encuentran un protector o terminan en un burdel o en la calle. ¡Creo que tu primo le hizo un favor!

Zachary no lo había pensado de ese modo, pero desde que llegó a Londres se había vuelto lo suficientemente sofisticado como para reconocer que había gran parte de verdad en las palabras de Jeremy, sin importar lo frío y desalmado que sonara. También era evidente, teniendo en cuenta el flujo incesante de cajas y paquetes que diariamente llegaban a la casa, que Morgana se estaba beneficiando mucho con el arreglo, y a Zachary no le había pasado desapercibido el hecho de que no había intentado buscar ayuda para escapar de Royce y que tampoco había rechazado ninguno de los costosos objetos que recibía.

Impulsado por el deseo de salvar la brecha que se había abierto entre su primo y él, y por el hecho, por desagradable que fuera, que Royce había actuado como la mayoría de los hombres en su posición, Zachary musitó:

—Royce, no podemos seguir así... No... no... no... me gusta estar a malas contigo. —Inhalando profundamente, agregó en tono magnánimo—: Quizá me apresuré demasiado al condenarte, no era asunto mío. Es tan sólo que me agrada Pin-Morgana, y reaccioné excesivamente ante lo que pasó entre vosotros. No me correspondía juzgarte. Lo siento.

Era una disculpa muy galante, y si bien Royce se sintió enormemente aliviado al oír las palabras de Zachary, también lo hicieron sentir avergonzado: jamás debería haber permitido que surgiera una situación que pusiera a Zachary en esa posición. Girando la cara hacia su primo, esbozó una sonrisa torcida para añadir:

—No hay necesidad de que te disculpes; creo que soy yo quien te debe una disculpa por crear esta condenable situación.

Zachary sintió que le sacaban un peso de los hombros y sonriendo un poco avergonzado, reconoció:

—Mi conducta ha sido un tanto almidonada, ¿no es así?

—¡Muy almidonada! —dijo Royce riendo.

Restablecida la armonía, conversaron durante varios minutos, y aunque al principio resultó un poco incómodo, finalmente recuperaron la relación afectuosa. Mientras se ponían al día con respecto a sus diversas actividades, el resquemor de los últimos días quedó olvidado como si nunca hubiera existido.

Sólo cuando terminaron de arrasar con la bandeja de comida y acabaron una de las botellas de vino, Royce trajo a colación el tema de las cerraduras. Con cara seria, preguntó:

—¿Te dijo Chambers que anoche alguien estuvo manipulando las cerraduras?

Zachary asintió con la cabeza con expresión preocupada.

—Sí, a primera hora de la mañana. Las revisé todas y es evidente que alguien estuvo haciendo un intento poco profesional de forzar su entrada a esta casa.

—¿Poco profesional? —preguntó Royce, enarcando una ceja con escepticismo—. El tuerto no es ningún aficionado y, si hemos de creer a Jacko y Ben, tampoco se relaciona con aficionados.

Zachary se encogió de hombros y dijo:

—Tal vez me equivoqué, tendrías que revisarlas tú mismo para ver si concuerdas conmigo.

Una hora después, terminada su propia inspección de las puertas y de las diversas cerraduras, Royce estuvo de acuerdo con la evaluación de Zachary. El intento de asalto indudablemente era el de un aficionado, ya que las marcas y rayaduras de las puertas revelaban claramente que alguien bastante inepto había tratado de forzar las cerraduras o las puertas. Pero el intento mismo dejaba perplejo a Royce, y después de pensarlo mucho, llegó a la inquietante conclusión de que el acontecimiento de la noche anterior no podía ser trabajo del tuerto o sus secuaces; el intento era, bueno, demasiado *amateur*. Royce pensaba en eso una y otra vez. Un aficionado. Alguien que no estaba familiarizado con las herramientas adecuadas para un robo. Alguien, y de eso estaba bastante seguro, que no estaba relacionado con el tuerto... Pero si no había sido el tuerto... ¿entonces quién? ¿Y por qué?

Durante los días siguientes, esa línea de pensamiento le siguió dando vueltas en el fondo de la mente, hasta cuando estaba ocupado en tareas diversas. Las transacciones referentes a la compra de Lime Tree Cottage anduvieron muy bien, y al poco tiempo, Royce se encontró con su cuenta de banco bastante adelgazada pero, en cambio, tenía la escritura de propiedad a nombre de él y Morgana. Le producía una sensación peculiar ver el nombre de ella en la escritura, junto al suyo, casi como si fuera su esposa y hubieran comprado juntos la propiedad...

Enfurecido consigo mismo por siquiera permitir que esa idea estúpida cruzara su mente, la apartó y se concentró con decisión en otros asuntos. Como, por ejemplo, por qué no había tenido noticias de Roger Steadham, su agente de negocios, con respecto a la fecha de partida de los hermanos Fowler. Ahora que Morgana era su amante, de ninguna manera viajaría a Norteamérica sin él, y decidió que bien podría ir a ver al señor Steadham. Mientras averiguaba por qué no había tenido noticias de él, aprovecharía para informarle que el número de pasajes se había reducido de cuatro a dos.

En consecuencia, a las dos de la tarde del lunes, Royce se encontró sentado cómodamente en la oficina del señor Steadham, intercambiando banalidades con él antes de ponerse a hablar de negocios. Si pensó que el señor Steadham se veía un tanto nervioso, se dijo que probablemente el hombre debería tener otras presiones en mente, y no relacionó de inmediato la extraña conducta de Steadham con sus propios asuntos.

Sin embargo, a la primera mención de los pasajes, el rostro de Steadham empalideció, se le dilataron los ojos y tartamudeó:

—¿Los... los pa... pa... sajes que pidió? Oh, lo siento, pero parece que no hay pasajes disponibles hasta fines del verano; posiblemente agosto o principios de septiembre.

La reacción de Steadham hubiera alertado a alguien mucho menos avisado que Royce Manchester, y de inmediato éste sospechó algo. Mientras se desvanecía su sonrisa cortés y entrecerraba los ojos dorados, Royce preguntó con suavidad:

—¿Me está usted diciendo que no hay nada que salga de Inglaterra para Norteamérica hasta entonces?

Steadham esbozó una sonrisa enfermiza mientras contestaba:

—Nada adecuado para usted —manifestó débilmente.

Royce lo miró larga y pensativamente. Podía haber toda clase de razones que explicaran el comportamiento de Steadham, y en otras circunstancias, Royce hubiera aceptado los actos y palabras de Steadham como ciertas. Pero eso era antes de saber sobre el misterioso tuerto, y se podía perdonar a Royce por preguntarse acremente si Steadham no era otro pobre diablo atrapado en la telaraña del tuerto. ¿O es que Steadham decía la verdad? Sería fácil verificar la veracidad de la información de Steadham, pero con una sensación de vacío en el estómago, Royce estaba seguro de que le mentía y de que el tuerto estaba detrás de esa conducta rara. La conclusión era inevitable... y escalofriante. ¿Pero era coincidencia o designio que el tuerto hubiera averiguado sobre su visita a Steadham? ¿O es que alguien le había advertido lo que planeaba?

A Royce no le gustaba el curso de sus pensamientos. Aun si estuviera dispuesto a considerar que era mero accidente que su agente, por cualquier motivo que fuera, le debía lealtad al tuerto, y que éste hubiera averiguado su deseo de adquirir cuatro pasajes para Norteamérica por casualidad, el hecho de que el tuerto evidentemente le había ordenado a Steadham mentir con respecto a la disponibilidad de pasajes era decididamente ominoso. ¿Pero se trataba de que el tuerto era excesivamente precavido o se había enterado de que los pasajes eran para los Fowler?

Sabiendo que no lograría nada más de Steadham y no queriendo revelar el temor de sus pensamientos, Royce finalmente dijo:

—Muy bien. Si no hay nada antes de esa fecha, simplemente tendré que conformarme con lo que me consiga. —Con una sonrisa encantadora, agregó—: Quizá sea mejor, mis planes han cambiado algo desde la última vez que hablé con usted, y ahora necesito sólo dos pasajes. —Con una expresión muy cortés, preguntó—: ¿Le parece que eso significará alguna diferencia para conseguir una fecha más próxima?

Steadham se agitó inquieto en la silla y sin mirar a Royce, musitó:

—Lo averiguaré, pero me parece que tendremos que conformarnos con mi estimación anterior.

La respuesta de Steadham no sorprendió a Royce, particularmente si el tuerto no quería que se consiguieran esos pasajes en el futuro cercano, y levantándose, Royce se despidió lo más rápido posible. Sus pensamientos eran muy ajetreados y negros mientras se alejaba de la oficina de Steadham y, perdiendo poco tiempo en verificar la veracidad de lo dicho por éste, se detuvo en la primera oficina naviera por la que pasó y preguntó por posibles fechas de partida hacia Norteamérica. Lo que averiguó confirmó su sospecha de que Steadham le había mentido: dos buques zarpaban en el curso de esa misma semana y en ambos había pasajes disponibles...

Bien, Steadham había mentido. Royce suponía que si quería perder el tiempo en especulaciones ociosas, podía encontrar varias razones posibles de por qué el agente de negocios había actuado como lo hizo, pero en lo que se refería a Royce, había una sola razón: ¡ese maldito, condenado tuerto!

Al volver a Hanover Square con un gesto sombrío en el rostro, sabía que era imperativo encontrarse con los hermanos Fowler, y sabía que para hacerlo, tendría que ir a lo de Della... Retirándose a su estudio, se paseó de uno a otro extremo de la estancia, maldiciendo el día en que había puesto los ojos sobre Morgana Fowler.

Desgraciadamente, su humor no había mejorado en absoluto cuando Chambers llamó tímidamente a la puerta (el talante del patrón en esos días era algo muy volátil) e informó a Royce de que estaba a punto de servirse la cena. Esperaba cenar solo; Zachary cenaba con amigos y no tenía invitados. Con expresión taciturna, se encaminó al comedor donde lo detuvo la visión de Morgana sentada confiadamente a la cabecera de la mesa y vistiendo el traje color rubí.

De pronto, Royce supo cómo era sentirse casi apoplético de furia.

—¿Qué demonios estás haciendo aquí? ¿Y de dónde diablos sacaste ese maldito vestido?

A pesar del temblor que la recorría, Morgana alzó la barbilla. Había sido muy valiente por su parte informarle serenamente a Chambers de que esa noche cenaría abajo, y sumamente tonto, reconoció nerviosa, ponerse el traje color rubí. Desde la tarde que fueron al local de *madame* Duchand, había estado encerrada en las elegantes habitaciones de la planta superior. Exceptuando a Hazel, que había sido designada como su doncella, y Chambers, que le servía las comidas, no había visto a nadie, y con franqueza, si bien sentía remordimientos y enojo, estaba cansada de que la trataran como a una leprosa. Amargamente lamentaba el apresurado convenio, y las largas horas solitarias pasadas esos últimos días le habían dejado bastante tiempo para reflexionar sobre cuán repulsiva era su situación... y cuánto más lo iba a ser una vez que Royce consiguiera la casa que ella le había exigido tan intempestuosamente. La llegada de cada nueva compra constituía un reproche silencioso. Miraba cada nuevo artículo con asco y horror: vestidos lujosos de muselina, seda y satén de brillantes colores, camisas delicadas, vaporosas enaguas, zapatos, sombreros, así como varios frascos de perfumes exóticos y jabones y polvos aromáticos.

Frecuentemente se le había cruzado la idea de arrojarse a los pies de Royce y rogarle que olvidaran el espantoso acuerdo y la enviara a Norteamérica con sus hermanos. Pero el recuerdo penosamente vívido de la expresión de su rostro cuando le dijo que se tendría que ganar cada penique gastado en ella, tenía a Morgana convencida de que rogarle cualquier cosa a Royce Manchester solamente le traería nuevas humillaciones, y su orgullo ya magullado se rebelaba ante la idea de arrastrarse frente a él, ¡y para nada!

Como no podía arrastrarse, sólo le quedaba una cosa por hacer: darse todos los gustos que podía, lo que incluía usar el debatido traje rubí y hacer notar su presencia en la casa. Cuando se le ocurrió horas antes, le había parecido una muy buena idea, pero al ver la expresión tormentosa de Royce, deseó haber ido un poco más allá y considerar su posible reacción.

Pero no lo había hecho y como no estaba dispuesta a dejarse intimidar todavía más, reunió lo que le quedaba de coraje y replicó con dulzura:

—He decidido cenar aquí, y en cuanto al vestido, sabes muy bien que fue comprado en el local de *madame* Duchand.

Desplomándose en una silla en el otro extremo de la larga mesa cubierta con un mantel de damasco, Royce se conformó con dirigirle una mirada cargada de desprecio. «¡Chiquilina trepadora!», pensó irascible. E invasora además: ¡qué descaro meterse en su comedor de esa forma! ¿Quién se creía que era? Y sin embargo, al mirarla a la luz vacilante de los candelabros de plata que decoraban la mesa, sintió que despertaba su deseo.

Indudablemente se la veía adorable, sentada allí tan majestuosa, en el otro extremo de la mesa, con la tez blanca y suave, tentadoramente visible por encima de la seda y el encaje del vestido rubí y negro. Sus ojos se posaron sobre la forma sorprendentemente plena de los senos, y el escote era tan bajo que apenas ocultaba los pezones. Con una erección instantánea, y sumamente agradecido de que Morgana no pudiera notar el visible efecto que tenía sobre él, se refugió en la ira y dijo en tono áspero:

—No recuerdo haberte invitado a compartir mi mesa, pero sí recuerdo claramente haberme negado a comprarte ese maldito vestido.

Plasmando una sonrisa angelical en sus labios, ella murmuró:

—Como vivo en esta casa, no creo que tenga que esperar a que me invites a ninguna parte.

Royce dejó pasar el comentario y una expresión sardónica cruzó su rostro.

—¿Y el vestido? —inquirió—. ¿Tendrías a bien explicarme cómo llegó a tu armario?

Como a Morgana no le gustaba para nada lo que veía en los ojos de Royce, se sintió agradecida cuando justo en ese momento entró Chambers trayendo el primer plato. Por el momento, el tema había quedado de lado.

La cena no fue placentera. Morgana tuvo que obligarse a tragar cada cucharada de sopa, cada trozo de carne, luchando por mantener la compostura ante la mal disimulada antipatía de Royce y sus propios sentidos traicioneros. Segura de odiarlo, convencida de estar furiosa con él, sin embargo, no podía controlar los latidos salvajes de su corazón cuando levantaba la vista y encontraba su mirada clavada en su pecho. Para su mortificación, se le endurecieron los pezones y la atravesó una avalancha de perturbadora excitación. Observando la cabeza inclinada de Royce mientras cortaba un trozo de la excelente carne asada que Ivy había preparado esa noche, Morgana era consciente de lo mucho que deseaba que las cosas fueran diferentes entre ellos, de que pudieran compartir una relación totalmente distinta de aquella en la que se encontraban.

La presencia de los demás criados que servían la mesa dificultaba la conversación, y Royce y Morgana fueron a duras penas corteses el uno con el otro. Finalmente, trajeron el último plato y Morgana sintió que el corazón le daba un vuelco cuando oyó que Royce decía a Chambers:

—Eso es todo por ahora, le avisaré cuando terminemos.

Arriesgando una mirada a Royce, a pesar de su situación incómoda, Morgana era insoportablemente consciente de lo apuesto y vital que resultaba ese hombre que tenía delante jugueteando con una mano sobre la copa de vino y la otra, apoyada con displicencia sobre la mesa. La cara se veía muy oscura contra la prístina blancura de su corbatín, y la chaqueta azul oscuro, con botones dorados que brillaban a la luz de la vela, se ajustaba a los anchos hombros y los brazos musculosos a la perfección. Sin quererlo, recordó la fuerza de ese cuerpo magro, la calidez de su carne contra la propia, y súbitamente, Morgana quedó sin aliento. Desesperada por huir de él antes de cometer alguna otra tontería, se puso de pie de un salto y, arrojando la servilleta, observó.

—Te dejaré para que tomes tu coñac.

Royce la miró por debajo de los párpados y murmuró suavemente:

—¡Todavía no, mi querida! Todavía no me has explicado lo del vestido... —Deslizó una mirada insultante sobre el cuerpo de ella—. Por supuesto, ahora que lo veo otra vez, no recuerdo qué objeciones pude haber tenido, en primer lugar. —Desnudándola descaradamente con la mirada, agregó en tono burlón—. Despliega muy bien tu mercadería... Me recuerda aquello por lo que estoy pagando.

Morgana empalideció y apretó los puños. Un dolor agudo la atravesó al oír sus palabras, y olvidando cualquier buena resolución, sacudió la cabeza oscura y rizada y replicó:

—Sólo recuerda que hasta que me compres la casa, según tus propias palabras, solamente puedes mirar.

Royce se abalanzó sobre ella, pero a Morgana le había fallado el coraje y ya huía hacia la puerta. Manipulando frenéticamente el pomo de cristal, abrió la puerta de par en par y se precipitó hacia el vestíbulo y escalera arriba. En el refugio de su propia habitación, con la cabeza apoyada contra la puerta, esperó con el corazón batiéndole en el pecho oír el ruido de la persecución, pero no llegó. Había desafiado al tigre y otra vez había logrado escapar... «¿Pero por cuánto tiempo? —se preguntó inquieta—. ¡Por cuánto tiempo!»

17

Indeciso entre correr tras ella o desahogar su furia dando puñetazos contra la pared, Royce, malhumorado fijó la vista en la puerta por donde había salido Morgana. ¡Al diablo con ella! pensó encolerizado. Después de todo, no es más que una mujerzuela lujuriosa. ¿Por qué permitir que lo alterara? Maldiciendo por lo bajo se dio cuenta de que la reacción que había tenido esa noche con Morgana hacía imprescindible que viera a Della, debería haberle explicado lo que pasaba mucho antes. La presencia de Morgana en la casa creaba más de un problema, ¿cómo se hacía para informar diplomáticamente a la primera amante de uno, que había sido desplazada por la presencia de una segunda amante?

Éste era un problema con el que Royce nunca se había enfrentado en su vida y que nunca hubiera esperado afrontar, y había estado pensando en él desde la misma tarde en que le hizo el amor a Morgana. No quería causarle a Della más penas ni humillación de lo necesario, y durante los últimos días se había devanado los sesos tratando de encontrar una solución honorable. Salvo por el hecho de pasar por la casa de Della para verificar la señal, había evitado el área. Sin embargo, para aplacar su conciencia culpable, sin demasiado éxito, antes del viaje a Tunbridge Wells había dispuesto que su joyero le entregara a Della un collar de diamantes y unos aros haciendo juego exorbitantemente caros.

Enfadado consigo mismo por haber siquiera permitido el surgimiento de tal situación, con un gesto decidido en los anchos hombros subió los pocos escalones que llevaban a la casa de Della y entró. Della, engalanada con un encantador vestido de seda color bronce, lo esperaba en el atractivo salón donde se había reunido con los hermanos Fowler. Por la mirada de reproche que percibió en los ojos castaños, era evidente que ya le había llegado la noticia del lugar que ocupaba Morgana en su vida, y Royce se sintió como un verdadero canalla.

Dedicándole una de sus atrayentes sonrisas torcidas, inclinó la cabeza y besó la mano blanca que se le tendía. Sin querer prolongar lo desagradable del momento más de lo necesario, sentado en el sofá junto a ella, le preguntó:

—¿Presumo que te has enterado de lo de Morgana?

Della asintió con la cabeza y contestó:

—Sí, varios caballeros se apresuraron a informarme de que habías tomado otra amante... creo que hubiera preferido enterarme por ti.

Royce parpadeó y le tomó las manos.

—No hay nada que pueda decir para justificar mis acciones. Sólo puedo disculparme contigo y esperar que, con el tiempo, logres perdonar mi reprobable conducta. —La miró intensamente a los ojos—. Della, si hay algo que pueda hacer para facilitarte las cosas...

Ella sonrió levemente y le acarició la mejilla enjuta con una mano.

—Aparte de que eches a tu nueva amante a la calle, no se me ocurre nada. —A pesar de sí mismo, la expresión de Royce dejó traslucir que eso no era probable, y Della rio, aunque con un dejo burlón—. Realmente no creí que lo harías, pero valió la pena intentarlo. —Apoyando la mano sobre su regazo, agregó—: No tengas demasiados remordimientos: fuiste un amante generoso, con tu billetera y con tu cuerpo... —Le dirigió una mirada larga y sensual, demorándose en el amplio torso y los muslos firmes—. Creo que te extrañaré en la cama tanto como extrañaré tu generosidad. Pero las mujeres de mi profesión conocemos lo efímeras que son nuestras relaciones, y sabía que un día terminaría, aunque no imaginaba que tan pronto. —Lo miró con cautela por entre las pestañas—. Espero no tener que abandonar la casa de inmediato... —Royce le confirmó que podría quedarse varias semanas más, si lo deseaba, y Della sonrió—. Oh, no necesito tanto tiempo. Sabes, yo tampoco he estado ociosa: mi nuevo protector me proveerá de alojamiento en una nueva dirección en Tunbridge Wells antes de que acabe la semana.

Después de un largo silencio cargado de sorpresa, Royce sonrió algo avergonzado y murmuró:

—¡Supongo que me lo merecía!

Se podía disculpar a Della la sonrisa satisfecha que se dibujó en sus labios.

—¡Sí, así es, apuesto bastardo! —dijo sin despecho—. ¡Me has tratado muy mal!

—Mi conducta ha sido deplorable —acordó Royce, notando con alivio el leve brillo risueño que danzaba en los grandes ojos castaños.

—¡Abominable! —dijo Della.

—¡Reprobable! —admitió él.

Della rio.

—¿Lo dejamos ahí? ¿O seguimos?

Royce sonrió con picardía.

—Creo que deberíamos dejarlo ahí y reconocer que mi conducta ha sido verdaderamente espantosa, deplorable, abominable y reprobable.

Los dedos de Della nuevamente tocaron la cara de Royce. Con una expresión cálida en los ojos, murmuró:

—Te voy a extrañar, Royce Manchester.

Royce apresó su mano y besándole la palma, musitó:

—Gracias, Della. Me has tratado excepcionalmente bien, a pesar de mi vil conducta.

—Ah, pero te costará algo, Royce —dijo Della con un destello en los ojos—. Creo que me debes esa pareja de zainos que conduces... y con ellos un faetón de pescante alto.

—¡Hecho! —respondió sin vacilar—. Dispondré que te entreguen los caballos a primera hora de la mañana y ordenaré el faetón en Tattersall de inmediato. —Tras una breve pausa Royce inquirió casi con timidez—: ¿Te importaría decirme el nombre del caballero que me ha remplazado tan rápidamente en tu estima?

Por un momento, Royce pensó que se iba a negar, y no la hubiera culpado, pero encogiéndose de hombros, Della le respondió serena:

—Por supuesto que no. Es uno de los varios caballeros que me hacía la corte antes de que tú llegaras a Londres. Yo ya había decidido aceptar su oferta cuando apareciste tú. —Y agregó directamente—: Francamente, ahora quisiera no haber perdido la cabeza contigo y haberme convertido directamente en su amante.

Royce se mostró adecuadamente contrito, aunque en el fondo de los ojos dorados alumbraba un brillo burlón.

—Sí, lo sé —reconoció con humildad—; sé que había varios amigos que se disputaban tus favores: Newell y Atwater no disimulaban para nada el hecho de que te birlé bajo sus propias narices.

—¡Y también las de Devlin, Wetherly y Stafford! —Della no pudo evitar jactarse.

Diciéndose que ya no era asunto suyo, pero disgustándole por principio la idea de que fuera Devlin quien ahora mantuviera a Della, preguntó sin ambages:

—¿Es el conde?

—No —contestó Della—, es un caballero muy rico de nombre Jasper Simonds.

Royce frunció el entrecejo.

—¿Jasper Simonds? No creo conocer ese nombre.

—Probablemente, no —replicó Della—. Es un tanto reticente y no habla mucho sobre sus antecedentes. Pero sí sé que es muy rico y que tiene amistad con varios miembros de la aristocracia, incluyendo al conde de St. Audries y sus amigos Stafford y Wetherly.

Muy aliviado por haber concretado la ruptura con Della con tanta facilidad, Royce pasó varios minutos más conversando amigablemente con su antigua amante. Antes de despedirse, Della le informó que iría a pasar la noche con Simonds, ya que su nuevo protector se oponía rotundamente a acostarse con ella en una casa pagada por otro hombre.

Sintiendo cierta curiosidad por el hombre que lo había reemplazado tan oportunamente en la vida de Della, Royce se apresuró a ir en busca de su primo George. Lo encontró en White's rodeado por su habitual séquito de amigos, Atwater y Newell entre ellos, y pasó algún tiempo antes de que pudiera hablarles en privado. Finalmente apartó a su primo del grupo y llevándolo a un rincón tranquilo del club, tuvo ocasión de preguntarle sobre Jasper Simonds.

—¿Jasper Simonds? —preguntó George pensativo—. ¿Un tipo alto, delgado, de ojos negros? ¿Muy reservado? ¿Podría tener un tufillo a comercio, pero cargado de dinero?

Royce lo miró impaciente.

—George, si no conoces al sujeto, ¿cómo diablos sabes si es alto o bajo, gordo o flaco? ¿Lo conoces y qué sabes de él?

George se encogió de hombros.

—Creo que tú también lo conoces. Sé que te lo presenté no bien llegaste a Londres.

—¡George! —dijo Royce exasperado—. ¡Me presentaste a la mitad de Londres apenas llegué! ¿Cómo voy a acordarme de cada uno? Ahora deja de bromear y dime qué sabes de él.

—No hay mucho para decir —manifestó George—. No se encuentra con nuestro grupo con frecuencia, nada más con el grupo de Devlin. Muy rico, pero nadie sabe de dónde viene el dinero. No sé nada sobre su familia. Podrían ser comerciantes y tal vez no quiere que se sepa. ¿Por qué te interesa?

Sonriendo reticente, Royce replicó:

—Es el nuevo protector de Della.

—¡Oh! —dijo George—. Parece que te puso un par de cuernos en la frente, ¿no?

—No exactamente, y sabe Dios que me lo merezco después de lo que le hice a Della con Morgana; simplemente sentía curiosidad. Me siento, bueno, un poco responsable por ella, considerando la forma en que terminó nuestra relación.

—Yo no me preocuparía —murmuró George—. Las mujeres como Della, como los gatos, siempre caen de pie... ¡o de espaldas, según sea el caso!

Charlaron unos momentos más y estaban a punto de dar fin a la conversación, cuando Royce preguntó con lentitud:

—George, ¿alguna vez has oído algún rumor acerca de un... tuerto?

El efecto sobre su jovial e imperturbable primo fue asombroso. George se puso tieso y pálido.

—¿Y qué sabes tú de él? —preguntó George en seguida con voz ahogada.

—Creo que yo pregunté primero —contestó Royce por lo bajo, al tiempo que la reacción de George lo llenaba de una extraña ansiedad. ¡Buen Dios! No era posible que su primo tuviera tratos con semejante monstruo. ¡No George!

Casi como si le estuviera leyendo el pensamiento, George se apresuró a decir:

—No lo conozco personalmente. —Se estremeció y miró nervioso a su alrededor, antes de agregar—: Es un tipo perverso; un amigo mío, un amigo muy querido quedó atrapado en sus redes. Se suicidó. Un asunto muy sucio. —Con evidente temor en los ojos azules, George tomó a Royce por el brazo y preguntó receloso—: No te has topado con él, ¿verdad? Tú no le habrás encargado que haga algo para ti, ¿no es cierto? No es inteligente, Royce. Si necesitas ayuda, acude a mí, yo me haré cargo. No acudas a ese demonio tuerto. ¡Será tu fin! ¡Como mi amigo!

A Royce le llevó algún tiempo aplacar los temores de su primo, asegurándole que no había empleado los dudosos servicios del tuerto, pero, finalmente, logró desviar hábilmente la conversación a otro tema más agradable, como lo era su próxima mudanza a Tunbridge Wells. George se alegró al instante y en el curso de la conversación, de alguna manera —Royce nunca estuvo seguro de cómo había sido, que era lo que siempre pasaba con George— Royce se encontró invitando a su primo a pasar unos días en Lime Tree Cottage. Sacudiendo la cabeza ante su propia locura, caminó de regreso a Hanover Square, disfrutando del último sol de la tarde.

Royce no le había mencionado a Morgana la compra de la casa ni del inminente traslado a Tunbridge Wells, ni siquiera se lo había comunicado a la servidumbre. Decidiendo que ya era hora de hacerlo, al llegar a la casa llamó a Chambers a su estudio y le explicó la cuestión.

Chambers ni siquiera pestañeó ante la noticia de que en menos de seis días partirían de Londres y se establecerían en Tunbridge Wells. Con voz neutra, Chambers replicó:

—Por supuesto, señor. Me ocuparé de todo.

Con una vaga sonrisa, Royce dijo como disculpándose:

—Debería habérselo informado antes, pero he tenido la mente ocupada en otras cosas. ¿Les resultará terriblemente inconveniente a todos ustedes?

Chambers se ablandó apenas contestando:

—Oh, no, señor. Como esta casa se alquiló amueblada, sólo tendremos que empaquetar y transportar nuestros efectos personales. —Con mirada interrogante, preguntó cauteloso—: ¿Y la casita, ehhmm, está amueblada?

—Sí, y con muy buen gusto —contestó Royce con un brillo burlón en los ojos topacio—. Quizá la esté utilizando para fines inicuos, pero el dueño anterior tenía un gusto exquisito y me vendió la propiedad con todo su contenido.

Chambers no mordió el anzuelo e, inclinándose, abandonó la estancia. Royce se paseó un rato por el estudio antes de decidir que ya no podía postergar una conversación con Morgana sobre Lime Tree Cottage. Ni él mismo podría haber explicado el porqué de esa renuencia a decírselo, pero sospechaba que tenía mucho que ver con cuánto le disgustaba toda la noción de tener que comprar el acceso a su cama. Lo que resultaba bastante peculiar, dado que no había pensado dos veces sobre el gasto de mantener a Della o el costo de los excelentes zainos y el faetón que le daría como regalo de despedida. Algo en su interior se rebelaba ante la idea de poner a Morgana en la misma categoría que Della, y tal vez era eso más que nada lo que lo enfurecía.

Con gesto hosco y severo, salió del estudio y subió ágilmente las escaleras en busca de la más desconcertante y encantadora hechicera que jamás hubiera tenido la desgracia de conocer. Ingresando a la lujosa salita decorada en tonos marfil y azul que separaba sus habitaciones de las de ella, Royce encontró al objeto de sus pensamientos sentada modosamente en un sofá largo y bajo tapizado en brocado color marfil.

Con el cabello cortado ahora a la moda, Morgana llevaba un vestido encantador de muselina lavanda, y tenía un ejemplar de *El corsario* de Lord Byron, publicado el año anterior, apoyado en el regazo.

Para su gran irritación, Royce sintió que el pulso le saltaba con sólo verla, y su voz y sus palabras fueron mucho más duras de lo que había pensado cuando dijo sin preámbulos:

—¡Ya te encontré tu maldita casa! Queda en Tunbridge Wells, y si todo sale bien, nos mudaremos el viernes. —Con un brillo peligroso en los ojos dorados, sonrió insultante mientras la recorría con la mirada—. Y una vez allí, supongo que no pasarán muchas horas antes de que compruebe por mí mismo si vales la fortuna que me estás costando.

En asombrado silencio, Morgana miró el rostro oscuro, al tiempo que una miríada de pensamientos confusos se agitaba en su cerebro. Lo había visto tan poco desde la tarde en su estudio, que su mera presencia en sus habitaciones la sorprendía. Deseando y temiendo a la vez que viniera a verla, bebió con ansia la imagen del cuerpo alto y enjuto, el rostro arrogante y oscuro contra el corbatín blanco. Observándolo atravesar la habitación hacia ella, su mirada se detuvo obsesiva sobre el grueso labio inferior de esa boca perversamente atractiva, y un temblor, entre temor y deleite, en la boca del estómago la obligó a recordar que este hombre tenía su destino en sus manos... ¡porque lo amaba! Y porque lo amaba, sin saberlo Royce tenía sobre ella un enorme poder, un poder que jamás admitiría ante él, un poder que ella odiaba. Apenas lograba controlar el cúmulo de emociones encontradas que le había causado su aparición, cuando él pronunció esas palabras ingratas. El orgullo vino en su rescate; Morgana levantó altivamente el mentón y, decidida a afrontar esa fría arrogancia con la propia, dijo sin rodeos:

—¡Quizá deberías preocuparte primero de que apruebe mi maldita casa! Después de todo, soy yo la que debe estar conforme.

Hubiera sido imposible decir cuál de los dos quedó más asombrado por las palabras de Morgana. El rostro de Royce se tensó y, horrorizada consigo misma, Morgana casi no podía creer que había dicho algo tan espantoso. Era el mismo tipo de demandas atolondradas que la habían llevado a la situación actual, y maldijo su lengua indisciplinada. Pero no se podía retractar; ya había avanzado demasiado por esa senda que en realidad no quería transitar, como para volverse atrás, y con expresión tozuda, lo encaró desafiante.

Royce inspiró hondo y la observó con creciente hostilidad al dirigirse a ella:

—Oh, no hay ninguna duda de que te gustará, aunque existe la posibilidad de que la encuentres un poco demasiado elegante y refinada para tu gusto; para tu información, se trata de la antigua propiedad de un duque. Y aunque sea un jugador y lo suficientemente tonto como para venderla y financiar sus pérdidas en la mesa de faraón, es un hombre de excelente cuna y crianza, ¡lo que no se puede decir de alguien que viene del arroyo como tú!

Sus últimas palabras contenían un mundo de insultos así que, enfurecida por sus modales y expresiones, Morgana se puso de pie de un salto, y le propinó una bofetada antes de que ninguno de los dos supiera lo que estaba pasando. El sonido seco de la palma contra la mejilla de Royce resonó en la peligrosa quietud que de pronto invadió la estancia.

Con un fuego dorado en los ojos, Royce la tomó por los hombros con garras de hierro y la acercó a sí.

—¡Por Dios, era lo único que faltaba! —Su boca apretó con fuerza la de Morgana, y sin ninguna suavidad le hizo abrir los labios, obligándola a recibir la invasión de su lengua. Quería lastimarla, quería castigarla no sólo por el caos violento que creaba dentro de él, sino también porque tenía la avaricia rapaz de una prostituta, pero... oh, Cristo, qué dulce era volver a tenerla entre sus brazos, qué increíblemente gratificante sentir el cuerpo esbelto junto al suyo, saborear la miel cálida de su boca una vez más. La besó compulsivamente, deseando desesperadamente hacerla sufrir por lo que le estaba haciendo, por trastornar tan completamente su vida, por provocar en él emociones confusas que no quería sentir, pero contra su propia voluntad, la furia se evaporó, remplazada instantáneamente por un deseo voraz e implacable.

En el momento en que Royce le puso las manos encima, Morgana se envaró y empezó a luchar por soltarse antes de que la boca de él estrujara la suya con tanta brutalidad. Igualmente encolerizada, lo combatió, queriendo lastimarlo como él hacía con ella, pegándole con los puños en los hombros y la cabeza mientras trataba furiosamente de escapar de aquel beso intencionadamente lacerante. Pero todo fue inútil, ya que Royce tomaba sin piedad lo que quería y los labios de Morgana se abrían impotentes ante el asalto de los de él. Con la sangre agolpándose en las sienes, luchó por desprenderse de él, por escapar de la tiranía insultante de su beso, pero Royce apresó con facilidad los brazos que se agitaban en vano y la aplastó más todavía contra el muro de piedra que era su cuerpo.

Una furia ciega la asaltó ante su propia impotencia y, en ese momento, verdaderamente lo odió. ¿Cómo se atrevía a tratarla de ese modo? Y sin embargo, mientras ese pensamiento cruzaba por su mente, vagamente se dio cuenta de un sutil cambio en él. Seguía sin tener escapatoria, todavía él la sostenía apretada contra sí y sus labios y su lengua devastaban su boca, pero había algo diferente en la forma en que la abrazaba... El repentino bulto de su virilidad contra el vientre de Morgana era sorprendente, y estalló entre ellos una nueva emoción, salvaje y poderosa, que no tenía nada que ver con la ira. Encerrada inexorablemente en su abrazo hambriento, con la evidencia de su urgente deseo, el recuerdo del cuerpo desnudo penetrando su carne arrastró a Morgana, haciéndola pegarse a donde un momento antes había tratado tan ferozmente de escapar. Instintivamente, Morgana respondió a la diferencia que notó en él, adhiriéndose a él, ablandando sus labios, buscando casi vacilante el sabor de esa lengua.

Un deseo primitivo, intocado por la furia que había atormentado a Royce y Morgana un segundo antes, se impuso implacablemente mientras las manos impacientes de Royce tocaban el pecho suave, moldeando y masajeando su contorno delicado, despertando en Morgana una oleada de indómito deseo. Ella tembló, con los senos duros y palpitantes bajo su contacto, sintiendo entre sus muslos una contracción casi dolorosa con la fuerza brutal del ansia voraz que anudaba y desgarraba su vientre. Royce la había despertado a la pasión, y el cuerpo esbelto ahora conocía el significado del ardor frenético, palpitante que crecía dentro de ella, sabía que ese ardor sólo crecería hasta oscurecer todo, excepto la necesidad absolutamente elemental de que la poseyera.

Consumido por las mismas emociones inexorables de Morgana, Royce perdió el control y con un juramento ahogado, la alzó en sus brazos y ciegamente se dirigió al dormitorio. Yendo tras su cuerpo tendido sobre la colcha de seda, rápidamente apartó las ropas de Morgana, buscando con dedos febriles la dulce calidez entre sus muslos pálidos, con su propio cuerpo anhelante y ansioso de poseer el de ella.

Al sentir su contacto, Morgana gimió, alzando las caderas hacia las manos de Royce, revelando claramente su propia excitación. Con el corazón batiéndole salvaje, apenas consciente de sus actos, Royce se abrió los pantalones y, con una exclamación animal de placer, en un movimiento frenético se hundió profundamente en ella. La besaba apasionadamente, sumergiendo con urgencia su cuerpo enorme una y otra vez en la calidez receptiva de Morgana, y la sensación intensamente erótica de la carne deslizándose sedosa contra la carne, los llevó a ambos casi instantáneamente a un éxtasis sublime.

Por largo rato quedaron unidos sobre la colcha arrugada, Morgana asombrada y avergonzada de que un acto tan violento y desenfrenado le hubiera dado tanto placer. ¿Es que era ella misma esa criatura que se agitaba y gemía bajo el cuerpo de Royce? ¿Podía una pasar con tanta rapidez de una ira y furia tan intensas a un aturdimiento tan intoxicante? Le dolía el cuerpo por el trato tan brusco, y para su eterna mortificación, no podía negar que en realidad había sentido placer en ese acto tan feroz.

Sobresaltada, sintió que Royce se apartaba de ella, y sumamente turbada y escandalizada no sólo por lo que acababa de ocurrir entre ellos sino también por el cuadro lujurioso que debía presentar con las faldas tiradas sobre los hombros, los muslos todavía medio abiertos después de haberlos apretado alrededor de él, se apresuró a sentarse. Con un rubor subido en las mejillas y un evidente temblor en las manos, se apresuró a acomodarse las faldas arrugadas. Incapaz de encontrar su mirada, mantuvo la vista apartada, fijándola tontamente en el cubrecama de satén.

En silencio, Royce observó el perfil delicado, la naricilla altiva y el mentón tenaz, por una vez sin saber qué decir. Nunca le había pasado nada parecido, y estaba perplejo por su conducta casi salvaje, por la pasión incontrolable que había borrado de su mente casi todo pensamiento que no fuera la necesidad de poseerla. Nunca había tratado a una mujer como acababa de hacerlo, siempre había habido una perezosa sensualidad en su forma de hacer el amor, una apreciación sin prisa del acto del amor, no esta compulsión indómita, casi frenética de marcarla con su cuerpo. Era como si, poseyéndola, pudiera liberarse de los demonios que lo perseguían, como si en esos momentos de quemante éxtasis en que su cuerpo se fundía con el de ella, pudiera olvidar lo que había entre ellos, excluir de su mente el hecho de que era sólo la avaricia de Morgana lo que le daba derechos sobre su cuerpo...

Royce apretó los labios. ¿Y qué diablos quería ella?, se preguntó acremente. ¿Amor? Una sonrisa amarga curvó su boca. ¡Jesús! ¡Morgana debía haberlo embrujado totalmente si podía pensar algo como eso! Disgustado consigo mismo, furioso y confuso por sus propias emociones, Royce la miró casi con odio y dijo con frialdad:

—Supongo que este pequeño incidente me va a costar algo más que una mera chuchería para demostrar mi apreciación por ese cuerpo tan encantador.

Eran muchas las cosas que Morgana hubiera esperado de él en ese momento, pero no lo que dijo. Tanto la enfurecieron sus palabras que, momentáneamente, olvidó el papel que había escogido. Con un brillo colérico en los tormentosos ojos grises, el pecho subiendo y bajando de ira debajo de la muselina lavanda, Morgana lo miró con rabia.

—¡Sal inmediatamente de mi dormitorio, bastardo sin corazón! ¿No me has humillado ya bastante? ¿Tienes que hacerlo todavía más?

Por un largo momento, Royce la miró, absorbiendo el brillo de los ojos indignados y el rubor colérico de sus mejillas. Se veía magnífica, con la boca todavía enrojecida y algo inflamada por sus besos, los rizos negros y sedosos despeinados por el abrazo enmarcándole la cara en desorden, recordándole indefectiblemente al chiquillo callejero que había traído a su casa el primer día. Incómodo, sintió que se le encogía el pecho, que una emoción poderosa lo atravesaba como un cuchillo. ¿Remordimiento? ¿U otra cosa? ¿Alguna emoción más profunda? Fuera lo que fuera, sabía que no quería dejarla así, y casi sin quererlo sus dedos tocaron suavemente la mejilla de Morgana.

—Te pido disculpas —dijo con suavidad, hundiendo la mirada intensa en la de ella, como si en los ojos gris claro estuviera la respuesta a un gran enigma.

La disculpa asombró a Morgana, y muda le devolvió la mirada, sin saber qué decir o hacer, encontrando los ojos de él con la misma intensidad. Esos ojos de tigre no le revelaban nada, le ocultaban su expresión y se preguntó resentida cómo podía haber sido tan tonta para enamorarse de él, y, lo que era más importante, ¿cómo podía haber sido tan ciega y condenadamente estúpida como para convertirse en su amante? ¿No le había enseñado nada el amargo fin de su madre? ¿Nada en absoluto? Enojada consigo misma, desconcertada y avergonzada por la respuesta desinhibida que había tenido con él, Morgana apartó la vista.

—No importa, eso es para lo que estoy aquí, ¿no es así? Nací para ser utilizada como un títere. Primero, la ladrona del tuerto y ahora, tu puta.

Esa declaración sacudió a Royce con la fuerza de un golpe, y una rara combinación de ira y dolor le creció en el pecho. No había nada que pudiera decir; no podía refutar lo que Morgana decía, había demasiada verdad en sus feas palabras, y sin embargo... y sin embargo, se sintió casi enfermo de rabia al oírselas decir. Dejó caer los dedos de su mejilla y con ojos fríos dijo con brusquedad:

—Por lo menos, yo no te tendré viviendo en un cuchitril, como un animal semisalvaje ni te pondré en peligro de ir a Newgate y de que te ahorque en Tyburn... ni —agregó con un hilo acerado en la voz— tampoco permitiré jamás que huyas de mí.

No cruzaron más palabras, ambos presos de tantas emociones violentas y contradictorias que se separaron casi con alivio. Morgana se arrojó boca abajo sobre el cubrecama de satén en el instante en que Royce desapareció de su vista. Sin embargo, no lloraba; estaba demasiado confusa, demasiado enojada como para llorar. Sólo se quedó tendida ahí, maldiciendo el destino que había hecho que alguna vez sus caminos se cruzaran.

Royce también maldecía encarnizadamente ese destino, y no se puede decir que sus juramentos fueran menos coloridos ni menos imaginativos que los de Morgana, simplemente duraron más tiempo. Por la noche, tendido en su cama, totalmente despierto, seguía maldiciéndose a sí mismo, a Morgana, al destino, a cualquier cosa desagradable que se le ocurría. Sin embargo, eso no lo ayudaba para nada, y sabía que no lo haría. A medida que pasaban las horas, finalmente reconoció que cualquiera que fuera el sentimiento que abrigaba con respecto a Morgana Fowler, y no estaba dispuesto a ponerle un nombre, la emoción estaba tan profundamente clavada en él, que dudaba poder arrancársela alguna vez.

En la distancia, Royce oyó un reloj que daba las cuatro, y finalmente estaba empezando a conciliar el sueño cuando oyó un ruido cerca de él que lo hizo tensarse en la cama, con todos los nervios del cuerpo en estado de alerta. Trató en vano de penetrar la oscuridad con la mirada, y sin mover un músculo, escuchó con atención, intentando detectar el origen del ruido que lo había molestado. Volvió a oírlo, un tenue «click», el suave deslizar de la puerta de su dormitorio que se cerraba. ¿Alguien había entrado o salido? El instinto le decía que alguien había entrado, que en realidad todavía estaba en la habitación, y todos los nervios de su cuerpo le decían que quienquiera que fuera, dondequiera que estuviera escondido en la oscuridad, no había venido para nada bueno.

El dormitorio estaba sumido en una oscuridad casi total, pero un tenue rayo de luna que asomaba entre el cortinaje parcialmente abierto de una de las ventanas le permitía apenas distinguir la silueta de los muebles cercanos, y con cuidado deslizó la mirada de un objeto a otro, buscando algo fuera de lo corriente, algo que le señalara el peligro. Y había peligro, Royce lo sentía emanando del individuo todavía no identificado que acechaba en la oscuridad, y se le tensaron los músculos, impaciente por entrar en acción.

Concentrándose intensamente en el silencio amenazador, esforzándose por oír cualquier ruido traicionero, Royce no habló, no exigió que se identificara el individuo que estaba seguro que acababa de ingresar sigilosamente en su habitación. Tenía el presentimiento de que de todos modos no le respondería, y, por el contrario, le descubriría el hecho de que estaba despierto... y que, por lo tanto, no era la presa fácil que el intruso esperaba.

Jugaban a un juego letal, Royce alerta y listo para pelear y, sin embargo, sin querer moverse por temor a descubrir su única ventaja, su vigilia, mientras su oponente estaba emboscado en la oscuridad, eligiendo el momento para atacar. Y el individuo atacaría, Royce no tenía la menor duda. Se maldijo a sí mismo, conociendo los peligros como los conocía, por no haber tomado precauciones, por lo menos guardar una pistola o un cuchillo debajo de la almohada. Pero el intruso, se preguntó tenso, ¿es un simple asaltante o un asesino enviado por el tuerto?

No tuvo que meditarlo mucho tiempo; casi de inmediato oyó el susurro de unos pies que se deslizaban sobre la alfombra directamente hacia su cama, y con el corazón batiéndole en el pecho, se preparó para pelear. Con los ojos semicerrados para dar la impresión de estar durmiendo, Royce yacía tenso, esperando impaciente que el intruso se acercara.

El intruso inesperadamente se acercó raudo al costado de la cama, y fue ese rayito de luna lo que salvó la vida de Royce, cuando la luz plateada brilló débilmente sobre la larga hoja del cuchillo que súbitamente caía sobre él. Con la velocidad del rayo, Royce se incorporó cerrando los dedos brutalmente alrededor de la muñeca que sostenía el arma.

Se oyó el bufido de una voz de hombre enfurecida y el intruso comenzó a pelear con la fuerza de un demente, casi logrando liberar la muñeca del puño poderoso de Royce. Lucharon salvajemente en la oscuridad de la habitación, el hombre intentando, desesperado, escapar y, a la vez, clavar la hoja mortal en el cuerpo de Royce. Con el cuchillo entre ambos, los cuerpos se retorcían juntos, con respiración agitada y sonora, y los ocasionales choques contra los muebles aumentaban el ruido creciente de la violenta lucha, mientras los dos se revolcaban dando tumbos por la estancia.

Royce supuso que eran de tamaño y estado físico similares, pero a medida que seguían peleando, se dio cuenta con fastidio del peligro inherente a combatir con un oponente vestido cuando uno está totalmente desnudo. La hoja rozaba dolorosamente la carne desnuda aquí y allá en los momentos desesperados en que no podía evitarlo o controlar las cuchilladas que asestaba el hombre. Una vez el intruso le aplastó los dedos del pie bajo la bota pesada, y sólo a fuerza de voluntad logró ignorar el estallido de dolor y mantener la atención centrada únicamente en el cuchillo siempre en movimiento. Dándose cuenta de que sangraba por media docena de cortes, grave y metódicamente luchó cuerpo a cuerpo con su asaltante, sabiendo que si no hacía algo de inmediato, pronto el frío acero le infligiría un grave daño.

De repente, ocurrieron varias cosas a la vez. La puerta que separaba sus habitaciones de las de Morgana se abrió de par en par.

—Royce, ¿estás bien? ¿Qué está pasando? —preguntó Morgana con ansiedad, con una vela en la mano.

Al mismo tiempo que ella aparecía en escena, en el pasillo de entrada a su dormitorio, el señor Spurling, su criado, balbuceaba nervioso:

—¿Se... se... señor? ¿Está todo bien? —y en ese instante la feroz batalla entre los dos hombres los condujo hasta el delgado rayo de luna que brillaba en la habitación y Royce pudo echar un fugaz vistazo a su oponente. ¡El tuerto!

No había forma de equivocarse con el parche negro que cubría el ojo, pero la mayor parte de los rasgos del hombre quedaba oscurecida por el ala del sombrero echada sobre la cara. Pero las partes visibles de la cara estaban tan contorsionadas por el odio y la rabia, que casi no se las podía reconocer como humanas. Royce de cierta forma había estado preparado para algún tipo de ataque, pero nunca creyó realmente que pudiera estar dirigido contra él en persona, que alguien trataría realmente de matarlo, y jamás se le había ocurrido siquiera que el mismo tuerto sería el atacante, y por una fracción de segundo, el más puro asombro le hizo aflojar el puño que agarraba a su asaltante.

Con un gruñido de sorpresa, el tuerto se soltó y, como una serpiente al ataque, precipitadamente, asestó una cuchillada en dirección a Royce. Éste, saltando hacia atrás para eludir el letal asalto, tropezó con una de las sillas volcadas y cayó con un ruido sordo. El tuerto no perdió tiempo, y se arrojó hacia Morgana, tal vez con la intención de herirla o de llevársela consigo.

Morgana no tuvo tiempo de pensar, sólo de reaccionar, y en un rapto nacido de la desesperación, le hundió la vela en el ojo sano. Chillando angustiosamente, el tuerto dejó caer el cuchillo, arrancándole la vela de la mano antes de girar sobre sí mismo y correr hacia la puerta abierta, donde Spurling estaba de pie, paralizado. Empujando al pobre criado, desapareció en la oscuridad.

18

Durante unos segundos reinó el caos total; la exclamación agitada de Morgana quedó suspendida en el aire mientras volaba en la oscuridad para arrodillarse junto a la silueta de Royce, que se agitaba furiosamente para destrabar las piernas de los brazos de madera de la silla. Mascullando temeroso para sus adentros, el señor Spurling finalmente se recuperó lo suficiente del susto y de la fuerza del empujón del tuerto como para buscar un candelabro y encenderlo. Casi de inmediato, con un juramento furioso, Royce se liberó de la silla con un puntapié y se levantó de un salto, mientras Morgana revoloteaba a su lado. Para aumentar la confusión, Zachary, despertado por el ruido, de pronto apareció detrás del señor Spurling con una pistola amartillada en la mano, preguntando muy serio:

—¿Qué demonios está pasando aquí?

Desentendido de su desnudez, de la sangre que le goteaba por el cuerpo, de la media docena de heridas que le había infligido el tuerto durante la violenta pelea, apenas consciente del brazo protector con que tenía tomada a Morgana por los hombros, la arrastró junto con él hasta la puerta donde estaban Zachary y el señor Spurling, y saliendo al corredor, miró con disgusto para uno y otro lado, a la oscuridad silenciosa.

—¡El bastardo escapó!—mascullo belicosamente por lo bajo, girando y volviendo a entrar a la habitación.

—¡El tuerto! —dijo Zachary excitado—. ¿Te ha enviado a un asesino?

Ignorando los vanos intentos del señor Spurling de cubrirlo con una llamativa bata de seda negra bordada con hilos de oro y carmín, Royce miró a Zachary y sonrió: ¡ése era su primo, con el afán de la juventud por las aventuras, exaltado por los acontecimientos de la noche! Con una expresión divertida danzándole en los ojos dorados, Royce murmuró:

—¡Ah, mejor que eso! El mismo tuerto me ha hecho una visita.

Para entonces el señor Spurling había logrado ponerle la bata a Royce y, casi ausente, el brazo de Royce volvió a envolver los hombros de Morgana, inconscientemente reteniéndola a su lado como para asegurarse de que no estaba lastimada. Morgana, sin ninguna vergüenza se pegó a él, todavía incapaz de convencerse de que el tuerto no lo había herido, y los ojos se le oscurecieron alarmados cuando, por una abertura de la bata, distinguió la sangre en su pecho.

—¡Estás sangrando! —dijo con un grito ahogado.

Zachary y el señor Spurling dejaron escapar una exclamación de ansiedad y se acercaron a Royce, pero éste los apartó con un ademán.

—No es nada, simples rasguños, aunque estoy seguro de que las intenciones del tuerto eran mucho más serias. —Miró a Morgana, apretando un poco su brazo alrededor de ella—. ¿Tú no estás herida? ¿No te tocó?

Morgana negó con la cabeza.

—No. Todo ha sucedido tan rápido que no tuvo tiempo de lastimarme.

Como era de esperar, el ruido de la pelea no pasó inadvertido para el resto de la casa, y Chambers, con una vela encendida en la mano, apareció de pronto en la puerta, con expresión preocupada; justo tras él revoloteaba Ivy, con signos de alarma en el rostro plácido. Se dio una breve explicación y aunque Royce seguía protestando que no estaba seriamente lastimado, nadie le prestó atención. Mientras Chambers desaparecía rumbo a la cocina en busca de agua y vendas, así como de algo de whisky y coñac, Zachary, seguido por un muy nervioso señor Spurling, recorrió minuciosamente la planta baja. No había señales del tuerto, pero descubrieron que la entrada de servicio en el fondo de la casa estaba abierta de par en par. Después de examinar la cerradura, se vio que no estaba dañada y la conclusión fue inevitable: alguien de la casa debía haberlo dejado entrar...

Royce no se mostró sorprendido cuando Zachary le informó de lo que había encontrado; de hecho, Royce casi lo esperaba. Para entonces, Chambers había regresado con las provisiones requeridas y en muy poco tiempo Ivy y Morgana estaban atareadas limpiando y examinando los cortes y rasguños de Royce. Tal como él había dicho, no eran graves, y una vez que las dos mujeres lo comprobaron por sí mismas y vendaron los cortes más impresionantes, todos empezaron a relajarse y a comentar el ataque. Royce permaneció callado durante casi toda la animada charla y sólo cuando empezaron a hablar de temas más mundanos, lo temprano de la hora, la rutina diaria que pronto empezaría, intervino en la conversación.

Apresuradamente habían ordenado la habitación y Royce estaba arrellanado en un sillón de terciopelo rubí, y la riqueza de la bata de seda negra con vivos bordados se intensificaba contra el tapizado del sillón. Algo dolorido por los muchos cortes y moretones, Royce miró fijamente al señor Spurling y preguntó con suavidad:

—¿Y cómo es que estaba usted tan providencialmente cerca esta noche, señor Spurling?

Sintiendo todos las miradas clavadas sobre su persona, el señor Spurling se sobresaltó y el rostro se le congeló en una expresión de alarma.

¿Yo... yo... yo...? ¿Cer... cer... ca...? —tartamudeó inquieto, mirando de uno a otro con sus ojos azul pálido—. No... no... no... sé lo que quiere decir, señor.

—Oh, sí, creo que lo sabe —replicó Royce con lentitud, mientras mantenía fija la mirada en el otro hombre—. Estoy seguro de que normalmente usted no anda vagando por la casa por las noches. ¿Por qué no estaba arriba, en sus habitaciones, como todos los demás?

El señor Spurling tragó saliva, agitado y claramente inquieto. Curiosamente, todavía vestía sus ropas diurnas, prendas oscuras y discretas que delataban su profesión: pantalones, camisa blanca, corbatín modestamente anudado y una chaqueta de buen corte. Era un hombre pequeño, de ralo cabello castaño que mantenía bien arreglado, y rasgos muy comunes. Se perdía fácilmente entre el decorado, un atributo a menudo necesario en un criado. Mirándolo de cerca, allí de pie casi estrujándose las manos con desasosiego, Royce se preguntaba ociosamente si parte de ese nerviosismo no sería el resultado de encontrarse de pronto el centro de interés, ¿o se trataba de otra cosa...?

—¿No responde? —preguntó Royce con engañosa suavidad.

El señor Spurling se estiró todo lo que le permitió su reducida estatura e inspirando profundo, dijo débilmente:

—No podía dormir, señor, y de... de... decidí que, como el señor Chambers me había informado de nuestra inesperada mudanza al campo el próximo viernes, podía empezar a hacer el equipaje.

Con la ansiedad nublándole el rostro, agregó acaloradamente:

—¡Señor! ¡Usted no pensará que tuve algo que ver con el ataque de ese individuo! ¡Le juro que digo la verdad!

En vista de la hora temprana y de que era bastante improbable lograr algo más del interrogatorio al señor Spurling, Royce dio una respuesta intrascendente y despidió a su criado, junto con Ivy y Chambers. Después que estos se fueron, Zachary se separo de uno de los postes de la cama de Royce, donde había estado reclinado, y preguntó:

—¿DE verdad piensas que el pobre viejo de Spurling está aliado con el tuerto?

Momentáneamente olvidada la amarga discordia entre ambos, Morgana estaba sentada en el suelo cerca del sillón de Royce, con una mano apoyada sobre la rodilla de él, y el recatado camisón de batista y puntilla formando una espuma color crema y rosa alrededor de sus piernas. Tenía la cabeza inclinada y parecía estudiar el diseño intrincado de la alfombra Aubusson que cubría el suelo, pero al oír las palabras de Zachary, se enderezó súbitamente, abriendo los ojos consternada.

—¿Un espía? —dijo horrorizada—. ¿Alguien dentro de tu propia casa?

Royce la miró, enarcando una ceja.

—¿Por qué no? El tuerto puede parecer omnipotente, pero te aseguro que no lo es; sospecho que simplemente tiene muchos instrumentos en muchos lugares. Y no me sorprendería descubrir, si nos ocupáramos de investigar más a fondo, que nuestro señor Spurling le encargó al tuerto un... favor en el pasado... o que alguien muy querido para el señor Spurling ha tenido tratos con el tuerto y, para protegerlo, está haciendo lo que el tuerto le ordena.

Con un gesto sombrío en el rostro apuesto, Zachary preguntó:

—¿Qué vamos a hacer con Spurling? Si dejó entrar al tuerto a la casa esta noche, puede hacerlo otra vez. Simplemente no podemos dejar que nos espíe.

Royce esbozó una tenue sonrisa, acariciando suavemente con la mano el hombro de Morgana.

—Desgraciadamente, me temo que no tenemos elección.

—¿Qué?—exclamó Zachary enojado—. ¿Vas a permitir que ese bastardo con cara de ratoncito ande por la casa? ¿No lo vas a despedir?

Pensativo, Royce respondió con lentitud:

—Si lo despido, el tuerto se limitará a remplazarlo por otra persona, alguien que no sabré que me está espiando. Al conservar a Spurling como empleado, por lo menos tendré un cierto control sobre lo que dejaremos que averigüe y cuándo. El saber que es un instrumento del tuerto nos da una pequeña ventaja.

Con expresión admirada, Zachary le sonrió.

—¡Qué bien, Royce, eso es muy astuto! —Con un brillo ansioso en los ojos, agregó excitado—: ¡Hasta podríamos utilizar a Spurling para que nos conduzca al tuerto!

—Por el momento —respondió Royce en tono aplastante, mientras se le cruzaban imágenes de Zachary siguiendo a Spurling por sabe Dios qué peligros— no haremos nada semejante. Los hermanos de Morgana ya están tratando de seguirlo hasta su escondite.

Morgana dejó escapar una exclamación atemorizada, y Royce maldijo su lengua indiscreta.

—Tomarán todas las precauciones —se apresuró a consolarla—. Conocen los peligros y son casi tan sagaces y hábiles como él, y lo que es más importante, el tuerto no espera problemas por ese lado.

Morgana inspiró profundo.

—Lo sé —dijo con simpleza—, pero es que es tan malvado, y si solamente llegara a sospechar que no le son leales, los mataría.

Royce no tenía nada que decir para calmar sus temores, pero intentando distraer sus pensamientos, dijo:

—Por lo menos desbaratamos sus planes esta noche: todavía estoy vivo y tú sigues ilesa y bajo mi protección.

Fue una elección de palabras poco afortunada, que le recordó a Morgana lo poco envidiable de su situación, de modo que se puso tiesa y se separó inmediatamente de él. Sin mirarlo, se puso de pie con agilidad y, mirando a Zachary, esbozó una leve sonrisa y murmuró:

—Si me perdonan, creo que me iré a la cama por el poco tiempo que queda. Buenas noches.

Dándose cuenta de la atmósfera tensa que abruptamente se había materializado en la habitación, y tratando de aliviarla, Zachary le sonrió, le tomó una mano y estampó en ella un beso galante. Con los ojos fijos en su cara adorable, dijo:

—Fue brillante por tu parte meterle la vela en el ojo, tal vez ahora no le quede ni siquiera un ojo sano.

Contenta de olvidar por un momento la situación entre ella y Royce, sonrió a Zachary con picardía.

—Crecer en St. Giles tiene sus ventajas, y una de las primeras cosas que se aprenden es a pensar rápido y actuar de inmediato.

Zachary sólo la escuchaba a medias, recorriendo la preciosa cara con la vista, cuando de pronto lo golpeó como un rayo algo que debería haber notado antes. Quizá sólo el hecho de que la había visto a ratos unas pocas veces y que sólo recientemente pasaba bastante tiempo en compañía de Julian, disculpaba su falta de reconocimiento, pero esta noche, observando atentamente sus rasgos, la conclusión fue inevitable: Morgana Fowler se parecía asombrosamente a Julian Devlin. Mirando con atención el rostro levantado de Morgana, reconocía que aunque había diferencias obvias entre ambos, más allá de las diferencias entre un hombre y una mujer, tenían un parecido muy marcado. «¡Cielos, si hasta podrían ser hermanos!», pensó desconcertado.

Inconscientemente le apretó la mano y Morgana lo miró sorprendida al ver la expresión asombrada de sus ojos.

—¿Qué pasa? —le preguntó con urgencia—. ¿Por qué me miras de ese modo?

—Humm, humm, es que —empezó a decir Zachary, incómodo—... me recuerdas a alguien.

Antes de que Morgana tuviera ocasión de hacerle más preguntas, Royce dijo lánguidamente:

—Sí, por supuesto, probablemente a esa bailarina de *ballet* tras la que has andado este último mes. —Mirando a Morgana, dijo, desechando el asunto—: ¿No dijiste que te ibas a la cama?

Morgana se ruborizó, deseando abofetearlo por su arrogancia, y después de despedirse dulcemente de Zachary, se alejó rumbo a su dormitorio, ignorando a Royce. Después que salió se produjo un extraño silencio. Zachary se quedó mirando en la dirección por la que ella había desaparecido. Girando lentamente, miró a su primo.

—¿Cuánto tiempo hace que sabes que es la hermana de Julian?—preguntó en voz baja, con el rostro grave y preocupado.

Royce lanzó un profundo suspiro, sabiendo que el rato siguiente no iba a ser en absoluto agradable. Acercándose al escritorio de caoba donde estaba la bandeja con botellones de whisky y coñac que había traído Chambers, Royce se sirvió un vaso de whisky y, mirando a Zachary, enarcó una ceja. Zachary sacudió la cabeza con vehemencia y masculló:

—¡Pero si ya casi es de día!

Royce hizo una mueca y bebió un sorbo largo.

—Ya lo sé —replicó en tono neutro—, pero por tu expresión ultrajada y tu gesto quijotesco, creo que voy a necesitar algún, ehhmm, refuerzo.

—Tú supiste quién era desde el principio, ¿no es así? —inquirió Zachary acalorado.

—Bueno, digamos que tenía la fuerte sospecha de que se trataba de un subproducto del conde —reconoció Royce sereno, pero con una mirada vigilante en los ojos.

—¿Y no te molesta —preguntó Zachary explosivamente, con una expresión indignada en el rostro— haber tomado por amante a una joven que es hija de un conde?

—Hija ilegítima —dijo Royce pensativo, con los ojos fijos en el ámbar líquido de su vaso.

—¿Cuál es la diferencia? —casi gritó Zachary, ultrajado—. Es evidente que es una St. Audries, aunque haya nacido fuera del lecho conyugal.

—Sí, es la hija del conde, y vaya existencia tan maravillosa la que le brindó, condenándola a una vida en el arroyo, criándose entre ladrones, asesinos y prostitutas, dejando que tuviera que robar para comer. —Royce rio desagradablemente—. Oh, sí, su elegante padre la ha tratado con gran nobleza, ¿no es así? —Bebió otro trago de whisky. Desafiante, Royce gruñó—: Por lo menos, conmigo sé que está razonablemente segura de que no la colgarán en Tyburn, y por lo menos sé que duerme cómoda y no en alguna cueva mugrienta y llena de alimañas. Está bien vestida y bien alimentada y —una mueca torció sus labios— a excepción de mi presencia en su cama, no está en constante peligro de ser violada o atacada por cualquier bruto que se cruce en su camino. —Retando a Zachary a contradecirlo, miró airado a su primo—. Por lo menos yo la tengo a salvo, algo que el bastardo de su padre jamás hizo.

Había tanta emoción contenida, tanto sentimiento apasionado en la voz de Royce que Zachary lo observó como en suspenso, mientras el pensamiento más asombroso se cruzaba por su mente. La respuesta a la conducta atípica de Royce de las últimas semanas estuvo todo el tiempo delante de sus ojos y no la había visto, pensó Zachary pasmado. Dirigió otra mirada meditativa a su primo, preguntándose cuánto tiempo pasaría antes de que la verdad se hiciera patente hasta para alguien tan obstinado y ciego como Royce. Con una sonrisita picaresca temblándole en la comisura de los labios, y en tono sorprendentemente humilde, Zachary dijo:

—Sí, por supuesto. Tienes absoluta razón. No sé por qué no lo pensé desde ese ángulo hasta ahora.

Royce lo miró con sospecha, mientras decía:

—¿No me vas a echar un sermón? ¿Ningún comentario sobre lo moralmente incorrecto que es todo esto?

Zachary negó con la cabeza.

—No me corresponde —dijo con firmeza—. No debería haber sacado a relucir el tema, en primer lugar.

—¡Bueno, gracias a Dios por eso! —dijo Royce sin ninguna cortesía, y apuró el resto del whisky. Por lo bajo, masculló—: ¿No crees que a mí también me molesta? En circunstancias diferentes, si hubiera sido hija legítima, en lugar de enemistarme con St. Audries, tal vez le estaría pidiendo la mano de su hija en matrimonio.

—Ah, de modo que es en esa dirección que sopla el viento —dijo Zachary con inmensa satisfacción.

Royce rechinó los dientes y le lanzó una mirada furiosa.

—¡No, el viento no sopla para nada en esa dirección! —refunfuñó, evidentemente ofendido por el comentario de Zachary—. La cuestión del matrimonio ni siquiera se plantea y no te llenes la cabeza de ideas tontas y románticas, que no tienen la menor oportunidad de convertirse en realidad; ella es mi amante y eso es todo lo que será, siempre.

—Si tú lo dices —murmuró Zachary en tono dulce, y cortando con un gran bostezo la réplica vehemente de Royce, dijo somnoliento—: Creo que seguiré el ejemplo de Morgana y me iré a la cama. Ha sido una noche muy larga.

Efectivamente había sido una noche muy larga, pero una vez que Zachary salió de la estancia, Royce no sintió ningún deseo de volver a acostarse. Malhumorado, se sirvió otro vaso de whisky y, bebiéndolo más pausadamente esta vez, vagó por el dormitorio elegante, manteniendo sus pensamientos deliberadamente alejados del tema de Morgana Fowler. Afortunadamente, el ataque del tuerto facilitaba ese propósito y se encontró rememorando los violentos momentos vividos en la oscuridad.

A pesar de todo lo que había averiguado sobre el tuerto, incluida la confirmación por parte de George de la veracidad de su existencia, quedaba una partícula de Royce que se mantenía un poquito escéptica con respecto a los poderes del tuerto. Ese escepticismo ya había desaparecido. Evidentemente, Steadham estaba a merced de ese hombre, y George le había probado definitivamente la existencia del hombre. Pero esa noche... Un escalofrío recorrió la espalda de Royce. Esa noche, el mismo tuerto había tratado de asesinarlo. Era una idea muy desestabilizadora.

No es que jamás se hubiera enfrentado a la posibilidad de la muerte, el campo de duelo no le era extraño; se había batido en varios duelos y había vencido, ya que su puntería y su habilidad con la espada eran bien conocidas, pero esto era diferente. Había algo retorcido y sucio en esto, algo oscuro y traicionero, algo que no tenía nada que ver con salvar el propio honor o reaccionar ante un insulto insufrible. Lo de esa noche había sido un intento de asesinato a sangre fría, y si no hubiera estado despierto, si hubiera estado profundamente dormido... Tomó otro sorbo de whisky. Si esa noche la suerte no hubiera estado de su lado, estaría muerto.

Sin embargo, es interesante, reflexionó, que el mismo tuerto hubiera ido a matarlo y que no hubiera enviado a uno de sus secuaces. ¿Por qué? Por lo poco que sabía del hombre, no era su costumbre encargarse él mismo de los trabajos desagradables, ya que tenía a su disposición a toda clase de hombres desesperados para llevar a cabo sus órdenes... y asumir los riesgos. Entonces, ¿por qué se había apartado de los procedimientos normales? La cuestión molestaba bastante a Royce. Indicaba que el tuerto tenía un interés muy personal en la situación, que Royce Manchester se había convertido en algo más que una mera molestia o un punto fácil de robar o usar de alguna forma nefasta. No. El tuerto lo quería muerto. Y tanto lo quería muerto que estaba dispuesto a hacer el trabajo él mismo, y era esa certeza lo que Royce encontraba desestabilizante.

Por supuesto, todo conducía a Morgana. Royce sonrió con amargura. Por supuesto. Pero ¿por qué?, se preguntó frunciendo el entrecejo. Más allá de su indudable hermosura y encanto, ¿qué la hacía tan importante para el tuerto? Sabía que el tuerto quería a Morgana como amante, pero ése no era motivo suficiente para correr los riesgos que había corrido el tuerto esa noche. ¿O sí lo era?

Sus facciones se tensaron y enojado se enfrentó a algo que nunca había querido ver; si la situación fuera a la inversa y si fuera el tuerto quien tuviera a Morgana, Royce reconoció agriamente que él se atrevería a hacer cualquier cosa con tal de recuperarla. Demolería Londres ladrillo a ladrillo hasta encontrarla, y no vacilaría en matar a cualquiera que se interpusiera entre él y la mujer que am... ¡la mujer que deseaba!

Los acontecimientos de esa noche hacían imperativa la mudanza a Tunbridge Wells. Debía asegurarse de que Morgana estuviera a salvo. Después de vestirse con prisa, Royce tiró del llamador junto a su cama para convocar a Chambers.

Éste apareció en la puerta casi de inmediato, con una bandeja cargada con una cafetera de plata, varios utensilios y una taza de porcelana. Después de salir de los aposentos de Royce, Chambers se había vestido con la ropa de trabajo y nuevamente era el mayordomo correcto e impasible, aunque su mirada parecía algo más cálida al posarse sobre su patrón. Aparentemente, pensó Royce divertido, la proximidad de su encuentro con la muerte lo había redimido a los ojos del mayordomo.

Bebiendo el café negro y caliente que Chambers le había servido, Royce dijo sin ambages:

—Me temo que lo de esta noche ha cambiado nuestros planes. Iniciaremos la mudanza a Tunbridge Wells de inmediato.

Chambers asintió con la cabeza.

—Sí, señor. Supuse que ése sería el caso y los criados ya están empaquetando todo lo que llevaremos con nosotros. Hablé con el cochero y se está ocupando de los caballos y de conseguir los demás vehículos y caballos que podamos necesitar.

Royce le sonrió por encima de la taza.

—Chambers, ¿le he dicho alguna vez que es usted una persona excepcional? Estoy muy contento de que mi primo George los recomendara a usted y a su estimable esposa.

Un leve rubor complacido apareció brevemente en las mejillas del mayordomo. Se inclinó y murmuró:

—Y a nosotros, señor, nos complace mucho servirlo.

Con un brillo abiertamente risueño en los ojos de topacio, Royce no pudo resistirse a decir:

—¿Incluso cuando desapruebas mi relación con una cierta joven?

Recuperando algo de sus modales puntillosos, Chambers replicó altivo:

—Señor, no me corresponde cuestionar sus actividades.

Todavía sonriente, Royce lo despidió y, dirigiéndose a una mesa de cerezo ubicada ante una de las ventanas, se sentó y empezó a escribir algunas notas a ciertas personas, informándoles de su súbita decisión de salir de Londres. Sin explicarles el porqué.

No se podía pretender trasladar todo el establecimiento domestico en veinticuatro horas, pero esa noche más de la mitad del personal ya había salido para Lime Tree Cottage y los pocos que quedaban tenían programado partir, a más tardar al mediodía del día siguiente. Royce había dudado en mandar a Spurling con el primer grupo, y finalmente decidió que era mejor tener al hombre allí, donde lo pudiera vigilar; no era conveniente darle la oportunidad de espiar el terreno antes de lo necesario. Zachary, Royce y Morgana viajarían en el carruaje de Royce, partiendo a primera hora de la mañana.

Fue un día muy atareado para todos, y aunque Morgana, Royce y Zachary estaban tensos, casi listos para otro ataque del tuerto, todo anduvo sobre ruedas. Royce se quedó en la casa gran parte del día, principalmente porque no se decidía a confiar la seguridad de Morgana solamente a Zachary, para gran disgusto de éste. Pero era esencial que Royce se encontrara nuevamente con los hermanos de Morgana y, con gran renuencia, salió al atardecer con tiempo suficiente para arreglar la señal. A medida que pasaba la hora y se acercaba el momento de la reunión, la expresión del rostro apuesto se hacía cada vez más oscura y malhumorada. Si le disgustaba dejar a Morgana solamente con Zachary para cuidarla durante el día, mucho menos le gustaba hacerlo después del anochecer. Pero no tenía otra opción, y después de darle un beso vigoroso en la boca y de recomendar a Zachary por centésima vez que la mantuviera sana y salva y que no corriera riesgos, salió presuroso a reunirse con los Fowler.

Como Della había salido con su nuevo protector, Jacko y Ben ya estaban en la casa, instalados cómodamente en el salón donde solían verse. Cuando Royce llegó, sin perder tiempo, rápidamente los puso al tanto de lo sucedido. El pasmado asombro se reflejó en ambas caras y la pregunta incrédula de Jacko: «¿Él mismo? ¿Está seguro de que se trataba del tuerto mismo?», solamente confirmaron la opinión de Royce de que el interés del tuerto en él era algo fuera de lo común. Y eso no lo tranquilizó.

Con preocupación en los ojos azules, Ben dijo lentamente:

—Deberían salir de Londres por la mañana. Si tiene tanto interés en verlo muerto como para ocuparse personalmente, cuanto antes se alejen de aquí, mejor. —Con una mirada dura a Royce, preguntó—: ¿No podrían irse esta noche?

Royce negó con la cabeza con decisión.

—No. No tengo intención de conducir en la oscuridad, por un camino desconocido, y no por un camino donde nos podrían tender una emboscada en cada curva. En la casa, por lo menos, puedo tomar precauciones, pero a campo abierto y de noche...

Jacko asintió con la cabeza.

—Tiene razón, Ben. Mañana está bien. Ahora, ¿dónde queda exactamente este Lime Tree Cottage? Queremos ver a Pin antes de zarpar.

Con expresión pensativa, Royce los miró largo rato. En su última reunión, el día que Della le había explicado a Royce que Jasper Simonds era su nuevo protector, Royce les había contado a los Fowler acerca de Steadham y también les informó que había hecho los arreglos necesarios para que salieran hacia Norteamérica el diecisiete de julio. También les había dejado bien en claro que

Morgana se quedaría con él en Inglaterra, lo que provocó una acalorada discusión entre los tres hombres. Jacko y Ben podían haberlo aceptado como amante y protector de su hermana, y podían sentirse agradecidos por lo que Royce hacía por ellos, pero les inquietaba el hecho de dejarla, y sólo cuando Royce finalmente los convenció de que tenía la sincera intención de llevarla con él a Norteamérica cuando partiera en el otoño, terminaron por aceptar sus planes. Seguían sin sentirse felices por el hecho de que Morgana se quedara, pero se habían resignado. ¿O no?, se preguntaba Royce mientras los estudiaba.

Jacko debió sospechar lo que pensaba, porque de pronto sonrió y murmuró:

—Jefe, si quisiéramos llevárnosla de su lado, nada nos detendría; conocemos cada una de las precauciones que ha tomado. Y no olvide que es nuestra hermana, nos ayudaría y no pelearía contra nosotros como haría con el tuerto. —Y agregó más serio—: Arreglamos las cosas entre nosotros la semana pasada, cuando acordamos dejarla a su cuidado... Todo lo que queremos es la oportunidad de despedirnos de ella antes de zarpar. ¿No nos va a negar eso, no?

Royce le creyó y, pasado el momento de desconfianza, sucintamente les dio las indicaciones. Fijando la mirada en ellos, terminó:

—Pongan especial cuidado cuando se acerquen a Lime Tree Cottage. Estoy seguro de que el tuerto pronto descubrirá dónde estamos, especialmente porque tiene su propio espía dentro de mi casa, pero no queremos que sepa que ustedes y yo estamos trabajando juntos.

Asintiendo con la cabeza, Ben dijo:

—No somos exactamente tontos, sabe.

—No, me doy cuenta de eso; simplemente soy muy precavido. —Con una mirada interrogante, les preguntó—: ¿Supongo que no habrán averiguado alguna otra cosa sobre él?

Jacko le dirigió una mirada astuta.

—Bueno, ¡se equivoca, jefe! Es un zorro astuto, y lo perdimos más veces de las que hemos logrado seguirlo, pero sí averiguamos algunas cosas. Como, por ejemplo, que tiene más de un escondite; probablemente docenas distribuidos por todo Londres; ya lo hemos seguido a tres. Pero lo que es muy interesante, aunque no estamos seguros del todo, es que creemos que el tuerto en realidad no es tuerto y que pertenece a la clase alta. —Después de comunicar esa noticia pasmosa, Jacko miró a Royce expectante.

—¡Por todos los santos del cielo! —exclamó Royce con airada exasperación—. Si es así, lo más probable es que me haya estado encontrando con el maldito bastardo durante todo este tiempo, sin siquiera saberlo.

—Es exactamente lo que pensamos —dijo Ben con suavidad—. Podría ser cualquiera, alguien que conoce, incluso un amigo suyo...

19

La mañana del miércoles amaneció luminosa y soleada, y Royce, Zachary y Morgana lograron partir de la casa de Hanover Square de acuerdo con lo planeado. Saliendo de la casa menos de una hora después del amanecer, Royce exhaló un vago suspiro de alivio, ansioso por dejar atrás tanto Londres como al tuerto, pero las palabras de Ben de la noche anterior todavía le rondaban en la cabeza.

Concentrado en parte en los caballos que conducía, Royce reproducía una y otra vez la conversación de la pasada noche con Jacko y Ben, deseando poder descartar totalmente lo que se había dicho. Repasando las palabras de los muchachos, reconoció que le habían dicho muy poco; sospechaban muchas cosas, pero no tenían prueba de nada. Y si bien quería simplemente deshacerse de sus sospechas, el instinto le decía que Jacko y Ben habían dado con la verdad. De ese modo explicarían algunas cosas sobre el tuerto, admitió Royce con renuencia, mientras el coche dejaba atrás el manto gris de Londres y el paso largo de los caballos empezaba a reducir velozmente la distancia hasta Tunbridge Wells; como por ejemplo, cómo hacía el tuerto para enterarse cuáles de los diversos miembros de la aristocracia precisaban de sus servicios... ¡Era uno de ellos!

Concentrado gravemente en las desagradables implicaciones de lo que había sabido la noche anterior por los hermanos de Morgana, Royce mantenía un gesto hosco, sin advertir el paisaje ni la presencia de los otros dos pasajeros del coche. Fue una exclamación de placer de Morgana lo que lo apartó de sus negros pensamientos e hizo que la mirara.

Vestida a la última moda con una pelliza color rosa con una trenza color cereza en el cuello y los puños y un sombrero de paja de ala ancha con cintas del mismo color que la trenza, esa mañana Morgana se veía particularmente atractiva. Entre los pliegues de los bajos de la pelliza asomaba el vestido de muselina verde manzana que llevaba debajo, y las cintas rojo cereza del sombrero estaban anudadas en un moño atrevido debajo de una oreja. Pero no eran solamente las ropas elegantes las que la hacían tan atractiva esa mañana: era la boca curvada en una sonrisa encantadora y los ojos grises brillantes de entusiasmo.

Observando la expresión de relajado deleite en el hermoso rostro de Morgana, el puro júbilo infinito que le producían los vallecitos arbolados y abiertos, las praderas de pastos ondulantes, a medida que pasaban al trote vivo de los caballos, Royce sintió que algo, una emoción desconocida, se le apretaba en el pecho. «Si solamente —pensó con fiereza—, pudiera lograr que esté siempre así: entusiasmada, feliz, y sin una sola preocupación en el mundo. Si tan sólo ella no tuviera que temer al tuerto, y si tan sólo ella no fuera una ramera avariciosa.»

Frunció el entrecejo al notar la dirección ingrata de sus pensamientos, pero no queriendo hacerle perder la evidente alegría, Royce se negó a rumiar sobre todos los aspectos negativos de su relación. Por el momento Morgana estaba a salvo y feliz, y eso le producía una rara satisfacción.

Una sonrisa entre tierna y divertida se instaló en la comisura de sus labios cuando los ojos de Morgana se dilataron y una sonrisa maravillada le iluminó el rostro animado al divisar un ciervo que atravesaba corriendo el camino. Volviéndose hacia él, preguntó con entusiasmo:

—¿No era absolutamente hermoso?

Los ojos de Royce se posaron sobre el rostro de la joven, los ojos brillantes y las mejillas ruborizadas, y éste dijo con una nota extraña en la voz:

—Sí. Prácticamente lo más hermoso que he visto en mi vida.

Morgana lo miró dubitativa, el rostro enmarcado por el sombrero de paja y su enorme moño rojo. Lo miró interrogante, sintiendo que el corazón le latía errático en el pecho al notar la expresión de los ojos de tigre de Royce. Por un largo momento, se miraron fijamente a los ojos, hasta que Zachary quebró el pequeño silencio, preguntando con sequedad:

—Estamos hablando del ciervo, ¿no es así?

Apartando la mirada y enfocándola ciegamente en los caballos, Royce respondió automáticamente:

—Por supuesto. ¿A qué otra cosa podría referirme?

Al ver que los dos rostros se cerraban al instante, Zachary rio y murmuró:

—¡Por supuesto! No podría haber sido ninguna otra cosa.

El viaje a Tunbridge Wells fue plácido. Como era temprano, una vez que se alejaron unas millas de Londres, tenían el camino casi para ellos solos, y los demás viajeros que encontraban ocasionalmente eran alguna diligencia o un carro de granja cargado con mercaderías rumbo al mercado. Fue un viaje pausado. Se detuvieron alrededor de las diez en una posada que George les había recomendado para hacer descansar y abrevar a los caballos, así como para estirar las piernas. Habían desayunado escasamente horas atrás, de modo que también pidieron una sabrosa comida antes de continuar el viaje.

Como Morgana jamás había estado lejos del cielo cargado de humo de la industrial Londres, y nunca había conocido otra cosa que el ruido constante, el hedor, la multitud de gentes y las sombras oprimentes de los edificios apretados, el campo abierto era para ella un lugar de maravilla. Nunca había visto ciervos salvajes, ni conejos escurriéndose por el borde del camino y, francamente, tampoco había advertido el intenso azul del cielo, ya que el cielo de Londres con frecuencia estaba oscurecido por el humo y la niebla que, a menudo, cubría la ciudad. Cada brillante grupo de flores, cada bosquecillo de sauces verdes le parecía un oasis encantado, y no podía evitar las exclamaciones de alegría. Para alguien criado en un lugar lleno de alimañas y hollín, para alguien acostumbrado a los callejones angostos y serpenteantes, atestados de mugre, casi literalmente enterrado entre los edificios oscuros y destartalados que se apuntalaban unos contra otros, el simple hecho de lo abierto que era el paisaje le resultaba una experiencia grandiosa.

El coche ascendió por una loma y el ver el paisaje que se perdía en suaves ondulaciones de pequeños valles salpicados de árboles, con cabañas, granjas y huertos aquí y allá, Morgana no pudo evitar exclamar arrobada:

—¡Oh! ¡Es tan hermoso! Nunca soñé que pudiera ser tan hermoso. —Un zorro rojo inesperadamente atravesó el camino de un salto, frente al coche, y suspiró feliz—. ¡Un zorro! Oh, ¿lo viste?

Royce y Zachary la miraron con curiosidad. Para ellos era común la soledad de la vegetación verde y enmarañada de su tierra natal, Louisiana, así como la multitud de animales que vagaba por las abundantes tierras no cultivadas, y encontrándose igualmente cómodos en las praderas y colinas, algo más pobladas y menos boscosas de Inglaterra, ninguno de ellos había pensado siquiera en que Morgana jamás en su vida había salido de las calles y los callejones atestados de Londres, que siempre había vívido en un mundo estrecho y mísero, rodeada por edificios de madera podrida y piedras ruinosas. La total fascinación que demostraba por los espacios abiertos y los animales que los habitaban parecía ser excesiva, y un poco aburrido por la ingenuidad de Morgana, Zachary bostezó y murmuró:

—No es nada más que un maldito zorro, Morgana. ¡Nada del otro mundo!

La expresión de Morgana se borró y Royce sintió un fuerte deseo de darle un coscorrón a Zachary. Presuroso intentaba encontrar alguna forma de devolverle su alegría, cuando ella dijo con inocencia:

—Pero tú no lo entiendes, Zachary. Nunca antes había visto un zorro de verdad..., ni un conejo... ni un ciervo, ni siquiera una pradera, de manera que para mí, es todo muy emocionante. —Le sonrió con picardía y agregó—: Tienes que recordar que ésta es la tercera vez que viajo en un vehículo en toda mi vida. Y las otras dos veces fueron el día que robé los bolsillos de Royce y, después, cuando me llevó a la modista. Para mí, todo es nuevo y excitante, hasta nada más que un maldito zorro.

Royce se sobresaltó y la enormidad de las cosas simples que le habían sido negadas a Morgana le cayó como un golpe. Desasosegado, Zachary se deshizo en disculpas.

—¡Santo cielo, Morgana! ¡No se me ocurrió! ¡Por favor, perdóname! Por supuesto que lo encuentras emocionante, ¡como debería ser! Soy un insensible por no haberme dado cuenta.

Tratando desesperadamente de reivindicarse, Zachary divisó tres ciervos que pacían tranquilos en un prado herboso.

—¡Mira! —dijo animado—. ¿Ves esos ciervos allí?

Y aunque sabía que estaba actuando como un tonto, Royce intervino ansioso, diciendo:

—Y junto al cerco, más allá, ¡hay un conejo! ¿Lo ves?

La sociedad educada de Londres hubiera quedado boquiabierta ante el brioso entusiasmo que dos de sus miembros desplegaban súbitamente por divisar y señalar placeres bucólicos tales como una liebre comiendo en un trebolar, un ternero recién nacido luchando por ponerse de pie, un puercoespín paseando parsimonioso en medio del camino. Las millas volaban mientras Royce y Zachary se deshacían para atraer la atención encantada de Morgana sobre las glorias del campo inglés; no dejaron pasar un conejo, un ciervo ni una florecilla silvestre sin algún comentario. Para la hora en que el cabriolé pasó junto a la vivienda del portero y los caballos viraron hacia Lime Tree Cottage, Morgana sabía más sobre la flora y fauna de Inglaterra de lo que jamás hubiera creído posible.

Con un brillo intenso en los ojos grises, un rubor animado en las mejillas y una sonrisa hechicera en los labios, exclamó feliz:

—¡Ha sido tan emocionante! Creí que me aburriría enormemente, pero el tiempo pasó tan rápido que no puedo creer que ya estemos aquí.

Sonriéndole cálidamente, olvidadas momentáneamente las dificultades que había entre ellos, Royce dijo con ligereza:

—¿Puedo suponer que fue nuestra compañía lo que hizo que el viaje pareciera tan corto?

Morgana rio alegre y dijo con picardía:

—La compañía ha sido sumamente agradable, pero fueron el paisaje... y los animales; ¡eso fue lo que hizo pasar el tiempo!

—¡Un éxito! —gritó Zachary regocijado—. ¡Un éxito palpable, Royce!

—Bueno, por cierto que eso me pone en mi lugar, ¿no? —replicó Royce afablemente, para nada amilanado por el comentario.

Estaba totalmente preso de su hechizo, reconoció para sí mismo, y no le importaba en absoluto que Morgana viniera del arroyo o que no fuera otra cosa que su dinero lo que la mantuviera a su lado. Morgana tan sólo tenía que suspirar para que él deseara salir a matar dragones para ella, y la visión de un gesto de tristeza en esos rasgos adorables lo podían abatir como un golpe. Y en cuanto a una sonrisa..., sonrió estúpidamente... por una de sus sonrisas, estaba más que dispuesto a comportarse como un tonto.

Desafortunadamente, el buen ánimo de Royce no podía durar. Era penosamente consciente, si no furiosamente consciente, aunque tratara de fingir lo contrario, de que Morgana no debería representar para él nada más que un interludio placentero. La única finalidad de Morgana era saciar su pasión, pasión que parecía capaz de encender sin ningún esfuerzo; pero misteriosamente y, Royce podría haber dicho, injustamente, la presencia de Morgana en su vida se había convertido en vital para su propia felicidad, por lo menos por ahora, se corrigió severamente. Y al tiempo que los caballos tomaban la curva y Lime Tree Cottage aparecía ante su vista, sentía desconfianza y cólera por la facilidad con que Morgana había desbaratado su habitual serenidad y compostura, convirtiéndola en un fárrago de contradicciones, además de un total desconcierto por la simplicidad con que Morgana despertaba en él emociones, como celos y posesión, que jamás había supuesto que era capaz de sentir.

Royce se encontró frenando los caballos al acercarse a Lime Tree Cottage, magnífico ejemplo de lo que era capaz de hacer un tonto hechizado para complacer a una mujer. Esperó expectante la reacción de Morgana al ver por primera vez la casa que le había comprado. Y esa reacción fue todo lo que esperaba: Morgana empalideció, se le dilataron los ojos, le apretó el brazo y escapó de ella una exclamación maravillada.

Indudablemente, la casa componía un cuadro encantador, emplazada sobre una colina baja, y a la distancia que estaban, los muros de piedra que la rodeaban no ocultaban nada de su elegancia. El sol se reflejaba en las múltiples ventanas de arco alto del elegante edificio, y el techo de paja, con sus múltiples ventanas ojivales, le daba un aire pintoresco, a pesar de las grandes dimensiones. Rosas, espuelas de caballero y alelíes crecían en aparente salvaje profusión cerca de las ventanas y puertas, y un parque verde y salpicado de árboles rodeaba el edificio de dos plantas, con varios senderos bordeados de flores que se perdían sin aparente destino. Más allá de la casa se divisaban varias construcciones auxiliares, pero era la cabaña, en realidad, más bien una mansión, lo que despertaba admiración. A pesar de la impresionante grandiosidad, tenía algo muy acogedor y cálido, y Morgana estaba cautivada, cuando el coche atravesó los portones de hierro afiligranado y se detuvo frente al edificio.

Estaba muda, sólo podía mirar entre azorada y aterrorizada a la magnífica «cabaña» que supuestamente Royce había comprado para ella. Cuando le mencionó el lugar por primera vez, literalmente se había imaginado una pequeña cabaña de granja, donde eventualmente ella y sus hermanos podrían vivir felices, pero esto... Su mente se llenó de confusión al darse cuenta de que Royce, para compartir su cama, le había comprado una maldita mansión.

No importaba que lo hubiera hecho por su expreso deseo, se había retorcido de vergüenza más de una noche desde que puso de manifiesto sus desvergonzadas demandas, pero también había tratado de consolarse sabiendo que lo hacía por su propio futuro, así como por el de sus hermanos, y que Manchester era muy rico y bien podía permitirse ser generoso con su amante. Pero aun así, en ningún momento había esperado que la «cabaña» se asemejara a la estructura elegante y grácil que se levantaba ante sus ojos, y tampoco había soñado jamás llegar a ser dueña de una casa tan espléndida.

Para Morgana, criada en uno de los barrios bajos más superpoblados de Londres, la idea de que Lime Tree Cottage era su hogar o que realmente le pertenecía, era absolutamente incomprensible. Acostumbrada como estaba al mobiliario atestado y destartalado de sus dos reducidas habitaciones en St. Giles, la casa de Hanover Square ya le había resultado casi intimidadoramente grande y su decorado extravagante, de modo que, al ver el edificio que tenía ante sí, sintió un vacío en el pecho al suponer que la casa de Hanover Square cabía cómodamente dos veces en ésta. Royce no podía haber comprado esa propiedad para ella.

Controlando su volátil imaginación, finalmente Morgana decidió que se había apresurado a sacar conclusiones: ésta no era su cabaña, ésta pertenecía a algún conocido rico de Royce. Contenta de haber descubierto la verdad, le sonrió insegura y preguntó:

—¿Nos vamos a detener aquí mucho tiempo?

Si la pregunta lo desconcertó, Royce no dio ninguna otra señal que levantar una ceja, interrogante. Con los ojos de tigre brillando como oro derretido entre las pestañas espesas y oscuras, Royce murmuró:

—Supongo que todo depende de ti. Si no te gusta, veremos si hay algo en la vecindad que te agrade.

Morgana tragó saliva. Miró la casa majestuosa y después a Royce. Tras aclararse la garganta, nerviosa, preguntó con una vocecita débil:

—¿Esto es Lime Tree Cottage?

Sonriendo sardónico, Royce asintió con la cabeza.

—Sí. ¿Te gusta?

—¡Bueno, te puedo decir que a mí sí me gusta, y mucho! —exclamó Zachary saltando ágilmente del cabriolé—. Es un lugar espléndido, Royce. —Con apariencia casi infantil, agregó sonriente—. Quizá me quede contigo y Morgana en lugar de ir a casa de Julian este verano.

—Creo que deberías dirigir ese comentario a Morgana, puesto que es su casa. —Desentendido de la figurita congelada a su lado, Royce arrojó las riendas al joven Matt, que acababa de acercarse, y apeándose del vehículo, le dijo a Zachary con descaro—: A lo mejor no le interesa gozar de tu compañía, ¿sabes? —Volviéndose hacia Matt, lo saludó afable—. Buen día, jovencito. Veo que todos han llegado sanos y salvos. ¿Te gusta el nuevo lugar?

Con el cabello rojo brillando al sol y la cara pecosa radiante de contento, Matt replicó entusiasmado:

—¡Es un lugar fantástico, patrón! Hasta me dieron mi propio cuarto encima de los establos; no voy a tener que soportar las fanfarronadas de Tom sobre lo guapo que es, cuando él llegue. —Sosteniendo las riendas con reverencia, agregó—: Y el cochero dice que si presto atención y trabajo mucho, y si usted está de acuerdo, me entrenará como mozo de cuadra.

Royce rio y dijo:

—Bueno, tal vez hable con él más tarde, para oficializar el asunto.

El joven Matt le sonrió radiante, notándose claramente que acababa de convertirse en su esclavo. Justo entonces se abrieron de par en par las puertas dobles de la casa, y Chambers, majestuoso y correcto como siempre, apareció en el vano. Durante algunos momentos hubo un revoloteo de movimiento y ruidos mientras se intercambiaban saludos y ayudaban a Morgana a descender del coche, escoltándola hasta la casa.

En el escaso tiempo que Chambers y los demás criados habían estado en Lime Tree Cottage, se habían ocupado de preparar la llegada del patrón; el indicio más evidente eran los grandes ramos de flores frescas distribuidas por todas partes. Una vez que Royce, Morgana y Zachary estuvieron instalados confortablemente en la sala espaciosa y exquisitamente amueblada, y que se les hubiera servido una colación apropiada, Chambers le dijo a Royce en tono bajo:

—Está todo desempaquetado y los aposentos están listos para su inspección. Nos hemos ocupado de aprovisionar la alacena y, si no tiene objeciones, la cocinera tendrá la cena lista para las siete. Sin embargo, señor, cuando tenga un momento quisiera discutir con usted con respecto al personal que he considerado necesario agregar.

Arrellanado sobre un cómodo sillón de cuero verde, Royce tomó un sorbo de vino y respondió:

—Dígale a la cocinera que no hay ninguna razón para cambiar sus planes, y en cuanto a lo demás, podemos discutirlo ahora mismo.

Chambers se inclinó levemente y admitió vacilante:

—Me he tomado la libertad de contratar algunas campesinas para que ayuden dentro de la casa misma, después de hacer algunas averiguaciones por los alrededores; también contraté algunos jardineros para que cuiden el parque. —Royce asintió, y al ver que su comportamiento no despertaba reprimendas, Chambers prosiguió—: El cochero también consideró necesario contratar varios jóvenes para trabajar en los establos. —Concluyó inquieto—: Me temo, señor, que entre ambos hemos duplicado el personal.

—No importa —dijo Royce mansamente—. Sabía que el traslado al campo implicaría más personal; me complace que me haya sacado esa carga de los hombros. —Con una sonrisa atractiva, agregó—: Confío en su buen juicio, así que no tema recibir quejas de mí.

Evidentemente complacido, Chambers contestó en tono cálido:

—Gracias, señor. Hice lo que pude y una vez que los demás lleguen de Londres, estaremos en condiciones de atender a todas sus comodidades. ¿Alguna otra cosa, señor?

Royce negó con la cabeza.

—Por el momento, no. —Contempló a los demás y después agregó—: Salvo, por supuesto, que Morgana o Zachary requieran de sus servicios.

Zachary negó con la cabeza, pero Morgana, extrañamente silenciosa desde la llegada, dijo con una vocecita débil:

—Quisiera que me condujeran a mis habitaciones. Estoy un poco cansada.

Royce le dirigió una larga mirada pensativa y después se encogió de hombros.

—Lo que tú quieras, querida —manifestó secamente—. Chambers te mostrará el camino... y si no te gusta la habitación seleccionada para ti, por supuesto puedes cambiarla.

Morgana todavía estaba en tal estado de *shock* ante la magnificencia y el tamaño de la «cabaña» que no le importaba cuál de los diez dormitorios le había asignado Chambers. Vagamente se daba cuenta de que era una *suite* grande y agradable —dormitorio, salita y vestidor, muy similar a las que había ocupado en Londres, aunque éstas eran más amplias— y de algún modo la decoración era más simpática, menos formal y el mobiliario daba una deliciosa sensación de liviandad. Sus aposentos estaban decorados en tonos pastel, lavanda, rosa y crema, pero prestó poca atención a lo que la rodeaba mientras vagaba por el dormitorio, sin mirar siquiera por las altas ventanas que se abrían a ambos lados de la habitación, a la encantadora vista de los terrenos y parques que circundaban la casa.

Sin darse cuenta de sus propios actos, finalmente dejó de pasearse inquieta por la estancia, delante de un par de puertas francesas que se abrían a un balconcito, y abriéndolas de par en par, salió. Aunque era entrada la tarde, el día seguía siendo soleado y bastante cálido, y advirtiendo una *chaise longue* Luis XV invitadoramente ubicada cerca del barandal de madera del balcón, se recostó en ella.

Con la mirada perdida en el cielo azul, se preguntaba estúpidamente cómo se había metido en semejante situación. Era capaz de reconocer que sus pensamientos no estaban muy claros cuando puso precio a sus favores, pero aparte de eso, sin duda nunca había esperado que Royce siquiera considerara, y mucho menos comprara para ella, un lugar como Lime Tree Cottage. Podría haber logrado aplacar los remordimientos de su conciencia y racionalizar cualquier arrepentimiento que sintiera sobre lo que estaba haciendo, si la casa hubiera sido lo que ella esperaba —una agradable propiedad más bien pequeña, quizás una hectárea o dos, con una cabaña de tres o cuatro habitaciones— ¡pero esto! Tragó saliva. Esto era obsceno, era una locura total que un hombre como Royce Manchester tirara una fortuna en una mansión como ésta, simplemente para ganarse el acceso a la cama de una mujer... ¡aunque fuera su cama!

Suspiró descontenta, sintiéndose confusa y enfadada a la vez. Últimamente su vida parecía haberse disparado por una tangente descabellada y nada parecía salir de acuerdo a lo planeado: ni siquiera podía embarcarse en el único curso razonable para una mujer de su posición, sin meterse en algo mucho más asombroso y complejo de lo que jamás hubiera soñado. Morgana hizo un gesto de desagrado. Si tan sólo no hubiera arruinado el simple acto de robar un bolsillo. Desde ese momento, se había visto envuelta en un remolino traicionero que no mostraba señales de liberarla de sus vueltas desatadas y erráticas, y maldecía la suerte que la había arrojado a la vida de Royce Manchester.

Para ser justa, sabía que nunca olvidaría ni lamentaría algunas de las cosas que le ocurrieron desde que vio por primera vez la cara oscura y delgada de Royce. Sería hipócrita fingir que no había disfrutado totalmente su estadía en la casa de Hanover Square, que no había gozado con la novedad de tener su propia cama y una miríada de otras cosas simples que le habían estado vedadas hasta que conoció a Royce Manchester. Y aunque pretendiera lo contrario, no era completamente indiferente a la elegancia que la rodeaba ni a las ropas y objetos hermosos que Royce le había comprado. Y lo más importante de todo, jamás lamentaría el descubrimiento del éxtasis total de ser poseída por el hombre que amaba...

Y si lo amaba, meditó penosamente, ¿era correcto poner un precio al goce que le proporcionaba cuando le hacía el amor? Podía tranquilizar su conciencia con respecto a lo que había hecho hasta ahora, aunque con dificultad, pero si aceptaba esta casa, con ello ensuciaría y afearía cada momento que pasara en sus brazos. Sintiéndose muy miserable, finalmente reconoció algo que había estado tratando de ignorar: ya había ensuciado el amor que sentía por él, por el hecho de permitir que le comprara las cosas que le había regalado durante esas últimas semanas.

Se le llenaron los ojos de lágrimas, pero enojada, las reprimió. ¡No iba a llorar! Podía ser una arpía ambiciosa, pero no era una chiquilla llorona. Se había metido ella sola en esa situación y de algún modo iba a conseguir salir de ella.

Al levantarse de un salto de la *chaise longue*, un gesto obstinado se plasmó en sus labios. Renunciaría a todo lo que Royce le había dado. Le pediría, no, le exigiría que la pusiera a trabajar nuevamente con el resto de la servidumbre, insistiría en que se la tratara igual que a todos los demás que trabajaban para él. Y en cuanto a las potentes emociones que surgían entre ella y Royce... Tragó con dificultad. De alguna manera, y no se engañaba pensando que sería fácil, tendría que sobreponerse a ese amor no correspondido que sentía por él, tendría que obligarse a olvidar el embeleso de su abrazo. Después de todo, se recordó con amargura, no soy más que una ladronzuela que recogió del arroyo, y no tengo ningún futuro en su vida.

Por ahora, Royce Manchester la quería en su cama, pero, ¿por cuánto tiempo? Y amándolo como lo amaba, ¿estaba dispuesta simplemente a permitirle que la usara y después, cuando se aburriera de ella, que la dejara a un lado? Morgana conocía la respuesta a esa pregunta; sólo hubiera querido pensar mejor lo que estaba haciendo cuando, impulsiva, se precipitó a tontas y a locas, a esa situación. Por el amor que sentía por él y por respeto a sí misma, que ya estaban bastante magullados, llegó a la infeliz conclusión de que era mucho mejor ser su criada, lustrando los suelos de la cocina, que humillarse noche tras noche compartiendo su cama.

Desgraciadamente, en todo este tren de pensamientos, Morgana olvidó tener en cuenta varios aspectos de su situación actual. Con el tuerto acechando detrás de cada esquina, aparentemente presto a arrebatarla para sus propios fines nefastos, no estaba precisamente en posición para irse sin más ni más si la relación con Royce se deterioraba rápidamente. Ni siquiera había reflexionado sobre cuál sería la reacción de Royce frente a su decisión...

Una hora más tarde, lo enfrentó en el dormitorio de tonos pastel. Royce apenas había entrado a la estancia cuando, sin darse oportunidad de arrepentirse, Morgana le dijo espasmódicamente:

—¡Tengo que hablar contigo! Este estado de cosas no puede continuar.

—¿Y a qué estado de cosas en particular te refieres? —replicó él con una sonrisa indulgente en los labios—. ¿Las largas noches en tu lecho casto y solitario, quizá? —Con un brillo en los ojos dorados, su mirada recorrió vorazmente la figura esbelta, apreciando la costosa simplicidad del vestido de muselina verde manzana—. Te aseguro que con la compra de esta casa, esas noches han llegado a su fin.

Royce extendió una mano para tomarla, pero Morgana la eludió, alejándose nerviosa de él, y exclamó con desesperación:

—¡No puedo aceptar esta casa! ¡No la quiero! ¡Es obscena!

Royce se envaró como si lo hubieran estaqueado, y arriesgando un vistazo a los rasgos helados, Morgana musito:

—Creo que sería mejor para todos si simplemente me permitieras volver a la cocina y nos olvidáramos de todo lo que sucedió entre nosotros, excepto la relación de patrón y criada.

Los ojos de tigre se entrecerraron peligrosamente, y con voz amenazadoramente dulce, Royce preguntó:

—¿Tratando de estafarme, mi querida? No te dará resultado, he pagado por ti y eres mía.

20

Con el corazón latiéndole penosamente, Morgana lo miró muda. No podía creer que él hubiera malinterpretado tan estúpidamente sus palabras. Ella no tenía intención de estafarlo, ¡el muy idiota! Estaba tratando, y con bastante elegancia, pensó enojada, de comportarse honorablemente. Controlando su temperamento con esfuerzo y esperando todavía lograr explicarle sus sentimientos, cerró la boca herméticamente cuando Royce dijo:

—Cariño, si estás tratando de aumentar tu precio, ¡ya es un poco tarde! ¡Ya has hecho tu maldito trato y ahora tendrás que, ejem... en sentido figurado, dormir en el lecho que tú misma has preparado!

Los ojos grises se oscurecieron como nubes de tormenta; Morgana rechinó los dientes y le espetó:

—No estoy tratando de estafarte en nada. Simplemente, estoy tratando de decirte que no puedo...

—¿Que no puedes acostarte conmigo? —interrumpió él con sequedad—. ¿No te parece que es un poco tarde para tratar de incrementar tus exigencias?

Quedó parada allí, fulminándolo con su ira, y entonces él se acercó, y haciéndole levantar la cara, miró el semblante tormentoso y murmuró:

—Es demasiado, demasiado tarde, querida, pusiste tu precio y yo lo he pagado. —Con un brillo acerado en los ojos de topacio, agregó—: No tengo intención de permitirte cambiar de idea y nada que tú digas me impedirá reclamar lo que ya es mío. —La mirada de Royce recorrió su cuerpo con insolencia—. Por el momento soy tu propietario, tú pusiste las condiciones de nuestro acuerdo, y por Dios que vas a estar a la altura de tu promesa.

Con mirada incendiaria, Morgana separó violentamente el mentón que él retenía

—¡Tú no eres mi propietario! ¡Nadie lo es, ni siquiera el tuerto! —Rio con amargura—. ¡Me quedé contigo en Londres por mi propia voluntad, papanata imbécil! ¿Honestamente crees que podrías haberme mantenido prisionera si realmente hubiera querido escapar? ¡No te engañes! Me quedé bajo tu protección porque era más seguro para mí soportar tus demandas que arriesgarme al destino que el tuerto tenía planeado para mí.

El semblante de Royce empalideció al oír esas palabras y dijo con amargura:

—Y pensar que mientras yo me despreciaba por aprovecharme de ti y me remordía la conciencia por la forma en que te estaba tratando, tú simplemente me estabas usando para tus propios fines. Qué estúpido por mi parte haber perdido un solo momento de arrepentimiento en ti. —Le sonrió cáustico—. ¡Perdóname! No volveré a cometer ese error.

Tomándola en sus brazos antes de que Morgana tuviera oportunidad de reaccionar, le aplastó la boca en un beso desdeñoso y brutal. Había tal furia detrás de ese beso, tal ira, que Morgana se sintió impotente, y no pudo hacer otra cosa que soportar la barbarie apenas controlada de su abrazo. Le dolían los labios por la presión de la boca de Royce y luchó violentamente para escapar del beso brutal, gimiendo suavemente una protesta contra la invasión arrasadora de su lengua.

Ante ese sonido muy bajito, Royce pareció recuperar el sentido y con un juramento ahogado, la empujó apartándola de sí. Morgana tropezó y casi cayó sobre la cama, y con los ojos dilatados por la aprensión, lo miró, casi esperando que cayera sobre ella como una bestia hambrienta. Nunca antes le había tenido miedo a Royce, pero esta vez se lo tenía, y ese miedo se reflejaba en la profundidad de los ojos grises y claros que lo miraban, con el cuerpo tenso como esperando un golpe.

La expresión de esos ojos, la postura casi acobardada del cuerpo esbelto, se le clavaron como una espada en el corazón, y con voz temblorosa, Royce musitó:

—¡Mi Dios! No tenía la intención de atemorizarte. Yo sólo.., yo sólo quiero am... —La angustia que se percibía en su voz conmovió a Morgana profundamente, y se dio cuenta instintivamente de que Royce no podría lastimarla, que jamás la lastimaría. Pero aunque no la lastimara físicamente, el amor que sentía por él le daba el poder de lastimarla de formas que él ni siquiera podía imaginar. Royce nunca sabría lo difícil que fue quedarse parada allí junto a la cama, y no volar a través de la habitación para envolverlo en sus brazos y reconfortarlo.

Por un momento interminable se miraron en silencio, y después Royce sonrió agriamente.

—Tenía grandes visiones de placer para esta noche, pero encuentro que el apetito que sentía por ti ha sido aplastado con mucha eficacia. —Morgana se puso blanca y él agregó con crueldad—: Oh, no tienes que temer que haya desaparecido para siempre; es que justo en este momento, la idea de compartir tu cama me resulta un tanto desagradable. —En tono peligrosamente sedoso, continuó—: En realidad, ¡debo felicitarte! Has logrado exprimirme una pequeña fortuna y te las has ingeniado, con mucha habilidad, para impedir que disfrute de aquello por lo que he pagado: toda una proeza, querida.

Enrojeciendo de ira, Morgana le espetó:

—¡Maldito estúpido! ¿Cómo te atreves a insinuar cosas tan espantosas sobre mí? ¡Si alguien debe sentirse abusada, ésa soy yo!

—Oh, ¿y por qué, mi querida? —preguntó Royce con frialdad—. ¿Estás desilusionada con mi generosidad hasta este momento? ¿O tal vez estás disgustada con mi falta de ardor? —Apretó los labios—. Créeme que podemos remediar eso de inmediato, si quieres.

La expresión que vio en sus ojos y el gesto de su boca le recordaron a Morgana el acecho de un tigre, de modo que sacudió la cabeza, negando, y se apartó de él presurosa, casi como si temiera que se le abalanzara encima.

Royce desplegó una sonrisa no muy agradable.

—Eres muy astuta; en lo que a ti respecta, mi temperamento no parece demasiado estable. Pero no te preocupes, querida, no tengo intención de hacerte pagar tus deudas, por lo menos por esta noche...

Morgana lo miró paralizada, preguntándose con desesperación cómo habían salido tan mal las cosas. Reuniendo algo de su perdido coraje, trató de explicarle por última vez y dijo con urgencia:

—No comprendes, no es que quiera...

—No —interrumpió él en el mismo tono suave y peligroso—, eres tú quien no comprende. Has logrado ganar algo de tiempo, cariño, pero eso es todo lo que has ganado. A mí nadie me toma por tonto y mucho menos una mujercita como tú. Tú compartirás conmigo esa cama que está detrás de ti y serás mi amante mientras yo lo quiera. —Sonrió, pero la sonrisa no llegó a sus ojos de topacio—. Puedes tratar de huir, si lo deseas; ni siquiera intentaré detenerte. Sólo recuerda que, a diferencia de lo ocurrido con los esfuerzos del tuerto hasta hoy, yo no te permitiré llegar muy lejos, y cuando te encuentre... —de pronto la sonrisa se hizo muy fría—. Cuando te encuentre, digamos que cuando termine contigo, no querrás volver a huir de mí otra vez.

Royce miró la cama con ironía antes de murmurar:

—Disfruta de tu sueño solitario, querida, no lo será por mucho tiempo, ¡te lo prometo!

Salió de la estancia con paso arrogante y Morgana quedó congelada junto a la cama varios segundos. Finalmente, exhaló un suspiro tembloroso y se hundió en el colchón de plumas, con los pensamientos girando en caótico remolino.

Royce le había dicho cosas muy crueles, pero ella también lo había hecho, reconoció con culpa. Él la había amenazado, la había insultado y la había tratado vergonzosamente, pensó enojada al rememorar el beso despiadado, pero... Sus facciones se suavizaron. También había dicho que no tenía la conciencia muy tranquila por la forma en que la trataba y, de acuerdo con sus palabras, era evidente que él no se había limitado a saciar su pasión con su cuerpo, apartándola de inmediato de su mente. En la boca de Morgana apareció un gesto de tristeza. Pero también había dicho que se arrepentía de sus actos...

Suspirando se puso de pie y vagó por la habitación. ¡Qué lío endemoniado! Estaba enamorada de un hombre con el cual no existía la menor esperanza de un futuro conjunto, estaba imposiblemente enamorada de un hombre que se arrepentía, según sus propias palabras, ¡de hacerle el amor!

Levantando el mentón con gesto orgulloso, recorrió la habitación con la vista perdida. Él bien podría arrepentirse de los momentos en que había tenido a Morgana en sus brazos, pero ella no, y no iba a permitir que sus palabras crueles empañaran la memoria de ser poseída por el hombre que amaba. Que él lamentara el haber hecho el amor, ¡ella no lo lamentaba!

A Royce no se le hubiera ocurrido lamentar el hacer el amor con Morgana, lo que lamentaba, y ferozmente, eran las circunstancias que rodeaban esos momentos maravillosos en que se había perdido en la dulzura de su cuerpo. Sin embargo, en ese instante, realmente lamentaba todo lo que tenía que ver con ella; con una mueca sombría en el semblante, maldijo con virulencia el día que la conoció. Demasiado perdido en la maraña confusa de sus propias emociones, en ningún momento consideró que tal vez había malinterpretado la situación con Morgana, que tal vez había sacado conclusiones erróneas.

Decidiendo que no era buena compañía ni para hombres ni para animales, salió caminando airadamente de la casa, tratando de poner la mayor distancia posible entre él y el origen de sus problemas. ¡Maldita sea!, pensó furioso. ¡Cómo se atrevía a arrojarle su regalo a la cara! ¡Cómo se atrevía a intentar sacarle una recompensa aún mayor! No debería haber permitido que los sentimientos de Morgana lo refrenaran de tomar lo que había comprado. Debería haber ignorado ese gemido de dolor cuando la besó, debería haberla arrojado sobre la cama y tomarla ahí y entonces... ¿Y qué si le causaba dolor? ¿Acaso ella no se lo había causado a él? Un dolor que él nunca había creído posible, cuando se dio cuenta de que a ella le resultaban totalmente indiferentes las bellezas de Lime Tree Cottage, de que ella no notaba que ése no era el tipo de lugar que un hombre compraba habitualmente para sus amantes. Rechinó los dientes con furia al recordar lo mucho que había esperado que a ella le gustara la casa... cuánto había esperado enseñarle los alrededores, compartiendo con ella el inesperado goce que le proporcionaba la propiedad y cuánto había esperado volver a tenerla en sus brazos.

Bueno, pues la buscona ambiciosa no le iba a sacar una sola guinea más. No hasta que pagara su actual deuda, reconoció con una sonrisa peligrosa.

Royce caminó un rato bastante largo, sin advertir realmente el atractivo parque que rodeaba la casa, sin ver los senderos de ladrillo bordeados de flores que serpenteaban aquí y allá. Pensó mucho durante ese paseo distraído, pero no llegó a ninguna conclusión, puesto que sus emociones seguían tan enredadas y confusas como cuando se separó de Morgana.

Por lo menos, admitió burlonamente cuando al fin emprendió el regreso hacia la casa, había logrado controlar su temperamento y por lo menos podría mirar a Morgana sin debatirse entre el deseo de desnucarla y el deseo igualmente potente de besarla hasta hacerle perder el sentido.

En efecto, tanto Royce como Morgana se condujeron con admirable compostura cuando se encontraron para la cena en el grácil comedor donde las varias puertas estaban abiertas, dejando entrar el aire todavía cálido del anochecer. Pocos hubieran pensado que ocurría algo malo entre ellos, en vista de la conversación educada que sostuvieron y de lo mucho que parecían disfrutar de la deliciosa cena que les sirvió Chambers. Sólo Zachary se daba cuenta de la tensión que había entre ellos y con el entrecejo fruncido miraba a uno y a otro.

«Me pregunto —pensó inquieto— ¿qué demonios habrá pasado entre ellos para que se muestren tan escrupulosamente corteses?»

Una vez que Morgana se retiró por el resto de la noche y él y Royce quedaron sentados a la larga mesa cubierta de blanco, tomando un excelente coñac que Chambers halló en la bodega, Zachary consideró seriamente la posibilidad de hacerle directamente esa pregunta a Royce, pero al ver el semblante oscuro y peligroso de su primo, se apresuró a abandonar la idea.

A la mañana siguiente, la situación entre Morgana y Royce pareció haberse aligerado un tanto: actuaban con bastante más naturalidad cuando estaban juntos, aunque Zachary, que los observaba de cerca, presentía que todavía quedaban algunas tensiones entre ellos. Pero aparte de eso, fue un día sumamente agradable. Los tres se dedicaron a conocer las delicias de Lime Tree Cottage que Royce les enseñaba orgulloso, desde las diversas habitaciones de la casa hasta el enorme invernadero ubicado en la parte trasera, que alojaba toda clase de plantas y flores exóticas. Como hacía buen tiempo, recorrieron varias de las construcciones exteriores y el amplio terreno dentro de los muros de piedra. Morgana suspiraba de placer cuando, a cada vuelta de los diversos senderos, aparecía un pequeño oasis encantador en el parque: un banco de piedra enmarcado por un arco cubierto de rosas trepadoras, un pequeño estanque con nenúfares y una cascadita, y por supuesto, árboles y flores por todas partes.

Y, asimismo, Royce les mostró a Morgana y Zachary los confines reales del terreno y compartieron una comida campestre en la isla que estaba en el centro del lago. Royce y Zachary remaron impulsando el botecito que los llevaba, y entre muchas risas y bromas, descargaron la abultada canasta de mimbre que Ivy había llenado con toda clase de manjares. El resplandeciente mirador blanco resultó bastante amplio y cómodo; en el centro de la construcción había una mesa de hierro redonda, y adosados a las paredes, varios bancos de madera con grandes almohadones de colores brillantes.

Al regresar a la casa por la tarde, Royce y Zachary decidieron conducir hasta Tunbridge Wells para continuar con sus exploraciones, pero Morgana optó por quedarse. Royce dudaba en dejarla sola con la servidumbre, preocupado por el espectro del tuerto, pero sus temores se aplacaron al recordar que Morgana estaba mucho más segura allí que en Londres. Después de todo, estaban a kilómetros de distancia de Londres, y ya se había instalado en la única entrada a la propiedad un portero de confianza, quien era de esperar que mantuviera alejado a cualquier visitante indeseable; Royce había seleccionado al portero personalmente y le había dado instrucciones muy explícitas.

La contratación de nuevos criados preocupaba un poco a Royce; ¿cómo estar seguro de que no estaba empleando a otro esbirro del tuerto? Pero, sin embargo, se convenció a sí mismo de que era difícil que el tuerto tuviera tanto poder aquí como en Londres, y aunque en el área había algunos pobres tontos que le debían fidelidad al tuerto, era improbable que se tratara de la misma gente que había contratado para trabajar en Lime Tree Cottage.

Mirando satisfecho el impenetrable seto vivo que rodeaba la propiedad mientras se alejaba, Royce se repitió que Morgana estaría perfectamente a salvo. Pero decirse que estaría a salvo y realmente creerlo eran dos cosas diferentes, y aunque disfrutó el paseo por Tunbridge Wells, pensaba constantemente en Morgana. Él y Zachary estaban a punto de emprender el regreso, cuando Royce divisó una figura alta y bien vestida que caminaba en su dirección, y al reconocer al sujeto, centró toda su atención en el individuo.

Las facciones oscuras y gallardas del conde de St. Audries eran inconfundibles y, considerando la forma en que el conde actuaba normalmente en su presencia, Royce estaba preparado para cualquier observación burlona de Stephen Devlin. Para su asombro y no pocas sospechas, Stephen Devlin les sonrió cordialmente y después de saludar a Royce y Zachary con toda cortesía, dijo en tono jovial:

—Veo que los encantos de esta ciudad también los han atraído a ustedes.

Con semblante impávido, Royce sonrió también y murmuró:

—Sí, la encontramos muy fascinante, a pesar de que no está tan de moda como en otros tiempos. —Aunque sin dar ninguna señal de ello, Royce no pudo evitar llegar a la conclusión de que la inesperada aparición del conde en Tunbridge Wells, así como su pasmosa cordialidad, de alguna manera estaban relacionadas con Morgana... o con el tuerto. Muy cauto respecto a la situación, pero decidido a averiguar hasta dónde llegaba la aparente afabilidad del conde, Royce preguntó en tono inocente—: ¿Hace mucho tiempo que está aquí?

Stephen respondió con calma:

—Oh, no, llegué hace apenas unos días, el martes por la tarde, para ser más exacto. La condesa y yo vinimos con Stafford. Martin Wetherly también está aquí, pero vino un día antes, por su cuenta. Wetherly tiene una villa bastante agradable en las afueras de la ciudad, y todos estamos alojados allí.

El conde estaba facilitando demasiada información y Royce sintió que un estremecimiento de inquietud le recorría la columna vertebral; la desacostumbrada cordialidad y volubilidad de Stephen lo tenía verdaderamente preocupado, y el hecho de que Stafford y Wetherly también anduvieran por esos lares no lo tranquilizaba en absoluto.

—¿Cuánto tiempo planea quedarse? —inquirió Royce muy directamente.

—Oh, supongo que todo el verano —se apresuró a responder Stephen—. Wetherly ha invitado a un grupo a pasar una temporada y varios de nosotros decidimos no ir a Brighton este año. —El rostro del conde recuperó algo de su altivez cuando se le borró la sonrisa—. Desde que el Regente se enamoró del lugar, toda clase de gentuza se reúne allí junto con la aristocracia y, francamente, no es muy de mi gusto. No me agrada rozarme con un montón de plebeyos. —Aparentemente dándose cuenta de que no se estaba mostrando muy cortés con los dos «plebeyos» norteamericanos se recuperó al instante y sonrió una vez más—: Después de la agitada temporada de Londres, la idea de pasar un verano en el campo me sonó de lo más atractiva.

Royce y Zachary murmuraron una respuesta cortés y Zachary agregó tímidamente:

—Espero ir a visitar a su hijo en St. Audries Hall la semana próxima, dice que será un buen cambio con respecto a la ciudad.

Los ojos de Stephen se endurecieron por un momento.

—Estoy seguro de que disfrutará su estancia allí, y debo confesarles que varios de mis amigos estarán mucho mejor fuera de la ciudad. El día antes de partir, Wetherly, Stafford, Newell y yo pasamos la noche bebiendo fuerte: Newell está tan afectado por el clima que sólo llegará la semana próxima y Wetherly no ha salido de su habitación desde que llegó. —El conde rio, invitando a Royce y Zachary a que se unieran a él. Sacudiendo la cabeza oscura, agregó—: Nadie ha visto a Newell desde esa noche, de modo que sólo podemos suponer qué efecto tuvo sobre él. Y en cuanto al aspecto de Wetherly, sólo puedo imaginarlo, no lo he visto desde que llegué. Si están tan maltrechos como Stafford, no los culpo por ocultarse: el pobre Stafford se cayó por un tramo de escaleras de camino a su casa y tiene un ojo espantosamente lastimado.

Royce se quedó helado y percibió la exclamación de asombro de Zachary. Para evitar que éste dejara escapar algún comentario indiscreto Royce se apresuró a decir:

—Lamento mucho saber que están todos indispuestos. Le debe de resultar bastante aburrido estar solo.

El conde esbozó una leve sonrisa.

—Oh, no, tengo mis entretenimientos; hay varios amigos míos que tienen propiedades en la vecindad. Reconozco que la invitación de Wetherly fue organizada bastante improvisadamente; algunos de los otros llegarán sólo la semana que viene, pero ya somos suficientes como para pasarlo bien. —Un brillo artero iluminó los ojos grises de Stephen—. Wetherly convenció a una vieja tía suya para que actuara como anfitriona y carabina, y la viuda Cresswell, junto con su hermana casada, serán parte del grupo. —Con un dejo presuntuoso, continuó—. Creo que Julia Summerfield y su padre también se unirán a la partida; usted se mostraba asiduamente atento con estas jóvenes, ¿no es así? —Como Royce guardó silencio, Stephen se encogió de hombros y murmuró desdeñoso—: Entiendo que no están precisamente contentas con usted en este momento... Corre el rumor de que están disgustadas por la forma poco caballeresca en que las ha abandonado durante estas últimas semanas. —Olvidando o abandonando deliberadamente su rol amigable, el gesto petulante de Stephen se convirtió en una sonrisa francamente desagradable, mientras decía con lentitud—: Usted no parece muy coherente en sus afectos, ¿no? Primero Cresswell, después Summerfield... pero tengo entendido que la hermosa Della lo reemplazó a usted.

Sonriendo imperturbable, Royce murmuró:

—Por cierto que se ha ocupado de averiguar todos los aspectos de mi vida amorosa. Me pregunto por qué. ¿Envidia, tal vez?

Zachary reprimió una carcajada, pero el conde no encontró nada divertido en la observación de Royce y dejó asomar todo el odio que sentía por él tras su fachada amable. Ignorando la broma de Royce y chorreando veneno en sus palabras, Stephen dijo:

—Tuve el placer de hablar con la bella Della apenas ayer en esta misma calle, y parece bastante complacida con su nuevo protector. Es una mujer muy hermosa; lástima que perdió el interés en usted. Sin embargo, yo no me afligiría; parece que Jasper Simonds le está proporcionando un inmenso placer, tanto en la cama como fuera de ella, cosa que aparentemente usted no hizo.

Royce dedicó a Stephen una larga mirada pensativa, casi contento de que hubieran desaparecido los modales amigables del conde. Súbitamente aburrido por la confrontación y furioso con el bastardo sin corazón que había engendrado una hija y la había abandonado cruelmente, dejándola sin mirar atrás, para que se criara en uno de los andurriales más peligrosos de Londres, Royce sentía una salvaje necesidad de devolver el golpe, aunque Stephen no comprendiera totalmente sus observaciones... por supuesto, salvo que ya conociera la identidad de Morgana... Sonriendo burlón, Royce se encogió de hombros y dijo despreocupado:

—No importa... ¡Mi nueva amante me satisface a mí! Hay algo en ella... un aire aristocrático que encuentro muy encantador. —Con un brillo dorado en los ojos de topacio, dijo con suavidad—: Tal vez proviene del arroyo, pero sospecho que tiene en las venas sangre tan azul como la de usted.

Las palabras de Royce golpearon más profundamente de lo que él podía suponer. Sin embargo, su efecto sobre Stephen fue gratificante y la reacción del conde a su comentario incisivo confirmó algo que Royce había empezado a sospechar desde el momento mismo en que Stephen se les acercó: el conde conocía la identidad de su nueva amante. Al oír las palabras socarronas de Royce, los ojos grises de Stephen se habían oscurecido con inocultable furia y su rostro había empalidecido. Sus labios se curvaron en una mueca de ira y su puño se tensó notablemente alrededor del elegante bastón de ébano que llevaba. Por un segundo, Royce pensó que el conde realmente lo iba a golpear, pero con las facciones descompuestas por el odio, Stephen replicó:

—Podría estar equivocado, sabe, después de todo, qué sabe alguien como usted sobre los aristócratas.

Royce se limitó a sonreír con una frialdad exasperante, y con un juramento apagado, Stephen giró sobre sí mismo y se alejó a paso vivo.

—¡Bueno! —dijo Zachary asombrado—. Es evidente que sabe que Morgana es tu amante y no se siente muy feliz con ello. Tus comentarios por cierto que lo enardecieron.

Royce guardó silencio por un momento, observando con gravedad la figura de Devlin que se alejaba. ¡Qué demonios! La reacción del conde le parecía exagerada, considerando la situación, y Royce frunció el entrecejo.

—Sé que no me tiene ningún afecto —dijo lentamente—, y no puede haberle gustado enterarse de que su hija ilegítima es mi amante, y en verdad quisiera saber exactamente cómo descubrió ese interesante hecho, pero al demonio, él la abandonó como un canalla, hace años. Entonces, ¿por qué se enfurece de este modo ahora? ¿Y por qué diablos se mostró tan cordial? ¡Y tan dispuesto a brindarnos información!

Con el entrecejo todavía fruncido, Royce sugirió que partieran rumbo a Lime Tree Cottage de inmediato y, como Zachary estuvo de acuerdo, a los pocos minutos habían salido de Tunbridge Wells. El encontronazo con el conde lo perturbaba, y aunque él y Zachary siguieron comentando el extraño encuentro y el comportamiento aún más raro del conde al principio, durante el viaje de regreso Royce sentía la urgente necesidad de verificar por sí mismo que Morgana estaba a salvo; con Wetherly y Stafford en la misma zona, ¡podía pasar cualquier cosa!

En lo que respecta a Morgana, si bien era consciente de que de pronto el día había perdido interés cuando Royce se fue, había ocupado su tiempo placenteramente en ausencia de los dos hombres. Había vagado por la casa explorando un poco por su cuenta, y si bien estaba absolutamente encantada con ella y con su mobiliario, seguía sin asimilar el hecho de que Royce realmente había comprado ese lugar magnífico pensando en ella. Era inconcebible y la tozuda decisión de hacerle comprender que ella no la quería se fortaleció en su mente. No es que no se sintiera totalmente subyugada por la casa y sus terrenos. Era el lugar más maravilloso que había visto en su vida, pero... Su semblante se contorsionó. Si permitía que se la regalara, estaría convirtiendo el amor que sentía por él en algo sucio, algo feo y sórdido.

Reprimiendo los pensamientos miserables que amenazaban con desbaratar la tranquilidad que tanto esfuerzo le había costado restablecer, fue en busca de compañía y pocos minutos después estaba sentada alegremente en la amplia cocina luminosa, riendo y charlando con Ivy y Alice. Éste no era el lugar normalmente aceptado para una mujer de su posición, pero por otra parte, no hacía tanto tiempo desde que la misma Morgana era también una criada, y tampoco había pasado tantísimo tiempo desde que vagaba por las calles de Londres como un gato hambriento, buscando su cena en las pilas de basura.

Ivy le sirvió un vaso de leche todavía tibia del ordeño vespertino de la vaca de la propiedad y le puso delante un plato de bizcochos de manteca recién horneados, que Morgana comía con indisimulado deleite mientras hablaban. Al principio, hubo algo de tensión entre ellas, e Ivy trató de echarla de la cocina, pero la sonrisa dulce y los modales confiados de Morgana habían calmado el sentimiento de impropiedad que pudiera tener Ivy, y a los pocos minutos estaban charlando a gusto.

Mirando el gato blanco y negro que estaba serenamente sentado en el centro de la habitación, Morgana animadamente se levantó de la mesa de roble y, con un rumor de muselinas a su alrededor, le acarició el lomo y dijo en voz baja:

—¡Oh, qué preciosidad! ¿vive aquí?

Ivy bufó.

—Es un macho, y puedo asegurar que no era tan precioso cuando llegó y lo encontramos chillando en la puerta trasera. Estaba mugriento, pero como me gusta tener un gato cerca, lo bañamos y lo alimentamos y todavía está aquí.

Alice rio.

—Chambers lo encontró vagando por la planta superior y estaba muy preocupado porque el patrón se enojara al enterarse de que había un animal en la casa.

Considerando que, como todavía no se le había permitido renunciar a la casa, bien podía tomar algunas decisiones con respecto a lo que pasaba entre sus paredes, Morgana se puso de pie, con el gato en brazos y, frotando la mejilla contra el pelo suave, dijo serenamente:

—Bueno, a mí no me importa que esté en la casa, de hecho, me lo llevaré arriba y puede dormir a los pies de mi cama. —«Y el patrón —pensó sobriamente—, que haga lo que le parezca.»

Acunando al gato ronroneante en sus brazos, salió de la cocina. Estaba a punto de subir las escaleras cuando se oyó el ruido de un vehículo que se detenía en la entrada del frente. De pronto, sus mejillas se ruborizaron y una excitación anhelante invadió su cuerpo esbelto, y Morgana giró sobre sus talones para ver a Royce ingresar a la casa un segundo después.

Para su inmenso fastidio, Royce notó que se le aceleraba el pulso, que la sangre le brincaba en las venas y sintió irritado que, inexplicablemente, su ánimo se levantaba al ver a Morgana parada al pie de la escalera curva, con un enorme gato blanco y negro en los brazos. Morgana vestía un seductor vestido celeste con mangas cortas y abullonadas y un escote recatado ribeteado con puntilla color *beige*. El pelo negro y rizado había crecido un poco en las últimas semanas y una ancha cinta de satén azul se enroscaba artísticamente entre los cabellos que le enmarcaban el rostro. Los labios rosados y suaves estaban entreabiertos mientras Morgana lo miraba a los ojos. Sus ojos grises almendrados reflejaban el color del vestido y parecían casi azules, y Royce sintió un impulso casi irresistible de atravesar la distancia que los separaba y saborear la dulzura de la boca generosa y tentadora.

Se miraron sin palabras hasta que Zachary, que acababa de entrar, exclamó:

—¡Mi Dios! ¿Dónde encontraste ese monstruo?

Apartando con esfuerzo su mirada de los ojos dorados de Royce, Morgana le dedicó una radiante sonrisa a Zachary y dijo con un dejo de desafío:

—¡En la cocina! Ivy dice que le gusta tener un gato cerca y lo voy a tener en mi dormitorio para que duerma en mi cama.

Zachary lanzó una risita y murmuró:

—Me imagino que Royce tendrá algo que decir al respecto.

Ignorando a Zachary, con una sonrisa cortés en los labios, Royce se dirigió con paso lento y predatorio hasta donde estaba Morgana. Levantándole la cabeza, posando los ojos nuevamente en la boca suave, preguntó con gentileza:

—¿Realmente prefieres la compañía del gato a la mía, por las noches en tu cama?

Casi hipnotizada por su poderosa presencia, Morgana escrutó el rostro oscuro y delgado, notando ausente el mechón de pelo dorado que insistentemente caía sobre la frente de Royce, antes de que sus ojos se fijaran sobre la curva audazmente pasional de su labio inferior. Recordando la sensación de esos labios duros contra los de ella, sintió que una calidez lánguida se difundía por su cuerpo y se balanceó hacia él, impotente. Sin saberlo, el deseo brillaba en el fondo de sus ojos, y Morgana pregunto con voz ronca:

—¿Es que tengo elección?

Cubriéndole la mejilla con una de sus grandes manos, Royce sonrió y sacudió la cabeza lentamente. Los ojos de topacio estaban iluminados con una luz cálida y francamente sensual,cuando dijo:

—Realmente no, pero entonces, tampoco la tengo yo, cariño, no la tuve desde la primera vez que te vi...

Como si hubiera dicho más de lo que quería, Royce se volvió y, dejándola de pie con la boca abierta de asombro, le dijo a Zachary con ligereza:

—¿Vemos si Chambers encuentra otra botella de ese excelente coñac que probamos después de la cena? ¿O prefieres que nos traiga ese vino blanco estupendo que tomamos anoche?

—¡Oh, el coñac! —replicó Zachary sin vacilación.

Royce ya se estaba alejando y Zachary se acercó a Morgana. Le guiñó un ojo y murmuró:

—Tiene razón, sabes, no tuvo elección, lo tienes atrapado, y si juegas bien tus cartas, la partida será tuya. Yo apuesto por ti, chiquilla, ¡así que no me defraudes! —Lanzó una carcajada al ver la expresión de total asombro de Morgana y después, silbando alegremente, fue tras Royce.

21

La cena de esa noche transcurrió sin novedades y como lo hacía desde que llegaron, Morgana se excusó una vez terminada la comida y volvió a sus habitaciones de la planta superior, dejando solos a los hombres para que disfrutaran de su coñac. Normalmente estaba sola, pero esa noche el gato blanco y negro le hacía compañía, y como Ivy le había dicho que era un buen cazador de ratas, con poco gasto de imaginación, lo bautizó *Ratter*. Terminó como había planeado Morgana, durmiendo en la cama con ella, y hasta se las arregló para convencerla de que compartiera con él un platito de la leche tibia que ella tomaba todas las noches antes de acostarse. Más que satisfecha con su nuevo amigo y rehusándose cobardemente a pensar siquiera sobre los comentarios de Zachary, se quedó dormida, con *Ratter* cómodamente tendido sobre su estómago.

Después que Morgana salió del comedor, la conversación entre los dos hombres de inmediato se centró en el encuentro de esa tarde con el conde de St. Audries. Bebiendo el coñac que Chambers había desenterrado de la bien provista bodega del propietario anterior, Royce reflexionó en voz alta.

—Me pregunto cómo se habrá enterado sobre lo de Morgana, o más bien, de que su hija ilegítima es mi nueva amante. Las únicas personas que lo saben, aparte de nosotros mismos, son los criados... —Hizo una pausa antes de decir con mayor lentitud—: Por supuesto, Stafford puede haberle dicho algo; no creo que ninguno de los otros prestara la menor atención ese día, y es un buen amigo del conde.

Zachary frunció el entrecejo.

—¿Y Spurling? Si es espía del tuerto, tal vez lo es de algún otro también.

Esta vez fue Royce quien frunció el entrecejo.

—Me pregunto si Spurling está realmente en manos del tuerto. Parece un instrumento tan improbable. —Royce suspiró malhumorado antes de decir—: Cualquiera que sea el caso, he pasado las mil y una tratando de juntar todas las piezas de este rompecabezas. Es posible que Devlin haya sobornado a alguien de la casa para que le cuente sobre ella, aunque no se me ocurre qué interés puede tener para él mi nueva amante. Su informante debe de haber notado el parecido y es más que probable que se lo haya mencionado al conde. Devlin no es estúpido, y de inmediato se debe de haber dado cuenta de quién es Morgana... —Royce hizo una mueca—. Eso explicaría el hecho de que sabe quién es ella, pero Devlin nunca antes había demostrado el menor interés en mis actividades, entonces, ¿por qué lo demuestra ahora? —Bebiendo otro sorbo del liquido ámbar, dijo pensativo—: No, es mucho más probable que Stafford o Wetherly le contaran del parecido. —Royce entrecerró los ojos—. Me había olvidado de que *lady* Devlin vino de visita con esa prima chalada suya, *lady* Whitlock. Me pregunto...

—Pero en realidad no se encontraron con Morgana, ¿no es así? —inquirió Zachary.

—Mmmm, no, pero estaban subiendo a su carruaje cuando Morgana y yo salimos para ir a la modista; pudieron haberla visto en ese momento. No debe de haber sido más que un breve vistazo, pero podría ser suficiente.

Con aspecto intrigado, Zachary preguntó:

—¿Pero ella diría algo? —Tosió con delicadeza—. Los hijos ilegítimos no son algo que las mujeres comenten con sus maridos, especialmente si se trata de los bastardos del propio marido. ¿Y por qué iba a importarle a ella, después de todo?

—¿Por qué iba a interesarle al conde? Es obvio que abandonó a Morgana hace años, sin importarle —dijo Royce exasperado.

Reflexionaron durante un rato más, mencionando brevemente el tema de la cara lastimada de Stafford y el hecho curioso de que nadie había vuelto a ver a Wetherly o a Newell desde la noche del ataque del tuerto a Royce. Parecía algo siniestro, especialmente en vista de que el tuerto bien podría ser cualquiera de los caballeros mencionados...

—¡Demonios! —gruñó Royce irritado— podría ser cualquiera de una serie de caballeros: todo lo que sabemos con certeza es que es bastante alto y que tiene los ojos oscuros. Sin mucho esfuerzo puedo nombrarte más o menos una docena de miembros de la elite que responden a esa descripción. Por ejemplo, el amigo de George, Atwater... Es bastante alto y tiene ojos oscuros. Y está ese individuo, Jasper Simonds, no lo conozco, pero George mencionó sus ojos negros y su estatura. Y están Newell, Wetherly, Stafford, Barrows, Eden y St. John, todos tienen ojos oscuros y son bastante altos. ¡Demonios, esa descripción podría cuadrarle a casi la mitad de la población masculina de Cornwall! En lo que a pistas se refiere, es bien poco lo que tenemos.

Se hacía tarde pero siguieron discutiendo y examinando diferentes conjeturas acerca del tuerto, el conde de St. Audries y la relación de Morgana con ambos caballeros, pero finalmente tuvieron que abandonar el tema sin llegar a ninguna conclusión particularmente satisfactoria. Disimulando un bostezo, Royce se levantó de la mesa y dijo burlonamente:

—Todo esto es culpa tuya, sabes.

—¿Qué? —chilló Zachary azorado—. ¿Cómo me puedes culpar a mí de esta situación?

Royce le dirigió una sonrisa dulce.

—Muy fácil, recuerda que fue idea tuya asistir a ese maldito torneo de boxeo.

Zachary seguía defendiéndose acaloradamente de la total injusticia de lo que pensaba Royce, cuando se separaron en la puerta de sus respectivos dormitorios en la planta superior.

Como el resto de la servidumbre ya había llegado de Londres y ya estaba instalada, para el sábado se había establecido una rutina doméstica normal. Morgana, Royce y Zachary siguieron familiarizándose con la casa y los terrenos y el día pasó muy agradablemente. Después de la cena, Morgana se excusó cortésmente y estaba a punto de retirarse cuando Royce dijo abruptamente:

—Te veré más tarde, hay algunas cosas que quiero discutir contigo.

Morgana le dirigió una mirada precavida. A pesar de sus desacuerdos, Royce se había mostrado muy amable con ella desde la noche que llegaron, casi desarmándola con ese trato jocoso y amigable. Durante los últimos días, se había preguntado cuánto tiempo le daría antes de forzar una confrontación, y de pronto tuvo la respuesta: muy poco. Saludando con un breve movimiento de cabeza, prácticamente salió disparada de la estancia.

Con expresión reflexiva, Royce se quedó mirando la puerta que Morgana había cerrado tras de sí. Observando a Zachary, se puso serio y reconoció:

—Tengo que hablarle de la partida de Jacko y Ben el lunes próximo, y realmente no me entusiasma hacerlo.

—¿Todavía no se lo has dicho? —preguntó Zachary, muy sorprendido.

—No. Pensé que era mejor esperar unos días, hasta que se acostumbrara a la nueva casa, antes de darle la noticia y esperaba... —Se detuvo, decidiendo que no iba a contarle a su primo que lo que había esperado era poder decírselo una noche, teniéndola entre sus brazos, relajados y saciados después de hacer el amor. Su boca se contorsionó en una mueca. Estaba empezando a dudar de que ella volviera a permitirle tocarla voluntariamente; no solamente se iba a afligir cuando se enterara de que sus hermanos la dejaban en Inglaterra, confiando en su promesa de llevarla con él a Norteamérica, sino que, considerando que había tratado de sacarle más dinero por el placer de compartir su cama, no dudaba de que se iba a poner furiosa cuando le confesara que era dueña solamente de la mitad de Lime Tree Cottage. Bebió un largo sorbo de coñac. ¡En qué lío endemoniado se había metido! Y lo peor de todo era que no haría nada por liberarse de las garras de Morgana aunque pudiera. Su semblante se endureció. Pero había algunas cosas que Morgana tendría que aprender y esa misma noche, estuviera de acuerdo o no, iba a aprender que las promesas se hacían para cumplirlas. Especialmente, pensó con fiereza, ¡las promesas que se le hacían a él!

Ya era pasada la medianoche cuando Royce finalmente se encontró parado ante la puerta que separaba la salita de Morgana de la suya. Él y Zachary habían acabado otra botella de coñac antes de retirarse, pero la cantidad de bebida consumida no tenía nada que ver con la súbita aceleración de su pulso, o la tensión feroz que sentía en el vientre cada vez que pensaba en el resultado de la inminente confrontación con Morgana. Mientras se quitaba las ropas de noche y, después de lavarse, se ponía la bata de seda negra bordada en oro y carmesí, aún había debatido consigo mismo acerca de lo atinado de lo que estaba haciendo. No era el aspecto moral lo que le molestaba —por lo que a él se refería, él estaba en lo correcto: ¡Morgana estaba en deuda con él!—, pero algo dentro de sí lamentaba amargamente que las cosas hubieran llegado a ese estado, que las poderosas e inexplicables emociones que Morgana despertaba en él con tanta facilidad hubieran quedado reducidas nada más que a una mera transacción. Sonrió con amargura. Bueno, había sido su elección, ¡y por Dios que tendría que cumplir con ella!

Entró sin llamar y, cruzando raudo la salita en sombras, se detuvo ante la puerta de su dormitorio, admirando el cuadro encantador iluminado por el resplandor del candelabro de plata próximo a la cama.

Los pesados doseles de satén color crema estaban atados a los cuatro postes de la inmensa cama con bandas de terciopelo rosado, dando a Royce una visión plena de los dos ocupantes de la cama. Morgana estaba semirreclinada en medio de la cama, con varios almohadones de seda rosa, crema y lavanda apilados a su espalda, y cómodamente acurrucado a su lado estaba *Ratter*. El alto candelabro descansaba sobre la mesilla de noche de caoba con tapa de mármol junto a la cama, y la dorada luz vacilante parecía acariciar las facciones intensas de Morgana y su figura esbelta mientras ella leía, acariciando con mano ausente el pelo blanco y negro de *Ratter*.

«Se ve adorable», pensó Royce, deslizando la mirada desde la cabeza inclinada por los hombros de alabastro que dejaba ver el camisón de seda de corte audaz. Royce recordaba haber elegido ese camisón en particular, pensando en ese momento que el color amatista pálido destacaría la blancura de su piel, y se sintió complacido al notar que había acertado. Sus ojos se detuvieron sobre el borde del escote, donde se vislumbraba apenas un asomo del busto fascinante. Un brillo posesivo iluminó los ojos dorados mientras seguía mirando la silueta delgada, apenas oculta por el tenue material del camisón.

Debió de hacer un ruido, porque de pronto Morgana levantó la vista y a través de la amplia habitación, su mirada encontró la de Royce. Morgana sintió que el corazón le batía penosamente en el pecho al verlo inclinado sobre el marco de la puerta y detrás de él, la oscuridad.

Con un esfuerzo apartó los ojos de la mirada hipnótica y tímidamente lo recorrió con la vista, notando inconscientemente la forma en que la seda negra se adhería a los hombros anchos, tratando con esfuerzo de no mirar el vello rubio que asomaba por el cuello abierto de la bata. Morgana sabía cómo era él y cuál era la sensación debajo de la bata, y sintió que estallaba en su mente el recuerdo de su pecho musculoso rozando sus senos cuando hicieron el amor por primera vez. Una calidez sensual inesperadamente invadió todo su cuerpo, y sentía una languidez tibia y traicionera que le subía por las piernas cuanto más miraba la figura alta y fuerte.

De pronto, ardió en ella el indómito deseo de que la tocara, de que la tomara en sus brazos y de que, durante esos momentos insensatos del abrazo, anulara toda la confusión e incertidumbre que anidaba en su corazón. ¡Lo amaba! ¡Lo amaba y lo deseaba con todas las fibras de su ser! Incapaz de detenerse, levantó la vista hasta su cara y contuvo el aliento al ver la expresión francamente carnal que se dibujaba en sus facciones apuestas.

Sin darse cuenta del impacto que producía en ella, Royce se irguió perezosamente del marco donde estaba apoyado y caminando hacia ella murmuró:

—Me alegra que no te hayas dormido todavía.

Tratando de hacer caso omiso de los fuertes latidos de su corazón, de fingir que no estaba insoportablemente consciente de su presencia y de la expresión flagrantemente erótica de los ojos dorados, dejó el libro a un lado, y al tiempo que *Ratter* saltaba de la cama y salía de la habitación con paso majestuoso, Morgana dijo modosamente:

—Te he estado esperando, dijiste que querías hablar conmigo.

Él sonrió débilmente y, sin esperar a ser invitado, se sentó en la cama a su lado. Tomando una de las manos laxas, estampó un beso cálido en la carne suave y preguntó:

—¿Y ésa es la única razón por la que me recibes en tu dormitorio a esta hora de la noche?

Morgana trató sin éxito de recuperar su mano.

—¡Por supuesto! ¿Por qué otra razón estarías aquí?

Royce dejó escapar una risa ronca y la tomó en sus brazos con facilidad. Acercando su boca a la de ella, murmuró:

—Oh, mi querida, se me ocurren docenas de razones... pero en este momento sólo una me importa.

En la fracción de segundo que tardaron los labios de Royce en posarse con indisimulado placer sobre los labios de Morgana, ella pensó en resistirse, en tratar de liberarse de su abrazo, pero entonces la boca de Royce atrapó la suya y, con un leve suspiro, se olvidó de todo excepto la seducción experimentada de su beso. Dejó que la acercara más a sí, aferrándose con los brazos a la espalda ancha, mientras Royce lentamente hacía más profundo su beso, explorando sin apuro con su lengua la forma y textura de los labios de Morgana antes de entrar en la intimidad cálida de su boca. La lengua diestra exploró los dulces confines de su boca, haciendo evidente su placer con un suave gruñido al sentir que la lengua de Morgana salía al encuentro de cada incursión de la suya.

Sin aliento y algo cauteloso ante la respuesta abierta de Morgana, lentamente Royce levantó la cabeza dorada para observar con intensidad el semblante ruborizado. Era hermosa más allá de toda descripción, el cabello negro y rizado parecía acrecentar la claridad alabastrina de su piel, el fulgor amatista del camisón le daba a los ojos grises un tono violáceo, y su beso había intensificado el color rosado de la boca tentadoramente generosa.

Mirándola con creciente perplejidad, Royce, incómodo, se dio cuenta de que algo se apretaba en lo profundo de su ser, algo que tenía menos que ver con el latido denso de su innegablemente erecta virilidad que con el puro deleite del simple hecho de tenerla en sus brazos. Que la deseara, que la deseara para saciar el deseo feroz que Morgana despertaba en él con tanta facilidad, era algo que podía entender, pero esta pura necesidad de ella, su necesidad de estar con ella, de tener el derecho a cuidarla, lo desconcertaba absolutamente.

Algo de ese desconcierto debió de reflejarse en los ojos dorados que la miraban fijamente, e intentando desprenderse un poco de su hechizo, Morgana le preguntó nerviosa:

—¿Has cambiado de idea? ¿Es que ya no me quieres?

Royce cerró los ojos como si sintiera dolor y exclamó apasionado.

—¡Que no te quiero! ¡Santo Dios! —Abriendo los ojos y mirándola posesivamente, murmuró airado—: ¡Pero si no sueño con otra cosa!. Me has embrujado, me has robado los sentidos, hasta tal punto que no puedo pensar en otra cosa que en la dulzura de tus besos, en el éxtasis que me da tu cuerpo suave,y en el placer indescriptible que encuentro en cada uno de tus actos! —Rio con un filo de amargura, y mirándola casi como si le disgustara, le preguntó con aspereza—: ¿Acaso esto se siente como si no te deseara? —Y tomando una de sus manos, la apretó rudamente contra su miembro rígido.

Morgana se sonrojó por este gesto brusco, pero no retiró la mano, mientras las palabras torturadas de Royce le despertaban una oleada salvaje de deleite en todo el cuerpo. ¡Algo le importo! Era evidente que la deseaba, evidente, también que Royce luchaba por no sentir otra cosa que lujuria, pero también era maravillosamente evidente, Morgana pensó feliz, que no era solamente su cuerpo lo que subyugaba su atención. Nada había cambiado entre ellos y sin embargo... sin embargo parecía que todo había cambiado. Envalentonada por sus palabras, los dedos de Morgana acariciaron la carne dura contra la que él había puesto su mano, y sorprendió a ambos diciendo casi en un ronroneo.

—Tal vez si me enseñas...

Por un instante, el asombro lo paralizó, entonces el deseo se plasmó en su rostro, haciéndole brillar los ojos como oro derretido, mientras gruñía por lo bajo.

—Tal vez debería, y si vas a seguir tocándome de ese modo, ¡cuanto antes, mejor!

Pese a sus palabras, se tomó su tiempo con ella, presionándola suavemente contra el colchón, tomándose las más chocantes libertades con los labios y las manos. Mientras apartaba el camisón, Morgana temblaba cuando las manos de Royce se deslizaron por sus muslos apartando el camisón lila, y su boca siguió el mismo sendero que recorrían las manos, hasta besar incitantemente el vello rizado en la unión de sus piernas. A Morgana se le cortó el aliento cuando pareció que Royce se quedaría allí, mientras movía el pulgar rítmicamente sobre la carne blanda, y besaba con ternura las mismas zonas dolorosamente sensibles, besos que la aterraban y la excitaban de forma insoportable.

Sin aliento y casi asustada por la excitación embriagadora que le surcaba el cuerpo mientras Royce frotaba la nariz y exploraba con levedad en el hueco entre los muslos delgados, Morgana extendió las manos, enroscando los dedos en el cabello espeso, urgiéndolo a subir. Levantando la cabeza, la miró interrogante, los ojos brillantes y ardientes de deseo. Súbitamente tímida y con el camisón enroscado en la cintura, avergonzada por su casi desnudez, enrojeció y balbuceó:

—¡De... de... detente! ¿Qué estás haciendo conmigo?

Con una sonrisa torcida, Royce dejó caer un beso leve donde el vello rizado se encontraba con la parte baja de su abdomen.

—Esperaba estar haciéndote gozar... ¿no lo hacía?

Morgana tragó con dificultad, los ojos muy dilatados.

—Sí —reconoció roncamente—, pe... pe... pero se siente tan... tan... me asusta... es como si mi cuerpo no me perteneciera, como si una criatura depravada hubiera entrado en mí.

La sonrisa de Royce se hizo más traviesa.

—Una criatura que también se abandona desenfrenadamente en mis brazos, espero —bromeó con ligereza, y alzándose un poco, la besó con suavidad en los labios—. No tengas miedo. No dejaré que te pase nada... —Mirando el cuerpo semidesnudo, recorriéndolo centímetro a centímetro desde las piernas largas hasta llegar al rostro hermoso, se le oscurecieron los ojos y dijo roncamente—: Pero, oh, querida, hay tantas formas de hacer el amor, tantas formas de darnos mutuamente placer...

Con los labios hormigueándole por los besos y sintiendo como un fuego la mano de Royce que descansaba sobre su vientre, no podía hacer otra cosa que mirarlo, deseando precisamente lo mismo que él, pero demasiado insegura de sí misma, demasiado novata en el amor, como para admitirlo directamente. En cambio, elevó los brazos enroscándolos detrás de su nuca, y enterrando la cara entre las solapas de la bata, lo besó sensualmente en la base del cuello.

Royce gimió, sintiendo que esos besos dulces encendían en todo su cuerpo un fuego indómito, y sus dedos se cerraron fuertemente contra el vientre de Morgana. Desaparecieron sus maneras indolentes, y con mucha más presteza que la que había demostrado hasta el momento, le quitó el camisón, arrojándolo lejos de sí. Con dedos temblorosos, desató el nudo de su cinturón y con prisa febril se desprendió de la bata, enloquecido por liberarse de sus propias ropas, no queriendo sentir más barreras entre su cuerpo y el de ella.

Su boca se prendió hambrienta de la de Morgana, y besándola con toda la pasión desbocada dentro de él, la atrajo hacía sí, apretando las curvas esbeltas a su cuerpo duro y musculoso. Con las manos, la tomó ansioso por las nalgas, presionándola firmemente contra su virilidad dolorosamente inflamada. El contacto de la carne tibia y dócil que se adhería anhelante a la suya, lo llenó de un deseo tan voraz, una ternura tan sobrecogedora, que se estremeció con las potentes emociones desatadas dentro de él. La besó una y otra vez, hundiendo la lengua cada vez más profundamente en la boca de Morgana, colmando los confines de la boca de ella con su sabor y textura. Pronto, los besos no fueron suficientes para apaciguar el apetito cada vez más frenético que lo devastaba, e impulsado por las exigencias de su propio cuerpo, se frotó sinuosamente contra ella, excitando a ambos con esos movimientos ardientemente eróticos.

Perdida en la turbulencia de un mar de sensaciones primitivas, Morgana se pegaba a él, devolviéndole cada beso con abandonada desvergüenza, y arqueándose contra él, cegado por el deseo elemental tan potente y embriagador como el vino, se hizo eco de sus exigencias. Le dolían los pechos aplastados contra el vello espeso del torso de Royce, sentía los pezones tensos e hinchados, y la dulce fricción de su cuerpo contra el de él casi la mareaba con las emociones que la traspasaban con la creciente urgencia de su cuerpo. Lo deseaba, deseaba el feroz placer de su boca y sus manos en todo su cuerpo, desesperada, ansiaba el contacto de esos labios y esa lengua en su pecho, la sensación de las manos cálidas explorando su intimidad.

Royce se movió un poco y deslizando un muslo entre los de Morgana, con la rodilla empujaba suave y deliberadamente la carne sensibilizada en la unión de sus piernas, casi enloqueciéndola con esos movimientos provocadores. Morgana podía sentir su bulto enorme apretado entre los dos cuerpos que se retorcían, y sin embargo él no intentó ir más allá de los besos delirantes, y de los movimientos inquietos de sus manos en la espalda y nalgas de Morgana. Sintiendo todo su cuerpo vivo y la pulsación de su vientre casi intolerable, asió el muslo que tenía entre las piernas y se empujó frenética hacia abajo, buscando la liberación de las demandas de la pasión que la abrasaba.

Gimiendo de placer por los movimientos de Morgana, Royce dejó su boca y buscó las puntas endurecidas de sus pechos. Morgana sabía a néctar, y como un hambriento, chupó y tironeó de los pezones rosados, frotando levemente los dientes contra la piel quemante.

Morgana estaba completamente excitada, y el contacto de los labios y dientes de Royce sobre sus senos casi fueron su perdición, mientras se arqueaba salvajemente hacia su boca, ofreciéndose a él con toda libertad, temblando por el placer que inundaba todo su cuerpo. Royce deslizó un brazo debajo de ella, y por un momento enloquecido, la sostuvo apretada contra él, mordiendo suavemente la carne tierna de esos senos, sintiendo toda la sensualidad del sabor de Morgana y los febriles movimientos de su cuerpo. Incapaz de detenerse, deseando proporcionarle tanto placer como el que él le daba a ella, extendió la mano y la cerró torpemente alrededor de su miembro, maravillándose tanto por su propia audacia como por el enorme tamaño y calor de él.

Royce se tensó al primer intento de caricia, y con la boca contra el oído de Morgana, murmuró:

—No, cariño, así... —y le mostró el movimiento y la manera de hacerlo. Con aliento entrecortado, el cuerpo de Royce respondió con evidente entusiasmo a su contacto.

Sintiendo su reacción, sintiendo la inflamación de su carne cuando ella lo acariciaba, Morgana se fascinaba y excitaba al mismo tiempo. Tan fascinada estaba, que cuando él quiso abrazarla una vez más, lo empujó gentilmente, queriendo concentrarse totalmente en el efecto devastador que estaba provocando en él con fervor. Recostado sobre la cama, Royce la dejó hacer por un momento, con el rostro tenso de deseo, los ojos dorados brillando con la promesa de una dulce venganza.

Era un tierno tormento que no creía poder soportar para siempre, ya que la caricia más leve le hacía apretar los dientes para no perderse... algo que Morgana encontraba muy entretenido. Preguntándose si Morgana se daría cuenta de lo seductora que estaba, allí recostada junto a él con la mirada intensamente fija en una cierta parte de su anatomía mientras lo exploraba todo a lo largo y a lo ancho, Royce intentó desesperadamente no estallar en un millón de astillas de placer. Fue casi inútil; solamente sus diligentes atenciones hubieran sido suficientes para hacerle perder el control de acero que tenía sobre su cuerpo, pero la visión de los pechos erguidos con los pezones todavía hinchados y rosados por la acción de su boca, lo hizo gemir y extendió los brazos para tomarla.

Sorprendida al sentir las manos de Royce sobre su cuerpo, Morgana levantó la vista y la expresión que vio en sus ojos frenó la protesta que estaba a punto de expresar. El corazón empezó a latirle pesada y sordamente, mientras su cuerpo súbitamente anhelaba experimentar lo que veía reflejado en la mirada de él. Salió al encuentro de sus labios, abriendo la boca para recibir el impulso ávido de su lengua. Era evidente que la indulgencia de Royce se había acabado y derramó una lluvia apasionada de besos salvajes en su boca y sus pechos. A Morgana casi le dolió la fuerza del deseo que Royce despertaba en ella, cuando sus labios se deslizaron lenta e inexorablemente hasta su cintura y vientre y al triángulo de rizos negros entre sus muslos. Morgana apenas podía respirar; la piel era fuego, la sangre le corría con tal violencia por las venas que el mundo desapareció por completo cuando la boca de Royce la encontró. Un grito suave y agudo, entre protesta y deleite, salió de su garganta cuando él abrió su carne y con la lengua lamió y frotó el dulzor que allí encontró. Morgana ardía a su contacto, las caricias penetrantes de su lengua la inflamaban haciéndola retorcerse como un animal salvaje sobre la cama, sacudiendo la cabeza a uno y otro lado.

Royce la sostuvo con firmeza, sin darle respiro con los rápidos golpecitos de su lengua. Podía sentir la tensión creciente del cuerpo esbelto, y la de su propio cuerpo aumentó hasta hacerse casi insoportable. Quería encontrar su alivio, quería enterrarse totalmente en la vaina suave y sedosa, pero más que nada, quería que ella sintiera el exquisito placer que él había experimentado unos segundos antes con las caricias de Morgana.

Morgana ya casi no podía soportarlo; el puro placer carnal que Royce provocaba en ella la atemorizaba, y temía aún más a esa criatura abandonada en la que se había convertido, una criatura abandonada que anhelante permitía que él le hiciera todas esas cosas maravillosamente decadentes. Con ansiedad en la voz, le tiró frenéticamente del pelo y gritó:

—¡Detente! ¡Oh, por favor, detente!

Con los ojos enturbiados por la pasión, Royce la miró por un momento sin comprender: dándose cuenta de que estaba asustada y sospechando que la estaba llevando demasiado lejos y demasiado rápido, sonrió torcidamente y murmuró:

—¡Vírgenes! Nunca había estado con una virgen, querida, así que tendrás que ser indulgente conmigo. —Moviéndose a su lado, la tomó en sus brazos; besándole la boca y la oreja, susurró—: Trataré de no escandalizarte demasiado con las cosas que quiero que hagas, pero eres tan condenadamente deliciosa que no sé si podré evitarlo.

Volvió a besarla y tomándole posesivamente los senos, con los pulgares le acarició los pezones, llevándola nuevamente al borde del éxtasis, y esta vez no vaciló; no podía; había llegado a su propio límite. Abriéndole las piernas con la rodilla, suavemente la acarició con los dedos y, con un gruñido exultante, se hundió en el apretado calor de Morgana.

Sumergido profundamente en ella, sintió que Morgana lo envolvía en sus brazos, empujando descaradamente los pezones contra su pecho. Royce la besó con pasión, sintiendo que la presión sedosa de su cuerpo alrededor de su virilidad erecta lo lanzaba de inmediato a un oscuro remolino de deleite erótico. Había querido saborear este momento, había querido hacerle el amor lenta y perezosamente, pero no pudo. Morgana ya movía las caderas con el antiguo movimiento seductor que impedía todo pensamiento racional.

Sintiendo el éxtasis que ya ascendía desde lo profundo de su cuerpo desde el momento en que Royce la penetró, Morgana se movía salvajemente debajo de él, queriendo hundirlo en ella, queriendo sentir su posesión voraz. Con su boca contra la de él, pidió roncamente:

—¡Oh, por favor... por favor, ámame! —Oyó la exclamación gutural de Royce casi como una respuesta, y después no sintió otra cosa que el cuerpo imponente que se abatía contra el de ella una y otra vez, haciendo estallar tal infierno de resplandeciente éxtasis que creyó que se desmayaría de gozo.

Con salvaje satisfacción, Royce sintió las pulsaciones que la arrebataban y ya libre para buscar su propio placer, en un delirio por alcanzar la tan ansiada culminación, se hundió con mayor frenesí en la calidez aterciopelada del cuerpo de Morgana. Un segundo después, sin hacer ningún esfuerzo por ocultar el deleite que le proporcionaba el cuerpo de ella, se agitó con violencia y gimió suavemente al llegar a su propio exaltado alivio.

Pacificados por un momento los demonios que los arrastraban, yacieron juntos, tocándose, mientras Royce depositaba besos leves como mariposas en la frente y en la comisura de los labios de Morgana. Ella le acariciaba con suavidad el brazo y el muslo. Morgana se durmió primero, pero durante largo rato Royce simplemente sostuvo junto a sí el cuerpo esbelto tendido a su lado, sacudido por las emociones que ella le despertaba.

Todavía azorado, pero también pleno de una maravillosa ternura que no podía negar, miró el cuerpo dormido, arrobado con la belleza esbelta mientras la luz de las velas danzaba gentilmente sobre la carne lisa y sin mácula... De pronto frunció el entrecejo al distinguir por primera vez la cicatriz pequeña y redonda que Morgana tenía en la nalga. Incorporándose se inclinó y la examinó más de cerca, y su expresión se puso aún más grave al ver que se trataba de una cicatriz vieja y que claramente representaba algún tipo de escudo. ¿Por qué? se preguntaba serio, ¿por qué alguien la habría marcado de este modo tan bárbaro?

Estaba a punto de despertarla para preguntarle cuando se oyó un fuerte alboroto al frente de la casa. Morgana se sentó de un salto, sin rastros de sueño, al tiempo que Royce salía de la cama y se ponía la bata. Temiendo otro ataque del tuerto, corrió a su propia habitación y tomó la pistola cargada que ahora guardaba siempre a mano. De regreso al dormitorio de Morgana, encendió otra vela y haciéndole señas de que se quedara donde estaba, salió al amplio corredor.

Encontró a Zachary, armado con pistola y vela igual que él, y como el ruido no amainaba y evidentemente provenía de la puerta delantera de la casa, bajaron dando saltos la escalera curva. Chambers, con el gorro de dormir torcido y un atizador sólido en la mano, ya estaba en la puerta exigiendo la identificación de la gente que gritaba del otro lado.

Al reconocer una de las voces, la de Jacko, Royce abrió la puerta; el hermano mayor de Morgana y el portero que vociferaba sus protestas de inmediato se tambalearon sobre el suelo de mosaicos blancos y negros del vestíbulo. A Royce le llevó un momento convencer al hosco portero de que Jacko era un conocido, y volviéndose hacia Jacko, preguntó:

—¿Qué pasa? ¿Qué anda mal?

Con el semblante tenso y los ojos azules oscurecidos por el temor, Jacko jadeó:

—¡Es el tuerto! ¡Nos traicionó! ¡Ben está en Newgate!

CUARTA PARTE

Némesis

«Aunque los molinos de Dios muelen despacio,
lo hacen de manera extremadamente fina.»

Friedrich von Logau,
Retribución

22

Se produjo un breve silencio eléctrico y pareció como si todo el mundo hablara a la vez y un parloteo urgente, desatado, llenó repentinamente el vestíbulo, hasta que la voz autoritaria de Royce se dejó oír por encima del ruido.

—¡Cállense! ¡Y quiero decir que se callen de inmediato! —ordenó, y se hizo el silencio. Mirando a su mayordomo dijo, algo más calmado—: Chambers, vaya a buscar coñac y copas y llévelos al salón principal. Hizo usted un trabajo excelente —le dijo Royce al portero, un joven musculoso llamado Bullard—. Debería haberle advertido acerca de los hermanos de Morgana. Ahora puede retirarse, y con mi agradecimiento por cumplir tan bien con sus obligaciones. —Mirando a Zachary, Royce agregó—: Tú vendrás conmigo y con Jacko.

Royce había estado tan ocupado en calmar el parloteo que había olvidado a Morgana, quien no tenía intención de quedarse mansamente en su dormitorio mientras él afrontaba un posible peligro, pero había perdido tiempo buscando el camisón que anteriormente Royce había arrojado tan al descuido. Como la prenda era casi transparente y sin saber lo que encontraría en la planta baja, tuvo que perder todavía más tiempo buscando una bata.

Sólo le había llevado minutos y, haciendo caso omiso de la orden de Royce de que se quedara donde estaba, corrió hasta las escaleras, donde se detuvo abruptamente al ver a Jacko. El hecho de que Jacko estuviera solo no la impresionó; todo lo que percibió es que su hermano estaba allí y que Royce dominaba los acontecimientos.

—¡Oh, Jacko! ¡Eres tú! —exclamó con alegría, precipitándose escaleras abajo como un pequeño remolino y arrojándose en brazos de su hermano.

Chambers y Bullard apenas habían girado sobre sus talones cuando apareció Morgana y ambos se detuvieron y miraron hacia atrás, justo a tiempo de ver a Jacko recibirla en un abrazo entusiasta. Con la sombra de una sonrisa en los labios, Chambers siguió su camino, pero Bullard vaciló, con la mirada fija en el rostro ruborizado de Morgana, que miraba feliz a Jacko. Aclarándose la garganta, finalmente Bullard apartó los ojos de la cara de Morgana y, mirando a Royce, dijo sin vueltas:

—Señor. Creo que debería saber que, esta misma tarde, un caballero muy elegante estuvo husmeando cerca de la entrada. —Con expresión apologética, masculló—: Fue muy cortés, aunque me hizo muchas preguntas; pero como usted me había advertido que tuviera cuidado con los extraños, no le respondí. Lamento decirle que cuando se fue me olvidé de él; después de todo es usted nuevo en la zona y mucha gente simplemente siente curiosidad por el nuevo propietario.

Las facciones de Royce mostraban una expresión grave al oír las palabras de John Bullard, pero no estaba sorprendido. Esperaba que pasara algo como esto, pero le intrigaba el hecho de que el joven Bullard hubiera elegido justo ese momento para relatarle el incidente.

Bullard se lo aclaró casi de inmediato.

—Era un hombre mayor, pero creo que debería saber que se parece mucho a esa joven dama.

Zachary, con una sonrisa casi paternal, estaba demasiado ocupado observando el abrazo de Morgana y Jacko como para prestar demasiada atención a lo que Bullard le decía a Royce, pero oyó sus últimas palabras y su sonrisa se desvaneció. Con evidente preocupación, miró a Royce a los ojos.

—¡Devlin! ¡Tenía que ser él!

Royce le dirigió una mirada letal, dándole a entender que no quería que Zachary dijera nada más sobre el asunto. Dándose cuenta del error y avergonzado, Zachary se batió en presta retirada y volviéndose hacia Morgana y Jacko dijo rápidamente:

—Pasemos al salón; Chambers volverá con el coñac y, si lo conozco, o más bien a Ivy, probablemente traerá también algo de comer para reconfortarnos a esta hora de la madrugada.

Una vez que el trío desapareció, Royce le dijo a Bullard:

—Lo hecho, hecho está... pero en el futuro, quiero estar informado al instante cuando cualquiera, sea hombre o mujer, niño o adolescente, se acerque a usted y empiece a hacer preguntas, por poco importantes que parezcan éstas. Ahora dígame exactamente qué le preguntó ese caballero.

Con expresión algo alicaída, Bullard replicó al instante:

—No recuerdo con precisión, señor, pero sí recuerdo que quería saber cuántas personas había en la casa, si había contratado gente local, y si conocía a alguno. Se mostró muy amistoso y cuando me preguntó si sabía cuánto tiempo se quedaría usted aquí, simplemente supuse que se debía a la curiosidad por un nuevo vecino; la gente del campo se interesa por esas cosas. —Avergonzado reconoció—: Debería haber sido más receloso, especialmente después que usted me advirtiera con respecto a los extraños, pero descarté al caballero como un mero curioso. —Frunció el entrecejo—. Ahora que lo pienso, en realidad se mostró excesivamente curioso acerca de la joven dama que está con usted, y pareció interesarse bastante por el hecho de que la propiedad esté completamente rodeada por el seto vivo. Me parece recordar que me preguntó si el portón era la única entrada a la propiedad y si alguien vivía realmente en esa cabaña. —Bullard de pronto sonrió—. Qué suerte que jamás había visto a la joven dama, de lo contrario tal vez hubiera dejado escapar algo; se parecen tanto...

—Bueno, ésa es una información que prefiero que se guarde para sí —dijo Royce sin ambages.

Bullard lo miró fijamente y luego, asintiendo con la cabeza rubia, dijo con fervor:

—¡Puede confiar en mí, señor! No fue descortés, pero no le dije nada. No pareció gustarle cuando le dije que al patrón no le agradaba que los criados se dedicaran a los chismes. Se alejó en su coche un poco malhumorado, se lo aseguro.

Royce sonrió levemente, divertido al imaginar al altivo conde soportando la reprimenda de un mero criado con respecto a los chismes. Palmeando a Bullard en la espalda, Royce lo empujó hacia la puerta.

—No ha pasado nada, así que no piense más en ello. Sin embargo, avíseme en el mismo instante en que alguien más lo interrogue, y dígale a sus hermanos que hagan lo mismo. —Sonriendo agradablemente Royce abrió la puerta e inquirió superficialmente—: ¿Están cómodamente instalados en la cabaña?

Bullard asintió entusiasmado.

—Oh, sí, señor. Es bueno que estemos los tres viviendo ahí y turnándonos en el portón; de otro modo, podría no haber advertido al joven esta noche. —Y pensando que Royce podría creer que había vuelto a abandonar sus obligaciones, agregó presuroso—: Antes de que el joven y yo viniéramos a la casa desperté a Elmer y Harry y ahora están haciendo guardia hasta mi regreso.

—Muy bien. Descansaré más tranquilo el resto de la noche sabiendo que estoy en las manos competentes de los hermanos Bullard.

Resplandeciendo de orgullo, Bullard partió y después de cerrar la puerta tras él, Royce observó la madera tallada por un instante con una leve sonrisa en los labios. Aparentemente había elegido bien a sus porteros, a juzgar por los acontecimientos de esa noche. Entonces su sonrisa se desvaneció al meditar sobre lo relatado por John Bullard. De modo que el conde andaba haciendo preguntas, ¿no? «,Por qué?», se preguntaba Royce. ¿Era simplemente la vergüenza de que su tan obvia hija ilegítima se embarcara en una carrera innegablemente escandalosa? ¿O había otro motivo?

Cuando Royce ingresó al salón encontró a Morgana y Jacko sentados el uno junto al otro en uno de los sofás que decoraban la estancia amplia y elegante. Zachary, en su bata de noche, estaba repantigado en un sillón de satén color paja y era evidente por la expresión tensa de los tres rostros jóvenes que habían estado discutiendo el encarcelamiento de Ben en Newgate. Yendo a pararse frente a la chimenea de mármol gris, Royce dijo en tono bajo:

—Creo que deberíamos postergar toda conversación sobre Ben hasta que Chambers nos haya servido y se haya ido.

Como ése era el tema que todos tenían en la mente, la estancia estaba extrañamente silenciosa cuando Chambers entró unos minutos más tarde. Consciente de que estaba impidiendo la conversación, y a la vez consumido por una natural curiosidad, Chambers trató de apresurarse, deseando quedarse y escuchar pero sabiendo también que no se diría nada de interés mientras él permaneciera en la habitación. Depositando una enorme bandeja que contenía una variedad de refrescos, coñac, whisky y hasta una tetera, así como varios platos de quesos, panecillos, jamón frío y carne asada en tiras delgadas, se inclinó en dirección a Royce y dijo en tono neutro.

—¿Eso es todo señor?

Royce asintió y mirando los platos de alimento sonrió.

—Veo que Ivy también se debe haber despertado con nuestro pequeño contratiempo.

Contento de tener una excusa para quedarse, Chambers asintió con la cabeza.

—¡Oh, sí señor! Los golpes en la puerta del frente despertaron a varios sirvientes, pero —dirigió a Royce una mirada cargada de sentido—, si bien Ivy estaba decidida a seguirme, insistí en que permaneciera en la cocina, ya que creí conveniente ocuparme del problema personalmente. Les ordené a los demás que se acostaran; les dije que probablemente no era nada y que Ivy y yo nos ocuparíamos de todo. —Con expresión cada vez más elocuente, agregó astutamente—: Cuanta menos gente involucrada, mejor, ¿no le parece, señor?

Un destello divertido apareció en los ojos de Royce; sabía bien que a Chambers le hubiera gustado que lo invitara a quedarse, pero indicándole al mayordomo que ya no se lo necesitaba, lo acompañó hasta la puerta.

—Manejó la situación admirablemente bien... y no lo obligaré a languidecer mucho tiempo antes de satisfacer su curiosidad sobre los eventos de esta noche. —Vaciló un momento y con expresión seria, agregó—: Por el momento, tendrá que contentarse con saber que el visitante inesperado es el hermano de Morgana, Jacko Fowler, y que trae novedades importantes sobre su otro hermano, Ben. Preferiría que esta información quedara entre usted e Ivy.

Inmensamente complacido con que el patrón lo hubiera informado en cierta medida, Chambers hizo una profunda reverencia y, serenamente, salió de la sala con la bata de franela prolijamente anudada flameando alrededor de los tobillos huesudos. Volviéndose hacia los otros tres, Royce metió las manos en los bolsillos de su bata y dijo quedamente:

—Creo que ahora estamos en libertad de hablar. Dinos lo que pasó, Jacko.

Morgana sirvió a su hermano un vaso de whisky y se lo puso en la mano, mientras Jacko comenzaba a hablar.

—Como nuestro barco zarpa el lunes, Ben y yo planeábamos venir esta noche a ver a Pin. Nos figuramos que a usted no le importaría si nos quedábamos a pasar la noche; queríamos verificar por nosotros mismos que Pin estuviera bien, y asegurarnos de que iba a cumplir su palabra de llevarla a Norteamérica con usted cuando regresara el próximo otoño. Además, como sería nuestra última oportunidad de ver a nuestra hermana en varios meses, pensamos que...

—¿De qué demonios estás hablando? —preguntó Morgana secamente, echando una mirada acusadora alternativamente al rostro inescrutable de Royce y a la cara tercamente truculenta de Jacko.

—¿No se lo ha dicho? —preguntó Jacko asombrado—. ¿Ella no sabe que salimos para Norteamérica el lunes?

—Eh, no, de hecho no lo sabe —contestó Royce tranquilamente, ignorando la exclamación ultrajada de Morgana—. Tenía la intención de decírselo hace tiempo, pero nunca parecía ser el momento adecuado. —Miró a Morgana, y su mirada dorada se deslizó apreciativamente sobre las bellas facciones. Se veía muy pequeña y atractiva con su bata de terciopelo púrpura, con cabello negro desordenado, sentada allí, junto a su hermano, pero la expresión furiosa en los ojos rasgados... Royce suspiró. Estaba enojada, y una parte de él no la culpaba por estarlo. Debería habérselo dicho. Mirándola a los ojos, admitió directamente—. Quería que te instalaras antes de embarcarme en una explicación que no te iba a gustar. Te ibas a afligir al enterarte de que tus hermanos te dejaban aquí a mi cuidado, mientras ellos viajaban a Norteamérica, y quise postergar tu aflicción lo más posible, hasta que te sintieras más cómoda aquí, en Lime Tree Cottage.

Ben quedó olvidado por el momento, y sin tener en cuenta el vivo interés de Zachary y Jacko, Morgana miró furiosa a Royce, con los ojos oscuros como nubes de tormenta.

—¿Afligirme? —inquirió ella—. ¿Y desde cuándo eso te detiene? —Saltando del sofá enojada cruzó la estancia a grandes pasos y se paró agresivamente delante de Royce—. ¿Así que de eso se trató lo de esta noche? ¿Es por eso que viniste a mi cama? ¿Para hacerme sentir más cómoda?

—Una elección de palabras desafortunada por mi parte —respondió Royce fríamente, observándola entre los párpados—. En cuanto a lo que pasó esta noche entre nosotros, no tengo intención de discutirlo en público.

Súbitamente consciente de la presencia, así como de la indisimulada fascinación de Jacko y Zachary ante lo que se decía, Morgana se sonrojó tentadoramente. Desapareció la beligerancia en un instante, pero con un gesto rebelde en la boca se desplomó en el sofá junto a Jacko, contentándose con echarle miradas asesinas a Royce.

Con gran aplomo, Royce se sirvió una copa de coñac y volvió a parase junto a la chimenea.

—Bueno, ¿dónde estábamos? —Y mirando a Jacko prosiguió con imperturbable compostura—. Creo que estabas diciendo algo acerca de venir a ver a tu hermana antes de zarpar e lunes.

—Ehhm, sí —musitó Jacko, todavía cautivado por el revelador intercambio que se había producido entre Morgana y Royce.

Los cambios en su hermana durante las semanas en que no la había visto eran enormes. Ya no era el mugriento pilluelo callejero de sexo indefinido; en cambio, se encontraba ante una joven dama muy hermosa y limpia, vestida con ropas caras. Es cierto que las ropas consistían en poco más que un camisón y una bata, pero Jacko reconocía la calidad cuando la veía. Donde antes había una masa de pelo sucio y descuidado alrededor de una cara sin lavar que habitualmente exhibía una expresión cauta, casi astuta, ahora encontraba unos rizos sedosos y bien cortados, y las facciones eran más suaves y más hermosas de lo que jamás hubiera imaginado. Indudablemente, Morgana había florecido, había un brillo en los ojos grises que antes no existía, la tez clara brillaba saludable y vital, y hasta la forma de moverse era diferente, fluida y femenina, cuando anteriormente estaba obligada a esconderse bajo un disfraz de muchacho. Los cambios agradaron a Jacko y, sin embargo, lo hacían sentirse un poco extraño, casi como si no conociera a esa criatura encantadora y perfumada que se había arrojado a sus brazos y cuyos dedos aún ahora asían su propia mano sucia. Se había sentido cohibido, incómodamente consciente de su cuerpo sucio, del pelo grasiento y desordenado y de sus ropas igualmente roñosas y malolientes, pero el intercambio entre Pin y Royce lo había tranquilizado. Ella podría usar todas las ropas elegantes que quisiera y tener el aspecto de una dama, ¡pero Pin seguía siendo Pin! Regresando a sus divagaciones, Jacko apretó la mano de Pin más cálidamente y dijo:

—Planeábamos llegar antes del anochecer. Nos figuramos que podríamos quedarnos aquí hasta el momento de salir para los muelles de Londres. —Le dirigió a Royce una mirada dulce—. Pensamos que no le importaría suministrarnos un medio de transporte de regreso a Londres y creíamos que si el tuerto notaba nuestra ausencia, no se le ocurriría buscarnos aquí.

—¿Pero algo anduvo mal? —interpuso Royce cuando Jacko se detuvo para dar un mordisco al pan con carne que Morgana le había preparado. Por la forma en que devoró la comida, era obvio que no había comido en mucho tiempo. Royce le dio unos momentos y repitió—: ¿Pero algo anduvo mal?

Con los ojos azules llenos de ansiedad, Jacko asintió.

—¡Peor que mal! —dijo en tono bajo y atormentado—. El tuerto apareció en nuestra casa anteanoche y dijo que quería que le hiciéramos un trabajito. No parecía demasiado difícil, y como no queríamos despertar sus sospechas, no tratamos de escurrirle el bulto.

—¿Supongo que el trabajito terminó siendo una trampa? —preguntó Royce quedamente, apoyando la copa vacía sobre la repisa de la chimenea y tomando una rebanada de pan y queso.

—¡Sí, lo era! Y es por pura casualidad que no estoy en Newgate junto con Ben en este momento —dijo Jacko con aspereza—. Había un caballero a quien el tuerto quería que robáramos, dijo que era un tío rico que siempre llevaba un rubí fino que quería tener. Nos dijo dónde iba a estar el sujeto a la mañana siguiente, o sea, ayer por la mañana. Dijo que el sujeto llegaría del campo para arreglar algunos asuntos antes de dejar la ciudad durante el verano. Dijo que sería nuestra única oportunidad de dar el golpe, en mucho tiempo. —Jacko se frotó la nuca—. Parecía bastante simple y era algo que habíamos hecho más de una vez, de manera que no esperábamos tener problemas.

—¿Pero los tuvieron? —comentó Royce secamente.

—¡Sí que los tuvimos! Ese sujeto debió estar advertido, porque nos estaba esperando: en el instante en que nos acercamos a él, antes de que lo tocáramos siquiera, le dio a Ben un fuerte puñetazo en la cabeza que lo derribó. Y raudo como un rayo el maldito bastardo sacó una espada del bastón y se abalanzó sobre mí. Ben estaba tambaleándose aturdido mientras yo trataba de mantener la atención del tipo sobre mí para darle tiempo a Ben de recuperarse al mismo tiempo que esquivaba las estocadas, cuando de pronto, de la nada, salieron cuatro miembros de la guardia agitando sus garrotes. —Con vergüenza y desesperación en la voz, Jacko confesó—: En todo lo que pude pensar fue en huir de allí; pensé que Ben venía detrás de mí y corrí en zigzag por las calles y callejones hasta que estuve seguro de que mis perseguidores me habían perdido. Ben no estaba conmigo cuando me detuve, pero no estaba preocupado; tantas veces nos separamos para escapar, que supuse que me estaba esperando en casa. —Desanimado, agregó—: No estaba, pero sí había alguien más: ¡la guardia! Casi caigo en sus manos antes de darme cuenta de que estaban rondando nuestra casa y ahí fue donde tuve la certeza de que el tuerto nos había traicionado. —Bebiendo un poco más del whisky que Morgana acababa de servirle, Jacko prosiguió—: Di vueltas por ahí un rato, pensando que tal vez yo había llegado antes que Ben, pero después de un tiempo supe que las cosas andaban muy mal para nosostros. Tenía que permanecer escondido, pero también tenía que enterarme de qué había pasado con Ben. Con muchas precauciones anduve haciendo averiguaciones, sin saber en quién podía seguir confiando, y descubrí que se lo habían llevado a Newgate. En cuanto lo supe salí para aquí. —Suspiró cansado—. Caminé cuando no tuve más remedio, pero de tanto en tanto conseguí que me llevara algún carro de granja.

—Me pregunto —empezó a decir Royce con lentitud— si la traición del tuerto se debe a que notó que lo estaban siguiendo o si de alguna manera se enteró de la inminente partida de Inglaterra.

Jacko se encogió de hombros sin entusiasmo.

—¿Qué importa? Ben está en Newgate y hasta que lo liberen, no vamos a ir a ninguna parte.

—Eso es exactamente lo que quiero decir. —dijo Royce sin rodeos—. Al tener a Ben en Newgate, sabe que ninguno de ustedes dejará el país... lo que le da más tiempo para maquinar otros planes con la intención de secuestrar a Morgana.

Se hizo un silencio en la habitación, puesto que nadie tenía nada que agregar a la conversación. Pasaron varios segundos, cada uno perdido en sus propios pensamientos, antes de que Zachary preguntara con suavidad:

—¿Cómo vamos a sacar a Ben de Newgate?

Apurando el resto de su coñac, Royce replicó vivamente.

—Sin mayores problemas, supongo. Saldré a primera hora de la mañana para Londres. George sabrá a qué magistrado o juez tengo que ver, y si todo va bien, Ben estará sentado aquí con nosotros mañana por la noche.

—¿Y si no? —preguntó Morgana con ansiedad.

Royce le sonrió con gentileza.

—Querida, te ruego que tengas un poco de fe en mis facultades de persuasión. —Tratando de poner una nota más alegre en la reunión sonrió—. Si no logro convencer a las autoridades de que Ben debe ser liberado y puesto a mi cargo, estoy seguro de que podré encontrar a alguien que, por una buena suma, esté totalmente dispuesto a hacer la vista gorda y dejar escapar a Ben. —Ya sin sonreír, Royce miró a Morgana y le prometió seriamente—: Créeme, de una forma u otra conseguiré para ti la libertad de tu hermano. Puede llevar un poco más de tiempo de lo que queremos, pero Ben quedará libre ¡lo juro!

—Yo iré contigo —dijo Zachary tenazmente.

—¡Y yo también! —se apresuró a decir Jacko.

Morgana abrió la boca para manifestar su intención de ser incluida en la partida, pero Royce le dirigió una mirada feroz y gruñó por lo bajo.

—¡Ni siquiera se te ocurra ofrecerte para acompañarme! —Morgana cerró la boca y levantó el mentón en un gesto beligerante. Mirando a los dos jóvenes, Royce dijo con fuerza—: Nadie viene conmigo; os necesito aquí para custodiar a Morgana, y no veo ninguna razón para que dividamos nuestras, lamentablemente, escasas, fuerzas más de lo necesario.

Tanto Zachary como Jacko se mostraron inclinados a discutir ese razonamiento, pero al fin Royce les hizo comprender el buen sentido de lo que proponía.

—¿Es que no lo veis? Bien puede haber planificado la captura de Ben precisamente para esto, para separarnos y para que, en nuestro deseo de liberar a Ben, nos distrajeramos momentáneamente de su propósito principal... ¡apoderarse de Morgana! Si todos salimos corriendo para Londres, quizás estemos cayendo en su propio juego. —Las palabras de Royce eran irrefutables y el tema quedó cerrado. Acercándose para depositar la copa vacía en la bandeja, dijo en tono neutro—: Creo que por el momento deberíamos irnos a la cama por lo que queda de la noche. Jacko, hay varias habitaciones de huéspedes, escoge una y duerme un poco.

Jacko hizo una mueca de disgusto y se miró las ropas sucias y raídas.

—Creo que debería buscar un pajar; no hay forma de decir qué clases de alimañas se alojan en mi cuerpo y en estas ropas.

Royce sonrió levemente.

—Estoy seguro de que nuestro inimitable Chambers ya se ha ocupado de preparar agua caliente y jabón en uno de los dormitorios, y sin duda habrá hecho arreglos para incinerar tus ropas en cuanto te las quites. Sospecho que está esperando pacientemente al otro lado de la puerta para informarnos sobre sus actividades. ¿Quieres apostar algo?

Jacko dio un enorme bostezo y, cubriéndose apresuradamente la boca, negó con la cabeza

—No estoy acostumbrado a los hábitos de los ricos, usted ganaría seguramente.

Los cuatro salieron del salón y, como Royce había predicho, Chambers los estaba esperando a la entrada. Con una reverencia y sin parecer incongruente en lo más mínimo con su bata de franela, Chambers dijo:

—Señor, me tomé la libertad de calentar agua y subirla al dormitorio verde, junto al del señor Zachary. Una vez que se haya bañado, si este joven quiere dejar sus, eehhmm, ropas sucias fuera de la habitación, estoy seguro que por la mañana le encontraremos algo más apropiado para que se vista.

—¿No te dije que Chambers se ocuparía de todo? —preguntó Royce con una amplia sonrisa.

Tomando a Jacko por el brazo con ademán amistoso, Zachary dijo:

—Ven conmigo; te mostraré tu habitación y creo que en lo que respecta a ropas, tengo varias prendas que, con pocas modificaciones, probablemente te quedarán bien. Para mañana, ¡te habremos convertido en un petimetre!

Fue bueno que se separaran con una nota alegre, porque la expresión de Royce era decididamente grave mientras se paseaba por su habitación pocos minutos después. Estaba mucho más preocupado de lo que había dejado entrever, y si bien estaba seguro de que lograría arreglar la encarcelación de Ben, dudaba poder hacerlo en un tiempo relativamente corto. Lo que significaba, pensó sobriamente, que Ben tendría que quedarse en Newgate, donde estaría al alcance de los secuaces del tuerto en cualquier momento... y con respecto a sacar a los hermanos Fowler del país en breve, eso quedaba fuera de la cuestión.

Pero era el papel de Morgana en todo esto lo que lo tenía más alarmado, y se maldijo rotundamente por no haberla puesto semanas antes en el primer barco que zarpaba de Inglaterra. Si no hubiera dejado que sus propios deseos egoístas gobernaran su razonamiento, ahora ella y sus hermanos estarían a salvo, en alta mar, a mitad de camino rumbo a América. En cambio, reconoció con una mueca feroz, Ben estaba en Newgate y ella cada vez estaba expuesta a más peligros, y lo estaría mientras estuviera al alcance del tuerto... ¡o hasta que el tuerto estuviera muerto!

Royce esbozó una sonrisa de tigre, y un brillo decididamente sanguinario apareció en sus ojos mientras pensaba en el placer que le daría matar al tuerto: «Si tan solo hubiera algún modo de obligarlo a descubrir su identidad... de forzarlo a que me ataque a mí en vez de a Morgana y sus hermanos», pensó salvajemente. Una sonrisa sin alegría curvó sus labios. Que tontería... el tuerto ya lo había atacado una vez y seguía sin saber qué lo había provocado o... o quién era el hombre que había echado a Morgana y sus hermanos sobre él, en primer lugar...

Era evidente que el tuerto era alguien conocido, alguien a quién él, en un principio, había fastidiado inadvertidamente, lo que explicaría la orden que le dio a Morgana de que le robara. Pero ese plan había salido mal y... lo que era peor, desde el punto de vista del tuerto, Royce se daba cuenta claramente de que Morgana no era simplemente un miembro sin importancia de una banda de ladrones. Royce estaba seguro de que si se hubiera tratado de cualquier otra mujer del corro, el tuerto no habría intentado todo lo que llevaba intentado hasta el momento. No. La secuencia de los hechos parecía girar en torno a la misma Morgana. ¿Por qué? ¿Por qué el tuerto había planeado convertirla en su amante? ¿O era algo relacionado con el hecho de que era la hija ilegítima del conde de St. Audries?

Perdido en sus propios pensamientos Royce no oyó cuando Morgana entró en su habitación hasta que ella llegó a su lado y le tocó el brazo. Royce giró asiéndole el brazo con tenazas de acero, y una expresión tan peligrosa en el rostro, que Morgana exhaló una exclamación y dio un paso atrás.

Al ver quién era, su expresión se suavizó y de inmediato le soltó el brazo. Con una sonrisa torcida, masculló:

—Lo siento, no me di cuenta de que eras tú.

Dirigiéndole una sonrisa insegura, Morgana dijo agradecida:

—¡Me alegro de no ser la persona que tú suponías!

Royce le dio una respuesta no comprometida y, con cautela en los ojos de topacio, preguntó:

—¿Qué estás haciendo aquí? Suponía que ya estabas acostada.

Morgana lo miró intensamente. Cuando se enteró del plan para la partida de sus hermanos, al principio se sintió furiosa, totalmente furiosa porque Royce no se lo había dicho y un poco herida porque Jacko y Ben la abandonarían tan poco caballerosamente. Pero cuando tuvo tiempo para pensarlo, con renuencia reconoció que los motivos de Royce tenían mucho sentido común. No le había perdonado por completo el engaño, pero estaba dispuesta a escuchar su explicación. Con el rostro sombrío le preguntó en tono bajo:

—¿Cuándo ibas a decirme que se iban?

Royce hizo una mueca y dándose cuenta de que ella no se mostraba abiertamente hostil, se arriesgó a pasarle un brazo sobre los hombros y atraerla junto a sí. Con el cuerpo esbelto de Morgana reclinado confiadamente contra él y su mentón apoyado sobre la cabeza rizada, Royce murmuró:

—Esta noche. Fui a tu habitación con la intención de decírtelo... —Una nota ronca asomó en su voz—. Pero me temo que, eehhm, me distraje.

Con la mejilla apretada cálidamente contra su corazón, Morgana trato de ignorar el repentino calor que inundó su cuerpo, y le preguntó en una vocecita muy pequeña:

—Royce, ¿de verdad crees que podrás liberar a Ben?

Él le levantó la barbilla y le rozó la boca con sus labios.

—Sí, lo sacaré. No es difícil si tienes dinero y posición, como es mi caso, de modo que no te preocupes. No puedo prometerte que lograré liberarlo mañana mismo, pero pronto lo tendremos aquí con nosotros.

Tranquila por el momento, olvidada por la preocupación que representaba el tuerto, Morgana le sonrió vagamente, con los ojos grises blandos e involuntariamente invitadores.

Con sus senos quemándole el pecho, sus labios a escasos centímetros de su boca, Royce perdió el tren de sus pensamientos y cuando Morgana se movió inconscientemente contra él, Ben y el tuerto desaparecieron de su mente, dejando tan sólo el deseo ciego y voraz de poseerla nuevamente. Apretando los brazos convulsivamente alrededor de ella, la apretó contra sí haciéndole notar la dureza de su miembro. Con voz ronca dijo:

—Me estás distrayendo otra vez.

Presa de la misma trampa sensual en que había caído Royce, Morgana sonrió modosa y, rozando los labios de él, susurró:

—Oh, espero que sí...

23

Royce se sentía sumamente cansado e irritable cuando llegó a Londres la mañana siguiente, y si bien no lamentaba ni por un momento las horas que había pasado en brazos de Morgana cuando en realidad debería haber estado durmiendo, se daba cuenta de que hacer el amor con ella durante el resto de la noche no había sido lo más sabio de su vida. Una sonrisa sensual de pronto curvó su generoso labio inferior. No lo más sabio, pero definitivamente sí lo más memorable, admitió sinceramente para sus adentros, mientras se filtraban en su cerebro ciertas imágenes francamente eróticas.

Dejando de lado sus reflexiones decididamente lascivas, detuvo los caballos frente al apartamento de George en Little Argyll Steet, y volviéndose hacia un muy orgullosos Matt Hatton, que lo había acompañado como caballerizo, Royce dijo:

—Párate junto a las cabezas. Creo que no tardaré mucho.

Afortunadamente, George estaba en casa, y aunque todavía vestía una bata de seda fina de colorido diseño, se mostró contento de ver a Royce... contento pero un tanto intrigado. Después de intercambiar saludos, se sentaron cómodamente en la habitación pequeña pero de buen gusto que hacía las veces de salón de George. Su valet, Thomson, un individuo alto y de semblante sombrío, les sirvió café negro bien caliente y se retiró, dejando a los dos hombres en su charla privada.

—¿Qué diablos estás haciendo de vuelta en la ciudad? —inquirió George—. Creí que te habías instalado en el campo. Pensaba ir a visitarte allí esta semana. ¿Pasó algo?

Sucintamente, Royce le explicó el motivo de su repentino viaje a Londres. Los ojos de George se dilataron.

—¿Quieres que te encuentre un magistrado? ¿Quizás un juez?

—Bueno, esperaba que conocieras a alguien a quien dirigirme.

George frunció los labios y un poco el entrecejo mientras observaba a su primo alto y musculoso.

—Creo que deberías sacártelo de la cabeza —dijo por último—. Creo que deberías arrojar a esa chica a la calle y lavarte las manos con respecto a sus hermanos. Porque de lo contrario te vas a meter en muchos líos, y muy graves. El tuerto no es cosa de broma. Ya te lo advertí.

Como disculpándose, Royce asintió con la cabeza.

—Estoy de acuerdo contigo pero, desgraciadamente, me temo que no puedo. Sabes, me siento extraordinariamente fascinado por la, ehhmm, chica, y simplemente no puedo darle la espalda.

—¿Fascinado? ¡Embrujado, me parece a mí! —exclamó George ácidamente—. ¡Hace apenas una quincena, se decía que estabas a la pesca de una esposa para llevar de vuelta a Norteamérica contigo! Tenías a todas las mujeres alborotadas. —Dirigiéndole una mirada penetrante, George preguntó con tenacidad—: ¿Qué pasa con la viuda Cresswell y con la chica Summerfield? Creí que estabas detrás de una de ellas. —En tono casi acusador agregó—: ¡Me dijiste que las estabas considerando!

—Bueno, sí lo estaba. Y si bien reconocí que me siento fascinado, no dije que planeara casarme con esta señorita en particular —replicó Royce con ligereza, mientras un brillo divertido danzaba en el fondo de sus ojos dorados.

Con eso George pareció quedarse más tranquilo, porque se relajó sobre el respaldo del sillón y tomó un sorbo de café.

—¡Gracias a Dios por eso! No puedo permitir que te cases con una nadie salida del arroyo. No puedo permitir que te cases con una desconocida y punto. Eso no lo hace la gente como nosotros. Tienes que elegir esposa con cuidado, tienes que tener en cuenta a la familia y a las generaciones venideras.

Hubo una época, y no demasiado distante, en que Royce instantáneamente se hubiera hecho eco de las palabras de George, pero esa mañana, por algún motivo, hallaba que la actitud de su primo le resultaba más que molesta.

Un poco incómodo con el tema de conversación, Royce dijo tristemente:

—Naturalmente. ¡Sería impensable hacer otra cosa!

George le sonrió resplandeciente.

—¡Exactamente lo que yo siento! Ahora, abandonemos todas estas tonterías de ir a ver a un magistrado y disfrutemos del día. —Presa de un pensamiento repentino, George se mostró extraordinariamente complacido consigo mismo, cuando dijo—: Londres ha estado un poco solitario esta última semana, creo que iré a Tunbridge Wells cuando regreses. Thomson podría empaquetar mis cosas y puedo estar listo para partir esta tarde, si te parece.

Royce se daba cuenta de que George trataba de distraerlo y de sacarlo a salvo de Londres y de cualquier otra confrontación con el tuerto. Hasta ese momento no se había dado cuenta de lo leal que era George para con sus amigos y familiares, y gentilmente Royce murmuró:

—George, no he abandonado la idea de ver a un magistrado, y no me voy de Londres hasta que haga algún arreglo para sacar a Ben de Newgate.

Con evidente desasosiego en las facciones plácidas, George balbuceó

—¡Pero tú dijiste...!

—Yo dije —interrumpió Royce con benevolencia— que no me iba a casar con ella, no dije que lo demás hubiera cambiado. Ahora, ¿me vas a ayudar o no?

—No quiero que te hagan daño —dijo George ansioso—. ¡Mi pariente favorito! No me gusta la forma en que el tuerto sigue interfiriendo en tu vida; es peligroso, Royce.

—¿Pero me ayudarás? —George suspiró pesadamente.

—Naturalmente.

Con una leve sonrisa, Royce preguntó:

—¿Entonces conoces a algún juez o magistrado que pueda ayudarnos?

—¡Conozco a todo el mundo! —dijo George ofendido.

—Sí, estoy seguro de que es así —dijo Royce rápidamente—, pero todo lo que nos importa en este momento es alguien que nos ayude con Ben.

George frunció los labios, pensativo y dijo:

—Espera que me vista y podemos ir a casa de un individuo que conozco. ¡Una persona espléndida! Seguro que puede ayudarnos y, si no, seguramente sabrá quien puede.

Royce vaciló.

—Primero quiero ir a Newgate a ver a Ben. Después que lo haya visto, volveré aquí a buscarte y entonces podemos ir a ver al magistrado.

A George la idea no le gustó en lo más mínimo, pero finalmente tuvo que consentir:

—No cometas ninguna tontería.

Nada más alejado de la mente de Royce que la idea de cometer alguna tontería, cuando por fin se vio ante la mole gris de Newgate. Ni siquiera el calor del sol estival disipaba el frío que pareció colarse en sus huesos, al mirar la estructura sólida de piedra que se erigía frente a él. Sombría, oscura y húmeda, fueron las palabras que surgieron en su mente para describirla, y sintió un fuerte deseo de que la entrevista llevara el menor tiempo posible. Para su alivio, descubrió que nada le impedía ver a Ben: los visitantes parecían entrar y salir a voluntad, y era poco lo que se hacía para evitar que los delincuentes que estaban dentro de la prisión se mezclaran con aquellos que estaban fuera. Después de dejar a Matt, con los ojos dilatados y nervioso, al cuidado del cabriolé y los caballos, Royce fue objeto de un breve escrutinio por parte del guardia de la entrada, quien inmediatamente lo reconoció como un miembro rico de las clases altas y, por lo tanto, no lo sometió a la humillación de desnudarlo para una inspección como sucedía a veces cuando se sospechaba que un visitante intentaba pasar algún instrumento para la fuga de un prisionero.

Ben todavía no había ido a juicio por su delito, se lo retenía en el patio de la capilla y el guardia, un individuo corpulento de cara agria que no había tenido estrecho contacto con el agua o el jabón en bastante tiempo, estaba a punto de conducirlo al lugar, cuando Royce lo detuvo diciendo:

—¿Hay algún lugar donde mi amigo y yo podamos hablar en privado?

—Por un precio —dijo el hombre taimadamente—. Por un precio puede tener todo lo que quiera.

Sin decir más, Royce le pasó una moneda, y momentos más tarde se encontró en un pequeño cubículo vacío. El guardia desapareció y, afortunadamente, en muy poco tiempo un Ben desanimado entró a la habitación, con la cabeza gacha y los grilletes que le apresaban las muñecas resonando odiosamente, revelando en todo su ser desesperación y derrota.

Ben se veía muy joven y muy asustado, pero al ver a Royce, se transformó y un brillo asomó a sus ojos azules.

—¡Gracias a Dios que es usted y no el tuerto! Temía que hubiera atrapado a Jacko también, que Jacko estuviera muerto.

Ben habló en tono muy bajo, ya que tanto él como Royce eran muy conscientes de la proximidad del guardia que acechaba justo afuera de la puerta abierta. Royce le hizo señas a Ben para que se adentrara más en la habitación, y se ubicaron lo más lejos posible de la puerta; toda la conversación se desarrolló en poco más que un susurro, con ocasionales miradas sobre el hombro en dirección al guardia.

—No, tu hermano está bien y a salvo en Lime Tree Cottage con tu hermana, y si todo sale bien te reunirás con ellos en muy poco tiempo —murmuró Royce—. Cuando salga de aquí iré a ver a un magistrado y espero que pueda lograr tu excarcelación sin demora.

Hablaron por lo bajo durante varios minutos. Royce le relató todo lo sucedido y le preguntó a Ben cómo habían sido las cosas por su lado. Básicamente Ben repitió la misma historia de Jacko, sin tener mucho que agregar a lo que Royce ya sabía. Ben tenía bastante buen aspecto, pero tenía un feo golpe en la frente y evidentemente estaba asustado.

—¿Realmente cree que puede conseguir mi libertad? —preguntó Ben.

Royce le sonrió alentador.

—¡Ni lo dudes, mi joven amigo! Te sacaré de aquí aunque tenga que volver y desmantelar la prisión piedra por piedra. Pero hasta ese momento, ¿qué puedo hacer para hacer más soportable tu estadía aquí?

Ben vaciló pensativo.

—Le va a costar dinero —dijo con lentitud—. Pero si está dispuesto a entrar en gastos, podría ser trasladado a la sección estatal, donde está menos atestado y, en general, allí se mantiene a delincuentes de mejor clase, siempre que puedan pagar.

—No me sorprende —dijo Royce secamente—. ¿Y supongo que debería hacer algunos arreglos para que te suministren comida, cama y ropas mientras estés aquí?

Algo más animado Ben sonrió brevemente.

—¡Se lo agradecería mucho, jefe! La comida o lo que hay de comida, es asquerosa, y en cuanto a la cama... —Ben bufó—. ¡Es algo digno de verse!

Con una tenue sonrisa, Royce murmuró:

—Muy bien, me ocuparé de eso. —Apagando la sonrisa, dirigió una mirada sombría a Ben—. Podemos suponer que ahora el tuerto conoce nuestra relación, si es que no la conocía antes; la precipitada huida de Jacko hacia Lime Tree Cottage seguramente lo ha alertado, y mi repentino regreso a Londres más esta visita, le habrá confirmado el hecho de que ya no le sois leales. Estás en una posición muy peligrosa, Ben. No es mucho lo que puedo hacer para protegerte mientras estés encerrado entre estas paredes, y no puedo garantizar en cuánto tiempo lograré sacarte. Puedo hacer que te trasladen, como sugeriste, y puedo proveerte de varias comodidades, pero tendrás que cuidar tus espaldas y estar atento a cualquier intento de ataque del tuerto aquí dentro.

Ben asintió con la cabeza.

—Ya lo sé, pero creo que si me quisiera muerto, no estaría hablando con usted en este momento. Creo que simplemente quería que yo estuviera, y tal vez Jacko también, confinado en un lugar de donde no pudiera salir. —Miró a Royce a los ojos y musitó desolado—: Creo que sabía que Jacko y yo partíamos mañana y pienso que de esta forma se asegura que no lo hacemos.

—No me sorprendería en absoluto que estuvieras en lo correcto —asintió Royce—. Al retenerte en Newgate, por cierto que ha desbaratado este pequeño plan.

Hablaron unos minutos más, y Royce aseguró a Ben que se haría todo lo posible para liberarlo. Forzándose a sonreír, Royce dijo por último:

—No te alarmes si las cosas no se mueven tan rápido como queremos y no te pongas ansioso si no me ves por unos días. Trataré de mantenerte al tanto de lo que ocurre y si no puedo venir a verte, mandaré a alguna otra persona —frunció el entrecejo—. Pero creo que deberíamos tener alguna señal para que sepas que la persona o la nota realmente proviene de mí... —Mirando el anillo de sello de oro que llevaba en el dedo, se aclaró su expresión y dando un rápido vistazo a la puerta para asegurarse de que el guardia no los miraba, se lo mostró a Ben, ordenándole con suavidad—: Mira atentamente este anillo; lleva mis iniciales en el centro y la persona que yo envíe te lo mostrará. Cualquier nota que te envíe estará sellada con este anillo, de lo contrario, debes suponer que es una trampa.

Con expresión aún más hosca que cuando Royce llegó, el guardia se presentó instantáneamente cuando Royce lo llamó. Ordenándole que se quedara en el cubículo, mientras escoltaba a Ben de vuelta al patio de la capilla, el guardia desapareció con Ben, dejando a Royce paseándose inquieto hasta su regreso. Satisfecho con su entrevista con Ben, Royce vio al director de la prisión e hizo los arreglos necesarios para el traslado de Ben. Asimismo, pagó lo que le pareció una suma exorbitante para asegurarse de que Ben recibiría ropa limpia, cama y comida decentes.

Con un profundo suspiro de alivio, él y Matt se alejaron raudamente del espectáculo deprimente de la infamante cárcel de Newgate. Con gesto sombrío, Royce condujo sus caballos lentamente hacia el apartamento de George, culpándose una y otra vez por no haber protegido adecuadamente a Morgana y sus hermanos del tuerto desde el principio. Su cara parecía una tormenta para cuando detuvo los caballos frente a la vivienda de George.

Viendo su expresión, George preguntó temeroso:

—¿No me digas que no pudiste ver al muchacho?

Royce negó con la cabeza.

—Vi a Ben sin ninguna dificultad, sólo estoy furioso por la estupidez que cometí al no echar a esa mujer en el mismo momento en que supe lo del tuerto y los malvados planes que tenía para ella.

Con una mirada inocente en los ojos azules, George le preguntó taimado:

—¿Y esos planes eran muy diferentes de los que tú tienes para ella?

—¡Maldición, no se pueden comparar! —estalló Royce—. No tenía intención de forzar a la mujer, y tampoco tenía la intención de ponerla a trabajar en las calles como prostituta. —Y sin embargo, mientras pronunciaba estas palabras, con una sensación de vacío en las tripas, Royce se dio cuenta de que en realidad no había gran diferencia entre su conducta y lo que el tuerto tenía planeado para Morgana. Ella era virgen hasta el día aquel en su estudio y ahora, por el simple hecho de convertirla en su amante, la había encaminado por la misma senda que el tuerto le tenía destinada. Volviendo a enfadarse consigo mismo, Royce gruñó—: ¡Oh, terminemos con eso! Tú tienes razón, por supuesto. Creo que debo haber enloquecido un poco estas últimas semanas. Pero tengo toda la intención de enderezar las cosas en cuanto pueda. Y el primer paso en esa dirección será ir a ver al magistrado. ¿Nos vamos?

Al llegar, de inmediato fueron recibidos por un mayordomo más que correcto, que los condujo a la biblioteca de la elegante casa del magistrado, a pocos metros de Berkeley Square. El hombre que venían a ver, el señor Blackwell, había sido un abogado muy conocido entre la alta sociedad antes de ser magistrado, y tenía todo el aspecto de un juez del reino: alto, de cabeza blanca y leonina, y ojos castaños iluminados por una aguda inteligencia.

Sucintamente, Royce le explicó la situación, omitiendo todo lo que consideró irrelevante, concentrándose solamente en el hecho de que Ben había sido encarcelado en Newgate, sin mencionar para nada al tuerto ni a los hermanos de Ben. El señor Blackwell lo escuchó con seriedad, ocasionalmente asintiendo con la cabeza. Cuando Royce terminó de hablar, dijo con lentitud:

—Entre el momento en que George me envió su nota esta mañana y la llegada de ustedes esta tarde, me tomé la libertad de hacer algunas averiguaciones sobre Ben Fowler. —Dirigiendo una mirada particularmente severa a Royce, le preguntó gravemente—: ¿Sabe usted que ese Fowler tiene dos hermanos y que los tres están estrechamente relacionados con uno de los criminales más peligrosos de Londres? Forman parte de una banda sanguinaria que comanda un individuo conocido como el tuerto. ¿Sabía usted que en Bow Street hace tiempo que se conoce esta relación, así como las múltiples actividades ilegales de su joven amigo y sus hermanos?

Royce mantuvo el rostro imperturbable, aunque deliberadamente puso una expresión escandalizada antes de decir:

—No, no lo sabía. Yo suponía que Ben estaba en el límite entre lo legal y lo ilegal, pero no tenía idea de que había ascendido tanto en su carrera delictiva como usted señala. —Inclinándose en su silla, con los ojos fijos en Blackwell, Royce dijo persuasivo—: Pero a pesar de todo el joven tiene muchas buenas cualidades y creo que si logro apartarlo de su entorno criminal, dándole una nueva posibilidad en Norteamérica, considero que le irá muy bien. Es un joven inteligente y habilidoso, rápido para aprender y no carece de educación. Me gustaría mucho ayudarlo. Tengo los medios para hacerlo, y estoy dispuesto a gastar lo necesario para liberarlo. ¿Me ayudará usted?

Se produjo un silencio largo y cargado mientras Blackwell observaba a Royce. Después miró unos papeles que tenía sobre el escritorio y preguntó casi con descuido:

—¿Conoce usted al caballero al que intentó robar? Un tal señor Martin Wetherly, según creo.

—¡Wetherly! —exclamó George asombrado, interviniendo en la conversación por primera vez—. ¿Era Wetherly a quien el mozalbete intentó robar?

Disimulando su propia sorpresa frente a la identidad del hombre, Royce agradeció inmensamente la oportuna intervención de George, ya que atrajo momentáneamente la atención de Blackwell. Con la cabeza trabajándole a toda velocidad, Royce solo escuchó a medias la respuesta de Blackwell a la pregunta de George, pero cuando el magistrado se volvió hacia él, abandonó sus propias especulaciones y reconoció rápidamente:

—Sí, conozco al señor Wetherly. Pero no veo qué relación puede tener con la situación...

—Quizá ninguna —replicó Blackwell—. Simplemente me preguntaba si usted lo conocía y, en ese caso, si considera que lo puede convencer de que retire la demanda contra Ben Fowler.

No cabía la menor duda de que no era mera coincidencia que Ben y Jacko hubieran sido enviados a robar a Wetherly y tampoco de que éste, de alguna manera, estaba relacionado con el tuerto. Royce negó decididamente con la cabeza.

—No. No creo que logre, bajo ninguna circunstancia, convencer a Wetherly para que retire la demanda. ¿Ésa es la única forma de liberar a Ben? Si existe alguna otra forma juro que abandonará el país de inmediato. ¿Eso no sería satisfactorio?... Eso, además de una generosa donación a cualquier obra de beneficencia que usted considere apropiada.

Era un momento delicado, y se produjo otro silencio largo y cargado, antes de que Blackwell finalmente asintiera lentamente con la cabeza y murmurara:

—Creo que puedo arreglar su liberación... especialmente, ya que usted está dispuesto a hacerse responsable del joven y tiene la intención de apartarlo de sus hábitos deplorables. —Con una mirada dura a Royce, dijo sin ambages—. Una vez que haya obtenido su libertad, deberá ser escoltado de inmediato a un barco por un par de agentes de Bow Street, quienes permanecerán en el muelle hasta que zarpe el buque y confirmen que efectivamente ha salido del país.

—El buque zarpa mañana por la mañana —le informó Royce, encontrando su mirada de águila.

El señor Blackwell agitó la cabeza.

—Desafortunadamente es demasiado pronto. Aunque todo esto sea sumamente irregular, sin embargo deben seguirse las vías legales, y me temo que pasará por lo menos una semana, si no dos, antes de que su joven amigo quede libre. —Cuando Royce estaba a punto de protestar, levantó un dedo de advertencia y dijo en tono cortante—: E incluso cuando haya obtenido su libertad permanecerá en Newgate hasta que sea escoltado al barco. Le sugeriría que vea a un agente naviero mañana y vea qué buques salen para Norteamérica a principios de agosto. Consiga pasaje en el primer barco que salga alrededor de esa fecha y yo haré el resto.

Royce consideró la posibilidad de seguir discutiendo con el hombre, ansioso por encontrar alguna forma de poder embarcar por lo menos a Ben en el buque que zarpaba al día siguiente, pero la expresión granítica del señor Blackwell le hizo comprender la inutilidad de cualquier otro argumento. Agradecido por haber hecho por lo menos algún progreso y de estar en condiciones de decirle a Morgana y Jacko que Ben quedaría libre, aunque no tan rápido como esperaban, Royce esbozó una sonrisa encantadora y le expresó su más profunda gratitud al señor Blackwell por su intervención.

Una vez fuera de la casa de Blackwell, Royce rechazó la invitación de George para ir a White's y, bostezando, murmuró:

—Lo que me gustaría es dormir durante varias horas. Te olvidas de que estoy levantado desde antes del alba y ya son las cinco de la tarde.

El lugar donde dormir representaba un pequeño problema; la casa de Hanover Square estaba cerrada y desmantelada, y Royce estaba considerando la posibilidad de ir a una posada,cuando George le dijo:

—Puedes dormir en mi casa. Tengo una habitación de más con una cama.

Eran casi las ocho de la noche cuando se hundió felizmente en la suavidad del colchón de plumas, en la habitación extra de George, y somnoliento notaba que le faltaba algo vital que hiciera más atractiva la perspectiva de pasar varias horas en la cama... Morgana en sus brazos. Fue su último pensamiento consciente hasta que lo venció un sueño profundo.

Había supuesto que dormiría toda la noche, pero se despertó después de cinco o seis horas de descanso. Su mente se puso a trabajar en los problemas que tenía por resolver. Fragmentos de pensamientos sobre Morgana, Wetherly, el tuerto y Ben se arremolinaban en su cabeza y dándose cuenta de que por el momento dormir era imposible, cruzó los brazos bajo la nuca y se puso a pensar la mejor forma de mantener a Morgana sana y salva. La mejor forma, decidió con gravedad, era sacarla de Inglaterra, pero ahora, con Ben en Newgate esa opción ya no era viable. Se la había sugerido la noche anterior, pero se había negado. La protección que ofrecía Lime Tree Cottage tenía sus limitaciones y estaba empezando a pensar que nada que no fuera un contingente bien armado de guardias evitaría que el tuerto finalmente le echara el guante a Morgana. Y cuanta más gente introdujera en la casa, concluyó con solemnidad, mayor era la posibilidad de que uno o más individuos respondieran al tuerto.

«¿Entonces cómo la protejo? —se preguntó—. Morgana no está dispuesta a irse de Inglaterra dejando a su hermano, así que hasta entonces, ¿cómo la mantengo a salvo? ¿La encierro en un convento?» Una vaga sonrisa cruzó sus labios. Difícilmente. ¿Recurrir al conde para que la ponga bajo su protección como hija ilegítima? ¿Detendría eso al tuerto? Royce no lo creía, y sintió un escalofrío desagradable que le corría por la espalda ante la idea de poner a Morgana a cargo del conde. ¡Tanto daba entregársela al tuerto!

Bien. Más allá de lo que estaba haciendo, hasta que Ben quedara en libertad y los tres Fowler se encontraran a bordo de un buque rumbo a Norteamérica, ¿de que forma podía garantizar la seguridad de Morgana? El tuerto era poderoso, pero existían lugares hasta donde ese poder no alcanzaba... Si no está dispuesta a salir de Inglaterra; si el convento queda descartado; si los guardias armados no resultan prácticos y si el tuerto está tan decidido a adueñarse de ella como parece... ¿qué puedo hacer para colocarla en una situación en que el tuerto no se atreva a tocarla?

Cuando apareció la respuesta, lo golpeó como un rayo, y con una sonrisa entre cínica y burlona, reconoció que era la solución perfecta: él obtendría exactamente lo que quería y Morgana tendría que estar a salvo del tuerto.

En paz consigo mismo, mientras una sensación de estar en lo correcto le inundaba el cuerpo, Royce gradualmente se dejó envolver nuevamente en el sueño. Gracias a Dios, pensó somnoliento en los últimos segundos antes de dormirse, ¡George conoce un obispo!

24

Royce había dado con la solución a su problema más inmediato y, coincidentemente, también lo había hecho el conde de St. Audries. Pero mientras en Londres, Royce volvía a dormirse, dormir era en lo último que pensaba Stephen Devlin. Casi saltando de euforia por su propia astucia, se paseaba agitado entre las paredes elegantes de su habitación en la casa de Martin Wetherly, cerca de Tunbridge Wells, con una sonrisa complacida en el rostro apuesto.

Stephen no estaba solo; Lucinda estaba sentada tiesa en un sillón Hepplewhite de terciopelo azul, observando los movimientos de su esposo con gesto hosco.

—¿Pero estás seguro de que dará resultado? —preguntó tal vez por décima vez desde que entró a la habitación, hacía más de una hora.

Stephen le dirigió una mirada impaciente.

—¡Por supuesto que dará resultado! Todo lo que necesito ahora es ocuparme de que se lo trague y todos nuestros problemas se habrán desvanecido, querida mía.

Era una hora extraña para ese encuentro, pero el día había sido ajetreado, con la llegada de nuevos huéspedes, y por la noche, Wetherly había organizado una cena, invitando a varias personas de la localidad para acrecentar las filas de los huéspedes que se alojaban en su casa. Cuando todos se retiraron, Lucinda, obedeciendo la orden susurrada por Stephen, pudo salir de su habitación del otro lado del pasillo, para encontrarse con su marido.

El gesto de Lucinda se hizo más hosco.

—¿Pero cómo lograrás que lo haga? ¡Tú no puedes simplemente entrar a la casa y suministrárselo!

—¡Por supuesto que no! —dijo Stephen indignado. Sonriendo muy complacido de sí mismo, agregó—: Esta tarde me dediqué especialmente a conversar con una de las criadas nuevas de Lime Tree Cottage; le conté una historia de lo más conmovedora.

—¡Stephen, condenado estúpido! ¿No te das cuenta de que cuando la chiquilina muera, van a hacer preguntas? ¿Cómo sabes que puedes confiar en que el que te proveyó del veneno mantendrá la boca cerrada? ¿Y cómo puedes estar seguro de que esa criada tuya no se dará cuenta exactamente de quién eres?

Con aire ofendido, Stephen le preguntó enojado:

—¿Me tomas por un completo idiota? Obtuve el veneno, y con mucha discreción, en Londres, antes de venir aquí. ¿De verdad crees que las autoridades locales van a rastrear un veneno comprado por un extraño misterioso, varios días atrás a un... ahh... médico servicial de Londres, hasta el deceso repentino de una mujerzuela de Tunbridge Wells? —Sin esperar respuesta, le dirigió una mirada lacerante antes de proseguir con brusquedad—. En cuanto a la criada, no es que haya aparecido en mi carruaje y me haya presentado. Tuve la precaución de usar un disfraz: una barba y un bigote muy elegantes que obtuve de una compañía teatral de Londres. Con el disfraz puesto, alquilé un cabriolé y un caballo en uno de los establos locales, ¡para deslumbrar a la inocente tontita!

A pesar de sí misma, Lucinda estaba impresionada; desapareció el gesto hosco y lo miró más favorablemente.

—Por lo menos, suena mucho más sensato que tu ridículo intento de meterte en la casa de Londres de Manchester y acuchillarla mientras dormía. ¿Crees que alguien habrá notado tus esfuerzos de aficionado?

Una mancha roja asomó en las mejillas del conde, y éste dijo con frialdad:

—¡No importa! ¡Esta idea funcionará!

Con renuencia, ella reconoció:

—Evidentemente has pensado en todo y lo has planeado a la perfección.

—¡Por supuesto! —retrucó él en tono cortante—. ¡No tengo intención de ir a la horca! He sido muy hábil en todos mis actos y dudo que alguien pueda relacionar al conde de St. Audries con cualquiera de las cosas que he hecho hasta ahora.

—Pero llegar a envenenarla... ¿Cómo lograrás eso? —preguntó Lucinda preocupada.

Stephen sonrió.

—¡La criada, por supuesto! Esta tarde conté una historia de lo más conmovedora, haciéndole jurar que guardaría silencio. —Con aire despectivo, dijo—: Es una criatura simple que creyó cada una de las tonterías que salieron de mi boca. Le dije que Manchester perversamente me había robado a Morgana, que había puesto un hechizo sobre mi bienamada y que con toda crueldad nos mantenía separados, sometiendo a Morgana con drogas malignas para que ella no me recordara y tuviera ojos sólo para él.

Lucinda lo miró incrédula.

—¿Y realmente se creyó ese cuento de Canterbury que inventaste?

—Se lo tragó como un gato se traga un tazón de leche. ¡Te lo dije! no es más que una campesina simplona y corta de entendederas. ¡Le podría haber dicho que era Papá Noel y también me lo hubiera creído! La tengo completamente convencida de que detrás de la bonita cara y de los encantos de Manchester, se esconde un vil infame de corazón perverso. Mi historia le pareció de lo más enternecedora. —Devlin rio—. ¿Sabes que esa vaca estúpida hasta lloró cuando le conté de mis angustias cuando Manchester cruelmente arrancó a Morgana de mi lado y que no me permitía verla?

Como Lucinda no tenía una gran opinión de los de menor rango que ella, le fue fácil creer las palabras de Stephen, pero seguía sin estar totalmente convencida de que el plan de Stephen funcionaría.

—Bueno, puedes haberle contado la historia más convincente y tierna, ¿pero el veneno cómo llegará a Morgana?

Stephen sonrió.

—Mañana me encuentro con Clara, tal es el nombre de nuestra simplona, para entregarle una poción de amor que debe ingerir mi amada. Una poción de amor que contrarrestará de inmediato los venenos malignos que Manchester le ha dado a mi querida y que le permitirá recordarme a mí y a nuestro amor. Bastante hábil, ¿no te parece?

A simple vista, Lucinda no encontraba ningún fallo en su plan. Sin embargo, su preocupación principal era que la participación de ambos, especialmente la de ella, en dicho plan no fuera detectada, cualquiera fuera el resultado, y le preguntó abruptamente:

—¿Estás seguro de que nadie puede relacionarte con el hecho?

—¿Cómo sería posible? Una vez muerta Morgana, buscarán al mítico extraño que habló con Clara, no al conde de St. Audries. Créeme, he cubierto mis huellas muy bien.

Lucinda asintió con la cabeza lentamente.

—Has sido bastante hábil con este asunto. Pero sólo estaré contenta cuando todo haya acabado, como debería haber sucedido hace años, todavía casi no puedo creer que esté viva.

Con la cara sombría y severa, Stephen dijo con malicia:

—Quédate tranquila, querida mía, ya que puedes tener la certeza de que mañana, a esta hora, Morgana Devlin estará muerta.

Bastante satisfecha con el plan de Stephen, al poco rato Lucinda salió y cruzó el pasillo para entrar en su dormitorio. La estancia estaba a oscuras salvo por el reducido halo de luz de una vela que había dejado encendida cerca de la cama, al salir para encontrarse con su marido. Sus pensamientos todavía estaban centrados en la conversación con Stephen, y así fue que al encaminarse a la cama y arrojar a un lado la bata de seda que cubría su camisón, no advirtió la silueta siniestra del hombre escondida en las sombras.

Desentendida de todo lo que no fueran sus propias reflexiones, apagó la vela y se metió en la cama. Con una sonrisa felina, saboreó por un instante la certeza de que pronto se haría realidad un hecho que había creído cumplido años atrás: «Mi hijo será el señor de St. Audries Hall, sin que nadie lo pueda objetar. La mocosa de Hester finalmente estará muerta y acabada».

Estaba tan perdida en sus pensamientos, que no percibió la proximidad del hombre hasta que fue demasiado tarde. El primer indicio que tuvo fue la mano que le tapaba brutalmente la boca y la voz que susurraba amenazadora en su oído:

—Un ruido. ¡Un solo ruidito, mi querida, y será el último de tu vida!

Ahogó un grito y con los ojos dilatados por el miedo, trató de penetrar la oscuridad, con el corazón batiéndole en el pecho. ¡Dios mío! ¿Qué quería? ¿Quién era?

No tuvo que esperar mucho la respuesta. Hubo un leve movimiento, súbitamente se encendió la luz de una vela y, para su horror, se encontró mirando la cara del tuerto.

Éste disfrutó de su miedo, notando con placer cómo los ojos se le dilataban con el más puro terror cuando lo reconoció. Con una leve sonrisa, movió la cabeza, con la cara semicubierta con el ala ancha del sombrero.

—Sí, mi querida, después de tantos años, soy yo.

Un graznido estrangulado escapó de la garganta de Lucinda y el hombre sonrió aún más.

—Bueno, déjame ver, ¿no acabo de pedirte que no hagas algo? —Cerrando la otra mano amenazadora alrededor del cuello delgado, ronroneó—: ¿No te previne que no hicieras ni un ruido?

Los dedos fuertes se apretaron aún más y Lucinda se puso blanca, sacudiendo la cabeza con desesperación. ¡Piedad del cielo! ¡Iba a matarla!

Como si le leyera el pensamiento, él negó con la cabeza y dijo:

—No, querida mía, no tengo intención de matarte. Voy a permitir que hables, pero que ni se te cruce por la mente la idea de gritar, ¿hmmm? Porque si lo haces...

La amenaza quedó flotando, pero Lucinda sabía que de todos modos era muy real, y respiró un poco más fácilmente cuando él retiró la presión brutal de la mano sobre su boca. Con los ojos llenos de terror, observó los rasgos intimidantes, semiocultos en la oscuridad, deseando frenéticamente estar a mil kilómetros de distancia y no haber recurrido jamás a la ayuda del tuerto.

Tragó penosamente y preguntó con voz ronca:

—¿Qué quieres? ¡Yo... no te he llamado!

Una sonrisa odiosa curvó sus labios.

—Los días en que tú y tus semejantes me llamabais ya casi han llegado a su fin, mi querida. No estoy aquí por tu mandato, esta vez. Esta vez tengo asuntos propios. Supón que me cuentas exactamente qué teníais que discutir tú y tu encantador marido a esta hora de la noche.

Asombrada, lo miró con la boca entreabierta.

—¿Cómo... cómo lo has sabido?

—No hay demasiado que se me escape... especialmente lo que se refiere al apuesto conde de St. Audries y su hermosa condesa. Después de todo, nos conocemos desde hace muchísimo tiempo, ¿no es así?

—¿Realmente quieres saber qué estaba haciendo en las habitaciones de mi marido a esta hora de la noche? ¿No lo puedes suponer? —Lucinda se estiró lánguidamente, como una mujer a la que acaban de hacer el amor.

Con el único ojo fijo en las curvas voluptuosas delineadas claramente debajo de la frazada liviana que la cubría, soltó una carcajada mordaz.

—¿No me digas que estabas en la cama del conde?

—¿Por qué no? ¿Es tan difícil de creer?

Con un movimiento indolente, el hombre apartó la frazada y examinó su cuerpo bajo el camisón de seda fina casi transparente, que no ocultaba nada a la vista, hasta que Lucinda se sintió humillada. Cuando terminó, posó el ojo sobre la cara hermosa y se encogió de hombros.

—No lo sería, si no supiera que no ha compartido tu cama desde que hizo el molesto descubrimiento de que se había casado con las sobras de su hermano.

Lucinda levantó una mano con la velocidad de una serpiente al ataque, pero él fue más veloz y brutalmente le apretó la muñeca, al tiempo que decía con crueldad.

—¿Creías que no lo sabía? —Rio cínicamente—. Te olvidas que mi relación con Stephen es todavía más antigua que la nuestra, dulce, dulce Lucinda. Fue muy amarga para él la mala pasada que le jugaste. Creo que realmente te amaba al principio, y quedó destrozado al descubrir la razón sumamente urgente por la que dejaste de perseguir a Andrew para aceptar su propuesta de matrimonio.

—¡No sé de qué estás hablando! —saltó Lucinda, con los ojos brillando de ira.

Él se limitó a sonreír.

—¡Oh, sí, sí que lo sabes, encanto! Y hasta podrías haberte salido con la tuya, si no hubiera sido por el desafortunado hecho de que a los dieciocho años tu querido esposo cayó víctima de un caso especialmente virulento de una enfermedad infantil: ¡paperas! —El tuerto ignoró el jadeo entre atemorizado y furioso—. ¿No sabes que casi muere a causa de eso? Sin embargo, no murió, pero la enfermedad lo dejó estéril... ¿No es realmente interesante?

—¿Cómo sabes todo eso? —preguntó ella furiosa, mirándolo como un gato acorralado.

Sentado cómodamente en la cama junto a ella, él rio.

—No fue tan difícil averiguarlo hace veinte años: sobre las paperas, quiero decir. Lo otro sólo lo sabían el médico y tal vez una o dos personas más, pero fue tu apuesto marido quien me lo explicó todo...

Con las facciones deformadas por el miedo y la furia, Lucinda siseó.

—¡Estás mintiendo! ¡Estás inventando todo! ¿Por qué Stephen te lo diría a ti?

Él pareció sorprendido.

—¿Por qué tendría que mentir? ¿Qué ganaría con eso? Pero Stephen sí me lo dijo; en nuestro primer encuentro y estaba bastante borracho. Pasó gran parte del tiempo explicándome por qué quería que, ehhhmmm, me hiciera cargo de un problema suyo... por qué era tan vital para él.

—¡No te creo! ¡No puedes probarlo! —dijo ella con enfurecida desesperación.

—Probablemente no..., salvo que Stephen esté dispuesto a anunciar públicamente que su hijo en realidad es el bastardo de su hermano muerto.

—¡Basta! ¡Basta! —gritó ella. Luchando por controlarse, respiró profundo, pensando desesperadamente en alguna forma de refutar sus palabras.

Él la miraba con interés y un fulgor cínico en el único ojo negro. Le producía tanto placer verla retorcerse. De estar finalmente en condiciones de vengarse un poco de todos los desprecios y desaires a los que ella y los de su clase lo habían sometido a lo largo de muchos años. Por un instante, miró las curvas voluptuosas de su cuerpo, rememorando casi diez años atrás, cuando la cortejó con el propósito de convertirla en su amante. Se le endureció el semblante. Ella lo había rechazado, dejándole en claro con toda brutalidad que si bien disfrutaba de su compañía y de los regalos caros que le hacía, no estaba dispuesta a convertirse en la amante de un don nadie.

La rabia que sentía contra ella y los de su ralea, los aristócratas con título de nobleza, los altivos miembros que formaban el exclusivo círculo interno de la elite, casi lo ahoga. ¡Oh, sí!, la mayoría de ellos estaba perfectamente dispuesta a disfrutar de su dinero y su hospitalidad; los hombres, muy contentos de relacionarse con él, hasta condescendían a invitarlo a sus casas, pero en cuanto su mirada se posaba sobre una de sus hijas o hermanas, de pronto las puertas se cerraban en sus narices. Podía ser muy rico, podía haber aprendido los modales y el estilo de un caballero, pero cuando se trataba de matrimonio, en lo que se refería a los miembros más poderosos de la elite, él seguía siendo el hijo menor de un oscuro gentilhombre de campo y no era lo suficientemente bueno para ellos. Con una expresión desagradable en el rostro, miró a Lucinda. Ni siquiera lo suficientemente bueno como para ser el amante de una de las putas más notorias de Londres.

El aspecto de su cara la atemorizó, y Lucinda le preguntó con miedo:

—¿En qué estás pensando? ¿Qué vas a hacer?

Sus palabras lo trajeron de vuelta al presente.

—Ya te lo dije, mi querida, siento una gran curiosidad por saber qué hacías en las habitaciones de tu marido esta noche.

—¡Y ya te lo dije! ¿O quieres que te explique el acto?

Se hizo una larga pausa mientras él la estudiaba. Era claro que iba a aferrarse a su historia. Verdaderamente necesitaba que le diera una lección. Una sonrisa torció la comisura de su boca y extendió la mano, pasándole un dedo sugestivamente entre los pechos.

—¿Por qué no? Tal vez me resulte instructivo.

Lucinda contuvo el aliento.

—¡No! —dijo con voz enronquecida, tratando de no demostrar su miedo.

Ignorándola, con un movimiento repentino y malicioso, desgarró la tela delicada y le rasgó el camisón hasta la cintura, liberando los pechos grandes de pezones rosados. El ojo negro brilló de placer al verla tendida ante él, inerme, teniendo al alcance de su mano los encantos que le habían sido negados. Él percibía su miedo y su asco, y esto lo excitaba casi tanto como la carne voluptuosa que tenía delante. Durante demasiado tiempo se había visto obligado a permitir que seres como Lucinda y su marido lo trataran con desdén y arrogancia; demasiado tiempo, en el papel del tuerto, había sido una mera herramienta a la que se pagaba para cumplir órdenes, pero ese tiempo ya casi llegaba a su fin. Cuántas veces, se preguntó ociosamente, mientras sus dedos acariciaban desvergonzadamente la carne tibia de Lucinda, cuántas veces había dejado que esos bobos ricos de buena cuna pensaran que le estaban dando órdenes, mientras él los enredaba suave, inexorablemente en su tela, hasta que descubrían, demasiado tarde, que eran ellos los que en definitiva recibían órdenes de él.

Pronto ya no tendría necesidad del tuerto, y ya no tendría necesidad de ser cauteloso en compañía de gente como Lucinda. Ella y los de su clase habían servido a su propósito, y ahora estaba en libertad para tratarlos como quisiera. Tenía suficiente fortuna, y una vez casado con Morgana, y cuando ella ocupara su lugar legítimo, ocuparía la ansiada posición entre los más poderosos del país, los que estarían obligados a aceptarlo entre ellos debido a su esposa. Una mueca sombría le cruzó el rostro. Por supuesto, era necesario encargarse de Manchester...

Lucinda dejó escapar un gemido de dolor cuando sus dedos se apretaron bárbaramente sobre su seno y esto lo apartó de sus divagaciones. Ella tenía miedo y él lo disfrutaba, de modo que rasgó deliberadamente el resto del camisón para mirar con lujuria los encantos voluptuosos. Aunque Lucinda estaba tiesa por el sentimiento de ultraje y la furia, él no temía que gritara; tenía demasiado que perder, y él sabía que podía permitirse hacer con ella lo que le viniera en gana, y sin embargo, mantendría la boca cerrada. «Tantos secretos —pensó, con petulancia—. Tantos secretos, ¡y yo los conozco todos!»

Decidido a extraer el mayor goce posible de la confrontación, la aguijoneó intencionalmente.

—Dime —le preguntó ronroneante—. ¿Sabe Stephen el papel que desempeñaste en la muerte de su amada Hester? Sé que cuando ella cayó enferma la primera vez, tú y él ya habíais decidido que si moría, yo debía deshacerme de la criatura, pero ¿sabe él que tú te aseguraste de que muriera? Déjame ver... ¿no fue arsénico lo que preparé para ti? Arsénico que tan asiduamente le administraste a la dulce Hester durante las semanas y meses anteriores al parto. ¡Santo cielo! Pero si debías estar furiosa cuando ella simplemente se negaba a morir. —Le sonrió maligno—. Realmente deberías haber aumentado la dosis antes, mi querida, de ese modo no hubiera vivido lo suficiente como para dar a luz, pero supongo que temías demasiado que te descubrieran como para poner fin a la cosa antes de ese momento.

Con el cuerpo desnudo bajo su mirada y su contacto, Lucinda no se había sentido tan vulnerable en toda la vida. Ya era bastante terrorífico haber vivido casi veinte años sabiendo que podía delatarla, aunque no sin implicarse él mismo... pero era un criminal capaz de perderse entre los barrios bajos y los desechos de Londres, mientras que ella... ella era la condesa de St. Audries. Nadie sabía mejor que ella cuán fácil sería dejar caer una palabra aquí, un susurro allá y, aunque no hubiera pruebas, ella quedaría arruinada, excluida y exiliada del mundo donde todos la conocían.

Y Stephen, pensó con un escalofrío, Stephen la asesinaría si llegaba a suponer o sospechar que la muerte de Hester no se debía a causas naturales. Stephen adoraba a la mosquita muerta, y Lucinda nunca dudó que si Hester hubiera vivido, Stephen no hubiera perdido tiempo en colocarse en situación de casarse con la viuda de su hermano. Lucinda jamás llegó a decidir si se habría divorciado de ella o si le habría encargado al tuerto que se deshiciera de una esposa a la que odiaba, pero con el correr de los años, se había aferrado gozosa a la idea de que era Hester la que yacía en la tumba, que ella era la condesa de St. Audries, y que era su hijo quien heredaría St. Audries Hall y todas sus tierras.

Ése había sido el objetivo de todas sus maquinaciones y, atemorizada como estaba, no iba a permitir que esta carroña tuerta lo destruyera todo.

Con los ojos llenos de odio, le espetó:

—¡No puedes probar nada! Y si la memoria no me engaña, ¡Hester murió de hemorragia!

Él asintió amigablemente con la cabeza.

—Probablemente, pero fue el veneno que tú le administraste durante meses lo que la quebrantó, lo que devastó su cuerpo y la debilitó tanto que no se pudo recuperar. —Como ya no le importaba lo que supiera Lucinda, agregó socarronamente—: Es increíble que la criatura haya sobrevivido...

Toda la furia y el temor que había experimentado al enterarse de que la hija de Hester seguía viva, de que ella y Stephen le habían pagado una fortuna a este ser perverso, a lo largo de los años, por encargarse de Morgana y de que él los había engañado, de pronto estalló en ella. Olvidando su desnudez, olvidando el poder que el tuerto tenía sobre ella, Lucinda se irguió en la cama y con los dedos arqueados como una garra, lo atacó a la cara.

—¡Bastardo! Nos mentiste cuando dijiste que te encargarías de ella. ¡Mentiste! ¡Mentiste! ¡Mentiste!

Lucinda estaba casi histérica de rabia, pero aunque se movió con rapidez, él fue más raudo y con facilidad capturó los brazos que se agitaban. Dominando sin esfuerzo sus violentas contorsiones, preguntó cortante:

—¿Y cómo lo supiste?

Dándose cuenta de que no podría vencerlo, dejó de luchar y le dijo hosca:

—¡La vi una vez en Londres! Es la amante más reciente de Manchester.

Lucinda no lo sabía, pero al tuerto sus palabras le cayeron por sorpresa. Sólo quería aguijonear a Lucinda mencionando a la niña y no había admitido que Morgana vivía, pero aparentemente los Devlin se le habían adelantado esta vez, no solamente estaban enterados, igual que la mitad de Londres, de la nueva amante de Manchester, sino que también sabían que se trataba de Morgana. Y si ellos lo sabían, ¿cuántos otros la habrían visto y adivinado parte de la verdad? Lo natural sería que, al principio, todos supusieran que se trataba de una bastarda de Stephen... hasta que alguien se acordara de que Stephen había estado fuera del país durante casi dos años antes del nacimiento de Morgana. Los chismosos entonces mencionarían el nombre de Andrew como posible padre, y se hilvanarían múltiples conjeturas maliciosas acerca del futuro de la presunta hija ilegítima del conde fallecido... hasta que alguna vieja advirtiera que Morgana tenía exactamente la misma edad que tendría la heredera del conde, de haber vivido... Reprimió un juramento. Como un tonto, le había comunicado a Jane la fecha de nacimiento real de Morgana, y no se necesitarían demasiadas verificaciones para descubrir que era precisamente la misma que la de la pequeña heredera fallecida al nacer. Y, además, tenían el mismo nombre...

No había pruebas, por supuesto, se dijo para tranquilizarse, pero quería tener a Morgana en su poder y casada con él antes de que se desatara a su alrededor una tormenta de curiosidad en toda la sociedad de Londres. Como marido de Morgana, sería él quien revelara la verdad.

Perdido todo el interés por seguir atormentando a Lucinda, el tuerto la soltó abruptamente y se puso de pie. Necesitaba pensar, reflexionar sobre este nuevo giro de los acontecimientos. Pero primero estaba Lucinda...

Miró malhumorado hacia la cama. Tenía que silenciarla antes de poder abandonar la estancia sintiéndose seguro, no porque temiera que ella diera la alarma, sino porque no confiaba en que no lo espiara para averiguar dónde iba. Con suavidad le dijo:

—Me temo, querida mía, que debo tratarte de forma muy poco caballeresca.

Preguntándose enojada qué nueva clase de tortura habría elegido, se volvió y lo miró con resentimiento. Él le sonreía, lo que la inquietó en extremo, y estaba a punto de preguntar qué pensaba hacer con ella, cuando él le propinó un puñetazo tan brutal en la mandíbula que le hizo perder el sentido.

Después de asegurarse de que Lucinda estaba verdaderamente inconsciente, el tuerto apagó la vela y, en la oscuridad, se deslizó fuera de la estancia. Con mucha cautela, avanzó velozmente por el corredor hasta la *suite* que le habían asignado.

Unos minutos después estaba a salvo en sus habitaciones, se había quitado las ropas del tuerto y las había ocultado en la maleta. Vestido ahora con una elegante bata azul oscuro, se relajó contra el respaldo del sillón de cuero tostado, disfrutando de una copa de coñac que se sirvió de la bandeja de bebidas que Wetherly había hecho colocar en las habitaciones de todos sus invitados.

Tomó otro sorbo de coñac y meditó sobre los acontecimientos de la noche. De modo que Stephen y Lucinda sabían que Morgana estaba viva y que era la amante de Manchester...

La furia le descompuso el semblante y apuró lo que quedaba de su coñac. ¡Manchester! Tendría que haberlo matado hace semanas, reconoció con rabia impotente. Eso, o haber tomado su casa por asalto y sacado de allí a Morgana, por la fuerza, y al diablo con el clamor público que se hubiera levantado frente a un acto tan violento en el seno mismo de la alta sociedad.

Aun ahora, apenas si podía refrenar la amarga furia que lo embargaba cada vez que pensaba en Morgana acostada en brazos de Manchester... cada vez que pensaba en su virginidad perdida... virginidad que debería haber sido nada más que suya. Cuántas noches se había desvelado visualizando el momento en que finalmente haría suya a Morgana, cuando finalmente ella se diera cuenta de que su destino estaba con él, de que no le pertenecería a nadie más que a él.

Pero todo eso ha cambiado, pensó envenenado. Nada podía hacer con respecto a su fallido intento de matar al norteamericano en Londres y tampoco podía modificar el hecho de que Morgana ya no era virgen y que cuando llegara a su lecho, lo haría con el recuerdo de los besos de Manchester en sus labios.

Con un juramento, violentamente arrojó la copa contra la pared, sin importarle cuando se destrozó, sin importarle que alguien pudiera oír el ruido. Iba a matar a Manchester, y gozaría haciéndolo, y después iba a borrar de la mente de Morgana virtualmente todo vestigio de recuerdo del norteamericano. Ella sólo recordaría sus besos, sólo anhelaría hacer el amor con él, y el tiempo pasado con Manchester quedaría totalmente borrado de su memoria.

Pero primero, pensó volviendo a la fría cordura, primero estaban Jacko y Ben, que necesitaban recibir una lección, y Newgate era sólo el principio. Y después, rumió, con una sonrisa desagradable, y después estaban la hermosa condesa y su encantador esposo...

25

El tuerto no estaba nada contento con la situación actual. Lucinda y Stephen no deberían haberse enterado de que Morgana seguía viva... no hasta que él decidiera que era el momento adecuado para que conocieran a esa chiquilla fascinante. Durante meses había saboreado el exquisito deleite de aguijonearlos con la noticia de que ella vivía.

Pensativo se frotó la barbilla, mirando sin ver la alfombra de color rojo rubí. Parecería, concluyó ácidamente, que el origen de todos sus problemas actuales, problemas como los que jamás se había enfrentado en todos los años que llevaba desempeñando el papel del tuerto, se podían atribuir a ese norteamericano advenedizo: ¡Royce Manchester!

Hasta la aparición de Manchester en la escena londinense, tenía todos los hilos en sus manos, y en los años transcurridos desde que por primera vez se había puesto el traje del tuerto original, se había acostumbrado a sentirse todopoderoso. Hasta que llegó Manchester, pensó enojado, rememorando la carrera en la que los caballos de éste habían corrido contra los de Devlin. Eso le había costado una gran suma y había sido el principio de su actual infelicidad.

Debido a Morgana y a lo obsesionado que estaba con ella, había cometido muchos errores, errores que resultaron costosos y lo serían todavía más, si no tenía cuidado y no empezaba a usar su cerebro frío y analítico en vez de dejar que lo gobernaran sus emociones.

El conde y su esposa decididamente eran un problema para él, ahora que sabían lo de Morgana. Desde el principio habían sido un fastidio, pero ahora los Devlin además eran peligrosos: sabían que los había traicionado y no tenían nada que perder y todo que ganar si arreglaban la muerte de Morgana.

Frunció el entrecejo al presentársele un nuevo problema. El parecido de Morgana con los St. Audries era asombroso, y si Lucinda, con sólo un vistazo, la había reconocido al instante, a medida que fuera presentada a más y más gente de la sociedad —cosa que no dejaría de suceder, aunque fuera presentada solamente a algunos conocidos de Manchester del sexo masculino—, alguno se daría cuenta de que debía tratarse de la hija de Andrew, y no pasaría mucho antes de que descubriera la coincidencia de nombres y fechas de nacimiento. Había cometido una equivocación bastante seria al decirle a Jane el nombre y la fecha de nacimiento verdaderos de Morgana.

Poniéndose de pie de un salto, comenzó a vagar por la habitación, con las manos tomadas por detrás de la espalda. Por lo menos no fallé con el joven Ben, pensó con una sonrisa malévola. Pero se le borró al recordar que Jacko no debería haber logrado huir de su trampa; tanto Jacko como Ben deberían tener su domicilio en Newgate en ese momento. Y sin embargo... y sin embargo no lamentaba la fuga de Jacko; por lo menos sabía sin ninguna duda que los hijos de Jane ya no le eran leales, que habían estado trabajando en estrecha colaboración con Manchester durante las últimas semanas.

Jacko podía haber eludido la trampa tendida en Londres, pero le había resultado bastante fácil seguir su rastro lleno de pánico hasta Lime Tree Cottage, casi tan fácil como había sido enterarse del apresurado viaje de Manchester a Londres y su encuentro con Ben.

Originalmente había planeado el encarcelamiento de los hermanos en Newgate tan sólo a modo de garantía, un simple complot para asegurarse de que Morgana permanecería en Inglaterra. Con sus hermanos en prisión, Morgana jamás se iría a Norteamérica y entonces él dispondría de largo tiempo para elaborar sus propios proyectos.

El enojoso descubrimiento de que, durante todo este tiempo, los hijos de Jane habían estado aliados con Manchester lo enfurecía, pero también explicaba un par de cosas que últimamente lo habían tenido perplejo. Una era que habían fallado en lograr la fuga de Morgana de la casa de Manchester, y otra era la inquietante sensación que había tenido recientemente de que alguien lo seguía, sabiendo lo que sabía ahora, estaba seguro de que Jacko y Ben, sin duda por orden de Manchester, lo habían estado siguiendo por todo Londres con miras a matarlo o capturarlo.

Pequeños bastardos falsos y desagradecidos, pensó furioso, ¡traicionarme en cuanto les doy la espalda! Una vez que acabe con Manchester, ya les enseñaré a esos dos una lección que se merecen desde hace mucho tiempo. Pero primero, concluyó agriamente, debo hacer planes para desbaratar cualquier arreglo hecho por el conde para matar a Morgana. Una vez resuelto ese problema, no demoraría más en arrancar a Morgana de las manos de Manchester. Una sonrisa afilada cruzó sus labios. Una vez que Morgana esté en mi poder, todos ellos —Manchester, los hijos de Jane, y los Devlin— aprenderán que no es muy sabio, para nada sabio, interferir en mis asuntos.

Con la mente llena de planes e imágenes de los diversos métodos de venganza que emplearía contra Manchester y los demás, finalmente se acostó. Devlin, decidió malicioso, sería el primero del que tendría que encargarse de inmediato... Y después era el turno de Royce Manchester...

Desconociendo los planes de venganza que se estaban tejiendo para su beneficio, a pesar de la noche inquieta que había pasado, el lunes por la mañana, Royce se despertó sintiéndose sorprendentemente liviano de corazón. Miró el reloj y, al ver la hora, se apresuró a terminar sus abluciones matinales. Vestido con ropa limpia y después de saborear dos tazas de café, servidas por el adusto valet, con una alegre sonrisa en los labios fue en busca de George.

Éste había regresado a su casa bastante más tarde de la hora en que Royce se durmió por segunda vez, y el encargo de su pariente no lo alegró en absoluto, especialmente porque Royce invadió su dormitorio y lo despertó de un sueño profundo, preguntándole por obispos. Mirando a su insufriblemente fornido primo con decidida envidia, George se enderezó y, reclinado sobre varias enormes almohadas de plumas, remarcó asperamente que había algo completamente amoral y depravado en los individuos que se levantaban al alba.

Sabiendo que George no estaba en su mejor momento hasta después de las dos de la tarde, Royce rio y, alcanzándole una taza de café negro, dijo:

—¡Vamos, vamos! Son las doce y media y hace varias horas que salió el sol.

Bebiendo su café, George siguió observándolo con profundo disgusto.

—Es indecente mostrarse tan vivaz a esta hora del día. Seguramente te viene por el lado de la familia de tu madre.

Tomando otra taza de la bandeja, Royce se sirvió de la cafetera de plata e, instalándose cómodamente en un sillón tapizado con terciopelo veneciano, procedió a bromear con George para mejorarle el humor. Logró su propósito y George, después de ingerir varias tazas de café, siguiendo un ritual complicado se bañó y seleccionó meticulosamente sus vestimentas del día, con lo que volvió a estar en armonía con su pariente norteamericano. Para entonces se habían trasladado a una pequeña estancia donde George disfrutaba de las pocas comidas que tomaba en su apartamento, y ambos hombres acababan de dar cuenta de un refrigerio traído de la misma taberna donde Royce había cenado la noche anterior.

Capaz ahora de enfrentar el día, George separó su silla de la mesa ovalada a la que estaban sentados y, sorbiendo una última taza de café, murmuró:

—Bueno, ¿qué era lo que pretendías de mí esta tarde? ¿Algo sobre un obispo?

Depositando su taza con cuidado, Royce asintió con la cabeza y le expuso su plan.

El desasosiego que se pintó en la cara plácida de George resultó casi cómico, y con una nota de súplica en la voz, gimió:

—¡Pero tú dijiste...! ¡Apenas ayer me dijiste que tú no...! ¡Lo recuerdo claramente!

—Ya sé lo que dije ayer, pero desde entonces he pensado más profundamente en toda la situación. Según tus propias palabras, Morgana es una nadie, no tiene una familia prominente ni amigos poderosos, excepto yo y Zachary, que se preocupen por lo que pueda sucederle. Si el tuerto quebranta las defensas que erigí alrededor de ella y la toma prisionera, nadie levantaría siquiera una ceja. —Al oír el graznido de protesta de George, Royce admitió con justicia—: Oh, está bien, ¡quizás algo más que eso! Pero a nadie le importará realmente. Después de todo, no es más que mi amante y una huérfana que recogí del arroyo, pero si se convierte en mi esposa, su posición cambiará radicalmente, ¿no estás de acuerdo?

—Bueno, sí —admitió George desdichado—. ¿Pero no te parece que recurrir al matrimonio es un tanto drástico? Quedarás encadenado por el resto de tu vida. —Una expresión de horror se pintó en su cara—. Pues mira, si te casas con ella, será mi prima también; tendré que reconocer a la chica. —Se estremeció frente a una idea tan desagradable y rogó—: ¡Piensa otra cosa! No puedes tomar a la pilluela por esposa, es una idea descabellada.

Suspirando, Royce se dedicó a persuadir a George. No se puede decir que tuviera un éxito cabal, pero después de dos horas de explicarle su razonamiento, calmada y concisamente, y de dejar bien en claro que no pensaba cambiar de idea, agotó a George. Evidentemente George estaba seguro de que su primo se había vuelto loco. Era tan claro como el agua que Royce estaba alegremente decidido a suicidarse socialmente y que, eventualmente, llegaría a arrepentirse con amargura de este acto atropellado y quizás algún día, hasta llegara a culparlo a él. Y aunque se sintió muy infeliz con la situación, ayudó a Royce a conseguir la licencia especial, aunque muy a regañadientes.

Ya era entrada la tarde cuando regresaron al apartamento de George, y Royce llevaba bien guardada en su bolsillo la licencia especial. Después de que George se apeó del cabriolé, Royce volvió a partir rumbo a la agencia naviera donde había adquirido el primer pasaje para Jacko y Ben.

En el camino, Royce llegó a otra conclusión importante: no había ningún motivo real para quedarse más tiempo en Inglaterra. Había viajado a Londres en busca de un antídoto para la vaga inquietud y el tedio que últimamente lo aquejaban y con la intención, no del todo formada, de buscar una esposa conveniente. Ahora, para su consternación y profundo asombro, había encontrado ambas cosas en la figura pequeña y esbelta de Morgana Fowler. Esbozó una sonrisa tenue. No tenía ningún empacho en afirmar que, desde el instante en que Morgana se introdujo en su vida, no había sufrido un minuto de aburrimiento... de hecho, ¡todo lo contrario! Para la misma hora de mañana, ella sería su esposa, lo que había constituido el segundo motivo de su viaje a Inglaterra, y como se iba a sentir tanto más seguro cuanto más pudiera alejar a Morgana del alcance del tuerto, no existía ninguna razón lógica para no arreglar el pasaje de regreso a Norteamérica para todos. Su matrimonio con Morgana evidentemente iba a ponerle freno al tuerto, pero le parecía aún más inteligente poner un océano de distancia entre él y Morgana. Lo que, reconoció con una mueca burlona, debí haber hecho desde un principio, ¡Si no hubiera tenido la cabeza tan embarullada!

Una vez tomada la decisión, después de conversar con el agente naviero, un tal señor Samuelson, y de descubrir que había un barco que se ajustaba a sus necesidades que zarpaba para Nueva Orleans el 4 de agosto, compró varios pasajes.

Muy complacido con los logros de esa tarde, Royce regresó al apartamento de George. Como las negociaciones con el señor Samuelson no le habían llevado mucho tiempo, George todavía estaba allí, aprestándose para concurrir a sus lugares habituales, y a pesar de lo descontento que se había sentido más temprano con respecto a los planes de Royce, pareció bastante contento de verlo. Es decir, contento hasta que Royce le señaló que partiría dentro de una hora rumbo a Lime Tree Cottage. Con expresión alicaída, George miró a Royce desalentado.

—Pensé que te quedarías una noche más —protestó débilmente—. Pensé que cenaríamos juntos y discutiríamos, ehhmm, tus planes matrimoniales.

Sintiendo pena por el dilema de su primo, Royce le dedicó una sonrisa seductora. Palmeándole la espalda con afecto, murmuró:

—Lo que quieres decir es que esperabas tener más tiempo para convencerme de que no lo haga.

George tuvo la delicadeza de ruborizarse ligeramente y mascullar:

—¡Es lo que honorablemente corresponde hacer! Para eso están los amigos, para ayudarse mutuamente a evitar los errores.

—Contrariamente a lo que crees, mi amigo, no estoy cometiendo ningún error —replicó Royce sereno. Con una nota extraña en la voz, reconoció—: Realmente quiero casarme con ella, y si no lo hago, dudo que me case en absoluto.

George lo miró, totalmente incrédulo. Con evidente recelo en la voz, dijo:

—¡Creo que te ha hechizado! ¡Peligrosas criaturas, las mujeres! ¡Yo mismo las evito!

—Tal vez me haya hechizado, pero si lo hizo, lo estoy disfrutando inmensamente. Vamos, George, cambia esa expresión desgraciada y dime que me acompañarás de regreso a Tunbridge Wells. Me gustará ver una querida amiga, mañana en mi boda.

George estaba completamente consternado, pero a pesar de las reiteradas peticiones de Royce, firme en su creencia de que éste estaba cometiendo un error desastroso, y de que lo podía hacer sin su presencia, siguió irreducible. Sacudiendo enérgicamente la cabeza, dijo:

—Iré el miércoles, ¡después de consumado el hecho! —Pensó un momento y agregó, con total honestidad—. No quiero que la familia me culpe a mí.

Royce lanzó una carcajada.

—Muy bien, estaré esperando tu llegada para ese día. Mi esposa y yo estaremos ansiosos por verte.

Con el aspecto de alguien que acaba de descubrir un insecto en su plato de sopa, George finalmente logró esbozar una sonrisa y asintió con la cabeza. Royce se despidió y, montando animado, azuzó a sus caballos, dejando atrás Londres en dirección a Tunbridge Wells.

Como había salido tan tarde de la ciudad, ya era bien entrada la noche cuando él y Matt finalmente detuvieron los caballos, cansados y sudados, ante el portón vigilado por los hermanos Bullard. El mayor de ellos, Harry, estaba en su puesto, y sofrenando los caballos, Royce esperó pacientemente que Harry se diera cuenta de que el visitante era su patrón y se apresurara a desatrancar y abrir los sólidos portones de hierro.

Con el rostro franco iluminado por la linterna que llevaba en la mano, Harry sonrió ampliamente.

—¡Buenas noches, señor! Disculpe la demora en abrirle. No lo esperábamos tan tarde.

Royce respondió con una frase cortés y preguntó:

—¿Todo bien en la casa? ¿No hubo extraños ni problemas durante mi ausencia?

Frunciendo un poco el entrecejo, Harry respondió con lentitud.

—Ha estado todo muy tranquilo estos dos últimos días, el caso es que, como John dijo que usted quería ser informado de cualquier cosa fuera de lo normal, creo que debería saber que una de las criadas, de nombre Clara, si mal no recuerdo, regresó esta tarde de la ciudad en un coche conducido por un sujeto del tipo que habitualmente tiene poco que ver con las campesinas, ¿me comprende, señor?

Royce se envaró y preguntó tenso:

—¿Un caballero? ¿Un Hombre alto, apuesto, de cabello oscuro y ojos grises?

—No sabría decirle tanto; dejó a Clara un poco antes de llegar aquí, a unos metros camino abajo, y todo lo que alcancé a distinguir es que no vestía como un granjero o algo por el estilo y que tenía una barba espesa.

—Ya veo —dijo Royce lentamente—. Gracias por la información; mantenga los ojos y los oídos bien abiertos.

Alejándose con el coche, Royce sintió que se desvanecía su buen ánimo así como una súbita y tremenda urgencia en ver a Morgana. El incidente con la criada podía ser inocente, y el mero hecho de que el hombre no tuviera el aspecto de un granjero local, no significaba que su interés por Clara no fuera perfectamente comprensible. Y sin embargo... las palabras sencillas de Bullard colmaron a Royce de una inexplicable sensación de peligro, y aunque normalmente hubiera apartado de su mente cualquier idea tonta con respecto a las premoniciones, no podía sacudirse la sensación cada vez más molesta de que era de fundamental importancia ver a Morgana de inmediato, que una demora podía ser fatal.

Súbitamente atemorizado y sin saber por qué, azuzó a los caballos cansados llevándolos francamente a la carrera, presa únicamente de la necesidad de llegar a la casa lo más pronto posible, por encima de todo. A pesar del evidente agotamiento, los caballos obedecieron al instante, y galoparon a paso largo por el sendero en sombras, y unos momentos más tarde doblaron la larga curva que conducía al frente de la casa. Royce apenas los frenó y ya saltaba del cabriolé, arrojándole las riendas a Matt. Casi corriendo por el sendero, Royce le gritó a Matt por encima del hombro.

—¡Trátalos bien! Esta noche sin duda se merecen una ración extra de avena.

Impulsado por un miedo irracional, subió de un salto los escalones y se precipitó dentro de la casa, donde lo detuvo la absoluta normalidad de todo el entorno. Una araña de cristal iluminaba con un resplandor cálido el vestíbulo, por donde pasaba Chambers justo en ese momento, cargando una bandeja de bebidas y copas, cuando Royce hizo su repentina aparición. Sobresaltado por la entrada abrupta de su patrón, Chambers lanzó una exclamación de sorpresa y dijo, algo turbado:

—¡Cielos, señor! Me ha dado un buen susto, entrando a la casa de ese modo. —Recuperándose, se inclinó brevemente y dijo con cortesía—. Iba a llevarles refrigerios a los jóvenes caballeros a la sala de billar, pero después de eso, si lo desea, haré que la cocinera le prepare una bandeja con vituallas. —Tosió suavemente y murmuró—: La señorita Fowler se retiró a sus aposentos no hace mucho. Vi que una de las criadas le subía su vaso de leche hace apenas un momento, de modo que supongo que todavía no se habrá retirado.

Era evidente que no había sucedido nada malo —la casa parecía tranquila y normal para esa hora de la noche— y sintiéndose algo ridículo por acalorarse por una tontería tal como que un hombre llevara a una criada a la casa en coche, Royce se encogió de hombros. Con una sonrisa encantadora, murmuró:

—Algo de comer sería espléndido; es un largo viaje desde Londres y no quise perder tiempo deteniéndome en ninguna de las posadas. Estaré en las habitaciones de la señorita Fowler, así que pueden servirme allí cuando la comida esté lista. Ah, y envíeme también una botella de coñac, por favor.

Chambers asintió con la cabeza y estaba a punto de salir cuándo Zachary y Jacko se acercaron desde la sala de billar. Sonriendo, Zachary dijo:

—Me pareció oír tu voz. —Después, advirtiendo que Royce estaba solo, se le borró la sonrisa y preguntó presuroso—: ¿Qué pasó con Ben? ¿No está contigo?

Royce sacudió la cabeza, apenas atento a lo que decía Zachary, con los ojos clavados en el apuesto joven que estaba junto a éste. Sabía que el hombre vestido con la favorecedora chaqueta azul oscuro y pantalones marrón claro era Jacko, pero le resultó difícil conciliar la imagen de este joven elegante con el hermano desgarbado y sucio de Morgana. Desde el cabello castaño bien cortado y el corbatín blanco almidonado, hasta las botas altas negras, Jacko tenía el aspecto de un caballero inglés de buena posición. Era muy apuesto, de hombros anchos y cuadrados, y aunque era sólo de mediana estatura, su cuerpo era delgado y compacto, sus ojos muy azules eran claros y directos, la nariz bien proporcionada y la boca muy sensible.

Extendiendo la mano, Royce sonrió y murmuró:

—¿Tengo el honor de dirigirme al señor Jacko Fowler?

Jacko sonrió.

—¡Ajá, jefe, así es! ¿Quién lo hubiera *pensao* la última *v' que n' vimo*?

Royce lanzó una carcajada.

—Bueno, me alegro de que encontraras algo adecuado para ponerte. Debo decir que estoy impresionado con los cambios. —Bromeando, agregó—: ¿Puedo tener la esperanza de que Ben se vea tan bien cuando esté limpio, cuando lo traigamos aquí?

Dejando de sonreír, Jacko preguntó ansioso.

—¿Lo vio? ¿Podrá sacarlo libre? ¿Está bien?

Royce levantó una mano con gesto apaciguador, y al mirar a su alrededor notó la actitud de vivo interés de Chambers, de modo que se volvió hacia Jacko y Zachary.

—Quiero ver a Morgana antes de que se vaya a dormir, pero os diré esto: vi a Ben y todo estará bien. Os explicaré más detalles dentro de un rato. Disculpadme, por favor.

A pesar de que a ambos los devoraba la curiosidad, los dos jóvenes tuvieron que conformarse con la escasa información comunicada por Royce, y a regañadientes asintieron y regresaron a la sala de billar. Royce, sintiendo de pronto que la licencia especial le quemaba en el bolsillo, subió a saltos en busca de Morgana.

Se detuvo en su propia habitación lo suficiente como para dejar la capa de viaje y después de echar un vistazo rápido y extrañamente nervioso a su imagen en el espejo, cruzó raudo la salita que separaba las dos *suites*. De pie delante de la puerta del dormitorio de Morgana, listo para abrirla, notó los latidos acelerados de su corazón y una explicable sensación de que todo el curso de su vida estaba a punto de cambiar. «¡Mi Dios! —pensó, sintiendo un vacío tenso en el estómago—. ¿Y si me rechaza?» Y algo que tendría que haberle sido claramente evidente mucho tiempo antes, estalló en su mente con vívida nitidez. «¡La amo! —reconoció estupefacto—. No me caso con ella para protegerla del tuerto, me caso con ella porque la amo, y no hay nada en este mundo que quiera más que hacerla mi esposa.»

Era un descubrimiento extraordinario, y aturdido sacudió la cabeza, maravillándose por su propia estupidez. No era raro que de pronto hubiera perdido todo interés por la viuda Cresswell y la joven Julia Summerfield. Desde la noche del baile de los Mortimer, ni siquiera había vuelto a pensar en ninguna de ellas; toda su atención se había centrado en la seductora criatura que había tratado de robarle. Una suave sonrisa curvó su boca generalmente dura, y admitió risueñamente que al principio, como Pin, con su descarada lengua y sonrisa de muchachito, lo había divertido; y ahora, como Morgana, cuyo cuerpo suave y dulces besos lo inflamaban, lo había cautivado por completo. No lo podía negar: desde el instante en que Morgana apareció en su vida, lo había fascinado, y él, como un tonto, había desechado las poderosas emociones que ella le despertaba tan fácilmente, calificándolas de mera lujuria. No la quería en su hogar como amante, sino como esposa.

Se quedó allí de pie varios segundos, tratando de absorber el pasmoso descubrimiento de que una emoción que otrora había descalificado despectivamente como algo que no tenía cabida en su vida, lo tenía firmemente atrapado en sus redes. Y lo más asombroso era que se trataba de una chiquilla descarada, de tamaño de bolsillo, de lengua audaz, cuya única pretensión a una buena cuna era el hecho de ser la hija ilegítima de un hombre que él detestaba.

Todavía moviendo la cabeza ante su propia locura, abrió la puerta y entró al dormitorio de Morgana.

Ella no estaba sola; la criada que le había traído la leche tibia todavía estaba en la estancia. Royce reconoció vagamente a la joven como una de las criadas nuevas contratadas en la localidad y la olvidó de inmediato, concentrando toda su atención en Morgana.

La criada estaba de pie en el vano de la puerta del corredor principal y evidentemente estaba a punto de irse cuando él entró. Morgana, vestida con una bata de gasa color lavanda pálido sobre un recatado camisón blanco, estaba de espaldas a Royce, atareada en volcar en un platito un poco de leche de su vaso, para *Ratter*.

Con una sonrisa tierna, Royce avanzó unos pasos, admirando la silueta atractiva de las nalgas de Morgana cuando ésta se agachó para darle la leche a *Ratter*. Sólo cuando el gato empezó a lamer la leche, Morgana se irguió y, girando sobre sus talones, vio a Royce en la habitación.

Una sonrisa arrobadoramente dulce iluminó las facciones adorables y con algo peligrosamente parecido a un chillido, cubrió la distancia que los separaba y se arrojó en sus brazos.

—¡Oh, cuánto te he extrañado! —exclamó sin artificios, enroscando apretadamente los brazos alrededor del cuello de Royce—. Aun con Jacko y Zachary en la casa, me sentí muy sola sin ti.

Con la sangre corriéndole aceleradamente por las venas, Royce miró la cara que se alzaba hacia él, y la fuerza de su amor recién descubierto momentáneamente le impidió cualquier discurso racional. Su boca rozó los labios de Morgana y apretándola fuertemente contra sí, musitó:

—¡Dulce! ¡Tan, tan dulce!

Olvidados de la criada que los miraba boquiabierta desde la puerta, Royce besó a Morgana; la respuesta ávida y desinhibida de Morgana a su beso era todo lo que podía esperar un enamorado que acaba de regresar. La besó por largo, largo rato, saboreando la dulzura que sólo era de Morgana, con el corazón casi estallándole de amor. Sólo cuando se separaron sin aliento, notaron a la criada que los miraba. Royce enarcó una ceja al ver la expresión horrorizada de la joven, pero antes de que pudiera decir algo, Morgana se desprendió suavemente de su abrazo y dijo:

—Gracias, Clara, eso es todo.

Clara les dirigió una última mirada de patente desaprobación y cerró la puerta con firmeza tras de sí. Al oír el nombre, Royce frunció el entrecejo y volviendo a atraer a Morgana a sus brazos, preguntó:

—¿Qué sabes de ella? ¿Te ha dado algún problema?

Morgana lo miró sorprendida.

—¿Clara? No, en realidad se muestra muy agradable conmigo. No tengo ninguna queja con respecto a ella. ¿Por qué me lo preguntas?

—Mmmm, por nada en especial —replicó con lentitud, decidiendo que no había ninguna razón para alarmarla innecesariamente, en especial porque probablemente no había nada por qué alarmarse.

—Ahora, creo que me estabas diciendo, y muy agradablemente, además, cuánto me habías extrañado...

Morgana se sonrojó, súbitamente turbada por la desvergüenza con que lo había recibido, pero Royce se limitó a reír y volvió a besarla. Desplomándose sobre un sillón grande y mullido, la sentó en su falda y, acomodándola en sus brazos, le acarició la oreja con la nariz y murmuró:

—Creo que si me das uno o dos besos podré recordar por qué tuve que ir a Londres.

La inocente alegría de Morgana por su regreso se desvaneció, y sintiéndose como una bestia desnaturalizada por haberse olvidado, siquiera por un momento, del aprieto en que estaba su hermano, preguntó temerosa:

—¿Ben? ¿Pudiste liberarlo?

Acercándola a su pecho, le dio un beso en la coronilla y dijo alegremente:

—No tan pronto como hubiera querido, pero no te preocupes, querida; vi a un magistrado y me ha asegurado que puede arreglar la excarcelación de Ben, siempre que Ben vaya directamente de Newgate a un buque que zarpe para Norteamérica. Entretanto, hice arreglos para que su estadía en la prisión sea lo más placentera posible.

Charlaron un rato largo sobre el viaje de Royce a Londres y de su visita a Ben, Royce le contó todo lo que había hecho, pero sin mencionar la licencia especial y el plan que tenía para que todos viajaran juntos a Norteamérica. Acurrucada confiadamente contra él, Morgana observaba su rostro con los ojos muy abiertos y ansiosos, atendiendo con interés a cada detalle. Cuando Royce terminó de hablar, con tristeza en la cara habitualmente vivaz, Morgana dijo sobriamente:

—Ya sé que enviar a Jacko y Ben a América es lo más inteligente, pero los extrañaré tanto, aun cuando tú hayas prometido llevarme con ellos cuando te vayas de Inglaterra.

Royce inspiró profundo y dijo con cuidado:

—Bueno, de eso quería hablarte, querida...

Morgana sólo lo escuchaba a medias, con el pensamiento puesto en la temida partida de sus hermanos. Abatida, se levantó del regazo de Royce y se fue a buscar el vaso de leche apoyado en una mesita de palo de rosa. Tomando el vaso, estaba a punto de beberlo cuando oyó una brusca exclamación de Royce y, acto seguido, con un solo movimiento terriblemente violento, Royce golpeó el vaso arrojándolo de sus manos. Asombrada, miró las facciones blancas y graves y preguntó, entre enfadada y preocupada:

—¿Qué pasa? ¿Por qué hiciste eso?

Royce no respondió, tan sólo la tomó fuertemente por el brazo y señaló. Morgana miró en la dirección indicada, y sintiendo una oleada de horror, vio a *Ratter*. El cuerpo sin vida del gato estaba paralizado en un último estertor agónico, con el plato de leche a medio terminar a poca distancia del cuerpo horriblemente contorsionado. La leche que ella había estado a punto de tomarse.

26

Se produjo un silencio tenso mientras miraban con creciente horror la silueta inánime del gato y después, con un sollozo, Morgana sepultó la cara contra el pecho de Royce. Con expresión grave, la apretó protector contra él, mientras le susurraba al oído frases sin sentido que sin embargo la reconfortaban.

Por fin el *shock* y el miedo se aplacaron un poco y Morgana, separándose de él, lo miró hipando y preguntó incrédula:

—Alguien acaba de tratar de matarme, ¿no?

A Royce le hubiera gustado responder con una negativa a esa pregunta simple, y por un instante consideró seriamente la posibilidad de disimular la verdad, de consolarla con palabras huecas, pero ella se merecía otra cosa y si, como parecía, alguien estaba tratando de matarla, era imprescindible que Morgana estuviera alerta y vigilante. Apretó su brazo alrededor del hombro de Morgana y lúgubremente dijo:

—Aparentemente sí, y me gustaría mucho tener una conversación con la joven Clara.

—¿Clara? —dijo Morgana azorada—. ¿Por qué querría ella matarme? —Su rostro se ensombreció—. ¿Por qué querría alguien matarme?

Royce no tenía respuestas. Este ataque inesperado a Morgana lo tenía momentáneamente confundido. Había solamente dos personas que podían tener algo más que un interés fugaz por Morgana: el tuerto y el conde de St. Audries. El tuerto era capaz de todo, hasta de asesinar a sangre fría, pero Royce difícilmente creía que el tuerto, después de fracasar en sus intentos por secuestrarla, ahora quisiera matarla. ¿Y el conde? ¿Qué posible razón podía tener? Evidentemente, a Devlin podía resultarle muy repugnante descubrir que su hija ilegítima se había convertido en la amante de un hombre que a él le desagradaba intensamente, pero, ¿asesinarla? ¡No tenía sentido! Sin embargo, era obvio que alguien quería verla muerta. Pero, ¿quién? Y lo más importante, ¿por qué?

Después de acomodar gentilmente a Morgana en un sillón, Royce cubrió el cuerpo lastimosamente retorcido de *Ratter* con la funda de una almohada que sacó de la cama y fue hacia el llamador y le dio un fuerte tirón. Mirando a Morgana, dijo con brusquedad:

—El rato siguiente va a ser sumamente desagradable. ¿Quieres permanecer aquí?

Ella asintió levemente con la cabeza, desviando la mirada del cuerpo de *Ratter*.

—¿Seriamente crees que Clara sabe algo sobre lo que ha pasado? —preguntó quedamente, todavía con la incredulidad reflejada en los ojos grises y rasgados.

—Parece un punto lógico para empezar. Después de todo, fue ella quien te trajo la leche esta noche, y Harry Bullard esta tarde la vio apearse de un vehículo conducido por un extraño, un extraño que aparentemente hacía lo posible por no ser visto.

Royce no quiso decirle nada más. En las circunstancias actuales, por cierto que no le iba a revelar de improviso el hecho de que su padre, el hombre que insensiblemente la abandonó a su nacimiento, estaba rondando por las cercanías, y que había andado husmeando, pidiendo información sobre ella. Tampoco le parecía bien mencionarle que Stephen Devlin ocupaba uno de los primeros puestos de la lista de sospechosos de envenenadores, y no podía mencionar uno de los hechos sin mencionar el otro.

Tarde o temprano Morgana tendría que saber que el conde St. Audries era su padre, pero como acababa de sobrevivir a un desagradable encuentro con la muerte, a Royce no le parecía imperativo que supiera que tal vez su padre acababa de intentar matarla. «Es mejor que por el momento se concentre en el extraño —pensó con renuencia—, pero muy pronto, para su propia seguridad, debo explicarle lo de Devlin.»

Chambers respondió a la llamada con un signo de interrogación dibujado en los ojos azules.

—¿Llamó, señor? La cocinera le tendrá lista su bandeja en unos momentos.

Royce asintió con la cabeza.

—No estoy preocupado por eso —dijo brusco—. Lo que quiero es que me cuente todo lo que sepa sobre una de las criadas locales que contratamos recientemente. Su nombre es Clara y acaba de subir el vaso de leche habitual de la señorita Fowler.

Con aspecto confundido y un poco ansioso, Chambers respondió rápidamente:

—Debe tratarse de Clara Holbrook. Su familia es de la zona, granjeros, creo, y al principio, cuando hice averiguaciones con respecto a los criados adicionales, varias personas me la recomendaron como una joven muy honesta y trabajadora, y ha resultado ser así. ¿Ha hecho algo malo?

—Eso está por verse —replicó Royce austeramente—. Envíela aquí, por favor.

Chambers salió de inmediato, no dejando traslucir la inmensa curiosidad que se agitaba en su pecho. Unos minutos más tarde se oyó un golpecito tímido en la puerta y a la orden de Royce, la puerta se abrió y entró Clara Holbrook.

Clara no era una joven agradable. De apenas veinte años, no era muy alta y tendía a ser rolliza; el pelo arratonado asomando desprolijo debajo de la cofia blanca, y los ojos azules, grandes y algo vacuos, eran lo mejor de una cara anodina. Dando un vistazo ávido a la habitación, con una expresión animada y a la vez aprensiva, hizo una pequeña reverencia. Como el cuerpo de *Ratter* estaba fuera del radio de su visión, no vio nada extraño y dijo sin expresión:

—¿Chambers dice que quiere verme, señor?

—Sí —dijo Royce en tono neutro—. Quiero que me hable sobre el caballero que la trajo en coche de vuelta a la casa esta tarde.

La expresión ligeramente vacua, habitual en Clara, desapareció y ésta empalideció notablemente.

—¡No... no sé a... a qué se refiere, señor! —tartamudeó nerviosa, enroscando la punta del delantal blanco.

—¡Creo que sí lo sabes! —dijo Royce en tono aplastante—. Si eres inteligente, me dirás de inmediato todo lo que quiero saber, si no lo haces, no tendré más remedio que enviar por el magistrado y hacerte detener por el intento de asesinato de la señorita Fowler.

—¡Pero no! —saltó Clara indignada—. Pero si yo no tocaría ni un cabello de la señorita Fowler. —Con una mirada hostil a Royce masculló rencorosa—: ¡Que es más de lo que se puede decir de algunos de por aquí!

Royce enarcó una ceja y murmuró sardónico:

—Realmente no sé qué demonios quieres decir con ese comentario, pero antes de que nos entretengas con la que seguramente será una explicación fascinante, tal vez nos quieras informar cómo es que la leche que le trajiste esta noche a la señorita Fowler estaba envenenada.

—¡Usted está loco! —protestó con vehemencia—. No era veneno lo que puse en la leche de la señorita Fowler.

—Ah, entonces admites que sí pusiste algo en su leche esta noche —atacó Royce sin demora.

Clara miró a Morgana, quien seguía atentamente el intercambio. Animada por la sonrisa alentadora de Morgana y sintiéndose decididamente justiciera, respondió atrevida:

—¿Y qué si lo hice?

Royce la contempló largamente, intrigado por el aire desafiante y la hostilidad con que lo miraba. Decidiendo que, ya que sentía por él tan inexplicable antipatía, había una sola forma de llegar rápidamente al fondo del asunto, le ordenó con suavidad.

—¡Ven aquí! Quiero mostrarte algo.

Con evidente desconfianza, se le acercó cautelosa. Al aproximarse, divisó la funda que cubría el cuerpo de *Ratter*. Evidentemente perpleja, paseó la mirada entre Royce y el bulto blanco del suelo.

—Adelante —dijo Royce sereno—. Levántala y mira lo que hay debajo.

Contagiada de la tensión que atenazaba a los otros dos ocupantes de la habitación, y después de mirarlos insegura, inspiró hondo y apartó la funda. Se tambaleó hacia atrás horrorizada, con la vista fija en el cuerpo grotescamente retorcido del gato, con el plato de leche semivacío a centímetros del cuerpo inánime. Lo que había pasado hubiera sido evidente hasta para alguien menos sagaz que Clara, y casi se le saltan los ojos al ver la repugnante escena; tragó ruidosamente y, hundiendo la cara en el delantal, estalló en llanto.

Morgana corrió a su lado y pasó los brazos alrededor de los hombros rollizos de Clara.

—Por favor, no llores —dijo con gentileza—. Sólo dinos quién te dio lo que sea que hayas puesto en mi leche esta noche.

Royce tomó la funda de manos de Clara y volvió a tapar el cuerpo de *Ratter*.

—No creemos que quisieras hacer daño a tu ama... pero alguien sí quiso hacerlo, y debes decirnos quién fue.

Llevó bastante tiempo persuadirla, pero entre tironeos y accesos de profuso llanto, sentada junto a Morgana en el sofá de la salita a la que se habían trasladado, Clara finalmente logró relatar su historia. Con creciente asombro, Royce y Morgana escuchaban el disparatado relato que le habían contado a Clara.

—Pero, Clara, ¡todo esto es mentira! —dijo Morgana con energía—. El señor Manchester no me ha drogado. —Con un rubor encantador en las mejillas, agregó apasionadamente—: Y debes creerme cuando te digo que no tengo ningún otro enamorado. Quienquiera que sea este hombre, no es mi enamorado y te ha mentido. ¡Él es el villano, no el señor Manchester!

Clara miró nerviosamente a Royce, sentado ante ellas. Su posición y expresión no la contentaron, porque volviendo a mirar a Morgana, dijo con honestidad:

—Pero no se da cuenta señorita, de que si estuviera drogada eso sería precisamente lo que diría.

—Olvidas una cosa, Clara —interpuso Royce razonablemente, a pesar de sentir el urgente deseo de ahorcar a esa tonta—. Lo que te dio para poner en la leche esta noche no era algo para contrarrestar la droga que supuestamente le he estado administrando, sino que la hubiera matado. —Con semblante grave, concluyó bruscamente—: Si debido a mi llegada, la señorita Fowler no se hubiera demorado en tomar la leche lo suficiente como para que el veneno llegara a matar a *Ratter*, habría dos cadáveres tendidos en el suelo de la otra habitación, y uno de ellos sería el de la joven que está sentada a tu lado.

Esto produjo en Clara un nuevo estallido de sonoros sollozos y lágrimas. Morgana le dirigió a Royce una mirada pacificadora y éste hizo una mueca de disgusto. A Morgana le llevó un tiempo, pero cuando Clara recuperó la tranquilidad se mostró dispuesta a decirles todo lo que sabía. No conocía al hombre, era un extraño para ella. Más allá de describirlo como un hombre de gran barba, no parecía alto, pero no estaba segura porque sólo lo había visto en el coche, no era mucho lo que podía decir sobre él. Tenía modales tan agradables, confesó desdichada, y una forma muy correcta de hablar, y se vestía mucho mejor que los hombres del lugar que ella conocía, casi como un fino caballero, pero eso era todo lo que podía decirles.

Reprimiendo un juramento, finalmente Royce la despidió y la apuró con una orden.

—Y dile a Chambers que venga aquí para deshacerse del gato.

Como era de esperar, Chambers estaba espantado por lo que había pasado, y después de llevarse el cuerpo de *Ratter* y ordenar el dormitorio restituyéndolo a su prístina pulcritud, le dijo a Royce en tono lúgubre:

—Me ocuparé especialmente de deshacerme de la leche para que no cause más daños. ¿Cómo se siente la señorita Morgana? ¡Qué terrible experiencia para ella! ¿Quién puede haber cometido un acto tan cruel?

—Morgana está bien, aunque comprensiblemente está conmovida por lo que pasó —respondió Royce con sinceridad—. En cuanto a quién trató de asesinarla, no tengo idea. —Con un brillo acerado en los ojos dorados, Royce miró a Chambers y dijo sin ambages—: Quiero que Clara Holbrook se vaya de esta casa a primera hora de la mañana; desde ahora, solamente usted o Ivy tocarán toda la comida y la bebida que se sirva a Morgana y solamente usted se la traerá.

Con evidente miedo en los ojos, Chambers replicó en tono escandalizado:

—¡Señor! ¡No creerá usted que alguien tratará de envenenarla otra vez!

—No lo sé —retrucó Royce cortante—. Pero no estoy dispuesto a correr el riesgo. Ha sido pura suerte haber llegado en el momento que lo hice y no estoy dispuesto a apostar que la suerte estará siempre de nuestro lado. —Con una expresión dura y peligrosa, Royce agregó muy serio—: Mantenga los ojos y los oídos abiertos, y vigile a todo el mundo; alguien trató de matar a su ama esta noche y si no queremos que tengan éxito, tendremos que tomar mejores precauciones que hasta ahora. —Frunció el entrecejo y dijo—: No sé si habrá forma de impedir que Clara difunda la historia verdadera, pero quiero que se diga que el gato murió de muerte natural; lo que, por supuesto, conmovió a Morgana porque todo el mundo sabe lo mucho que quería al animal. Creo que Clara probablemente se prestará a repetir esta historia, ya que su situación no es muy lúcida; y aunque chismorree de aquí hasta Londres, de todos modos la quiero fuera de aquí enseguida. Vigílela bien hasta entonces.

Después que Chambers salió, Royce regresó de inmediato a la salita donde había quedado Morgana. En tono deliberadamente casual, le sonrió con ternura y le preguntó:

—¿Te importaría esperarme aquí mientras hablo con tu hermano y con Zachary para comunicarles lo ocurrido?

A pesar de sí misma, Morgana bostezó y, tratando de mostrar el mismo buen humor, le dirigió una sonrisa somnolienta y replicó:

—No, pero no te sorprendas si estoy dormida cuando vuelves.

Royce rio, y dándole un beso muy leve, fue en busca de Zachary y Jacko. Los encontró en la sala de billar y considerando el grado de concentración en el juego, era evidente que no se habían dado cuenta de lo que había sucedido en la planta superior un rato antes.

Después de servirse coñac, Royce los puso al tanto lo más sucintamente que pudo, contándoles todo lo referente al viaje a Londres y los arreglos que había hecho para garantizar la excarcelación de Ben de Newgate, antes de traer a colación el intento de asesinato a Morgana. Ambos jóvenes quedaron razonablemente satisfechos con el resultado del viaje a Londres, pero se sintieron horrorizados con el atentado contra la vida de Morgana. Royce logró calmar sus temores más inmediatos acerca de la seguridad de Morgana pero, naturalmente, pasó algún tiempo antes de separarse de ellos y regresar con Morgana.

Cuando Royce entró en la salita, descubrió que Morgana dormitaba, acurrucada como un gatito, en un extremo del sofá, y agachándose hacia ella, murmuró:

—Vamos, dormilona, creo que es hora de que te acuestes.

Antes de que pudiera darse cuenta, Royce la alzó en sus brazos y con paso rápido se dirigió a su propio dormitorio. Con los ojos nublados, Morgana miró el rostro oscuro, admirando el trazo firme de su mandíbula y la perfección de su boca grande. Le había salvado la vida, y si no hubiera estado ya enamorada de él, su conducta de esa noche la hubiera hecho caer en ese estado de pies a cabeza. Como estaban las cosas, sentía por él algo casi rayano en la adoración, y únicamente concentrándose en él y en las emociones que despertaba en ella, Morgana lograba superar el miedo sofocante que le crecía dentro cada vez que recordaba el cuerpo sin vida de *Ratter*...

Era evidente que Royce la trataba como si fuera de frágil porcelana, y le estaba agradecida por la forma en que intentaba mantener en perspectiva lo ocurrido: no trataba de descartarlo con levedad, pero tampoco se refería al tema innecesariamente. Morgana sabía que alguien había tratado de matarla esa noche y eso la llenaba de terror, pero era fuerte y flexible y simplemente no iba a rendirse al miedo helado que acechaba en los confines de su subconsciente, algo que Royce parecía no saber, en vista de su comportamiento indulgente. Después de depositarla suavemente en su cama y, con todo el cuidado y el mimo de una nana, quitarle la bata lavanda, la tapó con los cobertores y acomodó una pila de almohadas tras la espalda. Entre burlona y seria, Morgana musitó:

—Royce, realmente estoy bien. Tuve miedo al principio, y me entristeció lo que le pasó a *Ratter*, pero no voy a sucumbir. Recuerda que crecí en St. Giles, y no soy tan delicada como para no poder soportar volver a dormir en esa habitación. ¡En realidad estoy muy bien!

Desanudándose la corbata y tirando a un lado su chaqueta, siguiendo con el deliberado tono leve juguetón, Royce le sonrió.

—Has malinterpretado mis razones, querida mía. Soy yo el que no puede soportar que duermas en esa habitación. Te quiero justo aquí, a mi lado, para poder dormir profundamente sabiendo que te tengo cerca. —Sus ojos reflejaban una risa burlona, pero en el tono de su voz había una engañosa despreocupación que ocultaba lo muy en serio que hablaba, después de lo acontecido esa noche, no podía tolerar la idea de no tenerla a salvo al alcance de su mano.

Apagando la vela que estaba sobre la mesa junto a su cama, Royce se apresuró a desvestirse. Un momento después se deslizó dentro de la cama y al instante, acercó el cuerpo pequeño de Morgana junto al suyo. El tenerla protectoramente envuelta en sus fuertes brazos amortiguaba el miedo y la tensión que Royce había mantenido bajo estricto control durante toda la noche. Pero, pensó con un suspiro, no podían fingir que el intento de asesinato no había existido, iban a tener que hablarlo más en profundidad.

Con un beso breve en la sien, apretó sus brazos alrededor de ella y dijo roncamente:

—No quiero preocuparte, cariño, pero tenemos que hablar un poco más sobre lo que ha pasado esta noche.

Sintió el movimiento de asentimiento de Morgana y preguntó suavemente:

—Sé que no hemos hablado mucho sobre tu vida en St. Giles, pero aparte del tuerto, y no estoy seguro de que él esté detrás del ataque de esta noche, ¿hay alguien que, por cualquier motivo, pudiera querer hacerte daño? —Morgana se agitó inquieta. Mientras Royce hablaba con Jacko y Zachary, había tenido bastante tiempo para pensar en lo sucedido y seguía completamente desconcertada... y asustada. Le aterrorizaba pensar que tenía un enemigo desconocido, alguien que quería verla muerta y que se había tomado bastante trabajo para arreglar su muerte, una muerte bastante horrible, a juzgar por el cuerpo lastimoso de *Ratter*.

La pregunta de Royce era lógica y ya se la había hecho ella misma... sin encontrar respuesta. Enroscando ociosamente los dedos en el vello del pecho de Royce, dijo en tono miserable:

—Mientras hablabas con Jacko y Zachary, pensé y pensé quién podía odiarme tanto como para intentar asesinarme, y no se me ocurrió nadie. —Tragó saliva convulsivamente—. Royce, en la ciudad, nos manteníamos apartados, en parte debido al engaño con respecto a mí. Créeme que no queríamos que nadie mirara por segunda vez al hermanito de Jacko y Ben. Y en parte por la forma en que madre nos crió siempre éramos conscientes del doble papel que hacíamos, no sólo porque yo era una chica vestida de muchacho sino porque en realidad no encajábamos con los demás. —Suspiró y dijo en tono desdichado—. Era difícil hablar y actuar de una forma con mamá y de otra con el resto de la gente, y simplemente parecía más seguro mantenernos apartados. Además, mamá nos demostraba claramente que en realidad no quería que nos mezcláramos con los habitantes habituales de St. Giles. Cuando no estábamos en la calle en nuestras raterías para el tuerto, generalmente estábamos con mamá. Oh, es verdad que Jacko y Ben andaban por ahí mucho más que yo; debido a mi engaño, yo me quedaba cerca de nuestra casa. —Con evidente desesperación en sus palabras, exclamó—: No conocía a nadie, así que, ¿cómo podían odiarme?

A Royce no se le ocurrió una respuesta para esa pregunta lastimera, y en los minutos siguientes se dedicó a reconfortarla y calmarla. Cuando creyó que podría soportar nuevas preguntas, inquirió quedamente.

—¿Y qué hay con respecto al tuerto? ¿Te parece que por no haber podido atraparte, ahora quiere que mueras?

Morgana exhaló un profundo suspiro.

—No lo sé. No lo creo, pero por otra parte, jamás pensé que alguien querría matarme.

Besándola suavemente en la mejilla y apartándole los rizos rebeldes de la frente, sabiendo que no podía postergar más la pregunta que lo acuciaba desde el instante en que se dio cuenta de que alguien había tratado de envenenaría, Royce le preguntó con suavidad:

—¿Y qué hay con respecto a tu padre?

Morgana se tensó cuando apareció en su mente la imagen de esa cara fríamente elegante, los ojos grises almendrados, los ojos grises que ella había heredado, pero duros y helados. Instintivamente, supo, desde el momento que lo vio el aciago día en que Royce entró en su vida, que ese caballero alto y desdeñoso representaba algo peligroso para ella, pero había apartado esa idea enojosa. Y tal vez había sido ese instinto lo que apagó cualquier deseo de averiguar más sobre él. Más allá de una primera oleada de entusiasmo, no había pensado mucho en él, puesto que todas sus emociones y todos sus sentimientos estaban ocupados con lo que estaba ocurriendo entre ella y Royce...

Pero, reflexionó, recordando la primera vez que vio al hombre que la había engendrado, Royce también debe haber sentido algo amenazador, porque había ocultado su cara de la vista del hombre. Evidentemente conocía a su padre, y no le había parecido prudente que él la reconociera. Suspiró triste. Con frecuencia se había preguntado por el hombre que la había engendrado, y había docenas de cosas que quería saber sobre él, pero extrañamente, ahora que abordaban el tema, especialmente en circunstancias tan siniestras, era reticente a hacer preguntas sobre él.

—¿Tú sabes quién es, no? Lo viste ese día y no quisiste que él me viera. ¿Por qué? —preguntó por fin.

En la oscuridad, Royce sonrió.

—Sí, lo conozco. Y sí, lo vi el día que trataste de robarme, pero por qué no quise que te reconociera, y debes recordar que todavía estaba bajo la impresión de que eras un muchacho, es algo que no puedo decir. Con todo lo demás que estaba pasando en ese momento, simplemente no me pareció el momento adecuado para que te reconociera. ¿Entiendes lo que quiero decir?

Royce sintió su gesto de asentimiento y se tensó esperando la próxima pregunta de Morgana; no le gustaba hablar sobre Stephen Devlin y el hecho de que el conde fuera su padre, lo predisponía aún menos a hablar sobre él. Si Morgana había apartado de sí toda curiosidad sobre él, Royce estaba perfectamente contento con dejar las cosas como estaban, y había esperado que ella no hiciera muchas preguntas sobre su padre mientras no hubiera disminuido algo la actual animosidad que existía entre él y Devlin, especialmente ahora que quería casarse con ella. Le parecía que estar a un pelo de retar a duelo al padre de su futura esposa no era un comienzo particularmente auspicioso para un matrimonio.

Pero los hechos de esa noche lo habían obligado. En vista de lo poco que sabía, hubiera sido imprudente por su parte no traer a colación el tema de su padre. Sin embargo, ahora que lo había hecho, se sentía extremadamente renuente a ir más allá de su pregunta inicial.

No era probable que Morgana cambiara de tema, y descorazonado, la oyó decir en tono incierto:

—Ese día me pareció, uhhm, bastante altivo e imponente, pero tal vez me equivoqué en la impresión que me hice de él. ¿Es un hombre agradable?

Bueno, ¿y cómo demonios le contestaba a eso?, se preguntó Royce salvajemente. Agradable no era un término con el que nadie hubiera calificado alguna vez a Stephen Devlin. Frío, arrogante, desdeñoso: ésas eran las palabras que frecuentemente se aplicaban al actual conde de St. Audries, dejando de lado su propio disgusto por el hombre; de hecho, Royce no recordaba que jamás nadie hubiera dicho algo agradable sobre Stephen Devlin, ni sobre su esposa tampoco. Y eso era algo que no tenía particular interés en decirle a la hija de ese hombre. Frenéticamente Royce buscaba alguna forma de hablarle a Morgana sobre su padre sin que su propio antagonismo por el hombre tiñera sus palabras.

Royce vaciló durante tanto tiempo que Morgana se llenó de aprensión. Había formulado una pregunta simple; ¿por qué no le daba una respuesta simple? ¿Es que su padre era un monstruo? A lo mejor él conocía algún terrible escándalo sobre el hombre y no se lo quería decir, reflexionó inquieta. Sólo horas después se preguntaría si Royce le había ocultado la verdad adrede, pero a la luz de lo ocurrido esa noche, y ansiosa por no meterse en algo que bien podía terminar en otra escena desagradable e inquietante, dijo rápidamente:

—¡No importa! No lo conozco, y no quiero conocerlo. Y como nunca me prestó ninguna atención en los primeros diecinueve años de mi vida, ¿por qué, entonces, tendría que estar interesado en mí ahora y, además, en matarme?

Inmensamente aliviado por el hecho de que Morgana le ahorraba una explicación enojosa, Royce rápidamente se agarró de la vía de escape que ella le ofrecía y se apresuró a decir:

—No sé si él está detrás de lo que ha sucedido esta noche. Y probablemente tienes razón: si te abandonó cuando naciste y no se preocupó lo suficiente como para averiguar qué había sido de ti, no puede tener ningún motivo para matarte.

Se produjo entre ellos un silencio inquieto, después Morgana se arrebujó contra él y le preguntó con una vocecita leve:

—¿Qué vamos a hacer, Royce? No quiero... morir.

El miedo de Morgana era evidente, y Royce sintió que se le apretaba el corazón de angustia por ella. Desesperado por distraerla de pensamientos tan horrorosos, hizo lo único que podía: la apretó aún más contra su cuerpo enorme y la besó con todo el amor y la pasión que guardaba dentro.

—¡No vas a morir! —dijo con fiereza unos momentos más tarde, todavía teniéndola muy apretada, mientras exploraba con sus labios la mejilla y la oreja de Morgana—. Lo que vas a hacer —declaró con vehemencia— es casarte conmigo.

Morgana se quedó paralizada, prácticamente incapaz de dar crédito a sus oídos.

—¿Casarme contigo? —confusa, al fin pudo decir—. ¡Pero tú no quieres casarte conmigo!

Royce la besó muy profundamente y cuando levantó la cabeza, con un dejo risueño en la voz, murmuró:

—¡Oh, pero sí que quiero, querida! He descubierto que casarme contigo es lo que más quiero en el mundo.

Con los labios hormigueando por la fuerza apasionada de sus besos, y el cuerpo temblando de anticipación por hacer el amor, Morgana a duras penas podía encontrar algún sentido en lo que pasaba. Sintiéndose como si hubiera entrado en un mundo compuesto por pesadillas aterradoras y sueños beatíficamente dichosos, trató de ver la cara amada en la oscuridad. Royce debe estar sufriendo un *shock*, decidió por fin. Pocas horas atrás, alguien había tratado de asesinarla, y ahora él le decía que quería casarse con ella.

Morgana lo amaba con toda la pasión de su joven corazón, y si le hubieran preguntado qué era lo que más quería en la vida, hubiera contestado sin vacilar: pasar el resto de sus días con Royce Manchester. Pero, ¡matrimonio! Era un estado que jamás había pensado compartir con el hombre que estaba a su lado, era su amante, una bastarda que, hasta muy poco tiempo atrás, se ganaba la vida robando. No tenía parientes elegantes; uno de sus hermanos estaba actualmente en Newgate, ¡por todos los santos! No tenía relaciones poderosas ni dinero, su único bien era su cuerpo joven y esbelto, que ya era de él incondicionalmente, y sin embargo, aparentemente este norteamericano rico y de buena cuna quería casarse con ella. ¡Era incomprensible!

Morgana sacudió la cabeza como tratando de aclarar sus ideas y masculló ásperamente:

—Me parece que has bebido demasiado coñac mientras hablabas con Jacko y Zachary.

Esa respuesta no era precisamente la que Royce deseaba oír, y se sorprendió un poco al ver que su primera, y esperaba que su única propuesta matrimonial, era recibida con un escepticismo tan poco halagador. Un poco dolido, preguntó entré enojado y risueño:

—Morgana, ¿no quieres casarte conmigo?

—¡Oh, pero sí quiero! —reconoció ella desarmada, acariciando inadvertidamente los planos duros de la cara de Royce—. Sí quiero casarme contigo... pero tú de ninguna manera puedes querer casarte con alguien como yo.

—¡Oh, pero sí quiero! —la remedó Royce con ternura, rozándole los labios seductoramente—. ¡Quiero muchísimo casarme contigo, y me propongo hacerlo sin más demora! En Londres conseguí una licencia especial, que en este momento está guardada en el bolsillo de mi chaqueta... y con tu consentimiento, tengo toda la intención de usarla de la mejor de las formas mañana mismo. —Royce volvió a besarla, un beso dulce y tierno, y preguntó roncamente—: ¿Te vas a casar conmigo mañana, cariño?

—¡Oh, sí! —respondió Morgana mareada, temiendo que éste fuera un sueño maravilloso y que pronto se despertaría.

Royce volvió a besarla, esta vez con más avidez, y posando una mano sobre sus senos, acarició la carne tibia.

—Mañana a esta hora —dijo roncamente cuando finalmente apartó su boca de la de ella— serás mi esposa y entonces nadie podrá arrancarte de mi lado... ¡nunca!

Las palabras de él la estremecían y hacían realidad todas las fantasías que había tenido sobre Royce Manchester, pero penosamente notaba la ausencia de unas palabras que él no había dicho: dos palabras sumamente simples que toda mujer hubiera querido oír... ¡Te amo! Morgana se dijo que era demasiado avara, que Royce le había ofrecido mucho más de lo que jamás hubiera soñado o de lo que hubiera podido esperar, y sin embargo... sentía un dolorcito en la región del corazón, un dolorcito que se negaba a desaparecer.

Diciéndose enojada que no fuera codiciosa y que era ridículo desear más, se pegó a él, dándole un beso pequeñito e inconscientemente provocativo en la comisura de la boca, mientras trataba de convencerse de que bastaba con que Royce quisiera casarse con ella, y trataba desesperadamente de alejar las preguntas inquietas que insistían en invadir su cabeza.

Debería sentirse embelesada, pensó con tristeza, encantada con el hecho de que se uniría a las filas de la respetabilidad, de que ya no tenía que temer acabar como su madre algún día. Debería sentirse jubilosa de que el hombre que amaba deseara hacerla su esposa, y sin embargo, no podía dejar de preguntarse por qué, entre todas las mujeres con las que podía haberse casado, mujeres que eran sus iguales, había elegido casarse con ella, una hija ilegítima sin fama ni fortuna, una pequeña carterista del notorio barrio de St. Giles...

27

La boda de Royce Manchester y Morgana Fowler fue, necesariamente, una ceremonia muy privada y con pocos asistentes. Se llevó a cabo en la sala del juez de paz local y, a pesar de que los preparativos fueron algo apresurados, todo estuvo sorprendentemente bien.

Cuando muy temprano a la mañana siguiente, Zachary y Jacko fueron informados de la inminente boda, después de felicitar alegremente a los interesados, ambos jóvenes se dedicaron con ahínco a lograr que el evento fuera brillante. En esta empresa fueron asistidos por Chambers y el personal de Londres. Chambers y su esposa Ivy se sentían especialmente complacidos por la resolución tan satisfactoria de la situación que los había perturbado tanto: ahora podían llevar la cabeza alta otra vez, confiados en que trabajaban en una casa respetable.

Con la briosa aunque torpe colaboración de Zachary y Jacko, la servidumbre logró garantizar que la futura señora de Manchester tuviera una boda memorable. La salita donde tuvo lugar el evento desbordaba de flores: gladiolos altos y de matices delicados, blancos muguets y enormes lirios amarillos... Y la novia misma llevaba una corona de delicados pimpollos de rosas blancas en el cabello negro y rizado, en lugar de los tradicionales azahares.

Morgana era una novia encantadora: con las mejillas sonrojadas por la emoción, los ojos grises claros y brillantes, vestida con un traje de muselina blanca salpicado de rosa, se veía casi etérea, llena de júbilo y de asombro, de pie junto a Royce, frente al juez de paz. La apariencia de Royce complementaba la de Morgana, vestido con una chaqueta azul oscuro con botones dorados, de corte impecable, un corbatín blanco como la nieve, almidonado y arreglado en un nudo complicado, el pelo leonado irradiando luces doradas bajo los rayos de sol que se colaban dentro de la estancia. Sin duda hacían una hermosa pareja, y con Zachary, Jacko, un Chambers radiante y una Ivy llorosa, como espectadores, Morgana y Royce contrajeron nupcias a las dos de la tarde del 18 de julio de 1815, exactamente un mes después de la devastadora derrota de Napoleón en Waterloo.

Al terminar la ceremonia regresaron enseguida a Lime Tree Cottage, donde el resto de la servidumbre se había ocupado de preparar la casa para recibir a la nueva señora. Como antes había sido uno de ellos, aunque por breve lapso, los criados de Londres pusieron un orgullo y un interés muy especiales en sus tareas, y por esa tarde, Royce eliminó la línea que separaba a patrones de criados. Alice, Hazel, Matt y los demás esperaban ansiosos la fiesta de bodas en el salón principal, decorado con muchos ramilletes de flores. Como en un sueño, Morgana observaba sus caras sonrientes cuando se acercaban tímidamente a ofrecer sus buenos deseos, todavía incapaz de comprender cabalmente que de verdad era la esposa de Royce. Una y otra vez lo miraba a él y al anillo de oro que Royce había comprado en Londres la tarde anterior, el anillo de oro que le había puesto en el dedo menos de una hora antes, y sacudía la cabeza absorta. Tampoco le pareció más real cuando recibió el exuberante abrazo de Zachary, quien murmuró:

—Sabía que Royce iba a hacer lo correcto. ¿No es un sujeto fabuloso? —ni el abrazo de oso de Jacko, cuando la alzó del suelo y la hizo girar por la habitación, mientras le daba sus más sentidas felicitaciones. Estaba convencida de estar soñando, pero entonces miraba a Royce y se le derretía el corazón de amor por él. Sueño o no, no importaba. ¡Ella lo amaba!

Para Morgana, el día fue de inmensa felicidad, y la única nota triste era el hecho de que Jane, su madre, no había vivido lo suficiente para verla espléndidamente establecida y que Ben no hubiera podido presenciar la boda. No había olvidado por completo los horrores de la noche pasada, y cada tanto, cuando menos lo esperaba, la idea de que alguien había tratado de matarla se colaba enojosamente en sus pensamientos.

Royce tampoco había olvidado la noche anterior, y en ningún momento se alejó demasiado de la novia, con los ojos dorados vigilantes y alertas, a pesar de sentir que no había nada que temer de ninguna de las personas que estaban en la sala. Pero aunque se sintiera cómodo confiando en Chambers e Ivy y en la mayoría de los criados de Londres, no estaba demasiado tranquilo con este asunto tampoco. Más de una vez dirigió la vista a su criado, el señor Spurling, mientras se preguntaba si ese hombrecito pulcro le habría dicho la verdad la noche en que el tuerto lo atacó; y si Spurling había dicho la verdad, eso significaba que algún otro era el espía del tuerto. No es la idea más tranquilizadora, concluyó Royce desdeñoso, mientras seguía estudiando a los diversos criados, deteniéndose algún tiempo en el apuesto Tom Cooper. Bueno, ése es quien usaría yo, decidió Royce ácidamente mientras tomaba nota de la astuta inteligencia que se reflejaba en los límpidos ojos azules y el encanto del joven con las criadas.

Justo en ese momento oyó reír alegremente a Morgana ante una broma festiva de Zachary, y el interés de Royce por el señor Cooper se desvaneció, mientras su mirada acariciaba tibiamente el rostro adorable de su esposa. Le proporcionaba un sorprendente placer llamarla su «esposa» y eso le recordó que todavía no había escrito el anuncio de su boda para publicarlo en los periódicos de Londres, y cuanto antes se hiciera, más segura estaría ella; pensó con gravedad. No queriendo abandonarla en medio de la fiesta, Royce se abstuvo de recluirse en su estudio durante una hora más, y para entonces, la pequeña reunión estaba empezando a dispersarse y los habitantes de la casa volvían a sus roles tradicionales.

Un rato después, Morgana se retiró a la planta superior para cambiarse de ropa, y Royce hizo señas a Zachary y Jacko para que lo siguieran al estudio. Sentado tras un elegante escritorio, sonrió a los otros dos ocupantes de la estancia y les indicó dos sillas tapizadas con fino cuero español. Tomando algunos pliegos de pergamino y una pluma negra del tintero Boulle, señaló:

—Tan sólo quiero escribir el aviso para el *Times* y quiero discutir con vosotros los planes para esta noche, hay algunas cosas que quiero que hagaís por mí, si no os importa.

Algo sorprendidos, Zachary y Jacko se miraron y se encogieron de hombros. Hubo unos momentos de silencio, interrumpido solamente por el raspar de la pluma contra el papel, y terminadas las misivas a su entera satisfacción, Royce plegó los papeles y poniéndolos dentro de un sobre, los selló.

Terminada la tarea, dejó los sobres a un lado, y explicó:

—Haré que Matt salga mañana temprano y lleve estos sobres a Londres; cuanto antes se sepa la noticia de mi boda con Morgana, más tranquilo estaré. Lo que me trae a la razón por qué os llamé. —Mirando intensamente a Zachary, apareciendo en su rostro la gravedad que últimamente casi era habitual en él, dijo directamente—: Quiero que os hagáis muy visibles esta noche, que vayáis a todos los sitios donde penséis que podéis encontrar miembros de la elite y cualquier otro conocido nuestro de Londres de visita en el área de Tunbridge Wells. Y aunque tengáis que meteros groseramente en el grupo que está en la casa de Wetherly, muy especialmente quiero que encontréis miembros de ese grupo y que habléis en voz bien alta y con mucho detalle sobre la boda. Decídselo a la mayor cantidad de gente posible, con frecuencia y cuanto antes, pero aseguraos de encontrar por lo menos a algunas de las personas que están en casa de Wetherly y decídselo. Quiero que todo el mundo se entere de que Morgana y yo nos hemos casado, en el menor tiempo posible... Tal vez entonces el tuerto lo piense dos veces antes de seguir con sus intentos de recuperar a Morgana y, lo que es más importante, posiblemente el que trató de matarla anoche lo piense mejor.

—¿Lo crees honestamente? —preguntó Jacko en tono bajo, con cara grave y los ojos azules ansiosamente fijos en el rostro de Royce.

Incómodo, Royce se frotó la nuca.

—No lo sé, pero por el momento es lo único que podemos hacer. Hasta que sepamos quién está tratando de matarla, o por qué, estamos bastante perdidos, pero confío en que la boda fortalecerá en algo su posición. —Hizo un gesto torcido y confesó con franqueza—: Para no disfrazar las cosas, al casarme con tu hermana, la he sacado del anonimato y la he elevado al corazón mismo de la elite. Si alguien la ataca ahora, ya no están tratando con un vulgar muchacho que saqué del arroyo: están tratando con la esposa de un miembro de la sociedad, rico y bien relacionado, aunque sea norteamericano.

Zachary asintió con la cabeza y dijo en tono seco:

—¡Supongo que podemos estar agradecidos por tener un bisabuelo vizconde!

Jacko se aclaró la garganta, incómodo.

—Me pregunto si no sería mejor que Zachary fuera solo esta noche. —Sonrió débilmente—. Me temo que no encontrarán vizcondes, ni siquiera un simple lord en el árbol genealógico de la familia Fowler.

Con expresión inescrutable, Royce miró a Jacko, notando el corbatín pulcramente anudado, el corte exacto de la chaqueta verde botella y los pantalones ajustados que llevaba. Era evidente que habían saqueado el guardarropas más que abundante de Zachary con muy buen efecto, y que en la casa había alguna costurera notable que rápidamente había hecho las reformas necesarias para cubrir la estructura más fuerte de Jacko. Cualquiera que lo viera por primera vez lo tomaría de inmediato por un miembro de la clase acomodada, y Royce no tenía duda de que Jacko podía mantener cualquier conversación que surgiera. Mirándolo a los ojos, Royce dijo con suavidad:

—Como tú y Morgana no tenéis idea de quiénes son vuestros padres, yo en tu lugar no me apresuraría tanto a declarar que no hay miembros de la aristocracia entre vuestros ancestros, hasta podríais llevaros una sorpresa.

Jacko sonrió levemente y asintió con la cabeza.

—Pero de todos modos no creo que sea buena idea imponerme a sus amigos.

Royce súbitamente se mostró muy altivo.

—¿Por qué? —preguntó fríamente—, ¿acaso no eres el hermano de mi esposa? ¿Acaso no voy a reconocer a sus familiares?

Sabiéndose vencido, Jacko abrió las manos como restando importancia al asunto, y con ojos chispeantes, lanzó una carcajada.

—Muy bien, amable señor. Usted se hace responsable. Y no diga que no traté de advertírselo si hago un papelón.

—Ah, pero no tienes nada que temer, mi joven amigo —dijo Royce arrastrando las palabras, con un destello burlón en los ojos de color topacio —. Estoy seguro de que esta noche conocerás a varios miembros de la elite cuyos modales y moralidad harán que los tuyos parezcan gallardos y sofisticados. Sin embargo, hay una cosa que decididamente creo que debemos cambiar... Jack suena mucho más, eehhmm, respetable que Jacko, ¿no te parece?

—¡Por supuesto! —confirmó Zachary excitado—. ¡Jack Fowler; ése será tu nombre!

Encogiéndose de hombros, el joven recién rebautizado aceptó de buen grado.

—¡Entonces seré Jack!

Los tres hombres conversaron brevemente, volviendo a reflexionar sobre los motivos ocultos tras el ataque a Morgana y discutiendo los planes para mantenerla a salvo. Finalmente se agotó el tema y como no había ninguna razón para que se quedaran en la casa, y con las recomendaciones de Royce en mente, a los pocos minutos Zachary y Jack habían partido rumbo a Tunbridge Wells en el cabriolé de Royce.

La casa parecía muy silenciosa después de la partida de Zachary y Jack; la algarabía inicial por la boda se había desvanecido y los criados habían vuelto a sus tareas habituales. Solo en el estudio, Royce miró la habitación agradable, pensando que, en otras circunstancias, hubiera estado muy contento de vivir aquí, pero el conocimiento de que alguien quería matar a su muy reciente esposa le hacía querer irse del lugar, y esperaba ansioso que llegara la fecha de partida. Dándose cuenta de que con todo el furor de la noche anterior y con la conmoción de los arreglos para la boda, todavía no le había mencionado a Morgana que saldrían para Nueva Orleans en poco más de dos semanas, Royce salió presuroso del estudio, ansioso por ver a su novia, y no sólo porque quiera comunicarle la inminente partida de Inglaterra.

Encontró a Morgana bajando las escaleras; en lugar de la corona de rosas, había entrelazado con sus rizos negros una cinta de seda rosa, y se había cambiado poniéndose un vestido de muselina muy sencillo, con mangas abullonadas, de un encantador tono de rosa. Observando su grácil descenso, consciente de que esta joven absolutamente encantadora de rasgos delicados y adorables y ojos grises sonrientes era realmente su esposa, Royce sintió que lo invadía una potente oleada, una sensación casi sobrecogedora de amor y orgullo.

Yendo a su encuentro al pie de la escalera, le dedicó una sonrisa seductora que hizo que el corazón de Morgana latiera erráticamente en su pecho y, besándole la mano, murmuró:

—¿Tengo el honor de dirigirme a la señora Manchester?

Un hoyuelo se marcó hechiceramente en el rostro de Morgana y con risa en lo profundo de los ojos grises, hizo una pequeña reverencia audaz y replicó desvergonzadamente.

—¡Bueno, que *m'aspen* si no!

Royce echó la cabeza hacia atrás y lanzó una carcajada; después, sin importarle dónde estaba o quién los veía, la tomó en sus brazos y la besó largamente. Se separaron del abrazo sin aliento, con la certeza de que la relación entre ellos había cambiado irrevocablemente. Ya no eran la amante y el protector, ya no eran tan sólo un hombre y una mujer que saciaban mutuamente sus pasiones; ahora eran marido y mujer, y sus vidas estaban ligadas inalterablemente para siempre.

Se miraron sin palabras, Royce con el corazón incontrolablemente lleno del amor que sentía por ella, Morgana conmovida por lo afortunada que era en tener a este hombre al que adoraba abiertamente, que la había querido por esposa... y casi no importaba que nunca le hubiera dicho que la amaba, estaba segura de que ella tenía suficiente amor para los dos.

Podrían haberse quedado allí parados indefinidamente, mirándose arrobados a los ojos, si Chambers, con una amplia sonrisa, no hubiera tosido discretamente y murmurado:

—Señor, señora, como hace muy buen tiempo, me tomé la libertad de hacer que la cocinera les preparara una comida campestre. —Sin mirarlos, aparentemente fascinado por la arquitectura de la escalera que estaba detrás de ellos, una escalera que había visto docenas de veces, agregó en tono casual—. Creo que el lago es muy agradable a esta hora del día.

Royce no pudo evitar reírse ante una manipulación tan desvergonzada, y volviéndose para mirar el rostro cautelosamente neutro del mayordomo, dijo bromeando:

—Si Wellington tenía a un hombre de su calibre en Waterloo, no me sorprende que derrotaran a Napoleón. Nunca había presenciado una maniobra tan experta.

La boca de Chambers tembló, pero se inclinó y preguntó:

—¿Quiere que le traiga la canasta?

Mirando a Morgana y notando su expresión complacida, Royce asintió.

—¡Excelente idea! —replicó, deseando hacer feliz a su esposa.

Cargando una gran canasta de mimbre y algunas mantas y almohadones, Morgana y Royce salieron de la casa poco después, despedidos por la sonrisa beatífica de Chambers. Lentamente caminaron por uno de los muchos senderos bordeados de flores que se entrecruzaban en la propiedad, gozando del dulce aroma de las violetas y rosas que flotaba en el aire tibio del verano. Pasearon sin rumbo, sin un destino en especial, deteniéndose aquí y allá para admirar un panorama especialmente atractivo, un pimpollo o un arbusto.

Finalmente se instalaron en un sitio, fuera de la vista de la casa, cerca de la orilla del lago; extendieron las mantas y diseminaron los almohadones bajo las ramas extendidas y sólidas de un viejo roble inglés. La comida liviana que Ivy había preparado estaba deliciosa: crujientes tartas de carne, pastel de alcachofas, queso suave, una hogaza de pan todavía tibio y, de postre, jugosas uvas negras y fresas grandes y rojas espolvoreadas con azúcar. Royce detectó la mano de Chambers en las tres botellas de soberbio vino blanco que encontró en la cesta, y habiendo hecho un buen trabajo de demolición con la comida, Morgana se puso en la boca la última fresa y declaró beatíficamente que nunca había comido algo que supiera tan bien.

Juntos guardaron todo en la canasta, dejando fuera media botella de vino, que era todo lo que quedaba de él, y se acomodaron confortablemente sobre la manta, contentos de disfrutar simplemente de la soledad y tranquilidad de la tarde declinante. Morgana, con un almohadón mullido detrás de los hombros, se recostaba contra el tronco del roble. Royce tenía la cabeza apoyada sobre su regazo y con dedos distraídos ella jugueteaba con su cabello espeso y dorado. Miró soñadora la expresión relajada de su rostro, casi penosamente consciente de que nunca había sido tan feliz en toda su vida. Quería abrazar el instante, capturarlo, para poder revivir este momento de dulce contento, sin importar lo que deparara el futuro.

De repente, Royce atrapó los dedos que acariciaban su cabeza y, llevando la palma a sus labios, plantó un beso decididamente sensual en la carne suave, desbaratando el momento de calma.

—Ahora que mi estómago está satisfecho, creo que hay otros, eehhmm, apetitos que podríamos aplacar, ¿no te parece? —murmuró contra la mano de Morgana.

Al oír sus palabras y sentir el contacto de sus labios en su carne, Morgana sintió un calor hormigueante que le recorría el cuerpo; sus pechos de pronto parecían pesados, se tensaron sus pezones y donde se apoyaba la cabeza de Royce en sus muslos, sintió que nacía un apetito palpitante e insistente. Con las mejillas sonrojadas, aquietó los dedos, e hipnotizada por el brillo ávido de los ojos dorados, balbuceó sin aliento:

—¿Aquí? ¿Afuera?

Royce se acercó un poco y apretando la boca abierta contra su seno, musitó:

—¿Y por qué no aquí? Nadie nos puede ver desde la casa, estamos completamente solos, y Chambers se asegurará de que nadie nos moleste... —Los dientes de Royce se cerraron alrededor del pezón y, a través de la tela del vestido, Morgana sintió el calor y la humedad de su boca, el suave mordisco de sus dientes, y se estremeció de deseo.

No habían hecho el amor desde la noche antes del viaje a Londres, y Royce había pasado la mayor parte del día en agónica impaciencia, deseando enfáticamente estar a solas con ella, besarla apasionadamente y encontrar en el cuerpo delgado, solaz para los reclamos inexorables y urgentes de su carne. Había vuelto de Londres casi estallando de deseo por Morgana, pero el roce con la muerte de la noche anterior había apaciguado un tanto el fuego de su pasión, y sintiendo que ella necesitaba más el consuelo que la posesión urgente, se había contentado con unos pocos besos hambrientos hasta que por fin ella se durmió, acunada y protegida por su cuerpo imponente.

Su necesidad había ido en aumento durante el día, el saber que era su esposa intensificaba la pasión que sentía por ella, y advirtiendo el temblor que recorrió el cuerpo de Morgana cuando sus dientes se cerraron suavemente alrededor del pezón, Royce finalmente dejó que toda la pasión feroz y salvaje que había contenido durante todo el día recorriera desbocada su cuerpo.

—No creo —dijo con voz ronca—, no creo que pueda controlarme el tiempo suficiente para llegar a la casa. —Sus labios rozaron seductores la boca de Morgana, y agregó burlón—: Imagínate cuánto se escandalizaría Chambers si abre la puerta principal y me encuentra haciéndote el amor justo a sus pies. —Morgana rio al oírlo, y Royce entrecerró los ojos—. Ah, encuentras que mi situación es graciosa, ¿no es así, mujercita? Bueno, veamos si puedo despertar el fuego en ti también.

Su beso fue devastadoramente sensual, y feliz, Morgana se entregó a su abrazo, olvidándose del lugar donde estaban cuando la arrolló una ola de pasión. Royce la besó profundamente, hundiendo la lengua hasta los confines de su boca, como si hubieran pasado meses desde la última vez que hicieron el amor, en vez de pocos días, y con su cuerpo grande casi apoyado sobre el de ella, Morgana sentía la dureza inflamada de su miembro que se apretaba conspicuamente contra su muslo, y mareada se dio cuenta de que sus comentarios anteriores no habían sido totalmente en broma.

Precisamente cómo llegaron a estar totalmente desnudos sobre la manta, bajo la sombra del roble, Morgana nunca lo supo. Vagamente recordaba a Royce tirando furiosamente de sus botas y su chaqueta y de los escarpines puntiagudos que llevaba ella, pero cuándo desaparecieron su vestido y su camisa o quién le quitó a él lo que quedaba de sus ropas, se perdía en una bruma. Todo lo que recordaba de esa tarde era la dulce fiereza de su amor.

Los rayos de luz dorada del sol que se filtraban a través del follaje frondoso del árbol eran cálidos sobre la piel, pero no más que el calor embriagador de la boca de Royce que descendía de sus labios a sus pechos, no más que el calor de la mano sensual que se deslizaba por su muslo. El vino, la calidez del sol poniente, la enajenaban, pero no más que la presión de la boca de Royce sobre sus senos, no más que el latido de su sangre cuando las manos de él exploraban su cuerpo pálido y esbelto. Morgana sentía que su esqueleto se diluía bajo las caricias experimentadas, derritiéndose en un cúmulo de sensaciones lujuriosas. La boca le ardía queriendo sentir sus besos, sus pezones tensos y duros anhelaban sentir los labios y las manos de Royce, y entre sus muslos... allí era tan fuerte la necesidad de sentir el contacto sensual e insidioso, la magnífica posesión de su cuerpo...

Con dedos inexpertos exploró el amplio pecho musculoso con sus remolinos de rizos dorados, y la recorrió un estremecimiento de deleite al oír a Royce gemir cuando ella jugueteó con sus tetillas endurecidas. Audazmente, sus dedos siguieron acariciando y palpando la carne tibia y firme de ese cuerpo de acero, la curva larga de su espalda, la masa sólida de sus nalgas, y sonrió soñadora cuando sus dedos siguieron explorando hasta el estómago de Royce y lo oyó jadear. Casi con voluntad propia, la mano de Morgana siguió deslizándose hacia abajo hasta encontrar y enroscar los dedos alrededor de la rígida magnificencia del órgano inflamado, con un suspiro de placer.

Le producía un enorme goce acariciar a su marido de ese modo, explorar su cuerpo alto y fuerte, descubrir las cosas que le daban placer, pero esas caricias y ese íntimo reconocimiento, al mismo tiempo, aumentaban sus propios deseos apasionados. Sin palabras se arqueó contra él, ansiando su contacto, deseando desesperadamente que aliviara las exigencias implacables de su propia carne.

Royce no se hizo rogar y, compulsivamente, su boca delineó las curvas dulces y los montes suaves del cuerpo delgado de Morgana, deslizando sus manos con creciente urgencia por su carne, enardeciéndola aún más, incitándola con la promesa del placer estremecedor que sólo él le podía brindar. La besó largamente, con los labios pegados y la lengua profundamente hundida en la de ella, en un preludio enloquecedor de lo que después le haría con su cuerpo. Pero no se contentaba con simples besos; sus manos masajeaban y apretaban los pequeños senos, frotando con el pulgar los pezones palpitantes, acrecentando el deseo caliente y anhelante entre los muslos de Morgana.

Frenética, ella alentaba sus movimientos eróticos; la presión espasmódica de sus dedos alrededor del miembro erecto, los movimientos inconscientes de su cuerpo, y sus suaves gemidos de placer impulsaron a Royce a cometer mayores excesos; sus labios hacían tiernos estragos en los pechos de Morgana, mientras sus manos se deslizaban por el cuerpo tembloroso en busca de la carne sedosa entre las piernas. Apretando la boca voraz contra sus pechos, el sondeo insistente de sus dedos en la misma fuente de todos sus deseos delirantes, Morgana se sumergió en un mar turbulento de abandonado deleite.

No inmune a los movimientos desvergonzadamente seductores de Morgana, Royce se estremecía una y otra vez bajo el contacto sensual de los dedos que recorrían su carne inflamada, bajo el tormento exquisito de sus suaves mordiscos en los hombros y las orejas. Con la respiración entrecortada, sabiendo que si no la tomaba pronto se perdería, luchó por controlarse, deseando prolongar esta dulce agonía, queriendo aumentar el placer de Morgana antes de la unión. Con inmenso esfuerzo se apartó de las caricias enloquecedoras de Morgana, y divisando la botella de vino, una visión erótica súbitamente apareció ante sus ojos, y la tomó.

Con una sonrisa francamente carnal dibujada en los labios, miró a Morgana a la cara y lentamente derramó el vino fresco por el centro de su cuerpo. Morgana lanzó una suave exclamación sorprendida cuando el líquido tocó su carne, pero Royce estaba hipnotizado por la visión del líquido pálido y dorado que se deslizaba formando ríos sensuales entre los pechos rosados de Morgana, atravesando su estómago plano hacia los rizos apretados y negros en la unión de los muslos de alabastro.

Casi enajenado, Royce arrojó la botella vacía y vorazmente empezó a trazar el recorrido del vino con su boca cálida. Sorbiendo el vino de entre sus pechos, yendo una y otra vez a los pezones palpitantes, Royce murmuró enronquecido.

—¡Ambrosía! ¡Puro néctar de los dioses!

Había algo fogosamente incitante en la humedad fresca del vino seguida por el calor y la succión de la boca de Royce y Morgana gemía arqueándose contra la dulzura de los labios avasallantes, extendiendo las manos para tocarlo. Necesitaba desesperadamente que la poseyera, y con suaves sonidos incoherentes, trató de decírselo, mientras trataba de atraerlo hacia ella con sus brazos.

Royce también luchaba contra la oleada de pasión que amenazaba arrastrarlos, sintiendo como un suplicio la necesidad de hundirse en ella, pero estaba demasiado atrapado por el potente sabor del vino libado del cuerpo cálido como para detenerse, y compulsivamente, su boca se deslizó hacia abajo, por el estómago de Morgana, hasta los rizos negros de la unión de sus muslos. Moviéndose levemente, sin hacer caso del envaramiento algo escandalizado del cuerpo de Morgana, se deslizó entre sus muslos, tomándola por las nalgas para alzarla hasta él, mientras su boca y su lengua calientes exploraban la carne suave, húmeda de vino, que encontró debajo de los apretados rizos.

Un espasmo lacerante de puro placer sensual atravesó el cuerpo de Morgana al sentir el primer contacto de la lengua de Royce, y se agitó violentamente hacia arriba, súbitamente encendida y ansiando más de esas cosas decadentes que le hacía su marido. Los dedos de Morgana apretaron la manta mientras él seguía probando y sondeando entre sus piernas con lengua diestra, y las sensaciones más divinamente eróticas estallaban en todo el cuerpo de Morgana con creciente frecuencia, hasta que tuvo la certeza de que no podía existir placer más intenso que este asalto tan pecaminosamente íntimo de su marido. Se agitó como una criatura salvaje bajo el contacto ávido, implorando el alivio de la aguda necesidad que parecía centrada bajo la lengua de Royce, mientras sus manos le apretaban firmemente las nalgas, controlando las ondulaciones impotentes de su cuerpo. De pronto, el cuerpo de Morgana se puso rígido y un grito penetrante de puro gozo escapo de ella cuando estalló el dulce éxtasis, ola tras ola de intenso placer que se deshacían en su cuerpo.

La excitación de la carne convulsionada bajo su lengua, el sonido embriagador de su orgasmo, fueron casi más de lo que Royce podía soportar, y luchó por no derramarse sobre la tierra. Sólo cuando se aquietaron los poderosos espasmos que sacudían el cuerpo delgado de Morgana, Royce levantó la cabeza y, deslizándose hacia arriba, la tomó en sus brazos, acariciándola con dulzura, ayudándola a volver a la tierra.

Atontada, Morgana sólo era capaz de permanecer allí en sus brazos, sorprendida por lo que había experimentado, casi sin poder creer lo que él le había hecho o el placer maravilloso que había sentido con un acto tan desvergonzado. Cuánto tiempo quedaron allí tendidos juntos, con la cabeza de Morgana acurrucada contra el hombro de Royce mientras su cuerpo volvía a la normalidad, no lo sabía. Podía haber sido un segundo o una hora, pero de pronto, todavía perdida en una bruma erótica, se dio cuenta del movimiento rítmico del dedo de Royce que frotaba su pezón y sintió un temblor de deseo renovado cuando notó el tamaño increíble de la virilidad inflamada contra su cadera.

—¿Royce? —preguntó sin aliento, con los pechos asomando entre los dedos de él y los ojos enturbiados por la pasión que despertaba.

Él sonrió con una sonrisa perezosa y posesiva, y murmuró:

—Me preguntaba cuándo te darías cuenta de mi apuro y decidirías ayudarme a, ehhmm, librarme de su embarazosa presencia...

Ya presa de las demandas reavivadas de su cuerpo, Morgana asintió aturdida y extendió la mano hacia él. Royce la apartó y gimió, diciendo:

—No, mejor no; en este momento estoy como un cañón cebado demasiadas veces... Si me tocas, me temo que ambos quedaremos desilusionados; tú, por supuesto más que yo.

Los ojos dorados brillaban con toda la pasión contenida en él. Royce la atrajo hacia sí, y la besó ávidamente mientras sus manos se deslizaban por su cuerpo, y en poco tiempo la llevó nuevamente al punto de implorante deleite. Sintiéndose él mismo casi fuera de control, se puso de espaldas y, guiando el cuerpo ansioso de Morgana, la montó sobre él, la empujó hacia arriba y se enterró en la vaina apretada y cálida, ensartándola con su verga erecta.

Enajenada de placer, repleta de él, Morgana movió audazmente su cuerpo arqueado, subiendo y bajando las caderas contra él. Fue una cópula violenta y voraz en la que ambos se dieron tanto placer feroz, que cuando finalmente los alcanzó la impetuosa tormenta del éxtasis, Royce prácticamente estalló dentro de ella, gritando su clímax, y Morgana, temblando bajo la fuerza de sus sensaciones, se derrumbó laxa sobre él, beatíficamente segura de que realmente se podía morir de placer.

28

Perdidos en ese mundo que solamente comparten los amantes, a la luz purpúrea del atardecer caminaron lentamente de regreso a la casa, con los brazos entrelazados, la cabeza de Morgana descansando contra el hombro de Royce. Quedaban pocas señales de la pasión impetuosa que habían compartido poco tiempo atrás, aunque un ojo avizor hubiera notado inmediatamente que el corbatín de Royce no estaba anudado tan meticulosamente como antes, que los rizos de Morgana estaban enmarañados y que la cinta rosa había desaparecido misteriosamente.

El dulce embeleso que flotaba entre ellos en ese momento era algo precioso y espléndido, y ninguno de ellos deseaba que se interpusieran los temores y las ansiedades de la conciencia. Estaban completamente absortos el uno en el otro, y aunque entre ellos no se había pronunciado la palabra «amor», era evidente para cualquiera que los viera que estaban profunda e irrevocablemente enamorados.

Quizás el peligro que amenazaba a Morgana hacía que apreciaran aún más esos momentos. Eso Royce no lo sabía; lo único que sabía era que jamás había esperado experimentar un placer tan intenso del acto del amor, ni la profundidad del tibio contento que le producía el mero hecho de tenerla a su lado. Morgana era infinitamente preciosa para él, pero en ningún momento se le ocurrió decírselo, nunca pensó en pronunciar las palabras que hubieran eliminado la última duda de su mente. En cambio, esa noche, mientras yacían en el lecho matrimonial, volvió a adorarla una y otra vez con su cuerpo, revelando con la avidez de sus besos y la urgencia de su posesión, todo el amor y la ternura que guardaba dentro.

Mucho después de que Morgana se hubiera dormido completamente agotada, Royce seguía despierto, observándola dormir a la luz dorada de la única vela encendida, sin poder creer todavía la fortuna, la bendición de haberla encontrado. No le importaba quién era: una parte de él quería con vehemencia que ella fuera nada más que Pin, sin ningún lazo, sin nada que la atara a nadie más que a él. Pero, mientras su mirada amorosa recorría las dulces facciones de Morgana, en las que estaba claramente estampado el sello de la familia Devlin, sabía —y eso le producía una sensación hueca en el pecho— que era imposible que su relación con los Devlin quedara oculta para siempre.

No queriendo continuar con sus especulaciones sobre ese problema, bajó la vista y la dejó vagar por el cuerpo esbelto. La noche era cálida y en el sueño, Morgana había apartado la sábana que se enroscaba a la altura de sus rodillas. Yacía de costado, mirando hacia él, y Royce frunció el entrecejo al encontrar la cicatriz en la nalga derecha.

Alcanzando la vela se inclinó para examinar los contornos precisos de la cicatriz. No era, como había pensado en un principio, simplemente un conjunto de líneas de una vieja quemadura; tenía un diseño definido dentro de un círculo. Era bastante grande, aproximadamente del tamaño de un penique inglés, y el entrecejo de Royce se frunció aún más. Miró la marca, y con una mirada atribulada distinguió las iniciales entrelazadas HD, una rosa encima de las letras, un par de sables cruzados por debajo. «Se parece mucho —pensó con una extraña sensación de incredulidad—, al sello de un escudo de armas.»

Durante largo rato estudió el diseño, sintiéndose cada vez más seguro de que, en efecto, lo que veía era un escudo de armas, que alguien, en algún momento de la vida de Morgana, le había marcado calculadora y cruelmente. Evidentemente era una cicatriz vieja, pero por qué, se preguntó, alguien llegaría a eso. ¿Simple crueldad? ¿O es que alguien había querido que Morgana quedara claramente identificada con el sello? Y si fuera así, ¿por qué?

No le resultaba difícil creer que Stephen Devlin fuese capaz de un acto tan bárbaro y frío, pero como el conde evidentemente había abandonado a Morgana desde su nacimiento, ¿por qué querría que llevara la marca de su paternidad? El asombroso parecido con la familia Devlin debería ser prueba suficiente. Royce hizo una mueca. No reconocía el escudo, aunque ahora que lo pensaba, estaba seguro de haberlo visto antes, pero aun así, no estaba seguro de que fuera el del conde de St. Audries. Pero si lo era, y Royce tenía el fuerte presentimiento de que era así, ¿de quién eran las iniciales inscritas dentro del sello? La D, pensó lentamente, sin duda correspondía a Devlin, ¿pero y la H? Sabía positivamente que nunca había oído mencionar a nadie que tuviera la inicial H. ¿Tal vez un pariente lejano? ¿Era posible que Morgana no fuera la hija de Stephen, sino de algún miembro de la familia de menor importancia? Pero en ese caso, ¿por qué la marca del escudo? El uso del sello no estaba permitido a cualquier miembro de la familia.

Morgana se movió entre sueños, y medio despierta, le dirigió una sonrisa somnolienta. Viendo la vela que Royce tenía en la mano y considerando que estaba sentado en la cama, murmuró:

—¿Qué haces? ¿Sucede algo malo?

Royce negó con la cabeza y se apresuró a tranquilizarla, diciendo:

—Todo está muy bien, no te preocupes.

Despertándose del todo e intrigada por la vela, Morgana preguntó:

—¿Estás buscando algo?

—No, más bien estoy mirando algo —replicó con una leve sonrisa. Morgana le devolvió la sonrisa y decidiendo que ese momento era tan bueno como cualquier otro para satisfacer su curiosidad sobre la cicatriz, le preguntó con cautela—: Estaba examinando la cicatriz que tienes sobre la nalga derecha... ¿cuándo te la hiciste?

Apoyándose sobre el codo, Morgana miró la cicatriz.

—No sé —respondió confusa—. Siempre la tuve; ha estado allí desde que tengo uso de razón. —Una pequeña sonrisa se dibujó en sus labios—. Mamá decía que vine con ella.

Royce contuvo la respiración, no muy seguro de cómo interpretar esas palabras.

—¿Viniste con ella? —repitió en tono casual.

—Quiero decir que nací con ella, o lo que sea —replicó Morgana encogiéndose de hombros.

Escogiendo las palabras con cuidado, Royce acercó la vela y preguntó muy serio:

—¿Alguna vez la miraste bien? No es una marca de nacimiento.

Sumamente confundida, Morgana miró primero a Royce y después a la cicatriz.

—Royce —le explicó pacientemente—, no es nada más que una cicatriz, y no, no la he examinado. Te olvidas de que no siempre tuve el lujo de una muda de ropa, ni de un baño: dormía con la ropa puesta y usaba las mismas prendas durante meses. —Se ruborizó y murmuró—: Desde que te conozco, he estado desnuda más tiempo que durante todo el resto de mi vida anterior.

Una sonrisa sensual apareció de pronto en la boca de Royce.

—¡Por lo que estoy profundamente agradecido! —Pero el buen humor desapareció casi de inmediato y, frunciendo el entrecejo, dijo—: Morgana, no se trata de una simple cicatriz; estoy casi seguro de que es el sello de un escudo de armas. ¿Estás segura de no recordar nada sobre ella? ¿Cuándo te la hicieron? ¿Nada?

Asombrada, miró la cicatriz y el rostro serio de Royce.

—¿Un escudo? —inquirió dubitativa—. ¿Por qué tendría que tener un escudo en la nalga? —sus ojos se dilataron y tragó con dificultad—. ¿Mi padre? —Sus ojos se dilataron aún más, al ocurrírsele otro pensamiento. En voz baja, preguntó—: ¿Crees que él tuvo algo que ver con lo que pasó anoche?

—No lo sé, pero no me sorprendería en lo más mínimo. Esto te identifica sin ninguna duda. —Con honestidad, agregó—: Y podría ser el escudo de tu padre. Yo no lo reconozco, pero estoy casi seguro de haberlo visto antes.

Morgana se sentó en la cama, cubriendo su cuerpo modestamente con la sábana de lino. Había evadido el tema de su padre durante semanas, y de pronto sentía que, para ella, lo más importante del mundo era averiguar la verdad; había dilatado las cosas durante demasiado tiempo. Además, ¿qué tenía que temer? Él no podía hacerle daño. Y apartando el deseo cobarde de seguir en la feliz ignorancia con respecto al extraño desdeñoso que la había engendrado, preguntó apresuradamente, antes de cambiar de idea:

—¡Cuéntame sobre él! Jane siempre decía que mi sangre era azul. Si como tú pareces creer, la cicatriz es un escudo, entonces podría ser la prueba de lo que ella decía. —Mirándolo a los ojos, lo interrogó con impaciencia—: ¿Quién es? Quiero saber.

Con renuencia, y no muy seguro de por qué se sentía así, Royce respondió directamente.

—El conde de St. Audries, Stephen Devlin.

Los ojos de Morgana se dilataron aún más, hasta quedar casi redondos.

—¿Un conde? —repitió incrédula—. Mamá no disimulaba el hecho de que había sido una cortesana de gran categoría, pero yo no sabía de cuánta categoría.

Ahora Royce ya no tenía motivos para ocultarle toda la verdad, ahora que Morgana preguntaba por su padre, e inspirando profundamente, dijo:

—Parece probable; tienes un parecido bastante fuera de lo común con los demás miembros de la familia; lo noté de inmediato. No se puede negar que eres una St. Audries. —Royce frunció el entrecejo—. Pero la marca en tu nalga... Desde que la vi la otra noche, me ha preocupado; simplemente no puedo imaginarme qué razón tiene... especialmente si resulta ser el escudo de los St. Audries. Stephen no hizo ningún arreglo económico para ti, y ya que tu madre no se mostró dispuesta a decirte nada sobre él, aparentemente él no quiso reconocerte, o tal vez ella le temía y no se atrevió a decírtelo, de modo que ¿qué posible razón podría haber para que te marcaran de esa forma? Y si él está detrás del ataque de anoche, ¿por qué? Jamás se había metido en tu vida, entonces, ¿por qué querría matarte ahora?

Morgana no tenía ninguna respuesta; de hecho, era como si se hubieran abierto las compuertas y ahora tenía docenas de preguntas con respecto a su padre. Royce respondió cuantas pudo, pero como su interés por la familia St. Audries había sido mínimo hasta el momento y sus conversaciones con el conde habían sido más hostiles que amistosas, era poco lo que podía decirle, más allá de algunos datos básicos. Hizo un gran esfuerzo para no dejar traslucir el disgusto que personalmente sentía por el conde, pero lo delató la misma neutralidad de su tono.

—A ti no te gusta demasiado, ¿no es así? —preguntó ella cuando Royce terminó de hablar.

Él hizo una mueca.

—Simplemente, digamos que al conde no le gustan los norteamericanos, y yo, desgraciadamente, no me siento especialmente impresionado ni por su riqueza ni por su título... y se lo he hecho saber. —La miró durante largo rato, deseando fervientemente saber qué pasaba dentro de su cabeza.

Morgana no podía precisar lo que sentía. Sentada allí envuelta en la sábana, mirando a Royce pero sin verlo, una multitud de emociones caóticas le danzaba en la cabeza. Por cierto que era gratificante descubrir que el padre de una era un noble miembro de la aristocracia, un hombre de dinero y miembro de una familia que infundía respeto... pero Morgana tenía la definida e inquietante convicción de que si bien el nombre infundía respeto, su padre no. No era por nada que hubiera dicho Royce, sino más bien por lo que éste no había dicho. Aun teniendo en cuenta la reconocida animosidad que existía entre ambos, su marido mostraba un aire decididamente reservado al hablar de su padre, casi como si hubiera cosas desagradables con respecto al conde de St. Audries que él no quería que ella supiera...

Morgana suspiró... En realidad no tenía importancia para ella; el aporte de Stephen Devlin a su vida se limitaba al hecho de que Jane había sido su amante en algún momento, y Morgana no podía decir que abrigara algún sentimiento profundo por ese hombre. Había sentido curiosidad, es verdad, ¿pero quién no? Mas no era como si alguna vez hubiera soñado realmente con conocerlo o introducirse en su vida. Lo que había visto fugazmente el día que robó a Royce definitivamente no la había alentado a buscarlo, muy por el contrario, pensó con un estremecimiento, recordando la arrogancia egoísta de los rasgos bien moldeados. ¿Cómo podía ser su padre un hombre como ése? Y si fue la curiosidad, o simplemente la renuencia a aceptar que ese hombre altanero y de ojos fríos era su padre, o alguna otra cosa lo que la impulsó a formular la siguiente pregunta, no lo sabía. Con la cabeza inclinada, preguntó suavemente:

—¿Estás seguro de que Stephen Devlin es mi padre? ¿No tiene algún otro pariente que pudiera haber sido el protector de Jane?

Royce negó lentamente con la cabeza.

—En la familia Devlin no hay más hombres que Stephen y Julian, y Stephen tiene la edad adecuada para haberte engendrado. Tu medio hermano, Julian, tiene apenas unos pocos años más que tú, y que yo sepa, no hay nadie más en la familia. —Súbitamente una expresión extraña se pintó en su rostro, al recordar vagamente una conversación con Zachary—. ¡Espera! Había un hermano mayor... Él era el conde antes de Stephen. Si mal no recuerdo, murió hace años, antes de que tú nacieras, así que me temo que eso lo elimina.

Decidiendo que en realidad estaba siendo demasiado exigente al no conformarse con un «maldito lord» por padre, cuando los pobres de Jacko y Ben no tenían ni el menor indicio de quiénes eran sus padres, Morgana sonrió y murmuró:

—No es importante; conociendo a Jane, tanto podría haber sido un asaltante de caminos, y tendré que conformarme con ser la hija de un conde. —Le sonrió y agregó—: Tan sólo piénsalo, no soy la pequeña nadie que tú creías, excepto por el hecho de haber nacido fuera del lecho conyugal, prácticamente soy una maldita *lady*.

Royce le devolvió la sonrisa, pero no estaba atendiendo totalmente a sus palabras. La referencia al hermano muerto del conde le había despertado una incómoda preocupación en el fondo del cerebro. ¿No había mencionado Zachary algo sobre la muerte de la esposa del conde anterior y su hija recién nacida? ¿No era así como Stephen Devlin había heredado la fortuna de la que tanto se jactaba? La niña que murió hubiera heredado todo, excepto, por supuesto, el título... pero increíblemente, si hubiera vivido, él pensaba que se parecería mucho a Morgana y sería de aproximadamente la edad de Morgana... La sospecha más extraordinaria súbitamente formó cuerpo en su cabeza. ¡No!, se dijo con firmeza. ¡No era posible! Morgana era la hija ilegítima de Stephen. No había otra explicación. Pensar otra cosa sería dejar desbarrar la imaginación.

Sin embargo, largo tiempo después de que Morgana se quedara dormida otra vez, Royce permaneció acostado, pensando seriamente en lo impensable. Si estaba dispuesto a creer que Stephen era lo suficientemente canalla como para asesinar a la hija recién nacida de su hermano, y quizá también a la madre, para apoderarse de la fortuna, lo que Royce sí creía, entonces no se necesitaba un salto demasiado grande de la imaginación para suponer que algo había salido muy mal en el despreciable plan de Stephen... ¡El tuerto!

Dejando de lado todo intento de dormir, Royce se deslizó de la cama y, poniéndose la bata, empezó a pasearse inquieto por la estancia. Si Morgana realmente era la heredera supuestamente muerta, este hecho daría las respuestas a tantas preguntas desconcertantes. Supongamos que Stephen había contratado al tuerto para deshacerse de la niña, y supongamos que, por razones propias, el tuerto no lo hizo. «En cambio —pensó Royce lentamente,— puede haber puesto a la niña al cuidado de alguien en quien confiara...» Jane Fowler, que la había criado como propia. Royce no comprendía bien exactamente qué esperaba ganar el tuerto con esto, pero si sus suposiciones eran correctas, se explicaría por qué el tuerto la quería de vuelta tan desesperadamente, aunque sólo fuera porque quería evitar que Stephen descubriera que lo había traicionado tantos años atrás.

Y si Stephen había hecho lo que Royce estaba empezando a sospechar con creciente convicción, si Morgana Fowler era realmente *lady* Morgana Devlin, heredera de una gran fortuna, eso le daba a Stephen Devlin un poderoso motivo para matarla... Eso explicaría por qué, después de tantos años, el conde de pronto se sentía tan interesado en ella, por qué había estado husmeando por la propiedad, haciendo preguntas a John Bullard sobre la damita que vivía allí... y por qué alguien había tratado de envenenarla la noche anterior.

Era un panorama vil y sumamente desagradable el que se desplegaba en la mente de Royce, pero cuanto más lo pensaba, más se convencía de haber acertado con por lo menos parte de la verdad. Caminó hasta donde Morgana dormía con la cara bañada por la luz dorada de la vela, que ardía sobre la mesa de noche.

¿Es que su pequeña carterista era la heredera de una gran fortuna? En vez de ser una «maldita *lady*», como ella se había denominado risueñamente, ¿era en realidad una dama de fortuna? ¿La hija legítima de un conde? Poco le importaba. Era la pequeña carterista quien lo había cautivado por completo, quien inadvertidamente le había robado el corazón: él la amaba y al diablo con sus ancestros. Tal vez originalmente estuviera buscando una esposa de cuna y fortuna, pero eso había sido antes de enamorarse de Morgana y desde el fondo de su corazón, no deseaba que fuera nada más que Pin. Decididamente no quería que nadie más tuviera derecho a sus emociones o su lealtad: él la amaba, ella era su esposa, y eso era todo lo que le importaba a Royce mientras examinaba el rostro adorable.

Pero supongamos que efectivamente fuera la hija recién nacida declarada muerta años atrás, se preguntó muy serio. ¿Entonces qué? ¿Era él tan egoísta como para mantenerla apartada de su herencia? No lo creía. Si existiera la oportunidad más remota de que ella fuera realmente la heredera supuestamente muerta, entonces se debía descubrir y probar la verdad.

Jugueteando con su anillo de sello, siguió paseándose mientras sus pensamientos variaban del extremo de la más completa incredulidad con respecto a sus sospechas hasta la más firme convicción. Si ella era Morgana Devlin, todo quedaba claramente explicado: la obsesión del tuerto por ella... el súbito interés de Stephen y el atentado de asesinato. A Royce no se le ocurría ninguna otra solución en la que todas las piezas del rompecabezas encajaran tan bien. Frunciendo el entrecejo, se detuvo abruptamente en el centro de la habitación mirando el anillo de sello... el anillo que había prometido enviar a Ben como prueba de que un mensaje provenía de él...

Si la cicatriz que Morgana tenía en la nalga resultaba ser el escudo de la familia St. Audries... tal vez la marca tenía el mismo propósito que su anillo. ¿Prueba de identidad? Con el corazón latiéndole dolorosamente, miró ciegamente el anillo que tenía en el dedo. ¿Es que la marca en la nalga no había sido puesta como un acto de crueldad, sino como una forma desesperada de identificarla?

—¿Royce? —llamó suavemente Morgana, interrumpiendo sus fantasías—. ¿Qué ocurre? ¿No puedes dormir?

Apartando su mente del camino que parecía decidida a seguir, con un esfuerzo se concentró en Morgana y la vio semiincorporada, con los ojos gris claro fijos en él con curiosidad.

—Lo siento —dijo disculpándose—. ¿Te han despertado mis pasos?

—No, no fueron tus pasos, ¡es que te extraño! —respondió ella con un rubor subiéndole a las mejillas.

Royce clavó la mirada en un pezón descarado que asomaba por la sábana de lino, y de inmediato sus negros pensamientos se desvanecieron, remplazados por un súbito deseo. Acercándose a la cama, se quitó la bata y, con un brillo ávido en el fondo de los ojos dorados, dijo:

—¡Qué mujercita exigente que eres... y qué afortunado soy!

Morgana no había querido decir precisamente eso, pero al primer contacto de la boca de Royce contra la suya, decidió feliz que era muy afortunada al tener por marido a un amante tan ardoroso. Hicieron el amor sin prisas, saboreándose mutuamente, explorando y enardeciéndose hasta que ya no pudieron soportar el dulce tormento y se unieron con frenesí para encontrar el exquisito alivio de la pasión que los impulsaba.

Con la cabeza de Royce descansando sobre el pecho y uno de sus muslos atravesado sobre sus caderas, Morgana oía su respiración pareja, preguntándose por qué, ahora que finalmente él se había dormido, ella estaba totalmente despierta. Por supuesto, se dijo prosaica, una no se casaba todos los días... y no todos los días descubría la identidad de su padre...

Era extraño la forma en que la afectaba la noticia de que su padre era un conde. No es que se sintiera exactamente contenta, sino más bien aliviada porque no había resultado ser hija de algún rufián con dinero que casualmente tenía a Jane a su cargo en el momento de su concepción... salvo —y probablemente esto era lo que la mantenía despierta— que tenía la decidida impresión de que el conde era un rufián con dinero. Royce no había querido hablarle sobre él, y aunque eligió sus palabras con cuidado, era inconfundible el hecho de que a su marido, su padre le disgustaba enormemente.

También le molestaba que hasta esa noche, Royce jamás hubiera tocado el tema de su padre. Morgana hizo una mueca. Bueno, ella también tenía que asumir su parte de culpa; por cierto que tampoco ella se había mostrado precisamente ansiosa por hablar de él.

Había recorrido un largo camino desde St. Giles en un período notablemente corto, pero aunque se había acostumbrado a usar sedas y satenes y a tener criados que atendieran el menor de sus deseos, la Morgana esencial no había cambiado; había en ella mucho de la pequeña Pin criada en St. Giles, y se sentía inquieta. En el mundo que había habitado desde su nacimiento, se sospechaba de los motivos de todos, nadie hacía nada sin esperar algo a cambio, y todo lo que pareciera demasiado bueno para ser verdad, no lo era.

Era increíble estar casada con el hombre que dormía a su lado; increíble que hubiera comprado esta casa para ella; que estuviera dispuesto a invertir tanto tiempo y dinero en una pequeña carterista y sus hermanos... pero al fin resultaba que ella no era simplemente una pequeña carterista: era la hija de un conde. Era nada más que la hija ilegítima, pero le parecía curioso y un poquito sospechoso que Royce nunca hubiera hecho mención de ese dato interesante hasta después de estar casados. Ni siquiera había mencionado a su padre hasta la noche anterior, justo antes de pedirle no, de decirle que se casaría con él, y hasta se había anticipado tan convenientemente a los hechos como para sacar una licencia especial...

Sintiéndose decididamente culpable y un poco mezquina por abrigar esos pensamientos pérfidos y desleales con respecto al hombre que amaba, al hombre que no le había demostrado más que bondad, se agitó inquieta. ¡Eran todas tonterías! No había nada de sospechoso en los actos de Royce, se dijo Morgana con fiereza. En vez de estar allí acostada, tratando de encontrar algo feo y solapado en el comportamiento de Royce, debería estar de rodillas agradeciendo a Dios porque un hombre como él hubiera querido casarse con ella.

«Pero, ¿por qué? —preguntó Pin con la cabeza fría—. Él jamás pronunció una palabra de amor, y si no me amaba, entonces, ¿por qué quiso casarse conmigo? Hay multitud de damas jóvenes de buena cuna entre las que habría podido escoger; ¿por qué yo?»

«¡No lo sé! —respondió Morgana acaloradamente—. Probablemente haya un montón de razones, sólo que todavía no las ha mencionado. Yo lo amo, y eso es todo lo que importa.»

«Tal vez —replicó Pin con cinismo—, pero es mucho lo que daría por saber por qué nunca se manifestó curioso con respecto a la cicatriz hasta después de casados y por qué nunca mencionó que tu padre era conde hasta que te tuvo seguramente ligada a él por el matrimonio.»

Era una discusión estúpida, y Morgana apretó muy fuerte los puños, acallando deliberadamente las preguntas insidiosas de Pin. Era mera coincidencia que hubieran comentado lo de la cicatriz y que hubieran hablado por primera vez de su padre esa misma noche. Mera coincidencia, no había nada de siniestro en eso. Odiándose por siquiera considerar la posibilidad de que pudiera haber alguna motivación nefasta detrás de los actos de Royce, se acurrucó junto a él, como si el calor de su cuerpo imponente fuera capaz de alejar el frío que las preguntas de Pin habían dejado en su interior. «¡No importa! —se repitió salvajemente—. ¡Yo lo amo!»

Royce la sintió moverse contra él y abandonó toda pretensión de seguir durmiendo, ya que las descabelladas especulaciones acerca del pasado de Morgana volvieron a acosarlo en el mismo momento en que salió del éxtasis somnoliento del amor. Atrayéndola hacia sí, le preguntó quedamente:

—¿Tú tampoco puedes dormir?

Morgana negó con la cabeza, pero antes de poder responderle, ambos se tensaron al oír un golpecito furtivo en la puerta de la salita que separaba los dos dormitorios. La luz incierta de la vela destacaba el perfil de Royce cuando éste le dijo que se quedara quieta; con un movimiento ágil, saltó de la cama y, poniéndose la bata, se detuvo lo suficiente como para tomar la pistola que guardaba debajo de la almohada antes de salir sigilosamente del dormitorio. Con ojos muy abiertos, Morgana se sentó, con el corazón latiéndole frenéticamente.

—Royce, ¿estás despierto? —llegó la voz baja de Zachary del otro lado de la puerta, mientras volvía a golpear.

Al instante Royce se relajó y dijo a Morgana por encima del hombro.

—Es sólo Zachary.

Sabiendo que tenía que haber pasado algo importante para que Zachary llamara a su puerta a esa hora de la noche, Morgana rápidamente enfundó su cuerpo desnudo en una bata y siguió a Royce a la salita. Royce estaba acompañado no sólo por Zachary, sino también por su hermano, y viendo la expresión tensa en los rostros de ambos jóvenes, supo que no se había equivocado en su apreciación.

—¿Qué pasa? —preguntó ansiosa mientras avanzaba dentro de la estancia, ajustándose el cinturón de la bata.

Zachary habló primero, con aire de disculparse.

—Lamento molestaros, pero vi luz por debajo de la puerta y pensé que todavía estabais despiertos.

—No importa —replicó Royce—. Te debe haber parecido importante, o hubieras esperado hasta la mañana. ¿Qué ha sucedido?

—Bueno, hicimos lo que nos pediste. Fuimos a Tunbridge Wells y anduvimos por ahí; estuvimos en algunos casinos y en uno o dos lugares más. Nos encontramos con bastante gente de Londres, y les presenté a Jack, y después los dos parloteamos como dos solteronas alborotadas acerca de tu boda con Morgana. —Zachary sonrió—. Como puedes imaginar, todos se quedaron boquiabiertos.

Royce respondió con su sonrisa.

—Sin duda —dijo en tono seco—. Pero ¿visteis a alguien del grupo de Wetherly?

Zachary asintió con la cabeza.

—Ya estoy llegando a eso. Por fin desembocamos en un baile público que se celebraba en uno de los salones de aguas termales de la ciudad, y ahí logramos encontrar al grupo de Wetherly. Estaban

Wetherly, Stafford, Atwater, Newell... —Vaciló y agregó con cuidado—: Estaban hasta el conde y la condesa, como también la viuda Cresswell, Julia Summerfield y algunos otros.

Royce podía notar la tensión que de pronto emanaba de los dos jóvenes, e inconscientemente extendió el brazo hacia Morgana y la apretó protectoramente contra sí.

—¿Y? —preguntó con aspereza—. ¿Qué pasó?

Jack y Zachary intercambiaron una mirada y luego Jack se aclaró la garganta, inquieto, y murmuró:

—Nos estábamos divirtiendo y casi nos habíamos olvidado de que teníamos otra razón para estar donde estábamos, aparte de pasar una noche agradable. Zachary me estuvo presentando a todo el mundo y, como usted dijo, encajé muy bien; todo andaba estupendamente y nos habíamos asegurado de que todos los que se cruzaban en nuestro camino se enteraran de que hoy se había celebrado su boda con Morgana. —Jack inspiró profundamente—. Estábamos en el salón de las aguas y habíamos dado varias vueltas, saludando y charlando con distintas personas, cuando nos acercamos al grupo de Wetherly, y entonces oí su voz.

—¿Su voz? —preguntó Royce desconcertado.

—¡La voz del tuerto! —estalló Zachary excitado—. ¡Jack la reconoció de inmediato! El tuerto es uno de los huéspedes de Wetherly.

—¿Estás seguro? —preguntó Royce rápidamente, no del todo sorprendido.

—¡No podría confundirla! —respondió Jack muy tieso—. Él estaba ahí, y si bien no vimos que nadie abandonara el grupo, una vez que nos acercamos, no lo volví a oír. O me reconoció de inmediato, y se calló la boca, sabiendo que reconocería su voz, o la disfrazó mientras estuvimos con el grupo. Mientras Zachary hacía las presentaciones y el anuncio de la boda, aproveché para inspeccionar disimuladamente a todos los hombres del grupo, buscando alguna pista que me revelara su identidad. —Jack sacudió la cabeza con disgusto—. No había nada en esas caras que me resultara familiar, y sin embargo sé que oí su voz.

Royce tenía aspecto pensativo.

—Yo diría que el viaje a Tunbridge Wells ha sido más productivo de lo que me hubiera imaginado —dijo finalmente. Cuando tres pares de ojos lo miraron asombrados, sonrió levemente y explicó—:

Os las arreglasteis para difundir la noticia de nuestra boda a todo el grupo de Wetherly: una buena proeza, ya que no teníamos idea de que todos asistirían a ese baile público. Además, si bien inadvertidamente, le informa al tuerto del cambio de estado de Morgana; pero lo más importante es que sabemos que sólo puede ser uno de los invitados de Wetherly. —Con una expresión peligrosa en el apuesto rostro, Royce dijo arrastrando las palabras—. Lo único que tenemos que hacer es separarlo del resto de la jauría y una vez que lo tengamos a la vista...

—Pero, ¿podremos hacerlo? —inquirió Morgana—. Si Jack no lo reconoció y sigue disfrazando la voz, ¿cómo vamos a descubrir cuál de los caballeros es?

—Ésa es la cuestión —saltó Zachary exaltado—. No puede disimular la voz todo el tiempo; alguno de los que conozcan su forma de hablar normal seguramente le preguntará qué le pasa. Todo lo que necesitamos hacer es buscar alguno del grupo de Wetherly que diga que tiene problemas de garganta.

—Espero que sea tan fácil como dices, pero lo dudo —dijo Royce, aplacando un poco su entusiasmo—. Ese bastardo es astuto, y creo que lo máximo que podemos esperar es que la aparición de Jack de esta noche le haya producido un buen sobresalto. —Una sonrisa desagradable de pronto se dibujó en los labios de Royce—. Y, por supuesto, la noticia del casamiento de Morgana tampoco lo debe haber complacido. Sospecho que en este momento, nuestro tuerto debe estar fuera de sí de furia...

29

Royce estaba en lo cierto en ambas suposiciones. La visión del hijo mayor de Jane luciendo como todo un caballero, paseándose confiado por el atestado salón de baile junto a Zachary Seymour, indudablemente le había producido un terrible sobresalto al tuerto. A duras penas logró disimular el gesto de asombro que no pudo evitar al ver a Jacko, antes de siquiera darse cuenta con horror de que si el hijo de Jane todavía no le había reconocido la voz, no cabía duda de que Jacko lo identificaría en cuanto abriera la boca.

En la confusión de las presentaciones, le había resultado fácil disimular la voz bajo una tosecita y un murmullo de saludo, pero cualquier conversación prolongada mientras Jacko estuviera cerca estaba plagada de peligros, y en lo sucesivo, mantuvo la boca cerrada. Lo que no sabía era cómo se las había arreglado para no explotar de rabia cuando Zachary dejó deslizar con aire casual la noticia de que Manchester se había casado con Morgana. Notó que se le había contraído un músculo de la mejilla y que sus puños se habían cerrado inadvertidamente, pero consciente de la situación, se obligó a controlarse.

Acudieron en su ayuda los muchos años de esconder sus verdaderas emociones detrás de una máscara cortés, y se forzó a sonreír mientras oía las exclamaciones de asombro por el anuncio de Zachary. El corazón le latía ensordecedoramente en el pecho, y estaba casi sin aliento por la furia negra que lo quemaba por dentro, pero se había comportado impecablemente, con una sonrisa que demostraba el justo grado de hilaridad ante los diversos comentarios graciosos de sus amigos, manifestando con su expresión educada el grado justo de curiosidad acerca de tan repentino enlace.

Había estado tan ocupado en ocultar con eficacia su propia furiosa agitación que ni siquiera pudo disfrutar maliciosamente de la rápidamente encubierta expresión de horrorizada consternación y furia que había cruzado fugazmente por los rostros del conde y la condesa de St. Audries, cuando Zachary comunicó la explosiva noticia de la boda. Por una vez, la invencibilidad del tuerto lo había abandonado por completo y se sentía tan impotente como cualquiera de sus víctimas, obligado a permanecer entre un grupo de gente y sonreír y actuar como si su mundo no estuviera en inminente peligro de desmoronarse a su alrededor, tomado tan enteramente desprevenido, primero por la presencia de Jacko y, después, por la monstruosa enormidad del anuncio de Zachary, que casi no lo podía comprender.

Con un brillo febril en la mirada, hizo el viaje de vuelta a la casa de Wetherly en completo silencio, y con una necesidad desesperada de reconciliarse con esta terrible calamidad, se retiró de inmediato a sus habitaciones. Por fin a solas, pudo dejar asomar toda su furia.

Morgana casada con Manchester... Rechinando los dientes de rabia se paseó agitadamente por la habitación con el rostro desfigurado por el odio y la violencia. ¿Por qué nunca había considerado esa posibilidad? ¿Cómo era que todos sus gloriosos planes habían llegado a ese estado increíble de total desorden? Con un movimiento envenenado, arrojó una silla contra la pared. ¡Manchester!, pensó con malevolencia. Todo volvía siempre a ese condenado norteamericano.

Inspiró profundamente, con las aletas de la nariz blancas por la fuerza de la furia que seguía hirviendo dentro de él mientras intentaba recuperar algo que se asemejara al control de sus emociones casi desquiciadas. Pero no eran tan sólo la furia y la rabia lo que bullía en su pecho; por primera vez en años, sintió un vago dejo de alarma, y maldijo el día en que puso los ojos sobre los hijos de Jane.

Todavía le resultaba inconcebible que Jacko realmente hubiera estado esa noche en el salón de baile, y si él no lo hubiera divisado primero, hubieran llegado a su fin los días de esconderse tras el disfraz del tuerto. No le preocupaba tanto el hecho de perder el disfraz, sino el hecho de que Jacko conocería su verdadera identidad, y ese conocimiento le daría a Jacko poder sobre él. El tuerto podía desvanecerse para siempre sin dejar rastro, tal como había sido su intención después de casarse con Morgana, pero... pero no podía permitir quedar en posición de ser chantajeado el resto de su vida por Jacko. Y si Jacko descubría su identidad... Manchester sabría la verdad y él quedaría destruido.

Derrumbándose en un sillón, enterró la cabeza entre las manos. ¿Es que alguna vez había previsto una situación tan peligrosa desde que urdió el plan de matar al tuerto original y asumir su identidad? Dejó escapar una risa cargada de amargura. ¡Oh, no! A los veintiún años, recién llegado del campo, ardiendo de deseos de conseguir fama y fortuna, se había sentido tan seguro, tan arrogantemente confiado de que no había nada que no pudiera lograr con toda su astucia.

Hasta entonces, había vivido toda su vida enterrado en un rincón de rústica sencillez en el norte de Inglaterra, y se había quedado deslumbrado con Londres. Como el hijo menor del terrateniente local, había crecido recibiendo el trato de una persona respetada y mimada por los habitantes del lugar, pero en Londres... Los ojos le brillaron de ira. En Londres, los altivos miembros de la elite tan sólo lo habían considerado como un palurdo campesino, una figura ridícula y poco sofisticada digna de risa o, en algunos casos, hasta de desprecio. Y, por supuesto, el enterarse de que la cortesana que mantenía lord Bailey era en realidad su medio hermana, no había hecho nada para mejorar su posición dentro de la alta sociedad a la que tanto ansiaba pertenecer.

Para los parámetros del campo, su padre había sido un hombre de situación acomodada, pero en Londres, la posición del gentilhombre y su fortuna eran consideradas insignificantes —una nadería— y en cuanto a él mismo, como hijo menor... Jane le explicó todo esto, sin vueltas, cuando la fue a visitar por primera vez al llegar a Londres. Lo invitó a vivir con ella en la elegante casita en Half Moon Street, un movimiento que, como averiguaría a su propio costo, constituiría una equivocación desastrosa para alguien cuya intención era introducirse en las filas de la elite. Los ricos y los aristócratas podían compartir la cama de Jane, pero eso no le abría las puertas a su hermano: ¡muy por el contrario! Pero no tenía dinero, y había venido a Londres expresamente para hacer fortuna, después de una pelea violenta y definitiva con su padre y su hermano. Y viendo las cosas finas que había adquirido su hermana en tan poco tiempo, estaba seguro de que a él le iría aún mejor..., después de todo, ¡él era hombre!

Las cosas no salieron como había previsto, y se encontró obligado a vivir del botín de su hermana, lo que lo encolerizaba y le hacía sentir resentimiento y envidia por su media hermana bastarda. Se había puesto lívido al enterarse de que, estúpidamente, ella había quedado embarazada de Jacko, y a medida que crecía su barriga, decrecían las visitas de su último protector, y lo que era más importante para él, también disminuía la aristocrática generosidad de aquél. Cuando se acabó el dinero, estaba tan resentido y frustrado que casi no podía estar en la misma habitación que Jane y su monstruosa barriga.

Levantando la cabeza de entre las manos, miró ciegamente la atractiva habitación de la casa de Wetherly. Una sonrisa cínica curvó sus labios. Por cierto que era bien distinta de la taberna sucia y sórdida donde se encontró sentado apaciguando su furia contra Jane y el destino con una jarra de cerveza negra, y donde vio por primera vez al tuerto. No prestó mucha atención a los movimientos furtivos del tuerto cuando el viejo se deslizó por el interior escasamente iluminado y finalmente se sentó en una mesa en el rincón más oscuro. Una mesa que, providencialmente, estaba justo detrás de donde él estaba sentado, maldiciendo a Jane y la estupidez de su conducta.

Al principio, casi no se había dado cuenta de las voces que susurraban a sus espaldas, pero gradualmente su conciencia captó lo que se estaba diciendo y comenzó a prestar atención. No podía creer lo que oía: el bien vestido caballero que se había reunido con el tuerto estaba arreglando un asesinato. De acuerdo con la conversación, estaba claro que el tuerto realizaba regularmente este tipo de trabajo, y que la suma que el caballero estaba dispuesto a pagar por este solo acto constituía una pequeña fortuna.

La idea de asumir la identidad del tuerto y, en consecuencia, a sus ricos clientes, no se le ocurrió esa noche. Jane vendió algunas joyas a la mañana siguiente y tuvo dinero suficiente para vivir durante cierto tiempo. Pero, en el transcurso de las semanas siguientes, sin tener nada mejor que hacer, empezó a frecuentar la taberna donde había visto al tuerto, y cuando el sujeto reapareció, comenzó a seguirlo con astucia, a averiguar sigilosamente todos sus secretos. Después de un año y medio, sabía todo lo que había que saber sobre el tuerto, y la idea de matarlo y de convertirse él mismo en el tuerto estaba firmemente plantada en su mente desde varios meses atrás. Y fue así como en una noche oscura, ya familiarizado con sus hábitos, le tendió una emboscada y, con toda frialdad y eficiencia, lo asesinó y se deshizo del cadáver, amarrándole un peso muerto y arrojándolo al Támesis. No le importaba si lo descubrían o no: unas pocas semanas en el río y el cadáver estaría irreconocible.

De ese modo, más de veinticinco años atrás, el pobre hijo menor de un gentilhombre se convirtió en el tuerto. Había sido ridículamente fácil meterse en sus zapatos del tuerto, tan simple y sin esfuerzo tomar el dinero que derramaban las manos de los mismos miembros de la sociedad que lo habían desairado, pero que ahora necesitaban desesperadamente de sus atroces servicios. Al principio, no le contó a Jane lo que había hecho: ella había recuperado su figura, y cuando Jacko tenía tres meses, había a atrapado un nuevo protector.

Con el dinero de su primera acción como el tuerto —el asesinato de una tía rica, para un sobrino impaciente e indigente— buscó su primera vivienda y puso la mayor distancia posible entre él y Jane. Vivió callada y discretamente durante varios meses, perfeccionando y ajustando los detalles del doble rol que intentaba desempeñar, y a medida que crecía su fortuna y se familiarizaba con los usos y costumbres de la sociedad londinense, cautelosamente empezó a cultivar a aquellos miembros cuyo conocimiento le sería más favorable. Jamás mencionaba a su familia, y como su primera incursión abortada en la sociedad había sido muy breve y superficial, a los veintiséis años estaba bien establecido en la escena londinense y nadie relacionó jamás su figura elegante y sus modales encantadores con el joven inmaduro y desmañado llegado a Londres años atrás... ni con el tuerto.

Su pulcra inserción en la sociedad le abrió toda suerte de oportunidades para el tuerto y no tardó en aprovecharlas, capitalizando la duplicidad de su rol, y acrecentando su fortuna. Descubrió que tenía una extraordinaria mente criminal y, con el tiempo, amplió su esfera de acción, incluyendo todo tipo de actividades delictivas, mucho más allá del campo del tuerto original. A medida que aumentaba su fortuna, se había cuidado muy bien de cortar todo contacto con Jane y casi la había olvidado, hasta que pasando una noche por Covent Garden, ella se le había acercado, bromeando sobre lo elegante que estaba últimamente. Por suerte estaba solo, y esperando que cualquiera que los viera supondría que ella le estaba ofreciendo sus servicios, la alejó de allí y la llevó rápidamente a un lugar donde pudieran hablar en privado.

Para ese entonces ya había nacido Ben, y a Jane le resultaba cada vez más difícil atraer la atención de los jóvenes y ricos aristócratas del principio. Todavía vivía en la casa cerca de Half Moon Street, pero con dos hijos, la vida se le estaba haciendo dura.

Poniéndose de pie, se encaminó a servirse un gran vaso de whisky. ¡Eran esos estúpidos mocosos de ella!, pensó con malicia, no por primera vez. Quién diablos querría una amante con un par de bastardos llorosos colgándole de las faldas. Se lo había dicho en esa época, pero Jane se había encogido de hombros y le había pedido algo de dinero. Él se lo había dado y le había ordenado que mantuviera la boca cerrada con respecto a su parentesco; no quería que nunca más se le acercara como esa noche en Covent Garden. Si hubiera sido inteligente, reconoció agriamente, la hubiera ahorcado a ella y a sus críos esa misma noche; por lo menos, no hubiera tenido que soportar la desquiciante escena de esa noche.

No recordaba exactamente cómo se había enterado Jane de su doble papel. Sin duda, pensó con una mueca, él se había emborrachado una de esas noches, y había querido jactarse sobre sus hazañas delante de alguien; todavía era joven entonces, y no tan precavido como ahora. Sin embargo, una vez que ella se enteró, se cuidó de visitarla solamente con ese disfraz. Quería que ella olvidara que alguna vez había tenido un hermano, y no mostrársele nunca como su hermano le pareció una buena forma de lograrlo. Su secreto estaba seguro con Jane: ella no tenía nada que ganar y mucho que perder si le hacía las cosas difíciles, y estaba ansiosa por recibir el oro que él le daba ocasionalmente.

Se había sentido inquieto por el hecho de que Jane supiera sobre el tuerto, pero a lo largo de los años, él se había preocupado por mantener su vida pública totalmente separada de ella, y Jane nunca conoció el verdadero volumen de su fortuna ni la creciente posición que ocupaba en la buena sociedad. Una curva cruel se dibujó en su boca. ¡Mujerzuela estúpida! Ni siquiera había llegado a sospechar y, hasta el día de su muerte, creyó que la situación económica de él era casi tan desesperada como la de ella y sus hijos. Jamás temió que Jacko y Ben descubrieran su disfraz; eran muy pequeños como para recordarlo como el hermano menor de Jane, y habían crecido creyéndolo simplemente el tuerto. Aun si Jane se arriesgaba a mencionar el hecho de que era su hermano, no era probable que lo reconocieran vestido con sus ropas elegantes, si pasaban junto a él en la calle.

No, pensó malignamente, no es mi cara lo que me delatará, sino mi voz. Con la cara oscurecida por la furia, se sirvió otro vaso de whisky.

Años atrás se había dado cuenta de que era necesario disimular la voz en sus tratos con sus diversas víctimas, si quería seguir moviéndose entre ellos con libertad, pero nunca se le había ocurrido hacer lo mismo cuando estaba en compañía de Jane y los demás. Un error, un error estúpido.

Por supuesto, se daba cuenta de que el hecho de que Jacko reconociera su voz era la menor de sus preocupaciones: la boda de Morgana con Manchester había desbaratado los planes elaborados durante tantos años, y a menos que actuara de inmediato, no habría forma de salvar nada de las ruinas.

Con la mente trabajándole intensamente, miró al vacío tratando de decidir cómo iba a recuperarse de este giro catastrófico de los acontecimientos. Ahora el tiempo era de importancia fundamental: si iba a salvar algo de sus planes, tenía que arrancar a Morgana del lado de Manchester de inmediato. Una vez que fuera presentada en sociedad como la esposa de Manchester... La cara se le desfiguró en una mueca salvaje. Eso no iba a suceder... cuando Morgana hiciera su primera aparición ante los miembros de la sociedad, sería como su esposa.

¿Entonces, cómo apartarla de Manchester? Con una mueca desagradable, rememoró los comentarios de Zachary y Jacko. Ambos jóvenes habían dejado traslucir que el matrimonio de Morgana y Manchester había sido por amor, y si ése era el caso, entonces sin duda Morgana haría cualquier cosa que estuviera a su alcance para salvar la vida de su muy reciente marido...

Una nota, pensó con lentitud, una nota muy explícita enviada a Morgana por la mañana, la traería corriendo hacia él...

Muy bien, eso daba cuenta de un problema, y una segunda nota entregada a Manchester varias horas después de que ellos hubieran partido hacia su casa de campo, traería rápidamente al marido desesperado...

Una expresión de alegría le tiñó las facciones. ¡Sí! ¡Sí! Era un plan espléndido. A primera hora de la mañana le informaría a Wetherly que partiría rumbo a su casa en Hastings, a unas pocas horas de Tunbridge Wells, y como deliberadamente no se había comprometido a quedarse toda la temporada, a nadie le extrañaría que se fuera antes de tiempo. Esperaría a Morgana cerca de Lime Tree Cottage y una vez que la tuviera bajo su control, la conduciría de inmediato a Hastings y haría algunos preparativos letales para la llegada de su marido. Deshacerse del cuerpo de Manchester sería relativamente fácil: su casa daba al mar y sería muy sencillo asegurarse de que cuando el cadáver de Royce Manchester se hundiera en las profundidades heladas, jamás se recuperaría el cuerpo: Royce Manchester simplemente desaparecería para siempre.

Casi con una carcajada complacida ante su propio talento, se convenció de que él mismo había planeado toda esta secuencia de acontecimientos. ¡Sería todo tan perfecto! La nueva esposa de Royce, esa pequeña insignificante a quien nadie había visto y de la que nadie sabía nada y que había hechizado al tonto norteamericano, huiría misteriosamente, y el pobre Manchester, enloquecido, sin creer que ella lo había abandonado, la seguiría... y nunca más se volvería a saber de él. ¡Oh, era diabólicamente astuto! ¡Un plan tan digno de él!

Sirviéndose otro vaso de whisky, esta vez tomándose tiempo para admirar la claridad del líquido ámbar, con una sonrisa complacida en los labios, se sentó a beberlo muy satisfecho. Con Manchester muerto y Morgana en su poder, podía arreglar las cosas para que Jacko sufriera un accidente trágico; no iba a correr el riesgo de afrontar otro incidente como el de esa noche. Y en cuanto a

Ben... Sonrió. Newgate era un lugar tan peligroso... ¿quién sabe lo que le podía ocurrir a un joven tan desventurado como para estar encarcelado allí? A veces, hasta moría gente en Newgate.

Por supuesto, no esperaba que Morgana aceptara dócilmente sus planes. No era necesario que ella supiera todo, y aunque seguramente sospecharía que él tenía algo que ver con la súbita muerte de todos los hombres de su vida, confiaba en que después de algunos meses de asiduos y, si fuera necesario, brutales cuidados, se sentiría inclinada a olvidar todo acerca de Manchester y estaría dispuesta, no, ansiosa, por casarse con él. Una boda discreta, una luna de miel prolongada en Europa y después, el próximo invierno, en el punto culminante de la temporada, aparecería en la escena londinense acompañado de su esposa, la desaparecida heredera de los Devlin, considerada muerta durante tanto tiempo. Esos pares altaneros ya no volverían a mirarlo desde lo alto de sus aristocráticas narices; él sería uno de ellos, elevado hasta los más altos círculos de la sociedad por la sangre azul de su adorable esposa.

Pasó varios agradables momentos más reflexionando sobre el futuro brillante que se abría ante él, antes de pensar en el conde y la condesa de Devlin. Pero ni siquiera pensar en Stephen y Lucinda o en el hecho de que ya sabían que Morgana estaba viva, llegaba a nublar su buen humor. En cuestión de horas, Morgana estaría fuera del alcance de ellos y lo estaría hasta que él estuviera listo para poner en acción la fase final de su plan.

A corta distancia de la habitación donde él contemplaba alegremente el éxito que pronto disfrutaría, Stephen y Lucinda estaban en los aposentos de éste, y en ninguno de los dos había nada de feliz. Stephen se sentía destrozado por la noticia no sólo de que Morgana estaba viva, sino de que se había casado con Royce Manchester. Lucinda, con los ojos castaños llenos de ira, estaba furiosa con el giro de los acontecimientos, tal vez más que nada por haberse permitido creer que el plan de Stephen funcionaría. Pero mientras Stephen sólo era capaz de ver la eventual ignominia y oprobio que les esperaba, Lucinda no estaba dispuesta a dejar que eso sucediera.

Stephen, desanimado, estaba sentado en un sillón, haciendo caso omiso de las protestas coléricas de Lucinda, que se paseaba por la habitación rumiando penosamente sobre la ruina absoluta que los esperaba. No había salida. Su plan de asesinar a Morgana evidentemente había fallado, y no se atrevía a ir en busca de Clara para averiguar qué había pasado. Y nada podría haber pasado, pensó con cansada desesperación, que pudiera ser peor que Morgana casada con Royce Manchester. ¡Estaba arruinado! Si solamente no hubiera sido tan pusilánime, pensaba amargamente, y me hubiera deshecho de la niña yo mismo. Pero no lo había hecho, y ahora iba a pagar su falta de valor. Consciente del terrible escándalo que por fin se desataría sobre sus cabezas, sintió un estremecimiento de desesperanza en todo el cuerpo. Stephen ni siquiera soportaba pensar en las miradas y los murmullos, en la helada acusación, que lo seguirían por todas partes, y se encogió al considerar lo que era más probable, que terminara sus días en prisión por lo que había hecho. No. Se mataría antes de someterse a un destino tan ignominioso.

De pronto, Lucinda se detuvo y miró airada a su marido silencioso.

—¿Has escuchado una sola palabra de lo que estaba diciendo? —preguntó enojada.

Stephen la miró, sintiéndose extrañamente alejado de todo.

—No —respondió muy quedo—. Pero ya no importa. Quedaremos destruidos una vez que Manchester la presente en sociedad; te sugiero que, entretanto, hagas los planes que consideres necesarios para ti y para Julian.

Lucinda lo miró fijamente, con un gesto de profundo desprecio en la boca.

—¿Supongo que simplemente te vas a rendir? ¿Que vas a esconder la cabeza esperando que todo se desvanezca? Pues bien, yo no, mi muy estúpido e idiota cerebro de pajarito. ¡Tenemos que hacer algo!

Como ya había decidido lo que iba a hacer, los insultos de Lucinda le resbalaron, y con rara calma, replicó:

—No, nosotros no, tú tienes que hacer algo. A mí no me incluyas.

Furiosa, Lucinda inspiró profundo.

—¡Bien... bien! —siseo—. Yo me ocuparé, tal como me he ocupado en el pasado. —Y salió de la habitación, dejando a Stephen con la mirada indiferente fija en la puerta que cerró detrás de sí con un golpe.

Casi temblando de furia, Lucinda se agitaba por su propia habitación, mientras meditaba en la forma más rápida y fácil de liberarse de Morgana. Tendría que hacerlo ella misma, pensó con vehemencia, no se atrevía a involucrar a nadie más, y esta vez la mocosa de Hester moriría. ¡Nada iba a impedir que Julian heredara lo que le correspondía por derecho propio! ¡Nada!

Todo parecía sorprendentemente normal a la mañana siguiente, en Lime Tree Cottage, considerando todo lo que había sucedido en los días anteriores y, antes del desayuno, declinando la tierna invitación de Royce a salir a pasear con él en el coche, Morgana lo dejó con Jack y Zachary y buscó unos minutos de quietud caminando por el jardín en la parte trasera de la casa. Para ser una recién casada de menos de veinticuatro horas, se la veía extrañamente pensativa, y si bien el casamiento con Royce resolvía unos cuantos conflictos que la aquejaban, se sentía cada vez más preocupada por los motivos de esa boda apresurada. Morgana no dudaba de que Royce gozaba haciéndole el amor, y no era tan tonta como para no darse cuenta de que él le tenía un cierto afecto, pero no podía dejar de preguntarse qué motivos había tenido para casarse con una joven de su situación y bajo qué circunstancias, especialmente porque no había pronunciado una sola vez la palabra amor. ¿Había tenido algo que ver la cicatriz que tenía en la nalga con las razones para casarse con ella? ¿Había algo más que no le decía?, suspirando, apartó esos pensamientos ociosos y trató de centrarlos en algo más agradable.

No se puede negar que el atentado contra su vida volvía una y otra vez a su mente, y el hecho de que Jack hubiera reconocido la voz del tuerto la noche anterior no contribuía a apaciguar el temor persistente de que pronto se despertaría y se encontraría en manos del tuerto. El sólo saber que estaba en las cercanías la atemorizaba, y sumado al hecho de que alguien quería verla muerta, no era sorprendente que no presentara el aspecto resplandeciente que era de esperar en una recién casada.

Royce y los otros dos hombres salieron en coche un rato más tarde rumbo a Tunbridge Wells para evaluar los resultados de las actividades de la noche anterior, y Morgana caminaba sola por el jardín cuando se le acercó Chambers, con el entrecejo ligeramente fruncido.

—Señora, esto acaba de llegar para usted —murmuró inseguro—. John Bullard dice que se lo entregó un empleado del establo local e insistió en que le fuera entregado de inmediato. Dijo que era asunto de vida o muerte. —Con mirada preocupada, le entregó un sobre blanco liso.

Una fría sensación de premonición le recorrió la espalda, pero no queriendo que Chambers notara su agitación, le sonrió serena y, tomando el sobre, lo despidió. Se sentó en un banco de piedra rodeado de flores muy perfumadas y, con dedos temblorosos, abrió el sobre y extrajo una única hoja de papel.

Su vista se clavó de inmediato en la firma, y casi se atragantó al ver el dibujo descarnado de un cráneo con un ojo ennegrecido. ¡El tuerto! Como anestesiada, leyó la nota concisa, sin comprender, al principio, las cosas terribles que le prometía si no se encontraba con él cerca del puentecito que quedaba a medio kilómetro de la cabaña del portero, a las cinco de esa misma tarde. El tuerto juraba matar a Royce, y Morgana en ningún momento dudó de que Royce sería hombre muerto, si ella no cumplía con sus exigencias.

Su primera reacción fue confiarse en Royce, pero antes de iniciar el regreso a la casa, recordó que él y los demás se habían ido a Tunbridge Wells, y en ese mismo instante, angustiosamente se dio cuenta de que lo último que debía hacer era decírselo a Royce. Si se enteraba de las amenazas contra él, le impediría ir a encontrarse con el tuerto...

Morgana sabía que el tuerto no hacía amenazas vanas y si quería a Royce vivo, no tenía otra opción que ir a encontrarse con él, como le exigía. No llegó a esa decisión con ligereza, pero una vez agotadas todas las demás vías de escape que se le ocurrieron, todo se reducía a lo siguiente: ¿Osaría arriesgar la vida de Royce? Sólo había una respuesta a esa pregunta terrible, y, fatalista, sabía que nada lograría evitar que estuviera esperando en ese puente a las cinco de la tarde. Todos los nervios de su cuerpo se rebelaban contra la idea, pero con una suerte de apatía, aceptó su destino: para salvar al hombre que amaba más en el mundo, tendría que volver a la persona que más odiaba en el mundo.

Siempre había sospechado que este tiempo con Royce era una especie de interludio onírico, que tenía que terminar alguna vez. Muy dentro de sí lo había sabido, había sabido que las alegrías y los dulces recuerdos de esas semanas maravillosas tendrían que durarle para siempre. Si experimentaba alguna sorpresa, era porque el tuerto hubiera tardado tanto en destruir su mundo.

Sólo cuando se sentó ante su tocador, con la nota doblada en el centro del mismo, y pensaba desesperadamente en alguna mentira para decirle a Royce que asegurara su partida antes de que él saliera a buscarla, fue que se le ocurrió que había una salida en la que no había pensado. Ella podía matar al tuerto. Valía la pena intentarlo, y si fallaba... Tragó con dificultad. Si fallaba, de todos modos ya no importaría; su vida habría terminado, por más que el tuerto la matara en su furia por haber atentado contra él o que la mantuviera viva y separada de Royce.

Con la decisión tomada, de inmediato se puso a analizar cómo lo haría. El arma con la que ella era más hábil era el cuchillo, y sería la más fácil de esconder en su cuerpo, y sin querer pensarlo más, fue en busca de un instrumento especialmente letal. La casa parecía estar equipada con una colección de armas, artísticamente desplegada en una habitación pequeña cerca de la sala de billar y entrando a esa habitación unos minutos más tarde, se dedicó a evaluar los varios instrumentos mortales que allí había. No le llevó mucho tiempo encontrar exactamente lo que buscaba: una daga muy bien diseñada del siglo XVII. El arma, aguda y mortífera, se ajustaba perfectamente a su mano, y con una sonrisa feroz de satisfacción, la deslizó en la carterita que había traído para esconderla.

Si Royce o alguno de los otros la notó callada cuando volvieron de la ciudad, poco después de mediodía, nadie hizo ningún comentario, y cuando poco antes de las cuatro de la tarde Morgana dijo que tenía jaqueca y que quería recostarse tranquila por unas horas, nadie se sorprendió. Con expresión preocupada, Royce la escoltó hasta las escaleras.

—¿Quieres que te haga compañía, querida? —le preguntó con suavidad.

Dándose cuenta, miserablemente, de que tal vez ésta era la última vez que lo veía, sintió un nudo doloroso en la garganta y se le empañaron los ojos. Lo miró con avidez, memorizando la curva de las pestañas negras, el intenso brillo de los ojos dorados,y los planos marcados de su rostro amado. Sin poder contenerse estiró la mano para acomodar un mechón rebelde de pelo leonado, y con voz enronquecida por las emociones que ocultaba, murmuró:

—No. Déjame descansar tranquila hasta la hora de cambiarnos para la cena. —Se forzó a sonreír y se las arregló para decir con ligereza—: Y si me interrumpes antes de esa hora, me enojaré mucho contigo.

Royce sonrió.

—Muy bien, querida. Tienes mi palabra: no dejaré que nadie, yo incluido, entre en tu habitación hasta entonces.

Era todo lo que Morgana quería oír y, sin embargo, se quedó allí, incapaz de apartarse de él. Royce la miraba intensamente, casi como si supiera que algo andaba muy mal, y consciente de que sería fatal despertar sus sospechas, giró sobre sus talones y estaba a punto de subir las escaleras cuando se oyó el ruido de caballos que se acercaban. Curiosa, se quedó parada allí, con un pie en el primer escalón y Royce todavía a su lado, mientras Chambers aparecía y atravesaba majestuosamente el vestíbulo para abrir la puerta.

Después de una breve conversación en voz baja, Chambers dijo por encima del hombro, mientras hacía pasar al vestíbulo a dos caballeros.

—Señor, es su primo de Londres que viene a visitarlo.

Los dos caballeros vestidos a la última moda eran desconocidos para Morgana, pero ella apenas notó al mayor de ellos, antes de que su mirada incrédula cayera sobre los rasgos clásicos del joven alto, de cabello oscuro, que estaba de pie detrás del primero. Una exclamación de asombro salió de los labios de Morgana, que miraba hipnotizada el rostro tan pasmosamente parecido al suyo mismo. Asiéndose de la baranda como si fuera lo único que la mantenía en pie, lo miró fijamente mientras los ojos grises del joven se encontraban con los de ella, y su rostro reflejaba la misma consternación azorada que ella sabía que también asomaba en su propia cara. Con voz ronca y espesa, preguntó:

—¿Quién es usted?

Como un hombre en medio de la niebla, el joven dio dos pasos hacia ella y dijo casi atontado:

—Soy Julian Devlin. ¿Quién es usted?

30

Royce sabía que tarde o temprano Morgana se encontraría cara a cara con Julian o Stephen; lo que no había esperado es que fuera en aquellas circunstancias, y se maldijo por no haber previsto que podía ocurrir un incidente como el que se estaba desarrollando rápidamente en su propio vestíbulo. A diferencia de los otros presentes, Royce se recuperó de inmediato y, con estupendo aplomo, murmuró:

—Creo que puedo responder a tus dos preguntas; Morgana, quisiera presentarte a un caballero que creo que es tu medio hermano, Julian Devlin. Julian, ésta es mi esposa, Morgana Manchester.

George, que había quedado tan paralizado como los demás, dio un respingo visible al oír las palabras de Royce y, buscando desmañadamente su monóculo, se lo puso y miró atentamente a Morgana.

—Evidente que es una Devlin —declaró George por fin—, pero no es la hermana de Julian, ni siquiera fuera del lecho conyugal, y si fuera Morgana, sería su prima, no su hermana, pero no es Morgana: Morgana Devlin murió al nacer. ¡Así es!

Todos miraron a George, totalmente dominados por la más absoluta confusión.

—¿De qué demonios estás hablando? —preguntó Royce en tono áspero, con un brazo curvado protectoramente sobre los hombros frágiles de Morgana.

George notó la expresión fascinada en la cara de Chambers y dijo significativamente:

—Creo que deberíamos retirarnos a un lugar menos público.

Zachary y Jack, atraídos por las voces, entraban en el vestíbulo en ese momento, y Zachary, mirando absorto primero un rostro y después el otro, comprendió la situación al instante. Haciendo caso omiso de la exclamación de ahogada sorpresa de Jack al ver a Julian, Zachary cruzó rápidamente la distancia que lo separaba de Julian y, deteniéndose a su lado, tomó su mano laxa, la sacudió vigorosamente y exclamó con entusiasmo:

—¡Julian! ¡Cielos, qué agradable sorpresa! Ven al salón y permíteme presentarte a un nuevo amigo, Jack Fowler, el hermano de Morgana.

Bendiciendo a su primo en silencio por el tacto demostrado, Royce dijo suavemente:

—¡Por supuesto! Pasemos todos al salón donde estaremos más cómodos. —Empujó suavemente a Morgana junto con él, y con eficiencia los arreó a todos hacia el salón, deteniéndose apenas lo suficiente como para decirle a Chambers—: Por favor, traiga una bandeja de refrescos... preferentemente whisky.

Atontada, Morgana dejó que Royce la guiara hasta un sillón y, una vez sentada, no podía apartar la mirada del rostro tan familiar de Julian Devlin. Éste tenía la misma dificultad y ambos habían olvidado a todos los demás, incapaces de creer el asombroso parecido. La semejanza entre ellos dos era aún más notable por el hecho de ser de la misma edad, y bien podrían haber sido mellizos, de no ser por las diferencias entre los rasgos femeninos de Morgana y los decididamente masculinos de Julian.

En la estancia flotaba un silencio incómodo; mientras Royce observaba atentamente a Morgana, George jugueteaba ausente con su monóculo, con aire abstraído. Las miradas de Zachary y Jack iban y venían de Morgana a Julian, quienes entretanto seguían mirándose con incredulidad. Unos minutos más tarde, la llegada de Chambers, con una bandeja cargada de diversos tipos de refrescos, introdujo momentáneamente un aire de normalidad, y se produjo un revoloteo de movimientos y conversaciones esporádicas mientras se servía a cada uno.

Una vez que salió el mayordomo, se hubiera vuelto a imponer el silencio si Royce, con un vaso de whisky en la mano, no hubiera dicho directamente.

—Y ahora, George, tendrías a bien explicarnos tus extrañísimas observaciones anteriores.

—¡Nada de raro en ellas! —retrucó George—. Te dije que Morgana Devlin murió... —lo pensó un momento y prosiguió— hace diecinueve años esta última primavera. ¡Todo el mundo lo sabe! Vaya, si hasta hice una apuesta con Newell sobre si el descendiente de Andrew sería varón o niña. ¡Lo recuerdo claramente! Lo recuerdo porque gané, fue una niña: ¡Morgana!

Las palabras de George tenían todavía menos sentido que las anteriores, y sacudiendo la cabeza, Royce preguntó con gravedad.

—¿Quién demonios es Andrew, y qué tiene que ver él con toda esta situación?

Julian se irguió y, apartando los ojos de Morgana, dijo en tono bajo:

—Supongo que se está refiriendo a Andrew Devlin, el sexto conde de St. Audries; era mi tío... mi padre heredó el título de él.

—¡Exactamente! —dijo George contento—. Andrew Devlin, ¡magnifico sujeto! ¡Me agradaba! A todo el mundo le agradaba.

—¿Estás diciendo que Morgana es hija ilegítima de Andrew y no de Stephen? —preguntó Royce con un deje de exasperación en la voz.

—Ya te dije que ella no es Morgana, pero como no puede ser de Stephen, tiene que ser de Andrew —replicó George irritado.

—¿Cómo lo sabes? —George miró a Royce como si fuera retardado, y, dirigiéndose a Morgana, le preguntó—: ¿Qué edad tienes, muchacha?

A Morgana en ningún momento se le ocurrió objetar su derecho a interrogarla, y replicó sin vacilar:

—Diecinueve años. Cumplí los diecinueve este año, el nueve de mayo.

Al oír la respuesta, George empalideció, agitadamente dio un paso atrás, la miró fijamente, y alzando su monóculo, volvió a examinarla con cuidado de pies a cabeza, como si se tratara de alguna nueva especie. Dejando caer el monóculo, comenzó a pasearse por la estancia, con el entrecejo y los labios fruncidos. Evidentemente, estaba sumido en profundos pensamientos, y todos lo miraban con el aliento contenido, ansiosos por oír lo que tenía que decir. Deteniéndose de pronto frente a Morgana, ladró:

—¿Tu madre? ¿Cómo se llamaba?

Morgana tragó saliva nerviosamente y musitó:

—Jane Fowler.

—¿Una cortesana que tenía alborotados a todos los machos, hace unos veinticinco o treinta años? ¿Una muchacha hermosa: alta, de busto amplio, con cabellos castaños ondulados y ojos azules?

—Sí —respondió Morgana con renuencia.

George volvió a tomar el monóculo.

—No te pareces a ella; tú eres menuda, no te pareces a ella para nada.

Morgana se mordió el labio.

—Siempre me dijo que me parecía a la familia de mi padre.

George bufó.

—Oh, tienes el aspecto de los Devlin, lo admito, pero hay algo con respecto al corte de tu cara y... —Se lo veía un tanto incómodo y, aclarándose la garganta, dijo en tono hosco—. Hay algo en tu constitución menuda y estructura frágil que me recuerda a alguien que conocí en Londres hace más de veinte años —Miró a Royce—. Lo recuerdo porque fue la única mujer por la cual sentí alguna inclinación de contraer matrimonio. Recuerdo muchas cosas. Tengo una excelente memoria. Recuerdo cosas que todo el mundo ha olvidado. —Antes de que Royce lo interrumpiera impaciente, George se apresuró a continuar—: El asunto es que yo sólo tenía diecinueve años y ella ya estaba casada. Recién casada, para ser exactos, y en plena luna de miel.

Royce tenía el entrecejo fruncido.

—¿Y? ¿Qué tiene que ver todo esto con mi esposa y su parecido con los Devlin?

George se detuvo en medio de la habitación, y era evidente que estaba debatiéndose en un gran problema. Finalmente, muy pensativo, dijo:

—Creo que debo contarles una historia.

Parado detrás del sillón de Morgana, con una mano descansando posesivamente sobre su hombro, Royce dijo severo:

—Cuéntanos tu maldita historia, pero llega al punto.

George asintió con la cabeza y, sucintamente, relató una serie de hechos fascinantes, empezando por el casamiento de Stephen Devlin con Lucinda y su posterior partida, por tiempo indeterminado, hacia el continente, donde había nacido Julian. Se refirió brevemente al torbellino del noviazgo y el casamiento de Andrew Devlin y la encantadora heredera de Bath, y terminó con una explicación de la muerte de Andrew, así como las de su esposa e hija. Su audiencia lo escuchaba arrobada, mirándolo fijamente con distintos grados de asombro y consternación.

Cuando terminó de hablar, hubo un silencio hasta que Royce dijo con lentitud:

—George, ya había oído esa historia; quizá no toda, pero Zachary mencionó algo hace semanas en Londres. Y aunque sea una historia muy triste y conmovedora, por favor explica qué diablos tiene que ver con Morgana.

Inspirando hondo, y después de fortalecerse con un sorbo de vino, George replicó con calma:

—Bueno, quedan algunas cosas que yo sé y que ustedes no saben, pero hay algo que resulta obvio de acuerdo con mi historia. Stephen no puede ser el padre: estaba en Venecia o en algún otro lugar semejante cuando la concibieron. —George reflexionó por un momento, y agregó con justicia—: Por lo menos, se suponía que estaba allí; no apareció en Inglaterra hasta una quincena después de la muerte de Andrew.

Ahora Royce miraba a George muy fijamente, con una curiosa sensación de premonición.

Hasta ese momento, Morgana había escuchado la historia en un estado de curiosidad, impaciencia y creciente confusión. ¿Qué tenía que ver toda esa gente, ese Andrew y esa Hester, con ella? Comprendía por el diálogo entre George y Royce que aparentemente Andrew Devlin era su padre, no Stephen Devlin, lo que explicaría lo dicho anteriormente sobre que Julian era su primo, y sentía una curiosa sensación de alivio al saber que el hombre arrogante que había visto ese día ¡era su tío, no su padre! Andrew sonaba mucho más agradable. Y era reconfortante saber que no la había abandonado, sino que había muerto antes de su nacimiento; tal vez ni siquiera sabía que Jane estaba embarazada cuando murió. Con una mezcla de asombro y satisfacción en la voz, Morgana dijo:

—Entonces Julian es mi primo y no mi hermano.

George asintió con la cabeza, pero fijó una mirada severa y analítica sobre ella.

—¿Morgana es tu nombre verdadero... o simplemente lo elegiste para darte aires?

Morgana se irguió en su asiento, enojada, y se le oscurecieron los ojos por el ultraje. Levantó el mentón orgullosamente y con los dientes apretados, exclamó:

—¡Es mi nombre! ¡Mi madre me lo dio! ¿Cómo se atreve usted a insinuar otra cosa?

George miró el rostro sonrojado y airado durante largo rato, y después, con una sonrisa torcida, se inclinó ante ella y dijo con suavidad:

—Cuando te enojas, te pareces asombrosamente a tu madre. —Una sonrisa de tierna reminiscencia se dibujó en su boca, y murmuró—: Era un alma tierna, que quería complacer a todo el mundo, pero si la hacían enojarse... —se sacudió como si quisiera borrar la memoria de un fantasma, y, volviendo a mirar a Morgana, preguntó quedamente—: ¿Estás totalmente segura de la fecha de tu nacimiento?

Para nada apaciguada por las palabras de George, con los rizos negros casi erizados de disgusto, Morgana saltó:

—¡Sí! ¡Tan segura como de que mi nombre es Morgana! ¡Sé que nací el nueve de mayo del año 1796!

—Interesante —dijo, George dirigiéndose a la audiencia en general, con una expresión peculiar en el rostro amigable. Miró a Julian a los ojos y murmuró—: No creo que te vaya a gustar lo que voy a insinuar a continuación, y antes de que salgas y decidas retarme a duelo, desde ahora mismo te digo que no lo haré; por más que creas que te he insultado.

Mirando a Royce a través de la estancia, George inspiró profundo y dijo apresuradamente:

—Creo que deben saber algo sobre la niña que murió... —Dirigió otra mirada cauta a Julian antes de continuar con renuencia—. Todo el mundo sabía que los Devlin eran pobres como ratas. Oh, es cierto que en una época St. Audries Hall había sido un lugar magnífico, pero eso fue antes de que el padre de Andrew y Stephen perdiera en el juego la fortuna de la familia. Todos sabían que si Andrew se casaba, tenía que ser por dinero, y a nadie le sorprendió que, cuando finalmente lo hizo, fuera con una heredera. —George vaciló, cada vez más incómodo, prosiguió tercamente—. Cuando

Andrew murió, Stephen heredó el título y las escasas propiedades que estaban protegidas por los derechos hereditarios, pero el dinero pertenecía a Hester... o a su hija, si ella moría.

George se aclaró la garganta nerviosamente y tomó un trago de vino.

—Todo el mundo lo sabía; hubo muchas apuestas en Londres sobre lo que haría Stephen si Hester y/o la niña vivían. Muchas especulaciones y rumores durante toda esa primavera sobre lo que estaba sucediendo en St. Audries Hall. Todos sabían que la viudita estaba enferma, que ya no quería vivir después del asesinato de Andrew, y nadie se sorprendió cuando murió. —Con una mirada apreciativa al rostro serio de Julian, dijo sin ambages—: La gente sí se sorprendió cuando murió la niña. Hubo muchos chismes alrededor de eso. Se murmuraba toda clase de cosas desagradables: que Stephen había sofocado a la niña en el momento de nacer, que Lucinda la había ahogado... Hasta se llegó a decir que Stephen había vendido a la niña a una banda de gitanos poco después de la muerte de Hester. Mucho chismorreo.

Morgana miraba a George con horror creciente, con los ojos dilatados y se preguntaba si estaría loco. Le dirigió a Julian una mirada de disculpa, pero era obvio que Julian había llegado al colmo de lo que podía soportar.

Con los puños apretados amenazadoramente a los costados, se paró agresivamente ante George y le preguntó furioso:

—¿Está usted insinuando que mis padres cometieron un acto tan despreciable?

Aparentemente sin inmutarse por la actitud de Julian, George lo miró a los ojos enfurecidos y dijo con calma:

—No he insinuado nada todavía, me he limitado a repetir chismes. Pero antes de que pierdas los estribos, creo que deberías saber dos cosas muy interesantes: la niña que murió fue bautizada Morgana, que no es un nombre muy común, y nació el nueve de mayo de 1796.

La mano de Royce se apretó involuntariamente sobre el hombro de Morgana al oír las palabras de George, pero ella no notó el movimiento, tan azorada estaba. Julian empalideció al oír estas palabras y miraba confusamente de Morgana a George. Con los ojos oscurecidos por el terror y la incredulidad, preguntó roncamente:

—¿Está usted diciendo que ella es mi prima legítima? ¿Que mis padres le entregaron la niña a esta Jane Fowler y declararon que la niña había muerto?

Con reticencia George asintió con la cabeza.

—¡Eso es lo que yo creo!

—¡Pero es monstruoso! —espetó Julian explosivamente—. Sé que mi padre es un sujeto frío, pero ni siquiera él es capaz de un acto tan atroz.

Sintiendo lástima por él, George murmuró gentilmente:

—Bueno, podría ser una gran coincidencia: una joven que tiene claramente los rasgos de la familia Devlin, el mismo nombre que la niña muerta, y su misma fecha de nacimiento. Pero ten en cuenta esto: todos sabían que Stephen quería dinero, sabían que parte de la razón de casarse con tu madre fue porque creía que ella iba a heredar una fortuna de una vieja tía.

—¡Eso es mentira! —gritó Julian, acalorado—. ¡Una maldita mentira! Jamás pensé oír chismes tan desagradables de usted.

George se encogió de hombros.

—No es mentira; todo el mundo lo sabía, se sabía que tu padre se puso furioso cuando la vieja solterona murió y le dejó todo a un primo lejano que nadie sabía que existía. Él y Lucinda estaban en Londres. No hacía más de tres semanas que se habían casado, y después de eso partieron para el continente: no podían costearse vivir en Inglaterra. ¡Él mismo lo decía! Andaba por toda la ciudad mascullando y protestando contra la injusticia de todo el asunto. Lo recuerdo muy bien.

Había tanta honestidad simple e inocultable en la cara y el tono de George, que hasta Julian, ultrajado y furioso como se sentía, tuvo que dar algo de crédito a sus palabras. Con el rostro joven muy pálido, dirigió la mirada hacia Royce y con helada cortesía, manifestó:

—Si me disculpan, tengo que partir de inmediato. Mi padre está alojado en la casa de Martin Wetherly, la cual tengo entendido que no queda muy lejos, y debo hablar con él de inmediato. —Le dirigió una mirada desafiante a George—. Estoy seguro de que él me podrá explicar todo y decirme que la verdad no se asemeja en absoluto a las mentiras que se han dicho aquí esta tarde.

Girando sobre sus talones, salió raudamente de la estancia.

Jack no había pronunciado palabra desde que vio por primera vez a Julian Devlin, pero ahora preguntó con sencillez.

—Señor, ¿honestamente cree que Morgana es realmente esa Morgana Devlin?

George le dedicó una mirada pensativa, dándose cuenta sólo en ese momento de su presencia.

—Uno de los vástagos de Jane Fowler, ¿no es así? —dijo finalmente—. Tienes algo de ella, algo que la jovencita que está sentada allí no tiene. ¿Cómo te llamas?

Jack esbozó una sonrisa torcida.

—Sí, Jane era mi madre, y mi nombre es Jacko... Jack.

George inclinó la cabeza y dijo con cortesía.

—Encantado de conocerte, Jack. Como nadie se ha ocupado, permíteme que me presente solo: soy George Ponteby, una especie de primo de Royce. —Después de cumplir con las normas sociales, George agregó—: Y sí, creo que ella es Morgana Devlin. El joven Julian no me permitió explicar mejor el porqué de mi razón más fuerte para creer en su identidad. —Dirigió la mirada al otro extremo de la sala, donde Morgana estaba sentada como una estatua helada. Con voz suave, murmuró—: Dije que se parecía a su madre cuando estaba enojada, y no me refería a Jane Fowler, sino que estaba hablando de la pequeña Hester Devlin, la esposa de Andrew, a quien conocí, y de la que me enamoré hace veinte años.

Al oír esto, Morgana levantó la vista para mirarlo, y George asintió con la cabeza.

—Podría ser una coincidencia que tu nombre y tu fecha de nacimiento sean los mismos que los de la hija legítima, y podrías ser una hija ilegítima de Andrew... pero Jane Fowler nunca tuvo relaciones con Andrew y si tú fueras la hija de ellos, no estaría viendo reflejos de Hester en ti.

Morgana, temblorosa, aspiró profundamente, con la mente confusa y atontada. No sabía qué sentía. Había experimentado alivio al saber que Stephen no era su padre, pero no estaba segura de estar preparada para renunciar a Jane como madre: Jane la había criado y era la única madre que había conocido... Con una voz muy debil, preguntó:

—¿Quiere decir que Jacko y Ben ni siquiera son mis hermanos? —El hecho de ser una heredera, o hasta de descubrir que no era la hija bastarda de un aristócrata, no parecía tan importante como el vínculo que había compartido con Jacko y Ben desde que tenía uso de razón.

Con evidente desasosiego en la mirada, Jack se apresuró a cruzar la habitación y se arrodilló ante ella. Tomándole las manos entre las suyas, dijo ferozmente:

—No me importa un bledo si al fin resulta que Jane no era tu madre: tú siempre serás mi hermana. —Le dedicó una sonrisa torcida—. Podrás usar ropas finas ahora y podrás llamarte Morgana, pero para mí siempre vas a ser Pin, ¡y nada cambiará eso jamás! —Se le ocurrió una idea y le sonrió—. Además... no se puede probar nada, así que aunque sea una historia fascinante, vas a tener que soportarnos a Ben y a mí como hermanos. No vamos a permitir que nos repudies.

—Yo no estaría tan seguro de que no hay pruebas —dijo Royce indirectamente, mientras abandonaba su posición detrás del sillón y se dirigía al centro de la habitación.

—¿Qué quieres decir con eso? —preguntó Morgana, sintiendo que el corazón se le retorcía con una súbita sospecha—. ¿Sabes algo que nosotros no sabemos?

—No exactamente —respondió Royce tranquilamente. Mirando a George, le preguntó—: ¿Conoces el escudo de armas de la familia St. Audries? ¿Podrías describir su sello?

Si George se sintió sorprendido por la pregunta de Royce, no lo demostró, simplemente pareció sumergirse en sus pensamientos por un momento y dijo:

—Creo que está formado por un par de sables cruzados abajo y una rosa arriba.

A Morgana se le cortó la respiración dolorosamente en el pecho, y miró a Royce a los ojos. Con amarga angustia lo miró a través de la sala, penosamente segura de que durante todo el tiempo que la había cortejado, él sabía quién era ella; ¿por qué otro motivo se habría casado con ella, si no? Si él ya sabía que ella era la hija legítima de un conde, heredera de una gran fortuna, todo quedaba explicado. Atontada, dijo:

—Tengo una marca en la nalga que representa precisamente esos símbolos... excepto que en el centro, están inscritas las iniciales HD.

Fue Zachary, clavado junto a la chimenea, el que expresó lo que todos pensaban:

—¡Hester Devlin!

—Me temo que sí —replicó Royce con cuidado, intrigado por la expresión que detectaba en los ojos de Morgana. Parecía... desilusionada, como si él le hubiera fallado de alguna manera. Observándola detenidamente, Royce confirmó los temores de Morgana cuando murmuró lentamente—: Cuando noté la cicatriz por primera vez, me pregunté si sería un sello de familia, y tengo que reconocer que ya se me había ocurrido, por imposible que pareciera, que tú podías ser la heredera fallecida. No tenía idea de los nombres y fechas de nacimiento idénticos.

—Bueno, ¿y qué vamos a hacer al respecto? —preguntó George con sequedad—. Se va a armar un escándalo infernal.

Morgana miró el reloj de bronce dorado que estaba sobre la repisa de la chimenea y se le encogió el pecho. ¡Eran las cuatro y media! Tenía que irse ahora mismo para encontrarse con el tuerto. Con las emociones hechas jirones, los pensamientos confusos e irracionales, se puso de pie al instante. El ser realmente la hija legítima de un conde, heredera de una gran fortuna, o no, en ese momento le daba exactamente lo mismo: la vida de Royce estaba en peligro y eso tenía preponderancia sobre cualquier otra cosa... aun por encima del dolor de conocer sus maquinaciones. Lo miró y el corazón le dio un vuelco al encontrar la mirada de los ojos dorados. Lo amaba muchísimo, y le dolía insoportablemente pensar que él se había casado con ella simplemente porque creía que era la supuestamente fallecida Morgana Devlin, y por lo tanto, la heredera de una gran fortuna. Pero su falsedad no modificaba lo que ella sentía por él, ni hacía innecesaria su inminente reunión con el tuerto.

Como los minutos seguían pasando, recogió sus faldas y dijo con aire distraído:

—Perdónenme, necesito estar sola un rato. Tengo que pensar.

Royce se disponía a acompañarla, pero ella sacudió la cabeza con vehemencia y apartando el brazo de un tirón, exclamó con sequedad:

—¡No! ¿No entiendes? Necesito estar sola. —Los ojos grises se miraron con penosa intensidad en los de él—. Me he estado preguntando por qué alguien como tú —dijo ella por fin—, con tu fortuna y tus relaciones, querría casarse conmigo: una pequeña nadie, una ladrona de uno de los barrios más notorios de Londres. —Le temblaba la voz cuando agregó—: Ahora lo sé —lanzó una risita amarga—. Sabía que no me amabas, pero por lo menos esperaba que sintieras algo de afecto por mí. Parece que me equivoqué.

Cegada por las lágrimas, sorda a la exclamación angustiada de Royce, salió majestuosamente de la sala. Tras su partida se produjo un silencio tenso, y los otros tres caballeros evitaron cuidadosamente mirar la cara pálida y afligida de Royce, de pie en el centro de la estancia, con un brazo extendido en ademán de detenerla.

—¡Pero yo sí la amo! ¡Más que a nada en el mundo! —murmuró finalmente Royce por lo bajo, con una expresión herida en los ojos dorados—. Sólo que nunca se lo he dicho.

George se le acercó y, tomándolo por el hombro, lo reconfortó.

—Extrañas criaturas, las mujeres. Dale tiempo. Déjala que medite sobre todo lo que se ha dicho aquí esta tarde y recuperará el sentido. Ha sufrido un *shock*: ¡todos lo hemos sufrido!

Todos habían sufrido un *shock*, pero nadie lo había sentido tan profundamente como Julian Devlin. Hasta Morgana había estado más prevenida que él: ella por lo menos había visto a Stephen Devlin y conocía el parecido asombroso, pero Julian había sido tomado totalmente por sorpresa. Mientras sus caballos devoraban la distancia que separaba Lime Tree Cottage de la propiedad de Wetherly, Julian seguía aturdido, incapaz de creer lo que había visto y oído. Era innegable que la esposa de Royce era una Devlin, pero ¿Morgana Devlin? No podía dar crédito a una idea tan descabellada, y sin embargo... no podía descartarla totalmente de su mente.

Mi padre sabrá, pensó gravemente mientras sus caballos doblaban por el amplio sendero circular frente a la casa de Wetherly. Arrojando las riendas en dirección al caballerizo que corrió a recibirlo, Julian se apeó con agilidad y ascendió apresurado los escalones hasta la puerta.

A su llamada respondió un mayordomo de librea verde y negra. Después de identificarse y solicitar ver a su padre, Julian fue invitado cortésmente a pasar, y el mayordomo le explicó que lord Devlin estaba en el estudio del patrón, al fondo de la casa. El mayordomo se disponía a ir en busca de lord Devlin, pero Julian lo detuvo y con una sonrisa encantadora se ofreció a buscarlo él mismo, si el mayordomo era tan gentil como para indicarle el camino al estudio... y mientras tanto informar a *lady* Devlin de que su hijo estaba de visita. Saludaría al señor Wetherly después de haber visto a sus padres.

El mayordomo estuvo de acuerdo y, segundos más tarde, Julian llamaba a la puerta del estudio de Wetherly. Esperaba encontrar a su padre sin compañía. Sus esperanzas se cumplieron, puesto que después de golpear y ser invitado a entrar, encontró a Stephen solo en la elegante estancia.

El conde estaba sentado detrás de un escritorio angosto, y tenía delante una caja abierta con un par de soberbias pistolas de duelo. Si le sorprendió ver a Julian, no dio ninguna señal, y se limitó a observar con fastidio.

—¡Oh, por Dios! ¿No me digas que Wetherly ha sido tan estúpido y torpe como para invitarte a ti a su casa al mismo tiempo que a mí? Uno de nosotros tendrá que irse, y como yo ya estoy instalado, supongo que tendrás que ser tú. —Con cada palabra cargada de falsedad, agregó—: Espero que eso no te incomode de ninguna manera.

Julian se sonrojó y apretó los puños. Él y Stephen se llevaban mal desde que tenía uso de razón, y a veces realmente odiaba a su padre, pero tragándose su orgullo, dijo en tono neutro:

—Wetherly no me ha invitado. He venido a verte por un asunto de grave importancia.

—¿Ah, sí? ¿Algún caballo que quieras comprar? ¿O alguna bailarina que deseas establecer en una casita?

Stephen lo estaba provocando deliberadamente, porque Julian jamás se dirigía a él por algo tan trivial. En realidad, en los últimos tiempos no se acercaba a él para nada, y no lo había hecho desde que cumplió dieciocho años, cuando su madre, milagrosamente, según Julian, había convencido a su padre para que le asignara una suma de dinero. El monto no era particularmente generoso, pero le permitía vivir independiente de su padre, y como él y Stephen sólo se peleaban cuando estaban juntos, pocas veces se daba esta situación.

Tragándose la respuesta airada que le subía por la garganta, Julian miró con gravedad a su padre y dijo sin ambages:

—Vengo de casa de Royce Manchester, donde he conocido a su esposa. —Vaciló un segundo antes de soltar abruptamente—: Dice que su nombre es Morgana, y lo que yo digo es que tiene un parecido asombroso conmigo.

Se había producido una curiosa quietud alrededor de Stephen cuando Julian mencionó a Royce, pero ahora pareció recostarse cómodamente contra el sillón de cuero en el que estaba, casi acariciando con una mano la madera lisa de la empuñadura de una de las pistolas que tenía frente a sí. Era obvio que la verdad estaba por salir a la luz en cualquier momento, y como no planeaba estar por allí cuando estallara el terrible escándalo, Stephen no veía motivo para privarse del placer de una pequeña venganza, la de destruir a Julian. Miró al joven que tenía frente a sí con un brillo malévolo en los ojos grises, y casi ronroneó:

—¿Ah, eso es todo? ¿Por qué tendrías que sorprenderte? Después de todo, es tu hermana.

—¿Qué? ¿Mi hermana? —barbotó Julian involuntariamente. A pesar del bendito alivio que lo inundó al oír que Stephen la reconocía como hija, Julian insistió—: George Ponteby dice que tú no puedes ser el padre, que es la hija de tu hermano.

Gozando del momento, Stephen sonrió con indisimulada malicia.

—Pero si es la hija de Andrew... es su hija legítima. —Ante la mirada de total horror de Julian, continuó complacido—. Sabes, después de que Hester muriera, tu madre y yo teníamos que desembarazarnos de la mocosa si queríamos disfrutar de... ah, las elegancias de la vida. Desafortunadamente el tuerto —miró gentilmente las facciones horrorizadas de Julian—, el hombre contratado para deshacerse de la criatura, parece que nos traicionó.

Mareado por el impacto brutal de las revelaciones de Stephen, Julian lo miraba estupefacto, incapaz de creer que su padre estuviera admitiendo esas cosas horrorosas. Sacudió la cabeza aturdido, y aferrándose desesperadamente a lo que Stephen había dicho antes, preguntó impotente:

—Pero tú dijiste que es mi hermana... ¿cómo puede ser?

Desde la puerta se oyó un sonido ahogado, y ambos caballeros miraron en esa dirección a tiempo para ver que Lucinda se precipitaba dentro de la estancia con los ojos llenos de furia.

—¡Basta! ¡Ya es suficiente! No te atrevas a decir una palabra más. —siseó dirigiéndose a Stephen, mientras se detenía al lado de su hijo.

—¿Pero no crees que es hora que se entere de la verdad, querida mía? —dijo Stephen arrastrando las palabras, gozando del momento.

Con las mandíbulas duras como el granito, los hombros anchos muy erguidos, y listo para golpear, Julian respondió tenso:

—Sí. ¡Explícate!

Los ojos de Stephen estaban cargados de odio cuando se posaron sobre la cara pálida de Julian, y espetó:

—¿Quieres la verdad? Muy bien, tu padre era mi hermano Andrew, y tu madre trató de hacerte pasar por hijo mío. —Miró fríamente a Lucinda—. Siempre lo supe; ¡desde el principio! —Y en tono casual agregó—: Es por eso que hice que el tuerto arreglara el asesinato de Andrew, eso, y el enorme deseo de heredar el título mientras era lo bastante joven como para disfrutarlo y antes de que Andrew tuviera hijos legítimos con Hester. Pero desafortunadamente, me demoré demasiado y nació Morgana. Así que ya veis, ¡el heredero es el bastardo y la bastarda es la heredera! ¿No os parece divertido?

—¡Tú lo hiciste asesinar! —estalló Lucinda enfurecida—. ¡Te mataré por eso!

Tan sólo la reacción rápida de Julian evitó que su madre atacara a Stephen y asiéndola por las muñecas, gruñó:

—¡Detente! ¿Es verdad lo que dice?

Lucinda estaba demasiado enojada como para mentir, y retorciéndose salvajemente para soltarse, exclamó:

—¡Sí, es verdad! Pero no importa, nadie puede probar nada. —Le dirigió a Stephen una mirada del más puro desprecio—. Estoy segura de que él no va a reconocer que fue un cornudo.

—¡Madre! —dijo Julian desesperado—. ¿Y con respecto a Morgana? ¿Es verdad? ¿Tú lo sabías?

Una expresión hosca se pintó en la cara de Lucinda.

—Sí, lo sabía, pero ya te lo he dicho: no hay ninguna diferencia, no se puede probar nada.

Lucinda siempre había subestimado la profunda veta de honorabilidad de Julian, y éste, con una expresión de absoluto horror, retrocedió lentamente alejándose de ella y mirándola como si jamás la hubiera visto antes.

—¡Dios mío! —estalló con pasión—. ¿Qué clase de gente sois vosotros? ¿Cómo habéis podido vivir con vuestra conciencia todos estos años, sabiendo lo que habíais hecho?

Con el rostro desfigurado por una expresión de asco, salió corriendo de la habitación, ansioso por poner la mayor distancia posible entre él y esos monstruos.

Con una sonrisa rencorosa en los labios, Stephen miró a Lucinda y murmuró:

—¡Santo cielo! Creo que tu precioso hijo está algo desilusionado contigo. Jamás había sospechado la perra intrigante e inmoral que eres, ¿no es así? Un joven tan honorable, tu hijo. Siempre me pregunté cómo llegó a ser tan ético y virtuoso... por cierto que no lo aprendió de ti. —Burlándose abiertamente, agregó—: Lástima que tenga ideales tan altos, de otro modo tal vez habrías logrado capear la tormenta de chismes y especulaciones que está a punto de estallar sobre nosotros. —Rio con amargura—. No dudo que correrá sin demora hacia Morgana y noblemente le entregará la fortuna de la familia.

Lucinda lo fulminó con ojos brillantes de furia.

—¡Cállate! Con lo que has dicho, ya has hablado de más. Y termina con tus comentarios malévolos sobre Julian. Más tarde me ocuparé de tranquilizar su sensibilidad ultrajada, pero ahora quiero oír más sobre la forma en que arreglaste la muerte de Andrew.

—¡Oh, eso! —comentó Stephen con una risita—. Fue bastante fácil de hacer. Después de recibir la carta de Andrew informándonos de su inminente boda, supe que no tenía tiempo que perder. Como nos mudábamos con tanta frecuencia en esos días, apenas escapando de nuestros acreedores, si lo recuerdas, no te pareció raro cuando te sugerí que abandonásemos Italia de inmediato y nos instaláramos en Bélgica. Antes de irnos, escribí a un lugar donde había oído que se ocupaban de hacer llegar mensajes al tuerto, e hice arreglos para encontrarme con él en Dover. ¿Recuerdas que justo después de llegar a ese espantoso pueblo costero de De Panne, decidí hacer un viaje a Francia? —Lucinda asintió con la cabeza, con los ojos entrecerrados y mirándolo fijamente—. Bueno, desde Francia fue muy simple cruzar el canal, reunirme con el tuerto y hacer todos los arreglos necesarios para la muerte de Andrew. —Ociosamente Stephen tomó una de las pistolas, admirando la excelente artesanía—. Fue algo molesto y viajé prácticamente todo un día y una noche, pero todo salió como esperaba y cuando poco después recibí la noticia de la muerte de Andrew, regresé a Inglaterra como el hermano inconsolable, sin que nadie se hubiera enterado de nada. Estuve brillante, ¿no te parece?

Con una expresión donde se mezclaban el dolor y la cólera, Lucinda dijo aturdida:

—¿Lo mataste para heredar el título?

Stephen sonrió con frialdad.

—Para eso y porque no me agradaba el hecho de que me endilgaran a su bastardo.

Consumida por la furia, Lucinda se inclinó sobre el escritorio y lo golpeó con la mano abierta.

—¡Yo lo amaba! —le espetó con fiereza.

—Lo sé —dijo Stephen en tono gélido, a la vez que una luz muy desagradable surgía en sus ojos después de la bofetada. Con suma suavidad agregó—: Ésa es una de las razones por las que lo hice matar.

Algo se quebró dentro de Lucinda, y cegada de rabia, se arrojó sobre el escritorio angosto para tomar la pistola que Stephen tenía en la mano. Stephen estaba tan concentrado disfrutando de la situación que el ataque lo tomó por sorpresa y con torpeza desesperada, trató de detener el asalto y levantarse del sillón al mismo tiempo. Normalmente Lucinda no hubiera tenido la menor oportunidad en una confrontación física con Stephen, pero la furia negra que la azotaba le daba una ventaja poderosa y prácticamente le arrancó el arma de la mano antes de que Stephen comprendiera su intención. Separándose ágilmente de él, con el pecho agitado bajo la seda delicada del vestido elegante, Lucinda le apuntó con la pistola y con calma apretó el gatillo.

En los oídos de Lucinda resonó la explosión del disparo, y a través de la nube de humo gris azulado que flotaba entre ellos, observó con satisfacción la creciente mancha de sangre que súbitamente floreció en la blancura prístina de la camisa de Stephen. Con una sonrisa complacida en los labios, observó la expresión asombrada que se dibujó en el rostro de Stephen.

—¡Me disparaste! —exclamó estúpidamente, mientras trataba de incorporarse, con movimientos torpes y descoordinados. Se tambaleó y cayó sobre el escritorio, tirando al suelo varios objetos, incluyendo la pistola gemela de la que Lucinda tenía en la mano.

—Lo sé —dijo Lucinda tranquilamente—. ¡Y lo disfruté mucho, maldito bastardo! —Inclinándose hacia él, que estaba parcialmente reclinado sobre el escritorio, siseó—: Igual que tú disfrutaste hablándome de Andrew, pero seré yo quien ría la última, mi querido esposo. Tu bienamada Hester no murió de muerte natural; el tuerto, sí, el mismo individuo infecto que contrataste para matar a Andrew, me proporcionó arsénico, y yo se lo administré fielmente a tu dulce Hester. —Lanzó una risa enloquecida—. Irónico, ¿no te parece?

Con los ojos horrorizados fijos en ella, Stephen se deslizó lentamente hasta el suelo detrás del escritorio. Se aferraba a la vida con vehemencia, con un solo pensamiento en la mente mientras intentaba febrilmente agarrar la segunda pistola que yacía en el suelo, a escasa distancia de él. Sentía que la vida se le escapaba y el esfuerzo lo agotaba, pero un segundo más tarde, suspiró cuando sus dedos por fin se cerraron alrededor de la empuñadura de la pistola.

Apenas segundos pasaron desde que Stephen se deslizó del escritorio y sin darse cuenta de que había alcanzado la segunda pistola, Lucinda se apresuró a rodear el escritorio para asegurarse de que estaba muerto. Con la horrenda caricatura de una sonrisa en los labios sin sangre, Stephen rodó sobre sí mismo y apuntando certeramente, le disparó al corazón.

La muerte de Lucinda fue instantánea, y sin un sonido se desplomó en el suelo. Con malévola satisfacción y ya con el brillo de la muerte en los ojos, Stephen miró el cadáver y murió resollando:

—¿Quién es el que ríe último ahora, maldita?

31

Aproximadamente a la hora que, en casa de Wetherly, Julian huía de Stephen y Lucinda, Morgana salía sigilosamente por la puerta de servicio de Lime Tree Cottage. Escondida en la canasta tejida que llevaba en el brazo estaba la carterita que contenía la daga, y después de escurrirse por una de las arcadas de la muralla de piedra que rodeaba la casa, comenzó a caminar con aire ocioso en dirección a la cabaña del portero. Vestida con un sencillo atuendo de muselina celeste y un sombrero de paja, y con la canasta en el brazo, esperaba fervientemente que cualquiera que la viera supusiera que simplemente estaba dando un paseo, cortando flores para entretenerse.

Deliberadamente borró de su mente los acontecimientos recientes, concentrándose en la inminente confrontación con el tuerto. Después de terminar con él, habría tiempo suficiente para considerar las diversas ramificaciones dolorosas de las revelaciones de esa tarde. Pero a pesar de sus buenas intenciones, el penoso recuerdo de los motivos que había tenido Royce para casarse con ella, se le colaba a través del escudo que había levantado para controlar sus emociones, y sentía un dolor sordo en el pecho.

Acercándose a la cabaña del portero unos minutos más tarde, plasmó una sonrisa alegre en su rostro, y acercándose con toda tranquilidad a John Bullard, que casualmente estaba parado fuera de la cabaña, le dijo animadamente:

—¡Buenas tardes! Bonito día para un paseo, ¿no le parece?

John se sorprendió un poco al ver a la dueña de casa paseándose sola tan lejos del jardín principal, y con los ojos azules dilatados, respondió:

—¡Sí, señora, lo es!

Saludándolo cortésmente con una inclinación de cabeza y actuando como si para ella fuera lo más normal del mundo salir a pasear por el camino público que bordeaba la propiedad, dijo con ligereza:

—Hace un día tan bonito, que creo que caminaré hasta un poco más allá.

Preocupado, Bullard la miró hasta que la silueta esbelta desapareció tras una curva, y corrió hacia la puerta de la cabaña. Sus dos hermanos levantaron la cabeza cuando John se asomó adentro y murmuró:

—Está pasando algo raro: la señora acaba de pasar tan campante a mi lado, y se fue andando por el camino. Tal vez esté bien, pero voy hasta la casa a advertirle al señor. Es mejor que salga uno de vosotros y que mantenga los ojos abiertos. —Sin más, salió corriendo hacia la casa principal.

Morgana sabía que era arriesgado que alguien la viera salir de la propiedad, pero no había otra opción: Royce había elegido Lime Tree Cottage precisamente porque había una sola entrada, custodiada por los hermanos Bullard. Sospechaba que uno de ellos informaría a Royce de su comportamiento, y en el instante en que estuvo fuera de la vista de John, desapareció todo viso de calma; recogiéndose la falda, empezó a correr a la vera del camino angosto. Divisó el puente casi de inmediato, y con el corazón golpeándole en el pecho, observó el elegante faetón tirado por una pareja de hermosos tordillos detenido justo de este lado del puente.

Instintivamente disminuyó el paso al acercarse y notar que el faetón estaba vacío y que los caballos estaban atados a un árbol junto al camino. Con una mano apoyada sobre la carterita que ocultaba la daga, miró a su alrededor buscando al conductor. El coche y los caballos parecían abandonados y se preguntó si habría interpretado mal la nota del tuerto, de modo que dijo suavemente:

—¿Hola? ¿Hay alguien aquí?

No hubo respuesta, y cada vez más intrigada y aprensiva, miró a uno y otro lado del camino e, insegura, hacia las áreas boscosas que abundaban a ambos lados del camino. La sobresaltó el ruido de una ramita que se quebraba y, andando cautelosa en esa dirección, preguntó:

—¿Quién es? ¿Quién está allí?

Nuevamente no hubo respuesta, y como estaba empezando a enojarse, convencida de que el hombre estaba jugando con ella, alzó el mentón y se alejó vivazmente del camino, adentrándose en el bosque mientras decía exasperada:

—¡Sé que está ahí! ¡Salga y terminemos con toda esta tontería! —Apenas se había alejado cuatro metros del camino cuando oyó un crujido furtivo detrás de ella y empezó a girar en esa dirección. Pero fue demasiado tarde: el golpe le dio de plano en la nuca, dejándola inconsciente. Se desplomó con un leve quejido, al tiempo que volaba el sombrero y se desparramaba el contenido de la canasta.

Acercándose al cuerpo inconsciente de Morgana, el tuerto sonrió con satisfacción por su habilidad y, con gran eficiencia la ató y la amordazó. Cuando hubo terminado, recogió el sombrero, la canasta y la carterita, y regresando al faetón, los arrojó dentro y tomó una manta grande que estaba en el suelo. Miró cautelosamente a uno y otro lado del camino, como antes había hecho Morgana. La ruta estaba despejada y no se oía ningún ruido de vehículos que se acercaran. Se apresuró a regresar al lado de Morgana, la tomó en brazos y la llevó rápidamente al faetón. La depositó en el suelo y cubrió el cuerpo con la manta, asegurándose de que la ocultara a ella y a sus pertenencias.

Apenas le llevó un segundo desatar los caballos y, montando de un salto al asiento del vehículo, hizo girar a los animales y tomó el camino a paso normal. No había ninguna necesidad de despertar sospechas yendo a la carrera. Una vez que se alejaran de Lime Tree Cottage ya tendría tiempo de aumentar la velocidad. Si se cruzaba con gente, no notarían nada fuera de lo común; todo lo que verían sería un caballero muy bien vestido sentado en su elegante faetón, conduciendo con destreza una pareja de tordillos de magnífico andar. Sonrió. ¿Quién llegaría a suponer que debajo de la manta tirada a sus pies estaba el cuerpo atado y amordazado de la esposa de Royce Manchester? Amplió su sonrisa, y se felicitó por la inteligencia con que había manejado toda la situación. Y a medida que se alejaba, crecía su creencia en su propia infalibilidad.

Tal vez si hubiera sabido de la conversación que tenía lugar apenas cinco minutos después de arrancar del puente con tanta calma, no se habría sentido tan tranquilo. Pero no tenía forma de saber con qué seriedad tomaba John Bullard sus obligaciones, ni sobre la confrontación traumática de Julian con Stephen y Lucinda, y no podía soñar siquiera con que Julian estuviera dispuesto a renunciar a una fortuna en aras del honor. Además, nunca había prestado verdadera atención a la memoria prodigiosa de George Ponteby, no tenía idea del sentido del honor profundamente arraigado del señor Spurling, criado de Royce, y sin embargo, todos esos ingredientes se combinaban...

Fue John Bullard quien informó a Royce que Morgana no estaba en su dormitorio, como él creía. Si John había experimentado alguna duda con respecto a lo exagerado de su reacción por el poco ortodoxo paseo de Morgana, ésta quedó disipada de inmediato.

La sonrisa cortés desapareció de los labios de Royce al oír la explicación de John y se puso muy serio. John apenas se había detenido para tomar aliento cuando Royce le preguntó como en un latigazo:

—¿Cuánto tiempo hace de esto?

—¡No... no hace diez minutos, señor! —tartamudeó John.

En ese momento George entraba al vestíbulo buscando a su anfitrión, y apenas vio la cara de Royce, se le acercó y preguntó ansioso.

—¿Qué pasa? ¿Qué demonios ha sucedido ahora?

—El joven Bullard dice que hace menos de diez minutos vio a Morgana salir de la propiedad... para dar un maldito paseo.

—No hay motivo para que no lo haga —dijo George razonablemente—. Hermosa tarde. Sufrió un *shock*. Quizá decidió salir a caminar para aclararse la mente. Bastante lógico.

Royce lo miró con desdén, y dejando a George y a John con la boca abierta, súbitamente trepó las escaleras a saltos, desapareciendo al llegar a la planta superior.

Reapareció casi de inmediato, prácticamente volando escaleras abajo, trayendo entre los dedos una hoja de papel arrugada. Su expresión era cada vez más grave y dura, pero ahora se agregaba un destello de miedo en los ojos dorados, y arrojándole el papel a George, gimió amargamente:

—¡La muy tonta ha ido a reunirse con el tuerto! La cita era a las cinco, y ya han pasado varios minutos de esa hora. No hay un momento que perder si quiero alcanzarlos.

Sintiendo un pánico que jamás había experimentado en su vida, Royce corrió hacia la sala de armas, tomó una pistola y algunos proyectiles, y salió de la casa a la carrera, rumbo a los establos, sin pensar en otra cosa que alcanzar a Morgana antes de que fuera demasiado tarde. Haciendo caso omiso de las miradas azoradas de los mozos de cuadra, se detuvo tan sólo lo suficiente como para terminar de cargar la pistola y meterla en la cintura de su pantalón. Tomó una brida y se la puso al primer caballo que encontró. Con agilidad, montó a pelo sobre el lomo del animal y, de pronto, notó a los mozos que lo miraban pasmados. Viendo a Matt, le ordenó:

—¡Engancha los oscuros al cabriolé y prepáralo para salir de inmediato, puedo necesitarlo! ¡Hazlo ya!

Taloneando los flancos de su caballo, sin otra palabra, Royce se alejó del establo a todo galope. Al llegar a la entrada de la propiedad, se detuvo un segundo ante la cabaña del portero para preguntar:

—La señora, ¿ha regresado?

—¡No, señor! —replicó al instante Harry Bullard, con cara preocupada.

Royce maldijo por lo bajo y acicateó al caballo en dirección del puente. No se había permitido pensar en otra cosa que en llegar al lugar de la cita de Morgana y el tuerto, pero mientras su caballo se detenía en el puente como un remolino, Royce miraba frenético a uno y otro lado del camino desierto, sintiendo un miedo terrible que le carcomía las entrañas. Desmontando, gastó preciosos segundos buscando alguna señal que le diera una pista de la dirección por donde debería buscar a su esposa, pero no descubrió nada en el terreno próximo.

Sin querer perder más tiempo en una búsqueda infructuosa de rastros, Royce volvió a montar y galopó de regreso a la cabaña del portero. Con expresión sombría, frenó violentamente su caballo apenas traspasado el portón, y le preguntó a Harry con desesperación:

—¿Has visto pasar a alguien recientemente?

Harry negó con la cabeza lúgubremente.

—No, señor. Hubo algunos carros de granja y gente caminando por la ruta por la mañana temprano, y hace un par de horas pasó un grupo de jóvenes de la localidad montados en un par de caballos de tiro, pero aparte del vehículo que trajo a sus huéspedes, no hubo nada más.

Royce no esperaba una respuesta diferente. El tuerto no iba a dejar nada al azar. El corazón le pesaba como una masa de hielo, y desalentado, guió al caballo hacia la casa. ¿Qué hacer? ¡Tenía que encontrarla! Qué dulce y atolondrada boba, arriesgar su vida de ese modo. ¡Cómo se atrevía a hacerlo! Desgarrado entre la ira y la desesperación, taloneó al caballo para ponerlo al trote. El tuerto tenía que haber cometido algún error. Él tan sólo tenía que descubrirlo.

El cabriolé y los caballos que había ordenado estaban listos frente a la puerta de la casa, y mientras desmontaba con renuencia y entregaba las riendas a Matt, quien se acercó corriendo de inmediato, se preguntaba si ganaría algo con seguir buscando el rastro del tuerto. Sin embargo, el permanecer ocioso quedaba totalmente fuera de la cuestión, y estaba a punto de entrar a la casa para comunicar a los demás su decisión de continuar la búsqueda de Morgana, cuando oyó el ruido de un coche que se acercaba a toda velocidad y, con una llama de esperanza en el pecho, giró sobre sus talones.

Pero era Julian Devlin, y Royce sintió que se le hundía el corazón al ver el rostro tenso y pálido de Julian. Por la expresión agobiada del joven, resultaba obvio que era presa de un gran desasosiego, y esperando que la aparición de Julian no tuviera nada que ver con la desaparición de Morgana, Royce se dirigió al lugar donde Julian había detenido sus caballos y dijo con aparente calma:

—No esperaba volver a verte tan pronto.

Acercándose a Royce, Julian inspiró hondo y dijo apresuradamente:

—¡He hablado con mis padres! —Se detuvo abruptamente, al darse cuenta de que lo que decía no era exactamente cierto.

Julian tragó penosamente y empezó a hablar nuevamente, pero antes de poder decir más, se abrió de golpe la puerta del frente y George, Zachary y Jack salieron corriendo hacia ellos. Con caras llenas de ansiedad, apenas notaron la presencia de Julian y George preguntó:

—¿La encontraste?

Royce negó con la cabeza y replicó tenso.

—Cabalgué hasta el puente donde se tenían que encontrar, pero no había nadie ni tampoco indicios en los alrededores. Busqué pistas que me dieran alguna idea de la dirección en que se fueron, pero no había nada.

—¡Dios mío! —exclamó George—. ¿Qué vas a hacer?
Royce respondió con acritud.
—Ir tras ellos, aunque tenga que rastrillar toda la campiña de Inglaterra, los voy a encontrar. Estaba a punto de entrar a decíroslo, cuando llegó Julian.
George dirigió una mirada especulativa a éste, notando la palidez desusada y la expresión atormentada. Desviando la atención, George le preguntó afable:
—Hablaste con tus padres, ¿no es así?
Julian asintió desdichado.
—Sí, lo hice; acabo de estar con ellos. —Todavía aturdido por lo que había averiguado tan cruelmente, Julian miró a George con una sonrisa torcida y amarga, y musitó—: Sólo que hay algo que usted no sabía: Stephen Devlin no es mi padre. —Ignorando las exclamaciones ahogadas de los demás, lanzó una risa iracunda y áspera—. En realidad, Morgana y yo somos hermanos, no primos como usted sospechaba; según Stephen, yo soy el bastardo de Andrew, y mi madre no lo negó. En cuanto al resto... —De pronto, se desmoronó toda su compostura y el rostro joven se contorsionó terriblemente cuando exclamó—: ¡Es verdad! ¡Todo lo que usted dijo! ¡Ambos lo reconocieron! —Era doloroso verlo luchar por controlarse, pero al cabo de un instante, con la cara rígidamente compuesta, inspiró hondo y, mirando a Royce, dijo en tono neutro—: Su esposa es la hija legítima de Andrew y Hester Devlin. Para apoderarse de la fortuna que ella heredaría de su madre, Stephen y mi madre hicieron que el tuerto se desembarazara de ella una vez fallecida Hester, pero el tuerto los traicionó y no la mató.
—Lo que explica —exclamó Royce— por qué está tan decidido a apoderarse de ella: él sabe quién es y debe haber maquinado algún plan complicado para lograr el control de su fortuna.
Jack se aclaró la garganta, incómodo.
—No creo que sea, ehmm, solamente para apoderarse de su fortuna que la ha secuestrado; Ben y yo sabemos desde hace mucho que la quiere en su cama —dijo Jack sin disfrazar la verdad.
—¡Jesús! —masculló Royce, cerrando los ojos, angustiado al imaginar a Morgana soportando el abrazo del tuerto—. Jack, hubiera querido que no sacaras a relucir ese aspecto de la cuestión. Debemos encontrarla lo antes posible.

Evidentemente confuso, Julian preguntó:

—¿Ha pasado algo más desde que me fui? Habéis hablado de «secuestro».

De inmediato, Zachary y Jack se acercaron a Julian y, hablando ambos a la vez, rápidamente le explicaron la situación actual. Irónicamente, la noticia de que su medio hermana había sido secuestrada por el tuerto era tal vez lo que Julian necesitaba oír. Al conocer la terrible situación de Morgana, la posibilidad de que su vida misma pudiera estar en peligro, apartó de su mente la infelicidad de su propia situación. También le daba algo de qué ocuparse, aparte de rumiar sobre el *shock* tremendo que había sufrido ese día, y con un brillo fanático en los ojos, se volvió hacia Royce con intensidad y juró:

—Ayudaré en todas las formas a mi alcance. ¿Por dónde empezamos?

Sobriamente, Royce miró hacia el horizonte.

—No lo sé —dijo finalmente, con un dejo de derrota en la voz. Sacudiéndose enojado, deliberadamente cerró su mente al miedo y la degradación que podía estar sufriendo Morgana en ese mismo momento, y ahuyentando sus propios temores, prosiguió con más confianza—. Sabemos que cualquier método que haya usado para llevársela de aquí, no pasó por la puerta de Lime Tree Cottage... lo que nos dice que debió ir en dirección a Tunbridge Wells... —Apretó los labios y espetó frustrado—: Lo que no nos dice absolutamente nada. Se la puede haber llevado a cualquier parte.

Sacando el reloj del bolsillo del chaleco, lo miró y su expresión se ensombreció aún más.

—Son casi las cinco y media... Si seguimos aquí, habremos perdido la ventaja por habernos enterado tan pronto de la cita.

Discutieron brevemente la mejor forma de proceder. Se decidió que Royce y George saldrían de inmediato en el cabriolé; irían hacia Tunbridge Wells preguntando por Morgana en el camino, dejando mensajes e instrucciones siempre que fuera posible; los demás los seguirían en cuanto estuvieran listos los caballos. Los de Julian estaban extenuados por el viaje desde Londres, y se acordó que algunos de la partida montarían individualmente para poder desplegarse más ampliamente en distintas direcciones al mismo tiempo.

El hecho de que Jack jamás había montado a caballo ni había conducido un coche, creó un inconveniente temporal, hasta que se decidió que era prudente llevar un segundo vehículo más grande por si lo necesitaban; no tenían forma de saber cuándo o en qué estado encontrarían a Morgana. La solución fue simple. Zachary y Julian montarían los caballos más veloces del establo y Jack los seguiría en la calesa grande, conducida por las manos hábiles del cochero de Royce.

Después de disponer los distintos medios de transporte y consciente de que los minutos pasaban sin misericordia, cada vez más impaciente Royce gruñó:

—¡Vamos, George! Partamos... y roguemos encontrar alguna pista de la dirección que tomaron.

—¡Esperen! —dijo George abruptamente, y cuando Royce le dirigió una mirada irascible, agregó imperturbable—: Estuve pensando.

—¡Oh, por Dios! ¡Ahora no! —suplicó Royce irritado, seguro de que George estaba a punto de embarcarse en otra complicada explicación.

George le dirigió una mirada cargada de reproche y levantó la nota del tuerto, que seguía apretada en su mano. Tenía la frente levemente fruncida.

—Creo que he visto esta letra antes...

Con los ojos fijos en la cara de su primo con penosa intensidad, Royce le preguntó entrecortadamente:

—¿Estás seguro?

George asintió con la cabeza.

—Te lo dije: me acuerdo de todo.

Julian lanzó una risa entre amarga y resentida.

—¡Puedo dar fe de eso! —dijo con sentimiento—. Sí que se acuerda de todo, tanto sea los chismes de veinte años atrás, o el hecho de que una cortesana tenía los ojos azules como porcelana.

George dio un brinco como si le hubieran disparado.

—¡Eso es! —exclamó excitado—. Sabía que faltaba alguna cosa. —Miró la escritura del papel, movió la cabeza y musitó para sus adentros—. Por supuesto, tendría que haber reconocido sus garabatos: recibí bastantes notas de él a lo largo de los años.

Con una voz sospechosamente suave, Royce manifestó:

—¿Te importaría compartir tus conocimientos con nosotros? ¿Enseguida?

Dirigiendo una mirada aplacadora a su primo, George dijo calmado:

—Casi me olvido de una cosa interesante acerca de Jane Fowler... Nació fuera del lecho conyugal, pero era de buena familia. Su padre era un gentilhombre terrateniente que la crió como es debido, pero ella se rebeló y se escapó a Londres con el novio de su hermana.

Jack asintió con la cabeza y corroboró lo dicho por George.

—Sí, es verdad. Mamá jamás nos ocultó su pasado.

Radiante, George sonrió a Jack con aprobación y Royce reprimió un gemido desesperado. Temiendo que su primo estuviera a punto de embarcarse en una larga discusión sobre Jane Fowler y lo que ésta había hecho o dejado de hacer veinticinco años atrás, penosamente consciente del tiempo que pasaba, Royce murmuró:

—¡George, por favor! Si me tienes algo de afecto, ¡ve directamente al grano!

Un poco ofendido, George dijo tiesamente:

—El asunto es que unos dos años después de que ella apareció en Londres, llegó a la ciudad su hermano, uno de los hijos legítimos del gentilhombre. Era un novato inexperto y no se dio cuenta de que tener una hermana en el *demi-monde* no era gran recomendación. —Con expresión pensativa, George murmuró admirado—. Sin embargo, no le llevó mucho tiempo aprender, y pronto se distanció de ella y de ese grupo. Era un joven agradable, lo conozco desde hace años, pero no creo que haya mucha gente de que se acuerde siquiera de que Jane Fowler era su hermana.

—¡Su nombre, George! —exigió Royce muy tenso, conteniendo su genio con el mayor de los esfuerzos.

—Allan Rufus Newell —dijo George con sencillez.

—¡Newell! —gritaron simultáneamente Zachary y Julian, mirando atónitos a George—. Pero si uno se lo encuentra en todas partes —continuó Zachary confuso.

—¡Por supuesto! Así es como sabía dónde estaríamos el día que ordenó a Morgana que me robara. —Royce inspiró pesadamente—. Sabemos que el tuerto escribió la nota, y si George identificó la letra de Newell... ¡entonces Allan Newell es el tuerto! Lo que también explica cómo es que Morgana fue a parar con Jane Fowler. Su hermano, el tuerto, le llevó a la niña para que la criara.

—Pero, ¿por qué? —preguntó Jack, desconcertado.

Una sonrisa feroz curvó la boca de Royce.

—Eso es algo que pretendo averiguar en cuanto le ponga las manos encima. —Atravesó a George con una mirada amenazante—. Y ahora, primo —comenzó en un tono sedoso que no engañó a nadie—, ¿dónde podemos encontrar a nuestro escurridizo señor Newell?

Mirando a Royce incómodo, George masculló.

—Creo que tiene una casa de verano en la costa, cerca de Hastings. No conozco el lugar exacto, pero una vez que lleguemos a Hastings, estoy seguro de que nos lo podrán indicar.

Parecía lógico, y sin más discusiones, Royce empujó a George dentro del cabriolé; un momento más tarde, los caballos arrancaron y tomaron por el sendero. Al divisar la cabaña del portero, Royce los hizo reducir el paso, y hubiera seguido de largo si en ese momento no hubieran aparecido en la entrada, Harry y John agitando los brazos frenéticamente.

Frenando los caballos, en un tono que hubiera dado que pensar a hombres de menos valor, Royce ladró:

—Sí, ¿qué pasa? —Entrecerró los ojos al distinguir a Tom Cooper y al señor Spurling, ensangrentados y desaliñados, de pie junto a la cabaña.

Las vestiduras habitualmente inmaculadas del señor Spurling estaban polvorientas y desgarradas, le sangraba la nariz y tenía un labio partido. Así se acercó al cabriolé, y enfrentando la mirada dura de Royce, dijo con una voz que temblaba de indignación:

—Sé que usted cree que fui yo quien dejó entrar al intruso a la casa de Londres, pero soy inocente de ese delito. —Le dirigió una mirada amarga a Tom Cooper—. No sólo yo estaba levantado esa noche; más tarde, cuando volvía a mi habitación, lo encontré a él acechando. Negó todo conocimiento de lo sucedido, pero como yo sabía que no había dejado entrar al tuerto, sospeché de inmediato que el culpable era Tom Cooper. —Estirando su escasa altura todo lo posible, prosiguió obstinado—: Lo he observado de cerca durante estas últimas semanas y hoy mis esfuerzos se han visto recompensados.

Tom Cooper, limpiándose la nariz sangrante, aunque menos perjudicado que el señor Spurling, gruñó:

—Yo no hice nada malo. ¡Este tipo está loco!

El señor Spurling sonrió con aire de superioridad y, metiendo la mano en su chaleco desgarrado, extrajo un papel doblado.

—Creo que el sentido de esta nota le resultará sumamente revelador, señor. —Se la entregó a Royce, miró desdeñoso a Tom Cooper, y prosiguió sereno—: Esta tarde lo seguí hasta la ciudad, donde furtivamente se encontró con un caballero que permaneció oculto en las sombras. Ellos no me vieron, pero yo estaba lo suficientemente cerca como para oír las instrucciones del hombre al darle la nota a Tom. Usted no tenía que recibirla hasta las ocho de la noche. Yo, ehhmm, lo obligué a que me la entregara.

Royce leyó rápidamente la misiva, reconociendo al instante que la letra era la misma de la nota dirigida a Morgana. Resultaba obvio por qué Newell quería que la carta no fuera entregada hasta más tarde: a las ocho todavía habría luz suficiente para que Royce se decidiera a partir hacia la cita detallada en la nota, pero sería bien entrada la noche cuando llegara al sitio indicado por Newell. La oscuridad sería aliada de Newell, y la ventaja de tres horas le daba todo el tiempo del mundo para preparar una emboscada para Royce. Morgana era la carnada, y Royce no dudaba ni por un instante que Allan Newell, el tuerto, tenía toda la intención de matarlo...

Royce levantó la cabeza, posó la vista por un instante, breve y letal, sobre el rostro de Tom Cooper.

—Átenlo —ordenó sin más—. Y vigílenlo bien: no quiero que llegue hasta mi presa antes que yo. —Mirando a Edward Spurling, se disculpó con caballerosidad—. Lamento haber sospechado de usted, y quiero agradecerle por lo que hizo hoy: descubrió usted el espía que se ocultaba en la casa y bien puede haber salvado mi propia vida. Volveremos a hablar a mi regreso.

Arrojando la nota hacia George, Royce hizo restallar el látigo y, mientras los caballos se lanzaban hacia adelante, gruñó suavemente:

—Parece que tenemos algunas ventajas, después de todo: sabemos que Newell es el tuerto, estamos dos horas adelantados, y no tendremos que perder tiempo buscando al bastardo: hasta nos ha facilitado un maldito mapa.

32

A Morgana le dolía terriblemente la cabeza y, a medida que tomaba conciencia de dónde estaba, al principio se sintió confusa por la situación en que se encontraba. Cada vez más atemorizada, le llevó varios segundos darse cuenta de que estaba atada y amordazada y que yacía en el suelo de un vehículo que viajaba por la ruta a gran velocidad. La tapaba algo pesado y picoso y supuso que era una frazada o manta. Como envueltos en una niebla recordó los últimos minutos desde que se apartara del camino, y cuando cayó en la cuenta de lo desastroso de su situación, por un momento pensó que se desmayaría de puro miedo. El tuerto la había capturado.

Se permitió un momento del más absoluto terror, y después, cerrando los ojos y ofreciendo una plegaria fervorosa a aquellos dioses que cuidaban de los tontos como ella, centró todos sus pensamientos y toda su energía en considerar cómo escapar de esa situación peligrosa. Por la oscuridad del interior y la luz brillante que danzaba en el borde de su cobertor, era evidente que todavía había sol. No tenía idea de cuánto tiempo había estado inconsciente, pero por la inclinación de la luz, sospechaba que había sido más de una hora.

Haciendo caso omiso de su dolor de cabeza y apartando de su mente todo pensamiento desmoralizador con respecto a su suerte, probó de mover los dedos y las manos que tenía atadas a la espalda, pero de inmediato supo que su captor no estaba dispuesto a correr riesgos: sus ligaduras eran fuertes y seguras. Como por el momento parecía que su única ventaja era el hecho de estar consciente, redujo sus movimientos al mínimo, para que el tuerto no lo notara. Con cautela, probó para ver si las ataduras de los tobillos eran tan firmes como las de las muñecas. Lo eran. Reprimiendo un gemido de desesperación, a continuación trató de quitarse la mordaza, pero también ésta estaba atada de manera tal que hacía inútil todo intento de sacarla.

Enojada y frustrada, se maldijo por haberse engañado con tanta facilidad: debía haberse imaginado que el tuerto le iba a tender algún tipo de trampa y ella, como una reverenda tonta, se había zambullido alegremente en la misma. Ansiosa, pensó en la daga que había escondido en la carterita y se preguntaba si él la habría descubierto o si se habría molestado siquiera en traer sus cosas. Sospechaba que lo había hecho —el tuerto no iba a dejar sus pertenencias para que alguien las encontrara— sólo podía esperar que, en algún momento, llegaría a alcanzar la daga, si él no la había descubierto.

Evaluando su grave situación, llegó a la triste conclusión de que las cosas no podían estar peor, pero se reconfortó al pensar en que por lo menos Royce estaba a salvo. Tragó saliva con nerviosismo. Por lo menos esperaba que la vida de Royce no estuviera en peligro: el tuerto no era de fiar, y empezó a temer que, una vez que la hubiera dejado segura en alguna parte, él volvería y mataría a Royce de todos modos. La sacudió un estremecimiento. ¡Oh, Dios!, rogó en silencio, ¡no permitas que mate a Royce!

Ya era bastante horrible el hecho de que su suerte pendía de un hilo, bastante terrorífico verse obligada a soportar el dolor y la degradación a que la sometería el tuerto, pero saber que sería para nada... saber que aunque ella se sometiera al espantoso destino que el tuerto le tenía preparado, cualquiera que fuese, al mismo tiempo estaría impotente para detener el asesinato brutal de la persona que ella amaba con todo su valiente corazón, era casi insoportable.

Consciente de que no se hacía ningún bien con dar vueltas sobre estos pensamientos dolorosos, trató de concentrarse en otra cosa, en cualquier cosa, pero aunque pudo apartarlos de su mente por un rato, esos pensamientos volvían insidiosos a torturarla una y otra vez. Desafortunadamente, cada vez que trataba de pensar en otra cosa, inevitablemente caía en la asombrosa reunión de esa tarde con Julian Devlin y el descubrimiento desestabilizador de que la mujer que ella había amado profundamente y siempre había creído su madre, probablemente no tenía ningún parentesco con ella. Pero lo que la hacía sentir desolada era saber que también existía la definida posibilidad de que ella resultara ser heredera de una fortuna y que su marido muy bien podía haberse casado con ella, simplemente porque ya estaba enterado de estas cosas y esperaba obtener ganancias.

Sin embargo, mientras su primera preocupación era la amenaza del tuerto contra la vida de Royce, no había tenido siquiera un momento para considerar seriamente qué efecto tendrían sobre su propia vida las revelaciones de George Ponteby, y ahora, atada y amordazada, prisionera sin esperanza de un hombre al que despreciaba y temía, tampoco le parecía un momento especialmente propicio para hacerlo. Con un torbellino de emociones en el pecho y el dolor que sentía en los brazos firmemente atados creciendo con cada salto del vehículo, se dio por vencida, soportando estoicamente las incomodidades físicas y esperando casi derrotada la suerte que le estaba destinada.

El viaje parecía interminable, pero justo cuando estaba segura de que tendría que rogarle que le desatara los brazos, el movimiento del vehículo cambió y Morgana presintió que habían llegado a su destino. El corazón empezó a latirle dolorosamente, y como un animal pequeño y asustado, se quedó helada al notar que la luz desaparecía y los caballos se detenían. Por la repentina desaparición de la luz supuso que había entrado a un establo o granero y, tensa, esperó a ver qué sucedía a continuación.

El vehículo se meció al apearse el tuerto, y durante los momentos siguientes oyó ruidos que indicaban que estaba desenganchando y guardando los caballos. Se cerró una puerta y pudo oír pasos que se alejaban. Elevando la cabeza, trató de escuchar mientras su mente trabajaba a toda velocidad haciendo planes para escapar. Por un rato hubo silencio, y Morgana se preguntaba cuánto tiempo pasaría antes de que él regresara. ¿Lo suficiente como para poder escapar? Estaba a punto de intentar sentarse, cuando lo oyó acercarse, y se envaró.

Acercándose directamente al vehículo, el tuerto dijo en tono odioso, arrastrando las palabras:

—¿Todavía fingiendo que estás inconsciente, mi querida? Eso no te servirá de nada; hace rato que sé que estás despierta.

Como la mordaza le impedía hablar con mucha eficacia, Morgana se limitó a mirar furiosa en la dirección de la voz, y permaneció callada.

Como si hubiera visto su reacción, el tuerto rio y un segundo más tarde, la alzó, con manta y todo, y Morgana quedó sin aliento cuando él se la echó sobre el hombro sin ningún miramiento. Rebuscó a su alrededor por un momento y murmuró:

—No debemos olvidar la canasta y el sombrero de la dama.

El corazón de Morgana saltó al oír esas palabras. ¿La carterita todavía estaría en la canasta? ¿La daga seguiría bien oculta? Por primera vez desde que recuperó el conocimiento y descubrió el peligro terrible en que se encontraba, alentó una esperanza.

Saliendo del granero, el tuerto dijo burlón:

—Lamento la demora, pero sabes, tuve que «convertirme» en el tuerto, hasta que termine con algunos detalles más. Me temo que el parche y el resto del traje son sumamente necesarios. —Se rio entre dientes, y era evidente que estaba de muy buen humor, muy complacido consigo mismo—. Si todo sale bien —continuó tranquilamente— después de esta noche, el tuerto dejará de existir.

«Si logro poner mis manos sobre la daga —juró Morgana gravemente—, ¡seguro que dejará de existir!»

El tuerto la cargó una distancia considerable y el movimiento oscilante de su cuerpo no contribuyó en nada a mejorar el dolor de cabeza. Desde esa posición, veía partes del suelo y notaba que no andaban por un sendero. El suelo estaba escasamente cubierto por pastos silvestres y malas hierbas, con algunas matas achaparradas aquí y allá, y a medida que avanzaban, se hacían más fuertes el ruido y el olor del mar. Por el creciente rugido de las olas y la bruma salitrosa que parecía hasta penetrar en las ropas de Morgana, supo que debían estar en un acantilado justo sobre el mar.

De pronto, por el rabillo del ojo divisó unas tablas deterioradas por la intemperie y el tuerto giró, como si estuviera dando vuelta a una esquina; un poco más adelante, se detuvo abruptamente. Empujando una puerta, entró en un edificio. Un segundo más tarde, Morgana se encontró tirada sobre una dura silla de madera y como cayó la manta que la cubría, por primera vez pudo observar lo que la rodeaba. Descubrió que estaba sentada en una habitación pequeña de vigas a la vista, y por dos ventanas manchadas de salitre, una a cada lado de la puerta por la que habían entrado, tuvo su primera visión del mar turbulento y cambiante. Sobre una pared había un hogar de piedra, evidentemente utilizado para cocinar, a juzgar por los utensilios que colgaban cerca; del lado opuesto había algunos armarios altos de roble, y otra puerta sobre la cuarta pared, que presumiblemente conducía a los aposentos en el fondo de la construcción. Flanqueando el hogar había dos sillones de cuero sorpresivamente elegantes. Las únicas otras piezas de mobiliario de la habitación eran un arcón pesado cerca de la puerta de entrada, una mesa fuerte, rodeada por tres sillas de respaldo de madera, una de las cuales ocupaba Morgana. El suelo y las paredes estaban desnudos.

Deliberadamente había evitado mirar al tuerto, pero una vez que terminó de examinar el lugar, lo miró con una expresión de abierto desdén. Él estaba de pie directamente frente a ella, con la apariencia de siempre —vestido de negro, con el sombrero oscuro muy inclinado sobre la cara, el parche cubriéndole el ojo— y cuando lo miró a la cara, él sonrió. Esa sonrisa hizo correr un escalofrío por la espalda de Morgana, pero levantó el mentón orgullosa, decidida a no demostrarle el miedo que sentía.

—Siempre la misma perra orgullosa, según veo —observó burlón, y descuidadamente tiró la canasta y el sombrero sobre la mesa. Estiró una mano y le acarició la mejilla, murmurando—. Pronto te domaré y te quitaré esa actitud desafiante, mi querida... y tendré infinito placer en hacerlo.

Morgana apartó la cara con brusquedad, y tuvo que hacer un enorme esfuerzo para no mirar hacia la canasta y ver si todavía estaba la carterita y, lo más importante, la daga. Mirándolo con ferocidad, lanzó una maldición ahogada por la mordaza.

Su reacción pareció complacer al tuerto, que lanzó una carcajada. Para su asombro, le aflojó la mordaza y dijo con suavidad:

—Ya no hay necesidad de esto; puedes gritar todo lo que quieras, que nadie te oirá. Desafortunadamente, me temo que tendrás que permanecer atada hasta después de que me encargue de ese marido tuyo.

Con los ojos dilatados, Morgana preguntó ferozmente:

—¿Qué quiere decir? Prometió no hacerle daño si yo obedecía sus órdenes.

—¿Prometí? —repitió él enarcando una ceja—. Es raro, pero no recuerdo haber prometido no hacerle daño. Sólo recuerdo que amenacé con matarlo de inmediato si no te encontrabas conmigo, no puse nada sobre no matarlo después.

—¡Bastardo! —gritó Morgana, luchando por arrojarse sobre él, pero las sogas sólo le permitieron caer de la silla.

Con un brillo airado en el ojo negro, el tuerto levantó el cuerpo que se retorcía y la tiró nuevamente sobre la silla.

—¡Ya basta! Si eres inteligente, te dirigirás a mí con más cortesía —gruñó él, y la abofeteó con brutalidad.

Con los oídos resonándole por la fuerza del golpe, Morgana llegó a la lóbrega conclusión de que no ganaba nada con antagonizarlo, y malhumorada preguntó:

—¿Qué se propone hacer conmigo?

El tuerto sonrió.

—Oh, nada tan terrible, mi querida; una vez eliminado Manchester, tú y yo nos casaremos y tú ocuparás el lugar que te corresponde en la sociedad.

Morgana lo miró azorada.

—¿Está loco? —preguntó desesperada—. ¿Qué espera ganar?

Él le acarició la mejilla con un dedo y Morgana dio un respingo de asco.

—Espero ganar por esposa a *lady* Morgana Devlin, y será para mí una esposa muy rica y aristocrática, mi querida. He planeado esto durante larguísimo tiempo y no tengo la intención de permitir que me lo impidan ahora, aunque tenga que matar a media docena de personas para lograrlo. Contigo a mi lado, no habrá puerta que se me cierre: tu fortuna, combinada con la mía, me convertirá en uno de los hombres más ricos de Inglaterra, y contigo por esposa, tendré la prominencia social y el poder que siempre quise. —La miró con cierta afabilidad—. Verás que seré un marido generoso: tendrás todo lo que quieras y sólo exigiré tu presencia a mi lado... y tu cooperación voluntaria en la cama. —El ojo se posó atrevido sobre el pecho de Morgana—. Tu cooperación muy voluntaria —murmuró y la tomó en sus brazos, y presionó ávidamente su boca contra la de ella.

Morgana luchó por escapar del beso repugnante, pero él la apretaba con firmeza, forzándola cruelmente a abrir los labios y violando su boca con la lengua brutal. Casi ahogada por la intrusión, Morgana finalmente logró hacerse a un lado.

—¡No lo haga!—rogó con suavidad, con la cabeza gacha y mirando hacia otro lado.

Él respiraba pesadamente y, para horror de Morgana, entre las capas de tela que los separaban pudo sentir el miembro rígido que se apoyaba insistente contra ella. ¡Oh, Dios! ¡Eso no!

Con un esfuerzo, la apartó de él y dijo con voz enronquecida.

—Ya habrá tiempo suficiente para que gocemos juntos una vez que me haya encargado de Manchester.

Sintiendo el corazón frío como el hielo, Morgana gritó con desesperación.

—¡Jamás se saldrá con la suya! Y aunque logre matar a Royce, no tendrá pruebas de que soy Morgana Devlin... ¡su plan habrá sido inútil!

—¿Que no tengo pruebas? —repitió él taimadamente—. Ah, pero estás equivocada en eso, mi querida: ¡tengo muy buenas pruebas! ¿Quieres verlas?

Morgana lo observó cuidadosamente. Con lentitud, asintió.

—Sí, sí quiero.

El tuerto se acercó al arcón y, tomando una llave del bolsillo, lo abrió. Levantando la tapa, buscó un instante y tomó un libro encuadernado en cuero. Sonriendo, regresó hasta Morgana.

—Debo decirte que este lugar tan modesto es mi pequeño escondite particular. Vengo aquí cuando quiero estar solo o admirar alguno de los, ehhmm, recuerdos más fascinantes que guardo aquí.

Sostuvo el libro frente a ella, y Morgana notó que se trataba de una biblia.

—No reconoces este libro, pero es la Biblia de tu madre —dijo en tono casual—. Lo tomé de sus manos la misma noche en que murió, la noche que tú naciste. —Lo abrió y le enseñó lo escrito en una de las páginas.

Perpleja, Morgana leyó la anotación hecha con letra delicada y fluida en el ángulo derecho de la página que tenía ante sí.

«Hester Devlin, condesa de St. Audries, su libro, 1 de julio de 1795.»

Morgana sintió algo especial al leer estas palabras y, sin embargo, de por sí no probaban nada.

—Solamente el hecho de que tenga su Biblia no prueba que sea mi madre —dijo vivamente—. Jane era mi madre.

Claramente disfrutando de la situación, el tuerto negó con la cabeza.

—Oh, no, no es cierto. Tu tío, Stephen Devlin, que en esa época era tan sólo el hermano menor de un conde, hizo los arreglos para que yo me encargara de ti... Por supuesto, él quería que te matara y me deshiciera de tu cadáver, pero me divirtió la idea de entregarte a Jane. Créeme, Hester Devlin era tu madre, y Andrew Devlin, el sexto conde de St. Audries, era tu padre. Por tus venas corre la sangre de una de las más ilustres estirpes de Inglaterra.

Con evidente confusión pintada en el rostro, Morgana le preguntó impotente:

—Pero, ¿por qué?

—¿Por qué Stephen deseaba verte muerta? ¿O por qué yo no te maté?

—¡Las dos cosas!

Sonriendo satisfecho, se sentó en una de las sillas de madera junto a la mesa, cerca de ella.

—En vez de decírtelo por partes, será mucho más fácil si atiendes mientras te obsequio con una pequeña historia muy divertida sobre el pasado —explicó el tuerto alegremente.

Fascinada y horrorizada, Morgana escuchó el relato de los hechos espantosos y retorcidos que habían tenido lugar más de veinte años atrás, hechos que moldearon su vida y la condujeron hasta este momento del presente. No le evitó nada, contándole con gusto cada pequeño detalle, desde la concepción de Julian hasta la noche en que su madre murió a causa de la última dosis de veneno administrada por Lucinda. La parte más difícil para Morgana fue cuando él leyó en voz alta la triste carta de su madre, que él extrajo con un ademán ampuloso del lomo de la Biblia. El miedo de Hester le llegó claramente, así como el amor que sentía por la niña y la traición que con tanta desesperación trataba de vengar. Morgana sintió que las lágrimas le temblaban en las pestañas y parpadeó para limpiarlas, pues no quería que él supiera cuánto la afectaba la carta de su madre. Pálida y conmovida, mareada por la pura maldad del acto de violencia de Stephen contra su padre, asombrada al enterarse de que Julian en realidad era su medio hermano y que fue su madre quien mató a Hester, sólo pudo mirarlo con asco y desprecio.

—¿Por qué no me mató? —se obligó a preguntar.

El tuerto tenía aspecto pensativo.

—En realidad, no lo sé —reconoció—. Eras una niña bastante enfermiza, probablemente resultado del arsénico, y por un tiempo, Jane temió que morirías. ¿Capricho, tal vez? ¿Algún tipo de placer perverso en saber que, mientras tú vivieras, podía destruir a Stephen en cualquier momento? —se encogió de hombros—. En realidad, durante muchos años no pensé en casarme contigo, pero un día te miré y me di cuenta de que te estabas convirtiendo en una joven muy atractiva. —Le dirigió una mirada cargada de sentido—. Había hecho los arreglos para venderte a un noble que sentía preferencia por vírgenes muy jóvenes, pero Jane no quiso saber nada, así que tuve que cambiar de planes. Se me ocurrió simplemente convertirte en mi amante, y me atraía enormemente la idea de tener a *lady* Morgana Devlin en mi cama y a mi entera disposición, pero después fui un poco más allá: ¿qué tal si me casaba contigo y hacía que la verdad saliera a la luz...? —El tuerto rio entre dientes—. Por supuesto, no el papel que yo tuve en el asunto. El tuerto sería el villano, mientras que yo no sería otra cosa que tu amante esposo, el hombre que accidentalmente descubre toda la maquiavélica confabulación. Pensé que, una vez casados, «descubriría» la Biblia de tu madre en un viejo baúl de Jane. Nadie se sentiría más sorprendido y ultrajado que yo al descubrir que mi medio hermana, una mujer de la cual, debido a su forma de vida, ahh... deshonrosa, no había sabido nada durante años, había tomado parte en un complot tan terrible. Inteligente, ¿no te parece?

Morgana lo miró muda durante largo rato, sin atreverse a hablar, temiendo que, sin importar lo que le hiciera, no podría evitar arrojarse contra él con furia salvaje y, a pesar de sus ataduras, seguiría tratando de herirlo hasta que él la dejara inconsciente a golpes. Con el corazón lleno de odio, casi compulsivamente, la mirada de Morgana se dirigió a la canasta que estaba sobre la mesa, y la carterita que estaba dentro. Sintió un destello de esperanza. Si tan sólo él se fuera por un momento, y si la daga todavía estuviera dentro de la carterita, le llevaría apenas un momento liberarse y entonces... Por un segundo quedó hipnotizada por la satisfactoria imagen del tuerto muerto a sus pies con la daga clavada en el corazón perverso. Pero la invadió la realidad y se dio cuenta de que, salvo que la suerte estuviera de su lado, estaba condenada a sufrir el destino que él le tenía planeado.

Sobrecogida por la amargura, la atormentaban las visiones de todas las otras cosas que podría haber hecho en lugar de embarcarse en su propia aventura de matar al tuerto. Tendría que haber pensado en la posibilidad de fallar y tendría que haberle dejado una carta a Royce explicándole todo... De pronto, se tensó. No había dejado una nota suya, pero con la misma claridad como si estuviera en su propio dormitorio, veía la nota del tuerto arrugada sobre su tocador, donde la había dejado en su prisa por acudir a la cita.

Seguro que para ese momento Royce ya la habría encontrado y, por lo menos, sabría lo que le había pasado... ¿y tal vez trataría de buscarla? Sintiendo que nacía dentro de ella una nueva esperanza, y a pesar de que se daba cuenta de que sería un milagro si Royce lograba descubrir el lugar donde la había traído el tuerto, se aferró a la idea de que, en ese preciso momento, Royce tal vez estaba tras su rastro.

Como desconocía todo lo que había sucedido desde su captura, ni siquiera habría creído que en el mismo momento en que ella miraba al tuerto sintiéndose desvalida, Royce frenaba los caballos agotados en el mismo establo donde el tuerto había desenganchado los propios apenas media hora antes.

A diferencia del tuerto, que no había querido llamar la atención y se había visto obligado a viajar a un paso razonable, a Royce no le importó en absoluto que lo vieran corriendo a una velocidad enloquecida por la ruta y no había tenido piedad de los caballos y los había conducido a paso sostenido y desenfrenado. Para George fue el viaje más terrorífico de su vida, y más de una vez, cuando Royce tomaba una curva a velocidad infernal sin siquiera sofrenar los caballos, estuvo seguro de que ésta llegaba a su fin.

Los caballos cubiertos de sudor, con la cabeza colgando, agotados, quedaron inmóviles cuando Royce saltó del cabriolé e inspeccionó rápidamente el establo. De regreso, comentó con gravedad:

—Estuvo aquí. No hay señales de Morgana, pero dentro hay un vehículo y dos caballos todavía sudados, de manera que no estamos muy lejos. —Mientras se acercaba al cabriolé, sacó de su chaleco un trozo de papel doblado.

Leyendo rápidamente las instrucciones del tuerto, Royce levantó la vista, escrutando el paisaje desierto que lo rodeaba, sintiendo claramente el olor y el ruido del mar que llegaban hasta él.

—Dice que hay un sendero que lleva a la playa después de los acantilados y, una vez allí, debo doblar a la izquierda y seguir en esa dirección hasta ver la boca de una cueva frente al promontorio. Me encontrará allí a las once de la noche.

—¡No me digas que lo vas a hacer! —exclamó George, nervioso—. ¡Será una trampa! ¡Tiene la intención de matarte!

Con un brillo de animal salvaje en los ojos dorados, Royce replicó burlón:

—Ya lo sé, George, y no tengo intención de caer ciegamente en su emboscada. No olvides que, si todo hubiera salido de acuerdo con su plan, yo en este momento estaría recibiendo estas instrucciones: nos hemos adelantado a su programa. —Frunció el entrecejo por un momento—. No va a tener a Morgana en la cueva, de eso estoy seguro; es más probable que la tenga en algún lugar próximo...

Ante la mirada perpleja de George, de pronto Royce trepó con gracia al techo del establo. Con las manos en las caderas, los pies separados para mantener el equilibrio en el techo inclinado, miró a la distancia.

—Veo un sendero que sale en aquella dirección, a la derecha, pero nada más.

Siguió escrutando el paisaje desierto, deseando desesperadamente detectar alguna otra cosa que le diera una pista de dónde buscar a Morgana. Por pura obstinada tenacidad, había logrado mantener el miedo bajo control durante la carrera salvaje y enloquecida para llegar a destino, pero, a medida que los minutos pasaban inexorables, y el sol comenzaba a descender, sentía que se empezaba a desvanecer ese control férreo y se encontraba ante la terrorífica posibilidad de que lo hubiera abandonado la suerte que lo había acompañado hasta el momento y de no volver a ver a Morgana nunca más.

Royce se sentía casi mareado por el miedo sofocante y la furia semienloquecida que estalló dentro de él ante esa posibilidad;

apretó los labios y entrecerró los ojos. Todavía no estaba vencido. Iba a encontrar a su esposa; y cuando la encontrara, después de sacudirla por haberlo asustado de ese modo, la iba a besar hasta hacerle perder el sentido y le iba a decir en términos bien claros exactamente cuánto la amaba. Esta vez el tuerto no iba a salirse con la suya. Royce estaba a punto de volverse cuando algo atrajo su mirada y contuvo penosamente el aliento. ¿Era un techo eso que se divisaba al borde del acantilado? ¿Casi escondido detrás de una lomada? Desde el suelo hubiera sido invisible, pero desde el otero del techo del establo, Royce escrutó la línea irregular del paisaje, deseando apasionadamente que fuera lo que estaba buscando. Un rayo de la luz declinante del sol de pronto pegó contra una diminuta veleta sobre el techo de la pequeña construcción, y Royce lanzó un gruñido feroz y triunfante. Tal vez se trataba nada más que de la cabaña de un pescador, pero el instinto le decía que allí encontraría a su esposa... y al tuerto.

Sin esfuerzo, bajó del techo de un ágil salto, corrió hasta el cabriolé y verificando la pistola que había traído consigo, le dijo a George:

—Hay una cabaña cerca del borde del acantilado, y sospecho que Morgana está allí... junto con Newell. Quédate aquí, y si no estoy de regreso dentro de una hora, llévate a esos pobres caballos lo más rápido que puedas hasta el magistrado más próximo y explícale todo.

—¡Royce, ten cuidado! —replicó George con urgencia—. Es un asesino, y no se detendrá ante nada para lograr sus fines.

Algo muy peligroso y letal apareció en los ojos de Royce.

—¡Tiene a mi esposa, George! Creo que es por él por quien deberías temer.

Sin más palabras, Royce desapareció detrás del establo.

Era difícil acercarse a la cabaña porque no había donde ocultarse, pero usando las leves ondulaciones del terreno y las pocas matas que había en el área, Royce se fue acercando lentamente. La luz mortecina del atardecer lo favorecía, y a medida que se aproximaba sigiloso, observó que no había ventanas en la parte trasera de la casa, lo que le permitía ir más rápido.

Cuidando de no hacer ruido, con la pistola lista en la mano, bordeó las tablas deterioradas por la intemperie, esforzándose por oír algún ruido que reafirmara su obstinada creencia de que Morgana estaba adentro. ¡Tenía que estar! Era impensable suponer que estaba perdiendo un tiempo precioso tras una idea descabellada. Incapaz de considerar siquiera por un momento que la cabaña simplemente pertenecía a algún pescador solitario, se deslizó cautelosamente dando la vuelta a una de las esquinas de la construcción. Se detuvo abruptamente al ver las dos ventanas y la puerta que daban al mar, pero arrojándose al suelo, se arrastró lentamente hasta quedar bajo una de las ventanas.

Como un bálsamo y una bendición le llegó el sonido de la voz de Morgana, e involuntariamente cerró los ojos en una plegaria ferviente y exultante. Hasta ese momento no se había dado cuenta del miedo que había tenido, pero al oír la modulación de la voz familiar, algo se aflojó dentro de Royce y sintió como si se liberara de una carga tremenda.

Con los ojos dorados brillando feroces, Royce apretó los dedos alrededor de la pistola, esperando, para el bien del tuerto, que Morgana estuviera ilesa, porque si ese demonio perverso la había lastimado... Una emoción primitiva e implacable creció en su pecho, y avanzó reptando.

Dentro de la cabaña, totalmente inadvertido del peligro que acechaba justo a su puerta, el tuerto se pavoneaba delante de Morgana, jactándose de sus múltiples éxitos.

—Por supuesto —decía muy satisfecho de sí mismo—, nunca me llamó ningún miembro de la familia real, pero piensa si alguno lo hubiera hecho; ahora sería el rey no coronado de Inglaterra.

A pesar de que la preciosa cara de Morgana revelaba la tensión que le producía mantener su coraje intacto, sus ojos brillaron con desprecio y exclamó vivaz:

—No me importa lo astuto que haya sido en el pasado: jamás se va a salir con la suya en esto. Royce es demasiado inteligente como para caer en su trampa. Él me encontrará, y cuando lo haga, usted lamentará el día en que creyó que podía vencerlo.

—Ah, ¿realmente lo crees, encanto? —dijo el tuerto arrastrando las palabras, de pie muy cerca de ella, paseando el ojo negro con creciente satisfacción por el cuerpo delgado. Tomándola por la barbilla, la obligó a levantar la cabeza y frotando sugestivamente el pulgar sobre la boca apretada de Morgana, murmuró—:

Yo no contaría con eso. Más o menos a esta hora, tu próximamente difunto marido debe estar recibiendo un mensaje de mi parte con instrucciones explícitas de dónde encontrarme. —Sonrió cuando los ojos de Morgana se dilataron alarmados—. ¡No será aquí el encuentro! No, no, tú te quedarás aquí, lejos del peligro, mientras yo, ehhmm... me ocupo de él en una cueva que hay en la playa, justo aquí debajo. Hay todo tipo de lugares para esconderse dentro de la cueva, prácticamente hecha para que alguien como yo aceche la llegada de los desprevenidos. No es que Manchester vaya a estar desprevenido; creo que tiene suficiente inteligencia para darse cuenta de que pienso matarlo, pero yo conozco muy bien el terreno de la cueva, y él no. Además, no estará a la altura de alguien tan astuto como yo. Tan sólo piénsalo, mi querida, ¡antes de la medianoche, serás viuda!

El tuerto estaba tan concentrado en impresionar a Morgana, que no había prestado ninguna atención a lo que ocurría a su alrededor. El primer indicio que tuvo de que iba a tener que hacer algunas modificaciones drásticas en su plan, fue cuando se abrió de golpe la puerta de la cabaña y Royce, desde el vano, dijo mordiendo las palabras:

—¡Yo no estaría tan seguro de eso, Newell! Antes de que alguien salga de aquí, uno de nosotros estará muerto... y no tengo intención de ser yo.

A Morgana casi se le salta el corazón del pecho al ver a Royce parado con arrogancia en la puerta, con la pistola apuntada certeramente al corazón del tuerto. Se había sacado el corbatín y llevaba la camisa abierta hasta la V del chaleco bordado, la chaqueta color tostado destacaba los hombros y brazos poderosos, los pantalones de ante se ajustaban a los músculos firmes de los muslos fuertes, y prácticamente radiaba de él un aire de algo salvaje y peligroso. Se lo veía magnífico, con el cabello dorado cayendo en mechones, el rostro apuesto, tenso y lleno de vitalidad, los ojos dorados bajo las cejas anchas y negras... esos ojos que brillaban con la intensidad de un tigre salvaje.

Amándolo apasionadamente como lo amaba, indescriptiblemente regocijada por su llegada y sin embargo, llena de temor por su vida, Morgana no podía apartar la vista de él. Instintivamente se irguió en la silla, intentando alcanzarlo, pero el tuerto se movió con la velocidad de una serpiente, la puso de pie y colocó el cuerpo esbelto, envuelto en el vestido celeste, delante de él a modo de escudo. De la nada apareció una pistola en su mano, y apuntándola a Royce, sonrió.

—¿Y ahora qué piensa hacer, Manchester? —preguntó el tuerto con una mueca, aparentemente para nada perturbado por el acontecimiento inesperado—. Su arma no le sirve... salvo, por supuesto, que quiera arriesgarse a darle a ella en vez de a mí.

Pensativo, Royce estudió a su presa, notando que el cuerpo mucho más pequeño de Morgana no le daba a Newell tanta protección como él suponía. Sin apartar la vista de la cara de Newell, aparentemente sin ver la pistola que lo apuntaba, Royce dijo con frialdad.

—En realidad, ella no le resulta muy buen escudo, Newell; usted tampoco quiere que muera. —Newell dio un respingo, y Royce prosiguió, calmado—: Todavía no logro saber qué es exactamente lo que planea hacer, pero estoy convencido de que mi esposa está en el fondo de todo eso, y sin ella, sus planes quedarán en la nada. De manera que no creo que realmente quiera arriesgar su vida.

Ignorando el sentido de las palabras de Royce y concentrado en la parte que más le interesaba, el tuerto señaló:

—Van dos veces que me llama «Newell». ¿Por qué?

—¿Creyó que no íbamos a lograr deducirlo? —preguntó Royce con ligereza—. No entraré en detalles sobre cómo llegamos a la conclusión de que usted es Allan Newell, pero baste con decir que George Ponteby tiene una memoria prodigiosa... y recordó que Jane Fowler, supuestamente la madre de mi esposa, era su medio hermana. Ya sabemos que Morgana es la hija legítima del sexto conde de St. Audries y su esposa, Hester, pero Jane Fowler fue la conexión con usted; una vez que George la identificó como su hermana, todas las piezas encajaron en su lugar.

El rostro del tuerto se desfiguró de rabia, y apretó dolorosamente el brazo que mantenía a Morgana cautiva delante de él alrededor de su cuello, haciéndola parpadear.

—¡No puede probar nada!

—No es necesario —replicó Royce con indiferencia—. Hay cuatro o cinco de nosotros que lo sabemos, y todo lo que hará falta es dejar caer una palabra aquí y allá para que se extienda como un incendio, entre la elite, la noticia de que Allan Newell realmente es el temido y odiado tuerto. En menos de una semana, las murmuraciones lo tendrán arruinado. Sospecho que también en Bow Street estarán muy interesados en usted. ¡Dese por vencido! Permita que Morgana y yo nos vayamos ahora mismo y tendrá apenas el tiempo justo para huir al continente con sus mal habidas ganancias... De otro modo, lo mataré ahí mismo.

El rostro enfurecido de Newell no demostró el pasmoso sobresalto que le produjeron las palabras de Royce. Todos sus sueños, todo su mundo, estaban a punto de quedar destrozados ante sus ojos. Con la astucia nacida de la desesperación, estudió la forma de convertir en una victoria lo que en apariencia era una derrota aplastante. Ya había planeado matar a Royce, Jacko y Ben; ¿qué importaba matar a algunos más? Invadido por la confianza, podía permitirse burlarse de la oferta de huida de Royce. ¿Por qué iba a renunciar a todo lo que había soñado y planeado, cuando lo tenía al alcance de su mano? En cuanto a que Royce lo matara ahí mismo, ¡la idea era ridícula! Era él quien tenía todas las cartas en la mano. ¡No Manchester!

Con una sonrisa desagradable en los labios, apretando los dedos amenazadoramente sobre el gatillo de su pistola, Newell dijo despectivo:

—Es mucho más probable que usted muera ahí mismo. Arroje su arma de inmediato.

Royce le había dado todas las oportunidades que estaba dispuesto a concederle, y midiendo al hombre con la mirada, decidió que ya se le habían acabado. No se atrevía a prolongar la confrontación, si no quería acabar con un tiro en el cuerpo delante de los propios ojos de Morgana. Y en cuanto a obedecer la orden de Newell, eso estaba absolutamente fuera de la cuestión. Si fuera lo bastante tonto como para hacerlo, Morgana sería viuda antes de que el arma llegara al suelo. Jamás había dudado de su propia habilidad y, a pesar del terrible riesgo, solamente tenía una opción...

Royce miró a Morgana por primera vez, notando la cara pálida y atemorizada, los adorables ojos grises que lo miraban fijo, oscurecidos y dilatados por el miedo. Increíblemente le sonrió y murmuró con suavidad:

—No estés tan preocupada, cariño, no permitiré que nada te haga daño, y no he venido corriendo tras de ti de este modo para que al fin gane él.

Morgana sintió que una burbuja de risa histérica le subía a la garganta al oír las palabras de Royce, pero antes de que saliera un solo sonido de su boca, sin vacilación, Royce disparó la pistola directamente a la cabeza de Newell.

La pequeña habitación se oscureció con la explosión del arma de Royce, y por un segundo después del hecho, Morgana estuvo segura de que le había disparado a ella. Casi sin notar que se aflojaba el brazo del tuerto, a través de la nube de humo azul salido del arma, miraba incrédula a Royce mientras éste bajaba el brazo. Sólo entonces se dio cuenta de que estaba ilesa y notó las arrugas blancas cerca de la boca de Royce y la expresión de tensa concentración de su rostro.

El ruido sordo que hizo el cuerpo del tuerto al caer en el suelo la hizo saltar y mirar hacia abajo. Con la mente en blanco, casi sin comprender, observó al hombre que yacía muerto en el suelo, a sus pies. El sombrero negro había caído, revelando una cabeza refinada cubierta de pelo negro, y en medio de la frente... el nítido agujero de la bala de Royce. Morgana osciló, mareada por la reacción, y entonces Royce la tomó en sus brazos y la apretó contra sí, mientras le daba besos urgentes en la cabeza. Se quedaron allí de pie largo rato, abrazados juntos, y la voz de Royce dejaba caer en sus oídos las palabras que una vez ella había ansiado oír, pero Morgana estaba entumecida. No sentía nada; era como si todas sus emociones estuvieran envueltas en hielo. Aun después de que Royce le quitó las cuerdas y se preparaban para salir, sólo estaba consciente de un gran vacío dentro del pecho.

Desde la puerta, apretando en la mano con la Biblia de su madre, y la carta desesperada de Hester dentro de ella, Morgana miró hacia atrás, al cuerpo del tuerto que yacía despatarrado en el suelo. Pareció como si se abriera una pequeña grieta en el hielo que la rodeaba. Hester estaría contenta, pensó con fiereza, y después volviéndose, salió hacia el atardecer junto con Royce.

EPÍLOGO

Sol y sombras

«Ven a vivir conmigo, y sé mi amada,
y probaremos algún nuevo placer.
De arenas doradas, y arroyos de cristal,
con hilos de seda y anzuelos de plata.»

John Donne,
La carnada

El cementerio de la familia Devlin estaba cercado por un muro de piedra bajo, cubierto de hiedra, en una pequeña colina arbolada aproximadamente a medio kilómetro de St. Audries Hall. El perfume de las rosas y madreselvas flotaba en el aire tibio, y una brisa suave movía sonoramente las hojas verdes de los robles que ponían aquí y allá parches de sombra. Era un lugar tranquilo, especialmente en esa tarde de fines de agosto, mientras Morgana se paseaba lentamente entre las lápidas y los monumentos de mármol que marcaban las tumbas de sus ancestros.

Usaba un vestido de muselina a rayas rosadas y llevaba un sombrero de paja adornado con una cinta rojo cereza en una mano, mientras en la otra cargaba una canasta llena de gladiolos altos y puntiagudos, lavandas de dulce aroma y alhelíes; la Biblia de su madre, con la terrible carta adentro, yacía debajo de las flores. Ésta no era su primera visita al cementerio. Había venido a menudo durante las últimas semanas, a veces nada más que para sentarse delante de la tumba de sus padres, lamentando amargamente sus muertes sin sentido, otras veces simplemente para pensar, tratando de tomar decisiones coherentes sobre su futuro... y el de Royce...

Hoy las cosas no eran diferentes, y después de depositar con tristeza las flores sobre la tumba de sus padres, acomodando la falda de muselina alrededor de sus piernas, se sentó bajo un roble cercano. Levantando la Biblia, tomó la carta de su madre y con lentitud la leyó una vez más, mientras una lágrima resbalaba por su mejilla. Había tanto amor en esas palabras desesperadas de Hester, y sin embargo, mientras existiera esa carta... Pensativa, miró sin ver el espacio que la rodeaba, preguntándose si habría tomado las decisiones correctas. Habían pasado tantas cosas, pensó sombríamente, desde que Royce y ella se alejaron de la cabaña del tuerto, más de quince días atrás...

No hablaron mientras volvían presurosos al establo donde George esperaba con creciente alarma e impaciencia. El alivio que experimentó al verlos resultó casi cómico, y si Morgana no se hubiese sentido tan devastada por todo lo que había averiguado, tal vez se hubiera reído. Pero el terrible entumecimiento no la dejaba y ni siquiera la llegada de Zachary y Julian, montando caballos casi tan agotados como los de Royce, había logrado modificar su estado de ánimo. Royce rápidamente explicó a los demás lo sucedido, y se decidió que lo más prudente era partir de inmediato: seguramente el cuerpo de Newell sería descubierto en algún momento, y no había necesidad de que ninguno de ellos quedara involucrado en el asunto. El tuerto había vivido rodeado de misterio... era mejor dejar que su muerte en una cabaña aislada cerca del mar inquieto, también lo fuera.

La llegada de Jack con la calesa unos momentos más tarde fue recibida con alivio, y después de una breve discusión, se decidió que lo más práctico era buscar una posada o un mesón para pasar la noche.

Sólo después de instalarse cómodamente en el comedor privado de una posada acogedora, a menos de ocho kilómetros de distancia, Morgana sintió por primera vez que el hielo que la rodeaba empezaba a derretirse. Al principio, la conversación naturalmente se centró en la muerte y la identidad del tuerto, pero por fin Julian se refirió a lo que le habían dicho Stephen y Lucinda.

Notando el dolor y la consternación en el rostro de Julian, que relataba entrecortadamente la desagradable reunión con Stephen y Lucinda, Morgana sintió que algo se movía en su interior. Mirando las facciones expresivas mientras él le sonreía alentadoramente y trataba de todas formas de dejar en claro que él no le guardaba rencor por el súbito cambio de su fortuna, Morgana sintió que el hielo que encerraba su corazón empezaba a derretirse. El hecho de que ese joven apuesto y encantador fuera su hermano, un hermano que jamás había sabido que existía, la dejaba perpleja.

De algún modo, él había sufrido tanto como ella y, sin embargo galantemente intentaba actuar como si, en cuestión de horas, no hubiera pasado de ser el heredero de un condado que algún día heredaría una excelente propiedad y una magnífica fortuna, a ser el bastardo sin un penique de un hombre muerto años atrás, y el corazón tierno de Morgana se condolió por él. Él también había sido una víctima inocente, y le parecía extremadamente cruel que tuviera que soportar tan violenta y arrolladora transformación una vez que se supiera la verdad.

Frunciendo el entrecejo, miró los restos de comida de su plato, y se le ocurrió algo sorprendente. Ella no heredaría el título bajo ninguna circunstancia, y en cuanto a la fortuna...

El corazón se le retorció dolorosamente, y ocultando sus ojos bajo las pestañas, dirigió una mirada a Royce, que estaba sentado a su lado. Royce era un hombre rico, muy rico, cuya fortuna superaba en mucho todo lo que ella podría haber soñado o que alguna vez pudiera necesitar... Pero ¿y si efectivamente se había casado con ella con la esperanza de apoderarse de la fortuna de la familia Devlin...? Morgana inspiró profundamente. Había sólo una forma, decidió, de averiguarlo. ¿Se atrevería? ¿Estaba dispuesta a arriesgarlo todo?

Hasta ese momento había estado vagamente atenta a la conversación que se desarrollaba a su alrededor, pero poco a poco se dio cuenta de que había una parte vital de la historia que nadie conocía todavía: que Lucinda había asesinado a Hester. Con el tuerto muerto, y volviendo a mirar el rostro extenuado de Julian, se juró que nadie se enteraría por ella. Por cierto que Julian no lo sabría, ya había sufrido demasiado.

La conversación decayó cuando entraron los criados de la posada para levantar los restos de la cena, y sólo cuando volvieron a encontrarse solos y se reacomodaron en la estancia, retomaron el tema de los acontecimientos del día. El aire de gélida lejanía que había hecho borrosa la mayor parte de la velada se había desvanecido, y Morgana era muy consciente de la proximidad de Royce, de pie junto a su silla, con una mano apoyada sobre su hombro. Desde que abandonaron la cabaña, varias veces la había mirado intrigado, observando cada uno de sus movimientos, cada tono de su voz, y examinando con cuidado cada expresión de su rostro.

«¿Qué espera? —se preguntó con amargura—. ¿Que ahora que sé que soy una dama, de pronto asuma un aire desdeñoso y modales altivos?»

Lo miró y el brillo tierno de los ojos dorados le hizo evocar todas las palabras apasionadas y maravillosas que Royce había vertido en su oído en la cabaña, después de la muerte del tuerto. ¿Había sido sincero? ¿La amaba realmente? Dolida, examinó su rostro y algo en él debió parecer sincero; por el momento, por lo menos, pensó Morgana, porque casi instantáneamente notó que disminuía la sospecha y la confusión que anidaban en su corazón.

Apartó la vista de Royce en el momento en que Julian decía atontado.

—El día de hoy ha sido horrible, pero en realidad temo más el escándalo que se va a desatar cuando se sepa la verdad. —Se sacudió y levantando los hombros, agregó—: Tendré que irme de Londres, por supuesto. —Miró a Morgana—. No quiero causarte incomodidades, pero si no tienes inconveniente, querría quedarme en St. Audries Hall durante unas semanas, hasta decidir cómo voy a ganarme la vida. —La boca bien delineada tembló un instante antes de declarar hoscamente—. No seré una carga para ti y no te pediré nada, pero espero que puedas soportarme hasta que encuentre alguna forma de empleo. —Sonrió con amargura—. Será difícil, ya que para todo lo que fui educado es para ser el próximo conde de St. Audries, pero quizá pueda convertirme en administrador de alguna propiedad o algo parecido.

El intento valeroso de Julian de desechar con ligereza algo que para él constituía una terrible calamidad, tocó el corazón de Morgana e hizo cristalizar su decisión. Sin darse cuenta de lo que estaba haciendo, se puso de pie de un salto y exclamó con ardor:

—¡No! ¡No lo permitiré! —Cruzó rápidamente la habitación para plantarse frente a él, lo tomó de los brazos y miró con intensidad el rostro que tanto se parecía al de ella. La voz le temblaba por la emoción y con vehemente intensidad, dijo—: Yo crecí en la pobreza más abyecta que uno se pueda imaginar, creyendo que era una bastarda. Fue una existencia desventurada; hasta en St. Giles, los bastardos no son muy bien vistos. —Con los ojos oscurecidos por la violencia de sus sentimientos, y con la fuerza nacida de su convicción, Morgana sacudió a Julian y prometió con firmeza—:

Jamás te condenaría a ti ni a nadie más a esa forma de degradación. ¡Jamás!

Lanzó una mirada bravía hacia el resto de la habitación, y agregó con voz ronca:

—Lo que hemos sabido hoy no sale de aquí. Nadie más que nosotros debe conocer la verdad.

En medio del silencio azorado que cayó ante la declaración de Morgana, George murmuró:

—Yo estaba pensando algo muy parecido. Aquí somos todos de la familia. Mantengámoslo entre nosotros. No hay necesidad de crear un escándalo. —Miró bondadosamente a Morgana y declaró con calor—: Me alegro de que Royce se haya casado contigo. Tienes la cabeza bien puesta, muchacha. No puedes heredar el título. Royce es casi tan rico como Creso, no necesita dinero. Creo que es una excelente idea.

—Así que eso es lo que te parece... —dijo Royce simulando enfado, mientras la risa le bailaba en la profundidad de los ojos dorados. Aunque estaba preocupado por lo distante que se mostraba Morgana, él había pensado prácticamente lo mismo. Poniendo deliberadamente una nota más amena en la conversación, con una sonrisa burlona en los labios, murmuró—: Sabes, George, si bien estoy de acuerdo con casi todo lo que has dicho, creo que por lo menos deberías dejar que yo decida si quiero rifar la fortuna de mi esposa de esa forma.

Morgana quedó paralizada, puesto que las palabras imprudentes de Royce sólo confirmaban sus peores sospechas. Era su fortuna lo que él quería. Muy tensa, dijo:

—Quiero que Julian se quede con todo.

Al percibir la nota extraña de su voz, Royce la miró pensativo. No le gustó la expresión indómita de sus ojos, y dijo quedamente:

—Muy bien, querida, pero creo que por el momento, basta con que estemos de acuerdo en no divulgar fuera de nosotros los acontecimientos de hoy. Más tarde podremos decidir cómo disponer del dinero de tu madre.

—¿Y qué pasa con Stephen Devlin? —preguntó Zachary de repente—. No es probable que se quede callado mientras le quitan todo lo que tiene.

El rostro de Royce se endureció.

—Creo que cuando se enfrente a la noticia de que tenemos pruebas de lo que le hizo a Morgana, estará más que dispuesto a hacer cualquier cosa que nosotros decidamos. Reconoció ante Julian que arregló el asesinato de Andrew, pero dudo que encontremos pruebas de eso, y por desagradable que sea, creo que lo más prudente es dejar las cosas como están. —Miró a Julian, que parecía absolutamente estupefacto por este último giro tan inesperado de los acontecimientos, y dijo con lentitud—: Si he comprendido bien todos los hechos, St. Audries Hall pertenece a la herencia de los Devlin, así que de ningún modo se lo podríamos quitar, aunque se haya utilizado la fortuna de Hester para mantener la propiedad. ¿Estoy en lo cierto? —Atontado, Julian asintió con la cabeza. Sonriéndole con gentileza, Royce dijo en tono ligero—: Sin embargo, no veo ninguna razón para que Stephen y Lucinda sigan viviendo con tanto lujo con un dinero que no les corresponde, de hecho, con un dinero que consiguieron con sangre. —Unas arrugas se marcaron en su frente— . Desafortunadamente —agregó—, salvo que estemos dispuestos a revelar la verdad, no hay manera de castigar a Stephen y Lucinda por la parte que le toca a St. Audries en la muerte de Andrew ni por lo que ambos hicieron con Morgana.

Sin apartar los ojos de él, Morgana preguntó con intensidad:

—Pero ¿qué sugieres que hagamos? No quiero que ninguno de ellos obtenga un solo beneficio más de sus despreciables actos —La cara de Morgana súbitamente se contorsionó con la violencia de sus emociones—. ¡Dios me perdone, pero quisiera que estuvieran muertos!

Considerando que era mejor ignorar el estallido de Morgana, Royce comentó con suavidad:

—Como Stephen no estará en posición de discutir con nosotros, pienso que estará de acuerdo en transferir de inmediato a Julian tanto St. Audries Hall y todas sus tierras, como el control de lo que resta de la fortuna de Hester. A cambio, se les permitirá a él y Lucinda vivir en la casa de las viudas con un pequeño estipendio que Julian les entregará.

George asintió con la cabeza.

—Más justo de lo que se merecen. Quisiera verlos a ambos ahorcados.

Se produjo un silencio embarazoso, y todos desviaron cuidadosamente la vista del rostro de Julian. Si bien todos estaban de acuerdo en que Stephen y Lucinda merecían la horca, también eran muy conscientes de que Lucinda, como murmuró George por lo bajo a Royce, al fin y al cabo era la madre de Julian.

A la mañana siguiente, cuando regresaron a Lime Tree Cottage y se encontraron con la macabra noticia de la muerte de Stephen y Lucinda, Morgana se alegró de las decisiones tomadas la noche anterior. La muerte inesperada del conde y su esposa dejó a Julian casi destruido, y no quería ni imaginarse qué habría hecho éste de no haber sabido que no se vería obligado a enfrentar la humillación de que todo el mundo conociera los actos desalmados cometidos por Stephen y Lucinda.

Esas muertes planteaban un dilema para Julian y Morgana, pero finalmente acordaron que para mantener la decisión de no revelar la verdad, era necesario enterrar a Stephen y Lucinda en el cementerio de los Devlin. Pero no, declaró Morgana con vehemencia, no cerca de sus padres. Le asqueaba la sola idea de que compartieran tan siquiera el mismo suelo, y en consecuencia, el séptimo conde de St. Audries y su condesa fueron sepultados en el rincón más alejado del cementerio y solamente una pequeña losa indicaba ese lugar remoto.

Todavía ahora, quince días después del entierro, Morgana no lograba mirar hacia la tierra todavía desnuda que marcaba sus tumbas. No había lamentado sus muertes; para su propia vergüenza, había experimentado la misma fiera satisfacción que la invadió cuando miró el cadáver del tuerto. ¡Habían merecido morir!

Suspirando, deliberadamente apartó sus pensamientos de ese tema inútil y arrancó una brizna de hierba. Habían pasado tantas cosas durante esas últimas semanas. La mudanza apresurada e inmediata a St. Audries Hall. El funeral. La excarcelación de Ben de Newgate. La partida de Ben, Jack y Zachary hacia Norteamérica el mismo día de la liberación de Ben.

Habían decidido que Jack y Ben se quedarían con Zachary en su plantación cerca de Baton Rouge hasta que Royce y ella llegaran en otoño, y entonces harían nuevos planes sobre su futuro... «Pero, ¿y qué pasa con mi futuro?», casi aulló Morgana. Todos los demás parecían más que satisfechos por la forma en que habían salido las cosas: sus hermanos estaban seguros en América, preparándose para una nueva vida; Julian era el conde de St. Audries, con su hogar y su fortuna asegurados, y Royce...

¿Qué era lo que pensaba y sentía Royce en esos días?, se preguntó miserablemente. Sabía que el abismo abierto entre ellos era, en parte, culpa de ella, ya que se mostraba tensa y reservada con él, a causa de las sospechas que abrigaba con respecto a sus motivaciones. Pero él también había cambiado en esas semanas: había desaparecido el amante seductor y arrogante, el hombre que había cautivado su corazón, y en su lugar había aparecido un individuo indefectiblemente cortés que se anticipaba en silencio a todos sus deseos y en silencio observaba todos sus movimientos. Ante el amante, tal vez hubiera podido poner de manifiesto los temores que anidaban en su corazón, pero ese... ese extraño en que se había convertido Royce no le permitía comunicarle toda la incertidumbre que la aquejaba.

Con reticencia, Morgana reconoció que no se comportaba como un hombre casado por interés: ni el menor gesto había indicado que le molestara el rechazo del lugar y la fortuna que le correspondían. En realidad, pensó Morgana casi enojada, hasta parecía sumamente complacido con su decisión, y por cierto que nadie podía haber pedido un marido más bondadoso ni más considerado que Royce. Bastaba con ver todo lo que había hecho por ella, y por Ben y Jack. La había cubierto de regalos y había arriesgado su vida para salvarla del tuerto. Por su sugerencia habían demorado la partida de Inglaterra, en lugar de viajar con los demás, para que Morgana y Julian pudieran llegar a conocerse mejor.

La asaltó un sentimiento de culpa, y la terrible sospecha de que lo había juzgado mal —cosa que le había sucedido ya varias veces durante las últimas semanas— cruzó fugaz por su mente, haciéndola sentir incómoda. Morgana se movió agitada. ¿Es que él realmente sentía las palabras tan dulces que había volcado en su oído? Pero si las sentía, ¿por qué se mostraba tan distante?, se preguntó desesperada. El rubor pintó las mejillas de Morgana. Ni siquiera se había acercado a su cama. ¿Así se comportaba un hombre enamorado?

Como si lo hubiera conjurado con el pensamiento, vio a Royce que caminaba hacia ella, y el corazón empezó a latirle alocadamente. Se lo veía tan tremendamente apuesto, a medida que se acercaba, con la brisa que le despeinaba los cabellos dorados, la chaqueta y los pantalones elegantes destacando el cuerpo espléndido que cubrían. Llevaba en la mano un rollo de papeles y, aproximándose, dijo con ligereza:

—Te estaba buscando y pensé que te encontraría aquí. ¿Puedo sentarme contigo?

Casi con timidez Morgana asintió con la cabeza y rápidamente Royce se sentó en el suelo, y quedó tendido negligentemente a sus pies, de costado, sosteniéndose la cabeza con una mano. En la mirada de los ojos dorados que la observaban había una expresión curiosa y Morgana se ponía cada vez más nerviosa. Se forzó a hablar y balbuceó:

—¿Que... rías ver... me por algo en especial?

Royce la miró largo rato y respondió en voz queda.

—De hecho, sí. Julian y yo hemos elaborado un arreglo económico para ti que ambos consideramos justo.

—¿Un... arreglo económico...? —preguntó ella estúpidamente—. ¿Qué quieres decir?

Royce sonrió escuetamente.

—Tu hermano es un joven muy honorable: lo ha estado molestando la conciencia y le ha resultado difícil simplemente el hecho de aceptar tu generosa renuncia. —La miró fijo y continuó cauteloso—. Le expliqué que soy muy rico y que tú jamás sufrirás necesidades, pero eso no pareció satisfacerlo, y después de varias discusiones, llegamos a un acuerdo.

Morgana lo miró apenada, y con una voz frágil, preguntó:

—¿Qué tipo de acuerdo?

En silencio, Royce le entregó el papel que traía consigo. Le dio un momento para que lo desenrollara y, en el mismo tono cauteloso, dijo:

—Una mujer debe tener algún tipo de independencia de su esposo, especialmente en un caso como el nuestro. —Al ver la expresión confusa de Morgana, agregó secamente—: Soy un hombre muy rico, y como has regalado todo lo que te pertenece por derecho... tú no tienes nada. —Algo brilló en los ojos dorados y su voz se endureció—. No me gustaría pensar que soportas mi presencia porque tu única alternativa es la pobreza y verte obligada a volver a tu viejo modo de vida... Para impedir eso, Julian y yo hemos decidido que tengas una suma de dinero a tu nombre, dinero que será nada más que tuyo, dinero que te permitirá vivir lejos de mí, si eso es lo que deseas.

El asombro la dejó paraliuzada: ella tal vez tenía dudas acerca de las motivaciones de Royce, pero lo amaba con pasión y la idea de dejarlo, de no poder verlo todos los días, jamás se le había ocurrido. ¡Lo amaba! Ella jamás lo abandonaría... ¿pero tal vez él quería que lo abandonara? Turbada dejó caer la vista sobre el papel que Royce le había dado y lo examinó rápidamente. Con la cara blanca, levantó la cabeza y lo miró apesadumbrada, balbuceando

—¡Diez... diez mil... libras anuales! ¡Es demasiado! ¡No puedo aceptarlo!

Royce apretó los labios.

—¡No seas tonta! Comparado con el total de la fortuna de tu madre, lo que Julian te está dando es una insignificancia. ¡Tómalo!

Una risa amarga sacudió a Morgana y la abandonó toda esperanza de haberlo juzgado mal. Sintiendo que la invadía una oleada de ira, tiró el papel a los pies de Royce y se puso de pie de un salto.

—¿Es por eso que te casaste conmigo? —preguntó entre histérica y furiosa—. ¿Para apoderarte del dinero de mi madre?

La expresión de Royce la asustó, y mientras él se ponía de pie, instintivamente dio un paso atrás. Las manos de él la tomaron por los hombros y la sacudió con impaciencia.

—¡Pero serás tonta! —bufó Royce—. ¿Es por eso que últimamente te has estado portando tan quisquillosa como una gata con cría? ¿Porque crees que yo lo sabía? ¿Que me casé contigo por la fortuna de Hester? —Casi con asco, la apartó de sí. Con los puños apretados a los costados, como si no confiara en poder contenerse y no pegarle, juró con vehemencia—. ¡Santo Dios! ¿Cómo he podido equivocarme tanto? —Dirigiéndole una mirada cargada de disgusto, le espetó—: Y pensar que te estuve tratando con guantes de seda porque no quería que te sintieras presionada y que tomaras decisiones que no fueran lo que realmente querías. —Se acercó a Morgana con gesto amenazador y el brillo de su mirada la hizo temblar. Royce gruñó suavemente—: Pues bien, al diablo con eso.

Tomándola entre sus brazos, la besó ávidamente, como un hombre que tiene un enorme apetito que saciar, y sólo cuando sintió que los brazos de Morgana rodeaban su cuello y abría los labios bajo su boca, se suavizaron sus labios. Apretándola junto a sí, con una lluvia de besos entre tiernos y violentos en la boca y la garganta de Morgana murmuró con fiereza:

—¡Exasperante mujercita! ¿Cómo te atreves a pensar que soy un cazafortunas? Estoy enamorado de ti, muchacha tonta. Estoy enamorado de ti desde la mañana que bajé las escaleras y te encontré en la cocina jugando a las cartas con Zachary y sus amigos. —Apartando la boca acariciadora de la base de su garganta, la separó un poco y la sacudió con energía—. ¡Te amo! ¡Y es porque te amo que me casé contigo! —Volvió a besarla casi salvajemente, y agregó con voz ronca—: Sé que te apuré para casarnos y durante estas últimas semanas quise darte tiempo para que pensaras las cosas... para dejarte decidir, ahora que conoces tu pasado, qué es lo que quieres hacer realmente. Pero lo lamento, mi adorada, me temo que en lo que a ti respecta, todas mis nobles intenciones se han desvanecido: te amo demasiado para dejarte ir. —La expresión de Royce se suavizó al ver la mirada sorprendida de Morgana—. ¿Nunca te lo imaginaste? ¿Crees que un hombre de mi posición actúa como yo lo hice si no está bajo una compulsión muy poderosa? —Sus ojos se oscurecieron—. Nunca tuve tanto miedo como cuando descubrí que el tuerto te tenía en sus manos. Morgana, creí que moriría de terror hasta que volví a tenerte en mis brazos. —La sacudió una vez más—. ¡Debes creerme!

Era la culminación de sus sueños más dulces, y con el corazón latiéndole pesada y dolorosamente, Morgana lo miró casi con temor, como si no se atreviera a pensar que él la amaba realmente. Con firmeza encontró su mirada, y el brillo cálido que vio en los ojos de topacio le comunicaron las cosas más maravillosas que podía imaginar. Tironeada entre el amargo remordimiento y el más desenfrenado éxtasis, mientras se miraba en el rostro amado, de pronto sintió que le creía. ¡Oh, Dios bendito, he sido tan terriblemente injusta con él! ¡Pero él la amaba!

Tratando de excusarse, gimió débilmente:

—Pero podías haberte casado con cualquier otra. Y sin embargo me elegiste a mí, una ladrona miserable, sin familia ni fortuna y cuando se supo que en realidad yo era *lady* Morgana Devlin, ¿qué otra cosa podía pensar?

Atrapándola en un abrazo violento, Royce la besó apasionadamente, y Morgana respondió con ardor, apretándose contra él. Unos felices momentos después, Royce la apartó de sí y dijo con voz enronquecida:

—Podrías haber pensado la verdad: ¡que con una sola mirada a la cara más dulce que he visto en mi vida, me enamoré de ti sin remedio!

—¡Oh, Royce! —suspiró ella extática, con una sonrisa deslumbrante en el rostro—. ¡Yo también te amo!

—¡Espero que sí! —retrucó él con franqueza brutal y un brillo burlón en los ojos dorados—. Después de todo lo que he pasado para tenerte. Me has costado una fortuna. Lo menos que espero de ti es que me ames hasta la muerte.

—¡Oh, lo haré, lo haré! —exclamó Morgana con intensidad, y feliz lo besó en el mentón y la mandíbula—. ¡Hasta la muerte y más allá también!

Con la cabeza rizada descansando bajo la barbilla de Royce, abrazados muy juntos, permanecieron largo rato diciéndose las cosas que desean oír todos los enamorados y que conservan en la memoria para siempre. Sólo cuando estaban juntando sus pertenencias, listos para regresar a la casa, volvieron a tocar el tema del arreglo económico de Julian.

—¿Hablabas en serio cuando dijiste que querías que aceptara esto? ¿Para que sea independiente de ti? —le preguntó insegura.

Royce la miró.

—¡Espero que no demasiado independiente! —se mofó él con ternura. Levantándole la cara, la besó en la nariz y dijo más serio—: Julian es un joven con mucho orgullo. Casi perdió todo lo que creía que le pertenecía, y si ha podido conservarlo es tan sólo gracias a tu generosidad. No hay nada que le pidas que no haría por ti, pero por él, acepta su dinero; puede significar poco para ti, pero para él es de la mayor importancia.

Con expresión pensativa, Morgana asintió lentamente con la cabeza.

—No lo había pensado de ese modo.

Tomados del brazo, instintivamente se aproximaron a la tumba de los padres de Morgana, donde el sol poniente doraba los ángeles llorosos que se alzaban con las alas abiertas sobre las tumbas. Con reverencia, Morgana siguió con el dedo el trazo de mármol de las fechas de fallecimiento de Andrew y Hester. Una lágrima tembló en sus pestañas.

—Estuvieron tan poco tiempo juntos...

—Pero tuvieron amor, mi amada, igual que tú y yo —dijo Royce con suavidad. Observando con atención el rostro de Morgana, preguntó quedamente—: ¿Te importará dejar atrás todo esto? América es muy diferente. Allí no hay títulos de nobleza.

Con los ojos brillantes bajo un velo de lágrimas, Morgana negó con la cabeza.

—Sólo quiero ser tu esposa —replicó con sencillez, con lo que se ganó un beso muy satisfactorio de su marido. Sin embargo, con toda honestidad agregó—: Si me hubiera criado aquí igual que Julian, tal vez me dolería dejarlo, pero St. Audries Hall, por hermoso que sea, no tiene ningún significado para mí. —Miró la Biblia de su madre que llevaba en la mano—. Esto... esto significa todo para mí: era de ella, y lo apreciaré para siempre.

Con una mirada extraña, Royce preguntó:

—¿Y la carta? ¿Qué piensas hacer con ella?

Morgana escudriñó el rostro de Royce y preguntó:

—¿Estás bien, bien seguro de que estás contento con las cosas como están? ¿No lamentas que no haya reclamado la fortuna de Hester?

—¡Más que seguro! —gruñó Royce, y la tomó en sus brazos besándola hasta casi hacerle perder el sentido. Cuando por fin separó su boca de la de ella, musitó con fiereza—: Tú eres toda la fortuna que siempre querré.

Una felicidad cegadora transformó la cara de Morgana, y alejándose un poco de él, le entregó la Biblia y sacó la carta de su madre. Sosteniéndola entre las manos, dijo con tristeza

—Me gustaría conservarla; aparte de la Biblia, es lo único que tengo de ella, pero mientras exista, también existe el peligro de que alguna vez salga la verdad a luz... y Julian y la familia que pueda tener, quedarían destruidos... tal vez no durante toda su vida, pero, ¿quién sabe lo que puede deparar el destino?

Royce dijo suavemente:

—Esperaba que sintieras exactamente de ese modo, pero no te lo quería pedir.

Morgana asintió con la cabeza y, sonriendo entre lágrimas, rompió la carta en trocitos muy pequeños. Con el brazo de Royce rodeándole los hombros, observaron mientras la brisa desparramaba los trocitos en todas direcciones. Ya estaba hecho. La carta de Hester había cumplido su propósito. Tal vez no de la forma que Hester hubiera querido, pero de la única forma en que Morgana podía asegurar que no perjudicara a los inocentes. El tuerto estaba muerto. Stephen y Lucinda también lo estaban. El hijo de Andrew, Julian, era ahora el nuevo conde, y en cuanto a ella...

Miró a Royce y al ver la expresión de puro amor de sus ojos, Morgana sintió que el corazón se le ensanchaba. Pronto dejarían el Viejo Mundo con destino al Nuevo Mundo, donde el amor que compartían sería más resplandeciente y más sólido con cada día que pasara, y con una risita jubilosa, besó el mentón de Royce, que de inmediato la envolvió en sus brazos poderosos. Echaron a andar, alejándose, cuando algo la hizo mirar hacia atrás, a la tumba de sus padres, y contuvo el aliento. Es un truco de la luz, dijo para sí, un truco de la luz, como si por un instante el ángel de la tumba de su madre hubiera parecido sonreír...

ÍNDICE